insel taschenbuch 4740
Frida Skybäck
Die kleine Buchhandlung am Ufer der Themse

Charlotte lebt in Schweden und ist eigentlich zu jung, um Witwe zu sein, zu jung, um ihren geliebten Mann verloren zu haben. Sie vergräbt sich in ihrer Arbeit, bis eine unerwartete Nachricht ihr Leben auf den Kopf stellt: Sie hat ein Haus mit Buchhandlung in London geerbt, von ihrer Tante Sara, die sie eigentlich gar nicht kennt.

Kurz entschlossen fliegt Charlotte nach England, um das Haus zu verkaufen. Doch schnell fühlt sie sich mit dem Laden eng verbunden – genauso wie mit den beiden warmherzigen Mitarbeiterinnen, dem Kater Tennyson und dem Schriftsteller William. Sie versucht, den fast bankrotten Laden zu retten. Dabei stößt sie auf Widersprüche und Rätsel: Warum hat sie ihre Tante Sara nie getroffen, warum hat ihre Mutter nie von ihrer Schwester erzählt, und was ist das dunkle Geheimnis der beiden Schwestern?

Frida Skybäck, geboren 1980, ist eine schwedische Autorin. Sie zog selbst von Skåne nach London und entdeckte dort ihre Leidenschaft für englische Literatur und große Gefühle. Heute lebt sie mit ihrem Mann und ihren zwei Töchtern in Lund.

Hanna Granz lebt als Übersetzerin aus dem Schwedischen und Norwegischen in Wanfried an der Werra.

FRIDA SKYBÄCK

Die kleine Buchhandlung am Ufer der Themse

ROMAN

Aus dem Schwedischen
von Hanna Granz

INSEL VERLAG

Die schwedische Originalausgabe erschien 2018 unter dem Titel
Bokhandeln på Riverside Drive im LB Förlag, Stockholm.

2. Auflage 2019

Erste Auflage 2019
insel taschenbuch 4740
Deutsche Erstausgabe

Vertrieb durch den Suhrkamp Taschenbuch Verlag
Umschlag: zero-media.net, München
Umschlagabbildung: FinePic®, München
Satz: Satz-Offizin Hümmer GmbH, Waldbüttelbrunn
Druck: CPI – Ebner & Spiegel, Ulm
Printed in Germany
ISBN 978-3-458-36440-5

Die kleine Buchhandlung am Ufer der Themse

1

MITTWOCH, 24. AUGUST

Der hübsche Einband der Neuauflage von Mrs Dalloway *wird Sara bestimmt gefallen,* dachte Martinique für einen kurzen Augenblick, doch dann holte die Gegenwart sie wieder ein. Vorsichtig strich sie über den Buchrücken und drückte den Roman an ihre Brust.

Einen knappen Monat war es her, seit ihre Freundin gestorben war, und oft ertappte Martinique sich dabei, an Sara zu denken, als wäre sie noch da. Jedes Mal, wenn sie an der Bäckerei vorbeikam und die Scones mit Moosbeeren sah, die Sara so geliebt hatte, wollte sie ihr welche kaufen, und es dauerte, bis ihr wieder einfiel, was geschehen war.

Sie ließ sich auf einen der Stühle hinter der mächtigen Eichenholztheke der Buchhandlung sinken. Um sie zu trösten, sagte ihr Mann Paul immer, das sei ganz normal, das Gehirn brauche einfach Zeit, um den Verlust eines nahestehenden Menschen zu verarbeiten. Doch trotz dieser gutgemeinten Erklärung war sie immer wieder aufs Neue verzweifelt.

Martinique nahm eine Zeitschrift vom Tisch und fächelte sich Luft zu. In der schwülen Spätsommerluft fühlte sie sich ungefähr so frisch wie ein ausgewrungener Putzlappen. Die halbe Nacht hatte sie nicht schlafen können, weil ihre Tochter Angela so laut Musik gehört hatte, und dann musste sie auch noch früher aufstehen als sonst, um ihre drei Neffen rechtzeitig zur Schule zu bringen, denn deren Mutter Marcia hatte eine Tennisstunde, die sie unmöglich verschieben konnte.

Martinique massierte sich die Schläfen. Wie kam man auf die Idee, eine Tennisstunde auf morgens früh um acht zu legen?

Sie strich sich eine Haarsträhne hinter das Ohr und seufzte. Paul fand, sie ließ sich von Marcia ausnutzen. Er fürchtete wahrscheinlich, es könnte ihr alles zu viel werden, doch sie konnte ihrer Schwester nichts abschlagen. Die Scheidung von ihrem Mann Richard war für Marcia traumatisch gewesen, sie brauchte diese Tennisstunden, um nicht vollkommen den Halt zu verlieren. Und da Richard obendrein mit dem Kindermädchen der Familie fremdgegangen war, konnte sie sich bisher noch nicht dazu durchringen, ein neues einzustellen. Martinique war die Einzige, der Marcia noch vertraute.

Sie warf einen Blick auf die große norwegische Waldkatze, die auf ihrem Lieblingsplatz neben dem Abigail-Regal mit den Sachbüchern von A bis K lag und sich das dichte, silbergraue Fell leckte. Am liebsten würde sie nach Hause fahren und es sich mit einer Flasche Wein vor dem Fernseher gemütlich machen, aber sie hatte versprochen, Spencer vom Cricket-Training abzuholen, damit Marcia nicht mit Sterling und Edison zum Sportplatz fahren musste. Paul hatte wie immer gefragt, warum Marcia denn nicht einfach einen Fahrer schickte. Angesichts der Millionen, die sie nach der Scheidung bekommen hatte, wäre das eine viel einfachere Lösung, als Martinique zu bitten, im Feierabendverkehr durch halb London zu fahren. Martinique wäre jedoch nie auf die Idee gekommen, ihr so etwas auch nur vorzuschlagen. Ihr war es immer schwergefallen, Marcia etwas zu verweigern, und angesichts ihrer momentanen Situation war das schier unmöglich. Um des Hausfriedens willen versuchte sie stattdessen vor Paul zu verbergen, wie viel sie tatsächlich für ihre Schwester tat.

»Jetzt muss ich allerdings erst einmal diese niedliche kleine Katze hier in mein Auto bekommen«, sagte Martinique einschmeichelnd.

Sobald Tennyson merkte, dass sie ihn ansah, streckte er sich und begann zu schnurren. Er lebte im Riverside Bookshop, seit Martinique ihn vor ein paar Jahren reingelassen hatte, als er kläglich maunzend vor der Tür saß. Nass und zerzaust war er an ihr vorbeigehuscht und hatte sich unter einem Bücherregal versteckt, bis es Sara Stunden später gelungen war, ihn mit einem Teller Heringe, die sie beim Fischhändler auf dem nahe gelegenen Borough Market gekauft hatte, hervorzulocken.

Da Tennyson ein Halsband trug und offensichtlich eine Rassekatze war, waren sie überzeugt gewesen, dass sein Besitzer bald auftauchen würde, aber niemand meldete sich. Am nächsten Morgen rief Sara alle Tierarztpraxen in der Umgebung an, kontaktierte die Polizei und hängte Zettel auf, alles vergeblich. Zum Glück, denn schon bald wurde Tennyson Teil der Familie, und niemand konnte sich mehr vorstellen, wie es gewesen war, bevor der große dicke Kater um die Regale der Buchhandlung strich.

Martinique ging neben Tennyson in die Hocke. Die regenbogenfarbenen Perlen ihrer Halskette klapperten. Solange Tennyson in der Buchhandlung bleiben durfte, war er der liebste Kater der Welt. Seit Saras Tod hielt Martinique es jedoch für besser, ihn abends mit zu sich nach Hause zu nehmen.

»Komm, Katerchen«, lockte sie. »Zeit, nach Hause zu fahren.«

Tennyson kniff die Augen zusammen und warf ihr einen Blick zu, der sagte: *Moment mal, Madame, dieses Reihenhaus, zu dem du mich jeden Abend schleppst, ist gar nicht mein Zuhause. Ich wohne hier.*

Martinique seufzte. Jeden Abend musste sie sich etwas Neues ausdenken, um ihn in den Transportkäfig zu locken, und sich dann die ganze Fahrt über sein klägliches Miauen anhören.

Vorsichtig streckte sie die Hand aus und kraulte Tennyson hinter den großen Luchsohren. Der Arme schien immer noch nicht begriffen zu haben, was passiert war. Obwohl bereits mehr als vier Wochen vergangen waren, schlich er sich häufig in Saras Wohnung hinauf, setzte sich vor ihre Schlafzimmertür und miaute, als hätte sich sein Frauchen nur mal eben zurückgezogen, um sich auszuruhen, als käme sie jederzeit wieder heraus.

Mühsam richtete Martinique sich auf. Ihre Glieder schmerzten und sie spürte, wie angespannt Schultern und Nacken waren. Die letzten Wochen hatte sie nichts anderes getan, als zu arbeiten.

Mit einer Hand auf der Schulter, die am meisten wehtat, legte sie den Ordner mit den Bestellungen neben die Kasse. Vor anderen hätte sie es niemals zugegeben, aber manchmal war sie geradezu wütend auf Sara, weil sie so plötzlich gestorben war. Wenn die Freundin ihr wenigstens gesagt hätte, wie krank sie war, hätte sie mehr Zeit gehabt, sich darauf einzustellen, doch Sara hatte bis zuletzt geschwiegen und niemand in ihrem Umfeld hatte geahnt, wie schlimm es wirklich um sie stand.

Erst im Nachhinein begriff Martinique, dass Sara die ganze Zeit gewusst hatte, dass sie es nicht schaffen würde. In einem

Brief, den sie ihr hinterlassen hatte, schrieb sie, sie habe nicht gewollt, dass die Krankheit einen Schatten auf ihre letzten Lebenstage wirft. Das bedeutete jedoch auch, dass keiner ihrer Freunde auf ihren Tod vorbereitet war.

Noch immer schauderte Martinique, wenn sie an den Anruf dachte, den sie eines frühen Morgens mitten im Urlaub bekommen hatte. Sie war so geschockt gewesen, dass sie sich nicht einmal selbst anziehen konnte. Paul musste ihr helfen, ihr die Haare kämmen und sie anschließend ins Krankenhaus fahren.

Martinique war wirklich verletzt, weil Sara ihr nicht mehr Zeit zum Abschiednehmen gegeben hatte. Es kam ihr unwürdig vor, sich in einem kahlen Krankenzimmer von ihrer Freundin verabschieden zu müssen, in dem Sara bleich und fremd mit Schläuchen in den Armen und in der Nase dalag, auch wenn es natürlich viel wert war, ihre letzten zwei Tage zusammen zu erleben.

Martinique versuchte tief durchzuatmen. Noch immer fiel es ihr schwer, nach allem, was passiert war, wieder normal zu funktionieren. Da sie diejenige war, die am längsten in der Buchhandlung arbeitete, fiel es ihr zu, sich um Tennyson und den Laden zu kümmern, bis Saras Nichte Charlotte auftauchen würde, die das Haus geerbt hatte. Ihre Kollegin Sam arbeitete nur in Teilzeit und es war auch kein Geld da, um sie für zusätzliche Stunden zu bezahlen. Außerdem war Sam sehr impulsiv. Die wenigen Male, die sie eine Lieferung entgegennehmen oder eine größere Bestellung aufgeben musste, hatte das in einer mittleren Katastrophe geendet.

Egal, wie verzweifelt Martinique war und wie schlecht sie auch schlief, es war ihre Aufgabe, dafür zu sorgen, dass die Buchhandlung jeden Tag zur gewohnten Zeit öffnete. Um Punkt zehn Uhr schloss sie die schwere Glastür auf, holte den kleinen Wimpel hervor, der an der Fassade befestigt wurde, und drehte das kleine Schild in der Scheibe herum, sodass die Besucher mit einem freundlichen *Welcome* begrüßt wurden.

Martinique wischte mit einem feuchten Lappen über die Theke, an der vor ein paar Stunden Parnella und Herbert gesessen hatten. Wären da nicht Saras viele Freunde in der Nachbarschaft, die immer wieder hereinschauten, um zu plaudern und Kaffee zu trinken, hätte sie es kaum ausgehalten. Dank ihnen hatte Martinique etwas, worauf sie sich jeden Tag freuen konnte. Außerdem erweckte es den Anschein, die Buchhandlung sei gut besucht, was auf Dauer hoffentlich weitere Kunden anlockte. Denn die hatte der Laden bitter nötig.

Energisch versuchte Martinique die Ringe wegzurubbeln, die Herberts und Parnellas Kaffeetassen auf dem Holz hinterlassen hatten. Bereits vor Saras Tod war der Umsatz zurückgegangen, doch jetzt stagnierte er völlig. Sosehr Martinique sich auch bemühte – sie gab jedem, den sie traf, Leseempfehlungen, startete immer wieder Kampagnen und achtete darauf, die Neuerscheinungen gut sichtbar im Schaufenster zu platzieren –, nun hatten sie einen absoluten Tiefpunkt erreicht.

Martinique kannte sich mit den Finanzen der Buchhandlung nicht genügend aus, um zu wissen, wie schlecht es stand, doch die wenigen Verkäufe waren kein gutes Zeichen. Was, wenn die Buchhandlung keinen Gewinn mehr abwarf? Würde Saras Nichte sie dann überhaupt weiterführen wollen?

Bei diesem Gedanken wurde ihr schlecht. Sie kannte Charlotte nicht, und sie hoffte, dass Sara gewusst hatte, was sie tat, als sie ihrer Nichte alles vererbte. Wenn die Buchhandlung in Konkurs ging, verlor Martinique nicht nur das Letzte, was ihr noch von Sara blieb, sondern auch ihren Job, und eine Frau mittleren Alters mit einem Abschluss in Literaturwissenschaft war auf dem britischen Arbeitsmarkt wirklich nicht besonders gefragt.

Tennyson maunzte, und Martinique warf ihm einen liebevollen Blick zu. Es wurde Zeit, sich auf den Heimweg zu machen. Am liebsten bliebe Tennyson wahrscheinlich immer in der Buchhandlung, aber Martinique wagte nicht, ihn nachts allein zu lassen. Nicht weil sie glaubte, er könnte gestohlen werden. *Das soll mal einer versuchen,* dachte sie und musterte die Kratzer an ihrer linken Hand. Sie fürchtete eher, dass er ein gewaltiges Chaos anrichten würde, wenn man ihn unbeaufsichtigt ließ. Bei ihr zu Hause hatte er bereits ein Sofa zerkratzt und mehrere Vorhänge heruntergerissen.

Sie legte den Kopf schief und betrachtete den trägen Kater, der noch vor kurzem so lebhaft und verspielt gewesen war.

»Mir fehlt sie auch«, flüsterte sie.

Tennyson blinzelte und ließ den Kopf auf die groben Dielen sinken. Vorsichtig stellte Martinique den Käfig vor ihn hin und öffnete die Tür.

»Ich gucke nur schnell nach, ob überall das Licht aus ist. Wäre toll, wenn du in der Zwischenzeit schon mal einsteigen könntest.«

Martinique drehte eine letzte Runde durch den Laden. Sie mochte diesen ruhigen Moment kurz vor dem Schließen. Wenn alles still war, meinte sie beinahe, Saras Anwesenheit spüren zu können.

Sie ließ die Hand über die Buchrücken gleiten. Die Buchhandlung am Riverside Drive hatte Sara mehr als fünfundzwanzig Jahre geführt, und jeder Einrichtungsgegenstand erinnerte an sie. Die alte Holztreppe mit ihrem handgeschnitzten Geländer, das Sara, inspiriert durch einen französischen Film, erbsengrün angestrichen hatte, die zerschlissenen Sessel, die sie immer wieder neu beziehen ließ, statt sie durch andere zu ersetzen, sowie die bunt zusammengewürfelten Tassen in der Küche, die sie im Laufe der Jahre gesammelt hatte – das alles war typisch für Sara. Sie hatte diese alte Buchhandlung geliebt und erzählte jedem, der es hören wollte, seine wunderbare Geschichte.

Der erste Besitzer, Pastor Waters, hatte den Riverside Bookshop vor über hundert Jahren eröffnet, weil er erbauliche Literatur unter die Leute bringen wollte. Er zimmerte eigenhändig die zwölf gewaltigen Regale, die den Innenraum des Ladens prägen, und widmete jedem seiner Kinder eins. Wenn man genau hinsah, konnte man noch die kleinen Messingschilder entdecken, auf denen ihre Namen eingraviert waren, und wenn ein Stammkunde ein bestimmtes Buch suchte, reichte es oft, wenn man sagte: *Schauen Sie doch mal drüben bei Josephine.*

Die Sessel wiederum waren ein Geschenk an die Buchhandlung gewesen. Während der Sommermonate 1958 trieben rechtsextreme Gruppen auf den Straßen der Nachbarschaft ihr Unwesen, sodass die Kinder der Einwandererfamilien nach der Schule nicht draußen spielen konnten. Die damaligen Besitzer, Mr und Mrs Mantle, hatten ihr Bestes getan, um sie mit Lesen und Basteln bei Laune zu halten, bis ihre Eltern von der Arbeit kamen und sie mit nach Hause nehmen konnten. Zum Dank hatten die Familien zusammengelegt und vier handgeschnitzte Sessel mit gepolsterten Rückenlehnen und gedrechselten Beinen gekauft, die seitdem im Laden standen.

Martinique versicherte sich, dass die Bürotür abgeschlossen war, und schmunzelte über das handgemalte Protestplakat an der Wand. Sara war ebenso sozial engagiert gewesen wie ihre Vorgänger, hatte jeden willkommen geheißen, und so war die Buchhandlung ein Treffpunkt für die gesamte Nachbarschaft geblieben. Hier setzte man sich zusammen, um lokale Probleme zu diskutieren, Kulturfestivals zu organisieren oder Geld zu sammeln, wenn die Schulkinder im nahe gelegenen St Andrews kein Geld für den alljährlichen Ausflug nach Brighton hatten, oder aber auch, um Demos vorzubereiten.

Doch die Zeiten hatten sich geändert. Bereits als Martinique in der Buchhandlung anfing, ging das nachbarschaftliche Engagement zurück. Die Leute waren zu sehr mit ihrem eigenen Leben beschäftigt, und Martinique konnte das gut verstehen. Sie selbst fühlte sich ebenfalls ständig gestresst von den Aktivitäten in Angelas Schule, bei deren Organisation man ihre Hilfe erwartete und für die sie backen oder Lose verkaufen sollte.

Martinique warf noch einen kurzen Blick in die Küche, um sicherzugehen, dass die Kaffeemaschine ausgeschaltet war. Trotz des abnehmenden Interesses in der Nachbarschaft hatte Sara weiterhin Suppen-Lunchs und Gesprächskreise in der Buchhandlung organisiert, doch seit ihrem Tod befanden sich alle in einer Art Limbus und warteten auf Charlotte, die laut Saras Anwalt jeden Tag eintreffen konnte.

Martinique strich über Joyce Carol Oates' *Blond,* das jemand in einem der Lesesessel vergessen hatte, und stellte es an seinen Platz im Louisa-Regal zurück. So positiv sie auch zu denken versuchte, sie machte sich doch Sorgen, was Charlotte von der Buchhandlung halten würde. Für sie selbst war es einer der schönsten Orte Londons. Sie liebte die geschmackvolle Einrichtung aus der Zeit der Jahrhundertwende; die handgeschnitzten Leisten aus dunklem Holz, den massiven Dielenboden, den alten Kamin mit dem Sims aus grünem Marmor und die fantastische Aussicht auf die Themse, doch sie sah plötzlich auch all die Mängel. Zudem kam es ihr merkwürdig vor, dass Saras Nichte sich nicht längst gemeldet hatte. Das konnte durchaus bedeuten, dass sie die Buchhandlung gar nicht behalten wollte.

Martinique wrang den Putzlappen aus, den sie immer noch in der Hand hielt. Paul sagte ihr, sie solle so nicht denken, doch das war nicht so einfach, schließlich hing ihre berufliche Existenz an einem seidenen Faden.

Müde ließ sie den Blick auf einer kaputten Fußbodenleiste ruhen. Wahrscheinlich mussten sie eine gewaltige Charmeoffensive starten, um Charlotte für die Buchhandlung zu gewinnen. Sie hatte bereits ein langes Gespräch mit Sam geführt, ebenso mit William, der die Wohnung neben Saras gemietet hatte, und sie hoffte, dass ihnen der Ernst der Lage klar war. Wenn Saras Nichte das alles hier nicht gefiel, konnte es gut sein, dass sie das Haus an den Höchstbietenden verkaufte.

Allein der Gedanke, dass Saras Lebenswerk verlorengehen könnte, brach Martinique das Herz. Sie mussten es schaffen, Charlotte davon zu überzeugen, wie großartig und wichtig die Buchhandlung war.

Martinique blickte auf Tennyson, der sich noch immer nicht

vom Fleck gerührt hatte. Wie Charlotte zu ihm stehen würde, war ein ganz anderes Thema. Doch was wusste sie schon. Vielleicht liebte Saras Nichte starrsinnige alte Kater.

»Tut mir leid, mein Guter, aber es wird Zeit.«

Martinique griff nach ihrer Handtasche und deutete mit dem Kopf auf den Käfig.

»Hereinspaziert.«

Tennyson warf ihr einen amüsierten Blick zu und rollte sich dann auf die Seite. Er hatte offenbar keinerlei Absicht, mit ihr zu kooperieren.

Martinique seufzte, ging dann auf die Knie, fasste den schweren Kater um den Bauch und setzte ihn in den Käfig. Tennyson leistete zwar keinen Widerstand, zeigte seinen Unmut allerdings deutlich, und als sie den Käfig schloss und ihn maunzen hörte, bekam sie erneut ein schlechtes Gewissen.

»Wir kommen doch morgen wieder«, sagte sie beschwichtigend, »und wenn wir Glück haben, taucht Charlotte bald auf und ist genauso wunderbar wie ihre Tante.«

Bei diesen letzten Worten versagte ihr die Stimme und sie musste schlucken. Sie hoffte, dass Charlotte bald kam, denn sie wusste nicht, wie sie es schaffen sollte, noch länger alleine die Stellung zu halten.

Durch die Gitterstäbe blickte Tennyson sie vorwurfsvoll an, und sie fügte schnell hinzu: »Wir haben Thunfisch zu Hause. Wenn du jetzt lieb bist, kriegst du nachher ein bisschen.«

Dabei bemühte sie sich um einen strengen Blick, wusste aber schon, wie es ausgehen würde: Noch ehe der Abend vorbei war, würde Tennyson sich die letzten beiden Thunfischdosen erbettelt haben und es würde in der ganzen Küche stinken, denn obwohl sie immer gefunden hatte, dass Sara ihn viel zu sehr verwöhnte, hatte sie nicht das Herz, ihm etwas zu verwehren. Schließlich hatte er gerade seine Lebensgefährtin verloren.

2

MONTAG, 4. SEPTEMBER

Charlotte zog ihr Handy heraus und gab die Adresse ein: 187 Riverside Drive. Jedes Mal, wenn sie das Telefon in der Hand hielt, verspürte sie den Drang, ihren Kollegen Henrik anzurufen und zu fragen, ob er die To-do-Liste abgearbeitet hatte, die sie für ihn erstellt hatte.

Um sie herum toste der Verkehr, und sie strich mit dem Nagel über das Handygehäuse. Eigentlich war diese Liste gar nicht wichtig, aber mitten in einer der größten Städte der Welt fühlte sie sich plötzlich sehr einsam und sehnte sich nach Henriks Stimme.

Einen Moment lang ließ sie den Finger auf dem Hörersymbol liegen, dann konzentrierte sich wieder auf den Stadtplan im Display. Henrik würde sie auslachen, wenn sie ihren ersten SOS-Anruf bereits so kurz nach der Landung absetzte.

Charlotte marschierte los, und erst als sie über eine Gehwegkante stolperte, blickte sie wieder von ihrem Handy auf. Hohe Wolkenkratzer glitzerten in der Septembersonne, das Rumpeln der U-Bahn ließ den Boden erzittern und schwarze runde Taxis sausten auf der falschen Straßenseite an ihr vorbei. Charlotte schaute sich verwirrt um. *Das ist also London,* dachte sie. Dann senkte sie erneut den Blick.

Am liebsten wäre sie zu Hause geblieben und hätte die Angelegenheit von Schweden aus geregelt. Seit Alex vor etwas mehr als einem Jahr gestorben war, hatte sie ihre Firma c/o Charlotte allein geleitet und sich in Arbeit vergraben. Erst jetzt hatte sie das Gefühl, allmählich wieder Fuß zu fassen, und doch fiel es ihr immer noch schwer, seinen Tod zu akzeptieren. Sie blieb in ihrer eigenen kleinen Blase und fühlte sich sogar ganz wohl damit, alles andere auszusperren.

Agnetha Wislander, die Gesprächstherapeutin, zu der ihr Arzt sie überwiesen hatte, hatte gefragt, ob Charlotte wirklich so viel arbeiten müsse. Die modische Brille auf der Nasenspitze, hatte sie erklärt, es käme ihr vor, als würde Charlotte die Arbeit als eine Art Schutz benutzen, um nicht innehalten und im Hier und Jetzt leben zu müssen. *Wenn ich im Hier und Jetzt leben würde, würde ich mich in Grund und Boden schämen, weil ich zu Ihnen gehen muss,* hatte Charlotte gedacht. Sie war bisher gut allein zurechtgekommen, und schon die Vorstellung, jemand in der Firma könnte erfahren, dass sie zur Therapie ging, ließ sie schaudern.

Im Hier und Jetzt leben war im Übrigen einer von Agnethas Lieblingsausdrücken und ihre Lösung aller menschlichen Probleme. Sie schien zu glauben, dass *Mindfulness*-Übungen, wie etwa zehn Minuten auf einer Rosine herumzukauen, um den *echten* Geschmack zu erleben, alles heilen konnten: von Migräne bis hin zu überlasteten Achillessehnen.

Doch trotz ihrer Proteste, sie würde sich nicht in ihrer Arbeit vergraben, wusste Charlotte insgeheim, dass Agnetha recht hatte. Zu arbeiten war ihre Methode, zu vergessen, und nachdem sie endlich wieder die Kontrolle über ihr Leben zurückgewonnen hatte, dachte sie nicht daran, sie so ohne weiteres wieder abzugeben.

Noch schlimmer war es, wenn Agnetha auf ihrem avocadogrünen Drehstuhl wippte und fragte, mit wem Charlotte sich eigentlich in ihrer Freizeit traf. Es war anscheinend lebenswichtig, Menschen um sich zu haben, und dem konnte auch Charlotte sich nicht entziehen, obwohl sie Witwe war. »Meinen Sie, es geht Ihnen besser, wenn Sie so viel alleine sind?«, fragte Agnetha mit ihrer sanftesten Therapeutinnenstimme und legte den Kopf schief.

Wenn sie das hörte, krampfte sich Charlottes Magen zusammen, denn was sollte sie darauf antworten? Natürlich wollte sie nicht für den Rest ihres Lebens alleine bleiben, aber sie war noch nicht dazu bereit, neue Leute kennenzulernen, und außerdem war die Chance, dass sie noch einmal jemand so Wunderbaren kennenlernen würde wie Alex, nahezu bei null. Dennoch war es natürlich nicht besonders lustig, weder Freunde noch Familie zu haben, und nachdem ihr Mann gestorben war, würde sie vermutlich auch niemals eigene Kinder haben.

Es konnte Charlotte in den Wahnsinn treiben, an die vielen Male zu denken, die sie und Alex über ein gemeinsames Kind gesprochen hatten. Bisher hatte das Timing nie gestimmt, immer waren sie gerade mitten in einer entscheidenden Entwicklungsphase der Firma gewesen und hatten sich darauf geeinigt, *noch ein Jahr* zu warten, fest davon überzeugt, dass sie alle Zeit der Welt hatten. Doch dieses *eine* Jahr kam und ging viele Male, und jetzt stand sie mit leeren Händen da. Wobei, sie hatte immer noch die Firma. C/o Charlotte war das Einzige, was ihr von Alex geblieben war, und sie wollte auf keinen Fall auch das noch verlieren.

Wenn das Gespräch ins Stocken kam, kaute Agnetha immer

auf ihrem Bleistift herum, wie um zu zeigen, wie angestrengt sie nachdachte, und dann kam irgendein völlig absurder Vorschlag, der nur zeigte, wie wenig sie Charlotte wirklich kannte. Zuletzt hatte sie ihr vorgeschlagen, einen Tanzkurs zu besuchen.

»Eine ausgezeichnete Möglichkeit, mit Menschen in Kontakt zu kommen«, hatte sie enthusiastisch gerufen und mit ihrem zerbissenen Bleistift herumgewedelt, worauf Charlotte nur den Kopf geschüttelt hatte. Sie konnte sich nichts Schlimmeres vorstellen, als mit einem fremden Mann zu tanzen, der vermutlich sowohl Schweißhände als auch Filzläuse hatte.

Was Agnetha nicht zu begreifen schien, war, dass Charlotte, wenn sie die Wahl hätte, das Haus am liebsten gar nicht mehr verlassen würde. Dennoch war sie jetzt hier. In London. Hunderte Kilometer von zu Hause entfernt. Wenn Agnetha das wüsste, würde sie sich wahrscheinlich gar nicht mehr einkriegen vor Begeisterung. In einer Stadt mit über acht Millionen Einwohnern für sich zu bleiben war nahezu unmöglich, und das Risiko, Filzläuse zu bekommen war rasant gestiegen, seit Charlotte das Flugzeug verlassen hatte.

Sie schauderte, wenn sie an die vielen Krankheiten dachte, die in einer so großen Stadt umgehen mussten, und fluchte im Stillen, während sie versuchte, die Karte zu lesen, die sich immer in die verkehrte Richtung zu drehen schien. Eigentlich war an allem nur dieser Anwalt schuld. Er hatte so autoritär geklungen, als er mit seinem versnobten Englisch angerufen und die Vokale gedehnt hatte, dass Charlotte ihn förmlich vor sich sehen konnte, wie er in seinem Büro mit Blick auf den Buckingham Palace saß und sich von seinem Butler Tee servieren ließ. Wahrscheinlich trug er obendrein ein Monokel und einen gezwirbelten Schnurrbart.

»Sie müssen Ihrer Tante viel bedeutet haben, da sie Ihnen das Haus mitsamt der Buchhandlung vermacht hat, Miss Rydberg«, hatte er gesagt. *Nein,* wollte sie antworten, *das kann nicht sein, wir kannten uns gar nicht, wir sind einander nie begegnet.* Doch sie hatte kaum ein Wort herausgebracht, und dann war das Gespräch auch schon beendet gewesen, der Anwalt hatte aufgelegt.

Es spielte keine Rolle, dass das Ganze wie ein seltsamer Aprilscherz klang. Wenn ein britischer Anwalt anruft und einem sagt, dass man von einer mehr oder weniger unbekannten Verwandten ein Haus geerbt hat, dann fährt man hin. Das hatten sowohl Henrik als auch Agnetha ihr klar und deutlich zu verstehen gegeben.

Ein Passant lief in einer Wolke billigen Parfüms an ihr vorbei und sie hielt sich instinktiv die Nase zu. Es war viel gewesen heute. All die Eindrücke von der Reise. Der Lärm am Flughafen. Ihr Sitznachbar im Flieger, der *alles* über sie wissen wollte. (Das Erste, was er sagte, als er sich ihr zuwendete, war: »Jetzt fangen wir mal ganz von vorne an. Wo sind Sie geboren?«) Eine Welle von Müdigkeit überrollte sie, und sie stützte sich auf ihren Koffer.

Das alles wäre viel einfacher, wenn sie Alex dabeihätte. Er konnte großartig mit Menschen umgehen und es fiel ihm leicht, neue Kontakte zu knüpfen. Als sie vor acht Jahren die Kosmetikfirma c/o Charlotte gegründet hatten, war von Anfang an klar gewesen, dass er sich um die Kundenkontakte kümmern würde, während sie, die Alex liebevoll sein *introvertier-*

tes kleines Genie nannte, für die Produktentwicklung zuständig war.

Charlotte zog ihr Desinfektionsmittel heraus und rieb sich sorgfältig die Hände ein. Sie erinnerte sich daran, wie sie und Alex zusammen zu einer Fabrik nach Spanien hinuntergefahren waren, weil deren Produktion plötzlich stockte. Sie waren gerade in der Startphase gewesen, und Charlotte, die genau wusste, welche Probleme es mit sich brachte, wenn die Ware nicht rechtzeitig geliefert wurde, war außer sich vor Wut. Alex dagegen hatte in seiner gewohnt ruhigen Art gemeint, es nütze nichts, einfach nur Druck zu machen. Stattdessen hatte er den Vorarbeiter der Fabrik, Juan, um den Finger gewickelt, Marabou-Schokolade für dessen zwei Söhne mitgebracht und sich einen ganzen Abend lang seine Sorgen angehört. Nachdem Alex festgestellt hatte, dass Juan recht hatte, dass es nämlich tatsächlich viel zu warm in der Fabrik war, und sich darum gekümmert hatte, dass mehr Ventilatoren zur Verfügung gestellt wurden, war die Produktion sehr schnell wieder in Gang gekommen.

Noch immer schrieb Juan ihnen gelegentlich eine Postkarte, und als Mitte Juli wieder einmal eine im Briefkasten lag, adressiert an *Alex und Familie,* war Charlotte beinahe zusammengebrochen. Sie war davon ausgegangen, dass inzwischen jeder von Alex' Unfall wusste, doch bis in die Fabrik in Granada war die Nachricht anscheinend noch nicht vorgedrungen.

Ein lauer Wind wehte über die Themse, und Charlotte hielt einen Moment inne und genoss die Wärme. Überall wimmelte es von Menschen, doch keiner von ihnen blickte ihr in die Augen. Als einer alten Dame in himmelblauem Mantel und mit eleganter Frisur die Einkaufstüte aus der Hand glitt, war Charlotte die Einzige, die sich bückte und die umherrollenden Äpfel wieder aufsammelte.

Charlotte reichte ihr die Tüte mit dem Obst und versuchte gleichzeitig, dem Passantenstrom auszuweichen. Sie war es nicht gewohnt, so viele Leute um sich zu haben. Die meiste Zeit arbeitete sie von ihrem Haus auf dem Land aus, und oft sprach sie tagelang mit niemand anderem als mit Henrik. Und mit ihren Mitspielern auf Wordfeud natürlich, doch die zählten laut Agnetha nicht.

Die Dame lächelte dankbar.

Kurz darauf radelte ein kleines Mädchen im Spiderman-Kostüm auf Charlotte zu, und sie musste zur Seite springen, um nicht angefahren zu werden. Eigentlich hatte sie gar nicht die Zeit, hier zu sein. Sie war mitten in Verhandlungen mit mehreren großen Ketten, die ihre Kosmetikserie in ihren Läden verkaufen wollten. Henrik hatte vorgeschlagen, dass sie unter den gegebenen Umständen noch ein wenig warten sollten. Er machte sich Sorgen, Charlotte könnte sich überarbeiten. Was niemand zu begreifen schien, war, dass sie sich beschäftigen musste. Außerdem wollte sie mehr denn je Alex' Visionen verwirklichen, denn solange sie ihre gemeinsamen Projekte verfolgte, blieb er gewissermaßen an ihrer Seite.

Charlottes Koffer ratterte über das Pflaster. Da sie keine Ahnung hatte, wie lange sie bleiben würde, hatte sie wahllos ein bisschen von diesem und jenem eingepackt. Bestenfalls war sie bereits morgen wieder auf dem Heimweg, wie sie Henrik zu erklären versucht hatte, als er Musical-Karten für sie organisieren wollte.

Das Ganze war wirklich ein Rätsel. Also nicht die Tatsache, dass Henrik Eintrittskarten für sie kaufen wollte. Er war geradezu besessen von Andrew Lloyd Webber und hatte bei Ebay sogar schon auf ein von ihm benutztes Taschentuch geboten. Was Charlotte nicht begriff, war vielmehr, dass ihre Mutter bis auf ein paar flüchtige Anmerkungen nie etwas von ihrer älteren Schwester Sara erzählt hatte. Soweit Charlotte wusste, hatten sie zu Lebzeiten keinerlei Kontakt gehabt.

Charlotte blickte auf den gewaltigen Fluss und verlor beinahe das Gleichgewicht, als ein kräftiger Windstoß sie erfasste. Der Anwalt hatte ihr erklärt, das Gebäude bestehe aus zwei Wohnungen sowie Geschäftsräumen, und dass es die Buchhandlung im Erdgeschoss seit über hundert Jahren gebe. Charlotte hatte keine Ahnung, was sie mit einem so alten Haus anfangen sollte, und noch weniger konnte sie sich vorstellen, warum ihre Tante es ausgerechnet ihr hinterlassen hatte.

Nach ihrem Gespräch mit dem Anwalt Mr Cook schrieb sie ihm eine lange Mail, in der sie vorschlug, er könne das Haus in ihrem Namen vermieten. Doch Mr Cook antwortete im selben autoritären Ton, den er schon bei ihrem Telefongespräch angeschlagen hatte, er bestehe darauf, dass sie herkomme und es sich ansehe. Da sie einen Betrieb mit mehreren Angestellten geerbt habe, sei sie es ihnen schuldig, sich die Buchhandlung anzusehen, bevor sie irgendwelche Entscheidungen treffe. Und natürlich hatte er recht, auch wenn es eine schwierige Begegnung werden würde. Denn was konnte sie Saras Personal schon anbieten? Sie konnte schließlich schlecht nach London ziehen und anfangen, Bücher zu verkaufen, statt sich um ihre eigene Firma zu kümmern.

Charlotte blieb stehen, um sich zu vergewissern, dass sie auf dem richtigen Weg war. Auf der Themse glitt ein Frachter vorbei, ein paar Möwen kreischten am Himmel, und die Sonne schien so grell durch die lockere Wolkendecke, dass sie blinzeln musste.

Laut der Kartenapp war sie fast da. Charlotte hob die Hand, um ihre Augen abzuschirmen, und als sie es plötzlich direkt vor sich erblickte, wusste sie, dass sie angekommen war.

Es war ein typisch viktorianisches Stadthaus. Der obere Teil war aus Backstein gemauert, der untere mit einer zinnoberroten Fassade versehen, es sah charmant englisch aus. Das Einzige, was das Bild störte, war, dass jemand massenhaft Gerümpel in das überfüllte Schaufenster gestellt hatte. Ansonsten wirkte es sehr ansprechend.

Charlottes Herz machte einen Sprung. Zwar war das Gebäude eher klein und stand etwas eingequetscht zwischen zwei anderen da, dennoch hatte es mit seinen Fensterläden und antiken Blumenkästen einen eigenen Charakter, und aus irgendeinem Grund beschleunigte das ihren Puls.

Ein Taxi hupte wütend, als sie über die Straße ging, ohne sich umzusehen, doch sie konnte den Blick einfach nicht von dem Haus wenden. Über dem vollgestopften Schaufenster prangten vergoldete Buchstaben. *The Riverside Bookshop,* las Charlotte.

Gefesselt von dem Anblick blieb sie eine Weile auf dem Gehweg stehen. Eigentlich hatte sie vorgehabt, sich das Haus nur kurz von außen anzuschauen und anschließend direkt in ihr Hotel zu gehen, doch jetzt war sie plötzlich neugierig geworden. Das alte Haus schien sie geradezu magisch anzuziehen, es schien, als fiele der Boden zum Eingang hin ab.

Charlotte kratzte sich im Nacken. Sie könnte kurz hineingehen und sich ein wenig umsehen. Die Angestellten kannten sie schließlich nicht. Danach hätte sie noch genügend Zeit, das Hotel zu suchen, das Henrik für sie in der Nähe gebucht hatte. Ja, so würde sie es machen. Entschlossen streckte sie die Hand nach der massiven Klinke aus.

Die Tür aus eingefasstem Glas war schwer und vermutlich seit Jahrzehnten nicht mehr gereinigt worden. Charlotte nahm sich vor, sich nochmals die Hände zu desinfizieren. Doch sobald sie drinnen war, vergaß sie jeden Gedanken an Hygiene und blickte sich stattdessen andächtig um.

Alles kam ihr seltsam vertraut vor. Gleichzeitig schien es ihr, als wäre sie hundert Jahre in der Zeit zurückgereist. Die Bretter der dunkel gebeizten, bis zur Decke reichenden Holzregale bogen sich unter der Last der Bücher. Der Boden bestand aus breiten, unregelmäßigen Dielen, und durch die schmutzigen Scheiben fiel das Sonnenlicht, in dem Staubteilchen tanzten.

Charlotte blickte zu den grünen Glaslampen hinauf, die in ihren Kupferfassungen von der Decke hingen, und nahm den Geruch von Druckerschwärze, altem Papier und Vanille wahr.

Beeindruckt ließ sie den Blick schweifen. Diese Buchhandlung war wirklich etwas Besonderes. Von außen hatte sie hübsch, aber relativ anspruchslos gewirkt, doch wenn man hineinkam, öffnete sich eine eigene Welt. Der kunstvolle Stuck und die dekorativen Leisten, dazu der offene Kamin mit seinem dunklen Holzrahmen und dem Funkenschutz aus schwarzem Gusseisen, verliehen dem Raum einen wohnlichen Eindruck. Trotz seines etwas heruntergekommenen Äußeren strahlte er Wärme und Gemütlichkeit aus; ein perfekter Ort für jeden Buchliebhaber. *Solange man keine Hausstauballergie hat,* dachte Charlotte.

Hingerissen von der Fülle blieb sie auf dem weinroten Teppich im Eingangsbereich stehen. Die gewaltige Menge an Büchern, unter denen sich die Regalbretter bogen, sah alt aus und erweckte eher den Eindruck eines Antiquariats. An den Wänden hingen schwere Messingrahmen mit Autorenporträts und Zitaten aus berühmten Büchern, wie Charlotte annahm, und in der Ecke standen einladende Sessel, falls man sich setzen und ein wenig lesen wollte. In der Mitte thronte eine mächtige, u-förmige Eichenholztheke mit geschnitzten Details und einer schönen silbernen Kasse im Stil der Jahrhundertwende.

Anscheinend hatte sie sich bereits an den Großstadtlärm draußen gewöhnt, denn die plötzliche Stille im Inneren des Ladens drinnen fiel ihr auf. *Das also ist Saras Buchhandlung,* dachte sie. *Meine Buchhandlung.*

Erst als sich ihr eine kräftige Frau in einem roten Kaftan näherte, brach der Zauber. Charlotte wandte sich ihr zu, um ihr zu sagen, dass sie keine Hilfe brauche, sondern sich nur ein wenig umsehen wolle, doch noch ehe sie den Mund öffnen konnte, streckte die Frau beide Arme aus und umarmte sie strahlend.

Ein paar lange Sekunden steckte sie in der unfreiwilligen Umarmung fest und spürte, wie sich der große, weiche Körper an sie drückte. Panik stieg in ihr auf und sie versuchte vergeblich, sich zu befreien. Als die Frau sie endlich losließ, trat Charlotte in Erwartung einer Entschuldigung oder zumindest einer Erklärung – *Ich habe wohl vergessen, meine Medikamente zu neh-*

men – ein paar Schritte zurück. Doch stattdessen rief die Frau: »Wie schön, Sie endlich kennenzulernen!«

Charlotte starrte sie verwundert an. Die Frau in Rot musste irgendetwas missverstanden haben. Vielleicht verwechselte sie sie mit irgendeiner Berühmtheit? Jemand hatte ihr mal gesagt, sie ähnele auf ihrem Facebook-Profilbild Scarlett Johansson. Das Bild war von der Seite aufgenommen und Charlotte hatte einen Filter darübergelegt. Eine gewisse Ähnlichkeit war tatsächlich vorhanden, das fand sie selbst auch. Hatte die Frau sie also mit Scarlett Johansson verwechselt?

Jedenfalls ließ sie sich nicht davon stören, dass sie keine Antwort erhielt und legte ungeniert eine Hand auf Charlottes Arm.

»Wie schön, dass Sie endlich da sind! Ich habe mir solche Sorgen gemacht, was aus allem werden soll. Und ich habe versucht, mich so gut es ging um die Buchhandlung zu kümmern, aber seit Sara nicht mehr da ist …« Sie schüttelte betrübt den Kopf. »Ja, also ich habe mein Bestes gegeben, aber mit Ihrer Hilfe wird bestimmt alles leichter. Gott, wie ich mich auf diesen Moment gefreut habe! Es gibt so viel, was ich Ihnen zeigen möchte!«

Charlottes Hand krampfte sich um ihre Handtasche. Sie begriff überhaupt nichts mehr. Wieso hatte diese Frau sie erkannt?

»Ich bin übrigens Martinique, aber das haben Sie sich bestimmt schon gedacht«, sagte sie und lachte so laut und herzlich, dass ihre dunklen Locken wippten. Sie hatte ein wirklich freundliches Gesicht mit entwaffnendem Lächeln.

Charlotte schluckte. Wie sollte sie erklären, dass sie keine Ahnung hatte, wer Martinique war?

»Entschuldigung, aber ...«

Weiter hinten öffnete sich eine Tür, und die Frau legte die Hände an den Mund und rief laut:

»Sam, rate mal, wer da ist! Komm und sag Charlotte guten Tag!«

Charlotte griff sich an den Hals. Sie wusste also sogar ihren Namen? In ihrem Kopf drehte sich alles. War der Anwalt hier gewesen, um die Angestellten zu informieren? *Ja,* dachte sie, *das muss es sein.* Und vielleicht fand Martinique auch, dass sie Sara ähnelte, oder sie sah einfach schwedisch aus, mit ihrem blonden Haar. Eine bessere Erklärung fiel ihr nicht ein.

Eine deutlich jüngere Frau in ausgestellten Jeans, braunem Hemd mit gestärktem Kragen und gelber Strickweste schlenderte auf sie zu. Sie wirkte zum Glück nicht ganz so euphorisch über ihre Ankunft und streckte lediglich die Hand aus, um sie zu begrüßen.

»Sie sind also Saras Nichte. Nett, Sie kennenzulernen«, sagte sie. Dann wandte sie sich wieder an Martinique:

»Soll ich noch mehr Tüten bestellen, oder wollen wir das erst noch mal gemeinsam besprechen?«

Charlotte spürte, wie ihr der Schweiß ausbrach. Die Mitarbeiterinnen hatten also auf sie gewartet. Natürlich wollten sie wissen, wie es jetzt mit ihnen weiterging, doch für den Moment konnte Charlotte ihnen gar nichts sagen. Erst musste sie mit dem Anwalt sprechen.

Während Martinique und Sam sich über den Tütenverbrauch unterhielten, überlegte Charlotte fieberhaft, was sie ihnen sagen sollte. Natürlich wollte sie die Situation auf die bestmögliche Weise lösen und hoffte, einen Mieter zu finden, der die

Buchhandlung übernahm, doch sie konnte überhaupt nicht einschätzen, ob ihr das gelingen würde.

Als sie fertig diskutiert hatten, sah Martinique Charlotte an und lächelte.

»Sie sind bestimmt müde von der Reise. Ich zeige Ihnen Saras Wohnung, denn Sie wollen doch bestimmt dort übernachten?«

Charlotte nickte zögernd. Sie hatte nicht vor, in der Wohnung ihrer verstorbenen Tante zu schlafen, doch sie war neugierig auf Sara und wollte sehen, wie sie gelebt hatte. Anschließend würde Martinique sie dann hoffentlich allein lassen, und sie konnte in Ruhe ihr Hotel suchen.

Charlotte nahm ihren Koffer und machte sich bereit, wieder auf die Straße hinauszugehen, doch Martinique zeigte ins Ladeninnere:

»Hier entlang, Herzchen. Sara wohnte in der Wohnung gleich über dem Laden. Wir sind immer eine große Familie gewesen. Ich, Sam und Sara. Und natürlich William, der in der anderen Wohnung wohnt.«

Die grün gestrichene Treppe wirkte wie aus einem Märchen, und als sie an Saras Wohnungstür ankamen, überraschte es Charlotte keineswegs, dass sie mit handgemalten, orangegelben Blumen verziert war.

Martinique reichte ihr einen Schlüsselbund und nickte zu der Tür mit dem Namensschild *S. Rydberg* und der Katzenklappe.

»Die sind für Sie. Wir haben versucht, ein bisschen aufzuräumen«, sagte sie entschuldigend, »aber es fühlte sich nicht richtig an, in Saras Sachen herumzuwühlen, bevor Sie da waren.« Sie lächelte erneut, während Charlotte versuchte, den Schlüssel in das zerschrammte Schloss zu stecken. »Kommen Sie runter, wenn Sie sich eingerichtet haben, dann mache ich uns was zu essen.«

Charlotte bedankte sich, obwohl sie sich nicht vorstellen konnte, heute Abend noch mit Sam und Martinique zu essen. Im Moment war das Einzige, woran sie denken konnte, dieses Hotel zu finden, lange zu duschen, den Zimmerservice zu bestellen, ins Bett zu kriechen und ihre Firmen-E-Mails zu checken.

Endlich verschwand Martinique die Treppe hinunter, und es gelang Charlotte, die Tür zu öffnen. In der Wohnung empfing sie ein einziges Durcheinander, überall lagen Notizblöcke und alte Zeitungen herum. An den Türrahmen hingen massenhaft Post-its mit dahingekritzelten Bemerkungen wie *Franzens neuen Roman bestellen* und *Mrs Ipswich wird den Taschendieb lieben, sie muss ihm nur eine Chance geben,* und überall auf dem Boden verteilt waren riesige Bücherstapel.

Erschöpft sah Charlotte sich um. Eigentlich war sie eine begnadete Organisatorin und liebte es, aufzuräumen. Zu Hause hatte jedes Ding vom Haargummi bis zum Anspitzer seine eigene Schachtel, und wenn Alex, der ein richtiger Chaot war, auf der Suche nach irgendetwas seine Schreibtischschubladen auf dem Boden ausgekippt hatte, war sie jedes Mal wütend auf ihn geworden. Die plötzliche Erinnerung zog ihr das Herz zusammen. Im Nachhinein konnte sie nicht mehr nachvollziehen, dass sie sich über solche Banalitäten gestritten hatten.

Charlotte rückte einen Bilderrahmen an der Wand gerade und seufzte. Sie zog die kleine Flasche aus ihrer Handtasche und desinfizierte sich erneut die Hände. Hier drinnen war es so unordentlich, dass sie gar nicht wusste, wo sie überhaupt anfangen sollte. Die Wohnzimmerwände waren mit verblichenen Postern von Bob Dylan und Janis Joplin bedeckt, die so spröde wirkten, dass sie wahrscheinlich zerfielen, wenn man sie nur berührte.

Vorsichtig trat Charlotte ein paar weitere Schritte in die Wohnung. Es kam ihr vor wie ein Museum. Sie ließ den Blick wandern. Die Zimmer waren relativ klein und eng und die Möbel wirkten, als seien sie hier und da auf Flohmärkten erstanden und zusammengewürfelt worden. Es war stickig und ein wohlbekannter süßsaurer Geruch machte sich bemerkbar, als hätte jemand Obst in einer Tasche vergessen.

Sie blinzelte angestrengt. Wäre sie nicht so müde gewesen, wäre sie wahrscheinlich gleich wieder runtergegangen, doch sie hatte keine Kraft mehr, sich mit irgendwem zu unterhalten.

Auf einer kleinen Kommode entdeckte sie ein gerahmtes Foto, das ihre Mutter Kristina zusammen mit einem anderen jungen Mädchen zeigte, vermutlich ihrer Tante. Die beiden saßen auf einer Bank, und obwohl ihnen der Wind die Haare ins Gesicht wehte, lächelten sie in die Kamera. Sie hatten das gleiche blonde Haar und Sommersprossen auf der Nase. Sie sahen sich unglaublich ähnlich, und sie waren so jung. Nicht älter als zwölf oder dreizehn.

Lange starrte Charlotte das Foto an. Sie hatte immer geglaubt, ihre Mutter sei deutlich jünger gewesen als ihre Schwester und sie hätten vielleicht deshalb den Kontakt verloren, doch auf dem Foto sahen sie beinahe gleich alt aus.

Mit dem Finger berührte sie das Gesicht ihrer Mutter. Warum hatte sie ihr nie etwas von Sara erzählt? Hatten sie sich zerstritten?

Charlotte wurde immer wehmütig, wenn sie an ihre Mutter dachte, und blinzelte eine Träne fort. Obwohl sie bereits seit mehreren Jahren tot war, vermisste sie sie unendlich und überlegte, wie es wohl gewesen wäre, wenn sie Sara noch hätte kennenlernen dürfen. Wahrscheinlich hätte sie sie sehr an ihre Mutter erinnert.

Charlotte sah sich weiter im Zimmer um und entdeckte etwas Bekanntes drüben beim Fernseher. Sie ging zu dem Regal hinüber, wo weitere Fotos aufgereiht waren und betrachtete sie verwundert. Die meisten kannte sie gut. Sie selbst war darauf als Kind zu sehen: als Einjährige in einer Badewanne sitzend, als Vierjährige über eine Wiese rennend. Wenn ihre Mutter Sara die Bilder geschickt hatte, mussten sie doch Kontakt gehabt haben. Warum hatte ihre Mutter ihr nichts davon erzählt?

Als sie einen weiteren Rahmen in die Hand nahm, stutzte sie. Auf dem Foto war sie als Erwachsene zu sehen. Es stammte aus einem Interview mit einer Zeitung, als sie gerade ihre Firma gegründet hatte.

Charlotte erinnerte sich noch gut an diesen Tag. Erst hatte sie sich geweigert, sich fotografieren zu lassen, doch Alex hatte gemeint, sie sei das Aushängeschild, immerhin trage die Firma ihren Namen, und so war sie schließlich einverstanden gewesen. Erstaunlicherweise hatte es ihr dann sogar Spaß gemacht, nach den Anweisungen des Fotografen vor der Kamera zu posieren.

Still betrachtete sie das Foto. Es war von schlechter Qualität, wahrscheinlich mit einem alten Tintendrucker ausgedruckt, dennoch fand sie, dass sie hübsch aussah. Ein anderes Foto war eines ihrer ehemaligen Profilbilder auf Facebook. Martinique musste sie anhand dieser Fotos wiedererkannt haben.

Charlotte stellte das Bild zurück. Wieso hatte ihre Tante sich für ihr Leben interessiert? Wenn sie sie hätte kennenlernen wollen, warum hatte sie sich dann nicht einfach gemeldet?

Sie ging zwischen den Möbeln hindurch, bis sie einen Sessel fand, den sie abklopfte, bevor sie sich setzte. Die Gedanken wirbelten in ihrem Kopf umher. Warum hatte Sara ihr die Buchhandlung vermacht?

Resigniert blickte sie sich um. Wenn man das Haus renovierte, war es bestimmt viel wert, aber Charlotte konnte von ihrer Firma gut leben und brauchte das Geld nicht. Außerdem war sie sich nicht sicher, ob sie eine weitere Wohnungsauflösung ertragen würde. Die ihrer Mutter hatte sie fast umgebracht.

Charlotte gähnte. Sie wollte nicht undankbar erscheinen, aber sie war nicht bereit, ein solches Projekt zu übernehmen. Wäre Alex noch am Leben, wäre es etwas anderes, dann wären sie wenigstens zu zweit. Außerdem wusste Charlotte gar nicht, wie man eine Buchhandlung führt, und es wäre Martinique und Sam gegenüber nicht fair, mit ihrer Zukunft zu spielen. Bestimmt ließ sich jemand finden, der besser geeignet war, sich um den Riverside Bookshop zu kümmern.

Morgen bitte ich den Anwalt, jemanden zu suchen, der das Haus mieten will, dachte Charlotte, *oder kaufen, falls das einfacher ist.*

Die Lider wurden ihr schwer und sie schloss für einen Moment die Augen. Eine kurze Ruhepause war genau das, was sie jetzt brauchte, dann würde sie sich auf die Suche nach diesem Hotel machen. Und konnte hoffentlich bereits morgen den Nachmittagsflieger zurück nach Schweden nehmen.

Als Charlotte erwachte, war die Wohnung in Dämmerung gehüllt. Einen Augenblick lang wusste sie nicht, wo sie war, und wurde panisch. Verwirrt sah sie sich um, dann entdeckte sie die Fotos auf den Regalen. Sie war also noch in Saras Wohnung.

Im gelben Licht der Straßenlaterne, das von draußen hereinfiel, kam es ihr vor, als wären die Bücherstapel gewachsen; sie warfen lange dunkle Schatten auf den Boden.

Charlotte schaute auf die Uhr. Viertel vor sieben. Hatte sie tatsächlich mehrere Stunden geschlafen? Sie seufzte und rieb sich das Gesicht.

Sie stand auf und trat ans Fenster. War die Buchhandlung noch geöffnet? Charlotte hoffte es, denn sie wusste nicht, wie sie sonst herauskommen sollte.

Fröstelnd blickte sie sich um. Vielleicht sollte sie doch einfach die Nacht hier verbringen? Das Sofa war zwar voller Bücher, aber die könnte sie ja wegräumen, und saubere Laken ließen sich bestimmt auch irgendwo auftreiben. Sie hatte wenig Lust, Sam und Martinique noch einmal zu begegnen, bevor sie einen Plan gemacht hatte, wie es mit der Buchhandlung weitergehen sollte.

Die Treppe draußen knarrte, und Charlotte drehte sich hastig um. Zögernd trat sie in den Flur.

Plötzlich klopfte es an der Tür, so laut, dass es durch die ganze Wohnung hallte.

Charlotte schluckte. Martinique und Sam wussten natürlich, dass sie immer noch hier war, und wenn sie nicht öffnete, wäre das einfach nur peinlich. Aber warum sagten sie nichts?

Als es zum zweiten Mal klopfte, streckte Charlotte die Hand nach dem Lichtschalter aus und schaltete die runde Glaslampe ein, die den ganzen Flur in sanftes Licht tauchte.

Rasch warf sie einen Blick auf ihr Spiegelbild über der Kommode, fuhr sich mit der Hand durchs Haar und drehte dann den Wohnungsschlüssel um.

Auf dem Treppenabsatz stand Sam, an die Wand gelehnt. Ihre halblange Pagenfrisur hatte sie zurückgekämmt, sie erinnerte mit ihrer entspannten Haltung an einen Schauspieler aus den fünfziger Jahren. James Dean vielleicht, oder Elvis. Charlotte erwartete fast, dass sie eine Zigarette hinter ihrem Ohr hervorzog und sie mit einer Schachtel Streichhölzer aus der Brusttasche anzündete.

»Hallo«, sagte Sam.

»Hallo.«

»Martinique und ich wollten was essen. Kommen Sie auch?«

Charlotte zögerte, dann schüttelte sie den Kopf.

»Danke, sehr nett, aber ich habe keinen großen Hunger«, antwortete sie und hoffte, dass Sam nicht hörte, wie ihr Magen knurrte.

Sam hob die Augenbrauen.

»Okay. Allerdings hat Martinique extra für Sie gekocht. Sie

ist den ganzen weiten Weg bis zum Tesco gelaufen, um jede Menge Gemüse zu kaufen, von dem ich nicht einmal die Namen weiß, deshalb wäre es toll, wenn Sie mit runterkommen und wenigstens probieren könnten.«

Charlotte war peinlich berührt.

»Sie hat selbst gekocht? Dann komme ich natürlich. Augenblick, ich muss nur kurz etwas holen.«

Sie ging ins Wohnzimmer zurück und nahm ihre Handtasche. Den Koffer ließ sie stehen, denn bei Dunkelheit würde sie ohnehin nicht allein hinausgehen.

Auf halber Treppe warf Sam ihr über die Schulter einen Blick zu.

»Sind Sie Single oder verheiratet oder leben Sie in sonst irgendeiner Partnerschaft?«

Charlotte verzog das Gesicht. Sie sprach nicht gern über ihr Privatleben.

»Single.«

Sam nickte.

»Nur, damit Sie es wissen: Wir haben ein System hier im Laden. Jeder Kunde, der reinkommt, gehört zuerst einmal mir. Wenn Sie einen daten wollen, geht das klar, aber Sie müssen es erst mit mir absprechen. Okay?«

Charlotte nickte, obwohl ihr diese Bemerkung seltsam vorkam. Dachte Sam, sie wolle hierbleiben? Wusste sie nicht, dass sie bereits einen Job in Schweden hatte? Und warum sollte sie ein Interesse daran haben, sich mit den Kunden der Buchhandlung zu treffen? Sie hätte gern gesagt, dass sie nicht die geringste Absicht habe, hierher zu ziehen, doch das hätte nur zu weiteren Fragen geführt, und so ließ sie es lieber sein.

Das Licht im Erdgeschoss hatte sich verändert. Es kam Charlotte beinahe neblig vor, jetzt, da die Sonne unterging und man sich ganz auf das Licht der großen grünen Lampen verlassen musste sowie auf den Schein der Kerzen auf dem Kaminsims.

Charlotte folgte Sam. Der Duft nach Essen erinnerte sie daran, wie hungrig sie war, und sie lächelte, als sie sah, dass jemand ein weißes Tischtuch über die lange Seite der Eichenholztheke gebreitet und unterschiedliche Teller aufgedeckt hatte.

»Setzen Sie sich, wir kommen gleich«, sagte Sam und deutete auf die Barhocker, die an der Theke standen.

Charlotte setzte sich und musterte ihre Finger. Der anspruchslose, hellbeige Nagellack erinnerte sie daran, wie wenig sie sich derzeit um ihr Äußeres kümmerte. Früher war sie ein wandelndes Modell ihrer eigenen Schönheitsprodukte gewesen, heute konnte sie sich kaum zu einer einfachen Maniküre aufraffen.

Obwohl es bereits dämmerte, war draußen auf der Straße noch viel los. Die Themse glitzerte im Schein der Straßenlaternen, und die Promenade unten am Fluss war voller Spaziergänger. Von den Restaurants auf der anderen Straßenseite drang warmes Licht herüber, und man konnte die Silhouetten von Menschen erkennen, die beieinandersaßen und aßen.

Paare liefen Hand in Hand, eine Frau saß auf einer Parkbank und sang zur Gitarre, und ein Mann mit einem Hund auf dem Arm hörte ihr zu. Es gab so viel zu sehen, dass es Charlotte schwerfiel, den Blick abzuwenden. Zu Hause vor dem Bürofenster gab es höchstens ein paar Krähen, und es war faszinierend, so viele Momentaufnahmen aus verschiedenen Leben auf einmal geboten zu bekommen.

Durch die Regale vor dem Schaufenster sah sie den Leuten

zu, die vorübergingen. Sie hatte das Gefühl, als wäre die Buchhandlung ein geheimer Ort, der den Blicken anderer verborgen war, und diese Vorstellung ließ ihr Herz schneller schlagen.

Sie war selbst überrascht über ihre Neugier. Im vergangenen Jahr war sie so viel allein gewesen, dass sie sich an die Stille gewöhnt hatte. Wenn sie sich mit Leuten traf, kam das Thema früher oder später immer auf Alex, und darauf hatte sie keine Lust.

Agnetha hatte gemeint, sie bräuchte ja niemandem zu sagen, was passiert war, zumindest nicht, wenn sie jemanden neu kennenlernte, doch Charlotte kam es vor, als würde sie dann lügen. Fast jede Frage schien letztlich zu Alex zu führen, und von ihrem toten Ehemann zu erzählen konnte wirklich jede Stimmung verderben. Außerdem hatte sie immer noch wahnsinnige Angst, plötzlich in Tränen auszubrechen, was ihr hin und wieder tatsächlich passiert war, unter anderem an der Kinokasse, als der Verkäufer ihr die Handlung von *Ein ganzes halbes Jahr* erklärt hatte.

Von weitem entdeckte Charlotte einen jungen Mann in Lederjacke. Er hatte dunkles, lockiges Haar und schien wütend, so wie er heranpreschte. Dennoch hatte er etwas Elegantes an sich, obwohl er nicht rasiert war und unter seiner Jacke ein zerknittertes Hemd hervorschaute.

Er kam geradewegs auf Charlotte zu. Statt weiter der Straße zu folgen, hielt er direkt vor der Buchhandlung, und als er die Klinke herunterdrückte, schnappte Charlotte nach Luft.

Die Tür öffnete sich und ein Windstoß fuhr herein. Charlottes Herz setzte kurz aus. Sie war überzeugt gewesen, die Tür sei abgeschlossen; und nun zu merken, dass jederzeit jemand hereinspazieren konnte, fühlte sich für sie bedrohlich an.

Der Mann in der braunen Lederjacke starrte sie an. Charlotte musste sich zwingen, seinem Blick nicht auszuweichen.

»Wo ist Sam?«, fragte er barsch.

Sie wies auf den hinteren Teil des Ladens und sah ihm hinterher, wie er über die massiven Dielen polterte, die bei jedem seiner Schritte knarrten.

Charlotte atmete tief aus. Das Gefühl der Ruhe, das sie eben noch empfunden hatte, war wie weggeblasen. Wenn sie jetzt blieb, wäre sie bestimmt einer Menge anstrengender Fragen ausgesetzt. Am besten nahm sie einfach ihre Handtasche und ging, suchte das Hotel und kehrte morgen zusammen mit dem Anwalt zurück.

Als sie gerade vom Stuhl herunterrutschte, tauchte Martinique mit einem riesigen Kochtopf auf.

»Hallo, Liebes«, zwitscherte sie. »Konnten Sie sich ein bisschen ausruhen?«

Enttäuscht darüber, dass es ihr nicht gelungen war zu entwischen, setzte Charlotte sich wieder hin und nickte.

»Saras Wohnung ist wirklich etwas Besonderes. Wenn kein Nebel ist, kann man vom Wohnzimmerfenster aus die Tower Bridge sehen!«

»Ach, wirklich«, antwortete Charlotte kurz und biss sich auf die Unterlippe. Martinique war so freundlich zu ihr. Sicherlich würde sie es ihr übelnehmen, wenn sie nicht zum Essen blieb. Außerdem duftete es verlockend. Sie konnte ihnen ja wenigstens einen Moment Gesellschaft leisten.

Martinique stellte den Topf ab, hob den Deckel und rührte mit einem Holzlöffel um. Sie hatte wunderschöne Haut von einer Farbe, die Charlotte als Praliné oder Muscovadozucker beschreiben würde. Ihre neuen goldbasierten Highlighter würden perfekt zu ihr passen, und wäre Charlotte sie selbst gewesen, also so, wie sie vor Alex' Unfall gewesen war, hätte sie schleunigst dafür gesorgt, dass Martinique eine Probepackung des Produkts erhielt.

Charlotte blickte sich schüchtern um und überlegte, was sie sagen könnte. Sie hatte eigentlich keine Sprachprobleme. Es fiel ihr sogar leichter, Englisch zu sprechen als Schwedisch, denn da konnte sie so tun, als wäre sie jemand anderes. Allerdings war sie ganz schlecht im Smalltalk, egal, um welche Sprache es sich handelte.

»Was für schönes Wetter Sie hier haben«, sagte sie und versuchte zu lächeln, als plötzlich etwas um ihre Beine strich. Irgendwo hatte Charlotte gelesen, dass man in einer Großstadt wie London nie mehr als ein paar Meter von einer Ratte entfernt war, und für den Bruchteil einer Sekunde war sie überzeugt, es wäre eine, die unter der Theke vorbeihuschte. Noch bevor sie den buschigen Schwanz registrieren konnte, war sie so heftig aufgesprungen, dass der Barhocker umfiel.

»O Gott, ich wusste nicht, dass es hier eine Katze gibt«, sagte sie errötend und richtete den Stuhl schnell wieder auf.

Martinique warf ihr einen innigen Blick zu.

»Das war nur Tennyson. Er ist eine Art Maskottchen. Die Kunden lieben es, ihn zu kraulen. Stimmt's, Katerchen?«, sagte sie zärtlich, als spräche sie zu einem Kind.

Charlotte sah zu, wie das große, zottige Tier zu einem Korb in der Ecke schlenderte und sich zufrieden darin zusammenrollte. Wenn so ein Riesenvieh hier herumlief, war es nicht weiter verwunderlich, dass alles voller Staub und Katzenhaare war.

Martinique blickte von ihrem Topf auf, und trotz ihres Lächelns lag Trauer in ihrem Blick.

»Sie sehen Ihrer Tante so ähnlich!«, sagte sie.

Charlotte rutschte auf dem Stuhl hin und her. Sollte sie Martinique die Wahrheit sagen – dass sie Sara gar nicht gekannt und nie gesehen hatte?

Martinique wendete sich ab und schniefte.

»Sara liebte meine Eintöpfe«, fuhr sie fort und verteilte das Besteck, das in verschiedenen Größen in einem Korb lag. Diskret wischte sie sich die Augen und lachte schon wieder. »Entschuldigung, ich muss mich wirklich zusammenreißen.« Sie schüttelte den Kopf. »Wir sind so froh, dass Sie endlich da sind. Sara hat erzählt, dass Sie unter Flugangst leiden, und wir sind so dankbar, dass Sie trotzdem gekommen sind.«

Ach so, dachte Charlotte. So hatte ihre Tante also erklärt, weshalb ihre Nichte sie nie besuchen kam.

Sie entdeckte Sam, die Arm in Arm mit dem Mann in der Lederjacke hereinkam. Mit lauter Stimme redete er auf sie ein.

»Das ist William«, erklärte Martinique, »er wohnt in der Wohnung neben Ihnen.«

Charlotte registrierte, dass es sich so anhörte, als wäre sie bereits in das Haus eingezogen, ließ es aber fürs Erste auf sich beruhen.

Sam hielt zwei Weinflaschen in der Hand, und an der Theke angelangt, entkorkte sie die erste, wobei sie dem Mann weiterhin aufmerksam zuhörte. Er redete hitzig und in einem Dialekt, den Charlotte nicht verstand, sodass sie dem Gespräch nicht folgen konnte.

Sam schenkte vier Gläser ein, und William leerte seins in einem Zug.

Charlotte musterte ihn schweigend, doch als er ihr ein Weinglas herüberschob, schaute sie weg. Die Reaktion erfolgte unmittelbar. Er streckte die Hand aus und räusperte sich.

»Entschuldigung«, sagte er. »William.«

Charlotte ergriff halbherzig seine Hand.

»Charlotte.«

»Ich hoffe, ich habe dich nicht erschreckt.«

Sie schüttelte den Kopf.

»Nein, alles in Ordnung.«

»Bestimmt? Du sahst schon ein bisschen erschrocken aus.«

»Nein, ganz bestimmt nicht«, murmelte sie leise.

»Okay. Möchtest du Wein?«

Charlotte faltete die Hände im Schoß.

»Nein, danke.«

William hielt Sam sein Glas hin.

»Kann ich vielleicht noch etwas bekommen?«

Sam verdrehte die Augen, dann schenkte sie William den Rest aus der ersten Flasche ein und öffnete die zweite.

»Okay«, sagte William. »Bist du eine von Sams Freundinnen?« Die Art und Weise, wie er »Freundinnen« betonte, gab Charlotte zu verstehen, dass er etwas anderes meinte.

Sam seufzte laut.

»Ich schlafe nicht mit jeder Person, die den Laden betritt.«

»Nein, nur mit fünfundsiebzig Prozent ...«

»... sagte er neidisch«, vollendete Sam seinen Satz.

Charlotte drehte ihr Weinglas. Sie war nicht abstinent, aber sie trank nur noch selten. Betrunken war sie schon seit Jahren nicht mehr gewesen, und zum Essen ein Glas Wein zu trinken, wenn sie alleine war, kam ihr ... überflüssig vor. Jetzt aber war es ganz schön, etwas zum Festhalten zu haben. Außerdem konnte sie ein bisschen Stärkung gebrauchen, fand sie, sog den Duft ein und nahm dann doch einen kleinen Schluck.

»Das ist Saras Nichte«, sagte Sam jetzt ein wenig säuerlich.

William verschluckte sich und sah sie mit seinen samtbraunen Augen zum ersten Mal richtig an.

»Ach, du Schreck! Entschuldigen Sie bitte, Frau Vermieterin«, sagte er und deutete eine scherzhafte Verbeugung an. »Sie werden mir doch nicht die Miete erhöhen, bloß weil ich mich danebenbenommen habe?«

Erst jetzt fiel Charlotte auf, was für eine tiefe Stimme er hatte.

Sam pfiff.

»Ha, du wirst es dir niemals leisten können, hier wohnen zu bleiben.«

William lachte nervös.

»Im Ernst, Charlotte. Sara und ich hatten eine Spezialvereinbarung. Ich bekomme einen Nachlass auf die Miete, solange ich schreibe.«

»Ja, William ist unser Hausautor«, zwitscherte Martinique. »Haben Sie schon mal etwas von *Die Taube landet auf deinem Dach* gehört?«

Charlotte schüttelte den Kopf. »Leider nicht.«

»Nein? Sein Buch war sogar für einen Preis nominiert. Als bestes Debüt des Jahres! Und das ist nur eines von vielen Dingen, die diesen Ort hier so einzigartig machen.«

William vergrub plötzlich das Gesicht in den Händen.

»Aber William, du musst dich nicht schämen, sei lieber stolz darauf!«, sagte Martinique.

Sam sah Martinique an und schüttelte den Kopf.

»Was denn? Darf ich denn nicht ein bisschen mit unserem Hausautor angeben?«

William seufzte nur, und Sam legte ihm den Arm um die Schulter.

»Komm schon, das wird sich finden.«

Martinique blickte plötzlich ängstlich drein.

»Was ist passiert?«

»Er hatte doch heute dieses Treffen«, zischte Sam.

»Welches Treffen?«

»Mit Deidra, seiner Lektorin«, sagte Sam und schenkte William noch mehr Wein ein.

Ohne aufzublicken, stürzte William noch ein weiteres Glas hinunter und murmelte etwas Unverständliches.

Charlotte wusste nicht, wo sie hinschauen sollte. Das schien ein sehr privates Gespräch zu sein und nicht für ihre Ohren bestimmt. Sie schielte zur Tür hinüber.

»Es wird schon nicht so schlimm gewesen sein, wie du im ersten Moment denkst«, tröstete Martinique und reichte William einen Teller mit dampfendem Eintopf.

Er beugte sich darüber und holte tief Luft.

»Sie haben mir Digestive-Kekse angeboten. Digestive-Kekse! Und es waren noch nicht einmal McVitie's!«

Sam reichte William einen Löffel, und er begann zu essen.

»Und das Manuskript? Du hast schließlich ein ganzes Jahr daran gearbeitet. Meintest du nicht, es sei das Beste, was du je geschrieben hättest?«

William schloss die Augen, Sam seufzte.

»Erinnere ihn bloß nicht daran«, knurrte sie zwischen den Zähnen.

»Was denn?«, fragte Martinique. »Das hat er doch gesagt! Den ganzen Frühling hat er gestrahlt und sogar angefangen, vor sich hin zu pfeifen.«

William atmete schwer und murmelte erneut etwas Unverständliches.

»Was hat er gesagt?«, flüsterte Martinique, aber Sam schüttelte nur den Kopf.

»Was hast du gesagt?«, fragte sie William und füllte noch einmal sein Glas.

William lallte bereits und Charlotte zweifelte daran, dass es so gut war, wenn er noch mehr trank.

»Er ... war ... tet«, hörte sie ihn mühsam hervorbringen.

Alle am Tisch beugten sich näher zu ihm.

»Etwas erwartet?«, fragte Sam.

William nickte, obwohl niemand zu begreifen schien, was er meinte.

»Ja. Sie hat gesagt, sie hätte mehr von mir erwartet«, stammelte er. »Ich begreife das nicht. Es war richtig gut. Dachte ich zumindest, aber jetzt bin ich mir nicht mehr so sicher. Mein Manuskript ist anscheinend der letzte Dreck. Ich bin der letzte Dreck, ich glaube, sie will es kein zweites Mal lesen.«

Ein kleiner Tumult entstand, als Martinique aufstand, um William zu umarmen. Sein Löffel fiel auf das Tischtuch und ein großer, öliger Fleck breitete sich auf dem weißen Stoff aus.

»Ich habe richtig Lust, mir diese Deidra vorzunehmen und

ihr die Meinung zu sagen«, sagte Sam und ballte die Fäuste. Martinique sah sie vorwurfsvoll an.

»Ich glaube nicht, dass du sie dazu zwingen kannst, das Buch zu veröffentlichen.«

»Oh, doch! Soll ich sie verprügeln?«, fragte Sam hitzig. Aber William schüttelte nur den Kopf.

Charlotte trank einen großen Schluck Wein. Es war das einzig Solidarische, was sie tun konnte. Dieser arme William würde sonst alles allein in sich hineinschütten.

Noch immer hatte niemand ihr etwas von dem Eintopf angeboten, und es kam ihr unangemessen vor, sich selbst zu bedienen, während alle mit Williams Krise beschäftigt waren, aber sie war furchtbar hungrig. Erst nach dem zweiten Glas fiel ihr ein, dass sie vom Flug noch eine Tüte Nüsse in ihrer Handtasche hatte.

Schüchtern musterte sie die anderen, während sie die Cashewnüsse knabberte. Es war schön, wie sich die beiden Frauen um William kümmerten. Charlotte hatte nie solche Freunde gehabt. Außer Annette, ihre beste Freundin in der Schule. Später war es ihr schwergefallen, sich auf engere Beziehungen einzulassen. Sie hatte nie gewusst, wie man eine Freundschaft beginnt, und als sie mit Alex zusammen war, hatte sie auch nichts vermisst. Doch jetzt fühlte sie sich manchmal sehr allein.

Es dauerte eine ganze Weile, bis William sich beruhigt hatte und Martinique bemerkte, dass ihr Gast noch immer nichts zu essen bekommen hatte. Sie beeilte sich, Charlottes Teller zu füllen.

»Oh, das tut mir so leid! Denken Sie jetzt bitte nicht, dass es hier immer so chaotisch zugeht. Wenn wir Kunden haben, sind wir absolut professionell! Es ist nur ... William hatte sich monatelang auf dieses Treffen gefreut, und wir haben alle mit einem positiven Ergebnis gerechnet.«

Charlotte nahm den Teller entgegen. Sie fühlte sich jetzt mutiger, nachdem sie so viel Wein getrunken hatte, und nickte.

»Kein Problem. Darf ich Ihnen eine Frage zu Sara stellen?«

»Aber natürlich«, zwitscherte Martinique.

»Was hat meine Tante eigentlich über mich erzählt?«

Martinique biss sich auf die Lippen und fingerte an ihrer langen, elegante Kette aus großen Holzperlen herum.

»Alles Mögliche. Dass Sie in Schweden leben und ein erfolgreiches Unternehmen führen. Dass Sie unter Flugangst leiden natürlich und dass Sie sie deshalb nie besucht haben.« Sie wendete sich an Sam, die sich nun ebenfalls auf einen der Stühle gesetzt hatte. »Hat Sara sonst noch etwas gesagt?«

Sam kratzte sich hinter dem Ohr.

»Ja, dass Sie gerne Wordfeud mögen. Und amerikanische Fernsehserien.«

Charlotte probierte von dem Eintopf und hustete diskret in ihren Ärmel. Es brannte im Hals. Jedes Mal, wenn die beiden Frauen von Sara sprachen, geschah etwas mit deren Blick. Ihre Augen leuchteten, und Charlotte brachte es nicht übers Herz, ihnen zu sagen, dass das Einzige, was ihre Tante über sie gewusst hatte, Dinge waren, die sie auf Facebook gepostet hatte.

Sam schenkte ihr Wein nach und Charlotte trank einen weiteren Schluck. Sie begriff nicht, warum Sara über sie gelogen hatte. Und warum sie nie versucht hatte, mit ihr Kontakt aufzunehmen.

Plötzlich leuchtete Sams Gesicht auf.

»Ich habe doch noch etwas für Sie!«, sagte sie und begann unter der Theke zu suchen.

Charlotte hatte keine Ahnung, was sie erwartete. Vorsichtig schaute sie zu William hinüber, der immer noch den Kopf hängenließ. Auch wenn er ihr leidtat, war es ihr unangenehm, dass jemand Fremdes sich vor ihren Augen derart gehenließ.

Sam wedelte mit einem weißen Umschlag und überreichte ihn Charlotte mit einem Hüftschwung, den Elvis nicht besser hingekriegt hätte.

»Bitte sehr«, sagte sie.

Martinique sprang plötzlich auf.

»Wo hast du den denn gefunden?«

Sam zuckte die Schultern.

»Er lag in *Sturmhöhe,* das ich mir von Sara ausgeliehen hatte. Sie hat erzählt, dass sie Ihnen immer schreibt, Charlotte. Wahrscheinlich hatte sie nur vergessen, ihn zur Post zu bringen.«

Charlotte starrte den Brief an. Sam redete immer weiter, doch in Charlottes Ohren rauschte es und sie konnte plötzlich nicht mehr hören, was die anderen sagten. Es war, als befände sie sich unter der Wasseroberfläche, alle Geräusche erreichten sie nur noch gedämpft.

Langsam las sie, was in verschnörkelten blauen Buchstaben auf dem Umschlag stand: *Miss Rydberg.*

Ihr Herz klopfte. Vorsichtig fuhr sie mit den Fingern an den

Kanten entlang. Sara hatte ihr also einen Brief geschrieben? Und schicken wollen?

Sie führte das Glas zum Mund und trank in großen Schlucken, bis es leer war. Sam hatte gesagt, Sara hätte ihr ständig geschrieben. Warum hatte sie diese Briefe nie bekommen?

Von einem rauschartigen Gefühl überwältigt, drückte sie den Brief an ihre Brust. Von weitem hörte sie Sams verzerrte Stimme.

»Mach ihn auf! Ich will wissen, ob sie etwas über uns geschrieben hat.«

In ihrem Kopf drehte sich alles. Charlotte versuchte, die Stimmen zu unterscheiden, die von allen Seiten auf sie eindrangen. Doch alles, woran sie denken konnte, war, ob Sara ihr noch mehr Briefe geschrieben hatte – und wo diese sich befinden mochten.

3

DIENSTAG, 5. SEPTEMBER

Sonnenstrahlen kitzelten Charlotte in den Augen und sie blinzelte verwirrt. Sie versuchte, die Hand auszustrecken und die Vorhänge zuzuziehen, doch das Sofa stand zu weit vom Fenster entfernt.

Verschlafen blickte sie sich um. Sie befand sich wieder in Saras Wohnung.

Sie setzte sich vorsichtig auf. Ihr Kopf hämmerte und ihr war schlecht. Sie lag unter einer Decke, die sie nicht kannte. Wie war sie dort gelandet, hatten Martinique und Sam sie ins Bett gebracht?

Plötzlich bewegte sich etwas am Fußende der Couch und sie zog rasch die Beine an. Behaglich rollte der Kater sich auf den Rücken und schnurrte so laut, dass seine langen weißen Schnurrhaare vibrierten. Wie hieß er noch mal? Tennyson? Und hatte er die ganze Nacht bei ihr auf dem Sofa geschlafen?

Charlotte griff sich an die Stirn und stöhnte. Sie konnte sich partout nicht erinnern, wie der Abend ausgegangen war. Ein paar verschwommene Bilder vom Abendessen tauchten vor ihrem geistigen Auge auf, doch sie hatte keine Ahnung, wie sie hinterher wieder in Saras Wohnung gekommen war. *Der Wein!*, dachte sie. *Ich hätte nicht so viel trinken dürfen!* Wie war sie bloß die steile Treppe hinaufgekommen? Sie hatten sie doch wohl nicht tragen müssen?

Charlotte unterdrückte einen Seufzer. Warum hatte sie sich so gehenlassen? Und was hatte sie den anderen erzählt? Hatte sie verraten, dass sie Sara eigentlich gar nicht kannte, dass ihre Tante ihnen nur Lügen aufgetischt hatte?

Ihr Mund fühlte sich trocken an, ihre Augen waren verklebt. Charlotte rieb sich das Gesicht und suchte mit dem Blick nach etwas zu trinken. Am anderen Ende des Zimmers gab es eine kleine Kochnische. Sie stolperte hin und nahm sich ein Glas aus dem Schrank.

Das Wasser schmeckte nach Chlor, aber Charlotte war so durstig, dass sie trotzdem rasch hintereinander zwei Gläser trank. Die Bücher waren vom Sofa runtergefegt und überall verstreut worden. Außerdem waren einige der Zeitungsstapel umgekippt. War sie das selbst gewesen, oder hatte der Kater dieses Chaos angerichtet? Plötzlich fiel ihr der Brief wieder ein und ihr Herz setzte für einen kurzen Moment aus. Wo war er hingekommen?

Auf unsicheren Beinen stakste Charlotte zu ihrem Lager zurück und räumte Decke und Kissen beiseite. Nichts. Tennyson nahm immer noch das halbe Sofa ein, und Charlotte fragte sich, wie sie überhaupt zusammen Platz darauf gefunden hatten. Dann merkte sie, wie ihr Nacken schmerzte und versetzte dem Kater einen schlechtgelaunten Knuff.

»Tut mir leid, aber ich kann den Brief nicht finden, wenn du dich hier so herumflezt.«

Der Kater warf ihr einen empörten Blick zu, erhob sich und sprang elegant zu Boden. Die Nase hoch erhoben, schlenderte er von dannen, wie um ihr zu zeigen, wie unwürdig sie ihn behandelte.

»Na, entschuldige!«, rief sie ihm nach, und musste zugleich über seine wichtigtuerische Miene schmunzeln.

Anschließend steckte sie die Hand zwischen die Sofapolster und fischte einen alten Lottoschein, zwei Bonbons und ein Post-it mit einem Rezept hervor, aber keinen Brief.

Sie wollte gerade aufgeben, als ihr Blick auf ihre Handtasche auf dem Boden fiel. Ungeduldig kippte sie den gesamten Inhalt aus, und eine Pinzette, ein paar Münzen und zwei Tampons landeten auf dem Sofa. Sie schüttelte die Tasche, und als weiter nichts herausfiel, steckte sie die Hand hinein und wühlte, bis sie tief unten in einer Innentasche ein Stück Papier fand. Sie holte tief Luft und zog es heraus.

Der Umschlag war zerknittert und achtlos aufgerissen, und Charlotte musterte ihn von allen Seiten. Sie konnte sich nicht erinnern, ihn geöffnet zu haben.

Vorsichtig zog sie den Brief heraus. Das Papier war fleckig, und stellenweise war die Tinte verlaufen. Sie kniff die Augen zusammen. Waren das Tränen? Hatte sie den Brief bereits gelesen und dabei geweint?

Sie schüttelte sich. Was war gestern passiert?

Konzentriert versuchte sie, die zierliche Schrift zu entziffern.

Liebste Kristina, stand da. Kristina? Dann war der Brief also gar nicht an sie, sondern an ihre Mutter gerichtet.

Charlotte ließ den Blick aus dem Fenster schweifen. Morgennebel lag über der Stadt, und die Konturen der Gebäude verschwammen. Die Tower Bridge konnte sie nirgends entdecken.

Mit den Fingerspitzen strich sie über das Papier. Traute sie sich, den Brief zu lesen? Durfte sie das überhaupt?

Charlotte holte tief Luft. Sie war den ganzen Weg hierher gereist, ohne irgendetwas über Sara zu wissen. Dieser Brief war vielleicht ihre einzige Chance, zu erfahren, was zwischen ihrer Mutter und ihrer Tante vorgefallen war, und dann vielleicht auch zu begreifen, warum Sara ihr das Haus vererbt hatte. Sie *musste* diese Chance ergreifen.

Charlotte biss die Lippen zusammen, dann nahm sie den Brief wieder zur Hand.

Liebste Kristina,

ich weiß noch, wie wir in Felixtowe ankamen. Wie glücklich und erwartungsvoll wir waren. Damals gab es nur Dich und mich. Wir hatten niemand anderen.

Kannst Du Dich noch an Deinen Koffer erinnern? Großvaters alten mit den Riemen drum herum? Du hast ihn allein den ganzen Weg getragen und Dich geweigert, Dir von mir helfen zu lassen. Erst als wir die lange Treppe in der U-Bahn hinaufmussten, hast Du Dir von einem Mann mit einem glänzenden Anzug helfen lassen. Weißt du noch, wie wir lachten, als ihm der Hut vom Kopf flog und er ihm hinterherlaufen musste?

Und dann die ersten Nächte in der Schwedischen Kirche. Es war wie ein Wunder, dort schlafen zu dürfen, und draußen lag die Stadt und wartete auf uns. Erinnerst Du Dich, wie freundlich die Mitarbeiter waren? Wie sie uns Zimtschnecken anboten, obwohl wir sie nicht bezahlen konnten?

Unglaublich, dass inzwischen mehr als dreißig Jahre vergangen sind, seit wir uns zuletzt gesehen haben. Manchmal überlege ich, wie sich wohl alles entwickelt hätte, wenn wir nie abgehauen wären. Vielleicht wären wir in Årebo geblieben und hätten irgend-

wann eine Arbeit gefunden, wie alle anderen auch. Hätte ich Dich dann als Schwester behalten?

Ach, Kristina. Es tut mir so leid, was alles passiert ist, und ich würde alles dafür geben, es ungeschehen machen zu können. Ich wünschte, ich könnte mit Dir reden und Dir alles erklären, aber ich verstehe auch, wenn Du es nicht möchtest.

Ich hoffe, Du kannst mir irgendwann verzeihen.
Deine Sara

Charlotte legte den Brief weg. Es kratzte sie im Hals, sie musste schlucken, um das unbehagliche Gefühl loszuwerden.

Was war es, das Sara ihrer Mutter angetan hatte? Der Brief erweckte den Eindruck, als hätten sie sich sehr nahegestanden, deshalb musste etwas Gravierendes vorgefallen sein, wenn ihre Mutter Sara nicht mehr wiedersehen wollte. Und weshalb hatte sie Kristina überhaupt geschrieben? Wusste sie nicht, dass Kristina den Namen ihres Mannes angenommen hatte, als sie vor vielen, vielen Jahren geheiratet hatte – und dass sie inzwischen gestorben war?

Charlotte versuchte sich zu erinnern, ob ihre Mutter ihr je von einem Aufenthalt in England erzählt hatte. Gleichzeitig suchte sie auf ihrem Handy nach Felixtowe. Eine ziemlich kleine Stadt, die jedoch über einen der größten Häfen Großbritanniens verfügte. Und dort war ihre Mutter gewesen?

Als sie auf dem Display sah, wie spät es war, zuckte sie zusammen. Viertel vor zehn. So lange schlief sie sonst nie! Wenn sie es rechtzeitig zu dem Termin mit dem Anwalt schaffen wollte, musste sie sich beeilen.

Es dauerte ewig, bis das Wasser in der Dusche endlich warm wurde, und als sie darunter stand, wechselte ständig die Temperatur. Charlotte schnaubte, wenn es plötzlich von heiß auf kalt umsprang und wieder zurück, doch sie fühlte sich schmutzig von der Reise und der Nacht auf dem Sofa und musste sich gründlich waschen.

Als sie den schlaffen Vorhang zur Seite schob, entdeckte sie Tennyson, der an der Tür wartete. Sie trat aus der Dusche und spürte, wie auf dem wollenen Teppich das Wasser zwischen ihren Zehen hervorquoll. Im selben Moment kam Tennyson herüber und strich ihr um die nackten Beine.

Charlotte schauderte und warf ein Handtuch auf den Boden, während sie gleichzeitig versuchte, den Kater zu verscheuchen, ohne weiter darüber nachzudenken, wie schmutzig so ein Badteppich vermutlich war.

»Hast du nichts Besseres zu tun?«, knurrte sie, erhielt jedoch nur ein zufriedenes Schnurren zur Antwort. Sie war nicht an Haustiere gewöhnt, und als Tennyson ihr einen einschmeichelnden Blick zuwarf, seufzte sie resigniert. »Okay, dann bleib halt hier. Aber versuche mich nicht mehr vollzuhaaren, ich habe gleich einen wichtigen Termin.«

Als sie angezogen war, stellte sie fest, dass sie bis zu dem Treffen mit dem Anwalt noch fünfundvierzig Minuten Zeit hatte. Charlotte ging zur Kochnische, um nachzusehen, ob sich dort etwas Essbares fand. Tennyson folgte ihr auf den Fersen und strich ihr ständig um die Beine.

Charlotte schlug sich an die Stirn.

»Ach, du bist hungrig! Warte, ich schau mal, ob ich etwas für dich finde.«

Sie öffnete den Kühlschrank, doch da lag nur ein Päckchen Schnittkäse. Als sie Tennyson eine Scheibe anbot, sah er sie an, als sei sie verrückt geworden, und drehte sich beleidigt weg.

Der Wasserkocher war verkalkt. Charlotte füllte ihn zur Hälfte und hörte zu, wie er sich einschaltete.

Während das Wasser kochte, untersuchte sie Schränke und Schubladen, ob ihre Tante irgendwo ein geheimes Vermögen versteckt hatte. Es kam schließlich vor, dass Leute richtige Schätze in alten Häusern fanden. Für die Wohnungseinrichtung hatte Sara ihr Geld jedenfalls nicht ausgegeben.

Anscheinend hatte ihre Tante nicht viel Wert aufs Kochen gelegt, denn sie war sehr schlecht ausgerüstet. Es gab lediglich zwei kleine Kochplatten, das Spülbecken war winzig und der einzige Ofen, den sie sah, war eine Mikrowelle. Von den Küchenschränken enthielt nur einer Geschirr, zusammengewürfelt, an den Rändern abgestoßen und mit ausgeblichenen Motiven. In den anderen Schränken befanden sich stapelweise Bücher, so verstaut, dass jeder Millimeter Platz ausgenutzt wurde.

Charlotte lächelte. Sie gehörte selbst zu denen, die googeln müssen, wie man ein Ei kocht, und seit Alex' Tod hatte sie ihre Küche vor allem dazu benutzt, Produkte ihrer Firma zu lagern, demnach hatten Sara und sie zumindest etwas gemeinsam.

Nachdem sie ihren Tee getrunken und dazu ein paar trockene Kekse gegessen hatte, die sie in einem der Schränke gefunden hatte, ging sie noch einmal durch die Wohnung. Es fühlte sich so unwirklich an, dass die Schwester ihrer Mutter hier gelebt haben sollte. Dass all die Sachen, die verstreut herumlagen, Haarbürste, Stifte, Lesebrille, Socken, ihr gehört hatten.

Tennyson hatte Charlotte ihren Missgriff mit dem Käse offenbar verziehen, denn er folgte ihr überallhin. Vor einer verschlossenen Tür setzte er sich und maunzte. Charlotte sah zu ihm herab. Das war wahrscheinlich Saras Schlafzimmer, und aus irgendeinem Grund kam es ihr zu intim vor, dort einfach hineinzugehen.

»Nicht jetzt«, sagte sie, doch der Kater machte keine Anstalten, sich zu bewegen. Er maunzte immer lauter. Schließlich hielt Charlotte es nicht mehr aus und hob ihn hoch.

»Komm«, sagte sie und streichelte ihm das weiche, silbergraue Fell. »Wir finden unten bestimmt was Leckeres für dich.«

Sie drehte sich um und bemerkte ein Foto an der Wand. Das Licht im Flur war sehr schlecht und sie musste ganz nah herangehen, um das schwarzweiße Gesicht zu erkennen.

Sie kniff die Augen zusammen und blinzelte, während sie gleichzeitig Tennyson streichelte, der den Kopf ungeniert in ihre Achselhöhle bohrte. Auf dem Foto war ein junger Mann mit zurückgekämmten Haar zu sehen, eine einzelne Locke hing ihm in die Stirn. Er hatte die Ärmel seines T-Shirts hochgekrempelt, saß vorgebeugt auf einem Stuhl und lächelte selbstbewusst in die Kamera.

Charlotte betrachtete das Foto. Irgendetwas daran kam ihr bekannt vor, doch sie wusste nicht, was. Das Foto war offensichtlich schon alt, die Auflösung grob. Den Kleidern nach zu urteilen stammte es aus den achtziger Jahren.

Tennyson sprang von ihrem Arm, doch Charlotte blieb stehen. Sie konnte sich nicht von dem Foto losreißen, und das hatte eindeutig mit der Art und Weise zu tun, wie der Mann in die Kamera blickte. Er hatte etwas an sich, das sie neugierig machte. Wer mochte er wohl sein?

Plötzlich piepte die automatische Erinnerung ihres Kalenders auf dem Smartphone. Das bedeutete, dass sie noch dreißig Minuten bis zu dem Termin mit dem Anwalt hatte. Sie musste los.

Im Flur griff Charlotte nach ihrer Jacke, überprüfte, ob Handy, Portemonnaie und Händedesinfektionsmittel sowie die Schlüssel zu Saras Wohnung verstaut waren. Dann warf sie einen letzten Blick auf das Foto des geheimnisvollen Mannes, schloss die Tür hinter sich und ging die Treppe hinunter, dicht gefolgt von Tennyson.

4

MITTWOCH, 18. AUGUST 1982

Die frische Meeresbrise bläst ihr die Haare ins Gesicht. Die Schiffsmotoren lärmen, und darüber legt sich das laute Tuten, mit dem der Dampfer sich durch die Fischerboote in der Hafeneinfahrt drängt. Aufgeregte Möwen fliegen um ihren Kopf, und in der Ferne sind aus einem Hangar metallische Schläge zu hören.

Die Geräusche des Hafens sind überwältigend, doch Kristina kann nicht aufhören zu lächeln. Genau so hat sie es sich vorgestellt. Als der Dampfer anlegt, überkommt sie ein Gefühl von Freiheit. Sie sind da, endlich! Alles andere liegt hinter ihnen. Dies ist der Beginn eines neuen Lebens.

Als sie von Bord gehen, greift Sara nach ihrer Hand. Kristina verzieht das Gesicht, es kommt ihr albern vor, aber eigentlich ist es ziemlich schön, die Hand ihrer Schwester zu spüren. Trotz aller Vorfreude ist sie ein bisschen nervös. Sie kennen in England niemanden. Sie haben weder Arbeit noch eine Wohnung, und nach Hause können sie auch nicht mehr zurück.

Jedes Mal, wenn ihr das wieder einfällt, muss Kristina sich zusammenreißen, um nicht in Tränen ausbrechen. Nicht, weil sie so gerne wieder nach Hause möchte. Nein, sie ist heilfroh, dass sie abgehauen sind. Es ist eher dieses Gefühl, das ihr Angst macht. Der Gedanke, nicht mehr zurück zu *können*. Wenn ihnen in der neuen Stadt irgendetwas zustößt, haben sie keinen anderen Ort mehr, an dem sie Schutz suchen können.

Sie hat versucht Sara zu erklären, wie sie empfindet, aber sie scheint es nicht nachvollziehen zu können. Sie hat nur den Kopf schiefgelegt und gesagt, Kristina solle sich nicht immer solche Sorgen machen. *Alles wird gut*, hat sie versichert. *Wunderbar wird es werden.*

Die ganze Reise ist im Grunde Saras Idee gewesen. Sie war es, die Geld sparen und weit fort fahren wollte und dass sie mitten in der Nacht abhauten. Denn, meinte sie, er würde niemals zulassen, dass Kristina mitfuhr.

Es dauert eine Weile, bis sie vom Hafen zum Bahnhof finden. Sie schleppen ihre Koffer hierhin und dahin, bis sie endlich auf dem richtigen Weg sind.

Jedes Mal, wenn Kristina zu Sara blickt, lächelt ihre Schwester sie an. Sie sprudelt geradezu über vor Glück. Sie sind da, das Abenteuer kann beginnen! Endlich können sie ihr richtiges Leben leben! Endlich haben sie Årebo hinter sich gelassen.

Die Sonne scheint warm, und Kristina beginnt zu schwitzen, will aber ihren Mantel nicht ausziehen. Sie fühlt sich sicherer darin.

Sara zwinkert ihr zu.

»Hast du Hunger? Wollen wir Sandwiches kaufen?«

Sie öffnet die Schultertasche, die sie sich vor der Reise zugelegt hat. Das letzte halbe Jahr hat sie im Supermarkt an der Kasse gearbeitet, um genügend Geld zu verdienen. Kristina, die gerade mit der Schule fertiggeworden ist, hat auch gearbeitet, aber nicht ganz so viel. Sie hat vor allem in der Gastwirtschaft in Årebo ausgeholfen.

»Haben wir denn genug Geld?«

Sara verdreht die Augen.

»Um Sandwiches zu kaufen? Natürlich! Du brauchst nicht immer so ängstlich zu sein.«

Sie zieht eine Fünfpfundnote heraus und wedelt damit vor Kristinas Nase herum.

»Pass auf die Koffer auf, dann laufe ich zu diesem Kiosk zurück, an dem wir vorhin vorbeigekommen sind.«

Kristina setzt sich auf eine Bank mit einem kleinen Tisch und wartet. Sara ist um die Straßenecke verschwunden, und sie selbst hält die Augen fest auf die Häuser gerichtet. Wenn jemand vorbeikommt, versucht sie beschäftigt auszusehen, denn sie hat Todesangst, angesprochen zu werden. Was soll sie sagen? Ihr Schulenglisch ist ziemlich dürftig, außerdem ist sie schüchtern. Zum Glück hat sie Sara. Ihre Schwester fürchtet sich vor gar nichts.

Sara ist es, die alles geplant hat. Sie weiß, welchen Zug sie nehmen müssen und welche U-Bahnlinie im Anschluss. Sie hat die Schwedische Kirche angeschrieben und um einen Platz in deren Gästehaus gebeten, und sie hat auch die Adresse.

Kristina versucht, die Schilder zu lesen, die sie sieht, und übt im Kopf die Aussprache. Sie weiß, dass sie sich bald trauen muss zu reden. Eigentlich wollte sie gar nicht nach England. Viel lieber wäre sie in Schweden geblieben, aber Sara fand, Stockholm sei nicht abenteuerlich genug. *Dann können wir genauso gut hierbleiben,* hatte sie gesagt. Und letztlich war es immer Sara, die bestimmte. Kristina richtete sich nach ihr. Für sie war es das Wichtigste, Årebo zu verlassen. Von ihm wegzukommen.

All die neuen Eindrücke machen sie ganz schläfrig und sie

schließt die Augen, zuckt aber gleich wieder zusammen, denn sie hat das Gefühl, jemand flüstere ihr ins Ohr. Es ist seine Stimme. Sie hört sie ganz deutlich, obwohl niemand da ist.

Ein Schauer läuft ihr über den Rücken und sie blickt sich ängstlich um. Er ist ihnen doch nicht den ganzen langen Weg bis hierher gefolgt?

Bei dem Gedanken wird ihr eiskalt und sie hält Ausschau nach Sara. Wo bleibt sie nur? Warum kommt sie nicht zurück? Wie lange kann es dauern, zwei Sandwiches zu kaufen?

Ihr Herz klopft immer schneller. Sie nimmt einen Koffergriff in jede Hand. Soll sie versuchen, Sara zu finden? Doch die Koffer sind zum Bersten voll und furchtbar schwer. Sie würde nicht weit damit kommen.

Weitere Minuten vergehen, und Kristina spürt, wie ihr der Schweiß ausbricht. Dennoch weigert sie sich, den Mantel auszuziehen.

Kann Sara nicht endlich wiederkommen?

Sie hat den Rucksack abgenommen und presst ihn fest an ihre Brust. Denkt an den Vater. Wie wütend er sein wird. Vor allem auf Sara. Immer am meisten auf Sara.

Kristina schluckt. Sie mag sich nicht vorstellen, was passieren würde, wenn er sie fände. Was er mit Sara tun würde. *Es ist auch deine Schuld, Kristina. Schau gut hin, was mit deiner Schwester passiert. Du hättest es dir überlegen sollen, bevor du so etwas Dummes tust. Guck hin. Schau mich an. Schau sie an!*

Als endlich Saras fröhliches Gesicht hinter der Hausecke auftaucht, atmet Kristina erleichtert auf. Er ist nicht hier, erinnert sie sich selbst. Er ist weit weg und kann ihnen nichts mehr tun.

Ihre Schwester geht langsam und sieht völlig entspannt aus,

als gehöre sie hierher. Als hätte sie nie etwas anderes getan, als an einem Bahnhof in Felixstowe Sandwiches zu kaufen.

»Es gab nur welche mit Käse. Und das Brot sieht nicht besonders lecker aus.«

Sie reicht Kristina ein in Papier eingeschlagenes Sandwich und stellt zwei Glasflaschen auf den Tisch.

»Kirschlimonade«, sagt sie stolz.

»Warum hast du so lange gebraucht?« Kristina versucht, wütend zu klingen, doch das ist schwer, wenn Sara lächelt.

»Ich war doch gar nicht lange weg!« Sie setzt sich, packt die dünnen Brotscheiben aus und nimmt einen Bissen. »Mmh! Englische Sandwiches. So trocken, dass man sie kaum hinunterbekommt.«

»Ich mag es nicht, wenn du nicht da bist. Wir müssen ...«

»... zusammenhalten«, ergänzt Sara. »Ich weiß.« Sie mustert ihre jüngere Schwester und bläst sich eine Haarsträhne aus dem Gesicht. »Hast du dir ernsthaft Sorgen gemacht?«

Kristina zuckt die Achseln und blickt zu Boden. Sara legt ihr Sandwich weg und rutscht näher an sie heran.

»Entschuldige«, sagt sie und berührt sie an der Schulter. »Es war dumm von mir. Aber weißt du was?«

Kristina schüttelt den Kopf.

»Ich werde dich niemals alleine lassen.«

Kristina sieht sie an und deutet mit dem Kopf auf die Limonade.

»Papa fände es gar nicht gut, wenn wir das Geld so verschwenden.«

Sara nimmt eine Flasche, öffnet sie und reicht sie Kristina, dann nimmt sie sich die andere.

»Aber er ist nicht hier«, sagt sie und streicht sich die Haare aus dem Gesicht. Sie stößt mit Kristina an. »Wir entscheiden jetzt selbst.«

Kristina schüttelt den Kopf.

»Was hast du vor?«

Sara setzt die Flasche an und trinkt, sodass die Limonade über den Rand schäumt.

»Direkt aus der Flasche trinken?«

Kristina lächelt.

»Ellbogen auf dem Tisch?«, sagt sie und beugt sich vor, um sich aufzustützen.

»Ellbogen auf dem Tisch«, sagt Sara, legt jedoch stattdessen einen Arm um Kristina.

»Mach dir nicht immer solche Sorgen. Es wird sich schon alles finden«, sagt sie und trinkt noch einen Schluck.

Kristina seufzt. Sie wünschte, sie könnte ebenso unbeschwert sein wie ihre Schwester, doch es entspricht ihr einfach nicht.

»Begreifst du, dass wir in England sind? Wir sind angekommen! Jetzt können wir tun und lassen, was wir wollen.«

Kristina nickt und beißt von ihrem Sandwich ab. Es ist wirklich ziemlich trocken und zäh. Als sie Saras perlendes Lachen hört, muss sie ebenfalls schmunzeln.

»Wir können so viel eklige Limonade trinken und trockene Butterbrote essen, wie wir wollen«, johlt Sara.

»Nur du und ich«, sagt Kristina und lehnt sich an Saras Schulter.

»Nur du und ich«, sagt Sara und schmiegt ihre Wange an Kristinas Kopf.

5

DIENSTAG, 5. SEPTEMBER, SPÄTER

»Und Sie glauben, es wäre keine gute Idee, zu vermieten?«

»Nein. Nachdem Sie das Haus jetzt gesehen haben, ist Ihnen sicherlich klar, dass es nur Arbeit machen würde, wenn Sie sich um den Unterhalt der Wohnungen und um den Laden kümmern müssten. Wenn Sie nicht vorhaben, hierherzuziehen, würde ich Ihnen empfehlen, das Haus umgehend zu verkaufen.«

Charlotte schaute auf das silberne Schild, das vor ihr auf dem Tisch stand. Mr Gerald Cook, Saras Anwalt, sah überhaupt nicht so aus, wie sie ihn sich vorgestellt hatte. Mit seinem Poloshirt und dem viel zu engen, grünen Cordanzug erinnerte er viel mehr an einen Werklehrer aus den siebziger Jahren als an einen britischen Juristen.

»Ich kann nicht hierbleiben«, sagte sie ernst.

Mr Cook nickte.

»Dann sollten Sie das Haus so schnell wie möglich verkaufen. Ich kann Ihnen dabei gerne behilflich sein.«

Charlotte seufzte. Sie hatte gehofft, die Buchhandlung an jemanden vermieten zu können, der Lust hatte, sie weiter zu betreiben, doch sie wusste auch, dass Mr Cook recht hatte. Das Einfachste war auf jeden Fall, zu verkaufen.

»Ich möchte, dass wir einen Käufer finden, der sich vorstellen kann, den Riverside Bookshop weiterzuführen. Es wäre schade, wenn er schließen müsste. Wir müssen auch an die Angestellten denken.«

Der Anwalt wischte sich ein paar Krümel von seinem moosgrünen Jackettaufschlag.

»Ich bin mir nicht sicher, ob uns das gelingt, aber ich werde es versuchen. Und die Angestellten kommen schon zurecht. In einer großen Stadt wie London gibt es genügend andere Arbeitsplätze.«

Charlotte machte Anstalten aufzustehen. Sie hatte gedacht, Mr Cook würde sie überreden wollen, die Buchhandlung zu behalten, doch anscheinend war ihm vor allem daran gelegen, eine rasche Lösung zu finden.

»Wenn wir fertig sind, würde ich jetzt wieder gehen.«

»Selbstverständlich.«

»Wie lange wird es dauern, das Haus zu verkaufen?«

Mr Cook blätterte in seinen Unterlagen.

»Ich hoffe, es ist in ein paar Wochen erledigt«, sagte er aufgeräumt. »Schlimmstenfalls in ein paar Monaten. Sobald ich mit einem Makler gesprochen habe, kann ich Ihnen sicher mehr dazu sagen.«

»Tun Sie das. Ich werde wahrscheinlich bald wieder nach Hause fliegen. Aber Sie erreichen mich auf dem Handy.«

Er erhob sich abrupt und schob ein paar benutzte Kaffeetassen zur Seite, um an die Mappen heranzukommen, die überall auf dem Tisch verstreut lagen.

»Hier sind die Jahresabschlüsse, die Personalakten und alles Weitere, worum Sie mich gebeten hatten.«

Charlotte nahm die Unterlagen entgegen und stopfte sie in ihre Tasche.

»Ich kümmere mich noch um die Bewertung des Nachlasses und hoffe, Ihnen so bald wie möglich eine vorläufige Summe nennen zu können«, fuhr er fort. »Vergessen Sie nur nicht, die Papiere auszufüllen, die ich Ihnen zugeschickt habe, um das Barvermögen im Haus zu schätzen und danach die Erbschaftssteuer berechnen zu können.«

Charlotte nickte und dachte an das ganze Zeug in Saras Wohnung. Es würde wahnsinnig viel Zeit kosten, alles durchzugehen, und viel wert war es bestimmt nicht.

»Auf jeden Fall. Ich beeile mich.«

Mr Cook sah sehr zufrieden aus.

»Sie haben bestimmt in Erwägung gezogen, einen kleinen Zuschuss zu leisten, falls Saras Ersparnisse nicht ausreichen?«

»Ja«, antwortete sie kurz.

»Gut. Wenn Sie das Haus innerhalb von sechs Monaten verkaufen, können Sie natürlich auch den Gewinn für die Zahlung der Erbschaftssteuer verwenden.«

»Danke für Ihre Hilfe.«

Er lächelte.

»Kein Problem. Melden Sie sich, wenn Sie weitere Fragen haben.«

Auf dem Rückweg fühlte Charlotte sich trotz allem erleichtert. Sie wünschte sich wirklich, dass Saras Buchhandlung weiterlief, doch sie konnte unmöglich hierbleiben und sich darum kümmern, das würden bestimmt auch Martinique und Sam verstehen.

Die Sonne schien vom Himmel und sie ging eine Straße entlang, die von verschiedenen Läden gesäumt wurde. Wie Kulissen eines Filmstudios lagen sie dicht nebeneinander und präsentierten stolz ihre Waren in Ständern auf dem Gehweg.

Obwohl es mitten am Tag war, waren viele Leute unterwegs. Ein paar Kinder spielten Fußball auf einem kleinen Ascheplatz, und vor einer schwarz gestrichenen Tür saß ein Mann auf einem Klappstuhl und sonnte sich.

In einem indischen Lebensmittelladen kaufte Charlotte sich ein eingeschweißtes, dreieckiges Käsesandwich. Die Frau hinter der Theke trug einen violetten Sari, der mit Goldfäden verziert war, und einen roten Bindi auf der Stirn. Im ganzen Laden roch es nach Curry und Zimt, und Charlotte musste an Alex denken. Wenn er hier gewesen wäre, hätte er sie bestimmt aufgezogen, weil sie nicht lieber etwas typisch Indisches probierte.

Charlotte nahm ihre weiße Plastiktüte in Empfang und bedankte sich. Sie hatte gedacht, die große Stadt mit all ihren Einwohnern und ihrem Lärm würde sie stressen, doch obwohl es so viel zu sehen gab, fühlte sie sich relativ entspannt. Niemand hier wusste, wer sie war, niemand sah sie als tragische junge Witwe.

Während des vergangenen Jahres hatte sie sich kaum in den kleinen Ort gewagt, der nur wenige Kilometer von ihrem Haus entfernt lag. Jedes Mal, wenn sie ausging, fühlte sie mitleidige Blicke und stellte sich vor, wie alle flüsterten: *Das ist sie. Ihr Mann war es, der bei diesem merkwürdigen Unfall ums Leben kam.*

Charlotte überquerte die Straße und hoffte, dass sie, auch ohne aufs Handy zu schauen, zum Riverside Drive zurückfinden würde. Sie wandte ihr Gesicht der Sonne zu. London war keineswegs so grau und steril, wie sie gedacht hatte. Breite Straßen und Eisenbahnbrücken mit dröhnendem Verkehr lagen direkt neben hübschen Wohngebieten, in denen die Häuser kleine Gärten mit Schaukeln und Sandkästen hatten, und Restaurants und Läden lagen nur einen Steinwurf von historischen Denkmälern, prachtvollen Parks, Kirchen und Nachtclubs entfernt. Es bot sich ihr, vorsichtig ausgedrückt, ein sehr abwechslungsreiches Bild, und auch wenn sie sich selbst nicht vorstellen konnte, hier zu leben, verstand sie, weshalb es Millionen von Menschen her zog. Alex, der ihr immer wieder in den Ohren gelegen hatte, hierher zu kommen, hätte bestimmt noch ein paar Extratage drangehängt.

Charlotte schloss die Augen. Sie hatte sich wirklich Sorgen gemacht, wie es werden würde, von zu Hause wegzufahren und ihr gemeinsames Haus zu verlassen. Dort erinnerte alles an Alex, und sie hatte Angst, das Gefühl der Nähe zu ihm zu verlieren, wenn sie irgendwo anders hinfuhr, doch zum Glück empfand sie es auch hier. Agnetha meinte, sie trage Alex im Herzen immer bei sich, und auch wenn Charlotte fand, dass es albern klang, konnte sie es doch nicht besser ausdrücken. Außerdem hatte Henrik ihr geschrieben, dass bei c/o Charlotte alles unter Kontrolle war, deshalb hatte es mit ihrer Rückkehr vielleicht wirklich keine so große Eile.

Das letzte Stück ging Charlotte an der Themse entlang und schaute aufs Wasser. Der breite, silberne Fluss führte mitten durch das überwältigende Stadtbild Londons. Schöne alte Steingebäude in verschiedenen Farben mischten sich mit glitzernden Wolkenkratzern und hohen Kirchtürmen, und von weitem konnte sie eine gewaltige Kuppel erkennen, die bestimmt zu St Paul's Cathedral gehörte.

Es würde ihr wahnsinnig schwerfallen, Sam und Martinique

mitzuteilen, dass sie sich entschlossen hatte, das Haus zu verkaufen, aber vielleicht konnte sie ihnen aus dem Gewinn wenigstens eine kleine Bonuszahlung gewähren. Und wenn sich kein Käufer fand, der die Buchhandlung weiter betreiben wollte, wenn sie gezwungen war, die beiden Frauen zu entlassen, würde sie zusehen, dass sie eine ordentliche Abfindung bekämen. Dennoch hoffte sie natürlich, dass es dazu nicht kommen musste.

Im Riverside Drive wimmelte es nur so von kleinen, völlig unterschiedlichen Läden, die einer neben dem anderen aufgereiht waren, und sobald Charlotte in die Straße einbog, wurde ihr warm ums Herz. Genau wie die Buchhandlung hatten die meisten Häuser bunte Holzfassaden. Die kleine Bäckerei war zitronengelb gestrichen, das Geschäft mit der Kinderbekleidung himbeerrosa, der Bioladen türkisblau, der Blumenladen violett und der Pub *The Rose* dunkelgrün. Viele hatten originelle, handbemalte Schilder, die über der Tür baumelten, und niedliche Schaufensterdekorationen.

Sie sog den Duft nach frischem Brot ein, der durch die angelehnte Tür der Bäckerei drang, und ging weiter an dem Käse- und Fleischwarenladen vorbei. Dort drinnen hingen handgestopfte Würste von einem Regal und Hunderte von verschiedenen Käsen und Schinken drängten sich hinter der Glastheke.

Die Gegend erinnerte an eine altmodische Kleinstadt, und Charlotte überlegte, wie es Alex wohl gefallen hätte. Er war viel abenteuerlustiger gewesen als sie und hätte wahrscheinlich darauf bestanden, dass sie die Buchhandlung parallel zu c/o Charlotte weiter betrieben. Doch dann wären sie ja auch mit der Verantwortung zu zweit gewesen. So etwas allein durchzuziehen war etwas vollkommen anderes. Alles war schwerer, seit sie ihn nicht mehr hatte.

Vor dem Schaufenster mit der Babybekleidung blieb sie stehen. Sie spürte ein Ziehen im Bauch, wenn sie die weißen Kleidchen mit Spitzen und rosa Rosen betrachtete. Es war noch gar nicht so lange her, da war sie in jeden dieser Läden hineingegangen. Zu Hause hatte sie eine ganze Kiste voller süßer kleiner Strampler, bestickter Kleider und handgestrickter Socken. Mehrere Jahre lang hatte sie die schönsten Babysachen gesammelt, die sie finden konnte – für ihr und Alex' künftiges Baby.

Charlotte schluckte. Sie war noch nicht bereit, sich damit auseinanderzusetzen. Sie hatte die Tatsache, dass Alex gestorben war, bevor sie eine Familie gründen konnten, noch immer nicht verwunden. Zugleich wusste sie, dass sie nicht mehr allzu viel Zeit hatte, um Mutter zu werden. Ein paarmal hatte sie sogar schon überlegt, ganz allein ein Kind zu bekommen, doch solche Gedanken waren auch mit enormen Ängsten verbunden.

Charlotte legte sich die Hand auf die Brust und zählte ihre Atemzüge. Eins, zwei, drei – *ein,* eins zwei drei – *aus.* Dies war eines der wenigen Dinge, die Agnetha sie gelehrt hatte und die ihr auch wirklich nützten. Langsam beruhigte sich ihr Herzschlag wieder, doch als Charlotte dann eine hellblaue Spieldose mit Pferden darauf entdeckte, wie Alex sie ihr einmal mitgebracht hatte, schossen ihr die Tränen in die Augen und sie ging schnell weiter.

Zurück in Saras Wohnung, räumte Charlotte den kleinen Küchentisch frei, um Platz für die Jahresabschlüsse und die Personalakten zu haben. Sie packte ihr Sandwich aus und blätterte beim Essen in den Unterlagen.

In den ersten Jahren hatten Alex und sie sich selbst um die Buchhaltung von c/o Charlotte gekümmert, und obwohl die Dokumente auf Englisch verfasst waren, begriff sie schnell, wofür die einzelnen Zahlen standen.

Beim Lesen machte sie immer größere Augen. Da die Buchhandlung einen so guten Eindruck auf sie gemacht hatte, war sie davon ausgegangen, dass sie auch gut lief. Doch nun stellte sich heraus, dass ihre Tante keine Ahnung davon gehabt hatte, wie man erfolgreich ein Unternehmen führt. Soweit Charlotte es beurteilen konnte, deckte die Buchhandlung nicht mehr ihre laufenden Kosten. Die Einnahmen reichten nicht einmal für Gehälter und Neueinkäufe.

Charlotte steckte sich den letzten Bissen in den Mund und kaute langsam. Es würde dauern, bis sie sich einen genauen Überblick verschafft hatte; wahrscheinlich musste sie doch noch bis zum Wochenende bleiben.

Sie machte sich eine Notiz auf einem Block, den sie auf dem Boden gefunden hatte. Der einzige Grund, weshalb die Buchhandlung noch nicht in Konkurs gegangen war, war anscheinend, dass Sara mehrfach Kredite auf das Haus aufgenommen und dieses Geld dazu benutzt hatte, alle Rechnungen zu begleichen.

Charlotte vergrub das Gesicht in den Händen. Es würde schwierig werden, jemanden zu finden, der eine Buchhandlung kaufen wollte, die Verluste einfuhr. Zudem war das Haus so hoch beliehen worden, dass der Verkauf ihr kaum Gewinn einbringen würde, ganz zu schweigen von der Erbschaftssteuer, die noch zu bezahlen war. Mit anderen Worten, sie konnte, falls die Buchhandlung schließen musste, Martinique und Sam nicht einmal eine ordentliche Abfindung zahlen.

Sie stand auf und ging in der Wohnung auf und ab. Warum hatte der Anwalt sie nicht gewarnt? Wusste er nicht, wie schlimm es stand?

Als sie schon wieder über einen Stapel Bücher steigen musste, seufzte sie. Diese Wohnung würde definitiv für eine TV-Sendung über Messies infrage kommen. Je länger Charlotte sich hier aufhielt, desto größer wurde ihr Bedürfnis, sich ein Paar Gummihandschuhe anzuziehen und mit Müllsäcken und Putzmittel auf das Chaos loszugehen.

Mit der Socke blieb sie an der Ecke eines Bucheinbands hängen, und der ganze Stapel kippte um. Resigniert ging Charlotte in die Hocke.

Eines der Bücher trug den Titel *Garp und wie er die Welt sah,* und Charlotte ließ den Finger über die Schrift gleiten. Weshalb nur hatte Sara sie als Erbin eingesetzt? Warum wollte sie so unbedingt, dass sie hierherkam?

Sie öffnete das Buch und blätterte ein wenig, spürte das samtweiche Papier an ihren Fingern. Auf dem Titelblatt stand eine Widmung. Charlotte erkannte sofort die Handschrift ihrer Tante aus dem Brief wieder.

Für Daniel. Ich liebe Dich.

Sie lehnte sich mit dem Rücken an die Wand und las die Worte immer wieder. Daniel, dachte sie. War das Saras Freund, oder vielleicht sogar ihr Mann?

Charlotte schluckte. Es fühlte sich so seltsam an, dass sie gar nichts über ihre eigene Tante wusste. Seit sie selbst auf der

Welt war, hatte Sara hier gewohnt, und sie hatten nie irgendeine Art von Kontakt miteinander gehabt. Auch wenn ihre Mutter Sara kaum einmal erwähnt hatte, glaubte Charlotte doch, dass der Kontaktabbruch hauptsächlich an Kristina gelegen hatte. Sara hatte ja anscheinend mit ihr in Kontakt treten wollen, warum hätte sie sonst diesen Brief schreiben oder die Buchhandlung an Charlotte vererben sollen?

Sie versuchte sich zu erinnern, ob ihre Mutter irgendwann einen Daniel erwähnt hatte. Kristina hatte *Garp und wie er die Welt sah* sehr gemocht. Aber hatte sie jemals erzählt, was sie gemacht hatte, bevor Charlotte geboren wurde?

Ein Gedanke nahm in ihrem Hinterkopf Gestalt an, doch Charlotte bekam ihn nicht recht zu fassen, und als es an der Tür klopfte, legte sie das Buch weg und stand auf.

6

FREITAG, 24. SEPTEMBER 1982

Die Wand ist eiskalt, dennoch presst sie sich dagegen. Vor der Tür ist Lärmen und Schreien zu hören. Jemand hat einen Kassettenrekorder mitgebracht, und die Musik ist so laut, dass der Boden vibriert. Joe Strummer brüllt heiser sein *I'm only looking for fun.*

Kristina kneift die Augen zu und zieht sich die Decke bis zum Kinn hoch, dennoch kann sie nicht einschlafen. Sie dreht sich auf die Seite und schaut zu dem kleinen Fenster hinauf. Durch die schweren Vorhänge ist das Licht der Straßenlaterne zu sehen, und sie hört, wie die Leute vor dem Pub grölen.

Bald kommt Sara nach Hause. Kristina schläft selten, bevor sie da ist.

Erneut dreht sie sich um. Starrt die Wand an und denkt, wie sehr sie es hasst, hier zu wohnen, während im Nachbarzimmer jemand *London's burning* brüllt.

Kristina fühlt sich überhaupt nicht wohl. Nichts ist so gekommen, wie sie es sich vorgestellt hat. Sie und Sara haben keine eigene Wohnung, keine hübsche kleine Küche mit Tischtuch und geblümtem Porzellan auf dem Tisch. Sie wollten doch ganz neu anfangen, ihr ganz eigenes Leben leben, stattdessen wohnen sie in einer WG, in der niemand je zu schlafen scheint.

Wenn Sara nicht da ist, traut Kristina sich kaum aus dem

Zimmer. Sie mag es nicht, dass die anderen immer laut sind und dass sie oft erst die Spritzen vom Waschbecken wegräumen muss, wenn sie sich waschen will.

Die Traumjobs, die sie sich vorgestellt haben, haben sie ebenfalls noch nicht gefunden. Sara arbeitet in einem dreckigen Pub. Kristina ekelt sich jedes Mal, wenn sie sie besucht. Die Luft dort ist schwer von Zigarettenrauch. In den Fenstern liegen tote Fliegen herum, und die Wände sind von Essensdämpfen verfärbt. Das ganze Lokal stinkt säuerlich und abgestanden.

Sara hat versprochen, dass sie so bald wie möglich umziehen werden, doch es ist schwierig, etwas zu finden, das sie sich leisten können. Sie verdienen beide nicht genügend Geld für eine eigene Wohnung. Zumindest nicht mitten in London, wo es die Jobs gibt.

Kristina versucht, nicht zu weinen, hält es aber nicht lange durch. In der WG räumt niemand seinen Dreck weg. Der Mülleimer ist ständig überfüllt, die Spüle steht voller dreckiger Teller und vergessener Essensreste, und die Teppiche sind wahrscheinlich noch nie gereinigt worden. Außerdem muss man all seine Sachen verstecken, sonst verschwinden sie einfach. Nicht einmal das Toilettenpapier kann man im Badezimmer liegenlassen, denn sonst ist es weg.

Sie dreht sich wieder um und schaut auf die Uhr. Drei Minuten nach elf. Es gefällt ihr nicht, dass Sara abends allein nach Hause geht, auch wenn der Pub ganz in der Nähe liegt. Müde starrt sie die geblümte Tapete an, folgt mit dem Blick den dornigen Ranken. Plötzlich öffnet sich die Tür.

Kristina lächelt erleichtert. Da ist sie ja endlich! Den ganzen

Tag hat sie sich danach gesehnt, mit Sara zu reden, und jetzt wartet sie darauf, dass sie zu ihr ins Bett kriecht.

Einige Sekunden vergehen, ohne dass Sara etwas sagt, dann wird die Tür plötzlich wieder geschlossen.

Kristina setzt sich im Dunkeln auf.

»Sara? Bist du das?«

Sie hört jemanden atmen.

»Sara?«

Das Zimmer ist nur wenige Quadratmeter groß, und die Matratze bedeckt einen Großteil des Bodens. Kristina schluckt.

»Wer ist da?«

Sie kann eine Gestalt erahnen, ein paar Meter entfernt. Kristina zieht die Beine an, tastet mit der Hand nach etwas, womit sie zuschlagen kann, und findet ein Buch. *Garp und wie er die Welt sah,* das Sara sich von einem Arbeitskollegen ausgeliehen hat.

»Hau ab«, faucht sie und hält das Buch hoch.

Dass die Person nichts sagt, verstärkt ihre Angst. Warum hat sie nur nicht abgeschlossen?

Angespannt versucht sie etwas zu erkennen. Soll sie aufstehen? Kristina zögert. Sie trägt nur ein Nachthemd und es fühlt sich beinahe sicherer an, unter der Decke zu bleiben.

Sie hält den Atem an, doch ihr Herz klopft so laut, dass es in den Ohren dröhnt. Tausend Gedanken wirbeln ihr durch den Kopf. Plötzlich spürt sie seine Anwesenheit im Zimmer. Sie hört ihn keuchen. Er hat sie gefunden. Er ist ihnen den ganzen Weg bis hierher gefolgt, um sie zu bestrafen.

Panik steigt in ihr auf. Was soll sie tun? Sie kann nirgendwohin, kann sich nirgendwo verstecken. Sie möchte schreien, doch aus ihrem Mund kommt kein Laut. Es ist, als säße der Schrei in ihrer Lunge fest.

Dann bricht plötzlich jemand in Gelächter aus. Gleich nebenan sind kichernde Stimmen zu hören, und die Tür öffnet sich erneut. Im Licht, das von draußen hereinfällt, erkennt Kristina Angie, die ebenfalls hier wohnt, und einen langhaarigen Typen, der oft zu Besuch ist. John heißt er wohl.

Kristina seufzt. Am liebsten würde sie das Buch nach ihnen werfen und sie zum Teufel jagen, doch das würde nichts bringen. Wenn sie etwas sagt, ziehen sie sie nur wieder auf.

Angie und John grinsen und flüstern sich etwas zu. Dann lallen sie, Kristina solle doch rauskommen und mitmachen. »Wir machen heute Party«, sagen sie. »Komm schon, Kicks, sei kein Spielverderber!«

Kristina antwortet nicht, sondern wartet nur, bis sie gehen. Dann legt sie sich wieder hin. Ihr Herz pocht. Sie hasst es, Kicks genannt zu werden.

Kurz darauf kommt Sara endlich nach Hause. Sie schleicht sich herein und zieht sich leise aus. Wahrscheinlich denkt sie, Kristina schlafe schon.

Obwohl das ungute Gefühl immer noch da ist, sagt Kristina nichts. Sie möchte nicht, dass Sara sie lächerlich findet. Natürlich ist er nicht hier. Natürlich hat er sie nicht gefunden.

Sie versucht sich auf die Geräusche von Sara zu konzentrieren, die sich bettfertig macht. Sie hört, wie sie ihren Pullover auszieht und die Jeans aufknöpft. Wie sie flucht, als sie beim Versuch, aus der engen Hose zu kommen, beinahe das Gleichgewicht verliert. Dann tastet sie auf der Kommode nach ihrer Bürste.

Es klingt ganz eigen, wenn ihre Schwester sich die langen

blonden Haare kämmt. Systematisch zieht sie die Hand von oben nach unten, und das weiche, rhythmische Geräusch wirkt einschläfernd auf Kristina.

Saras Beine sind kalt, als sie zu ihr unter die Decke kriecht. Doch das macht nichts. Kristina ist einfach nur froh, dass sie da ist. Sie schmiegt sich enger an sie, berührt sie mit der Hand und spürt ihre weiche Haut.

Normalerweise schlafen sie schnell ein, doch jetzt hört Kristina Sara flüstern.

»Bist du wach?«

Kristina tut, als wache sie auf und dreht sich zu ihr um.

»Ja, warum?«

Sara kichert. Sie riecht nach Rauch. Der Tabakgestank setzt sich in allem fest, was sie haben: Kleidung, Kissen, Haare. Nicht einmal Parfüm hilft dagegen.

»Ich habe jemanden kennengelernt«, sagt Sara und kichert erneut. »Daniel.«

»Ja?«

Sara setzt sich auf. Das rote Licht von einem Reklameschild am gegenüberliegenden Gebäude spiegelt sich auf ihrem Gesicht. Kristina hat immer schon gewusst, dass Sara etwas Besonderes ist, aber hier wird es noch offensichtlicher. Auf der Straße drehen die Leute sich nach ihr um, und manchmal brauchen sie nicht zu bezahlen, wenn sie sich Bier oder etwas zu Essen bestellen. Sara meint, es läge an ihrem blonden Haar, doch Kristina weiß, dass das nicht wahr ist. Ihres hat genau dieselbe Farbe, doch ihr pfeift niemand hinterher oder lädt sie zu einem Getränk ein.

Sara zieht die Knie unters Kinn.

»Ach, was soll's.«

Kristina seufzt. Sie muss morgen früh aufstehen, denn sie hat Frühschicht im Café, in dem sie arbeitet. Die allerschlechteste Schicht. Beim Frühstück gibt nie jemand Trinkgeld.

»Schlaf jetzt«, sagt sie und zieht die Decke zu sich heran.

»Ja, gleich.«

Kristina schließt die Augen. Der Zorn, den sie eben noch empfunden hat, ist wie weggeblasen. Sobald Sara bei ihr ist, ist alles wieder gut. Nur müssen sie unbedingt raus aus dieser WG! Kristina hält es nicht länger aus. Gleich morgen will sie eine Tageszeitung kaufen und die Anzeigen durchforsten. Irgendwo muss es doch eine Wohnung geben, die sie sich leisten können. Vielleicht kann sie Sara sogar überreden, ein klein wenig aus der Stadt hinaus zu ziehen, wenn sie dort etwas Nettes entdeckt.

Sie stellt sich diese eigene Wohnung nur für sie beide bildhaft vor und beruhigt sich allmählich. Immer schläfriger wird sie. Solange sie Sara hat, wird sich alles finden, das weiß sie.

Nur du und ich, denkt Kristina, als sie in den Schlaf hinübergleitet. *Nur du und ich.*

7

DIENSTAG, 5. SEPTEMBER, SPÄTER

Martinique stand am Louisa-Regal und sah, wie Charlotte durch den Laden und dann die Treppe hinauf zu Saras Wohnung eilte. Sie war ihrer Tante so ähnlich, dass es ihr jedes Mal einen Stich gab, wenn sie sie erblickte. Sie hatten das gleiche ovale Gesicht, die gleiche gerade Nase und blaue, intelligente Augen.

Martinique stellte *Zwanzigtausend Meilen unter dem Meer* wieder an seinen Platz, das zwischen *Tante Julia und der Kunstschreiber* und *Tod in den Anden* gelandet war. Sie hatte eine ganze Liste von Argumenten vorbereitet, um Charlotte zu überzeugen, die Buchhandlung weiterzuführen, war jedoch durch diese verblüffende Ähnlichkeit völlig abgelenkt worden. Sogar ihre Stimme glich der von Sara, und es war beinahe unheimlich, Charlotte wie eine jüngere Version von Sara in der Buchhandlung herumlaufen zu sehen. Gleichzeitig war ihr bewusst, dass sie nicht unendlich viel Zeit hatte. Wenn sie überhaupt eine Chance haben wollten, Charlotte zu überreden, mussten sie sich beeilen, sie konnte jederzeit wieder nach Schweden zurückfliegen.

Martinique schaute verstohlen zum Eingang hinüber. Dass Saras Nichte hier war, hatte ihre Gefühle aufgewühlt, und sie wischte sich schnell eine Träne aus dem Augenwinkel.

Es stand so viel auf dem Spiel. Die Schließung der Buchhandlung wäre nicht nur eine Tragödie für die Leute in der Umgebung, sondern würde Martinique auch persönlich treffen. Sie und ihr Mann gehörten nicht gerade zu den Gutverdienern, und London war teuer. Außerdem sollte ihre Tochter Angela bald aufs College gehen, und Martinique hatte wahnsinnig Angst, was passieren würde, wenn sie plötzlich arbeitslos wäre. Sie war selbst in ärmlichen Verhältnisse aufgewachsen, und der Gedanke, sie und Paul könnten alles verlieren, was sie sich aufgebaut hatten, war schrecklich, ganz zu schweigen davon, wie weh es ihr täte, wenn Saras Lebenswerk zerstört würde.

Martinique strich über das Messingschild mit Louisas Namen. Diese Buchhandlung war Saras Erbe. Der Riverside Bookshop war ihr Leben gewesen. Wenn er verschwand, würde sich auch das Letzte, was noch von ihr blieb, im Nichts auflösen, und Martinique würde es nicht ertragen, die Freundin auf diese Weise noch ein weiteres Mal zu verlieren.

Sie kehrte zu den Büchern zurück und zählte die Titel, die sie von Jules Verne vorrätig hatten. Doch die Gedanken an Sara und Charlotte ließen sich einfach nicht vertreiben; vor allem eine Sache ließ ihr keine Ruhe.

Martinique holte tief Luft. Sie und Sara hatten sich immer sehr nahegestanden. Im Laufe der Zeit hatte Sara ihr viele Geheimnisse anvertraut, und auf ihrem Totenbett hatte sie Martinique gebeten, Charlotte zu erklären, was zwischen ihr und ihrer Schwester vorgefallen war.

In achtzig Tagen um die Welt ragte ein Stück aus dem Regal, und Martinique schob es an seinen Platz zurück. Sie hatte keine Ahnung, wie viel Charlotte über die Beziehung zwischen ihrer Tante und ihrer Mutter eigentlich wusste. Die Familiensituation war kompliziert, und was hinter dem Zerwürfnis der beiden Schwestern lag, konnte man nicht einfach so nebenbei erzählen.

Martinique ordnete *Die geheimnisvolle Insel* so ein, dass die Bücher in alphabetischer Reihenfolge standen, und presste die Lippen aufeinander. Sie musste behutsam vorgehen, um Charlotte nicht zu verschrecken, zugleich fühlte es sich nicht richtig an, ihr die Wahrheit vorzuenthalten. Je mehr Zeit verging, desto schwerer trug sie an Saras Geheimnis, und sie fürchtete, Charlotte könnte das eine oder andere auf eigene Faust herausfinden. Außerdem hatte Charlotte ihrer Meinung nach das Recht, sobald wie möglich zu erfahren, was passiert war. Es war schließlich ihre Familiengeschichte.

Dieser Gedanke trieb Martinique schon wieder die Tränen in die Augen, und sie schloss schnell die Lider, um sie zurückzuhalten. Es war wirklich ein Drahtseilakt.

Sie hatte gerade ein Taschentuch herausgezogen, da klingelte ihr Handy. Martinique wischte sich rasch über das Gesicht und nahm ab.

»Ja, hallo?«

»Hallo Liebes, hier ist Marcia.«

Martinique holte erneut tief Luft. Sie hoffte, ihre Schwester würde nicht merken, dass sie geweint hatte.

»Hallo! Ich wollte dich gerade anrufen und fragen, wie es Sterling gestern ergangen ist.«

Marcia räusperte sich diskret.

»Leider nicht so gut.«

»Ach. Haben sie das Spiel verloren? Er war ja auf dem Weg zur Schule gestern Morgen sehr aufgedreht.«

»Ich weiß, aber ich hatte Kopfschmerzen, deshalb mussten wir absagen. Es gab ja leider niemanden, der einspringen konnte, aber daran muss ich mich als Alleinerziehende wohl gewöhnen.«

Martinique spürte einen Klumpen im Magen. Während des Abendessens gestern hatte sie das Telefon auf Lautlos gestellt, um endlich einmal nicht von Marcia behelligt zu werden, und dafür musste sie jetzt anscheinend büßen.

»Was hast du gestern eigentlich gemacht? Ich habe versucht, dich anzurufen.«

Ein Kunde ging an ihr vorbei, und Martinique drehte das Gesicht zur Wand.

»Wir hatten ein Abendessen hier in der Buchhandlung, um Saras Nichte Charlotte willkommen zu heißen«, flüsterte sie.

»Ach so, ist sie endlich aufgetaucht? Das wurde aber auch Zeit! Dann brauchst du jetzt ja vielleicht nicht mehr ständig im Laden zu sein.«

Martinique nickte schuldbewusst.

»Mmh, hoffentlich.«

»Was hast du denn heute Abend vor?«

Martinique erstarrte. War es unverschämt von ihr, zwei Abende am Stück für sich selbst zu beanspruchen? Sie fühlte sich ziemlich erschöpft, außerdem musste sie die Sache mit Charlotte in Angriff nehmen. Doch es war schwierig, Marcia etwas abzuschlagen. Trotz Pauls Ermutigungen gelang es ihr nie wirklich, und ihre Schwester wusste genau, was sie sagen musste, um ihr ein schlechtes Gewissen zu machen.

»Ich bin zum Essen verabredet.«

»Aha, und mit wem?«

»Wieder mit Charlotte. Ich muss ihr noch einiges zur Buchhandlung erklären.«

Sie konnte geradezu vor sich sehen, wie Marcias Augen sich zu Schlitzen verengten.

»Aber du hast doch sicher zwischendurch einen Moment Zeit? Es wäre großartig, wenn du Spencer zum Geigenunterricht fahren könntest. Ich hätte das ja gerne selber gemacht, aber ich habe Angst, dass die Kopfschmerzen zurückkommen, wenn ich in der Musikschule sitzen und auf ihn warten muss. Leider sind ja nicht alle Kinder so begabt wie Spencer.«

Martinique schluckte. Pauls Stimme hallte in ihrem Kopf. *Sag einfach nein. Du schaffst das!*

»Nein«, brachte sie schließlich heraus. »Heute Abend geht es leider nicht.«

Sie hörte Marcia tief Luft holen. *Jetzt muss ich stark sein,* dachte Martinique und zählte leise. Als sie aber bei fünf war und Marcia immer noch nichts gesagt hatte, hielt sie es nicht mehr aus.

»Ich kann ihn hinfahren, aber dann muss ich zurück in den Laden.«

Die Worte kamen einfach aus ihr heraus, und sobald sie sie gesagt hatte, bereute sie sie schon wieder. Warum konnte sie nicht einfach die Klappe halten?

Marcia seufzte.

»Ist dieses Essen wirklich so wichtig? Du weißt doch, wie sehr Spencer den Geigenunterricht braucht. Kinder, die ein Instrument spielen, haben deutlich bessere Chancen im Leben. Denk dran, dass er gerade unsere Scheidung miterlebt hat!«

Martinique schluckte. Sie wollte gerade nachgeben, als ihr

klar wurde, was Marcia gesagt hatte. Das Essen war wichtig. Wenn sie wollten, dass Charlotte die Buchhandlung behielt, mussten sie ihr die Gelegenheit geben, sich mit ihr vertraut zu machen.

»Ja«, sagte sie so ruhig sie konnte. »Ich muss zu diesem Essen gehen.«

Wieder schwieg ihre Schwester, doch diesmal blieb Martinique hart. Sie ballte die freie Hand so fest, dass die Nägel ihr ins Fleisch schnitten.

Ein paar Sekunden lang blieb es still, dann seufzte Marcia.

»Okay«, fauchte sie, »du kannst ihn gegen fünf abholen.«

Martinique betrachtete verblüfft ihre weißen Knöchel. Hatte sie es wirklich geschafft? Mehr war nicht nötig?

Nach dem Telefonat ging sie in die Küche, wo noch der Abwasch vom Vortag einweichte. Sie war ganz aufgekratzt, weil es ihr zum ersten Mal gelungen war, standhaft zu bleiben. Oder, vielleicht war es ihr auch gar nicht wirklich gelungen, aber sie hatte sich zumindest nicht platt auf den Bauch gelegt. Sie würde Spencer lediglich zur Geigenstunde hinbringen und ihn nicht auch noch abholen.

Bei diesem Gedanken bekam sie ein schlechtes Gewissen. Es war ja nicht so, dass sie keine Zeit mit ihren wunderbaren Neffen verbringen wollte, sie war es einfach nur leid, dass Marcia so selbstverständlich damit rechnete, dass sie jederzeit zur Verfügung stand, oft sogar ohne sich hinterher dafür zu bedanken. Dabei hatte Martinique eine Vollzeitstelle, während Marcia vor allem ihre Rückhand trainierte.

Martinique krempelte die Ärmel hoch und steckte die Hände in das trübe Abwaschwasser. Paul würde den Ausgang ihres Gesprächs wahrscheinlich nicht als Sieg gelten lassen. In seinen Augen war Martinique immer viel zu nachgiebig, wenn es um Marcia ging. Er schien nicht zu verstehen, dass Martinique ihrer Schwester helfen wollte, wann immer es ging.

Sie schob sich mit dem Unterarm eine Strähne aus dem Gesicht, dann nahm sie einen Teller und schrubbte so fest, dass das Spülmittel schäumte. In letzter Zeit hatten Paul und sie sich ziemlich häufig gestritten. Nach Saras Tod waren sie in einem merkwürdigen Vakuum gelandet. Martinique hatte an kaum etwas anderes mehr denken können als an die Buchhandlung, und Paul war es wahrscheinlich irgendwann leidgeworden, ihren Grübeleien zuzuhören, auch wenn er viel zu höflich war, es direkt zu sagen. Stattdessen schien er immer abwesender, und das Einzige, worüber sie in letzter Zeit sprachen, waren praktische Dinge, wie wer den Müll herunterbringen sollte oder den Waschmaschinenreparateur anrief. Ihre eigentliche Beziehung schien auf Eis zu liegen, und Martinique konnte sich nicht erinnern, wann sie einander zuletzt berührt hatten.

Normalerweise machte sich Martinique keine allzu großen Sorgen wegen solcher Dinge. Sie und Paul waren seit bald einem Vierteljahrhundert verheiratet, und sie hatte längst begriffen, dass eine Ehe Höhen und Tiefen erlebt, doch in letzter Zeit hatte Paul sich wirklich sonderbar benommen. Kürzlich kam er mit einem Strauß Chrysanthemen für sie nach Hause. Paul, der ihr sonst nie Blumen schenkte! Es gab sogar eine stehende Redewendung zwischen ihnen: Sie brauche keinen Mann, der ihr Rosen schenke, aber das schien er völlig vergessen zu haben, als er ihr, beinahe verschämt, den Blumenstrauß überreichte und dann rasch das Zimmer verließ. Und heute früh hatte er einen Anruf bekommen, von dem er nicht wollte, dass sie ihn mithörte. Als sein Handy klingelte und er die Nummer sah, stand er vom Frühstückstisch auf und ging in den Flur, er schloss sogar die Tür hinter sich.

Martinique rubbelte an einem hartnäckigen Soßenfleck auf dem Teller herum. Sie wollte wirklich nicht anfangen, Paul zu verdächtigen, doch seit Marcia und Richard sich scheiden ließen, wusste sie nicht mehr, was sie glauben sollte. Die beiden waren ihr immer so wahnsinnig glücklich erschienen. Woher sollte sie die Gewissheit nehmen, dass ihr und Paul nicht das Gleiche passieren konnte?

Nach dem Abwasch öffnete Martinique den Kühlschrank, um zu sehen, wie viel noch von gestern übrig war. Der Topf war noch halbvoll, und sie konnte einfach noch etwas Reis nachkochen, um den Eintopf zu verlängern.

Der Gedanke an einen weiteren Abend mit Sam, William und Charlotte machte sie froh. Wenn Martinique etwas liebte, dann, gemeinsame Essen für ihre Freunde zu organisieren. Zwar musste sie zwischendurch Spencer zum Geigen fahren, doch es blieb genügend Zeit, um etwas richtig Leckeres vorzubereiten. Sie konnte zum Beispiel diese köstlichen Blätterteigrollen mit Oliven und Frischkäse als Vorspeise machen und würde dann vielleicht sogar noch eine Baiser-Torte zum Nachtisch hinbekommen.

Martinique warf einen Blick auf die Packung Haferkekse von Marks & Spencer, die auf dem Tisch lag. Sie wollte sich gerade einen nehmen, als ihr Handy piepte. Eine Nachricht von Angela.

Hast du die Muffins schon gebacken?

Martinique stöhnte. Sie hatte vollkommen vergessen, dass Angelas Klasse morgen Kuchen verkaufen wollte, um Geld für die Klassenfahrt zu sammeln. Und sie hatte geglaubt, sie könnte das Essen in Ruhe vorbereiten!

Schnell antwortete sie ihrer Tochter.

Muss arbeiten. Kannst du das nicht machen?

Werden nicht so gut! Muss auch noch zu Birdie und Mathe lernen.

Martinique seufzte. Sie hatte es immer gemocht, sich gebraucht zu fühlen, aber jetzt fragte sie sich manchmal, ob sie ihre Tochter nicht ein bisschen zu sehr verwöhnt hatte. Eine Sechzehnjährige sollte doch wohl in der Lage sein, ein Blech Muffins zu backen?

Wie viele brauchst du?

Dreißig. Schoko mit rosa Glasur.

Martinique schüttelte den Kopf. Selbst schuld, dachte sie. Sie hatte sich beim letzten Elternabend in Angelas Schule für dieses Kuchenverkaufskommitee angemeldet. Nicht, weil sie wahnsinnige Lust darauf gehabt hätte, sondern weil sie die Stille nicht ertragen hatte, als der Sprecher des Elternbeirats in die Runde geblickt und darauf gewartet hatte, dass sich jemand meldete, und alle anderen versucht hatten, irgendwie beschäftigt auszusehen.

Manchmal wünschte sich Martinique, sie wäre wie Nancy Hanagans Mutter, Lucy. Zu einer Schulveranstaltung war sie in einem glitzernden Kleid und Perücke angerauscht, mit ihrem Kassettenrekorder auf die Bühne gegangen und hatte eine, gelinde gesagt, sinnliche Karaoke-Version von *Simply the Best* aufgeführt. Anschließend waren die anderen Eltern so geschockt gewesen, dass sie mehr als achthundert Pfund gespendet hatten, und niemand erwartete mehr von Lucy, dass sie noch einmal auftauchte.

Martinique kicherte leise. Erst hatte Nancys Mutter ihr leidgetan, die angeblich gerade erfahren hatte, dass ihr Mann sich von ihr scheiden lassen wollte. Doch nachdem sie ihr breites Lächeln gesehen hatte, als sie mit ihrem weißen Jeep davongefahren war, war sie sich nicht mehr sicher, ob ihr Auftritt wirklich das erste Zeichen eines psychischen Zusammenbruchs war, wie viele meinten. Ihr kam es plötzlich eher wie eine strategisch gut überlegte Aktion vor, um nie wieder an irgendwelchen Schulveranstaltungen teilnehmen zu müssen.

Martinique selbst hatte weder ein Paillettenkleid, noch verfügte sie über ein breites Repertoire an Whitney-Houston-Songs, und sie wusste, dass Angela es ihr nie verzeihen würde, wenn sie die Schulbühne betreten und sich so ans Mikro ranschmeißen würde wie Lucy Hanagan.

Okay, ich kümmere mich drum. Hab dich lieb.

Ein paar lange Sekunden starrte sie auf das Display und wartete darauf, dass Angela zurückschrieb, etwa: *Danke, du bist die beste Mutter der Welt!* oder *Hab dich auch lieb,* doch als nichts geschah, nahm sie sich einen Haferkeks und steckte ihn sich in den Mund. Wenigstens Marks & Spencer wussten, was sie brauchte!

Martinique warf einen Blick auf die Uhr und stellte fest, dass es höchste Zeit wurde.

Die Muffins konnte sie hoffentlich zusammenrühren, während sie gleichzeitig das Essen vorbereitete, doch zuallererst musste sie sich vergewissern, dass Charlotte keine anderen Pläne hatte.

Sie wollte gerade hinaufgehen, als sie eine Eingebung hatte. Sie richtete die Kekse auf einem Teller hübsch an. Falls Charlotte aus irgendeinem Grund nicht konnte, ließ sie sich hoffentlich mit den leckersten Keksen Londons bezirzen.

*

»Hallo! Jemand zu Hause?«

Charlotte schrak zusammen, als sie Martinique hörte.

»Ich komme!«, rief sie und hob schnell eine Zeitung vom Boden auf und breitete sie über den Küchentisch, um die Jahresabschlüsse zu verstecken, denn sie wollte sich erst selbst einen Überblick verschaffen.

Sie öffnete die Tür. Diesmal trug Martinique einen türkisfarbenen Kaftan, der rund um den Hals mit blauen Glasperlen bestickt war. Mit ihrem dicken, glänzenden Haar und den sorgfältig geschminkten Lippen sah sie unglaublich elegant aus.

»Wie geht's?«

Charlotte nickte.

»Danke, gut.«

»Hast du dich schon mit Mr Cook getroffen?«

Charlotte stutzte. Sie konnte sich nicht erinnern, dass sie sich das Du angeboten hatten, aber was wusste sie noch vom letzten Abend?

»Ja, aber nur kurz.«

»Und was hat er gesagt?«

Charlotte zuckte die Achseln.

»Er hat mir einen Haufen Unterlagen gegeben, den ich durchsehen soll«, sagte sie ausweichend.

Martinique lächelte freundlich und reichte ihr einen Teller Kekse.

»Hier«, sagte sie fröhlich. »Die sind ganz frisch!«

Charlotte nahm die Kekse entgegen und stellte sie auf die kleine Kommode im Flur. Sie wusste nicht, wann zuletzt jemand für sie gebacken hatte.

»Das sind Haferkekse mit Nüssen und Rosinen.«

»Lecker.«

»Du bist doch nicht allergisch gegen irgendetwas?«

»Nein, die sehen toll aus!«

Sie schwiegen einen Moment und Charlotte überlegte, ob sie fragen sollte, was am Abend zuvor passiert war. Doch was sollte sie sagen? *Entschuldige, hast du mich gestern die Treppe raufgetragen?* Der Gedanke allein war ihr peinlich, und als Tennyson plötzlich angeschwänzelt kam, deutete sie stattdessen auf ihn.

»Ist das so gedacht, dass er nachts hier schläft?«

Martinique schüttelte den Kopf.

»Nein, eigentlich nicht. In den letzten Wochen habe ich ihn abends immer mit zu mir genommen, obwohl er das nicht besonders mag, und da hat er gestern die Chance ergriffen und sich raufgeschlichen, bevor wir ihn einfangen konnten. Nachdem er erst mal durch die Katzenklappe war, haben wir uns nicht mehr reingetraut, weil du schon geschlafen hast.«

Charlotte schob sich verlegen eine Strähne hinter das Ohr.

»Okay.«

»Wenn du möchtest, kann ich heute Abend wieder versuchen ihn mitzunehmen, aber da er jetzt weiß, dass du hier bist, könnte es schwierig werden. Ich glaube, er mag dich«, fügte sie hinzu. »So vergnügt habe ich ihn nicht mehr gesehen, seit ... Ja, seit Sara gestorben ist.«

Charlotte drehte sich um und sah, dass Tennyson auf das Sofa gesprungen war. Er lag auf dem Rücken und strampelte mit den Pfoten, als spiele er mit einem unsichtbaren Ball, gleichzeitig blickte er sie auffordernd an.

»Da hast du einen Freund fürs Leben gefunden«, sagte Martinique und lächelte. »So guckt er mich nie an, obwohl ich ihn fast täglich mit Thunfisch zu bestechen versuche.« Sie warf den Kopf in den Nacken. »Nein, jetzt will ich dich nicht weiter aufhalten. Ich wollte dir nur sagen, wenn du irgendwelche Fragen zur Buchhandlung hast, kannst du gerne zu mir kommen. Ich weiß fast alles über das Geschäft.«

Außer, dass der Laden bald pleite ist, dachte Charlotte traurig.

»Das ist nett, ich komme gerne darauf zurück!«

Martinique nickte nachdrücklich.

»Ich meine es ernst. Du brauchst keine Scheu zu haben und kannst mich *alles* fragen.«

Charlotte räusperte sich und schaute zu dem Foto hinüber, das schräg hinter ihr an der Wand hing. Vielleicht wusste Martinique, wer der Mann darauf war.

»Dieses Foto«, sagte sie und griff nach dem Rahmen. »Weißt du, wer das ist?«

Martinique nahm es in die Hand und betrachtete es schweigend.

»Nein«, sagte die schließlich. »Tut mir leid, aber ich habe keine Ahnung.«

»Weißt du, ob Sara einen Freund hatte, ob sie verheiratet war oder mit jemandem zusammengelebt hat?«

Sie schüttelte den Kopf.

»In der Zeit, seit ich hier arbeite, hat Sara keine Beziehung gehabt.«

»Okay«, sagte Charlotte und versuchte ihre Enttäuschung zu verbergen.

Martinique legte den Kopf schief.

»Da es gestern ein bisschen chaotisch war, wollten wir heute gerne ein richtiges Willkommensessen für dich ausrichten.«

»Danke«, sagte Charlotte schnell, »aber das ist nicht nötig.«

»Doch, natürlich ist das nötig! Wir müssen dich schließlich besser kennenlernen. Die anderen kommen auch, und William hat versprochen, diesmal nicht zusammenzubrechen.«

»Ist gut«, sagte Charlotte und hoffte inständig, dass es ihr bis dahin gelang, eine Entscheidung zu treffen.

»Schön«, strahlte Martinique. »Dann treffen wir uns um sechs unten im Laden.«

Charlotte kehrte zum Tisch und den Ordnern und den verstreuten Dokumenten zurück. Finanziell sah es wirklich nicht gut aus. Sie mussten dringend die Einnahmen steigern, sonst mussten sie schließen.

Sie ließ sich auf einen Stuhl sinken. Hatte Sara ihr deshalb die Buchhandlung vererbt? Hatte sie gedacht, Charlotte könnte sie retten? Oder war es eher eine Art Racheaktion? Wollte

Sara Charlottes Mutter strafen, indem sie ihrer Tochter ein so gut wie ruiniertes Unternehmen hinterließ?

Rasch schob sie den Gedanken von sich. Es kam ihr unwahrscheinlich vor, dass Sara ihr Lebenswerk so in den Sand setzen sollte, um dann absichtlich zu sterben und alle Probleme ihrer Nichte zu überlassen.

Charlotte öffnete einen Ordner und blätterte vor bis zum letzten Jahresabschluss. Der Gewinn war nicht der Rede wert. Wovon hatte Sara bloß gelebt?

Sie schüttelte den Kopf. Das Ganze war ein unmögliches Projekt, und sie sollte wirklich die Finger davon lassen. Die Buchhandlung war nicht mehr zu retten. Und wenn sie es doch versuchte und es ihr wider Erwarten gelang, sie wieder auf die Beine zu bekommen, so würde sie bei Sam und Martinique dadurch nur falsche Hoffnungen wecken.

Sie nahm einen Stift und notierte sich etwas auf ihrem Block. Die Fixkosten der Buchhandlung waren relativ gering; Martinique war die Einzige, die in Vollzeit arbeitete, und ihr und Sams Gehalt waren ausgesprochen niedrig.

Sie überschlug im Kopf, um wie viel der Umsatz wachsen müsste. Vielleicht konnten sie online Bücher verkaufen oder eine Veranstaltung organisieren?

Sie rechnete und rechnete. Alex hatte immer gemeint, sie sei die beste Problemlöserin der Welt. Jedes Mal, wenn sie in ihrer Firma mit einem Hindernis konfrontiert waren, klemmte sie sich dahinter. Wie zum Beispiel, als die Etiketten der Behälter sich ständig lösten oder der Nagellack im Fläschchen schon nach wenigen Wochen austrocknete. Charlotte wurde damals fast manisch und konnte weder schlafen noch essen, bevor sie einen Plan erstellt hatten, wie sie die Sache angehen konnten. Wenn es überhaupt jemanden gab, der das hier lösen konnte, dann war das wohl sie, die Frage war nur, ob sie auch die Zeit dazu hatte.

Charlotte schaute auf die Uhr. Sie hatte Henrik versprochen, ihn heute anzurufen, bevor er um vier zu seinem Töpferkurs musste.

Sie wählte seine Nummer. Auch wenn das hier ein Problem war, das sie lösen konnte, so würde es doch auf Dauer nicht gehen. Sie konnte nicht hierbleiben. Henrik würde ihr sagen, dass sie sie in Lund dringend brauchten und dass er ihr so schnell wie möglich einen Rückflug buchen werde.

»Hello Charlotte«, meldete sich ihr Chefassistent mit gekünstelt britischem Akzent. »How are you doing over there?«

Ruhe breitete sich in ihr aus, sobald sie seine Stimme hörte. Auch wenn er ein paar nervige Angewohnheiten hatte, wie zum Beispiel immer unglaublich optimistisch zu sein, war er doch ihr Fels in der Brandung.

»Hallo, Henrik. Danke, gut. Und dir?«

»Ach, auch gut.«

»Ich wollte vor allem mal hören, wie die Lage ist. Was ist mit dem Bestellsystem, hängt es sich immer noch ständig auf?«

»Nein, es funktioniert jetzt wieder ganz normal.«

»Wie ist es mit der Fabrik in Granada gelaufen?«

»Die sind auch wieder in der Spur. Anscheinend brauchten sie nur einen Elektriker, um die Maschinen wieder in Gang zu bekommen. Es ist alles gut«, versicherte er. »Du kannst dich auf mich verlassen.«

Tennyson schien es aufzugeben, sie aufs Sofa locken zu wollen, und kam jetzt angeschlichen. Charlotte streckte die Hand nach ihm aus.

»Ich weiß. Nur eine Frage noch: Wie läuft es mit den neuen Verpackungen? Funktioniert das?«

»Ja«, antwortete er geduldig. »Ein Laden fand, der Deckel säße zu fest, aber ich habe ihnen erklärt, dass das so sein muss, weil das Produkt sonst ausläuft.«

»Du hast es doch freundlich gesagt?«

Henrik lachte.

»Aber Charlotte, du kennst mich doch! Ich fasse alles mit Samthandschuhen an. Jetzt lass uns über die wichtigen Dinge reden. Wie gefällt dir London?«

Sie dreht ihren Bleistift in der Hand.

»Ganz gut.«

»Wo bist du gewesen, was hast du dir angeschaut?«

Charlotte biss sich auf die Lippen. Wenn sie erklärte, dass sie die Buchhandlung kaum verlassen hatte, würde er mit ihr schimpfen. Durchs Fenster erblickte sie endlich die beiden Türme der Tower Bridge.

»Tower Bridge«, sagte sie tonlos und hoffte, er würde nicht merken, dass sie log.

Henrik räusperte sich.

»Aha. Und sonst? Warst du schon in Camden? Oder auf der Oxford Street? Hast du mir schon ein Mitbringsel gekauft?«

»Das habe ich noch nicht geschafft.«

Er stöhnte laut auf, sodass sie den Hörer weghalten musste.

»Mensch, Charlotte, du bist in einer der coolsten Städte der Welt! Du musst rausgehen und etwas unternehmen. Ich helfe dir. Ich maile dir eine Liste mit allen Dingen, die du auf gar keinen Fall verpassen darfst.«

»Mal sehen«, sagte sie. »Ich glaube, ich fliege bald wieder zurück.«

»Was? Du bist doch gerade einmal vierundzwanzig Stunden dort! Charlotte, ich sage dir das jetzt als Freund, also verwende es in der nächsten Lohnverhandlung nicht gegen mich. Du brauchst Urlaub! Du hast dir seit Jahren nicht mehr freigenommen.«

»Ich war nicht in der Firma, als ...«

»Das zählt nicht!«, sagte er schnell. »Du musst Urlaub machen. Du hast es dir verdient. Wir kommen hier gut zurecht. Hauptsache, du bleibst nicht für immer.« Er lachte.

Charlotte sah sich in der chaotischen Wohnung um.

»Das Risiko besteht eher nicht«, murmelte sie.

Eigentlich war es schön, dass Henrik sie gerade nicht brauchte. Ihr Blick blieb an den Ordnern hängen. Es juckte sie in den Fingern. Sie konnte so etwas. Wenn sie nur einen Plan erstellen würde, würde es ihr bestimmt gelingen, die Buchhandlung zu retten und einen potenziellen Käufer zu finden.

»Okay«, sagte sie. »Aber melde dich, wenn irgendetwas ist.«

»Ja, natürlich!«

»Dann bleibe ich noch ein paar Tage.«

»Bleib, solange du Lust hast! Und vergiss nicht, ins Musical zu gehen. Das muss man, wenn man in London ist. *Cats* ist ein Klassiker. Oder *König der Löwen.*«

Charlotte sah auf Tennyson herab, der ihr um die Beine strich. Der Gedanke an singende Menschen in Katzenkostümen jagte ihr einen Schauer über den Rücken.

»Mal sehen«, wiederholte sie diplomatisch. »Wünschst du dir irgendetwas Bestimmtes aus London? Und sag jetzt nicht Andrew Lloyd Webber, denn ich habe nicht vor, jemanden zu kidnappen.«

»Aber du könntest ihn stalken«, sagte Henrik. »Und schauen, ob er sich schnäuzt und das Taschentuch in einen öffentlichen Papierkorb wirft. In London ist doch sicher auch gerade Erkältungszeit?«

Charlotte tat, als würde sie seufzen.

»Und was soll ich Harry mitbringen?«

Harry war Henriks siebenjähriger Sohn. Charlotte, die weder Geschwister noch Cousins und Cousinen gehabt hatte, hatte sich in der Gegenwart von Kindern immer unwohl gefühlt. Sie konnte sich einfach nicht in ihre komplexe Gefühlswelt hineindenken und war jedes Mal verwirrt, wenn sie in Sekundenschnelle vom Lachen zum Weinen übergingen. Doch mit Harry war das anders. Henrik hatte Charlotte seinen neugeborenen Sohn einfach in den Arm gelegt, und als sie ihn hielt, verschwand die Unsicherheit. Sie hatte das Gefühl, dass Harry gern bei ihr war. Als sie in seine klugen Babyaugen blickte, war sie sich auch erstmals sicher gewesen, dass sie selbst Mutter werden wollte.

»Harry hätte bestimmt auch gerne eins von Andrew Lloyd Webbers Taschentüchern, aber falls du keins bekommst, würde er sich über alles mit Batman drauf freuen.«

»Okay, also Rotz oder irgendwas mit Batman drauf«, sagte Charlotte und spürte, wie sehr sie Henrik und Harry vermisste.

»Ach, übrigens«, sagte er und senkte die Stimme ein wenig. »Weißt du schon, wie du es mit BC Beauty machen willst? Soll ich ihnen das Gegenangebot schicken, das wir skizziert hatten?«

Charlotte rieb sich den Nacken. Sie hatten wieder einmal ein verlockendes Angebot von einem großen Konzern bekommen, der c/o Charlotte aufkaufen und sie gleichzeitig als leitende Produktentwicklerin behalten wollte. Und BC Beauty waren gut, sie hielt viel von ihnen.

Charlotte räusperte sich. Einerseits wäre es schön, die große Verantwortung loszuwerden, die es bedeutete, allein ein Unternehmen zu führen, andererseits war sie noch nicht bereit, loszulassen. c/o Charlotte hatten Alex und sie zusammen aufgebaut. Es war ihr Lebenswerk und sie hatte wahnsinnige Angst, dass all ihre Arbeit vergebens gewesen sein könnte, wenn sie jemand anderem die Zügel überließ.

»Ja, du kannst es ihnen zuschicken, mal sehen, was sie dazu sagen.«

Sie verabschiedeten sich, Charlotte legte das Handy weg und widmete sich wieder ihren Notizen. Die große Herausforderung war, genügend Geld einzunehmen, um alle Fixkosten zu decken.

Sie sah sich um. Saras Wohnung würde sich bestimmt für mindestens ein paar hundert Pfund im Monat vermieten lassen, wenn sie sie vorher ein bisschen renovierte. Charlotte musterte den Bücherstapel neben dem Tisch. Einige Sachen ließen sich sicherlich auch verkaufen. Auf jeden Fall musste sie alles gründlich aufräumen und dann anfangen, auszumisten.

Sie hörte in der Nachbarwohnung jemanden rumoren und schrieb *William* auf ihren Block. Es gab keinerlei Angaben, wie viel Miete er eigentlich für seine Wohnung bezahlte. Wenn sie überhaupt eine Chance haben wollten zurechtzukommen, musste auch er wahrscheinlich endlich anfangen, eine angemessene Miete zu zahlen.

Sie schüttelte den Kopf. Das musste sie sich für ein andermal vornehmen. Zuallererst musste sie begreifen, wie die Buchbranche funktionierte. Sie hatte überhaupt keine Ahnung, wie groß die Gewinnmarge beim Verkauf eines Buches war, wer entschied, welche Titel eingekauft wurden, wie viele Exemplare in einer Woche verkauft wurden, welche Genres am beliebtesten waren oder wann man unverkaufte Bücher retournierte.

Sie erstellte eine Liste ihrer dringendsten Fragen und spürte das Blut in ihrem Körper pulsieren. Sobald sie die Antworten hatte, war sie in der Lage, eine Marktanalyse zu machen und davon ausgehend eine Strategie zu entwickeln. Es waren sicherlich einige Veränderungen notwendig, doch Martinique und Sam hingen hoffentlich genügend an ihren Jobs, um dafür offen zu sein.

Wohlbehagen breitete sich in ihr aus. Charlotte lehnte sich zufrieden zurück. Es verschaffte ihr einen unglaublichen Kick, Probleme zu lösen, und es war lange her, dass sie solche Lust auf ein neues Projekt gehabt hatte. Es würde schon alles gutgehen.

Ihr Blick glitt zu dem Foto von Sara und Kristina hinüber. Hier zu sein, in Saras Wohnung, ließ sie sich seltsamerweise auch ihrer Mutter wieder näher fühlen. Wenn Kristina noch am Leben gewesen wäre, hätte sie jetzt bei ihr angerufen und erzählt, dass sie durchaus eine Chance sah, die Buchhandlung zu retten.

»Was sagst du dazu, Tennyson? Hast du auch noch einen Vorschlag, wie wir den Umsatz erhöhen könnten?«

Der Kater schnurrte laut, und Charlotte nahm ihn auf den Schoß. So süß er auch war, sie musste jemanden finden, der ihn übernahm, denn der neue Besitzer würde wohl kaum einen alten Kater als Zugabe wollen.

»Was sollen wir nur mit dir machen?«, sagte sie nachdenklich und lächelte, als er den Kopf unter ihren Arm steckte.

8

DONNERSTAG, 21. OKTOBER 1982

Sara steckt sich eine neue Zigarette zwischen die Lippen. Ungeschickt zündet sie ein Streichholz an, die Flamme zittert, als sie es zum Mund führt. Sobald die Zigarette brennt, wirft sie das Streichholz weg.

Kristina nimmt einen Schluck Bier. Es beunruhigt sie, dass Sara so nervös ist. Ihre Schwester ist sonst nie nervös. Sie überlegt, was sie sagen könnte, doch als sie gerade den Mund öffnen will, steht Sara auf und geht zur Toilette.

Der Pub ist zur Hälfte gefüllt, der Bartender spielt *Tainted Love* und lehnt sich über den Tresen. Kristina bleibt an ihrem Tisch in der Nische sitzen und wartet. An den Wänden hängen Bilder von Rockbands und der königlichen Familie. Die dicken Goldrahmen passen gut zu der geblümten Medaillontapete und den pflaumenfarbenen Sitzpolstern. Es ist bemerkenswert, wie sehr die Pubs hier an heimische Wohnzimmer erinnern. Wahrscheinlich soll man sich hier wie zu Hause fühlen.

Als Sara zurück ist, wirkt sie ruhiger. Kristina legt eine Hand auf ihren Arm, und Sara lächelt.

»Geht es dir gut?«

»Ja«, sagt Sara und wirft einen Blick zur Tür. »Er ist spät dran.«

Kristina nickt. Sie hat Daniel bisher immer nur von weitem

gesehen, wenn er Sara bis zur Tür begleitet hat. Dann waren die beiden immer so mit Küssen beschäftigt, dass sie gar nicht merkten, dass Kristina sie durchs Fenster beobachtete.

Eigentlich hat Kristina nichts dagegen, dass Sara einen Freund hat, auch wenn das wahrscheinlich der Grund ist, weshalb sie unbedingt in London bleiben will. Nein, es ist eher Saras plötzliche Nervosität, die sie beunruhigt. Sara hat gesagt, sie hätten etwas mit Kristina zu besprechen. Sie, also Daniel und sie. Anscheinend kann Sara es ihr nicht alleine sagen, und deshalb sitzen sie jetzt im Pub und warten auf Daniel.

Kristina nimmt noch einen Schluck. Das Bier ist hell und schäumt und erinnert sie vom Geschmack her an schwedischen Weihnachtsmost. Den ganzen Tag hat sie überlegt, was Sara und Daniel ihr wohl sagen wollen. Sie weiß, dass Daniel aus Belfast kommt, vielleicht möchte er, dass Sara mit ihm dorthin geht.

Sie sieht vor sich, wie Sara und Daniel ihr von einem rostigen Frachtschiff aus winken, und ihr zieht sich der Magen zusammen. Was soll sie tun, wenn Sara sie verlässt? Hier kann sie jedenfalls nicht bleiben. Nein, dann muss sie wohl nach Hause zurück, nach Årebo und wieder bei ihrem Vater einziehen.

Kristina verdrängt den Gedanken. Das würde Sara ihr niemals antun! Sie sind Schwestern, und Sara hat sich immer um sie gekümmert, da wird sie sie auch jetzt nicht im Stich lassen. Auf keinen Fall! Kristina weiß, dass sie sich auf ihre große Schwester verlassen kann.

Plötzlich strahlt Sara über das ganze Gesicht, und Kristina dreht sich um. Daniel tritt an ihren Tisch, die Hände in den Taschen eines dunklen, an den Schultern breit gepolsterten

Mantels vergraben. Er nickt Sara zu und entschuldigt sich für seine Verspätung.

»Die Central Line ist plötzlich stehengeblieben«, sagt er und schüttelt den Kopf, dass die dunkelblonden Locken wippen.

Sara umarmt ihn und streckt dann die Hand nach Kristina aus.

»Das ist meine Schwester.«

Sie zieht sie hoch, und plötzlich ist Daniels Gesicht ganz nah vor ihrem. Vorsichtig nimmt er ihre Hand und schüttelt sie.

»Kristina«, sagt er mit seinem irischen Dialekt. »Wie schön, dich endlich kennenzulernen.«

Noch nie hat jemand ihren Namen auf diese Weise ausgesprochen.

Kristina versucht zu lächeln.

»Hallo, Daniel«, sagt sie.

Ein paar lange Sekunden sieht er ihr tief in die Augen, dann wendet er sich wieder Sara zu.

»Was trinkt ihr?«

Sara zeigt auf die Bierflaschen.

»Dann hole ich uns noch eine Runde.«

Sie sitzen sich gegenüber. Sara und Daniel, eng umschlungen, auf der einen Seite und Kristina auf der anderen. Sara ist nicht mehr nervös. Sie wirkt entspannt und lacht laut. Kristina sieht, wie er sie berührt, wie er immer eine Hand irgendwo an ihrem Körper hat.

Ungefragt erzählen sie ihr, wie sie sich kennengelernt haben. Wie Daniel den Pub betrat, wo Sara arbeitet, und ein Kilkenny Cream Ale bestellte. Wie sie lachten, als Daniel versuchte ihr zu erklären, was das ist, und wie er darauf bestand, dass sie kostete, nachdem sie begriffen hatte, was er meinte.

Daniel legt den Arm um Sara.

»Es hat dir nicht geschmeckt, oder?«

»Doch!«

Daniel schüttelt den Kopf.

»Du lügst ja«, sagt er und lacht. »Und du Kristina, wo arbeitest du?«

Kristina schlägt die Augen nieder. Jedes Mal, wenn er sie ansieht, hat sie das Gefühl, rot anzulaufen, und sie hat Angst, dass Sara es merkt.

»In einem Café«, antwortet sie kurz. »Und du?«

»In einer Fabrik in Wembley. Ich bin Elektroingenieur.«

Kristina versucht zuzuhören, doch sie sieht nur, wie seine Lippen sich bewegen, wenn er spricht.

»Aber seine Wohnung liegt in der Nähe von Southwark, am Riverside Drive, direkt über einer Buchhandlung«, fällt Sara ein.

Kristina nickt.

»Ach, so?«

Sie sieht, wie die beiden sich ansehen und lachen.

»Ja, und Daniel meint, wir könnten zu ihm ziehen. Dann brauchen wir nicht mehr in der WG zu wohnen.«

Deshalb also hat Sara darauf bestanden, dass sie sich zu dritt treffen. Sie weiß, dass Kristina in so einer Situation nicht nein sagen kann.

Kristina rutscht auf ihrem Stuhl hin und her und dreht ihr Bierglas in der Hand. Sosehr sie auch endlich aus der WG heraus möchte, ist sie sich nicht sicher, ob es so viel besser ist, wenn sie bei jemand völlig Fremdem einziehen.

»Also, es ist recht klein, aber du und ich hätten ein eigenes Schlafzimmer«, sagt Sara begeistert. »Wäre das nicht toll?«

Sie dreht sich zu Daniel und küsst ihn innig. Kristina trinkt ihr Bier aus. Was soll sie dazu sagen? Dass sie Daniel gar nicht kennt und ihre Schwester lieber ganz für sich haben möchte?

Daniel wischt sich den Mund ab.

»Es gibt ein Bad und eine Küche«, sagt er. »Wobei, Küche … na ja, eher eine Kochnische.«

Sara stößt Kristina unter dem Tisch an.

»Jetzt sag doch mal! Wie fändest du's?«

Kristina zuckt die Achseln.

»Wollt ihr nicht lieber alleine wohnen?«

Sara verdreht die Augen.

»Natürlich nicht! Du bist meine kleine Schwester. Ich habe versprochen, auf dich aufzupassen.« Sie beugt sich über den Tisch und flüstert auf Schwedisch: »Du brauchst keine Angst zu haben. Er ist supernett und es ist eine sichere Gegend. Außerdem gibt es in der Wohnung keine Wanzen.«

Kristina nickt.

»Okay.«

»Okay?«, wiederholt Daniel.

»Du willst?«, ruft Sara und klatscht in die Hände.

Kristina versucht zu lächeln.

»Klar. Wir machen das.«

Sara springt auf und fällt Daniel um den Hals.

»Oh, wie ich mich freue! Das wird großartig, wir werden so viel Spaß miteinander haben.«

Sie nimmt Daniels Gesicht in beide Hände und gibt ihm einen schnellen Kuss, dann greift sie über den Tisch nach Kristinas Hand.

»Wie eine Familie«, sagt sie und schaut ihr in die Augen. »Du, ich und Daniel. Wir werden eine richtige kleine Familie sein.«

9

DIENSTAG, 5. SEPTEMBER, SPÄTER

Martinique rührte in einer großen Schüssel Schokoladenteig an. Dreißig Muffins mit rosa Glasur. Sie musste sich beeilen, wenn sie das schaffen wollte, bevor sie Spencer abholen muss.

Die Mikrowelle piepte. Martinique nahm die Schüssel mit der geschmolzenen Butter heraus und seufzte. Schon wieder geriet sie in Stress, nur weil sie nicht nein sagen konnte. Als sie sich für das Kuchenverkaufskommitee angemeldet hatte, hatte sie gehofft, Angela und sie würden gemeinsam backen. Sie hatte es sich als nette Aktion vorgestellt, doch sosehr sie sich auch bemühte, sie wurde einfach nicht zu der Mary-Poppins-Mutter, die sie gerne gewesen wäre.

Geschickt schraubte Martinique den Deckel von der Dose mit dem Vanilleextrakt und rührte einen Teelöffel in den Teig. Sie riss sich wirklich ein Bein aus, um Angela eine Freude zu machen. Als ihre Tochter meinte, es mache ihr Spaß zu fotografieren, hatte Martinique gleich einen Kurs herausgesucht und sie beide angemeldet. Sie sorgte stets dafür, dass es zu Hause genügend Snacks gab, falls Angela spontan Besuch bekam, und sobald Angela Hilfe brauchte, ließ sie für ihre Tochter alles stehen und liegen. Dennoch kam es ihr vor, als käme sie nicht an ihre Tochter heran.

Martinique zog ein Backblech heraus und verteilte die Förmchen darauf. Als Angela jünger gewesen war, hatten sie eine sehr enge Beziehung gehabt. Sie machten alles zusammen: lange Spaziergänge, Museumsbesuche, manchmal spielten sie auch im Park, kauften Eis, gingen Baden, fädelten Perlen auf, lasen sich vor und flochten sich gegenseitig die Haare.

Ihre süße, intelligente und nachdenkliche Tochter war ein Engel gewesen. Immer hatte sie sich um das Wohlergehen anderer gesorgt und für ihr Alter unglaubliche Empathie gezeigt. Einmal hatte sie Paul sogar dazu gebracht, entlang des Gartenwegs Bretter auszulegen, weil sie sich Sorgen machte, jemand könnte versehentlich auf die Ameisen treten, die immer über die Schieferplatten liefen.

Martinique und Paul hatten sich dann immer angesehen und sich gefreut, dass es ihnen gelungen war, ein so bezauberndes kleines Wesen aufzuziehen. Rückblickend war es ihr vollkommen unverständlich, wie aus dem süßen kleinen Mädchen innerhalb weniger Jahre ein wütender Teenager werden konnte, der seine Eltern anbrüllte und durchs Fenster ausstieg, sobald sich die Gelegenheit dazu bot.

Langsam goss Martinique die Butter in den Teig. Manchmal fragte sie sich, ob sie vielleicht eine Mitschuld an Angelas Verhalten trug. Sie wollte unbedingt eine gute Mutter sein, aber Kinder kamen ja nun nicht gerade mit einer Gebrauchsanweisung zur Welt, und Martinique hatte das Gefühl, sosehr sie es auch versuchte, machte sie es doch falsch. Ließ sie Angela in Ruhe, schien sie zu glauben, sich alles erlauben zu können, und setzte sie ihr Grenzen, machte sie sofort dicht.

Martinique warf einen Blick auf die Uhr, dann füllte sie den Teig in die Förmchen. Angela war in letzter Zeit furchtbar abweisend zu ihr. Sie wich ihr aus und schien alles zu tun, um ihr nicht begegnen zu müssen. Sobald Martinique abends von der Arbeit nach Hause kam, verschwand sie in ihrem Zimmer, und wenn Martinique dann bei ihr klopfte, sagte sie, sie wolle in Ruhe gelassen werden. An den Wochenenden fuhr sie zu Freunden, und wenn sie auf dem Weg in die Küche doch einmal zusammenstießen, senkte Angela sofort den Blick.

Martinique hatte keine Ahnung, was passiert war, und jedes Mal, wenn sie andere Teenager sah, die etwas mit ihren Müttern unternahmen, versetzte es ihr einen Stich. Angela wollte offenbar nicht mit ihr in der Öffentlichkeit gesehen werden, und ins Kino oder Kaffeetrinken zu gehen kam überhaupt nicht infrage. Wenn sie doch einmal miteinander redeten, dann nur, weil Angela irgendetwas haben wollte, was oft zu heftigen Auseinandersetzungen führte.

Wenn Angela fragte, ob sie eine Partyreise an die Playa des Inglès machen, ihr College-Geld für eine Vespa ausgeben oder zu irgendeinem zwielichtigen Konzert in Kentish Town gehen dürfe, und Martinique nein sagte, brüllte ihre Tochter herum, wie sie es nie für möglich gehalten hätte.

»Immer sagst du nein«, rief sie dann, »alle anderen dürfen das!«

Martinique versuchte, ruhig zu bleiben und mit ihr zu reden, aber meist endete es doch damit, dass auch sie vor Frust laut wurde. Wenn Angela schrie, Martinique verstehe überhaupt nichts, schrie sie zurück, dann solle sie es ihr doch bitte erklären, doch das wollte sie nie.

Das Schlimmste aber war, dass Angela sich nach solchen Auseinandersetzungen nicht mit ihr versöhnen wollte. Vor ein paar Jahren noch hatte es genügt, sie als Friedensangebot zu einem Eis einzuladen, inzwischen fauchte sie stattdessen nur wie eine Raubkatze.

Martinique hatte sich sogar bemüht, andere Kommunikationswege mit ihrer Tochter zu finden. Sie hatte sich bei Facebook, Twitter, Instagram und Snapchat angemeldet und so manchen Nachtschlaf geopfert, um herauszufinden, wie die sozialen Medien funktionierten – vergebens. Angela antwortete nie auf ihre Nachrichten, und der einzige Freund, den sie selbst bisher auf Facebook hatte, war ein amerikanischer Offizier, der in seltsamen Abkürzungen schrieb, die sie nicht zu googeln wagte.

Frustriert schob Martinique das Blech in den Ofen. Normalerweise hätte sie Paul angerufen, um ihm ihr Leid zu klagen, doch sie wusste noch immer nicht, was sie von diesen Blumen von neulich halten sollte. Während sie die Arbeitsplatte schrubbte, versuchte sie einen plausiblen Grund dafür zu finden, weshalb Paul plötzlich mit einem Strauß Chrysanthemen angekommen war. Hatte er sie auf einer Parkbank oder in einem Mülleimer gefunden und einfach mitgenommen? Oder hatte er sie selbst geschenkt bekommen, etwa von einer Schülerin oder Kollegin, die ihn gegen seinen Willen hofierte?

Paul war sehr sparsam und kratzte immer noch den letzten Rest aus Ketchupflaschen und Zahnpastatuben heraus. Er schnitt sie sogar auf, deshalb war es ihm vielleicht zu schade gewesen, die Blumen einfach wegzuwerfen?

Sie nahm den schweren Topf aus dem Kühlschrank und stellte ihn auf den Herd. Was auch immer passiert war, sie würde ihn nicht danach fragen. Sie mochte es nicht, wenn zwischen ihnen schlechte Stimmung herrschte, und fühlte sich nicht in der Lage, sich noch einen weiteren Konflikt aufzuhalsen. Außerdem konnte sie sich nicht vorstellen, dass Paul etwas tat, was sie verletzen könnte. Bestimmt war alles nur ein Missverständnis.

Martinique räumte die Küche auf und sah noch einmal nach dem Eintopf, der auf dem Herd zu köcheln begann. Jetzt musste sie sich vor allem auf Charlotte konzentrieren. Sie nahm einen weiteren Topf sowie eine Packung Reis aus dem Schrank. Sara war immer für sie da gewesen, und jetzt war es an ihr, ihr diesen Einsatz zu vergelten. Sie würde alles in ihrer Macht Stehende tun, um Charlotte dazu zu bringen, die Buchhandlung zu mögen, doch sie musste sich beeilen, bevor Saras Vergangenheit sie einholte.

Sam schaute herein und pfiff durch die Zähne, als sie sah, was Martinique alles in Arbeit hatte.

»Wann gibt es Essen?«

Martinique hob lachend den Zeigefinger.

»Du musst dich noch ein paar Stunden gedulden.«

Sam verdrehte die Augen.

»Okay. Du, ich geh schnell raus und kaufe mir ein Sandwich. Soll ich dir was mitbringen?«

Martinique warf einen Blick auf die leeren Weinflaschen.

»Könntest du dich vielleicht um den Wein für heute Abend kümmern?«

»Ja, klar. Wie viele Flaschen?«

»Drei. Oder warte, nimm doch lieber vier.«

Sicher ist sicher, dachte Martinique und maß den Reis ab. Sie wusste aus Erfahrung, dass Sam und William umso liebenswürdiger wurden, je mehr Alkohol sie tranken, und es würde wahrscheinlich nicht schaden, wenn auch Charlotte sich einen kleinen Schwips antrank.

Martinique stellte sich vor, was für ein netter Abend es werden würde, und lächelte vor sich hin. Natürlich würde Charlotte die Buchhandlung behalten! Solange sie sich hier wohlfühlte, würde sie bestimmt bleiben. *Ich muss nur aufpassen, dass ich mich nicht verplappere*, dachte Martinique. *Und dass hier reichlich getrunken wird.*

*

»Erzähl doch mal ein bisschen von dir.«

Charlotte hatte sich gerade einen Löffel von Martiniques Eintopf in den Mund geschoben und nickte langsam. Sie fand es schwierig, sich selbst zu beschreiben. Und was wollten sie überhaupt von ihr wissen? Welchen Tabellenkalkulator sie bevorzugte, wogegen sie sich alles hatte impfen lassen oder dass es ihr egal war, wohin sie in den Urlaub fuhr, Hauptsache, der Internetzugang war gut genug, dass sie arbeiten konnte?

»Was denn?«

Sam öffnete eine Weinflasche mit einer italienischen Flagge auf dem Etikett und schenkte ein.

»Wein?«

Charlotte schüttelte den Kopf.

»Nein, danke.«

Sam lächelte.

»Ich schenk dir einfach mal ein halbes Glas ein, nur für den Fall.«

Charlotte nahm widerstrebend das Glas und musterte Sam.

Sie trug weiße Plateauschuhe und ausgestellte Jeans mit hoher Taille und Knöpfen bis zur Brust hinauf. Darunter trug sie ein grünes, gestricktes Poloshirt und auf dem Kopf eine orangefarbene Ballonmütze aus Cord. Charlotte staunte darüber, wie mutig sie war und dass sie sich nicht das Geringste daraus zu machen schien, was andere von ihrem Kleidungsstil hielten.

»Erzähl uns mehr über deine Firma!«

Martinique nickte aufmunternd und Charlotte nahm noch einen Bissen.

»Wir verkaufen unter anderem Nagellack.«

Das genügte oft, die meisten interessierten sich nicht sonderlich für Kosmetik oder fanden, der Verkauf von Nagellack klinge unwichtig. Auf jeden Fall gab es selten Folgefragen.

»Ja, stimmt! Und du hast die Firma selber gegründet?«

Charlotte räusperte sich. Sie hatte vergessen, dass ihre Tante sie gecyberstalkt hatte.

»Ja, zusammen mit ...« Sie schwieg. »Ja, es ist meine Firma.«

»Und ihr stellt eigenen Nagellack her?«

Sie nickte.

»Ich habe während unseres Chemietechnik-Studiums eine neue Formel erfunden.« Stolz streckte sie die Hand aus. »Dadurch werden die Farben leuchtender. Und der Nagellack trocknet schnell.«

Sam nahm ihre Hand und musterte ihre blauvioletten Nägel. Charlotte hatte sie sich am Nachmittag angemalt.

»Schick.«

»Danke.«

»Und wer ist *wir?*«

»Wie bitte?«

Sam trank einen Schluck Wein.

»Du hast doch gesagt, *während unseres* Studiums. Wer ist wir?«

Plötzlich fühlte Charlotte sich innerlich ganz leer.

»Nein, ich meinte natürlich nur mich«, murmelte sie.

Martinique mischte sich ein.

»Ich finde, es wird Zeit, offiziell auf Charlottes Ankunft anzustoßen.« Sie stand auf und erhob ihr Glas. »Wir freuen uns, dass du gekommen bist! Ich arbeite seit fast zwanzig Jahren hier, und die Buchhandlung liegt mir wirklich sehr am Herzen. Leider waren die letzten Jahre ziemlich anstrengend, aber jetzt hoffen wir, dass sich mit deiner Hilfe alles zum Guten wendet. Sara hat erzählt, wie erfolgreich dein Unternehmen läuft, und Sam und ich werden alles tun, um die Buchhandlung wieder auf die Beine zu bekommen.«

»Auf Sara und Charlotte«, sagte Sam.

»Auf Sara und Charlotte«, stimmten die anderen ein.

Charlotte senkte den Blick. Es war ihr unangenehm, ihnen in die Augen zu sehen. Natürlich wollte sie ihnen helfen, doch sie schienen übertrieben hohe Erwartungen an sie zu haben, und es gab keine Garantie, dass es ihr wirklich gelang.

Nachdem sie gegessen und Sam und William den Tisch abgeräumt hatten, setzte Martinique sich neben sie.

»Wir meinen es wirklich so«, sagte sie freundlich. »Wir wollen gerne zum Gelingen beitragen, so viel wir können.«

Charlotte drehte das Weinglas in der Hand.

»Das ist schön. Dann erklär mir doch bitte, wie die Buchhandlung überhaupt funktioniert. Wer entscheidet, welche Bücher eingekauft werden?«

Martinique lachte.

»Ich beantworte dir gerne alle Fragen, aber erst morgen. Jetzt wollen wir erst mal feiern, dass du da bist!«

William kam aus der Küche, und Charlotte musterte ihn. Obwohl er eine intensive Präsenz hatte, spürte sie keine wirkliche Verbindung zu ihm. Männer wie er waren wahrscheinlich so an weibliche Aufmerksamkeit gewöhnt, dass sie keinen Grund hatten, sich zu bemühen. Er sah auf beinahe irritierende Weise gut aus. Die Wangenknochen und das markante Kinn betonten seine großen Augen und die perfekt geschwungenen Lippen, aber Charlotte hatte nicht vor, sich beeindrucken zu lassen. Sie hatte allzu selbstbewusste Männer noch nie gemocht.

Als alle wieder am Tisch saßen, schenkte Sam Wein nach. Charlotte war stolz, dass sie ihren noch nicht angerührt hatte. Sie überlegte gerade, ob sie lange genug am Tisch gesessen hatte, um gehen zu können, ohne dass es ihr jemand übelnahm, da klatschte Martinique in die Hände.

»Kommt«, sagte sie. »Lasst uns etwas spielen! Das ist super, um sich besser kennenzulernen.«

Charlotte schluckte. Sie hasste Spiele. Einmal hatte sie sogar einen Hexenschuss vorgetäuscht, um nicht mit Alex' Freunden Monopoly spielen zu müssen. Außerdem wollte sie mit ihren Berechnungen weitermachen.

»Ich weiß eins!«, rief Sam. »Mit welcher Romanfigur würdet ihr am liebsten schlafen?«

Charlotte schaute verlegen in ihr Weinglas. Aus dem Augenwinkel sah sie die anderen schmunzeln. War sie die Einzige, die dieses Thema unangenehm fand?

»Du fängst an!«, sagte Martinique entschieden und zeigte auf Sam, die die Aufmerksamkeit zu genießen schien.

»Okay«, sagte sie und tat, als würde sie sich am Kinn kratzen. »Ich sage Lisbet Salander, weil sie total cool ist. Sie kümmert sich nicht darum, was die Leute von ihr denken, und ihre Punk-Klamotten sind wahnsinnig sexy.«

»Das ist ja eine Überraschung«, sagte William und verdrehte die Augen.

»Du weißt doch, dass ich Frauen am liebsten so habe, wie meine Bücher«, sagte Sam und zwinkerte schelmisch, »nämlich in Leder.«

William griff sich an die Stirn.

»Mein Gott, du kennst aber auch nichts, oder?«

»Oder eine von Edward Cullens Schwestern«, fuhr Sam unbeirrt fort. »Ich weiß, dass das klischeehaft ist, aber wer könnte Vampiren widerstehen?«

Charlotte biss sich auf die Lippen. Sie wollte diese Frage auf keinen Fall beantworten.

»Und du, Martinique?«

»Konstantin Dimitrijewitsch Ljewin.«

Sie schien es zu genießen, den Namen auszusprechen, und sagte ihn mit übertrieben russischem Akzent.

»Wer ist das?«, fragte Sam.

»Aus *Anna Karenina*, natürlich! Oder Doktor Schiwago. Oder Vicomte Valmont aus *Gefährliche Liebschaften.«*

»Okay, okay, wir haben es begriffen. Du stehst auf Kostüme und bärtige Typen.«

»Ich glaube nicht, dass der Vicomte de Valmont einen Bart hatte«, sagte William. »Und ich kann Martinique sehr gut verstehen. Als ich die Geschichte der Marquise de Merteuil gelesen habe ... also wirklich, was für eine Frau!«

»Ich hätte eher gedacht, dass Bridget Jones etwas für dich wäre, William«, sagte Sam bissig.

Martinique brach in schallendes Gelächter aus, und auch Charlotte verzog den Mund.

William hob die Augenbrauen.

»Das habe ich gar nicht gelesen.«

»Solltest du aber, wenn du einen Kassenschlager schreiben willst«, grinste Sam.

»Mit Jane Eyre kann sie ohnehin nicht konkurrieren.«

Sam verschluckte sich fast an ihrem Wein.

»Im Ernst?«, hustete sie. »Ich hätte nicht gedacht, dass Männer auf so etwas stehen.«

William sah beinahe beleidigt aus.

»Machst du Witze? Intelligent, gutherzig, keusch und sich ihrer eigenen Anziehungskraft überhaupt nicht bewusst. Jane Eyre ist die Traumfrau jedes Mannes«, verkündete er.

»Wir könnten vielleicht einen Lesekreis gründen, in dem es nur um sexy Romanfiguren geht«, schlug Sam vor. »Das würde bestimmt ein Riesenerfolg!«

Sie sah Martinique an, die nickte.

Sam wandte sich Charlotte zu.

»Und du? Was sind deine Lieblingsfiguren?«

Charlotte hob wie unter Zwang das Glas und trank einen Schluck. Innerlich fluchte sie.

»Ja, auf was für Typen stehst du?«, fragte William und sah sie von der Seite an.

Charlotte wurde rot und überlegte fieberhaft, was sie sagen

könnte. Ehe sie es sich versah, hatte sie das halbvolle Glas ausgetrunken.

»Ich weiß nicht«, flüsterte sie.

»Komm schon«, sagte Sam und schenkte ihr nach.

Charlottes Herz klopfte so sehr, dass sie dachte, die Brust müsste ihr zerspringen. Wenn sie ehrlich war, las sie nicht besonders viel, doch das konnte sie hier ja schlecht zugeben. Sie dachte an Bücher, die verfilmt worden waren, und erinnerte sich an *Fifty Shades of Grey.* Der war zwar nicht besonders gut gewesen, aber die Hauptperson war doch ziemlich sexy?

»Christian ... Grey«, sagte sie zögernd.

Sam fasste sich an die Stirn und machte mit der anderen Hand eine dramatische Bewegung.

»Du musst wirklich mehr lesen!«

Charlotte schluckte. Es kam ihr vor, als starrten alle sie an.

»Mr Darcy?«, sagte sie zögernd.

Sie sah, wie Martinique lächelte, und der Druck auf ihrer Brust ließ etwas nach. Innerlich dankte sie ihrem ehemaligen Gymnasiallehrer, der sie damals gezwungen hatte, *Stolz und Vorurteil* zu lesen.

»In vain I have struggled. It will not do. My feelings will not be repressed. You must allow me to tell you how ardently I admire and love you«, sagten Sam und Martinique theatralisch im Chor.

»Oh, Mr Darcy«, Martinique legte sich eine Hand auf die Brust.

Sam stand auf.

»Ich suche dir jetzt den perfekten Mann aus, Charlotte. Welche Art von Typen magst du?«

Sie schüttelte den Kopf.

»Keine Ahnung.«

Sam stemmte die Hände in die Seiten.

»Komm schon, gib mir einen Anhaltspunkt.«

»Jay Gatsby!«, rief Martinique aus. »Er ist geheimnisvoll und reich und tut alles für die Frau, die er liebt.«

»Nein, sie braucht jemand Witzigeren. Was haltet ihr von Willy Wonka?«

Charlotte sah zu William hinüber, der die Menschen draußen auf der Straße beobachtete.

»Magst du Schokolade?«, fragte Martinique.

Sam verschränkte die Arme vor der Brust.

»Ach, komm, wer mag denn keine Schokolade? Die Frage ist doch wohl eher, ob sie Männer in lila Samtanzügen mag.«

»Trägt er im Buch einen?«

»Ja, natürlich! Das ist typisch für Roald Dahl.«

Martinique zog eine Grimasse.

»Aber besonders hübsch ist er nicht! Schau sie dir doch mal an! Charlotte braucht jemanden, der richtig sexy ist.«

»Bitte? Hast du vergessen, wer in Tim Burtons Verfilmung Willy Wonka spielt? Wenn jemand sexy ist, dann ja wohl Johnny Depp!«

»Ich weiß nicht ... Die Umpa Lumpas haben mir in dem Film die Stimmung verdorben. Außerdem sah Willy Wonka viel zu gebotoxt aus. Nein, ich mochte das Buch lieber.«

Sie diskutierten laut und mit großen Gesten, als befänden sie sich in einem eigenen Universum. Normalerweise mied Charlotte laute Menschen, doch irgendetwas an der Dynamik zwischen Sam und Martinique gefiel ihr. Sie ratschten und tratschten wie ein altes Ehepaar, und eigentlich war es sogar richtig lustig.

Plötzlich sprang Martinique auf,

»Ich hab's!«, rief sie aus und lief zu einem der Regale. Als sie zurückkam, hielt sie Charlotte stolz ein Buch hin.

»Der Graf von Monte Christo«, sagte sie. »Hast du das gelesen?«

Charlotte schüttelte den Kopf.

Sam lächelte.

»Edmond Dantès ist perfekt!«

Charlotte nahm das Buch entgegen und legte es vorsichtig auf ihren Schoß. Sie hatte das Gefühl, etwas sehr Wertvolles bekommen zu haben.

»Ich glaube, es wird Zeit für mich, gute Nacht zu sagen.«

»Nein!«, rief Sam. »Wir haben doch noch gar nicht getanzt! William, kannst du nicht ein bisschen Musik auflegen?«

William zog sein Handy heraus und begann unter der Theke etwas zu suchen, und Sam drehte sich zu Charlotte um.

»Was hörst du denn so?« Sie hielt die Weinflasche hoch und nickte zu Charlottes Glas. »Avicii?«

Charlotte schüttelte den Kopf. Sie wusste nicht einmal, wer oder was Avicii war, und wollte auf keinen Fall noch mehr Alkohol trinken.

Sam stand auf und ergriff ihre Hand.

»William, mach mal Lady Gaga an! Charlotte und ich wollen tanzen.«

Martinique, die angefangen hatte *Dancing Queen* zu summen, lächelte.

»Oder ABBA! Du siehst der Blonden tatsächlich ein bisschen ähnlich. Agnetha heißt sie, oder?«, sagte sie und nickte Charlotte zu.

Sam pfiff durch die Zähne.

»Die ist so schick! Ich habe mir einen Hosenanzug nach einem alten Foto von ABBA genäht. Der ist blau und glitzert, aber ich weiß noch nicht, wann ich ihn einweihen soll.« Sie drehte sich um.

»Den will ich sehen. Kannst du ihn nicht gleich morgen anziehen?«, fragte Martinique.

Charlotte machte sich von Sam los.

»Apropos morgen, wann fangt ihr hier immer an?«

William hatte gerade sein Handy an ein Paar tragbarer Lautsprecher angeschlossen und stellte Musik an, zu der Sam sofort zu tanzen begann.

Charlotte schielte zu Martinique hinüber, die sich ebenfalls im Takt bewegte, und das auf eine Weise, dass sie verschämt wegsehen musste.

»Ich bin um neun hier, und Sam fängt um zehn an, dann öffnet der Laden.«

Charlotte nickte dankbar.

»Okay, dann komme ich um diese Zeit runter, dann könnt ihr mich einweisen und mir noch ein paar Fragen beantworten.«

»Sehr gerne«, sagte Martinique.

»Bist du sicher, dass du keinen Wein mehr möchtest?«, fragte Martinique, während sie sich an einer Art koordiniertem Discotanz versuchte. »Du brauchst auch nicht zu tanzen, wenn du nicht möchtest.«

»Nein, danke, alles gut. Und danke für das Essen, es war wirklich sehr lecker.«

Martinique warf ihr eine Kusshand zu.

»Danke, Liebes.«

»Gute Nacht zusammen.«

Sam und Martinique antworteten sofort, aber William wandte den Blick nicht von seinem Handy und murmelte nur ein lahmes »Tschüs«.

Charlotte ging die Treppe hinauf. Es irritierte sie. War William wirklich so sehr mit sich selbst beschäftigt, dass er sich nicht einmal die Mühe machte, sie anzusehen?

Sie schob den Gedanken beiseite und betrat Saras Wohnung. Vielleicht war er einfach nur zerstreut, und was spielte es schon für eine Rolle, ob er sie ansah oder nicht, sie würde ohnehin bald wieder fahren.

Charlotte wälzte sich auf dem Sofa hin und her. Es war nicht sonderlich bequem, und von unten war immer noch Musik zu hören.

Sie knipste die Lampe an und zog das Buch heraus, das Martinique ihr gegeben hatte. Sie war nie ein Büchermensch gewesen und zuweilen fast neidisch auf alle, die Freude an der Literatur zu finden schienen. Dabei hatte ihre Mutter ihr als Kind so viel vorgelesen.

Wehmütig dachte sie an den Stapel Bibliotheksbücher, der immer auf dem Stuhl neben ihrem Bett gewartet hatte. Es war so schön gewesen, unter der Decke zu liegen und der sanften Stimme ihrer Mutter zuzuhören, wenn sie *Ronja Räubertochter* oder *Mio mein Mio* vorlas. Von diesem sicheren Platz aus erlebte Charlotte die aufregendsten Abenteuer, und sie sah alles vor sich, spürte, wie die Geschichten lebendig wurden.

Egal, wie müde ihre Mutter war, sie las immer mit derselben Begeisterung und verlieh den Protagonisten eigene Stimmen. Charlotte folgte Ronja hinaus in die Wälder, saß auf einem Stein neben dem Wasserfall und aß ihren Proviant, kletterte und rannte mit Birk um die Wette und versteckte sich vor den Wilddruden.

Wenn es richtig gefährlich wurde, hielt Kristina oft inne und sah Charlotte an, um sich zu vergewissern, ob sie weiterhören wollte, und Charlotte nickte stets zur Antwort. Sie musste einfach wissen, wie es ausging.

Bei dieser Erinnerung wurde ihr ganz warm ums Herz. Charlotte hatte immer davon geträumt, eines Tages ihren eigenen Kindern vorzulesen.

Vorsichtig drehte sie das Buch um und las den Klappentext. Als sie sah, dass es sich um eine vereinfachte Ausgabe für Jugendliche handelte, war sie erst ein wenig beleidigt, aber dann war sie doch ganz froh. Immerhin stammte der Text aus dem neunzehnten Jahrhundert und war noch dazu auf Englisch.

Tennyson schlich heran und sprang lautlos auf ihren Schoß. Schwer legte er sich auf ihre Beine, und nachdem es ihr gelungen war, ihn ein bisschen zur Seite zu schieben, fand sie es eigentlich ganz gemütlich. Schnell erinnerte sie sich daran, dass sie ihr Herz nicht allzu sehr an ihn hängen durfte.

Charlotte strich über den glatten Umschlag, dann schlug sie das Buch auf und begann zu lesen. Die ersten Seiten fielen ihr schwer, doch dann kam sie in die Geschichte hinein, und ehe sie es sich versah, hatte sie mehrere Kapitel verschlungen.

Nach einer Weile bekam sie Durst und ging zur Kochnische, um sich ein Glas Wasser zu holen. Anschließend ging sie durch die Wohnung und fand sich bald erneut vor dem Foto des jungen Mannes wieder. Charlotte wusste nicht, warum, aber es zog sie magisch an. Etwas an seinem Lächeln ging ihr förmlich unter die Haut.

Während sie das Foto betrachtete, stieß sie versehentlich gegen einen Bücherstapel. *Stolz und Vorurteil* lag zuoberst, und Charlotte nahm es in die Hand. Auf das Vorsatzblatt hatte jemand mit Tinte etwas geschrieben. Sie musste ans Licht gehen, um es lesen zu können.

Kristina, dieses Buch musst du unbedingt lesen! Die Schwestern Bennett haben so viel mit uns gemeinsam. Du bist die ruhige und vernünftige Jane, die immer vorher überlegt, und ich die impulsive und eigensinnige Lizzy. Austen hat den trockenen Humor, den wir beide so mögen, und schreibt über die armen Frauen des neunzehnten Jahrhunderts, die immerzu heiraten mussten. Trotzdem ist das Buch wirklich amüsant und es gibt massenhaft Herzschmerz und ein Happy End. Die Frage ist nur, ob Daniel ein Mr Darcy oder eher ein Mr Bingley ist. Was denkst du?

Charlotte lächelte. Es war schön, so über ihre Mutter zu lesen, und ihre Tante hatte Humor gehabt. Warum hatte sie sich nicht einfach früher bei ihr gemeldet? Es wäre so schön gewesen, sie kennenlernen zu dürfen, bevor sie starb.

Dass sie beide verloren hatte, war unendlich traurig. Charlotte konnte sich furchtbar über Leute aufregen, die sich über ihre großen Familien beklagten. Wenn die wüssten, wie es sich anfühlte, keine zu haben!

Sie ließ sich wieder auf das Sofa sinken. Im Grunde wusste sie fast gar nichts über ihre Familie. Mit Ausnahme einer Großtante, bei der sie ab und zu Kaffee getrunken hatten, als Charlotte noch klein war, hatte sie niemanden aus der Verwandtschaft kennengelernt. Ihre Mutter hatte ihr auch nie von ihrer eigenen Kindheit erzählt, und immer behauptet, sie hätten eben nur einander. Oft hatte sie sich gefragt, woran das lag, und gehofft, ihre Mutter würde ihr irgendwann mehr erzählen. Doch dazu war es nie gekommen, und jetzt war es zu spät.

Es kitzelte sie im Bauch, wenn sie daran dachte, dass ihre Mutter wahrscheinlich dieses Buch gelesen hatte. Die Widmung deutete darauf hin, dass sie und Sara sich sehr nahegestanden hatten, und Saras Brief zufolge waren sie auch zusammen nach Felixtowe gefahren. Charlotte blickte sich um. War ihre Mutter vielleicht auch hier gewesen, in London?

Sie nahm den Ordner mit den Wertpapieren zur Hand, um nachzusehen, ob sie irgendetwas darüber fand, wann Sara das Haus gekauft hatte. Langsam blätterte sie sich durch die Unterlagen, die am ältesten aussahen. Das Papier war vergilbt und die Maschinenschrift ausgeblichen. Es dauerte eine ganze Weile, doch dann fand Charlotte einen Mietvertrag von April 1983, dem Jahr, in dem sie geboren worden war.

Rasch überflog sie den Text, ihr Herz klopfte schnell. Der Vertrag bezog sich auf eine Wohnung am Riverside Drive 187 und war von zwei Personen unterzeichnet worden.

Charlotte blinzelte, um die Klarschrift der Namen lesen zu können. Da stand *Sara Rydberg* und *Daniel O'Connor.*

Sie strich über das Papier. Dann hatten Sara und Daniel also bereits 1983 hier gelebt.

Schnell holte Charlotte das Foto des jungen Mannes. Das musste Daniel O'Connor sein! Aber wenn er mit Sara zusammen hier gewohnt hatte, wo war dann ihre Mutter gewesen?

10

MONTAG, 8. NOVEMBER 1982

Kristina liegt im Bett und starrt an die Decke. Durch die Wand hört sie Sara und Daniel flüstern. Das Sofa knarrt, wenn sie sich bewegen.

Sie legt die Hand auf Saras Bettseite und folgt den Falten, wo das Laken zerknittert ist. Die Matratze ist kalt. Sara muss gegangen sein, lange bevor sie selbst aufgewacht ist.

Sie wirft einen Blick auf die Uhr. Bald muss sie aufstehen, sonst kommt sie zu spät zur Arbeit. Doch sie kann nicht aus dem Zimmer, solange die beiden nebenan noch zugange sind.

Müde setzt Kristina sich auf und sucht frische Unterwäsche heraus. Sie und Sara haben jetzt eine eigene Kommode, und Daniel hat versprochen, auch noch einen Schrank zu besorgen. Woher er den bekommen will, ist ihr unklar, aber sie hat nichts dagegen. Als sie in der WG wohnten, mussten sie ihre Kleidung im Koffer aufbewahren, da ist schon die Kommode ein gewaltiger Fortschritt.

Die oberste Schublade klemmt, Kristina muss kräftig ruckeln, damit sie nachgibt, und als es ihr endlich gelingt, quietscht sie laut.

Im Wohnzimmer ist es plötzlich still. Kristinas Wangen glühen. Sie will nicht, dass sie denken, sie hätte sie gehört.

Das Sofa knarrt erneut, dann ein Seufzen. Jemand steht auf und geht zur Tür.

»Wohin gehst du?«

Das ist Saras Stimme.

»Raus«, sagt Daniel leise.

»Ich glaube nicht, dass sie wach ist.«

Im Flur sind Schritte zu hören. Jemand nimmt etwas vom Kleiderbügel und anschließend einen Schlüsselbund vom Flurtisch.

»Bin gleich wieder da«, sagt Daniel und öffnet und schließt behutsam die Tür.

Kristina sucht ihre Sachen zusammen. Sie ist erleichtert, dass er gegangen ist. Leise tappt sie in den Flur. Sara entdeckt sie sofort und setzt sich auf. Ihr Haar ist zerzaust und sie hat sich in eine karierte Decke gewickelt.

»Du bist wach!«

Kristina nickt.

»Haben wir dich geweckt?«

Sie versucht die Unterhose zu ignorieren, die auf dem Boden herumliegt.

»Macht nichts, ich muss sowieso zur Arbeit.«

Sara steht auf.

»Kann ich kurz auf die Toilette, bevor du duschst?«

Sie geht langsam und schleift die Decke hinter sich her.

Kristina zuckt die Achseln. Im Vorbeigehen drückt Sara ihr einen flüchtigen Kuss auf die Wange.

»Danke, du bist die Beste!« Sie lächelt so, dass Kristina ihr einfach nicht böse sein kann.

»Klar. Ich setze schon mal Teewasser auf. Brauchst du auch welches?«

»Immer«, sagt Sara und verschwindet im Bad.

Kristina füllt einen Topf mit Wasser und dreht eine der Herdplatten auf. Ein leises Zischen ist zu hören, dann fängt das Gas Feuer und eine blaue Flamme lodert auf.

Kristina fürchtet, Daniel könnte zurückkommen, bevor sie im Bad war. Seit sie hier eingezogen sind, weicht sie ihm aus. Warum, weiß sie selbst nicht so genau. Er ist immer freundlich zu ihr, dennoch fühlt sie sich unwohl, wenn sie alle drei in der Wohnung sind, als wäre sie im Weg. Die Abende verbringt sie meist in Saras und ihrem Zimmer und entschuldigt es damit, dass sie müde sei oder Kopfschmerzen habe. Dann lässt sie Sara und Daniel im Wohnzimmer allein.

Sara huscht aus dem Bad. Sie gähnt laut und reibt sich das Gesicht.

»Müde?«, fragt Kristina und nimmt zwei Tassen aus dem Schrank.

Sara stützt sich auf den kleinen Esstisch.

»Ja. Bist du sicher, dass wir dich nicht geweckt haben?«

»Nein, nein, schon gut.«

Sara räuspert sich.

»Ich möchte nicht, dass du das Gefühl hast, du darfst dich nicht im Wohnzimmer aufhalten. Es ist auch deine Wohnung. Entschuldige bitte«, sagt sie und sieht Kristina mit großen Augen an. »Ich verspreche, dass wir uns ein bisschen zusammenreißen. Er ist nur so wahnsinnig süß. Ich kann einfach nicht die Finger von ihm lassen.«

Kristina schüttelt den Kopf.

»Schon gut. Aber sei vorsichtig.«

Sara lacht.

»So was muss ich doch zu dir sagen, nicht umgekehrt.« Sie

beugt sich zu Kristina hinüber. »Aber ja, ich pass auf. Meistens jedenfalls.«

Kristina, die sich gerade nach dem Zucker gestreckt hat, fällt das weiße Paket aus der Hand. Es landet im Spülbecken. Sie starrt Sara an, ohne zu wissen, was sie sagen soll, und Sara verdreht die Augen.

»Mein Gott, beruhige dich, ich mach doch nur Spaß!« Sie klopft sich den Bauch. »Obwohl es ganz nett wäre, ein Baby zu haben. Daniel wäre bestimmt ein wunderbarer Vater, und wenn ich schwanger würde, würde er mich bestimmt auch heiraten.«

Sara macht gerne Witze darüber, dass sie Daniel heiraten möchte, er sich aber immer noch ziert. Sobald Sara sich irgendwelchen Hausfrauentätigkeiten widmet, wie etwa Wäsche falten oder putzen, streckt sie die Hand aus und sagt etwas wie: *Am besten steckst du mir schnell einen Ring an, bevor jemand anderes merkt, was für ein Goldstück ich bin.* Dann lacht Daniel heiser und antwortet, das Risiko nehme er gerne in Kauf.

Kristina sammelt die Zuckerwürfel in eine Tasse.

»Sag so was nicht«, murmelt sie und stellt das Zuckerpaket in den Schrank zurück. »Wir kennen ihn doch kaum.«

»Du kennst ihn kaum«, berichtigt Sara. »Wenn du dir ein bisschen mehr Mühe geben würdest, würdest du feststellen, dass er ein richtig netter Kerl ist.«

Sie tritt neben Kristina und legt eine Hand auf ihren Arm.

»Kannst du es nicht wenigstens ein bisschen mehr versuchen? Ich mag ihn wirklich sehr, und es würde mir viel bedeuten, wenn ihr auch Freunde werdet. Um meinetwillen«, fügt sie hinzu und legt den Kopf schief.

»Klar.« Kristina deutet auf den Topf. »Das Teewasser ist heiß, aber ich schaffe es nicht mehr, etwas zu trinken. Ich muss jetzt duschen.«

Sie lässt Sara im Wohnzimmer zurück und schließt sich im Bad ein. Erst als das Wasser aus der Dusche rinnt, kann sie wieder richtig atmen. Sie weiß, dass Sara recht hat, sie muss versuchen, Daniel kennenzulernen. Doch jedes Mal, wenn sie ihn sieht, überkommt sie dieses Gefühl, sie kann sich nicht dagegen wehren.

Saras dumme Scherze machen es auch nicht leichter. Wie kann sie auch nur im Spaß behaupten, sie wolle ein Kind haben? Sie können sich ja kaum das Essen leisten, halten sich mit Mühe und Not mit ihren schlechtbezahlten Jobs über Wasser und sind abhängig von Daniel, der für den Großteil der Miete aufkommt. Außerdem wäre Sara eine katastrophale Mutter. Sie verliert einfach zu schnell den Überblick. Es ist Kristina, die darauf achtgibt, dass nicht all ihr Verdienst für LPs, Lackstiefeletten und Rotwein draufgeht. Und sie ist es auch, die dafür sorgt, dass hin und wieder Gemüse den Weg in ihren Kühlschrank findet, die sich darum kümmert, dass ihre Wäsche gewaschen wird, und die Geld für den Notfall zurücklegt. Dürfte Sara alleine entscheiden, wären sie längst pleite.

Kristina betrachtet sich im Spiegel. Was, wenn Sara es tatsächlich ernst meint mit Daniel, wenn sie so verliebt ist, dass sie ihn heiraten will, was wird dann aus ihr? Wohin soll sie dann gehen?

Kristina steckt eine Hand unter den Duschstrahl und testet das Wasser, das langsam wärmer wird. Sie will nicht zurück nach Årebo. Sie erträgt nicht einmal den Gedanken daran, wieder bei ihrem Vater einzuziehen und eingesperrt in dessen Wohnung zu sitzen.

Vorsichtig steigt sie in die Dusche.

Kristina weiß, dass sie dahin gehört, wo Sara ist, aber will sie wirklich in London bleiben, wenn sie nicht mehr mit ihr zusammenwohnen kann? Sie hört die Wohnungstür schlagen und seufzt. Daniel ist wieder zu Hause. Sie lässt Wasser über ihr Gesicht laufen.

Vielleicht hat Sara recht, vielleicht muss sie ihm eine Chance geben. Vielleicht fühlt sie sich wohler, wenn sie ihn besser kennt. Schlimmer als in Årebo kann es eigentlich nicht werden. Das zumindest weiß sie sicher.

11

MITTWOCH, 6. SEPTEMBER

»Ich bin jetzt aus diesem verdammten Abnehmverein ausgetreten. Wusstest du, dass man ausrechnen muss, wie viel Milch man sich in den Tee tut? Hast du schon mal so was Bekloppptes gehört? Ich hatte richtig Lust, diesem hochnäsigen Typen eins auf die Nase zu geben, als er anfing, meine Points zusammenzuzählen und jedes kleinste Vergnügen infrage zu stellen.«

Martinique stand am Tresen und sortierte Quittungen. Parnella hievte sich mühsam auf einen der Barhocker und lehnte den Gehstock an ihr Bein. Sie war eine von Saras ältesten Freundinnen und kam oft in die Buchhandlung, um zu plaudern.

»Paul hat mir neulich Blumen mitgebracht.«

»Das klingt gut«, sagte Parnella mit ihrer heiseren Stimme. »Ich überlege jetzt, den Anonymen Alkoholikern beizutreten. Im Grund spielt es doch keine Rolle, ob man von Alkohol oder Schokolade abhängig ist, oder?«

»Chrysanthemen. Glaubst du, das bedeutet etwas Bestimmtes?«

»Ich glaube, sie reichen bei diesen Treffen immer Fettgebackenes«, sagte Parnella verträumt. »Außerdem hätte ich gerne einen Coach. Stell dir vor, man hätte jemanden, den man anrufen kann, wenn die Versuchung am größten ist.« Sie griff sich an die Brust. »Hilfe, ich brauche sofort ein Eis! Mit Streuseln und Karamellsoße und diesen kleinen Marshmallows!«

Martinique fuhr sich mit der Hand durch das dicke, krause Haar.

»Und dann hat er noch so einen merkwürdigen Anruf bekommen. Ich habe ihn nicht gefragt, worum es ging, aber vielleicht hätte ich das doch tun sollen?«

»Was sie wohl tun, um einen von der Versuchung abzuhalten? Wahrscheinlich gibt es verschiedene Techniken. Wie bei den Verhandlern bei Geiselnahmen. *Lass das Eis fallen, oder ich schieße*!« Parnella lachte dreckig.

»Vielleicht ist es auch albern. Die meisten würden sich wahrscheinlich freuen, wenn sie Blumen geschenkt bekommen.«

Parnella räusperte sich.

»Du solltest dir nicht so viele Gedanken machen. Paul hat dich noch nie betrogen, warum glaubst du, dass er es jetzt tut?«

Martinique seufzte.

»Du hast recht. Es kann tausend Gründe für sein Verhalten geben.«

»Genau. Macht es dir etwas aus, wenn ich rauche?«

Hoffnungsvoll zog sie eine Schachtel Zigaretten aus ihrem weiten Regenmantel.

Martinique schüttelte entsetzt den Kopf.

»Um Gottes willen! Das geht überhaupt nicht!«

»Spaßbremse. Wie läuft es mit Charlotte?«

»Sie sieht Sara erschreckend ähnlich und scheint sehr nett zu sein«, sagte Martinique nachdenklich.

Parnella kratzte sich am Kopf.

»Wie viel weiß sie eigentlich von ihrer Tante?«

»Sehr wenig.« Martinique hob warnend den Zeigefinger. »Wir dürfen sie nicht verschrecken! Wenn sie das Haus verkauft, sind wir alle verloren.«

Parnella seufzte und fummelte an ihrer Zigarettenschachtel herum. Martinique sah ihr schweigend zu. Parnella war eine der Wenigen, die Sara schon gekannt hatten, bevor sie selbst in der Buchhandlung angefangen hatte, und der Tod der Freundin hatte ihr sehr zugesetzt. In den letzten Wochen war Parnella in Rekordzeit gealtert, und ihr zuvor pechschwarzes Haar war jetzt dünn und grau meliert.

»Ich habe gerade Kaffee aufgesetzt. Möchtest du eine Tasse?«

»Immer!«, sagte Parnella. »Aber lass lieber die Milch weg, die hat zu viele Kalorien.«

»Ich dachte, du zählst nicht mehr?«

»Tue ich auch nicht«, erwiderte Parnella. »Aber sie sind leider trotzdem da.«

Martinique ging in die Küche hinüber. Parnella räusperte sich.

»Du hast nicht zufällig irgendwas Süßes dazu? Am liebsten kalorienfrei, wenn es geht!«, rief sie ihr hinterher.

»Also, zaubern kann ich nicht!«, rief Martinique lachend zurück, um dann schnell hinzuzufügen: »Aber ich schau mal, was ich tun kann.«

Als sie zurückkehrte, entdeckte sie draußen Herbert, der die Uferpromenade entlangeilte. Vor der Buchhandlung blieb er stehen und lehnte sich an die Wand, um zu Atem zu kommen, dann riss er schnaufend die Tür auf und setzte sich rasch neben Parnella. Er trug, wie immer, ein frisch gebügeltes Hemd, sein Schnurrbart war gepflegt und unter dem faltigen Kinn saß eine perfekt geknotete Fliege.

»Na«, sagte Parnella barsch. »Was ist denn mit dir los?«

Herbert zog ein Taschentuch aus seiner Jacketttasche und tupfte sich die Stirn.

»Ich glaube, Clary hat mich gesehen«, sagte er ängstlich.

Parnella warf einen Blick auf die Straße.

»Beruhige dich. Es ist weit und breit keine Leoparden-Tussi in Sicht, sie ist dir also jedenfalls nicht bis hierher gefolgt.«

Herberts Schultern entspannten sich, und als Martinique ihm eine Tasse reichte, lächelte er dankbar.

»Glück gehabt«, murmelte er. »Clary ist unglaublich schnell. Als Jugendliche war sie Kreismeisterin im Orientierungslauf.« Er schüttelte den Kopf. »Wenn ich mal im Rollstuhl lande, habe ich keine Chance mehr.«

Martinique schenkte ihm etwas von dem kochend heißen Kaffee ein.

»Warum verfolgt sie dich eigentlich?«

Herbert sah sie vage an.

»Weil sie spitzbekommen hat, dass ich Witwer bin.«

»Wenn du eine eigene Wohnung mitten in London hast, bist du bei den Single-Damen heiß begehrt. Vor allem, wenn die Wohnung in einem behindertengerechten Haus liegt«, erklärte Parnella. »Du wohnt doch in einer Dreizimmerwohnung an der Bourbon Street, wo es eine rund um die Uhr besetzte Rezeption gibt und dazu noch einen Fitnessraum?«

Herbert griff sich an die Brust.

»Ja«, piepste er kläglich. »Und jetzt will sie mit mir zum Bingo gehen.«

»Clary will dir wahrscheinlich nur mal zeigen, dass es Schlimmeres im Leben gibt als Nierensteine«, schlug Parnella vor. »Ich hatte vor ein paar Jahren welche, die sind wirklich richtig unangenehm! Also, Nierensteine, nicht Clary.« Sie streckte sich. »Sie waren so groß, dass der Arzt ganz aus dem Häuschen geriet. Er hat sie sogar fotografiert und das Bild an das *British Medical Journal* geschickt.«

»Glückwunsch«, sagte Herbert. »Bei mir waren die Experten so beeindruckt von meinen geschwollenen Gelenken, dass sie ein Foto davon machen wollten, aber dann haben sie anscheinend doch einen gefunden, der noch dazu zu einer Nacktaufnahme bereit war.«

Martinique lächelte. Herbert war richtig süß, und trotz seiner manchmal wackligen Gesundheit immer der Erste, der seine Hilfe anbot, wenn Not am Mann war. Vergangene Weihnachten hatte er mitbekommen, dass Sara sich wegen der Weihnachtsdeko Sorgen machte, und hatte sich heimlich in die Buchhandlung geschlichen und Girlanden aufgehängt. Martinique traute ihren Augen kaum, als sie am nächsten Morgen den Laden betrat und die sorgfältig ausgeschnittenen, goldenen Engel von der Decke hängen sah. Wie es Herbert gelungen war, sie aufzuhängen, blieb ihr ein Rätsel, und wenn sie sich vorstellte, wie er in einem seiner eleganten Anzüge auf der Leiter balancierte, wurde ihr ganz anders. Sie hatte ihn deshalb ausgeschimpft und ihm das Versprechen abgenommen, so etwas Gefährliches nie wieder zu tun. Doch als sie sah, wie geknickt er war, hörte sie auf. Es war bestimmt nicht einfach, sich daran zu gewöhnen, dass der eigene Körper immer gebrechlicher wurde, und das von Jahr zu Jahr.

Trotz seines hohen Alters war Herbert sehr lebenslustig, und er war einer der bestangezogensten Männer, denen Martinique je begegnet war. Selbst wenn er nur in den Laden um die Ecke wollte, um Brot zu kaufen, zog er sich ein gestärktes Hemd, Hosen mit perfekten Bügelfalten und einen Zweireiher an. Der Tod seiner Frau war lange her, doch laut Parnella war sie seine große Liebe gewesen, und er hatte keinerlei Interesse daran, jemand Neues kennenzulernen.

»Hast du Clary gesagt, dass du nicht mit ihr zum Bingo möchtest?«, fragte Martinique vorsichtig.

Herbert schnaubte und rückte seine karierte Fliege gerade.

»Natürlich habe ich das, aber auf dem Ohr ist sie taub. Sie sagt, sie sieht mir an, dass ich sie begehre, dabei ist das nur der Star, ich kann den Blick einfach schlecht fokussieren! Sie scheint zu glauben, dass wir eine Art Katz- und Mausspiel spielen und dass ich nur zum Spaß vor ihr weglaufe. Niemand, der Gicht hat, läuft aus Spaß vor jemandem weg!«

Er wirkte geradezu verzweifelt und blickte Martinique flehend an.

»Wenn sie hier reinkommt und nach mir fragt, darfst du ihr auf keinen Fall sagen, dass ich oft hier bin.«

Martinique schüttelte den Kopf.

»Ganz bestimmt nicht! Wie sieht sie denn aus?«

Parnella hielt die Hand ein paar Zentimeter über ihren Kopf.

»Sie hat hochgestecktes, violettes Haar, es sieht aus wie eine Aubergine. Wir gehen zum selben Friseur, zu dieser Kolumbianerin an der Ecke. Wenn man sich neunmal die Haare schneiden lässt, bekommt man den zehnten Schnitt gratis. Wahrscheinlich rechnet sie damit, dass die meisten von uns nicht lange genug leben, um den Rabatt auch wirklich ausnutzen zu können.«

Martinique verzog den Mund.

»Wir sind hier in London! Da laufen viele mit lila Haaren herum.«

Parnella nickte.

»Du hast recht. Aber sie trägt darüber hinaus einen Leopardenmantel und hat lange Fingernägel mit Glitzersteinen drauf.«

»Ich begreife nicht, wie sie mit solchen Händen überhaupt etwas auf die Reihe bekommt. Wie wäscht sie sich zum Beispiel die Haare?«, sagte Herbert.

Parnella lachte.

»Wahrscheinlich bräuchte sie dich genau dafür.«

Herbert schüttelte sich und legte eine Hand auf seinen Bauch.

»Ich habe mehrere Kilo zugenommen, seit das Ganze angefangen hat. Clary kocht fast jeden Tag für mich und stellt mir das Essen vor die Tür. Einmal, als es beim Arzt sehr voll war und ich später nach Hause kam, hatte jemand ihre Essensbox umgetreten. Es war ein Dienstag«, sagte er unglücklich. »Da macht sie immer Curry. Es dauerte Stunden, bis ich die Treppe geschrubbt hatte, und riechen tut es immer noch.«

Vorsichtig führte er die Tasse zum Mund und trank einen Schluck.

»Sie mästet mich wie ein Schwein. Ich weiß ehrlich gesagt nicht, was sie von mir will.«

Parnella zog die Augenbrauen hoch.

»Natürlich weißt du das«, sagte sie. »Viele Frauen bevorzugen etwas kräftigere Männer. Sie wollen einfach was zum Anfassen haben.«

In diesem Moment kam Charlotte die Treppe herunter, einen Collegeblock unter dem Arm.

»Guten Morgen«, sagte sie, und es war ihr anzumerken, dass sie schon ein paar Stunden wach war.

»Guten Morgen, Liebes«, zwitscherte Martinique. »Wie geht es dir heute?«

»Danke, gut. Und dir? Ist es gestern spät geworden?«

»Nein, nein.« Martinique deutete auf die beiden Gäste. »Charlotte, das sind Parnella und Herbert, zwei unserer liebsten Stammkunden. Herbert wohnt erst seit ein paar Jahren in der Gegend, aber Parnella ist eine ganz alte Freundin von Sara.«

»Meine Kinder haben darauf bestanden, dass ich in eine behindertengerechte Wohnung ziehen sollte«, erklärte Herbert. »Eigentlich gehöre ich nach West Sussex.«

»Und ich nach Las Vegas«, sagte Parnella und lachte. »Oder jedenfalls dahin, wo es gratis Meeresfrüchtebüffets gibt.«

»Schön, Sie kennenzulernen«, sagte Charlotte und wandte sich an Parnella. »Wohnen Sie hier in der Nähe?«

Parnella nickte und schob ihre Tasse zu Martinique hinüber, damit sie sie auffüllte.

»Ja, zwei Straßen weiter.«

»Wann sind Sie hierhergezogen?«

Parnella rührte nachdenklich zwei Stück Würfelzucker in ihren Kaffee.

»1986.«

»Dann kannten Sie meine Tante wohl sehr lange?«

»Dreißig Jahre«, sagte sie stolz.

Charlotte legte den Block beiseite.

»Entschuldigen Sie, dass ich frage, aber wissen Sie etwas über einen Daniel, mit dem sie zusammenwohnte?«

Parnella warf Martinique einen Blick zu.

»Nein«, sagte sie kurz.

»Sind Sie sicher? Es gibt ein Foto von ihm in Saras Wohnung, das kann ich Ihnen zeigen, wenn Sie Zeit haben.«

Parnella tat, als dächte sie nach, dann schüttelte sie den Kopf.

»Sara hat nie etwas von einem Daniel erzählt.«

Martinique stockte der Atem. Auch wenn Parnella wusste, was es galt, konnte sie sich verplaudern. Sie musste Charlotte schnell auf andere Gedanken bringen, damit sie nicht weiter in Saras Vergangenheit grub.

»Wir fangen am besten gleich mit dem Rundgang an«, sagte sie eifrig. »Bevor die ersten Kunden kommen. Bist du bereit?«

*

Sie gingen von Regal zu Regal und Martinique erklärte geduldig, wie die Bücher sortiert waren. Charlotte versuchte das System zu verstehen, doch jedes Mal, wenn sie eine Frage stellte, zeigte sich, dass sie es noch immer nicht begriffen hatte. Es erschien ihr logisch, dass die Titel alphabetisch geordnet waren, doch die Aufteilung in die Regale mit den Eigennamen konnte sie nicht nachvollziehen.

Charlotte musterte die sich biegenden Bretter, auf denen die Bücher teilweise zweireihig standen. Sie wollte nicht allzu kritisch erscheinen und hoffte, mit Sam und Martinique zusammenarbeiten zu können, statt gegen sie, doch sie sah die Liste mit Dingen, die geändert werden mussten, minütlich, ja sekündlich länger werden. Wie viel Geld war eigentlich im Bestand gebunden, und konnte man es eventuell zurückbekommen?

Alex hatte immer gesagt, wenn es um das Geschäft gehe, werde Charlotte ein anderer Mensch. Tatsächlich schaltete sich dann der Autopilot ein und sie vergaß, zurückhaltend zu sein. Es war, als spiele sie eine Rolle. Manchmal hörte sie sich selbst mit Fabrikanten über Produktionskosten verhandeln oder mit Transportfirmen über Lieferzeiten und erschrak beinahe, wie abgebrüht sie klang.

Als sie vor einem überfüllten Regal stehen blieben, das genau wie die anderen bis zur Decke reichte und Amy hieß, seufzte Charlotte. Martinique schaute sie mitleidig an.

»Ist es zu viel auf einmal?«

Charlotte rieb sich den Nacken.

»Es sind so wahnsinnig viele Bücher.«

»Ja, das kann in einer Buchhandlung schon mal vorkommen.« Martinique lachte.

Charlotte schluckte. Sie wollte Martinique wirklich nicht zu nahetreten.

»Ich frage mich vor allem, ob die Kunden überhaupt finden können, was sie suchen.«

»Ja, natürlich! Und wenn nicht, helfen wir ihnen.«

Charlotte deutete auf einen Bücherstapel in einer Ecke.

»Aber ihr könnt doch unmöglich wissen, wo sich jedes einzelne Buch befindet.«

Martinique schien verletzt.

»Natürlich wissen wir das! Du kannst mich gerne auf die Probe stellen.«

Charlotte biss sich auf die Lippen. Das Einzige, was ihr einfiel, war ein Buch mit einem langen, seltsamen Titel, das Henrik Alex vor ein paar Jahren zu Weihnachten geschenkt hatte.

»Habt ihr *Per Anhalter durch die Galaxis?«*, fragte sie skeptisch.

Blitzschnell ging Martinique zum Regal und streckte die Hand aus, ohne Charlotte aus den Augen zu lassen.

»Per Anhalter durch die Galaxis von Douglas Adams. Eine Science-Fiction-Komödie, die 1978 zunächst als Hörspiel für den BBC geschrieben wurde. Gefällt Leuten, die einen ausgefallenen Humor haben und Abenteuer im All mögen«, sagte sie und wedelte mit dem Buch.

Charlotte lachte.

»Okay, ich glaube dir. Aber es muss schwierig sein, hier zu putzen, wenn überall auf dem Boden Bücherstapel herumstehen.«

Da erwischte sie offenbar einen wunden Punkt, denn plötzlich schien Martinique den Tränen nahe. Sie fuhr sich durch das dichte Haar.

»Ich habe es wirklich versucht, aber nach Saras Tod war alles gar nicht so einfach. Ich wusste nicht, wann du kommen würdest, und habe mich nicht getraut, größere Veränderungen vorzunehmen, ja, nicht einmal neue Putzmittel zu besorgen.«

Sie redete schnell und holte zwischen den Wörtern kaum Luft. Charlotte kam sich vor wie ein Idiot.

»Entschuldige. Ich wollte nicht sagen, dass es deine Schuld ist.«

Martinique schüttelte den Kopf.

»Nein, du musst entschuldigen. Jetzt denkst du bestimmt, ich bin ein bisschen gaga, weil ich mich nicht beherrschen kann. Ich habe wirklich mein Bestes gegeben, um den Laden am Laufen zu halten.«

Charlotte nickte. Martiniques Offenheit machte sie nervös. Musste sie sie jetzt trösten? Erwartete sie eine Umarmung, oder genügte es, ihr auf die Schulter zu klopfen?

Sie streichelte Martinique halbherzig über den Arm.

»Ich weiß«, sagte sie schnell und wendete sich dann ab. »Was macht ihr mit den Büchern, die sich nicht verkaufen? Schickt ihr sie an den Verlag zurück?«

Martinique runzelte die Stirn.

»Warum sollten wir? Wir kaufen nur Bücher, die wir mögen.« Sie zuckt die Achseln. »Saras Philosophie war, den Büchern ein Zuhause zu geben, bis sie von der richtigen Person gefunden werden. Außerdem ist es wichtig, ein breites Angebot bereitzustellen. Bücher werden ja nicht schlecht, bloß weil sie ein paar Jahre auf dem Buckel haben.«

»Das klingt ja sehr nett, aber damit das Geschäft läuft, muss die Buchhandlung auch genügend Geld einbringen. Wenn wir alle unverkauften Bücher aufbewahren, haben wir keinen Platz für neue, die vielleicht ein besseres Verkaufspotenzial haben.«

Martinique zog die Augenbrauen hoch.

»Läuft die Buchhandlung denn nicht?«

»Ehrlich gesagt ... nein.«

Martinique nickte, als würde sie Charlottes Antwort nicht wirklich überraschen.

»Als ich hier angefangen habe, haben wir jede Woche Bücher im Wert von mehreren tausend Pfund verkauft, aber die

Zeiten haben sich geändert. Es ist nahezu unmöglich, mit den Onlinehändlern mitzuhalten. Die meisten Leute mögen Buchhandlungen, können sich aber nicht vorstellen, ein paar Pfund mehr zu bezahlen, damit wir überleben können.« Martinique seufzte. »Jeden Monat müssen hier kleine, wunderbare Buchläden, die es jahrzehntelang gegeben hat, schließen. Letzte Woche hat einer meiner Lieblingsläden draußen in Richmond zugemacht. Es war die schönste Kinderbuchhandlung der Welt und sie existierte seit beinahe sechzig Jahren. Als ich klein war, bin ich immer mit meiner Oma dort gewesen und habe mir Bücher zum Geburtstag ausgesucht. Das ist eine meiner schönsten Kindheitserinnerungen.«

Charlotte fingerte an ihrem Bleistift herum. Für Martinique war die Buchhandlung am Riverside Drive eindeutig mehr als nur ein Job.

»Was habt ihr denn, was die Online-Händler nicht haben?«

Martinique zwinkerte eine Träne weg.

»Wie meinst du das?«

»Warum ist es wichtig, dass ausgerechnet diese Buchhandlung weiterbesteht? Wodurch zeichnet ihr euch aus?«

Martinique lächelte.

»Wir kennen die Bücher. Wir geben persönliche Tipps und Empfehlungen. Wenn jemand hereinkommt und ein Geschenk sucht, wissen wir genau, was passt. Wir kennen unsere Kunden und können ihnen helfen, das Richtige zu finden.«

»Persönlicher Service.«

Hinter ihnen räusperte sich Herbert.

»Ich kenne niemanden, der so gute Buchtipps gibt wie Martinique! Sie weiß genau, was die Leute lesen wollen. Und für uns Alte ist dieser Ort ebenfalls sehr wichtig. Wenn es die Buchhandlung nicht gäbe, wäre ich den ganzen Tag allein. Sie hätten mal sehen sollen, was hier für eine Stimmung herrschte, wenn Sara vorlas. Sie erweckte die Bücher zum Leben. Niemand ging hier unberührt raus.«

Seine müden Augen leuchteten vor Begeisterung, und Charlotte nickte nachdenklich.

»Wenn die Buchhandlung überleben soll, müssen wir eine Reihe von Veränderungen vornehmen.«

Martinique machte ein ernstes Gesicht.

»Das ist uns klar.«

»Ich guck mir die Zahlen noch mal genauer an. Und wenn Sam da ist, setzen wir uns zusammen, okay?«

»Das klingt gut! Möchtest du in der Zwischenzeit einen Kaffee?«

Charlotte warf einen Blick auf Parnella.

»Der ist wirklich gut!«, sagte die mit ihrer heiseren Stimme. Herbert nickte.

»So gut, dass Sie dafür bezahlen würden?«

Parnella verzog das Gesicht.

»Ich weiß nicht ...«

Charlotte blickte zur Decke.

»Wisst ihr, was ich als Erstes gedacht habe, als ich hier reinkam?«

»*Jetzt brauch ich erst mal einen Schnaps?*«, schlug Parnella vor.

Charlotte schüttelte den Kopf.

»Dass es so ruhig ist.« Sie deutete mit dem Kopf auf die Straße. »Da draußen herrscht mehr oder weniger Chaos. Die Leute rennen vorbei, Autos hupen, Lampen blinken, aber hier drinnen«, sagte sie andächtig, »hier drinnen ist es vollkommen still. Es fühlt sich an, als wäre man vom Rest der Welt abgeschnitten, als befände man sich vielleicht sogar in einer anderen Zeit. Das müssen die Kunden merken: dass es ein Erlebnis ist, hier reinzugehen.«

Charlotte sah, wie Martiniques Gesicht aufleuchtete.

»Ein Büchercafé.«

Charlotte zuckte die Achseln.

»Warum nicht? Es würde zwar vielleicht keine großen Einkünfte einbringen, aber definitiv mehr Besucher anlocken.« Sie zeigte auf die freie Fläche neben der Theke. »Dort könnte man ein paar Tische aufstellen. Und du bist doch so eine begnadete Bäckerin, du könntest hausgemachte Kuchen anbieten.«

Martinique war begeistert.

»Auf jeden Fall! Wir könnten zum Beispiel schwedisches Gebäck anbieten. Sara und ich haben immer diese Windbeutel gemacht, und ich weiß, dass sie ein Buch hat, das *Sieben Kekssorten* heißt.«

»Das klingt super. Wir müssen die Besonderheiten der Buchhandlung hervorheben und einladende Büchertische nach draußen stellen. Die Bücher müssen den Leuten förmlich zurufen *Kauf mich!*, damit sie hereinkommen. Und wenn sie dann sehen, wie wunderschön der Laden ist, wollen sie unbedingt etwas mit nach Hause nehmen.«

Charlotte notierte sich etwas auf ihren Block und drehte sich um sich selbst.

»Und wir müssen mehr Licht hereinlassen. Die Regale vor

dem Fenster müssen weg. Und die Schaufenster sind, ehrlich gesagt, eine Katastrophe.«

Martinique räusperte sich.

»So schlimm ist es doch gar nicht«, murmelte sie und machte eine merkwürdige Geste, als wolle sie sich unter dem Kinn kratzen, verfehlte es aber.

»Doch«, sagte Charlotte. »Ich hab mich geschüttelt, als ich dieses Durcheinander zum ersten Mal gesehen habe.«

Sie hörte die Tür hinter sich zuschlagen, und als sie sich umdrehte, stand dort Sam, die Arme vor der Brust verschränkt. Sie trug eine rosa Felljacke, ihren glitzernden blauen ABBA-Anzug und geblümte Gummistiefel, obwohl draußen die Sonne schien.

»Was ist verkehrt an der Auslage?«, knurrte sie.

»Nichts«, sagte Charlotte schnell. »Wir könnten sie nur ein wenig ... ansprechender gestalten.«

Sam schüttelte den Kopf.

»Sie *ist* ansprechend. Aber anders als ich hast du wahrscheinlich keinen Designkurs besucht und deshalb keine Ahnung von Präsentation.«

Charlotte holte tief Luft. Sie hatte gedacht, Martinique wäre die Empfindliche, bei der sie aufpassen musste. Anscheinend hatte sie sich gründlich getäuscht.

*

Sam zog sich die Jacke aus und warf Charlotte einen wütenden Blick zu. Musste sie sich das wirklich anhören? Von einem kleinen, nichtssagenden Neuling, der wahrscheinlich noch nie zuvor eine Buchhandlung betreten hatte? Was konnte Charlotte ihr groß über Buchverkäufe, Schaufensterdeko oder sonst irgendetwas beibringen? Die Frau sah ja aus, als hätte sie das Haus seit ihrer Konfirmation nicht mehr verlassen!

Sam schnaubte und stopfte ihre Jacke unter die Theke. Nicht genug damit, dass Martinique sie gebeten hatte, sich vor Charlotte ein bisschen zusammenzunehmen, jetzt sollte auch noch ihre künstlerische Gestaltung von jemandem zensiert werden, der immer nur in Jeans und schwarzem T-Shirt und mit einem hässlichen Zopf herumlief. Was für eine Erniedrigung!

Sam stemmte die Hände auf die Theke und atmete tief durch die Nase. Am liebsten hätte sie dieser Charlotte gründlich die Meinung gesagt, doch als Martinique ihr einen warnenden Blick zuwarf, seufzte sie nur resigniert. Martinique hatte ihr sehr deutlich gemacht, dass sie auf keinen Fall mit Charlotte in Konflikt geraten durften. Anscheinend hing die Zukunft der Buchhandlung ganz allein von ihr ab, und das kleinste Fehlverhalten konnte alles gefährden. Sosehr es ihr auch widerstrebte, sie musste ihren Ärger hinunterschlucken und versuchen, Charlotte so zu manipulieren, dass sie begann, sie zu mögen.

Normalerweise war das kein Problem für Sam. Es fiel ihr leicht, gut anzukommen. Manche nannten es Charme, andere Sexappeal, Sam selbst nannte es gerne *das gewisse Etwas.* Sie wusste, wenn sie sich anstrengte, konnte niemand auf der Welt ihr widerstehen.

Sie musterte Charlotte, die nervös in ihrem Collegeblock blätterte. Viele missverstanden die Sache mit der Ausstrahlung und dachten, es gehe nur ums Aussehen. Sam dagegen wusste, dass ganz andere Dinge wichtig waren. Sie selbst war eigentlich der personifizierte Durchschnitt. Sie hatte kein lockiges, blondes Hollywood-Haar oder pralle Lippen, wie viele sie schick fanden. Ihr Hintern war ziemlich platt und auch sonst zeichnete sich keines ihrer Körperteile besonders aus. Dennoch zog sie Menschen geradezu an. Sam las es in ihren Augen, wie das Verlangen förmlich in ihnen explodierte, sobald sie sie erblickten. Auch wenn sie einmal einen schlechten Tag hatte und ungeduscht mit krümeligem Kajal unter den Augen zur Arbeit ging, erntete sie diese Blicke. Sie spürte das Begehren der anderen als Wellen in der Luft, und selbst die, die so taten, als würden sie sie nicht sehen, verrieten sich durch kleine, fast unmerkliche Gesten oder Mienen, die Sam sofort entlarvte.

Zuweilen konnte es geradezu anstrengend sein, auf andere so attraktiv zu wirken. Promis wie Viktoria Beckham beklagten sich ja auch hin und wieder, wie frustrierend es war, nirgendwo hingehen zu können, ohne angestarrt und beurteilt zu werden. Ein bisschen so war es auch für Sam. Manchmal wünschte sie sich, sie könnte sich in einem Starbucks einen Kaffee bestellen, ohne dass der Typ hinter der Theke zur Hochform auflief, einschmeichelnd lächelte und fragte, ob sie Extra-Milch haben oder vielleicht noch einen Bananen-Walnuss-Muffin dazuhaben wollte.

Meistens aber war Sam dankbar für ihre Gabe. Sie hatte gelernt, ihren Sexappeal zu genießen, und sah es ein wenig als Superkraft an, die sie ausnutzen musste, und sei es den anderen, unattraktiven Menschen zuliebe.

Ein weiterer Vorteil der Fähigkeit, die Leute mit ihrer Ausstrahlung zu beeindrucken, war natürlich das Selbstvertrauen, das sie dadurch bekam. Sam besaß einen nahezu unerschütterlichen Glauben an sich selbst. Sie wusste, dass sie großartig war, und wenn irgendwer das nicht fand, war das sein Problem.

Ohne Charlotte aus den Augen zu lassen, trank sie einen Schluck von dem Kaffee, den Martinique ihr eingeschenkt hatte. Die Schwedin saß am anderen Ende der Theke und machte sich Notizen, während sie darauf wartete, dass Martinique aus der Küche zurückkam.

Charlotte trug schon wieder ihr langweiliges T-Shirt und die unauffälligen Turnschuhe, die sie anscheinend nur zum Schlafen auszog. Sie war ja ganz hübsch, genau wie ihre Tante, aber von Sexappeal konnte weiß Gott keine Rede sein. Anscheinend tat sie auch nicht das Geringste, um ihr Aussehen hervorzuheben, was wirklich seltsam war, wenn man bedachte, dass sie eine eigene Kosmetikmarke besaß. *Menschenskind, leg doch mal lila Lidschatten auf oder Glitzer*, dachte Sam frustriert.

Sie knibbelte an einer Holzfaser der Theke herum, dann drückte sie sie wieder an. Vielleicht wurde es Zeit, dass sie die Buchhandlung hinter sich ließ. Sie kam ohnehin nur auf fünfundzwanzig Stunden pro Woche und musste noch dazu fast jeden Samstag arbeiten.

Im vergangenen Jahr hatte Sam mehrfach überlegt, sich an der Uni zu bewerben. Das Problem war nur, dass sie nicht wusste, wofür oder wie sie es bezahlen sollte. Ein Studium kostete Geld, und das hatte sie schlicht und einfach nicht, die Buchhandlung war ja nun nicht gerade eine Goldgrube. Außerdem gefiel es ihr so, wie es war. Es passte ihr, einen einfachen Lebensstandard zu haben, und sie mochte ihren Job. Zumindest war es bis zu Saras Tod so gewesen.

Sie drehte die Kaffeetasse in der Hand und versuchte sich vorzustellen, welcher Beruf sonst zu ihr passen könnte. Vielleicht Schulsozialarbeiterin? Sie hätte nichts dagegen, in einem bequemen Sessel zu sitzen, Blumen im Fenster und gute Musik im Hintergrund, und sich die banalen Probleme der Jugendlichen anzuhören. *Du weißt nicht, ob er dich mag? Probiere aus, wie es ist, mit ihm zu schlafen, dann merkst du schon, was er fühlt. Du glaubst, alle hassen dich? Das tun sie wahrscheinlich auch, versuche mal, dich ein bisschen peppiger anzuziehen. Du bist in deinen Lehrer verliebt? Poste eine Liebeserklärung auf Facebook, dann erfährst du schnell, ob er deine Gefühle erwidert.*

Allerdings würde es wahrscheinlich bald langweilig werden, tagein, tagaus in demselben Raum zu sitzen und sich das Gejammer der Schüler anzuhören. Was sie am Riverside Bookshop liebte, war trotz allem die Freiheit. Sie und Martinique hatten bisher immer selbst entscheiden dürfen, was sie machten und wie. Zum Beispiel die Schaufenster. In regelmäßigen Abständen dekorierte Sam sie um. Derzeit war das Thema Gruselromantik, mit blutroten Samttüchern, einem Totenschädel von Butterick's, Plastikrosen und antiken Kerzenhaltern mit heruntergebrannten Stumpen darin. Sie liebte es, kreativ zu sein, und Sara hatte sie darin stets ermutigt. Sam hatte vollkommen freie Hand, und je verrückter die Deko, desto zufriedener schien Sara.

Und als wäre das nicht genug, wurde sie auch noch fürs Lesen bezahlt. Mindestens zwei Stunden pro Woche hatte sie die Erlaubnis, während der Arbeitszeit in den Büchern zu blättern, und als kleinen Bonus durfte sie sich einmal im Monat ein

Buch aussuchen; für alle anderen brauchte sie nur den Einkaufspreis zu bezahlen. Doch das würde diese Charlotte jetzt bestimmt ändern.

Martinique war zurück, und Charlotte bat sie um ihre Aufmerksamkeit.

»Also«, sagte sie forsch. »Dann legen wir mal los.« Sie wendete sich an Herbert und Parnella. »Für Sie wird das jetzt wahrscheinlich eher langweilig.«

Sam grinste, als Parnella ein heiseres Lachen ausstieß.

»Bestimmt nicht langweiliger, als zu Hause vor der Waschmaschine zu hocken.« Sie klopfte auf ihr Hörgerät. »Wenn Sie zu viel meckern, schalte ich das Ding einfach aus. So mache ich das bei meinen Enkelkindern auch, ich sag dann immer, die Batterie sei leer.«

Herbert nickte zustimmend.

»Zuhause in meiner Wohnung bin ich Clary wehrlos ausgeliefert. Hier gibt es wenigstens einen Hinterausgang, durch den ich verschwinden kann.«

Charlotte räusperte sich. Sie wirkte plötzlich selbstbewusst, streckte sich, nahm Raum ein und wich Sams Blick nicht aus.

»Okay. Ich habe vorhin schon mit Martinique darüber gesprochen: Das größte Problem ist, dass wir nicht genügend Einnahmen haben. Um die Buchhandlung halten zu können, müssen wir die Umsätze steigern, damit es für Löhne, laufende Unkosten und Neuanschaffungen reicht.« Sie nickt Sam zu. »Derzeit haltet ihr euch knapp über Wasser. Es gibt kein Arbeitskapital, und wenn man das Geld abzieht, das Sara jeden Monat draufgezahlt hat, fährt die Buchhandlung, ganz einfach ausgedrückt, Verluste ein.«

Sam seufzte. Sie hatte nicht gewusst, dass es so schlimm stand. Das bedeutete mit ziemlicher Wahrscheinlichkeit, dass sie gefeuert wurde. Dann blieb ihr wohl nichts anderes übrig. Sobald dieses Treffen vorbei war, würde sie sich für eine Ausbildung zur Schulsozialarbeiterin bewerben.

Charlotte stand immer noch mit ihrem albernen Collegeblock da. Sie schien sich nicht im Geringsten dafür zu schämen, was sie sagte, was Sam wahnsinnig ärgerte. Begriff sie denn nicht, dass sie es war, die alles kaputt machte? Wenn es tatsächlich so schlecht um die Buchhandlung bestellt war, warum hatte Sara dann nie etwas gesagt?

»Komisch, dass wir all die Jahre zurechtgekommen sind«, sagte Sam mürrisch und sah Martinique Zustimmung heischend an, doch ihre Kollegin schwieg.

Charlotte zog die Nase kraus.

»Sara scheint keinen rechten Überblick über die Finanzen gehabt zu haben.«

Sams Gesicht verdunkelte sich. Was erlaubte die sich eigentlich?

»Ach, so. Und wie sollen wir das Problem jetzt lösen? Du hast da doch bestimmt einen super Vorschlag«, sagte sie spitz.

»Mehrere«, sagt Charlotte selbstsicher. »Aber ich möchte nichts verändern, ohne es vorher mit dir und Martinique zu besprechen.«

»Klar«, sagte Sam. »Aber für mich spielt das keine Rolle mehr. Ich mache eine Ausbildung zur Schulsozialarbeiterin.«

Martinique sah sie überrascht an.

»Was? Das hast du ja noch gar nicht erzählt! Glückwunsch«, sagte sie und umarmte Sam über die Theke hinweg. »Ich wusste nicht einmal, dass du dich beworben hast. An welcher Uni denn?«

Sam schüttelte den Kopf. Warum begriff Martinique nicht, dass sie überhaupt keine Lust hatte, eine Scheißschulsozialarbeiterin zu werden?

»Darüber können wir später reden. Erklär uns erst mal deine Vorschläge«, sagte sie schlechtgelaunt zu Charlotte.

Martinique schob ihr die Kaffeekanne hinüber.

»Brauchst du noch mehr Kaffee?«, fragte sie.

Sam nickte. Wenn sie schon gefeuert wurde, konnte sie vorher wenigstens noch einen Kaffee gratis trinken. Und sie würde die signierte Erstausgabe von *Zähne zeigen* mitnehmen, die im Büro eingeschlossen lag. Die hatte sie sich wirklich verdient.

Sie nahm einen Schluck.

»Lecker, oder?«, sagte Martinique munter.

Sam warf ihr einen wütenden Blick zu. Ihre Zukunft stand auf dem Spiel, und Martinique wollte für ihren Kaffee gelobt werden.

»Mmh«, knurrte sie.

»Zwei Pfund, bitte.«

»Wie bitte?«

»Der Kaffee kostet zwei Pfund. Das ist doch ein guter Preis! Bei *Costa and Nero* muss man fast das Doppelte dafür bezahlen.«

Sam starrte Martinique an. Es war nicht das erste Mal, dass sie Anzeichen geistiger Umnachtung zeigte. Einmal hatte sie die Brontë-Schwestern verwechselt und einem Kunden, der ausdrücklich nach Annes Buch gefragt hatte, *Sturmhöhe* in die

Hand gedrückt. Zum Glück hatte Sam es noch rechtzeitig bemerkt und den Roman schnell gegen *Agnes Grey* getauscht. Aber das hier schlug dem Fass wirklich den Boden aus!

Als Sam nichts sagte, breitete Martinique die Arme aus.

»Wir eröffnen ein Büchercafé!«

»Echt?«

Charlotte nickte.

»Wenn wir die Leute erst im Laden haben, werden sie die besondere Atmosphäre hier sofort lieben.«

»Und den leckeren Kaffee«, fügte Martinique hinzu.

»Ja, den leckeren Kaffee, und dann kaufen sie hoffentlich mehr Bücher.«

Charlotte richtete den Blick auf Sam. »Aber dazu brauchen wir deine Hilfe. Du müsstest vielleicht sogar mehr Stunden übernehmen, wenn das nicht mit deinem Stundenplan kollidiert.«

Sam fingerte an ihrem glitzerigen Schal herum. Dann durfte sie ihren Job also doch behalten? Sie musste keine Schulsozialarbeiterin werden?

»Ich dachte, wir müssten die Kosten senken«, sagte sie leise.

»Am wichtigsten ist es, den Umsatz zu steigern. Wir müssen doppelt so viel verkaufen, und damit das gelingt, müssen wir mehr Kunden in den Laden locken. Überlegt gerne, wie wir uns noch stärker profilieren können, ich bin offen für jeden Vorschlag.«

Die Tür öffnete sich, und alle Köpfe drehten sich zum Eingang. Ein Mann mit kurzgeschnittenem, blondem Haar trat zögernd an die Theke, die Hände tief in den Hosentaschen vergraben. Er hatte die Schultern bis zu den Ohren hochgezogen, und sein Kopf wackelte im Takt mit seinen Schritten.

»Entschuldigung«, flüsterte er. »Ich bräuchte Hilfe, um etwas Bestimmtes zu finden.«

Für einen Moment schwiegen alle, dann erwachte Martinique zum Leben und umrundete die Theke.

»Ich helfe Ihnen gern. Und Sie brauchen nicht zu flüstern, das hier ist keine Bibliothek.«

»Ach so«, sagte er gedämpft. »Sind sie sicher?«

»Hundertprozentig sicher«, sagte Martinique freundlich. »Was suchen Sie denn?«

Der Mann vergrub seine Hände noch tiefer in den Taschen seiner Jeans und blickte sich verstohlen um.

»Ich brauche ein Geschenk für meine Schwester. Sie ist sehr geistlich, also, ich hatte an eine Bibel gedacht.«

»Die haben wir auf jeden Fall vorrätig!«

Der Mann nickte.

»Gut. Sie wird fünfzig, deshalb sollte es schon etwas Besonderes sein. Haben Sie eventuell auch signierte Exemplare?«

»Signiert? Von wem meinen Sie denn?«

»Ja, also, vom Autor. Oder von den Autoren, ich weiß nicht mehr, wer sie geschrieben hat«, sagte er und kratzte sich im Nacken.

Was für ein Idiot, dachte Sam und sah, wie Martinique nach einer diplomatischen Antwort suchte.

»Die signierten Bibeln sind leider ausverkauft«, sagte sie schnell.

»O nein, schade! Bekommen Sie bald wieder welche rein?«

»Nein, die Autoren sind leider gestorben.«

»Ups. Dann hätte ich wohl früher kommen sollen«, sagte der Mann nachdenklich.

»Ja«, zischte Sam Parnella zu. »Ungefähr vor zweitausend Jahren.«

Der Mann verschränkte die Arme vor der Brust und überlegte.

»Es gab ein Kinderbuch, das wir immer gelesen haben, als wir klein waren, in den Siebzigerjahren. Darüber würde sie sich bestimmt auch sehr freuen.«

Martinique nickte ihm aufmunternd zu.

»Gute Idee. Wissen Sie noch, wie es hieß?«

»Nein.«

»Aber Sie erinnern sich bestimmt, worum es ging.«

Der Mann schüttelte den Kopf.

»Ich weiß nur noch, dass es einen blauen Umschlag hatte und wir am Ende immer lachen mussten. Wissen Sie, welches ich meine?«

Martinique deutete auf die Kinderbuchabteilung.

»Lassen Sie uns mal rübergehen und schauen, was wir finden«, sagte sie.

Als Martinique und der Kunde außer Hörweite waren, brach Sam in schallendes Gelächter aus.

»O Gott, was für verrückte Leute es gibt«, sagte sie, unterbrach sich jedoch sofort, als sie Charlottes missbilligenden Blick sah. »Man muss doch mal lachen dürfen über so viel Blödsinn«, murmelte sie entschuldigend.

Charlotte nickte und notierte sich etwas, was Sam noch mehr irritierte. Schrieb sie sich jetzt schon Sachen über sie auf? War sie wirklich so unverschämt?

Sam packte den Kaffeelöffel und rührte angestrengt in ihrer Tasse. Da empfingen sie Charlotte mit offenen Armen und gemeinsamen Abendessen und gaben vor, sich für ihr langweiliges Privatleben zu interessieren, und sie zeigte sich nicht im Mindesten dankbar! Begriff sie nicht, dass das hier ihre Buchhandlung war? Sie und Martinique hatten sie zusammen mit Sara betrieben. Da konnte Charlotte doch nicht einfach reinplatzen und tun, was ihr passte! Sie waren die Experten, nicht Charlotte. Es war ja wohl nicht dasselbe, ob man Bücher oder Nagellack verkaufte!

Sam seufzte. Sie war gewiss niemand, der an der Vergangenheit festhielt, und die Erste, die zugab, dass es Verbesserungspotenzial gab, dennoch konnte Charlotte nicht einfach hier aufkreuzen und Saras Platz einnehmen, das musste ihr doch selbst klar sein!

Wehmütig sah sie zum Sessel hinüber, auf dem Sara immer gesessen hatte. Wie konnte sie nur so ein Pech haben, ihre Chefin zu verlieren, die dann auch noch die Buchhandlung an jemanden vererbte, der sie persönlich nicht ausstehen konnte! Konnte sie jetzt überhaupt noch irgendetwas mitentscheiden? Oder würde ihre Stimme gar nicht mehr zählen?

Sam schüttelte sich und löste den Schal, den sie um den Hals getragen hatte. Das Beste wäre natürlich, wenn Charlotte einfach zurück nach Schweden fuhr und ihr und Martinique den Laden in Eigenregie überließ. Wenn jemand ihn gut genug kannte, um ihn zu retten, dann ja wohl sie beide. Doch wie sollte sie Saras Nichte dazu bringen, das einzusehen?

Charlotte leerte ihre Tasse und wendete sich wieder an Sam.

»Wenn es irgendetwas gibt, was ich deiner Meinung nach über die Buchhandlung wissen sollte, dann sag bitte Bescheid!«

Sam biss sich auf die Lippe. Charlotte schien nicht gerade sehr belesen zu sein. Wenn sie sie überzeugen konnte, dass sie sich in einige ihrer Bestseller einlesen musste, würde ihr das vielleicht die Lust daran verderben oder sie zumindest so beschäftigen, dass sie Sam in Ruhe ließ.

»Wenn du hier arbeiten willst, wäre es gut, wenn du ein paar unserer Bestseller liest. Ich kann dir gerne ein paar Titel nennen, mit denen du anfangen kannst.«

Charlotte sah sich zögernd um, dann nickte sie.

»Okay, danke.«

Sam grinste in sich hinein. Jetzt würde sie Charlotte etwas zu beißen geben!

»Als Erstes«, sagte sie und räusperte sich, »musst du *Herrn Andohs Tagebuch aus den Penninen von 1935: Ein japanischer Hühnerbestimmer aus Hebden erinnert sich* lesen. Hast du von dem schon mal gehört?«

Charlotte schlug eine neue Seite in ihrem Collegeblock auf und schüttelte den Kopf.

»Darin geht es um den japanischen Experten Koichi Andoh, der beauftragt wird, die Briten in die Kunst der Geschlechtsbestimmung bei Hühnern einzuführen. Ebenfalls lesen solltest du *Warum haben Männer Brustwarzen,* das kann ich wirklich sehr empfehlen! Und *Die große Penisangst in Singapur* natürlich. Das ist auch ein Klassiker.«

Charlotte schrieb eilig mit und murmelte die Titel dabei vor sich hin. Das Ganze war so komisch, dass Sam sich das Lachen verkneifen musste. Sämtliche dieser Empfehlungen hatten sie nämlich nur bestellt, weil sie bei einem Wettbewerb um den merkwürdigsten Buchtitel der Welt mitgemacht hatten. Sie war wirklich ein Genie!

Begeistert von ihrem Einfall wendete sie sich an Parnella.

»Hast du nicht auch noch einen Vorschlag für Charlotte?«

Diese warf ihr einen scharfen Blick zu, sodass sie sich schämte, aber nur kurz.

»Ich lese nicht mehr großartig Literatur. Das Problem an Büchern ist, dass man nie weiß, wie sie ausgehen, und ich habe mein Pensum Tragik und Herzeleid in diesem Leben bereits ausgeschöpft. Das Einzige, was ich noch möchte, sind nette, lustige Geschichten, die auch gern ein bisschen schlüpfrig sein dürfen.«

Herbert blickte auf die Tasse in seiner Hand.

»Als wir klein waren, hat meine Mutter das Ende oft umgedichtet, wenn sie uns vorgelesen hat, damit wir nicht traurig waren. Außerdem veränderte sie die Geschichten, um unsere religiöse Bildung zu fördern. Erst als Erwachsener habe ich herausgefunden, dass *Der hässliche junge Ministrant* eigentlich von einem Schwan handelt, und dass Jane Eyre keineswegs Johannes den Täufer heiratet. Das war wirklich ein Schock für mich.«

Parnella schüttelte den Kopf.

»Schrecklich«, sagte sie. »Es ist doch eindeutig, dass sie mit Rochester zusammengehört.«

Charlotte, die endlich mit Schreiben fertig war, klopfte auf ihren Collegeblock.

»Danke für deine Tipps, Sam! Ich habe jetzt noch einiges zu tun, ich hoffe, ihr kommt eine Weile ohne mich zurecht.«

Sam nickte eifrig.

»Kein Problem, das schaffen wir.«

Sie lächelte steif, und als Charlotte verschwunden war, stieß Parnella ihr in die Seite.

»Du amüsierst dich doch wohl nicht auf ihre Kosten? Denk dran, was Martinique gesagt hat. Wir müssen Saras Nichte gut behandeln.«

Sam verdrehte die Augen. Natürlich hatte sie Martinique versprochen sich darum zu bemühen, dass Charlotte sich willkommen fühlte, aber sie war jetzt schon überzeugt, dass sie besser ohne sie klarkommen würden. Außerdem hatte sie ja nichts weiter getan, als ihr Buchtipps zu geben.

»Ach, ich hab doch nur ein bisschen Spaß gemacht«, murmelte Sam. Wenn Charlotte das nicht vertrug, passte sie ohnehin nicht in ihre Buchhandlung.

12

SAMSTAG, 20. NOVEMBER 1982

»Hallo? Ist jemand zu Hause?«

Kristina sitzt auf dem Sofa und zeichnet, als Daniel hereinkommt. Kurz überlegt sie, ob sie es schafft, in ihrem Zimmer zu verschwinden, bevor er sie entdeckt.

»Hallo?«

Sie umklammert ihren Stift.

»Hallo«, flüstert sie kaum hörbar.

Daniel steckt den Kopf durch die Tür. Es kribbelt in ihrem Bauch, wenn sie ihn sieht, und sie dreht den Zeichenblock schnell um.

Sara hat Spätschicht im Pub, und normalerweise kommt auch Daniel spät nach Hause. Nur an den Wochenendabenden fühlt Kristina sich vollkommen frei. Dann geht sie in der Wohnung umher und tut, als würde sie allein dort wohnen, legt die Platte von den Osmonds auf, die sie sonst immer unter dem Bett versteckt, und singt bei *Love Me for a Reason* mit, ohne sich darum zu kümmern, wie ihre Stimme klingt.

Daniel hält ein in braunes Papier verpacktes Paket hoch und lächelt.

»Fish and Chips. Ich habe dir auch was mitgebracht.«

Er setzt sich neben sie auf das Sofa und stellt das Essen auf den Tisch. Kristina weiß, dass es besser wäre, sich jetzt zu entschuldigen und in ihr Zimmer zu gehen, doch der goldgelb frittierte Fisch lässt ihr das Wasser im Mund zusammenlaufen. Sie hat seit dem Mittagessen nichts gegessen, und es riecht köstlich. Daniel steckt sich zwei dicke Pommes in den Mund und nickt ihr zu, es ihm gleichzutun.

Kristina zögert. Es fühlt sich wie Verrat an Sara an, allein mit ihm zu Abend zu essen. Andererseits hat sie wirklich Hunger, und Sara hat sie mehrfach gebeten, zu versuchen, Daniel besser kennenzulernen. Sie streckt die Hand nach den Pommes aus. Sie sind noch warm, und Kristina schließt beim Essen die Augen.

Daniel zerteilt einen Fisch und reicht ihr die Hälfte.

»Als ich klein war, haben wir immer die übriggebliebenen Frittierkrümel gekauft. Man bekam eine ganze Papiertüte für nur wenige Pence. Das war natürlich nicht gerade gesund, aber verdammt lecker.«

Er zwinkert ihr zu und lacht.

»Wir brauchen Bier«, sagt er und steht auf.

Die Flaschen klirren, als er sie auf den Tisch stellt. Kristina hat ihren Fisch schon aufgegessen und von dem salzigen Geschmack tatsächlich Durst bekommen. *Ein Bier kann ich mir schon gönnen,* denkt sie und nimmt die Flasche von Daniel entgegen.

Sie essen und trinken schweigend, dann entdeckt Daniel ihren Block.

»Zeichnest du?«

»Nur ein paar Skizzen.«

»Darf ich mal sehen?«

Kristina schaut auf den Block hinunter. Daniel darf ihre Zeichnungen auf keinen Fall sehen.

»Ach, da gibt es nichts zu gucken. Nur Kritzeleien.« Sie versucht, gelassen zu wirken, obwohl ihr Puls rast. Sie muss sich schnell ein anderes Thema einfallen lassen.

»Was macht man eigentlich als Elektroingenieur?«, fragt sie deshalb.

Daniel mustert sie amüsiert und lehnt sich zurück.

»Das willst du gar nicht wissen.«

Als sie nichts sagt, nimmt er einen weiteren Schluck Bier.

»Ich arbeite in einer Marconi-Fabrik. Wir stellen Kommunikations- und Radioausrüstungen her.« Er zuckt die Achseln. »Wie gesagt, todlangweilig.«

»Wann bist du hierhergezogen?«

»Vor zwei Jahren.«

»Warum?«

Daniel lacht.

»Du stellst ja viele Fragen!«

Kristina schlägt die Augen nieder und knibbelt an der Ecke ihres Flaschenetiketts, das sich gelöst hat.

»Entschuldige, ich wollte nur ...«

»Ach, schon gut.« Er dreht sich auf dem Sofa so, dass er sie ansehen kann. »Es gab einfach keine Arbeit in Belfast. Und du? Warum bist du von zu Hause weggezogen?«

Sie zieht ihre Beine zu sich ran und überlegt, wie viel Sara ihm wohl erzählt hat.

»Aus demselben Grund. Es gab keine Arbeit.«

Kristina spürt, wie er sie ansieht. Irgendetwas an ihm bringt sie durcheinander. Sie kann keinen Gedanken zu Ende denken und ihr Herz klopft laut.

»Wie lange kanntest du Sara da schon?«

Kristina blickt auf und sieht, wie es in seinen Augen glitzert. Sie lacht auf und schüttelt den Kopf.

»Ich wusste doch, dass du lachen kannst«, sagt er und trinkt einen weiteren Schluck Bier.

»Sehr witzig«, murmelt sie und leert ihre Flasche.

Daniel zwinkert ihr erneut zu. Jedes Mal, wenn er sie ansieht, wird ihr überall heiß.

»Wie gefällt es dir in London?«

»Gut«, sagt sie gleichmütig. »Und dir?«

Er zuckt die Achseln.

»Meistens auch ganz gut. Aber es ist nicht immer einfach hier als Ire. Auf der Straße rufen uns die Leute Beleidigungen hinterher, und wenn sie im Pub zu viel getrunken haben, wollen sie sich mit uns schlagen. Ich versuche, Cockney zu sprechen, um meinen Dialekt zu verbergen, aber ich kann es nicht. Es klingt, als hätte man den Mund voller Kartoffeln oder so.«

Kristina kichert. Sie mag es, wie Daniel spricht, auch wenn sie ihn manchmal nicht gut versteht. Seine Stimme klingt melodisch.

»Was ist Cockney?«

»Du weißt schon, so, wie echte Londoner reden. Hee-low.«

Kristina öffnet eine neue Bierflasche, ohne Daniel aus den Augen zu lassen. Sie erkennt keinen Unterschied zwischen Cockney und seiner normalen Art zu sprechen.

»Nirgendwo anders auf der Welt besteht die Arbeiterklasse aus solchen Snobs.« Daniels Blick wird leer. »Und bloß, weil man Ire ist, glauben sie, man gehöre der IRA an.«

Kristina zuckt zusammen. Von der IRA hat sie im Café schon oft gehört, und der Besitzer untersucht jeden Morgen die Mülltonnen, um sich zu vergewissern, dass niemand über Nacht eine Bombe deponiert hat. In den letzten Jahren hat es mehrere Sprengstoffanschläge gegeben, die sowohl Menschen verletzt als auch Leben gekostet haben, und jetzt scheinen alle nur auf den nächsten Anschlag zu warten.

»Puh«, sagt sie. »Kannst du mir nicht etwas von Belfast erzählen?«

Kristina hat gedacht, Daniel würde sich über die Frage freuen, doch stattdessen lässt er den Kopf noch mehr hängen.

»Zuhause herrscht totales Chaos. Ich habe so viel Schlimmes gesehen.« Er legt eine Hand an seine Stirn, sodass sie sein Gesicht nicht mehr sehen kann. »Überall gibt es Straßensperren und Soldaten mit Maschinengewehren, die die Leute aus Autos zerren, um sie nach Bomben zu durchsuchen. Du wachst morgens auf, guckst aus dem Fenster und siehst einen Panzer die Straße heraufkommen. Es ist vollkommen krank!«

Kristina weiß nicht, was sie sagen soll. Sie würde ihn gern in die Arme nehmen und trösten. Als sie sich gerade zu ihm hinüberbeugt, hört sie den Schlüssel in der Tür. Sie wirft einen raschen Blick auf die Uhr und stellt fest, dass es schon halb zwölf ist.

Daniel sieht ebenfalls überrascht aus, streckt aber die Hände nach Sara aus, als sie eintritt.

»Hallo, mein Schatz!«

»Hallo! Macht ihr Party oder was?«

Kristina sieht die leeren Bierflaschen auf dem Tisch. Im Hintergrund läuft Thin Lizzy. Sie erinnert sich nicht einmal, dass sie Musik angemacht haben, und blickt Sara verlegen an.

»Wir haben die Zeit vergessen«, sagt sie entschuldigend und

ist erleichtert, als sie merkt, dass Sara nicht im Geringsten sauer ist. Nein, sie küsst Daniel und lässt sich dann zwischen ihnen auf das Sofa fallen.

»Ich hole dir auch ein Bier«, sagt Daniel und steht auf.

»Super.« Sie wendet sich Kristina zu. »Was habe ich verpasst?«

Kristina zuckt die Achseln.

»Wir haben uns nur ein bisschen unterhalten.«

Sara hebt die Augenbrauen.

»Und? Hat er bestanden?«, fragt sie laut.

»Sei still!«

Sara lacht.

»Er kann doch gar kein Schwedisch.«

»Aber ich will nicht, dass er denkt, wir reden über ihn«, flüstert Kristina. »Außerdem muss ich jetzt ins Bett. Ich muss morgen arbeiten.«

Sara nimmt ihre Hand.

»Bleib doch bitte noch ein bisschen.«

»Nein, ich kann nicht.«

Kristina sieht ihre Schwester flehend an, und deren Lächeln verschwindet. Stattdessen runzelt sie die Stirn.

»Na, klar, sei fein brav und geh schlafen«, sagt sie verärgert und lässt Kristinas Hand los.

»Du bist doch nicht sauer? Ich muss schlafen, sonst komme ich morgen früh nicht aus dem Bett.«

Sara nimmt das Bier entgegen, das Daniel ihr reicht, und zuckt die Achseln.

»Dann müssen wir eben ohne dich zurechtkommen.«

Kristina nimmt ihren Zeichenblock.

»Okay. Bist du sicher, dass du mir nicht böse bist?«

Sara versucht, ihre grimmige Miene zu bewahren, aber plötzlich lacht sie laut auf.

»Nein, geh schlafen, Schwesterchen.«

Kristina seufzt. Warum muss Sara immer so sein?

»Gute Nacht«, sagt sie und drückt den Zeichenblock an ihre Brust.

»Gute Nacht, wir versuchen, nicht so laut zu sein.«

Sara legt einen Arm um Daniel.

»Schlaf gut, Kristina«, sagt er.

Sie nickt ihm zu, vermeidet es jedoch, ihm in die Augen zu sehen.

»Schlaf gut.«

Als sie die Schlafzimmertür hinter sich zuzieht, kann sie gar nicht aufhören zu lächeln. Sie fühlt sich erfüllt und irgendwie leichter als sonst.

Erst als sie unter die Decke kriecht, begreift sie, was diesen Glücksrausch in ihr ausgelöst hat. Wenn sie die Augen schließt, sieht sie Daniels Gesicht vor sich. Sie bemüht sich, es zu verdrängen, doch er bleibt bei ihr.

Das ist nur, weil wir jetzt Freunde sind, versucht sie sich einzureden. *Ich freue mich für Sara, dass sie so einen netten Freund hat.*

Kristina versucht, die Unruhe in ihrer Brust zu ignorieren, denn es gibt nichts, weswegen sie sich Sorgen machen müsste. *Alles ist gut,* denkt sie und rollt sich unter der Decke zusammen. *Uns geht es gut.*

13

MONTAG, 11. SEPTEMBER

»Was ist denn jetzt mit deinem Buch?«, fragte Sam und wischte die Theke ab.

William ließ den Kopf hängen. Sein kastanienbraunes Haar war zerzaust, und allem Anschein nach hatte er in seinen Klamotten geschlafen. Charlotte fragte sich, ob er wohl jemals gute Laune hatte. Vielleicht war ständiger Missmut ja auch der Normalzustand bei Autoren, sie hatte bisher noch nie einen kennengelernt.

»Keine Ahnung«, sagte er tonlos.

»Hat deine Verlegerin Änderungsvorschläge gemacht?«

Er vergrub das Gesicht in den Händen und stöhnte.

»Sie will, dass ich meine Hauptfigur streiche. Mein Protagonist ist ihr nicht sympathisch genug.«

Vielleicht schmollt er zu viel, dachte Charlotte bissig, sagte aber nichts.

»Mach's doch so wie ich und schreib Fan Fiction. Ich habe gerade einen Roman über einen Zombie ins Internet gestellt, der sich in Susan Hills *Woman in Black* verliebt. Hat schon fünfzig Likes!«, sagte Sam.

»Wie soll ich denn davon leben?«

»Frag doch mal E. L. James.«

William sackte in sich zusammen.

»Dann probiere es mit einem anderen Verlag«, sagte Sam.

»Du weißt doch, eine Freundin von mir ist Lektorin. Ich könnte ihr das Manuskript mal geben.«

Er schüttelte den Kopf.

»Und wenn sie es auch nicht mag? Noch eine Absage würde ich nicht ertragen!«

Er blickte auf, und Charlotte sah, dass seine Augen blank waren. Sie war noch nicht einmal eine Woche hier, und er war schon mehrmals vor ihren Augen zusammengebrochen. Alex hatte seine Gefühle nie so gezeigt. Er war eher der stoische Typ gewesen: groß, blond, stark und immer sonnengebräunt, egal zu welcher Jahreszeit. Er hatte ausgesehen, als würde er ständig auf der Suche nach der besten Welle zum Surfen um die Welt jetten, als trainiere er für einen Triathlon und würde täglich mit dem Fahrrad zur Arbeit fahren, selbst wenn es draußen minus zwanzig Grad waren. William dagegen wirkte eher wie einer, der bei Kälte nicht einmal das Bett verließ. Er war viel dünner als Alex, trug zerknitterte Hemden, eine grob gestrickte Jacke und einen Dreitagebart. Es war offensichtlich, dass er versuchte, ein wenig charmant-verwahrlost auszusehen; sicherlich überlegte er sich dieses Outfit bis ins kleinste Detail.

Sam gab William einen Klaps auf die Schulter.

»Gib nicht auf! *Die Taube landet auf deinem Dach* ist einer der besten Romane, die ich je gelesen habe. Außerdem braucht dich die Buchhandlung. Wenn dein nächstes Buch erst rauskommt, bist du *die* Touristenattraktion!«

Sie nickte zu Charlotte hinüber und lehnte ihre Wange an Williams Schulter.

»Dann können wir Führungen durch deine Wohnung veranstalten. Und Lesezirkel. Du wirst vom Signieren einen Krampf bekommen.«

Charlotte lächelte angestrengt. Sie hatte es noch nicht geschafft, mit William über die Miete zu sprechen, doch für das bisschen, was er bezahlte, konnte sie ihn keinesfalls hier wohnen lassen. Es reichte vermutlich nicht einmal für Wasser und Strom.

Sie warf einen Blick auf Sam. Sie wurde einfach nicht klug aus ihr. In einem Moment war sie bestens gelaunt, im nächsten stinksauer, ohne dass man von außen nachvollziehen konnte, warum. Charlotte zitterte schon jetzt davor, wie sie reagieren würde, wenn sie ihr sagen musste, dass das Büchercafé noch zu keinem nennenswerten Umsatzplus geführt hatte. Ganz zu schweigen davon, wenn sie William hinauswarf.

»Warum muss es nur so verdammt schwierig sein?«, seufzte William.

»Vielleicht solltest du es mal wie Rick Hammond versuchen? Ich habe gehört, er tritt in Hemingways Fußstapfen, geht auf Löwenjagd und fährt in U-Booten aus den Vierzigerjahren herum, um sich inspirieren zu lassen.«

William warf ihr einen vernichtenden Blick zu.

»Klingt vollkommen lächerlich. Ich hoffe, er schießt sich in den Fuß!«

»Hat Hemingway das gemacht?«

»Ja, er hatte einen Hai in sein Boot gezogen und versucht, ihn zu töten.«

»Dann macht Hammond ihm das eher heute als morgen nach.«

William schüttelte den Kopf.

»Das ist doch nur ein PR-Gag, ich glaube nicht, dass seine Bücher dadurch besser werden.«

Sam hob die Augenbraue und schlug die Bestsellerliste der *Sunday Times* auf.

»Wir können ja mal nachschauen, ob er drauf ist.«

William hielt sich die Hand vor die Augen.

»Ich will es gar nicht wissen!«, stöhnte er.

Sam legte die Zeitung weg.

»Okay. Willst du auch nicht wissen, wer auf dem ersten Platz ist?«

»Nein.«

»Sicher?«

William rieb sich die Stirn.

»Komm, zeig schon! Oder nein, lieber nicht. Ich mach mir nichts aus diesen albernen Listen.«

»Als dein Buch darauf stand, klang das aber ganz anders«, sagte Sam in neckendem Ton. »Zwei Wochen lang war er auf Platz achtundneunzig«, flüsterte sie Charlotte theatralisch zu, »und wir mussten die Seite für ihn laminieren!«

William fuhr sich mit den Händen durchs Haar.

»Wer steht ganz oben? Sag schon! Ist er es?«

Sam öffnete ganz langsam die Zeitung und nickte.

»Ich werde wahnsinnig! Wollen die Leute denn wirklich nichts anderes lesen als billige Krimis nach immer gleichem Rezept? Haben sie gar keine Lust auf etwas Neues, Einzigartiges? Dürfen es immer wieder nur dieselben alten, langweiligen Geschichten sein?«

»Wer ist denn auf dem ersten Platz?«, fragte Charlotte neugierig.

»Rick Hammond, Williams Erzfeind«, grinste Sam. »Er verkauft sich sehr viel besser als William«, erklärte sie.

»Millionenfach!«, wimmerte William.

»Ach so. Und wie viele Bücher hast du verkauft?«

William ließ sich erneut vornüber auf den Tisch fallen.

»So etwas darf man einen Autor nie fragen!«, sagte Sam streng.

Charlotte biss sich auf die Unterlippe.

»Warum nicht?«

»Weil alle Autoren finden, dass ihre Bücher sich schlechter verkaufen, als sie es verdienen. Deshalb wollen sie nicht an der Anzahl verkaufter Exemplare gemessen werden. Stimmt's, William?«

Er brummte irgendetwas Unverständliches, und Charlotte nickte ernst.

»Gibt es noch etwas, das man einen Autor niemals fragen darf?«

»Ja, wie viel er verdient«, murmelte William. »Und ob er eine Rentenversicherung hat, denn die hat er nie. Deshalb nehmen sich ja auch so viele Autoren das Leben.« Er hob den Blick und starrte Charlotte ausdruckslos an. »Und sag jetzt bitte nicht, dass du meine Bücher liebst, aber nur in der Bibliothek ausleihst. Oder etwa, dass du sie furchtbar findest.«

Eine Frau, die vor einem Regal stand, warf ihnen einen besorgten Blick zu, und Sam legte William die Hand auf den Arm.

»Schsch, du verschreckst noch unsere Kunden.«

»Wenn sie ohnehin nichts anderes lesen wollen als die Bücher, die auf den Bestsellerlisten stehen, können sie ihre Bücher genauso gut online bestellen.«

Charlotte räusperte sich. Wenn William neben der Kasse saß und potenzielle Kunden beleidigte, erhöhte das ihre Chancen auf Einnahmen auch nicht gerade.

»Willst du nicht mal weiter an deinem Manuskript arbeiten? Ich meine, davon, dass du hier rumsitzt, wird es ja auch nicht besser.«

William warf ihr einen mörderischen Blick zu.

»Du kennst dich doch gar nicht aus mit kreativen Prozessen. Ich kann doch nicht einfach meinen Laptop aufklappen und etwas schaffen. Ich brauche Inspiration.«

Ausnahmsweise war Sam Charlottes Meinung und nickte zur Treppe hinüber.

»Kannst du die nicht auch in deiner Wohnung bekommen?«

William schnaubte und stand auf.

»Alle wollen mich loswerden. Mein Verlag. Meine Vermieterin. Meine Freunde.«

Sam wechselte einen kurzen Blick mit Charlotte.

»Vielleicht könntest du darüber schreiben?«, sagte sie frech.

»Na, klar. Hackt nur auf mir herum, aber wenn mein neues Buch erscheint, dann werdet ihr es bereuen!«

Er schlenderte Richtung Treppe, und Sam brach in schallendes Gelächter aus.

»Was meinte er denn damit?«, fragte Charlotte.

»Dass er uns umbringen wird. Wahrscheinlich schon im ersten Kapitel.«

Eine hochgewachsene Frau mit dunklen Locken und grauem Wollmantel trat an die Theke und wendete sich an Charlotte.

»Guten Tag, ich suche ein Buch über nackte Mäuse.«

Charlotte starrte sie an.

»Worüber?«

Die Frau zog an ihren breiten Mantelaufschlägen.

»Nackte Mäuse«, sagte sie verlegen.

Ehe Charlotte reagieren konnte, trat Sam neben sie.

»Meinen Sie die *Aufzeichnungen zum zweiten internationalen Workshop über nackte Mäuse?«*

Die Frau nickte eifrig.

»Ja, genau, die meine ich!«

Sam zog ein Buch unter der Theke hervor und reichte es der Frau.

»Super!«, sagte diese. »Und dann bräuchte ich bitte noch etwas zum Einschlafen.«

»Ach so?«, sagte Sam erstaunt. »Ich dachte, dafür hätten Sie dieses Mäuse-Buch gesucht?«

»Nein, das ist aus Interesse.«

Sam nickte.

»Was sich da zur Zeit am besten verkauft, ist *Griechische Landbriefträger und ihre Stempelnummern* oder *Die Höhepunkte in der Geschichte des Betons.*«

»Klingt super, ich nehme beide.«

Nachdem die Frau weg war, zeigte Sam auf einen Stapel Bücher unter der Theke.

»Hier haben wir mehrere Exemplare der *Aufzeichnungen zum zweiten internationalen Workshop über nackte Mäuse.* Das läuft gerade richtig gut.«

Charlotte schüttelte missbilligend den Kopf.

»Das ist jetzt nicht dein Ernst, oder?«

Sam grinste.

»Doch, ist so. Und *Die Höhepunkte in der Geschichte des Be-*

tons auch. Man sollte langweilige Bücher niemals unterschätzen, sie helfen den Leuten beim Einschlafen.«

Martinique schleppte einen ganzen Arm voll Bücher herein.

»Hier«, sagte sie und schnaufte laut. »Die sind im letzten Jahr gekommen. In der Küche sind noch mehr.«

Charlottes Gesicht hellte sich auf.

»Dann können wir sie jetzt den Verlagen zurückschicken?«

Martinique trocknete sich die Stirn.

»Ja, solange sie nicht schon mehr als achtzehn Monate hier liegen. Allerdings müssen wir die Versandkosten tragen.«

Charlotte nickte.

»Ich glaube, wir haben keine andere Wahl. Wir müssen liquide werden und Platz für neue Bücher schaffen. Es sei denn, ihr wollt die alten mit nach Hause nehmen.«

»Sara hat immer einen Großteil in ihrer Wohnung gelagert.«

»O ja, das habe ich gemerkt! Die Küchenschränke sind voll davon.«

»Hast du schon mal unter dem Bett nachgeschaut? Da ist Platz für mehrere hundert Titel, und der Vorteil ist, dass man gar nicht mehr Staub zu saugen braucht«, sagte Sam und zwinkerte.

Charlotte lächelte. Jedes Mal, wenn sie etwas Neues über Sara erfuhr, wurde ihr warm ums Herz. Noch hatte sie nicht damit angefangen, die Sachen ihrer Tante zu sortieren, doch es wurde allmählich Zeit.

»Übrigens«, sagte Martinique, »wusstest du eigentlich, dass William Single ist?«

Charlotte zuckte die Achseln.

»Echt?«

»Genau wie du«, sagte Sam verschmitzt.

Charlotte sah sie überrascht an.

»Nein! Ich bin nicht interessiert!«

»Warum? Er ist ja wohl obersüß! Und er ist gar nicht so ein Loser, wie es momentan den Anschein hat, er muss nur endlich dieses Buch fertigbekommen.«

Als Charlotte nicht antwortete, knuffte Sam sie in die Seite.

»Was ist denn mit dir? Hat dich gerade einer sitzen lassen, oder was?«

Es war bestimmt nicht als Angriff gemeint, doch Charlotte spürte, wie es um ihre Brust plötzlich eng wurde und ihre Kehle sich zusammenschnürte. Rasch senkte sie den Blick. In ihrem Kopf bildete sich ein Satz, sie vermochte ihn jedoch nicht auszusprechen.

Martinique nahm sie in den Arm.

»Aber, Liebes«, sagte sie sanft. »Was ist denn?« Sie drehte sich zu Sam um. »Mensch, pass doch auf, was du sagst!«

»Entschuldigung«, knurrte Sam.

Charlotte schüttelte den Kopf.

»Schon gut. Ich muss nur mal schnell nach oben. Ich muss die Bestellungen der letzten achtzehn Monate durchgehen.«

»Bist du sicher, dass alles in Ordnung ist?«

Martinique kam ihr so nahe, dass Charlotte eine Überdosis ihres schweren Parfüms einatmete.

»Ja, alles okay«, sagte sie und rang sich noch ein halbherziges Lächeln ab, dann lief sie schnell die Treppe hinauf.

Rasch öffnete sie die Wohnungstür. Inzwischen hatte sie raus, wie man den Schlüssel hineinstecken musste, damit sich der Kolben drehen ließ.

Jedes Mal, wenn sie Saras Wohnung betrat, fühlte sie sich ein bisschen mehr zu Hause, und jetzt beeilte sie sich, in diese Sicherheit hineinzugelangen. Wahrscheinlich war dieses Gefühl der Grund, weshalb sie sich noch nicht zum Saubermachen hatte durchringen können. Sie fühlte sich wohl hier, trotz des Durcheinanders. Ein paar Wochen in London zu verbringen war tatsächlich ein richtig netter Urlaub von der Realität, und Henrik hatte sein volles Einverständnis signalisiert, als sie gesagt hatte, sie müsse wahrscheinlich länger bleiben als geplant.

Sie ging zur Kochnische hinüber und schaltete den Wasserkocher ein. In ihr Haus in Schweden waren sie und Alex nur wenige Wochen vor Alex' Unfall eingezogen. Es war groß und hell und schön gelegen, umgeben von einem kleinen Wäldchen. Fünf Schlafzimmer gab es, eine große Terrasse, einen Garten mit Schaukel und eine Küche mit marokkanischem Fliesenboden, der besonders leicht zu reinigen war, falls Brei vom Tisch heruntertropfte – perfekt also für ihr Vorhaben, eine Familie zu gründen.

Sie hatten kaum Zeit gehabt, sich einzuleben, bevor das Schreckliche geschah. Noch immer lehnten Bilder an den Wänden, die sie noch nicht aufgehängt hatte, und in den Ecken sammelten die Umzugskartons Staub an.

Nach dem Unfall verlor das Haus für Charlotte seine Bedeutung. Natürlich war es immer noch schön und sie war froh, einen Rückzugsort zu haben, aber die vielen leeren Schlafzimmer machten sie beklommen.

Auf ihren Wunsch hin hatte Henrik wenigstens die Kinderschaukel im Garten abgebaut, aber obwohl sie versuchte, das

Haus ihrem neuen Leben anzupassen, fühlte sie sich dort nicht daheim. Sie und Alex hatten ihr Leben genau durchgeplant und wussten, in welche Richtung es gehen sollte. Charlotte hatte sich alles genau überlegt. Doch dann wurde in einem einzigen Augenblick alles zunichtegemacht, und so hatte sie das gesamte letzte Jahr damit verbracht, die Scherben aufzusammeln.

Charlotte nahm die Teetasse, aus der sie jeden Tag trank. Es hatte etwas Meditatives, seinen Tee immer aus demselben Becher zu trinken, ihn anschließend auszuspülen und abzutrocknen, um ihn beim nächsten Mal wieder zu verwenden. Eine Art beruhigender Kreislauf, der niemals endete.

Sie blickte sich um. Selbstverständlich hatte sie nicht vor, für immer hier zu bleiben. Nur bis die Buchhandlung wieder auf die Beine kam. Doch das Projekt machte ihr so viel Freude wie schon lange nichts mehr. Als hätte sie ein ganzes Jahr geschlafen und wäre endlich wieder aufgewacht. Hier konnte sie neu anfangen, ohne mitleidige Blicke und lästige Fragen, zumindest bis jetzt. Charlotte hatte kaum gemerkt, wie die Zeit verging.

An der Innenseite des Flurschranks hatte sie ein großes Blatt befestigt, auf dem sie Listen machte und Ideen sammelte.

Mit verschränkten Armen stellte Charlotte sich davor, überflog ihre Notizen und reagierte kaum, als sich die Katzenklappe öffnete und Tennyson hereinschlüpfte.

Charlotte wusste, dass sie offensiver werben mussten, nahm jedoch an, dass es dazu einer anderen Strategie bedurfte als bei der Vermarktung von Schönheitsprodukten.

Sie hatte angefangen, eine Homepage zu entwerfen und ein

Schild bestellt, das sie auf dem Gehweg aufstellen konnten. Das war anscheinend eine in London übliche Art und Weise, auf sich aufmerksam zu machen. Sie hatte viele Buchhandlungen mit ähnlichen Aufstellern gesehen, unter anderem einen mit der Aufschrift *Tee und Plauderei.* Vielleicht konnten sie schreiben: *Willkommen zu Kaffee und Klatsch im Riverside Bookshop.* Oder, wenn Sam da war, *Flirts und Filterkaffee.* Charlotte war stets so peinlich berührt, wenn sie Sams schamlose Anmachen hörte, sodass sie sich immer schnell wegdrehte. Es war ein Wunder, dass sie noch niemand wegen Erregung öffentlichen Ärgernisses angezeigt hatte, und Charlotte hoffte, dass Sam vernünftig genug war, nur Kunden anzusprechen, denen das auch gefiel. Als Besitzerin sollte sie dringend mit ihr darüber reden, doch allein der Gedanke daran bereitete ihr Bauchschmerzen. Sam verhielt sich ihr gegenüber unkooperativ, und Charlotte konnte sich nicht erklären, warum. Sie würde es immerhin in ihre Liste unmöglicher Dinge aufnehmen und es anpacken, wenn sie den Lieblingsautor der Buchhandlung aus seiner Wohnung geworfen hatte.

Charlotte nahm Tennyson auf den Arm und streichelte ihm den graugestreiften Rücken. Als sie William nebenan rumoren hörte, fielen ihr Sams und Martiniques Andeutungen wieder ein.

Aber William war überhaupt nicht ihr Typ. Er sah zwar gut aus mit seinem dunklen Haar und den großen, intensiven Augen, doch mit jemandem wie ihm könnte sie es niemals aushalten. Ihr waren emotionale Stabilität, Pragmatismus und Ordnung wichtig, und sie könnte niemals mit jemandem zusammen sein, der keinen Job hatte. Außerdem wusste sie gar nicht, ob sie überhaupt schon für eine neue Beziehung bereit war, und sie hatte keine Lust, den anderen von Alex zu erzählen. Dann würden auch sie sie nur noch als die arme junge Witwe sehen.

Während das Teewasser abkühlte, faltete sie die Kartons auseinander, die Martinique ihr gegeben hatte, und fing an, alle Bücher auf verschiedene Stapel zu sortieren. Die neuwertigen wurden von den bereits abgegriffenen getrennt, und Tennyson sah ihr von seinem Lieblingsplatz auf dem Sofa zu.

Da Charlotte in mehreren Büchern Widmungen gefunden hatte, kontrollierte sie jedes Vorsatzblatt gründlich.

Als das Wasser die richtige Temperatur hatte, machte Charlotte sich eine Tasse Tee, mit der sie anschließend durch die Wohnung schlenderte, dicht gefolgt von Tennyson. Wie immer zog es sie zu dem Foto von Daniel, und so landete sie wieder vor Saras Schlafzimmertür.

Je mehr Zeit sie hier verbrachte, desto mehr meinte sie, ihre Tante kennenzulernen, und es kam ihr nicht mehr ganz so abwegig vor, das Schlafzimmer zu betreten. Als sie die Hand an das vergilbte Holz legte und zur Türklinke hinunterwandern ließ, blitzten Tennysons Augen erwartungsvoll auf. Sie holte tief Luft und drückte die Klinke herunter.

Knarrend öffnete sich die Tür. Tennyson schoss mit erhobenem Schwanz hinein, während Charlotte auf der Schwelle stehen blieb und zögerte.

Es war kleiner, als sie gedacht hatte: Lediglich ein Schrank, eine Kommode, ein breites Bett mit gelbgeblümtem Überwurf sowie ein kleiner Nachttisch standen darin.

Tennyson schnurrte laut und drehte ein paar Runden auf dem Bettvorleger, dann sprang er hinauf und legte sich bequem auf einem der Kissen zurecht, das unter seiner schieren Masse beinahe verschwand.

Vorsichtig folgte Charlotte ihm und trat zu dem großen Schrank, dessen Tür nur angelehnt war. Eine Reihe von Kleidern hing ordentlich auf den Bügeln. Sie strich mit den Fingern über den Stoff und spürte, wie die verschiedenen Materialien unter ihrer Berührung nachgaben.

Behutsam nahm sie eine Bluse heraus und hielt sie sich an. *Das hat Sara also getragen,* dachte sie und sog den schwachen Duft nach Lavendel ein. *So hat sie ausgesehen.*

Charlotte schloss die Augen. Ihr war, als könne sie Sara vor sich sehen, als käme sie ihr immer näher. Als sie die Augen wieder öffnete, fiel ihr Blick auf mehrere Fotos, die über dem Nachttisch hingen.

Charlotte ging hinüber, nahm eines der Bilder von der Wand und betrachtete es lange. Vor einem Springbrunnen posierten drei junge Leute. In der Mitte war Sara in einem langen, mintgrünen Mantel mit Schulterpolstern, neben ihr Charlottes Mutter und auf der anderen Seite der junge Mann vom Foto im Flur. Alle drei lächelten.

Sie sank neben dem Kater auf das Bett. Ihre Mutter war also tatsächlich zusammen mit Sara in London gewesen. Warum hatte sie ihr nie davon erzählt?

Sie friemelte das Foto aus dem Rahmen und las, was auf der Rückseite stand. *Ich, Kristina und Daniel am Trafalgar Square, 1982.*

So also hatte ihre Mutter ein Jahr vor ihrer Geburt ausgesehen. Hatten sich die Schwestern wegen Kristinas Rückkehr nach Schweden zerstritten? Wollte Sara nicht allein in England bleiben?

Charlotte hielt das Bild noch näher. Ihre Mutter war so jung. Das Haar reichte ihr bis zur Taille, und sie trug einen langen, fransigen Pony. Obwohl sie fröhlich aussah, lag Besorgnis in ihrem Blick und die Hände waren zu Fäusten geballt.

Sara dagegen sah völlig entspannt aus. Sie lachte, dass man ihre Zähne sah, und hielt den Kopf leicht schief. Jetzt begriff Charlotte auch, warum Martinique sie sofort erkannt hatte. Sara und sie sahen sich wirklich sehr ähnlich. Sie hatten dieselbe Gesichtsform, Charlotte ähnelte der Tante fast stärker als ihrer Mutter.

Charlotte blinzelte. Daniel trug ebenfalls einen langen Mantel und helle, enge Jeans. Die damalige Mode war schon sehr eigenwillig gewesen.

Vorsichtig steckte sie das Bild in den Rahmen zurück und hängte es wieder auf. Auf einem der anderen Fotos war sie selbst im Lucia-Gewand zu sehen. Sie war drei Jahre alt und posierte in ihrer weißen Tracht vor einem Weihnachtsbaum. Die Kerzen in der grünen Plastikkrone leuchteten schwach, und sie hielt stolz die Hände vor der Brust gefaltet.

Es freute Charlotte, dass ihre Tante sich immerhin so sehr für sie interessiert hatte, dass sie Bilder von ihr aufgehängt hatte.

Sie entdeckte ein weiteres Foto, auf dem nur Kristina und Daniel zu sehen waren. Sofort erkannte sie, dass etwas daran nicht stimmte. Es war in zwei Teile gerissen und wieder zusammengeklebt worden.

Charlotte starrte es an. Ihre Mutter und Daniel saßen nebeneinander auf einem braunen Sofa, und dazwischen verlief der Riss wie ein Blitz. Das konnte kein Versehen sein!

Sie nahm es aus dem Rahmen und sah, dass es auf der Rückseite von oben bis unten vollgeschrieben war. Jemand hatte immer wieder dasselbe Wort darauf geschrieben. »Warum?«, stand da mit Bleistift. »Warum, warum, warum?«

Charlotte hatte nicht gemerkt, dass Tennyson vom Bett heruntergesprungen war, doch plötzlich drückte er sich an ihre Beine und maunzte laut. Anschließend rannte er aus dem Zimmer und sie wäre beinahe gefallen. War sie ihm versehentlich auf den Schwanz getreten?

Ein diffuses Unbehagen kam in ihr auf. Charlotte betrachtete das Foto erneut, dann legte sie es schnell auf den Nachttisch. Die Luft im Zimmer schien ihr plötzlich kalt und sie bekam eine Gänsehaut.

So schnell wie möglich verließ sie Saras Schlafzimmer und schlug die Tür hinter sich zu. Die Gedanken rasten wie wild durch ihren Kopf. Was war zwischen Sara und Kristina passiert?

Sie legte sich eine Hand auf die Brust und spürte, wie ihr Herz klopfte. Charlotte hatte ihre Mutter sehr geliebt. Sie war der Anker in ihrem Leben gewesen, ihre beste Freundin und Weggefährtin. Jedes Mal, wenn etwas passiert war, erfuhr Kristina als Erste davon. Bei ihr hatte sie angerufen, als sie für das Chemiestudium angenommen worden war und als sie ihre erste Prüfung bestanden hatte, als sie mit Alex zusammengekommen war und als sie beschlossen hatten, zusammenzuziehen. Kristina wusste alles über ihre Firmenidee, spornte Charlotte an und traute ihr zu, wirklich alles zu schaffen.

Kristina war eine fantastische Mutter gewesen. Sie war herzlich und gastfreundlich, voller Liebe für ihre Nächsten. Doch auch die besten Menschen machen Fehler, und so fragte sich Charlotte, ob vielleicht ihre Mutter schuld an dem Zerwürfnis der Schwestern gewesen sein könnte. Hatte sie deshalb nie über ihre Herkunft geredet?

Charlotte schob den Gedanken beiseite. Es war dumm, in der Vergangenheit herumzuwühlen. Wahrscheinlich würde sie ohnehin nie herausfinden, was geschehen war.

Sie kehrte ins Wohnzimmer zurück und rief Tennyson, der zusammengerollt unter dem Esstisch lag.

»Na, Süßer«, sagte sie zärtlich, »bin ich versehentlich auf dich getreten? Es war ganz bestimmt keine Absicht.«

Sie bückte sich und streckte ihre Hand zur Versöhnung aus. Er erhob sich langsam, schien aber nach wie vor misstrauisch zu sein und kam nicht so nahe, dass sie ihn hätte hochheben können. Immerhin ließ er sich unter dem Kinn kraulen.

»Du darfst dich nur nicht allzu sehr an mich gewöhnen, denn ich kann nicht hierbleiben«, sagte sie und lächelte, als er die Augen schloss. »Gut möglich, dass du es auf Dauer auch gar nicht mit mir aushalten würdest«, murmelte sie. »Ich schaue nur romantische Komödien, habe es gerne sauber und werde stinkwütend, wenn jemand seine schmutzigen Socken auf dem Boden herumliegen lässt.«

Tennyson schnurrte.

»Jetzt gehöre ich schon zu denen, die Selbstgespräche mit ihren Haustieren führen«, seufzte Charlotte.

Sie setzte sich aufs Sofa und Tennyson sprang auf ihren Schoß. Sie mochte die Buchhandlung und die neuen Menschen, die sie kennengelernt hatte, und gleichzeitig hatte sie Heimweh.

So rührend Martinique sich auch um sie kümmerte, ihr fehlte Henrik, außerdem verfolgte sie die ganze Zeit die Angst, dass ihre Versuche, die Buchhandlung zu retten, in einem finanziellen Desaster enden könnten. Selbst wenn es klappte, gäbe es keine Garantie, dass er sich auch in Zukunft rentieren würde.

Noch hatte Charlotte Martinique und Sam nichts über die finanzielle Situation gesagt und dass sie bald wieder nach Schweden musste. Je länger sie es vor sich herschob, desto schwerer fiel es ihr. Sie hatte keine Ahnung, ob die Buchhandlung ohne ihre Hilfe zurechtkommen würde, aber sie hatte ja auch noch ein Unternehmen in Schweden zu führen, mit acht Angestellten, die ihre Chefin brauchten.

Nachdenklich vergrub Charlotte die Hände in Tennysons weichem Fell und kraulte ihn hinter den Ohren.

»Vielleicht kann ich dich ja mitnehmen«, sagte sie zärtlich.

Bestimmt war es kompliziert, ein Tier im Flugzeug mitzunehmen, und Tennyson würde die Buchhandlung ohnehin nicht verlassen wollen, aber wenn sie sich vorstellte, ihn zurücklassen zu müssen, spürte sie einen Klumpen im Magen.

Der Kater rollte sich auf den Rücken und Charlotte streichelte ihm den weißen Bauch. Sie schüttelte den Kopf. Jetzt wurde doch alles viel komplizierter als gedacht.

Charlotte seufzte. Warum hatte Sara das Haus ausgerechnet ihr vermacht? Sie hätte sich doch denken können, wie schwierig es für ihre Nichte werden würde. Warum wollte sie so unbedingt, dass sie hierherkam?

Tief in ihrem Inneren tauchte ein Gedanke auf, aber er war so abstrakt, dass Charlotte ihn nicht zu fassen bekam, und statt weiter zu grübeln, schob sie ihn beiseite.

14

DONNERSTAG, 2. DEZEMBER 1982

Früh am Morgen wacht Kristina auf und sieht Sara neben sich schlafen. Sara ist schön wie immer, doch wenn sie schläft, scheint ihr Wesen wie verändert.

Vorsichtig streicht sie ihr eine Strähne aus dem Gesicht. Sara seufzt und dreht sich um. Sie haben überlegt, ein größeres Bett zu kaufen, und Kristina hat zugestimmt, obwohl sie es eigentlich mag, nahe bei Sara zu liegen. Sie schläft einfach besser, wenn sie ihre Wärme spürt und ihren Atem neben sich hört.

Kristina streckt sich, dann kriecht sie aus dem Bett und zieht ihre Jeans an. Sie ist morgens fast immer die Erste, und an Tagen, an denen sie nicht sofort los muss, läuft sie zu dem kleinen Laden an der Ecke hinüber, um Frühstück zu holen, so wie heute.

Behutsam schließt sie die Zimmertür hinter sich, um Sara nicht zu wecken. Daniel schläft auf dem Sofa und sie lässt den Blick auf ihm ruhen, während sie mit nackten Füßen in ihre Stiefel schlüpft. Das Nachthemd stopft sie sich unter die Jacke, dann bindet sie sich einen Schal um den Hals, denn inzwischen kann es morgens schon richtig kalt sein.

Kristina wirft einen letzten Blick auf Daniel, dann verlässt sie die Wohnung mit ihrer neuen Second-Hand-Tasche über der Schulter. Nie zuvor hat sie eine richtige Handtasche besessen, und als Sara sie in dem Laden etwas weiter die Straße hinunter entdeckte, bestand sie darauf, dass Kristina sie kaufte. Jetzt weiß Kristina gar nicht mehr, wie sie ohne zurechtgekommen ist.

Draußen schlägt ihr die kalte Morgenluft entgegen. Die Sonne ist zwar schon aufgegangen, aber noch zu schwach, um die kalten Winde von der Themse zu erwärmen.

Kristina zieht den Schal fester und steckt die Hände tief in die Jackentaschen. Egal, wie früh sie hinausgeht, es scheint immer schon jemand wach zu sein. Es ist also wohl etwas dran, dass London niemals schläft.

Der Mann mit dem Hut aus dem Haus gegenüber, der zu jeder Zeit mit seinem Hund Gassi zu gehen scheint, nickt ihr zu, und Kristina grüßt zurück. Dann schlängelt sie sich an den Ladenbesitzern vorbei, die dabei sind, alles für den Tag vorzubereiten. Rasselnd öffnen sie die Metallgitter vor ihren Fenstern. Einige von ihnen kehren den Gehweg, ehe sie ihre Stände nach draußen stellen, andere hängen Wimpel auf oder Schilder mit dem Tagesangebot.

Kristina geht die Stufen zum Eckladen hinauf, wo es intensiv nach Gewürzen riecht. Er wird von einer Familie aus Bangladesch betrieben. Eine Glocke läutet, als sie eintritt, und Kristina wünscht Adi, die hinter dem Tresen sitzt, einen guten Morgen.

Die Besitzerin lächelt fröhlich. Sie sieht kein bisschen müde aus, obwohl sie Kristina erzählt hat, dass sie oft vierzehn Stunden am Tag in ihrem Laden sitzt.

Kristina streift eine Weile zwischen den überfüllten Regalen umher. Es gibt Unmengen von Tüten mit verschiedenen

Sorten Reis, getrockneten Bohnen, Linsen in verschiedensten Farben und Gemüsekonserven, von denen sie noch nie gehört und die sie noch nie probiert hat. Als sie am Gewürzregal vorbeigeht, steigt ihr eine Fülle von Gerüchen in die Nase. Süßer Zimt vermischt sich mit Ingwer, Curry und strengem Knoblauch.

Kristina nimmt eine Flasche Milch und geht zum Tresen. Dort zeigt sie auf den Stapel Naan-Brot.

»Zwei, bitte«, sagt sie und lächelt.

Der Job im Café hat ihr beim Englischlernen sehr geholfen. Sie wird nicht mehr nervös, sobald sie etwas sagen muss, und findet selbst, dass ihre Aussprache ziemlich gut ist. Ihr ehemaliger Lehrer wäre sicher stolz auf sie.

Adi nimmt ein Stück Zeitungspapier und schlägt die Brote ein.

»Sonst noch etwas?«

Kristina sieht sich um und entdeckt eine Packung mit englischem Weichkäse. Sie nimmt ihn aus dem Regal, zögert aber, als sie den Preis sieht. Eigentlich ist er zu teuer, aber Kristina hat ungewöhnlich gute Laune und legt die Packung auf die Theke.

»Das bitte noch. Und natürlich die Milch.«

Sie hat das Geld passend und nimmt die Tüte entgegen.

»Ihr Schweden trinkt viel Milch«, sagt Adi und lacht.

Kristina nickt.

»Ja, wir lieben Kühe«, antwortet sie und dreht sich zur Tür.

Erst draußen wird ihr klar, was sie da gesagt hat. *Wir lieben Kühe,* denkt sie und wird rot. Gut, dass Daniel nicht dabei ist, sie hätte sich in Grund und Boden geschämt.

Wieder zu Hause, setzt Kristina einen Topf Wasser auf. Manchmal duscht sie vor dem Frühstück, doch sie hört Daniel im Wohnzimmer rumoren und möchte gern die Chance nutzen, mit ihm zu sprechen, bevor Sara aufsteht.

Kristina öffnet den Käse und bestreicht eines der Brote. Sie deckt den Tisch und klappert dabei gerade so laut mit dem Geschirr, dass sie sicher sein kann, dass Daniel sie hört. Als er sich schlaftrunken aufsetzt, macht sie ihm eine Tasse Instant-Kaffee.

»Hier.«

Daniel lächelt und nimmt die Tasse entgegen.

»Danke«, sagt er und trinkt gleich einen Schluck.

Kristina nimmt den Teller mit dem Naan-Brot und ihre Teetasse mit zum Sofatisch und setzt sich neben Daniel.

»Autsch«, ruft sie, als sie sich am ersten Schluck die Zunge verbrennt.

Daniel schüttelt den Kopf.

»Du musst aufpassen«, sagt er, ohne sie anzusehen, und trinkt weiter seinen Kaffee. Als ihm die Decke herunterrutscht, sieht Kristina seinen nackten Oberkörper. Verlegen wendet sie sich ab.

»Musst du heute erst später los?«

Kristina stellt ihre Tasse ab und reißt sich ein Stück Brot ab. Der Weichkäse hat eine merkwürdig gelbe Farbe, und sie bereut es schon, so viel Geld dafür ausgegeben zu haben.

»Ja, erst um zehn.«

»Schön.«

Er sieht sie an und sie zwingt sich, seinen Blick zu erwidern. Es erscheint ihr sehr intim, gemeinsam zu frühstücken, solange sie noch nicht richtig angezogen sind.

Daniel rümpft die Nase.

»Was hast du denn da auf dem Brot?«

»Englischen Weichkäse«, sagt sie stolz.

Er lacht laut los, und sie fürchtet, er könnte damit Sara wecken.

»Schsch! Was ist denn daran so lustig?«

»Das Zeug bekommen nur echte Engländer runter!«

Kristina lehnt sich zurück. Warum muss er so etwas sagen? Sie beißt von dem Brot ab. Der Käse hat einen sehr eigenen, leicht chemischen Geschmack, aber das würde sie niemals zugeben.

Daniel zieht die Beine auf das Sofa und mustert sie.

»Entschuldige«, sagt er mit seiner heiseren Stimme. »Ich wollte dich nicht traurig machen.«

Als Kristina noch immer nichts sagt, beugt er sich vor und nimmt sich ebenfalls ein Stück Brot.

»Guck mal«, sagt er. »Ich esse auch was davon.«

Sie verdreht die Augen, muss aber doch zu ihm hinsehen, als er abbeißt.

»Hm, lecker!«

Kristina nimmt ein Sofakissen und schlägt ihm aufs Bein.

»Was denn? Ich finde, es schmeckt. So, wie die Briten Indien kolonisiert haben, kolonisiert dieser edle Weichkäse das Naan-Brot.«

Kristina lächelt widerwillig. Sie kann Daniel einfach nicht böse sein.

»Ein Kolonialaufstrich«, sagt sie und erhebt ihr Brotstück.

»Von der besten Sorte«, ergänzt Daniel.

Sie lachen laut, bis sie Sara bemerken, die im Türrahmen steht und sie beobachtet.

»Ihr scheint ja Spaß zu haben«, sagt sie und reibt sich die Augen. »Was ist denn so lustig?«

Kristina erwidert verlegen den Blick ihrer Schwester und zeigt auf das Brot.

»Ich habe Weichkäse gekauft, der leider nicht schmeckt.«

Sara mustert sie schweigend, dann geht sie in die kleine Kochnische und schenkt sich ebenfalls eine Tasse Tee ein.

»Wann kommst du heute Abend nach Hause?«

Kristina trinkt einen Schluck. Die Frage gilt nicht ihr, und sie versucht, sich unsichtbar zu machen.

»Spät. Ich treffe mich noch mit ein paar Freunden.«

»Mit wem?«

»Ich gehe dann mal duschen«, sagt Kristina und steht auf. Die anderen reagieren nicht, sondern starren sich nur an.

Daniel hebt die Hände.

»Was spielt das für eine Rolle?«

»Doch nicht mit diesem Steve, oder?«

Kristina schließt die Badezimmertür hinter sich. Sie will nichts hören, aber ihre lauten Stimmen dringen durch die Wand.

»Was ist denn nun wieder verkehrt an Steve?«

»Du weißt, dass ich ihn nicht mag. Er ist mir suspekt.«

»Wie, suspekt?«

»Es ist doch offensichtlich, dass mit ihm etwas nicht stimmt. Er hat mir komische Sachen gesagt und behauptet, er würde die IRA um Hilfe bitten, um den Papst zu töten oder so.«

»Da hat er wohl einfach zu viele Pilze genommen.«

Sara wird ernst.

»Du musst dich von solchen Leuten fernhalten.«

Daniel seufzt.

»Hör auf. Er ist ein ganz normaler Typ. Ich muss jetzt los.«

Kristina hört ihn aufstehen und in seinen Sachen wühlen.

»Musst du dich ausgerechnet heute Abend mit ihnen treffen? Den Rest der Woche arbeite ich spät.«

»Ich weiß nicht, ob ich Lust habe, etwas mit dir zu unternehmen, wenn du so zickig bist.«

Es wird still, dann brüllt Sara plötzlich los.

»Was glaubst du wohl, warum ich zickig bin? Bei dir komme ich nie an erster Stelle!«

Kristina dreht das Wasser auf, damit sie sich nicht belauscht fühlen. Es ist ihr unangenehm, wenn sie so miteinander reden. Sie kann nicht nachvollziehen, warum sie sich so oft streiten.

In der Hoffnung, dass das Wasser ihre Stimmen übertönt, geht Kristina unter die Dusche, doch es nutzt nichts. Im Wohnzimmer hat Sara angefangen zu heulen, Kristina hört, wie sie in ihr Zimmer läuft und die Tür hinter sich zuknallt. Kurz darauf schlägt auch die Wohnungstür zu. Daniel ist also gegangen.

Als sie nach dem Duschen ihr gemeinsames Zimmer betritt, sitzt Sara auf dem Bett. Kristina weiß nicht, was sie sagen soll, und huscht zur Kommode, um sich etwas zum Anziehen herauszuholen. Ohne ein Wort zieht sie sich an, während Sara sie mustert. Schließlich bricht Sara das Schweigen.

»Wie findest du Daniel eigentlich?«

Kristina weicht ihrem Blick aus. Ein Teil von ihr möchte herausposaunen, wie fantastisch Daniel sei und dass Sara alles tun solle, um mit ihm zusammenzubleiben.

»Er ist okay.«

Sara rutscht an die Bettkante und stellt die Füße auf den Boden.

»Manchmal frage ich mich, ob wir wirklich zusammenpassen. Vielleicht ist er doch der Falsche für mich.«

Kristina zuckt die Achseln. Was soll sie auch sagen? Dass Sara recht hat? Dass Daniel viel besser zu *ihr* passen würde?

»Liebst du ihn?«

Sara sieht sie verblüfft an, und Kristina kann selbst nicht fassen, dass sie sich traut, so offen zu fragen.

»Woher weiß man, dass man jemanden liebt?«

»Frag mich doch nicht, ich habe keine Ahnung. Ich habe ja noch nicht einmal jemanden geküsst.«

Sara lächelt.

»Und was war mit dem Jungen aus deiner Klasse? Dem mit den Segelohren?«

Kristina lacht bitter.

»Pelle? Der zählt nicht, das war nur ein Spiel, das ungefähr drei Sekunden gedauert hat.«

Sara wickelt sich eine Haarsträhne um den Finger.

»Ach so. Ich dachte, Papa wäre deswegen so wütend geworden.«

Kristinas Lächeln erlischt und sie fasst sich an den Arm.

»Nein, das war nicht deswegen. Ich hatte eine von Mamas Ketten genommen. Ich wollte mich schick machen, und als ich sie zurücklegen wollte, hat er mich erwischt.«

Sara steht auf und umarmt sie. Kristinas Augen füllen sich mit Tränen und Sara drückt sie fest an sich.

»Ist gut«, tröstet sie. »Wir sind jetzt weit weg. Er wird dich nie wieder anfassen.«

Kristina vergräbt das Gesicht an der Schulter ihrer Schwester. Sie ist so dankbar, dass Sara sich um sie kümmert. Sara hätte schon vor Jahren einfach abhauen können, doch sie blieb und wartete, bis auch Kristina mit der Schule fertig war.

»Wir halten zusammen«, flüstert Sara ihr ins Ohr. »Stimmt's, wir halten zusammen.«

Kristina nickt. Wieder einmal wird ihr bewusst, dass Sara der wichtigste Mensch in ihrem Leben ist. Ihre Gefühle für Daniel haben nichts zu bedeuten. Er ist einfach nur ein Freund, und sie wird sich von ihm fernhalten, um Saras und seiner Beziehung nicht im Wege zu stehen.

»Wir halten zusammen«, sagt sie und fühlt sich in Saras Armen geborgen.

15

MONTAG, 19. SEPTEMBER

»Wie kann ich Ihnen helfen?«

Die Dame in flachen Pumps, Fuchspelz und mit zahlreichen schweren Goldringen an den Fingern musterte sie misstrauisch und drehte sich dann ohne ein Wort wieder zum Bücherregal um.

Martinique seufzte innerlich. Nach zwanzig Jahren im Geschäft kannte sie diese Sorte Kundin nur zu gut. Es gab immer eine Handvoll Leute, die glaubten, nach Belieben mit den Angestellten umspringen zu können.

»Geben Sie mir einfach Bescheid, wenn ich etwas für Sie tun kann«, sagte Martinique freundlich und lächelte, obwohl die Frau sie weiterhin ignorierte. Zurzeit konnten sie es sich nicht leisten, auch nur eine potenzielle Käuferin zu vergraulen. Die Kundinnen und Kunden hatte also immer recht, wie unfreundlich sie auch sein mochten.

Die Frau schlenderte weiter, ohne Martinique eines Blickes zu würdigen, doch dann drehte sie sich plötzlich um.

»Was riecht denn hier so?«, zischte sie.

Martinique spürte, wie ihr Herz einen Schlag lang aussetzte. Hatte Tennyson einen Karton als Katzenklo benutzt? Sie sah bereits vor sich, wie die Dame das Malheur in einer Ecke entdeckte.

Leicht panisch eilte Martinique zu dem Regal, an dem die

Dame stand. Diskret schnüffelte sie und hielt Ausschau, konnte jedoch weder etwas riechen noch entdecken.

»Meinen Sie einen leichten Vanillegeruch? Wenn Papier sehr alt ist, kann es sein, dass das Holz einen Stoff freisetzt, Lignin, und der erinnert tatsächlich an Vanille.«

Die Dame musterte sie schweigend und schüttelte dann den Kopf.

»Nein, ich glaube nicht. Wahrscheinlich weiß man in so einem alten Laden nie genau, was in der Ecke herumliegt und vor sich hin stinkt.«

Sie nickte zu den überfüllten Regalen hinüber.

»Wie soll man sich in diesem Chaos überhaupt zurechtfinden?«

Martinique biss sich auf die Zunge. Aus dem Augenwinkel sah sie Charlotte, die vor dem Büro mit irgendetwas beschäftigt war. Sie musste diese Situation jetzt so in den Griff bekommen, dass die Kundin im Fuchspelz zufrieden war.

»Ich helfe Ihnen sehr gerne! Was suchen Sie denn?«, fragte sie und lächelte bemüht.

Die Dame schnaubte nur.

»Wenn ich das wüsste, würde ich nicht hier stehen!«

»Für wen soll das Buch denn sein?«

»Für meinen Mann. Er liest sehr viel. Also, wir beide lesen viel, ich glaube kaum, dass Sie ein Buch finden, das wir nicht schon haben …«

»Hier«, sagte Martinique und hielt ihr *The Ashes of London* von Andrew Taylor hin.

Die Frau verzog den Mund.

»Das haben wir bestimmt schon gelesen.« Sie riss ihr das Buch aus der Hand. »Ich erkenne den Umschlag wieder.«

Martinique holte tief Luft.

»Dann liest Ihr Mann also gern historische Romane?«

»Ja«, sagte die Dame ungehalten. »Das habe ich doch schon gesagt! Hören Sie mir nicht zu, oder was?«

Martinique sah verstohlen zu Charlotte hinüber, die von ihren eigenen Angelegenheiten aufblickte. Den letzten Kommentar hatte sie garantiert mitbekommen.

»Interessiert sich Ihr Mann vielleicht für eine bestimmte Epoche?«

Die Frau wedelte mit dem Buch in der Luft.

»Neuere Geschichte. Zweiter Weltkrieg und Kalter Krieg und Spione und so was.«

»Okay, ich schaue mal, was wir dahaben. Einen Augenblick bitte!«

Martinique ging, um eine Alternative zu suchen. Da hörte sie hinter sich ein verärgertes Murmeln.

»Ich habe keine Zeit, länger zu warten. Ich nehme das hier!«

»Selbstverständlich. Die Kasse ist dort drüben.«

Sie wies auf die große Eichenholztheke. Als sie das Buch jedoch entgegennehmen wollte, riss die Frau es erneut an sich.

»Das ist ja beschädigt!«, sagte sie und zeigte verärgert auf einen winzigen Kratzer im Einband.

»So etwas passiert leider manchmal, wenn die Bücher verpackt werden. Daran kann ich leider nichts ändern«, sagte Martinique, so freundlich sie vermochte.

»Ich will ein anderes Exemplar!«, fauchte die Dame.

»Wir haben leider nur dieses eine vorrätig. Ich kann Ihnen ein neues bestellen, wenn Sie möchten, doch das dauert etwa eine Woche.«

Die Frau schüttelte den Kopf.

»Das geht nicht. Ich brauche es jetzt!«

Martinique zuckte die Achseln.

»Es tut mir leid, aber da kann ich leider gar nichts machen.«

»Ich möchte sofort mit ihrem Chef sprechen!«

Martinique blickte über die Schulter zu Charlotte, was die aufgebrachte Kundin sofort bemerkte, denn sie ging schnurstracks zum Büro.

»Sind Sie hier die Chefin?«, fragte sie herausfordernd.

Charlotte nickte.

»Ja, was kann ich für Sie tun?«

»Ihre Angestellte weigert sich zu tun, was ich ihr sage!«

Charlotte hob verwundert eine Augenbraue.

»Oh, das klingt aber gar nicht nach Martinique.«

Die Frau hielt ihr barsch das Buch hin.

»Ich will das hier kaufen, also nicht genau das, denn es hat einen Kratzer«, sagte sie und zeigte auf den Einband. »Aber Ihre Angestellte weigert sich, mir ein anderes zu geben.«

»Ach, so«, sagte Charlotte. »Dann haben wir vielleicht keines mehr auf Lager.«

»Dann könnten Sie mir ja wohl wenigstens einen Rabatt auf dieses Buch anbieten«, fauchte die Dame wütend.

Charlotte sah sich das Buch genauer an.

»Kommen Sie«, sagte sie, »wir gehen zur Kasse.«

Martinique stand noch immer hinter der Theke. Sie hatte einen Kloß im Hals. War Charlotte jetzt enttäuscht von ihr? Sie hatte wirklich ihr Bestes gegeben, um dieser grässlichen Frau zu helfen, und sie hoffte, dass Charlotte das begriff.

Charlotte trat neben sie, sah Martinique kurz an und zwinkerte ihr zu. Dann fixierte sie die Dame im Fuchspelz.

»Wir können Ihnen leider gar kein Buch verkaufen. Wir bedienen nämlich keine Kunden, die unsere Angestellten unhöflich behandeln.«

Die Frau machte ein Gesicht, als hätte sie soeben vernommen, dass die Vermögenssteuer angehoben werden sollte.

»Wie bitte?«

Als sie keine Antwort erhielt, verschränkte sie die Arme vor der Brust.

»Ich möchte den Besitzer sprechen!«

Charlotte lächelte.

»Bitte, das bin ich.«

Die Frau im Fuchspelz sah aus, als würde sie jeden Moment explodieren.

»Ich werde diesen Laden nie wieder betreten!«

»Das dürfen Sie auch gar nicht, bevor Sie sich nicht entschuldigt haben«, sagte Charlotte entschieden.

Die Frau sah die beiden wütend an. Für einen Moment dachte Martinique, sie würde Charlotte mit ihrer juwelenbesetzten Hand eine Ohrfeige verpassen, doch sie machte auf dem Absatz kehrt und stampfte hinaus.

»Oh, mein Gott!«, sagte Charlotte. »Ist das normal, dass sich manche Leute so benehmen?«

»Es kommt leider vor.«

Martinique lächelte, doch Charlotte blieb ernst und nickte nur.

»Versteh mich bitte nicht falsch, ich finde es großartig, dass du so diplomatisch bist. Und natürlich müssen wir Geduld mit den Kunden haben, aber du darfst dir nicht alles von ihnen gefallen lassen.«

Martinique sah sie überrascht an.

»Wie meinst du das?«

Charlotte wirkte mit einem Mal sehr ernst.

»Ich habe gehört, was die Frau zu dir gesagt hat, und mir ist aufgefallen, dass es auch andere gibt, die unmöglich mit dir umspringen.«

Martinique zupfte verunsichert an ihrem Kaftan. Sie wusste nicht, was sie sagen sollte.

»Ich meine nur, du musst auf dich aufpassen. Mir kommt es vor, als würdest du für andere immer alles tun.«

Martinique verschränkte die Arme vor der Brust.

»Aber ich helfe gern!«

»Ich weiß.« Charlotte lächelte. »Du bist wahnsinnig lieb und großzügig. Pass nur auf, dass es nicht zu viel wird.«

Martinique schluckte. Sie hätte gerne widersprochen, wusste aber, dass Charlotte recht hatte.

»Ich versuche nur, meine Arbeit ordentlich zu machen«, flüsterte sie.

Charlotte trat näher und legte eine Hand auf ihre Schulter.

»Aber das tust du doch auch. Ich habe noch nie jemanden erlebt, der so gut darin ist, anderen Leuten Lust aufs Lesen zu machen. Du scheinst jedes Buch zu kennen, das geschrieben wurde, und du schaffst es, dass jeder, der die Buchhandlung betritt, sich willkommen fühlt.«

»Findest du wirklich?«

»Ja, natürlich! Ich hatte schon Angst, dieser verheulte Mann, der vorhin hier war, würde sich in die Themse stürzen, doch nachdem er mit dir geredet hat, wirkte er beinahe fröhlich.«

»Seine Freundin hat mit ihm Schluss gemacht, deshalb habe ich ihm *Eat, Pray, Love* gegeben. Das ist die beste Medizin für ein gebrochenes Herz.«

»Und was hast du der Mutter empfohlen, die Bücher haben wollte, über die sie mit ihrem Sohn diskutieren kann?«

»*Der Report der Magd* von Margaret Atwood, *Americanah* von Chimamanda Ngozi Adichie und *Tage der Furcht* von Roxane Gay.«

»Da merkst du es selbst! Ich habe noch von keinem dieser Bücher gehört«, lachte Charlotte. »Du musst auf dich aufpassen, denn ohne deine Expertise würden wir nicht zurechtkommen.«

Martinique presste die Lippen zusammen. Sie wollte nicht anfangen zu heulen, spürte jedoch, wie ihr die Tränen kamen. Es war so schön, Bücher empfehlen zu dürfen und zu sehen, wie die Kundinnen und Kunden strahlten, wenn ihnen die Empfehlung gefiel. Neulich zum Beispiel hatte der alte Douglas, der inzwischen im Rollstuhl saß, sich bei ihr dafür bedankt, dass er durch *Corellis Mandoline* noch einmal die griechischen Inseln hatte erleben dürfen, und auch ihr selbst hatten bestimmte Bücher in schwierigen Zeiten geholfen. Wer etwas zu lesen hatte, war niemals allein, und Martinique liebte ihren Job in der Buchhandlung am Riverside Drive über alles.

Sie sah Charlotte an, und plötzlich wurde ihr warm ums Herz. Es war so eine Erleichterung zu hören, dass sie gute Arbeit leiste. Obwohl Saras Nichte erst seit zwei Wochen hier war, passte sie ausgezeichnet zu ihnen, und Martinique hoffte inständig, dass ihre Bemühungen genügten, um sie zum Bleiben zu bewegen.

Martinique wischte sich die Augenwinkel. Noch hatte Charlotte nichts zu dem Buch gesagt, das sie ihr gegeben hatte. Vielleicht wurde es Zeit, ihr ein neues zu empfehlen? Zwar hatte sie behauptet, keine Leserin zu sein, doch Martinique wusste, dass das nur eine Ausrede war. Alle Menschen waren Leser, wenn sie nur das richtige Buch in die Hand bekamen.

Im Grunde wusste sie nach wie vor sehr wenig über Charlotte, spürte aber, dass sie auf gewisse Weise Orientierung suchte, und Lesen war ein gutes Mittel, um sich selbst zu finden. Außerdem sehnte Martinique sich unbeschreiblich danach, ihre Lieblingsbücher mit ihr zu teilen. Joyce Carol Oates zu lesen, die Brontës, Sylvia Plath, Louisa May Alcott, Marilyn French und Jane Austen, dies würde Charlotte helfen, ihre Beziehung zur Buchhandlung wie auch zu sich selbst weiterzuentwickeln. *Zumindest würde es nicht schaden,* dachte Martinique.

Noch immer war sie sich unschlüssig, wann und wie sie Charlotte von dem Geheimnis erzählen sollte, das Sara ihr anvertraut hatte. Je mehr Zeit Charlotte in der Wohnung oben verbrachte, desto wahrscheinlicher war es, dass sie eins und eins zusammenzählte, doch Martinique hatte das Gefühl, dass die junge Frau noch nicht bereit war, die Wahrheit zu erfahren. Es war ihr wichtig, Charlotte besser kennenzulernen. Je mehr Saras Nichte ihr vertraute, desto leichter würde es ihr fallen, mit ihr zu reden und alles zu erklären. Natürlich bestand das Risiko, dass Charlotte es ihr übelnehmen könnte, nicht von Anfang an die Wahrheit erfahren zu haben, doch das musste

Martinique in Kauf nehmen. Im Moment hatte sie keine andere Wahl, als sich auf ihr Bauchgefühl zu verlassen.

16

MITTWOCH, 20. SEPTEMBER

Charlotte blätterte gerade in einer Bestellliste, als sie Tennyson entdeckte, der mitten in einem Bücherregal lag und schnarchte. Sein langer Körper erstreckte sich über eine ganze Reihe von Büchern. Charlotte schmunzelte und fragte sich, wie er auf so einer ungleichmäßigen Unterlage überhaupt schlafen konnte.

Dann wandte sie sich dem Regal zu, das den Namen von Pastor Waters jüngstem Sohn trug, Arthur. Sie war auf der Suche nach einem Buch mit dem Titel *Gedichte, die erwachsene Männer zum Weinen bringen,* konnte es jedoch nirgends entdecken. Lyriksammlungen machten einen sehr geringen Teil ihres Umsatzes aus, und Charlotte hatte beschlossen, davon so viele wie möglich an die Verlage zurückzuschicken.

»H wie Holden«, murmelte sie vor sich hin und stellte fest, dass sie auf eine der wackligen Leitern klettern musste, die an einer Schiene in der Decke verankert waren.

Entschlossen zog Charlotte die Leiter heraus, die zum Arthur-Regal gehörte, setzte den Fuß auf die unterste Sprosse und verlagerte dann vorsichtig ihr Körpergewicht.

Die Leiter schien stabil, doch Charlotte hatte schon immer Höhenangst gehabt. Zögernd sah sie sich um. Martinique stand an der Kasse, die konnte sie kaum um Hilfe bitten, oder?

Charlotte seufzte. Wie albern von ihr! Natürlich würde sie

es schaffen, dieses verdammte Buch herunterzuholen. Wie schwer konnte das schon sein? Alles, was sie tun musste, war, hinaufzuklettern, sich den Band zu schnappen und schnell wieder hinunterzuklettern. Eine Sache von wenigen Sekunden.

Sie nahm eine Sprosse und dann noch eine. Es kam ihr vor, als wäre sie bereits mehrere Meter über dem Boden. Solange sie nicht hinuntersah, würde es gutgehen.

Jetzt war das Buch in Reichweite, Charlotte ahnte es schräg über sich, aber jedes Mal, wenn sie versuchte, die Hand auszustrecken, verweigerte der Arm ihr den Gehorsam. Sie versuchte es immer wieder, doch ihre Finger hielten die Leiter fest umklammert.

Charlotte fluchte innerlich. Sie war so nah dran, doch die Höhe ließ sie jegliche Kontrolle über ihren Körper verlieren. Sie war wie erstarrt, und bei der geringsten Bewegung überkam sie ein unheimlicher Schwindel.

Es nützte ja alles nichts, sie musste wieder von der Leiter klettern. Langsam versuchte sie, den linken Fuß auf die nächstuntere Sprosse zu stellen, doch auch das gelang ihr nicht. Ihr Herz begann zu rasen. Sie konnte sich überhaupt nicht mehr bewegen.

Plötzlich hörte sie eine Stimme, und William tauchte unten zwischen den Regalen auf.

»Brauchst du Hilfe?«

Charlotte schüttelte den Kopf.

»Bist du sicher? Du siehst ein bisschen verkrampft aus.«

Sie wagte einen Blick zu ihm hinunter, er lehnte sich an das Bücherregal und aß aus einer Chipstüte. Fand er das etwa lustig? Charlotte spürte Zorn in sich aufsteigen. Sie hatte nicht vor, sich so demütigen zu lassen!

Entschlossen unternahm sie einen weiteren Versuch, den Fuß hinunterzusetzen, und für einen Augenblick dachte sie auch, sie würde es schaffen, doch dann fand sie die nächste Sprosse nicht. Verzweifelt suchte sie mit dem Fuß in der Luft, zog ihn aber rasch wieder hoch und merkte, wie die Leiter wankte.

Charlotte klammerte sich fest, und nachdem sie ein paar lange Sekunden das Gefühl hatte, das Bücherregal falle ihr entgegen, stieß sie einen unfreiwilligen Klagelaut aus.

William legte die Chipstüte weg, wischte sich die Hände an den Hosenbeinen ab und blickte amüsiert zu ihr hinauf.

»Hier, nimm meine Hand.«

Charlotte schluckte. Es war wirklich erniedrigend, aber was hatte sie für eine Wahl? Sie wollte auf keinen Fall auf dieser Leiter bleiben, und die Chance, aus eigener Kraft wohlbehalten herunterzukommen, schien ihr äußerst gering.

Langsam löste Charlotte einen Finger nach dem anderen von der Leiter und streckte die Hand nach William aus. Als sie sie erreichte, wankte das Regal erneut, aber William fasste sie schnell um die Taille und fing sie auf, sodass sie mehr oder weniger in seinen Armen landete.

Ihre Gesichter kamen sich so nah, dass sie seinen warmen Atem auf der Haut spürte. Erst war Charlotte glücklich, wieder unten zu sein, dann aber bemerkte sie sein zufriedenes Grinsen und machte sich schnell von ihm los.

Mit gesenktem Blick zog sie ihren Pullover zurecht. Kurz überlegte sie, wie es wohl wäre, ihn zu küssen, und ihr Herz machte einen Sprung. Charlotte griff sich an die Stirn. *Das muss an dem Schwindel liegen,* dachte sie und schüttelte den Kopf.

Verlegen schaute sie zu William auf, doch im selben Moment setzte erneut dieser Schwindel ein.

Was ist denn nur los mit mir, fragte sie sich. *Konzentriere dich auf etwas anderes! Denk an Blutpudding, trockenen, zerkochten Blutpudding.*

»Danke«, sagte Charlotte steif, drehte sich um und tat, als beschäftige sie sich mit der Bestellliste, die sie unten auf einem Bücherstapel liegengelassen hatte.

»Nichts zu danken. Und es muss dir auch nicht peinlich sein. Leiterunfälle können sehr dramatisch enden. Ich glaube, sie sind die zweithäufigste Todesursache bei Buchhändlern.«

Charlotte schnaubte.

»Ganz bestimmt«, sagte sie. Doch dann wurde sie neugierig. »Und was ist die häufigste?«

»Von *Schuld und Sühne* erschlagen zu werden. Manche Versicherungsgesellschaften verlangen inzwischen, dass es nur noch als E-Book verkauft wird.«

Sie lachte.

»Okay, ich werde aufpassen.«

Martinique hatte mitbekommen, was passiert war, und kam herbei.

»Alles in Ordnung, Liebes? Hast du dich verletzt?«

Charlotte schüttelte verlegen den Kopf.

»Nein. Mir wird schnell schwindlig, ich hätte einfach nicht auf die Leiter steigen sollen.«

Martinique legte ihr besorgt die Hand auf die Schulter.

»Willst du dich einen Moment setzen?«

»Es geht mir wieder gut.«

»Mein Verdienst«, sagte William. »Ich habe ihr das Leben gerettet.«

»Ein Glück, das wir dich haben«, sagte Martinique freundlich.

Charlotte verdrehte die Augen.

»Na, klar. Der Retter in der Not.«

Martinique musterte das Regal.

»Was hast du eigentlich gesucht?«

»Eine Lyriksammlung. Ich dachte, wir könnten sie zurückschicken.«

William lachte bitter.

»Die wird man nicht so schnell los, diese Lyriksammlungen.«

Martinique schüttelte den Kopf.

»Ich mag Lyrik, und ich finde, sie gehören in eine richtige Buchhandlung.«

William nickte beschämt.

»Auf jeden Fall. Ich meine ja nur, dass sie schwer verkäuflich sind.«

»Dann versuch du doch bitte, etwas zu schreiben, das uns förmlich aus den Regalen gerissen wird.« Martinique lächelte.

William griff sich an die Brust, als hätte ihn der Schlag getroffen.

»Danke«, jammerte er. »Genau das brauchte ich, gerade jetzt, wo ich mit der schlimmsten Schreibblockade meines Lebens kämpfe.«

»Das wird schon«, rief Martinique ihm hinterher, als er davontorkelte. »Alles wird gut, solange du schreibst.«

Er warf ihr eine Kusshand zu, und Charlotte konnte ein Grinsen nicht unterdrücken. Sie sah William hinterher, wie er die Treppe hinaufging. Widerwillig musste sie zugeben, dass er unglaublich attraktiv war. Das dunkle, ungekämmte Haar, die großen Augen und seine entspannte Art machten es ihr schwer, die Blicke von ihm zu wenden, wenn er im Laden war. Zugleich nervte es sie, dass er seine Gedanken und Meinungen immer sofort herausposaunen musste. Sie war sich nicht sicher, ob sie seine Selbstsicherheit charmant oder eingebildet fand.

Charlotte schob den Gedanken beiseite. Bisher hatte sie noch nie so über einen anderen Mann gedacht und die Vorstellung, für jemanden außer Alex etwas zu empfinden, kam ihr absurd vor. Außerdem, erinnerte sie sich selbst, war sie nur vorübergehend hier. Ihr eigentliches Leben fand in Schweden statt.

Charlotte strich die Bestellliste glatt und spürte, dass Martinique sie ansah.

»Wie hat dir eigentlich *Der Graf von Monte Christo* gefallen? Hast du ihn schon zu Ende gelesen?«

Charlotte nickte.

»Ja, ich mochte es sehr.«

»Hast du *Jane Eyre* gelesen?«

Charlotte blätterte die Liste um und räusperte sich.

»Ich lese nicht so viel.« Sie sah Martinique entschuldigend an. »Ich bin abends oft ziemlich müde.«

»Aber das wird dir auch gefallen, versprochen! Es ist eins der Lieblingsbücher meiner Tochter Angela.«

Martinique ging zum Josephine-Regal hinüber und zog ein Buch heraus. Zögernd nahm Charlotte es entgegen und betrachtete den Einband. Aus irgendeinem Grund wollte sie nicht zugeben, wie sehr *Der Graf von Monte Christo* ihr gefallen hatte. Und sie hatte auch nicht vor zu verraten, dass sie auch mit *Sinn und Sinnlichkeit,* das sie zwischen Saras Habseligkeiten gefunden hatte, schon zur Hälfte durch war. Zu den Büchern dagegen, die Sam ihr genannt hatte, fand sie überhaupt keinen Zugang. Nur in *Die große Penisangst in Singapur* hatte sie reingelesen, sie begriff einfach nicht, warum es so beliebt sein sollte.

»Mal sehen, ob ich dazu komme«, sagte sie und legte *Jane Eyre* auf einen Beistelltisch.

Martinique nickte.

»Tu das, Liebes.«

Sie sah plötzlich traurig aus und Charlotte fragte:

»Ist alles in Ordnung?«

Martinique hob abwehrend die Hand.

»Ja, ja, schon gut. Es ist nur wegen Angela. Früher liebte sie es, mit mir über Bücher zu reden, und jetzt wechselt sie kaum einmal zwei Worte mit mir.«

»Wie schade.«

Martinique strich mit dem Finger über die Bücher im Regal.

»Das gibt sich bestimmt wieder.« Sie seufzte und lächelte Charlotte dann an. »Sag mir Bescheid, wenn du ein Buch aus den oberen Fächern brauchst, ich helfe dir gern.«

Martiniques Fürsorge ließ es Charlotte ganz warm ums Herz werden. Viele empfanden sie als reserviert und es fiel ihr schwer, anderen Menschen näherzukommen, doch bei Martinique fühlte es sich völlig natürlich an. Charlotte brauchte sich nicht zu verbiegen, um mit ihr klarzukommen, sie konnte einfach sein, wie sie war, und das war unglaublich angenehm.

»Das mache ich«, sagte sie dankbar. »Ab jetzt bleibe ich lieber am Boden.«

»Das klingt gut. Ich muss mal kurz telefonieren, kannst du so lange den Laden beaufsichtigen?«

Charlotte warf einen Blick zum Eingang. Noch immer wusste sie nicht genau, wie man die Kasse bediente, doch da der Laden leer war, nickte sie.

»Kein Problem.«

Sobald Martinique im Büro verschwunden war, öffnete sich die Tür und ein Mann in einer zerschlissenen, hellblauen Steppjacke humpelte zur Theke.

Charlotte seufzte. In der letzten Stunde hatte kein einziger Kunde den Laden betreten, aber sobald sie alleine war, mussten die Leute natürlich hereinströmen, dachte sie verärgert. Doch dann riss sie sich zusammen. Schließlich mussten sie dringend den Umsatz erhöhen.

»Guten Tag, kann ich Ihnen weiterhelfen?«, fragte sie.

Der Mann zupfte am Saum seiner Steppjacke. Er hatte schütteres blondes Haar, das er sich über den Schädel gekämmt hatte, und trug eine große Brille, die über der Nase mit Tesafilm geklebt war.

»Ich hatte Bücher bestellt«, stammelte er.

Charlotte lächelte steif.

»Auf welchen Namen?«

»Rooney.«

Sie bückte sich und sah in den Bücherstapeln unter der Theke nach. Endlich fand sie die mit dem Namen Rooney darauf und breitete sie vorsichtig auf der Theke aus. Als sie die Titel sah, zuckte sie zusammen. Das oberste hieß *Bau dir deinen ei-*

genen Sarg, die beiden anderen *Grundlagen der Taxidermie – behalte deinen Schatz ewig bei dir* und *Beerdigungskleidung.*

»Sind das alle?«

Der Mann nahm *Beerdigungskleidung* hoch und blätterte kurz darin.

»Ja, das sind alle«, sagte er und warf einen Blick über seine Schulter, als fühlte er sich verfolgt. »Ich möchte sie gerne kaufen.«

Nervös fingerte er an den Knöpfen seiner Steppjacke, und nachdem Charlotte die Preise in die Kasse eingegeben hatte, reichte er ihr zwei zerknitterte Zwanzigpfundscheine.

Irgendetwas an der Art, wie er sich bewegte, kam ihr unheimlich vor. Als sie ihm die Tüte reichte, sah er Charlotte fest in die Augen.

»Das ist alles für Rhonda«, murmelte er.

»Aha«, sagte Charlotte unsicher.

Er starrte sie weiter durch seine kaputte Brille an.

»Sie hat nicht mehr lange.«

Charlotte schluckte.

»Was meinen Sie damit?«

Der Mann lehnte sich über die Theke, sodass sein bleiches schmales Gesicht direkt vor Charlottes landete, und sie musste sich Mühe geben, nicht zurückzuweichen.

»Bis sie stirbt«, sagte er ernst und schloss kurz beide Augen. Ein paar Sekunden stand er ganz still, dann drehte er sich abrupt um und eilte auf die Straße hinaus.

Charlotte sah ihn verschwinden, doch das Unbehagen blieb zurück und sie musste immer wieder daran denken, was er gesagt hatte. Wer war »sie«, die bald sterben würde? Hatte er vor, einen Sarg für eine beklagenswerte Frau zu bauen, die Rhonda hieß, oder war das alles nur ein geschmackloser Scherz?

Sie verschränkte die Arme vor der Brust. Hatte er sich vielleicht einen Spaß mit ihr erlaubt, ohne dass sie es begriffen hatte? Was aber, wenn nicht? Wenn er gemeint hatte, was er sagte? Diese Rhonda war vielleicht ein Entführungsopfer, das jetzt gefesselt irgendwo im Keller dieses Mannes lag und darauf wartete, dass er sie tötete? Vielleicht war er einer dieser Serienmörder aus dem Fernsehen, die massenhaft seltsame Rituale durchführten, ehe sie ihre Opfer umbrachten. Einen Sarg zu bauen klang ja schon ziemlich makaber, noch dazu, wenn er vorhatte, den Körper zuvor auszustopfen.

Charlotte zog ihr Handy heraus und zögerte. Natürlich könnte sie die Polizei anrufen, doch das Risiko, wie eine Idiotin zu klingen, war groß. *Entschuldigen Sie, aber ich hatte gerade einen Kunden hier, der Bücher über Taxidermie gekauft hat, und ich habe das Gefühl, er hat vor, jemanden umzubringen.*

Charlotte steckte ihr Handy wieder ein. Sie musste ruhig bleiben. Offensichtlich hatten Sam oder Martinique die Bücher irgendwann für ihn bestellt, und wenn es einen Grund gäbe, sich zu sorgen, hätten sie reagiert. Außerdem hatte sie genügend eigene Probleme, und die Leute konnten doch lesen, was sie wollten, oder nicht?

Der Zettel mit dem Namen Rooney lag noch immer auf der Theke, und Charlotte rollte ihn zu einer Kugel zusammen. Bestimmt war das alles ganz harmlos, dieser Mann hatte nur ein etwas merkwürdiges Hobby. Särge zu schreinern und Kleider zu nähen war ja an sich nicht illegal. Sie warf die Kugel in den Papierkorb.

Obwohl sie versuchte, sich einzureden, dass sie sich keine Gedanken zu machen brauchte, schlug ihr das Herz bis zum Halse und sie konnte nicht aufhören, an das zerfurchte Gesicht dieses unangenehmen Menschen zu denken.

17

DONNERSTAG, 9. DEZEMBER 1982

»Du bist verrückt!«

Sara dreht sich und lacht, als Kristina versucht, das Preisschild an ihrem Kleid zu lesen.

»Was hat es gekostet?«

»Sag mir erst, ob es dir gefällt!«

Kristina verdreht die Augen.

»Ja, es ist schön. Aber wie viel hast du dafür bezahlt?«

Sara macht ein geheimnisvolles Gesicht und zieht Kristina zu sich heran.

»Versprich mir, dass du es Daniel nicht sagst.«

»Versprochen. Und jetzt sag schon!«

»Ich habe es in Soho gefunden, in der niedlichsten Boutique der Welt. Die Ladenbesitzerin meinte, ich sehe darin aus wie Farrah Fawcett.«

Sara hält sich das Kleid an und lächelt verführerisch.

»Wie viel?«, wiederholt Kristina.

»Fünfundsiebzig Pfund.«

»Fünfundsiebzig?!«

»Schsch, sonst hört Daniel dich doch!«

Kristina schüttelt den Kopf.

»Weißt du, was man mit fünfundsiebzig Pfund alles machen kann?«

Sara schlägt sich die Hand vor den Mund und kichert.

»War nur ein Spaß. Es war viel billiger. Eigentlich hätte es fünfundfünfzig kosten sollen, aber ich habe es für neunundvierzig bekommen, weil die Verkäuferin fand, dass es mir so gut steht.«

Kristina lässt sich auf das Bett sinken. Sie denkt an all die Rechnungen, die sie bezahlen müssen. Bald wird die Gemeindesteuer fällig und die Rechnung für Wasser und Strom.

Sara posiert vor dem Spiegel. Sie sieht glücklich aus mit diesem bescheuerten Paillettenkleid.

»Kannst du es zurückgeben?«

Sara tut, als hätte sie nichts gehört, und summt das Intro von *Drei Engel für Charlie.*

»Sara, würdest du das Geld zurückbekommen?«

Sara zuckt die Achseln.

»Nein, weil es runtergesetzt war.«

Kristina fasst sich an den Kopf, und Sara setzt sich neben sie.

»Mein Gott, Kristina, es ist doch nur ein Kleid! Jetzt guck doch nicht so traurig.«

»Begreifst du nicht, dass wir kein Geld haben, um so viel für Kleidung auszugeben?«

Sara zieht die Augenbraue hoch.

»Ich brauche diesen Monat nichts fürs Essen auszugeben, ich kann im Pub essen.«

»Und das Frühstück?«

»Da lasse ich einfach ein paar Erdnüsse mitgehen.«

Kristina schüttelt den Kopf.

»Warum hast du nicht wenigstens vorher gefragt? Ich dachte, wir machen das hier zusammen. Ich dachte, ich kann dir vertrauen.«

Endlich zeigt Sara die Reaktion, auf die sie gewartet hat. Niedergeschlagen lässt sie den Kopf hängen und legt das Kleid weg.

»Entschuldige. Ich habe mich nur so gefreut, als ich es gefunden habe. Ich kam mir wie etwas Besonderes vor. Und ich hasse es, fragen zu müssen. Wir wohnen nicht mehr zu Hause, was nutzt es wegzugehen, wenn wir dann immer noch nicht tun können, was wir wollen?«

Sie nimmt Kristinas Hand und blickt sie schief an.

»Sei mir nicht böse. Ich tue es auch nie wieder!«

Kristina betrachtet sie schweigend. Sie sollte ihr nicht so schnell vergeben, aber sie hat keine Lust, sich weiter mit ihr zu streiten. Und Sara hat ja recht, sie sind von zu Hause weg, um endlich selbst entscheiden zu können. Wobei es Kristina nie in den Sinn kommen würde, sich so ein Kleid zu kaufen, solange sie kaum Geld haben.

Sara lehnt sich an ihre Schulter.

»Verzeihst du mir?«, flüstert sie.

Kristina nickt, und Sara springt auf.

»Toll! Dann kannst du vielleicht auch gleich meine Wäsche mitnehmen? Ich habe Ferne versprochen, vor der Schicht eine Runde mit ihr spazieren zu gehen.«

Sie durchwühlt einen Haufen schmutziger Wäsche in der Ecke.

»Es ist ja nicht viel«, sagt sie und rafft einen Armvoll zusammen. »Nur ein paar Sachen, die ich diese Woche dringend brauche.«

Als Kristina nichts sagt, dreht Sara sich um.

»Du wolltest doch heute noch zum Waschsalon?«

»Mmh.«

Sara lässt die Sachen vor Kristinas Füßen fallen und küsst sie auf die Wange.

»Danke, ist lieb von dir!«

Sie nimmt ihre Handtasche und geht zur Tür. Bevor sie draußen ist, hält sie kurz inne.

»Und pass bitte auf mit meinem Wollpullover, der darf nicht heißer gewaschen werden als …«

»Dreißig Grad, ich weiß.«

»Schön! Dann bis heute Abend.«

Als Sara fort ist, merkt Kristina, dass das glitzernde Kleid noch herumliegt. Sie hält es sich an. Die Pailletten fangen das Licht ein und funkeln, wenn sie sich bewegt.

Kristina dreht sich um sich selbst. Was Daniel wohl dazu sagen würde, wenn sie so etwas anhätte? Wahrscheinlich wäre er überrascht, denn sie kleidet sich eher unauffällig. Vielleicht würde er sie hübsch finden. Oder denken, dass sie aussieht wie Sara.

Behutsam hängt Kristina das Kleid in den Schrank, den Daniel ihnen in die Wohnung geschleppt hat.

Anschließend lehnt sie sich dagegen und zieht den Holzgeruch ein. Es ist ein großer dunkler Schrank mit doppelten Türen, und er lässt das Zimmer noch heimeliger aussehen. Sara hat sich mindestens so sehr über ihn gefreut wie sie.

Sie lächelt, als sie daran denkt, wie konzentriert Daniel war, als er mit ein paar Freunden das Möbelstück die kleine Treppe herauftrug. Ruhig gab er den anderen Anweisungen, erklärte ihnen genau, wie sie den Schrank kippen mussten, damit es funktionierte, und lotste sie herein. Sie weiß, dass es albern ist, aber sie fühlt sich so geborgen in seiner Nähe.

Es quietscht, als sie die Schranktür schließt. Sie weiß, dass sie aufhören muss, ständig an Daniel zu denken. Die Gefühle, die sie für ihn hegt, sind falsch, dennoch kann sie sie nicht leugnen. Sobald Daniel da ist, geht es ihr gut. Alle Sorgen verschwinden und der Rest der Welt wird unwichtig. Dann ist sie so glücklich, wie sie es noch nie zuvor erlebt hat. Gleichzeitig weiß sie, dass diese Gefühle alles zerstören können. Niemals darf sie etwas darüber sagen, und sie muss aufpassen, dass Daniel nichts merkt.

Es hätte schlimmer kommen können, denkt sie und sammelt Saras Wäsche ein. Sie hätte ihn hassen können, und dann könnten sie nicht zusammenwohnen. Außerdem ist es nur eine kleine Verliebtheit. *Die geht vorbei*, versucht sie sich einzureden und stopft alle Sachen so in den großen Korb, dass Saras Wollpullover ganz oben landet.

18

MONTAG, 25. SEPTEMBER

Sam packte das Buch langsam in zebragestreiftes Geschenkpapier ein, ohne den Typen vor sich aus den Augen zu lassen. Er hatte diesen Grunge-Look, den sie so mochte: lange Haare, armeegrüne Jacke über dem Flanellhemd und kaputte Jeans.

»Deine Oma wird dieses Buch lieben«, sagte sie und trennte das Papier mittels der Metallschiene am Halter ab.

»Bestimmt«, sagte er mit einem Lächeln.

Unter der Theke piepte es, und Sam warf einen irritierten Blick auf ihr Handy.

»Verfolgt dich jemand?«

Sam befestigte das Papier mit Tesafilm.

»Bloß eine alte Flamme, die keine Ruhe gibt. Du weißt ja, wie das ist: Wenn man sie einmal hat probieren lassen, wollen sie immer noch mehr.«

Hinter ihrem Rücken räusperte sich jemand, und Sam zuckte zusammen. Charlotte war mit einem Stapel Bücher neben ihr aufgetaucht. Sam seufzt. Durfte man jetzt nicht einmal mehr Späße mit den Kunden machen?

»Also, falls sie es doch schon hat, kannst du es immer noch umtauschen.«

Sam maß ein große Stück Geschenkband ab, mit dem sie das Buch sorgfältig verschnürte, in der Hoffnung, dass Charlotte verschwand, bevor der Typ es tat. Zum Glück ging ihre

Taktik auf; Charlotte setzte ihre Runde durch die Buchhandlung fort.

»Deine Chefin?«, fragte er und lehnte sich über den Tresen.

»Ja, und wie die meisten Chefs hat sie keinen Humor.«

Er nickte Sam zu.

»Gut, dass du das wieder ausgleichst.«

»Auf jede erdenkliche Weise«, sagte sie kokett und freute sich, als er grinste.

Er nahm das Paket entgegen und zwinkerte ihr zu.

»Ich komme wieder und kaufe noch mehr Geschenke. Irgendwer in meiner Verwandtschaft hat demnächst Namenstag.«

»Ich freu mich drauf!«

Sam lächelte, als er den Laden verließ und auf der Promenade verschwand. Sie mochte schöne Männer, so wie sie es genoss, ein Design von Vivienne Westwood zu betrachten oder den Sonnenuntergang über Waterloo Station. William machte es wahnsinnig, wenn sie derart offen über Männerkörper sprach, aber Sam schämte sich kein bisschen. Eher fand sie, es wurde Zeit, dass die Frauen es den Männern gleichtaten und sie ebenso als Objekte betrachteten, wie sie es mit Frauen seit ungefähr zehntausend Jahren taten.

Manchmal dachte Sam, dass sie gar nichts anderes hätte werden können als lesbisch. So hübsch viele Männer auch sein mochten, hatten sie oft jede Menge schlechter Angewohnheiten, und sie konnte Frauen nicht verstehen, die freiwillig mit fetten Neandertalern in die Kiste stiegen, die ihr Körperhaar nicht rasierten, ihre Zehennägel dem Wildwuchs überließen und sich nur begrenzt um ihre Mundhygiene kümmerten.

Schon im Kindergarten hatte Sam gewusst, dass sie Mädchen

lieber mochte als Jungen. Gleich am ersten Tag wurde es ihr klar, als sie Annabelle mit den langen blonden Haaren und dem rosa Ballettkleid kennenlernte. Nur ein Idiot gab sich lieber mit Jungs ab, die sich gegenseitig mit Rotz beschmierten, statt auf dem Boden zu hocken und Annabelles schönes Haar zu bürsten.

Dennoch hatte es bis zu Sams Coming-out noch ein ganzes Jahrzehnt gedauert. Sie hatte nicht recht gewusst, wie sie ihre Sexualität ausdrücken sollte oder ob sie das überhaupt zu tun brauchte, doch während eines heftigen Streits mit ihrem Vater war es ihr einfach herausgerutscht.

Sam war ein explosiver Teenager gewesen, das gab sie gerne zu, doch ihr Vater hatte es ihr auch nicht eben leichtgemacht. Er ließ ihr viel zu wenige Freiheiten und erlaubte ihr so gut wie gar nichts. Als Barack Obama, ihr größter Held, seine Siegesrede im Grant Park hielt, durfte Sam nicht hin, weil es a) zu viel Geld kostete, b) bedeutet hätte, dass sie mehrere Tage Schule versäumte und c) ihr Vater nicht wollte, dass sie allein über den Atlantik flog. Er kaufte ihr nie genügend Limonade, weil er fand, dass Leitungswasser *mindestens genauso gut* schmeckte, und er gab ihr extrem wenig Taschengeld, nur weil sie nicht im Haushalt helfen wollte.

Sam erinnerte sich nicht mehr, worüber sie sich an jenem Tag genau gestritten hatten, nur dass sie, wie immer, in ihr Zimmer gerannt war und die Tür hinter sich zugeschlagen hatte. Als ihr Vater hinterhergerannt kam, hatte sie sich auf das Bett geworfen und ihr Gesicht zwischen den Kissen vergraben. Sie erinnerte sich an sein wütendes Keuchen vor der Tür, bis er schließlich die Tür aufriss.

»Ich habe dich gewarnt«, hatte er gesagt und versucht, die Tür auszuhängen. »Jetzt nehme ich sie mit, du hast dein Recht auf Alleinsein endgültig verwirkt. Ab jetzt gibt es keine Tür mehr, die du zuknallen kannst.«

Das war der Tropfen, der das Fass zum Überlaufen brachte. Sam wusste, dass sie ohne Tür nicht überleben würde, doch obwohl sie erst laut und dann hysterisch weinte, ließ er sich nicht von seinem Vorhaben abbringen. Endlich sah sie keinen anderen Ausweg mehr und brüllte, so laut sie konnte:

»Ich bin schwul!«

Noch immer musste sie bei dieser Erinnerung lächeln. Ihr Vater hatte die Tür sofort losgelassen und vollkommen anders reagiert, als sie gedacht hatte. Insgeheim hatte sie gehofft, dass er wütend werden würde (immerhin war er *ein frommer Katholik,* wie ihre Oma immer betonte) oder verwirrt oder dass er Sachen nach ihr werfen würde. Dann hätte sie wenigstens Verhandlungsmasse gehabt (Erinnerst du dich, was du getan hast, als ich mein Coming-out hatte? Ja, genau, ich brauche Geld, um nach Ibiza zu fliegen. Nein, mehr brauchst du nicht darüber zu wissen!)

Doch die erwartete Reaktion blieb aus. Stattdessen nahm ihr Vater sie in die Arme.

Seitdem hatte Sam den großartigsten Vater der Welt. Er nahm an jeder Schwulenparade teil, trat dem Verein *Stolze Eltern von homosexuellen, bisexuellen, transsexuellen und Queer-Kindern* bei und forderte sie immer wieder dazu auf, ihre Partnerinnen zum Sonntagsessen mitzubringen, was etwas kompliziert war, da Sam selten Beziehungen einging, sondern vorübergehende Bekanntschaften bevorzugte.

Kurz gesagt, hatte Sam plötzlich das Glück auf ihrer Seite. Sie hatte ein, gelinde gesagt, aufregendes Liebesleben, einen Job, der ihr gefiel, und wohnte weiterhin bequem zu Hause – ihr Vater ließ sie die Zimmertür behalten.

Dennoch fehlte irgendetwas. In letzter Zeit fühlte Sam sich ständig rastlos, und manchmal dachte sie, es läge vielleicht daran, dass sie bei ihrem Coming-out sehr jung gewesen war. Natürlich war sie lesbisch, doch das brachte auch eine große Verantwortung mit sich. Sie wusste, dass viele in ihrem Umkreis sie als Vorbild betrachteten, nicht zuletzt ihr Vater, der immer wieder betonte, wie stolz er auf sie war. Es gab keinen Raum mehr, um sich zu verändern, und dieses Gefühl drohte sie beinahe zu ersticken. Sie saß in der Falle.

Das Handy piepte erneut und Sam schaute auf das Display. Schon wieder Lindsay. *Was machst du heute Abend?* Sam seufzte. Zwar hatten sie und Lindsay sich inzwischen ein paarmal getroffen, dennoch sah Sam es eher als nette Abwechslung, während Lindsay die gemeinsamen Nächte anscheinend als Zeichen dafür sah, dass sie ein Paar waren. Und jetzt schickte sie ihr alle Naselang irgendwelche SMS, ohne sich der geltenden Datingregeln auch nur im Geringsten bewusst zu sein.

Sam klopfte nervös auf das Display. Lindsay war wirklich hübsch und witzig. Vielleicht genügte es nicht, dass sie ihr immer nur schrieb, sie habe keine Zeit, vielleicht musste sie deutlicher werden.

Schließlich antwortete sie: *Sorry. Weiß nicht, ob ich immer noch lesbisch bin. Melde mich, wenn ich es herausgefunden habe.*

Sam drückte auf Senden und lachte. Da hatte Lindsay aber was, worüber sie nachdenken konnte!

Sie legte ihr Handy weg und begann die Bücher auf dem Tresen zu sortieren. Manchmal überlegte sie tatsächlich, ob sie sich mit ihrer sexuellen Identität nicht ein wenig zu früh festgelegt hatte. Nicht, weil sie dachte, ein Penis könne ihre Probleme lösen, sondern weil es ihr nicht gefiel, in eine Schublade gesteckt zu werden. Manche schienen ja schon zu glauben, sie hätte über Frauenkörper promoviert!

Unauffällig beobachtete sie Charlotte, die zwischen zwei Regalen stand und etwas zu suchen schien. Es ärgerte sie, dass Saras Nichte die ganze Zeit hier herumlief und tat, als würde die Buchhandlung ihr gehören. Zwar war das so, doch sie könnte ihr und Martinique, die seit Jahren hier arbeiteten, ruhig ein bisschen mehr Respekt erweisen. Martinique hatte Sam gewarnt, dass Charlotte den Laden schließen könnte, wenn es ihr aus irgendeinem Grund hier nicht gefiel. Doch Sam hatte das Gefühl, dass es gar keine Rolle spielte, was sie taten. Letztendlich ging es doch immer nur um Geld, und was hätte Charlotte für einen Grund haben sollen, für sie ein finanzielles Risiko einzugehen?

Sam fiel ein Projekt ein, über das sie mit Sara gesprochen hatte, bevor diese krank wurde. Unter der Treppe befand sich ein kleiner Verschlag, der hauptsächlich dazu diente, Dinge zu verstauen, die nicht mehr gebraucht wurden. Den hätte Sam gerne als Leseecke für Kinder eingerichtet. Ähnliches gab es bereits in anderen Buchhandlungen. Außerdem wäre es ein Test, um herauszufinden, wie viel Charlotte tatsächlich auf ihr Wort gab.

Zielstrebig ging sie auf Charlotte zu, die, wie immer, einen sehr beschäftigten Eindruck machte.

»Du, Chefin!«

Charlotte stand auf Zehenspitzen und versuchte gerade, ein Buch herauszuziehen, das sich verklemmt hatte.

»Ja?«

Sam räusperte sich.

»Ich würde gerne mal was mit dir besprechen.«

Charlotte ließ das Buch los und drehte sich zu ihr um.

»Okay, worum geht es?«

»Ja, also ich …«

Charlottes Handy klingelte. Es hatte so einen dämlichen, voreingestellten Klingelton, den jeder normale Mensch ändern würde, wenn er ein neues Handy bekam. Charlotte warf einen Blick auf das Display.

»Tut mir leid, aber da muss ich rangehen. Können wir gleich darüber sprechen?«

Noch ehe Sam antworten konnte, verschwand Charlotte in dem kleinen Büro und schloss die Tür hinter sich.

Sam schüttelte den Kopf. Sie hatte also recht gehabt, Charlotte war eine richtige Bitch!

Wütend zog sie ihr eigenes Handy heraus, öffnete den Browser und klickte die Info-Seite für Studiengänge an. Es war traurig, so etwas zu sagen, aber die Buchhandlung am Riverside Drive war tatsächlich dem Untergang geweiht. Charlotte würde niemals tun, was nötig war, um die Buchhandlung zu retten, und Sam hatte nicht vor, dem Schiff beim Sinken zuzusehen.

Sie überlegte, welchen Beruf sie sich außer Schulsozialarbeiterin noch vorstellen konnte, und klickte auf einen Link mit Infos zum Krankenpflegestudium. Sam überflog den Text und sah sich selbst schon in einem sexy Schwesternkittel herumlaufen. Das Ganze schien ihr richtig verlockend, bis sie die Dauer der Ausbildungszeit sah. Drei Jahre!

Enttäuscht stützte sie die Ellbogen auf die Tischplatte. In drei Jahren war sie fast dreißig. DREISSIG. Gott, war das alt! Sie konnte doch nicht ihre gesamte Jugend auf irgend so eine versiffte Uni verschwenden. Außerdem war es wohl doch nicht ihr Ding, Katheter zu wechseln. Nein, Krankenpflege war nicht der richtige Beruf für sie.

Sam seufzte. Es war nicht fair, dass Charlotte einfach herkam und alles auf den Kopf stellte. Das Einzige, woran sie zu denken schien, war Arbeit, Arbeit, Arbeit. Sara war immer am wichtigsten gewesen, dass es allen gutging, und meist hatten sie so viel Spaß gehabt, dass es sich gar nicht wie arbeiten anfühlte.

Sam schnipste einen übriggebliebenen Krümel ihres Frühstücksbrots von der Theke. Natürlich würde sie zurechtkommen. Sie landete immer wieder auf den Füßen. Aber es passte ihr nicht, dass jemand anderes so viel Macht über ihr Leben haben sollte.

Sie warf einen wütenden Blick auf den Notizblock, den Charlotte neben der Kasse liegengelassen hatte. Heute Abend würde sie sich nach anderen Karrieremöglichkeiten umsehen. Da draußen gab es garantiert jede Menge Arbeitgeber, die sich regelrecht um sie reißen würden. Das Problem war nur, dass sie sich nur schwer einen Beruf vorstellen konnte, der ihr so gut gefiel, wie Buchhändlerin.

*

Sobald Charlotte die Tür hinter sich geschlossen hatte, bereute sie es, Sam einfach so stehengelassen zu haben. Sie starrte ihr Handy an, das immer weiterklingelte. Eine britische Nummer.

Charlotte schluckte, dann nahm sie das Gespräch an und meldete sich auf Englisch.

»Hallo, ich heiße Carl Chambers und ich rufe von der Westminster Bank an. Sind Sie Charlotte Rydberg, die neue Eigentümerin des Hauses am Riverside Drive 187?«

»Ja, die bin ich.«

»Gut, dass ich Sie erreiche! Hätten Sie Zeit, bei uns vorbeizukommen und sich mit mir zu treffen? Sie wissen bestimmt, dass Sie einen Kredit bei uns laufen haben, und da gibt es einiges, was wir besprechen müssen.«

Charlotte richtete den Stift auf dem Notizblock so aus, dass er parallel zu den Linien auf dem Blatt lag. Die Bank musste ihre Nummer von Mr Cook bekommen haben.

»Können wir das vielleicht auch telefonisch klären? Ich bin nicht mehr lange hier, und ich habe auch so schon alle Hände voll zu tun«, sagte sie freundlich.

Carl Chambers räusperte sich.

»Wie Sie sicher verstehen, ist es eine sehr komplexe Angelegenheit, daher würde ich es vorziehen, wenn wir einen Termin vereinbaren könnten.«

Charlotte setzte sich.

»Entschuldigen Sie, was meinen Sie mit komplex?«

»Ja, also, wie Sie sicher wissen, haben Sie seit Mai ihre monatlichen Raten und Tilgungsbeiträge nicht mehr bezahlt.«

»Wie bitte? Das wusste ich nicht!«

Der Mann am anderen Ende seufzte.

»Ich habe immer wieder versucht, Miss Sara Rydberg zu erreichen, aber vergeblich.«

»Das liegt wahrscheinlich daran, dass sie gestorben ist«, sagte Charlotte säuerlich.

»Ja, mein Beileid! Deshalb haben wir Ihnen auch ein wenig Zeit gelassen, aber jetzt müssen Sie die Mahngebühren bezahlen.«

Charlotte holte tief Luft. Mahnungen waren ihr bisher nicht untergekommen.

»Wie viel bin ich Ihnen denn schuldig?«

Sie hörte, wie er langsam etwas in seinen Rechner eingab und betete im Stillen, dass es das Kapital der Buchhandlung nicht überstieg.

»Insgesamt liegen wir da bei fünfzehntausenddreihundertachtundzwanzig Pfund, inklusive der nächsten Monatsrechnung. Wir brauchen das Geld spätestes bis zum siebenundzwanzigsten Oktober. Sie haben also gut vier Wochen Zeit.«

Ganz langsam atmete Charlotte wieder aus. Sie musste sich festhalten, um nicht vom Stuhl zu fallen.

»Sind Sie sich sicher?«, fragte sie beherrscht.

»Ja«, antwortete er knapp.

Charlotte biss sich auf die Lippen und dachte an die vielen Male, die sie und Alex sich aus anscheinend ausweglosen Situationen herausverhandelt hatten, als ihre Firma noch im Aufbau war und sie kein Kapital gehabt hatten.

»Können wir nicht gemeinsam einen Tilgungsplan erstellen?«

»Dazu ist es leider zu spät. Wenn wir bis zum Ablauf der Frist das Geld nicht haben, informieren wir den Gerichtsvollzieher. Das sind unsere Richtlinien.«

Charlotte lehnte sich zurück und überlegte, wie hoch die Ersparnisse auf ihrem privaten Konto waren, dann fiel ihr ein, dass sie dieses Geld bereits für die Erbschaftssteuer benötigte. Außerdem hatte Alex ihr eingeschärft, niemals privates Geld einzusetzen, um das Unternehmen am Laufen zu halten. Wenn das Konzept nicht aufging, nutzte es überhaupt nichts, sein Erspartes dranzugeben. Allerdings war dies hier nicht irgendein Unternehmen.

»Okay, ich kümmere mich darum«, sagte sie kurz. »Sie kriegen ihr Geld.«

»Ich treffe mich gerne mit Ihnen, um mit Ihnen die Finanzen der Buchhandlung durchzugehen.«

»Dazu habe ich leider keine Zeit. Danke, Mr Chambers.«

»Miss Rydberg«, hörte sie ihn noch sagen, dann legte sie auf.

Sie ließ das Handy sinken. In den letzten Tagen hatte sie mehr und mehr die stille Hoffnung gehabt, die Buchhandlung könne doch irgendwie zurechtkommen. Ihr Büchercafé war inzwischen gut besucht, und der Kundenzustrom in Kombination mit effektiverer Werbung hatte tatsächlich die Verkaufszahlen erhöht. Sie hatte bereits vor sich gesehen, wie die kleine Buchhandlung aufblühte und sie nach Schweden zurückkehren und Martinique einen mehr oder weniger gut laufenden Laden hinterlassen konnte. Aber fünfzehntausend Pfund, zusätzlich zu allen anderen Kosten!

Charlotte erhob sich und durchsuchte das Regal über dem Schreibtisch. Irgendwo mussten diese Mahnungen doch sein. Oder hatte Sara sie verschwinden lassen?

Der Gedanke frustrierte sie. Hätte sie von Anfang an um die Höhe der Schulden gewusst, wäre sie niemals so optimistisch gewesen.

Versehentlich glitt ihr ein Ordner aus der Hand und fiel zu Boden. Charlotte fluchte. Es war alles ihre Schuld. Sie hatte Sam und Martinique Hoffnungen gemacht, die Buchhandlung sei noch zu retten. Sie verließen sich darauf, und jetzt musste sie sie enttäuschen.

Charlotte stöhnte. Insolvenz anmelden zu müssen war kein Spaß und brachte enorm viel zusätzliche Arbeit mit sich. Die Frage war, ob sie überhaupt die Zeit hatte, alle daraus resultierenden Probleme zu lösen. Wenn man es beim Namen nennen wollte, hatte sie ein sinkendes Schiff geerbt; und weiter Wasser zu schöpfen, obwohl sie wusste, dass es nicht mehr zu retten war, schien ihr keine besonders clevere Idee. Ganz zu schweigen davon, wie verheerend so etwas auf emotionaler Ebene werden konnte. Dimitri, ein Freund von Alex, hatte eine Firma gehabt, die den Bach runterging. Er war depressiv geworden und hatte seine Wohnung nach der Pleite monatelang nicht verlassen. Und die Buchhandlung war sehr viel mehr als nur eine Firma. Sie war wie eine Familie. Was würde aus all den Menschen, die sich jeden Tag hier versammelten? Wo sollten sie hingehen?

Charlotte schluckte. Sie hatte nicht damit gerechnet, so vom Schicksal der Buchhandlung mitgenommen zu werden. Doch mit der Gefahr des Konkurses vor Augen, begriff sie auf einmal, wie viel sie ihr bedeutete. In den letzten Wochen hatte sie sich so hoffnungsfroh gefühlt wie seit Monaten nicht mehr. Sie erwachte morgens mit einem Lächeln auf den Lippen und konnte es kaum erwarten, mit der Arbeit zu beginnen. Es juckte sie in den Fingern, wenn sie an die Herausforderungen dachte, die vor ihr lagen, wenn sie sich vorstellte, wie sie und die anderen eine Zukunft für die Buchhandlung schufen. Doch dazu brauchten sie Zeit, und zwar sehr viel mehr als nur vier Wochen.

Ihr graute, als sie sich das Gespräch mit Mr Chambers vergegenwärtigte. Die Chance, dass sie innerhalb so kurzer Zeit so viel Geld auftreiben konnte, war gleich null, und ihr blieb nichts anderes übrig, als sich auf das Schlimmste einzustellen. Bei dem Gedanken, die Schlüssel einem Konkursverwalter in die Hand drücken zu müssen, dreht sich ihr der Magen um. Sie würde es nicht ertragen, mitanzusehen, wie die Buchhandlung geplündert wurde. Und die Vorstellung, dass alles, was den Laden so besonders machte, die Bücher, die Möbel und die antike Einrichtung, entweder verkauft oder auf der Müllkippe landen würde, erschien ihr einfach nur schrecklich.

Im Affekt trat Charlotte den Papierkorb um, richtete ihn jedoch gleich wieder auf. In ihrer Naivität war sie davon ausgegangen, dass ihre Tante das Geld für die Hypothek automatisch jeden Monat überwies. Sie hatte geglaubt, sich wenigstens darauf verlassen zu können, doch anscheinend hatte sie sich getäuscht.

Charlotte legte die Finger an die Stirn und massierte sich den Haaransatz, versuchte, sich zu konzentrieren. Sie musste die Briefe von der Bank finden. Wenn sie aber nicht im Büro waren, wo dann?

Sie spürte förmlich, wie ihre grauen Zellen arbeiteten. In Saras Wohnung gab es unzählige Schränke voller alter Notizblöcke und Zeitungen. Dort konnten gut und gerne auch ein paar Briefe versteckt sein.

Charlotte holte tief Luft. Sie musste sich zusammenreißen und rational denken. Sich in so einer Situation zu stressen würde nur zu weiteren Fehlern führen. Auf keinen Fall durfte sie den anderen jetzt schon etwas sagen. Da war es besser, erst die Mahnungen zu finden. Dann konnte sie immer noch überlegen, was als Nächstes zu tun war.

Sie fing mit der Kochnische an, riss alle Bücher heraus und suchte fieberhaft, ohne etwas zu finden. Anschließend untersuchte sie jeden Notizblock im Wohnzimmer, doch auch hier hatte sie kein Glück.

Charlotte strich sich eine widerspenstige Strähne aus dem Gesicht. Wo waren bloß diese verdammten Briefe von der Bank? Dann erinnerte sie sich, dass in einem der Fächer des großen, rustikalen Schranks in Saras Zimmer ein Papierstapel gelegen hatte.

Entschlossen ging sie hinein und blieb vor dem Schrank stehen. Irgendetwas an diesem Zimmer stimmte sie ganz feierlich, als befände sie sich in einer Kirche. Sie fühlte sich Sara nahe, als wäre sie vor allem hier immer noch präsent.

Charlotte öffnete den Schrank und stieß als Erstes auf Bücher. Rasch blätterte sie sie durch, doch es waren keine Mahnungen darin versteckt.

Ganz hinten stieß sie auf ein dickes, tagebuchähnliches Notizbuch. Vorsichtig schlug sie es auf. Die Seiten waren sorgfältig beschrieben. Vielleicht fand sich hier ja einen Hinweis darauf, was mit den Finanzen der Buchhandlung los war.

Sie kehrte ins Wohnzimmer zurück und setzte sich aufs Sofa. Das Notizbuch wog schwer in ihrer Hand und war anscheinend viel benutzt worden.

Charlotte ließ einen Finger über den Buchrücken gleiten. War es richtig, wenn sie sich Saras private Notizen ansah? Wenn es darin tatsächlich Informationen gab, die ihr helfen konnten, den Laden zu retten, dann hatte sie gar keine andere Wahl.

Behutsam schlug sie es auf und begann zu lesen. Es gab keine Datumsangaben, deshalb wusste sie nicht, von wann die Einträge waren.

Zerstreut überflog sie den Text. Das meiste schien eher privater Natur zu sein. Sara beschrieb Ereignisse in einem Pub, in dem sie anscheinend gearbeitet hatte, Dinge, die sie in London unternehmen wollte, außerdem ging es viel um ihre Beziehung mit *ihm.*

Er, dachte Charlotte. *Ist damit Daniel gemeint?* Sie ließ den Blick weitergleiten, bis sie plötzlich auf den Namen ihrer Mutter stieß.

Kristina behauptet, sie hätten nur dagesessen und auf mich gewartet, aber ich weiß nicht, ob ich ihr glauben kann. Wenn sie lügt, werde ich ihr das nie verzeihen.

Charlotte stutzte. Hier ging es ganz gewiss nicht um die Buchhandlung, und das einzig Richtige wäre jetzt, das Tagebuch beiseitezulegen, doch etwas zwang sie, weiterzulesen.

Sie denkt, ich weiß nicht, dass er es ist, den sie ständig zeichnet. Sobald sie alleine ist, holt sie diesen Block raus und sitzt da und fantasiert vor sich hin. Wenn ich gewusst hätte, dass Kristina mich so hintergehen würde, hätte ich sie niemals mitgenommen. Wie kann man seiner eigenen Schwester so etwas antun? Ich wünschte, sie wäre nicht hier.

Charlotte schlug das Buch wieder zu und legte es neben sich auf das Sofa. Sie hatte keine Lust mehr weiterzulesen. Es juckte sie überall. Wenn Sara so wütend auf Kristina gewesen war, warum wollte sie dann, dass Charlotte nach London kam?

Sie stand auf und tigerte im Wohnzimmer auf und ab. Ihre Gefühle spielten verrückt und es gelang ihr nicht, sie zu sortieren. Es machte sie plötzlich selbst wütend, hierher beordert worden zu sein, um sich eines längst zum Scheitern verurteilten Projektes anzunehmen.

Sie warf einen Blick auf die Zeitungsstapel. Es war alles Saras Schuld. Nirgendwo gab es Hinweise auf die marode finanzielle Situation der Buchhandlung, und was Sara über Charlottes Mutter geschrieben hatte, stimmte sie ebenfalls nicht heiterer. Am besten befreite sie sich von dem ganzen Plunder, der hier herumstand.

Im Affekt riss Charlotte einen Karton auf, der auf dem Boden stand, doch der war bereits voll, und als sie ihn hochhob, gab er nach. Unzählige Bücher purzelten heraus und sie fluchte laut.

Im selben Moment klopfte es an der Tür. Charlotte blinzelte eine Träne weg. Sie hatte keine Lust, irgendjemandem zu begegnen, vor allem nicht, wenn es Sam war, die sich mal wieder beschweren wollte.

Widerstrebend ging sie in den Flur, wischte sich die Träne ab und öffnete die Tür. Zu ihrer großen Überraschung stand dort William.

»Ja?«, sagte Charlotte und senkte schnell den Blick, damit er nicht sah, dass ihre Augen blank waren.

William kratzte sich im Nacken.

»Hast du heute einen schlechten Tag?«

Charlotte seufzte.

»Ja, so könnte man es ausdrücken.«

Er lächelte verständnisvoll.

»Ich weiß, was man dagegen tun kann.«

»Wogegen?«

»Gegen einen schlechten Tag. Nimm deine Jacke, dann gehen wir spazieren.«

Charlotte schüttelte den Kopf.

»Das geht nicht, ich muss arbeiten.«

»Vielleicht ist genau das dein Problem. Du scheinst immer etwas zu tun zu haben. Wann hast du das letzte Mal Urlaub gemacht?«

Sie zuckte die Achseln. Alex hatte ihr auch immer gesagt, dass sie zu viel arbeitete.

»Zweitausenddrei«, sagte sie, und ihr wurde ganz warm, als er lächelte. »Im November. Das war totlangweilig.«

»Du weißt schon, dass du weniger effektiv bist, wenn du durchgehend arbeitest, oder? Außerdem kommt die Buchhandlung auch mal ein oder zwei Stunden ohne dich klar, glaub mir!«

Charlotte schaute zu ihrer Jacke, die an der Garderobe hing. Es wäre wirklich schön, mal ein wenig rauszukommen. Ihr fehlten die langen Spaziergänge, die sie zu Hause immer unternommen hatte. Zu gehen half ihr, die Gedanken zu sortieren. Hauptsache, William erwartete nicht, dass sie ihm erzählte, warum sie so aufgewühlt war.

»Bist du nicht mit Schreiben beschäftigt?«

»Ich brauche auch eine Pause«, erwiderte er trocken. »Außerdem hast du wahrscheinlich noch nicht viel von London gesehen, oder?«

»Nur die Tower Bridge«, sagte sie und nickte zum Fenster. »Von hier aus.«

William hielt ihr die Tür auf.

»Dann ist es als Londoner quasi meine Pflicht, dich herumzuführen. Komm, lass uns rausgehen.«

Sie gingen in westlicher Richtung die Themse entlang, vorbei an dem rekonstruierten runden Shakespearetheater im Fachwerkstil und dem riesigen Kunstmuseum Tate Modern, laut William ein ehemaliges Elektrizitätswerk. Entlang des breiten Flussufers standen Laubbäume in kräftigen Herbstfarben, und Charlotte kam alles wie ein Gemälde vor.

Zu Beginn herrschte verlegenes Schweigen zwischen ihnen, doch dann begann William zu erzählen. Er beschrieb detailliert jedes Gebäude, an dem sie vorüberkamen, und Charlotte lauschte aufmerksam, dankbar, dass er ihr keine Fragen stellte.

Sie blickte auf das silbergraue Wasser. London war so abwechslungsreich, und sie musste an die Millionen von Menschen denken, die im Laufe der Jahre hier gelebt hatten. Man konnte durch ein altes Viertel gehen, das wie die Kulisse einer Charles-Dickens-Verfilmung aussah, um im nächsten Augenblick moderne Wolkenkratzer aus Glas und Metall mit gewagten Winkeln und scharfen Kanten zu sehen. Es war, als wären immer neue Städte in der bestehenden errichtet worden, und diese Mischung verschiedenster Stile verlieh London einen einzigartigen Charakter.

Das Heulen einer Polizeisirene zerriss die Luft, gleichzeitig donnerte ein Flugzeug über sie hinweg. Charlotte zog die Jacke enger, um sich gegen den recht kalten Wind zu schützen.

William, der ein unerschöpfliches Faktenwissen über die Gegend hatte, verstummte plötzlich und blieb stehen.

»Ich will nicht aufdringlich sein«, sagte er verlegen. »Aber bist du okay?«

Die Frage schnürte Charlotte die Kehle zusammen. Was sollte sie ihm antworten? Konnte sie ihm von dem Anruf der Bank erzählen?

»Klar.«

Er schien sich mit ihrer kurzen Antwort nicht begnügen zu wollen.

»Bist du sicher?«

Charlotte seufzte. Wahrscheinlich hatte er sie weinen hören. Das war der Nachteil, wenn man in der Stadt wohnte, in ihrem Haus auf dem Land konnte sie nächtelang schluchzen, ohne dass es jemand merkte.

»Ja«, sagte sie ausweichend und ging weiter.

William beeilte sich, ihr zu folgen.

»Ich habe selbst vor ein paar Jahren eine Krise durchgemacht, und ich weiß, dass man sich dabei sehr allein fühlen kann. Ich wollte nur sagen, du kannst gerne mit mir reden, wenn du willst.«

Charlotte wandte sich ab und spürte, wie sie errötete. Ein Teil von ihr wollte ihm alles erzählen, von ihrer Mutter und von Alex, doch ein anderer hatte Angst, sich ihm zu sehr zu öffnen.

»Danke, vielleicht ein andermal«, sagte sie schnell. »Müssen wir jetzt über den Fluss?«

Sie überquerten die Themse über eine gewaltige Betonbrücke und landeten vor einem beeindruckenden Palastgebäude aus hellem Granit, das an die Amalienborg in Kopenhagen erinnerte.

»Und das hier ist ein Schloss?«, fragte Charlotte erstaunt.

William zuckte die Achseln.

»Zu gewaltig?« Er lächelte schief. »Vergiss nicht, dass wir mal das mächtigste Imperium der Welt waren, wir müssen einen gewissen Standard wahren.«

Charlotte konnte kaum die Augen von dem Prachtbau wenden, und auch als sie ihn hinter sich gelassen hatten, drehte sie sich mehrmals danach um.

»Wer von der königlichen Familie wohnt denn dort?«

»Soweit ich weiß, niemand. Ich glaube, es beherbergt teilweise eine Kunstgalerie und teilweise das King's College, in dem Martiniques Mann arbeitet. Er könnte dir bestimmt eine Führung geben, wenn du möchtest.«

Charlotte schüttelte energisch den Kopf.

»Nein, nicht nötig!«

William verzog das Gesicht.

»Schon gut, niemand wird dich dazu zwingen.«

»Entschuldige«, sagte sie und zog die Nase kraus. »Es ist nur so anstrengend, immer neue Menschen kennenzulernen. Ich kann gerade einfach nicht mehr.«

»Du meinst, wir haben dich völlig erschöpft?«

Charlotte zog eine Grimasse. Es tat so gut, mit jemandem reden zu können, ohne jedes Wort auf die Goldwaage legen zu müssen.

»Ja, mehr oder weniger.«

William griff sich theatralisch an die Brust.

»Okay, dann halte ich jetzt den Mund, wenn du stattdessen ein bisschen von dir erzählst.«

»Was soll ich denn erzählen?«

»Was machst du gern?«

Charlotte zuckte die Achseln.

»Ich weiß nicht. Wordfeud spielen«, sagte sie und wurde sich zugleich bewusst, dass sie sich dort nicht mehr eingeloggt hatte, seit sie Schweden verlassen hatte.

»Wordfeud? Ist das wirklich das Schönste, was du dir vorstellen kannst?«

William sah sie übertrieben skeptisch an, und Charlotte stieß ihn leicht in die Seite.

»Was denn? Du wolltest es doch wissen. Was machst du denn für tolle Sachen?«

William balancierte auf der Gehwegkante. Er hatte sich ausnahmsweise gekämmt und sah richtig fesch aus.

»Ich führe ein äußerst spannendes Leben, das kannst du mir glauben!«

»Ach, ja?«

Er machte einen großen Schritt und drehte sich um, sodass er direkt vor ihr stand.

»Versprich mir, dass du es niemandem verrätst«, sagte er und legte einen Finger an die Lippen.

»Okay.«

»Ich bin Mitglied in einer geheimen Künstlergruppe. Wir haben verschiedene Orte überall in London, wo wir uns treffen und Ideen austauschen.«

»Na klar.«

»Du glaubst mir nicht? Ist aber wahr!«

Charlotte hob die Augenbrauen.

»Hast du irgendwelche Beweise?«

William zog sein Portemonnaie heraus und begann zu suchen. Die Sorgenfalte zwischen seinen Augenbrauen wurde immer tiefer.

»Nein, ich muss ihn wohl zu Hause liegenlassen haben.«

»Was denn?«

»Meinen Mitgliedsausweis.«

Charlotte lachte ihn aus.

»Ein Mitgliedsausweis? Von einer geheimen Künstlergruppe?«

Er brummte und steckte sein Portemonnaie wieder ein.

»Ich zeig ihn dir ein andermal. Hast du Hunger?«

Charlotte nickte.

»Ja.«

Williams Gesicht leuchtete auf.

»Einer der Vorteile, wenn man in einer Metropole lebt, ist, dass man eine Wahnsinnsauswahl an Restaurants hat. Worauf hast du Lust? Im *Harvey Nichols Store* gibt es ein tolles Hummerrestaurant. Im *Nobu* werden wir so kurzfristig wahrscheinlich keinen Tisch mehr bekommen, aber auch im *Kurobuta* haben sie wunderbares asiatisches Essen. Was hältst du von Thunfischpizza, gegrilltem Schweinebauch oder japanischem Fastfood? Der israelische Koch Yotam Ottolenghi hat mehrere Restaurants mit unglaublichen Speisekarten. Wenn du Lust auf etwas Einfacheres hast, können wir aber auch in den Osten fahren, in die Brick Lane, und uns ein bengalisches oder westafrikanisches Lokal suchen.«

Charlotte starrte ihn an.

»Ähm … Ich weiß nicht. Gibt es irgendwo vielleicht auch ganz normale Sandwiches?«

William lachte und schüttelte den Kopf.

»Ach, so eine bist du! Was hältst du von Hamburgern?«

Sie nickte.

»Ja!«, sagte sie erleichtert. »Hamburger klingt gut.«

Charlotte folgte William in ein Gebäude und dann eine Treppe hinauf, wo ein verstecktes Hamburgerrestaurant lag.

»MEATmarket«, sagte er und lächelte. »Hier gibt es die besten Hamburger in ganz London.«

Misstrauisch blickte sie sich um. Das Lokal sah aus wie eine vergessene Spelunke aus den Achtzigerjahren. Die Bartische und -hocker waren klobige Holzklötze, und in der Luft hing schwerer Essensgeruch. Zudem war es ziemlich dunkel, das meiste Licht kam von den großen Werbetafeln, die von der Decke hingen.

»Ich empfehle dir einen Dead Hippie«, sagte William und ging an die Theke, um zu bestellen. Charlotte folgte ihm zögernd und überlegte, ob dieser Hamburger wohl deswegen so hieß, weil nach dem Verzehr tatsächlich jemand gestorben war. Sie musste sich sehr zusammenreißen, um nicht ihr Desinfektionsspray auszupacken und das ganze Lokal zu besprühen. Traute sie sich überhaupt, hier zu essen? Es sah nicht besonders hygienisch aus, aber gleichzeitig wollte sie William nicht enttäuschen.

»Gibt es auch etwas Vegetarisches?«

William zeigte auf die Karte, die über der Theke hing.

»Halloumi- oder Pilzburger.«

»Dann nehme ich den mit Pilzen, bitte.«

Charlotte nickte dankbar, als William vorschlug, die Burger mitzunehmen und im Gehen zu essen. Sobald sie an der frischen Luft waren, atmete sie tief durch.

Sie überquerten den großen Marktplatz am Covent Garden, wo sich zahlreiche Menschen versammelt hatten, um den verschiedenen Straßenkünstlern zuzusehen. Auf der einen Seite befand sich eine Markthalle, zwischen deren Pfeilern altmodische grüne Marktwagen mit gestreiften Markisen standen. William erklärte, dass es im Inneren des Gebäudes viele weitere Stände gab, unter anderem einen ganzen Blumenmarkt.

»Und da an der Ecke befindet sich die Königliche Oper.«

Charlotte sah sich staunend um und aß den Rest ihres ausgesprochen guten Burgers. Es gab so viel zu sehen und ihr war, als rase das Leben hier viel schneller vorbei als zu Hause in Schweden.

»Jetzt haben wir aber fast alles gesehen oder?«, fragte sie. »Ich werde langsam ein bisschen müde.«

William schüttelte den Kopf.

»Nein, nicht wirklich. Wir haben noch etwa fünfzig Sehenswürdigkeiten übrig, aber die müssen wir ja nicht alle heute abarbeiten.«

»Kannst du die Liste ein bisschen kürzen und auf die vierzig Wichtigsten zusammenstreichen?«

»Schwierig, aber ich kann es versuchen.«

»Und wohin gehen wir jetzt?«

Er machte ein geheimnisvolles Gesicht.

»Das wirst du schon sehen.«

Nach einer Weile gelangten sie zu einem offenen Platz mit zwei riesigen Springbrunnen, mehreren Statuen und einer gigantischen Säule vor einem beeindruckenden Gebäude. Charlotte sah sich mit großen Augen um. War das nicht Trafalgar Square?

»Ach«, sagte William, als er sah, wie sie zu der Säule hinaufstarrte, »das ist nur ein Denkmal für irgendeine Schlacht, die wir gewonnen haben.«

Er führte sie zur Treppe und befahl ihr, die Augen zu schließen. Als er sah, dass sie zögerte, reichte er ihr die Hand.

»Trau dich, Charlotte. Es ist nicht gefährlich, versprochen!«

Charlotte holte tief Luft. Sie mochte es nicht, die Kontrolle zu verlieren, doch als sie Williams Blick sah, durchströmte sie ein körperliches Wohlbehagen und sie schloss die Augen.

Es dauerte eine gefühlte Ewigkeit, bis sie am Ziel angelangt waren, und ein paarmal stolperte sie auch, doch William fing sie jedes Mal mit seinen starken Armen auf. Als sie schließlich stehen blieben und Charlotte die Augen wieder öffnen durfte, standen sie vor einem Bild, das sie sofort wiedererkannte.

»Van Gogh«, sagte sie leise.

William nickte.

»Weizenfeld mit Zypressen.«

Charlotte wurde warm ums Herz. Es gefiel ihr, wie alles in diesem Bild pulsierte und so fröhlich und hoffnungsvoll aussah.

»Das hat mir geholfen, als ich richtig down war«, sagte er, und Charlotte lächelte.

»Es ist großartig. Unglaublich, dass jemand, der es so schwer hatte im Leben, etwas so Helles und Schönes schaffen konnte.«

»Mmh. Und ich glaube, jeder, der irgendetwas mit Kunst macht, identifiziert sich gerne mit van Gogh.«

Charlotte warf ihm einen Blick zu.

»Wie meinst du das?«

»Dass man gerne glauben möchte, dass man eigentlich ein großer Künstler ist und die Welt es nur noch nicht begriffen hat. Van Gogh fühlte sich sein ganzes Leben lang unverstanden. Seine Größe wurde ihm nie bestätigt, seine Familie verstieß ihn, er verkaufte zu Lebzeiten nur ein einziges Bild und hangelte sich ansonsten von Almosen zu Almosen.«

»Der Arme!«

»Ja.« Er drehte sich zu ihr um und sah sie mit einem Blick an, der die Schmetterlinge in ihrem Bauch tanzen ließ. »Möchtest du einen Kaffee? Mittwochs kostet er nur die Hälfte, deshalb komme ich immer her.«

Mit den Pappbechern in der Hand schlenderten sie weiter durch die National Gallery und bewunderten die imposanten Ölgemälde und zarten Aquarelle.

»Ich stelle mir vor, dass die letzte Szene in meinem Buch hier spielt«, sagte William und breitete die Arme aus.

»Echt? Worum geht es denn in dem Buch?«

Er zuckte die Achseln.

»Ich weiß nicht, ob das so spannend ist.«

»Komm schon! Ich habe dir von Wordfeud erzählt, was glaubst du, wie nackt ich mich jetzt fühle?«

Er lachte und trank einen Schluck Kaffee.

»Ich weiß noch nicht genau, wie es ausgeht, aber es geht um ein Paar, das sich im Nachkriegsengland verliebt. Er ist Deutscher und sie Britin, was eigentlich unmöglich ist, und sie müssen kämpfen, um zusammen sein zu können. Doch eines Tages hört er einfach auf, sie zu besuchen, und sie begreift nicht, warum. Sie hat Angst, ihm könnte etwas passiert sein …« William räusperte sich. »Ja, ich arbeite das Ende gerade noch einmal um, aber die Idee ist, dass sie sich hier treffen. Und dass ihre Liebe so magnetisch ist, dass sie gar nicht anders können, als zusammen zu sein.«

Charlotte blickte nachdenklich in ihren Kaffeebecher.

»Hast du schon mal so für jemanden empfunden?«

William rückte seinen Jackenkragen zurecht.

»Ständig! Oder vielleicht nicht ständig, aber ich verliebe mich ziemlich schnell. Beim ersten Mal war ich gerade erst fünf.«

»Und in wen hast du dich da verliebt?«

»Sie hieß Mabel, war drei Jahre älter als ich und wohnte im Nachbarhaus. Ich war mehrere Jahre schwer verliebt in sie, bis ich eines Tages gesehen habe, wie sie einen anderen Jungen geküsst hat. Und du?«, fragte er und fuhr sich mit der Hand durch das Haar.

Charlotte zuckte die Achseln.

»Ich weiß nicht. Ich kann mich nicht erinnern, als Kind in jemanden verliebt gewesen zu sein.«

Sie blieben vor einem weiteren van-Gogh-Gemälde stehen.

»Sonnenblumen«, sagte sie.

»Auch van Gogh war unglücklich verliebt. Vielleicht gehört das dazu, wenn man Künstler ist? Vielleicht muss man das sein, um etwas schaffen zu können?«

»Heißt das, ein Künstler muss sich entscheiden, ob er glücklich sein will oder produktiv?«

William nickte.

»Ja, das ist ziemlich tragisch. Soweit ich weiß, hatte van Gogh nie eine richtige Liebesbeziehung. Er verliebte sich ein paarmal, aber immer in Frauen, die ihn nicht wollten. Einmal hielt er sogar um die Hand seiner Cousine an, Kee Vos.«

»Und auch das klappte nicht?«

»Nein. In Holland war das nicht erlaubt, außerdem war Kee nicht an ihm interessiert. Van Gogh dachte aber, es sei ihre Familie, die sie auseinanderbringen wollte, und verlangte von Kees Vater, dass er ihr erlaubte, sich mit ihm zu treffen. Er war so verzweifelt, dass er seine Hand über eine Petroleumlampe hielt, in der Hoffnung, der Vater würde ihnen zugestehen, sich ebenso lange zu sehen, wie er es aushielt, seine Hand in die Flamme zu halten.«

Charlotte sah ihn erschrocken an.

»O Gott! Und dann?«

»Der Vater blies die Lampe aus und nahm van Gogh mit in eine Bar, um ihm zu erklären, dass Kee sich nicht für ihn interessierte und dass sie niemals ein Paar werden würden.«

»Da hat er sich ja ordentlich die Finger verbrannt.«

William zog eine Grimasse.

»Autsch, bist du immer so kaltschnäuzig?«

»Jepp. So halte ich die Männer auf Abstand.«

Sie setzten sich auf eine Bank und schwiegen. Charlotte nagte an ihrer Unterlippe. So viel Spaß hatte sie schon lange nicht mehr gehabt, und es war wirklich schön, mal eine Pause von allem zu haben, was mit der Buchhandlung zusammenhing. William hatte sich ihr von einer ganz neuen Seite gezeigt. Er war gar nicht so mürrisch und langweilig, wie sie gedacht hatte. Vielleicht hatte er bei ihrer ersten Begegnung nur gerade eine schwere Zeit gehabt.

Einen Moment überlegte Charlotte, ob sie William um Rat bitten könnte, wie sie mit Sam umgehen sollte. Sie schienen immerhin gute Freunde zu sein, und möglicherweise konnte William ihr Tipps geben, was sie anstellen musste, damit Sam sie mochte. Doch als sie über die Schulter zu ihm hinüberblickte, breitete sich ein so warmes Gefühl in ihr aus, dass sie nicht riskieren wollte, die gute Stimmung zu zerstören. Stattdessen stieß sie ihn leicht in die Seite.

»Wollen wir bald nach Hause gehen? Ich habe noch einen Berg von Papierkram zu erledigen.«

William seufzte.

»Immer dieser Arbeitszwang! Ich verstehe die Schweden nicht.«

Charlotte stand auf und zeigte zum Ausgang.

»Arbeitsmoral heißt das«, sagte sie fröhlich. »Komm mit, dann zeig ich dir, wie das funktioniert.«

19

SONNTAG, 19. DEZEMBER 1982

Kristina liegt im Bett und presst sich ein Kissen aufs Gesicht. Trotz der geschlossenen Tür hört sie, wie Sara und Daniel sich im Wohnzimmer streiten.

»Ich begreife einfach nicht, wieso du dich mit diesen Leuten treffen musst. Kannst du das nicht einfach lassen?«

»Es sind meine Freunde. Ich kann doch nicht meine Freunde aufgeben!«

Sara ist wütend, ihre Stimme dringt schrill durch die Wand.

»Klar, super Freunde hast du, die Witze darüber reißen, irgendetwas in die Luft zu sprengen.«

»Jetzt hör aber auf! Es war ein Witz. Sie meinen es nicht so, sie haben nur genug davon, immer wie der letzte Dreck behandelt zu werden.«

»Dann solltet ihr vielleicht mal damit aufhören, im Pub die irische Nationalhymne zu singen.«

Kristina hört Daniel seufzen.

»Sie waren betrunken.«

»Das spielt doch keine Rolle! Man macht einfach keine Witze darüber, irgendetwas in die Luft zu sprengen. Das ist einfach nicht lustig!«

»Sara, ich kenne sie. Sie würden so etwas nie tun.«

»Woher willst du das wissen?«

»Wir kommen aus demselben Ort, haben dieselben Dinge

erlebt. Glaub mir, keiner von ihnen will, dass es hier so wird wie in Belfast.«

Sara stöhnt.

»Ich kann vor allem Marks Freunde nicht leiden. Mit denen hast du aber nichts zu tun, oder?«

»Nein, aber er ist mein Bruder, und ich vertraue ihm.«

»Du musst aufhören, dich mit ihnen abzugeben. Sie sind gefährlich!«

»Gefährlich? Bloß weil sie Iren sind?«

»Nein, nicht weil sie Iren sind. Sondern weil sie davon reden, Bomben zu bauen.«

»Aber ich habe dir doch gesagt, dass das ein Scherz war. Hör bitte auf damit!«

Als es still wird, setzt Kristina sich auf. Sie hatte einen langen Arbeitstag und will eigentlich nur schnell etwas essen, dann ins Bett. Sie wirft einen Blick auf die Uhr. Sara muss los, sonst kommt sie zu spät zur Arbeit im Pub.

Im Flur rumort es, also packt Sara wahrscheinlich gerade ihre Sachen. Kristina wartet noch ein paar Minuten, bis die Tür ins Schloss fällt, dann schleicht sie sich in die Kochnische.

Auf dem Sofa sitzt Daniel, die Arme über der Brust verschränkt. Sein Gesicht ist angespannt, und er starrt ins Leere. Vorsichtig hebt Kristina die Packung Cornflakes herunter und schüttet ein paar in eine Schüssel.

»Ich dachte, sie würde es verstehen, ihr hattet ja auch keine einfache Kindheit.«

Kristina dreht sich um. Daniels Blick ist immer noch auf die Wand gerichtet. Sie öffnet den Kühlschrank und holt die Milch heraus.

Daniel seufzt und reibt sich den Nacken.

»Entschuldige, war nicht so gemeint.«

Kristina sieht ihn an.

»Kein Problem«, sagt sie abwartend.

Daniel klopft auf das Sofakissen neben sich.

»Kannst du mir nicht ein bisschen Gesellschaft leisten?«

Kristina zögert. Sie weiß, dass sie es nicht tun sollte, aber Daniel zieht sie geradezu magisch an, und so setzt sie sich neben ihn.

»Was hat Sara dir über unsere Kindheit erzählt?«

Er schüttelt den Kopf.

»Nicht viel. Nur ein bisschen über euren Vater.«

Kristina rührt in ihrer Schüssel. Die Cornflakes sind schon fast weich.

»Aha.«

Daniel steht auf.

»Ich brauche etwas zu trinken. Möchtest du auch?«

»Nein, danke.«

Er kehrt mit einer Flasche Wodka und einem Wasserglas zurück. Gießt es halb voll und leert es in einem Zug.

Kristina schluckt. Sie hat das Gefühl, etwas sagen zu müssen.

»Es war nicht leicht für ihn. Also für meinen Vater, nachdem meine Mutter verschwunden war. Er wusste nicht, wie er mit uns umgehen sollte.«

Daniel wirft ihr einen kurzen Blick zu, dann wendet er sich wieder ab.

»Ich meine, es war wahrscheinlich nicht ganz einfach mit uns. Er hat bestimmt sein Bestes getan.«

Daniel schenkt sich Wodka nach.

»Gewalt ist niemals eine Lösung.«

Plötzlich hat Kristina auch Durst. Sie stellt die Schüssel beiseite und nimmt ihm das Wodkaglas aus der Hand. Sie versucht schnell zu trinken, doch es brennt im Hals.

»Nein«, sagt sie.

»Ich möchte nur, dass Sara mich versteht. Diese Leute sind meine Familie, man kann seiner Familie nicht den Rücken kehren, egal, was sie tun.«

Als er begreift, was er gesagt hat, legt er eine Hand auf Kristinas Knie.

»Entschuldige, so meinte ich das nicht. Natürlich kann man nicht alles verzeihen.«

Er seufzt erneut und schenkt Wodka nach. Kristina starrt seine Hand an, die immer noch auf ihrem Bein liegt.

»Nein«, sagte sie. »Das stimmt.«

Daniel reicht ihr das Glas und sie trinkt. Durch den Jeansstoff spürt sie die Wärme seiner Hand.

»Warum muss alles nur so verdammt kompliziert sein?«

Kristina zuckt die Achseln. Sie fühlt sich ein bisschen schwummrig und legt den Kopf nach hinten.

»Es ist schön, mit dir zu reden«, sagt er mit seiner heiseren Stimme. »Du verstehst mich viel besser als Sara. Ich glaube, wir sind uns ziemlich ähnlich, du und ich.«

Kristina dreht den Kopf und sieht ihn an. Er scheint nicht mehr verärgert zu sein. Sein Gesicht ist weicher geworden und seine Augen sanft. Sie ist so gerne in seiner Nähe.

»Ja, das sind wir wohl«, sagt sie, es fällt ihr schwer zu artikulieren.

Plötzlich ist sein Körper ihrem ganz nah. Kristina lässt sich ins Sofa hineinsinken und schließt die Augen. Es ist so schön, neben Daniel zu sitzen. Sie fühlt sich so warm und geborgen.

Sie lehnt den Kopf an seine Schulter und merkt, wie das Zimmer sich dreht. Er streichelt ihr Bein, lässt die Hand immer höher wandern.

Kristina fühlt sich wie in einem Traum, sie will nicht, dass es aufhört. Doch dann fasst Daniel nach ihrem Kinn, und Kristina öffnet die Augen und begegnet seinem Blick.

Daniel sieht sie ernst an.

»Ich mag dich wirklich sehr, Kristina.«

»Ja?«

»Ja, natürlich.«

Jetzt, da er ihr so nahe ist, nimmt sie seinen Geruch wahr, Eau-de-Cologne vermischt mit Schweiß und einem Hauch von Verbranntem, vielleicht von den Ölflecken, die er nach der Arbeit immer an den Händen hat.

Steh auf, flüstert ihre innere Stimme. *Geh, bevor es zu spät ist.* Doch Kristina kümmert sich nicht darum, sie will nicht gehen, sie will einfach nur hier bei Daniel sitzen. Vielleicht hat er recht. Vielleicht sollten eigentlich lieber sie zusammen sein.

Er beugt sich zu ihr und sie spürt seine Nase an ihrer Wange.

Kristina atmet mit geöffnetem Mund und nähert sich ihm, bis ihre Lippen seine berühren.

Das Gefühl, ihn zu küssen, ist wie eine Explosion. Noch nie hat Kristina so etwas erlebt. Alle Sinne erwachen auf einmal, ihr Körper ist angespannt und es kitzelt in ihrem Bauch. Ein paar kurze Sekunden fühlt sie sich, als würde sie in warmem Wasser schweben, dann fällt ihr Sara ein und sie dreht sich weg.

»Entschuldige«, sagt Daniel und nimmt seine Hände weg. »Ich weiß nicht, was über mich gekommen ist.«

Kristina steht auf und schüttelt den Kopf.

»Ich auch nicht.«

Sie schlingt die Arme um sich selbst und vermeidet es, ihn anzusehen.

»Ich gehe mal lieber wieder zu mir«, flüstert sie und ahnt ein Nicken. Sie dreht sich um und bleibt mit dem Rücken zu ihm stehen.

»Wir sagen Sara nichts davon. Okay?«

»Natürlich nicht.«

»Versprochen?«

Daniel räuspert sich.

»Kristina, ich verspreche es dir. Es war ein blödes Missverständnis, es ist nichts passiert.«

»Okay.«

Kristina geht in ihr Zimmer und wirft sich auf das Bett. Sie versucht, ihre Gedanken zu sortieren. Versucht zu verstehen, was passiert ist, was sie getan hat. Ihre Gefühle sind in Aufruhr. Sie hat Sara verraten. Sie hat ihre eigene Schwester hintergangen.

Kristina presst den Kopf in ihr Kissen. Sie weiß, dass es falsch war, dass es nie hätte passieren dürfen. Dennoch kann sie nicht aufhören, an diesen Kuss zu denken.

Sie dreht sich um und starrt zur Decke. Egal, was sie fühlt, sie muss darauf achten, dass Sara niemals etwas erfährt. Denn wenn sie es herausbekommt, ist alles vorbei. Ihre Beziehung würde daran zerbrechen und sie müssten getrennte Wege gehen. Sie könnten nicht mehr zusammen hier wohnen.

Kristina umklammert das Kissen. Eine plötzliche Klarheit macht sich in ihr breit. Das ist es, was sie tun muss: Sie muss vergessen, was geschehen ist. So tun, als wäre es nur ein Traum gewesen, niemals ein Wort darüber verlieren und sich von Daniel fernhalten. Es ist ihre einzige Möglichkeit, sich und Sara zu schützen. Es ist das Einzige, was sie jetzt noch zusammenhalten kann.

20

DONNERSTAG, 28. SEPTEMBER

»Du musst freundlich und interessiert klingen!«

»Genau, aber nicht zu interessiert, damit du die Kunden nicht erschreckst.«

»Und du musst lächeln.«

»Ja, aber nicht irgendwie unangenehm, sondern natürlich und wie im Vorbeigehen.«

Charlotte stand hinter der Kasse und versuchte, die Tipps zu verinnerlichen. Es fühlte sich albern an, so zu tun, als wären Sam und Martinique Kundinnen. Gleichzeitig war es ihr wichtig, ihnen zu zeigen, dass sie bereit war, von ihnen zu lernen.

»Guten Tag«, sagte sie steif. »Was darf es sein?«

Sam schüttelte den Kopf.

»Nein, du klingst ja wie ein Roboter. Sprich mit uns wie mit deinen Freundinnen.«

Charlotte widerstand dem Impuls, laut zu seufzen. Es gab einen Grund, weshalb sie ihre Schönheitsprodukte vor allem online verkaufte.

»Ich weiß nicht, wie man so was macht«, sagte sie resigniert.

»Doch, du musst nur ein bisschen üben«, sagte Martinique mütterlich. »Versuch es mal mit mir.«

Sie trat ein paar Schritte zurück und ging dann auf die Kasse zu. Charlotte strengte sich an, natürlich zu lächeln, was ihr schier unmöglich war, wenn Sam sie so anstarrte.

»Hallo!«

»Hallo! Ich bräuchte Ihre Hilfe, ich suche nämlich ein Geschenk.«

»Sehr gerne! Für wen soll es denn sein?«

»Für meine Schwester.«

»Okay.«

Charlotte sah sich um und entdeckte einen Bücherstapel auf dem Angebotstisch, den sie selbst direkt neben der Kasse aufgestellt hatte.

»Das hier soll ganz fantastisch sein«, sagte sie mit allem Enthusiasmus, den sie aufbringen konnte und reichte Martinique ein Buch von Lee Child.

Martinique musterte den Umschlag.

»Worum geht es denn?«

»Steht das nicht hinten drauf?«

»Haben Sie es selbst nicht gelesen?«

Charlotte wand sich verlegen.

»Nein, dieses nicht. Aber ich habe gehört, dass es richtig gut sein soll.«

Sam seufzte.

»Du kannst doch nicht einfach irgendein Buch nehmen! Du musst fragen, welche Art von Literatur ihre Schwester gerne liest.«

»Aber ich ...«

»Und rede nicht so schnell«, fuhr Sam fort. »Sonst denkt der Kunde, du willst ihn so rasch wie möglich wieder loswerden.«

Charlotte warf ihr einen wütenden Blick zu. Warum musste Sam immer so schroff zu ihr sein? Merkte sie denn nicht, dass sie sich bemühte?

»Was liest Ihre Schwester denn gerne?«, fragte sie tonlos.

Martinique lächelte.

»Jedenfalls keine Krimis. Wir haben beide keine Lust mehr auf alkoholisierte Polizisten, die irre Mörder jagen. Ich meine, wie realistisch ist das denn, mit diesen Psychopathen, die ständig Leute entführen und deren Zehennägel sammeln?«

Charlotte überlegte.

»Mag sie Goodfeel?«

»Feelgood«, zischte Martinique zwischen den Zähnen.

»Entschuldigung, ich meinte Feelgood.«

Martinique lächelte liebenswürdig.

»Was ist das?«

»Bücher die einen … glücklich machen.« Charlotte schielte zu Sam hinüber, die nur die Augen verdrehte. »Die Protagonistin muss oft eine Reihe von Problemen bewältigen, was zu einer entscheidenden Veränderung in ihrem Leben führt. Eine gute Wahl, wenn man gerne etwas über Beziehungen und Alltagsdramatik liest.«

Martinique nickte eifrig.

»Das klingt gut. Können Sie mir da ein paar Titel empfehlen?«

Charlotte führte sie zu einem der Regale und spürte, wie sich Erleichterung in ihr breitmachte, als sie ein Lucy-Dillon-Buch entdeckte, das sie Sam ein paar Tage zuvor hatte verkaufen sehen.

Martinique nahm das Buch entgegen und drehte es entzückt in der Hand.

»Das sieht nett aus. Worum geht es darin?«

»Um Liebe«, sagte Charlotte.

»Und weiter?«, fragte Martinique auffordernd.

»Es ist eine wunderschöne Geschichte über Liebe und Freundschaft und wie man das Glück finden kann, auch wenn das Leben nicht genau so verläuft, wie man es sich vorgestellt hat.«

»Super!«, sagte Martinique. »Gut gemacht! Das nehme ich.«

»Ich nicht«, knurrte Sam.

Martinique klemmte sich das Buch unter den Arm, um in die Hände klatschen zu können.

»Hör nicht auf sie, du bist richtig gut!«

Nach all der Kritik von Sam fühlte sich Charlotte von dem plötzlichen Lob überrumpelt und errötete.

»Ich glaube, es ist trotzdem besser, wenn ich mich im Hintergrund halte.«

»Das denke ich auch«, sagte Sam.

Martinique warf ihr einen vorwurfsvollen Blick zu.

»Überhaupt nicht!«, sagte sie zu Charlotte. »Jeder ist am Anfang noch ein Anfänger, und das hier ist immerhin deine Buchhandlung. Natürlich musst du da auch an der Kasse stehen. Wenn du willst, können wir ein paar von den derzeitigen Bestsellern durchgehen, damit du wenigstens eine Ahnung hast, wovon sie handeln.«

Charlotte lächelte dankbar.

»Das klingt gut, aber erst will ich versuchen, die letzten Titel zusammenzusuchen, die an die Verlage zurückgeschickt werden sollen.«

Charlotte holte ein paar Kartons aus dem Lager und verschwand zwischen den hohen Regalen. Als sie aufschaute, überwältigte sie die schiere Masse an Büchern, die vor ihr standen.

Lesen war in ihrem Leben immer nur ein notwendiges Übel gewesen, etwas, wozu sie sich zwingen musste, weil die Lehrer es verlangten. Jetzt bereute Charlotte, dass sie sich nie bemüht hatte, über die Schul- und Seminarlektüre hinaus weitere Bücher zu entdecken. Es kam ihr vor, als hätte sie etwas verpasst, als gäbe es einen Geheimclub, zu dem sie nicht dazugehörte.

Charlotte stellte den Karton neben sich. Sie würde es niemals schaffen, sich ein ähnliches Wissen anzueignen wie Sam oder Martinique, und allein der Gedanke, im Laden Buchempfehlungen zu geben, erschien ihr einfach unrealistisch. Es würde nicht lange dauern, bis die Kunden ihre Inkompetenz bemerkten.

Sie entfaltete gerade ihre Liste und bückte sich, um nach einem bestimmten Titel zu suchen, als sie etwas entdeckte. Auf der anderen Seite des Regals saß ein Mensch zusammengekauert auf dem Boden, wegen der vielen Bücher konnte Charlotte aber nicht erkennen, wer es war.

Sofort wurde sie panisch. Wer um Himmels willen versteckte sich in einer Buchhandlung? Ein Betrunkener, der hereingekommen war, um seinen Rausch auszuschlafen, oder ein Dieb, der vor der Polizei floh? Sie überlegte, ob sie erst mal Hilfe holen sollte, aber dann besann sie sich. Dies war *ihre* Buchhandlung. Mit zusammengebissenen Zähnen griff sie nach einem Exemplar der *Brüder Karamasow*, weil *Schuld und Sühne* gerade nicht zur Hand war, und hielt es hoch wie eine Waffe.

In den Sekunden, die Charlotte brauchte, um das Regal zu umrunden, schlug ihr Herz wie verrückt, doch als sie auf der anderen Seite ankam, sah sie zu ihrer Verblüffung, dass es nur ein kleines Mädchen in einer ordentlichen, dunkelblauen Schuluniform war. Sie hatte noch ihren rotvioletten Ranzen umgeschnallt und das Gesicht tief hinter einem Buch versteckt. Auf ihrem Schoß lag Tennyson und schnurrte.

Als das Mädchen aufblickte, ließ Charlotte den russischen Wälzer sinken.

»Hallo«, sagte sie freundlich.

Das Mädchen sah sie abwartend an.

»Hallo.«

»Ich bin Charlotte. Wie heißt du?«

»Calliope.«

»Calliope«, wiederholte Charlotte. »Das ist aber ein schöner Name.«

»Ich bin nach einer der griechischen Musen benannt. Aber das wissen Sie bestimmt, wenn Sie hier arbeiten.«

»Na klar«, sagte Charlotte und hoffte, das Mädchen würde keine weiteren Fragen stellen, denn sie hatte keine Ahnung, wer die griechischen Musen waren.

Das Mädchen warf den Kopf zurück, um den Pony aus dem Gesicht zu bekommen, der ihr bis über die Augen hing.

»Ich habe Sie hier noch nie gesehen«, stellte sie fest. »Arbeiten Sie gerne hier?«

Charlotte hob die Schultern. Sie konnte schließlich schlecht zugeben, dass sie die einzige Buchhändlerin der Welt war, die nichts über Bücher wusste.

»Ja, es ist okay.«

»Nur okay?«, fragte Calliope enttäuscht. »Meine Oma sagt, Buchhandlungen sind magisch. Alles, was es wert ist, gewusst zu werden findet man in einem Bücherregal.«

Charlotte sah, wie das Mädchen strahlte, wenn es über Bücher sprach.

»Deine Oma scheint sehr klug zu sein.«

»Ja, das ist sie!«, sagte Calliope mit Nachdruck. »Sie hat nämlich richtig viele Bücher gelesen.«

Charlotte schmunzelte und ging neben ihr in die Hocke. Gleichzeitig streckte Tennyson sich behaglich. Sein Fell war ganz flauschig, und er blickte Charlotte glücklich an.

»Kommst du öfter hierher?«

Calliope nickte.

»Ja, manchmal.«

Charlotte zeigte auf den vorderen Teil der Buchhandlung.

»Warum setzt du dich nicht auf einen der Sessel?«

Calliope verdrehte die Augen, als wäre es das Dümmste, was sie je gehört hatte.

»Das ist doch klar, oder? Wenn man liest, will man seine Ruhe haben.«

Aus dem Augenwinkel sah Charlotte Sam näherkommen und erhob sich rasch. Sie mochte sich gar nicht ausdenken, was ihre Kollegin jetzt schon wieder zu meckern hatte, und verschränkte defensiv die Arme. Erst als sie sah, dass Sam eher auf das Mädchen zuging als auf sie, entspannte sie sich ein wenig.

»Hallo, Calliope!«

»Hallo, Sam!«

»Wie weit bist du gekommen?«

Calliope wedelte mit dem Buch in der Luft.

»Ich bin jetzt im letzten Teil, und es ist so spannend! Percy soll in den Styx getaucht werden, und er und Rachel sind Freunde geworden.«

»Percy Jackson«, erklärte Sam Charlotte, als würde ihr das

weiterhelfen. »Hast du dir schon überlegt, was du dir zum Geburtstag wünschst?«

Charlotte erstarrte. Sie hatte niemandem etwas von ihrem Geburtstag gesagt und wollte auf keinen Fall, dass sie irgendeine Feier für sie veranstalteten. Fieberhaft überlegte sie, wie sie es abwenden könnte, ohne allzu unhöflich zu erscheinen, bis sie begriff, dass die Frage Calliope galt. Das Mädchen strahlte über das ganze Gesicht und streichelte Tennyson den Rücken.

»*Der silberne Sessel* wäre toll oder *Der letzte Kampf* – das sind die einzigen Narnia-Bücher, die ich noch nicht kenne.«

Sam streckte theatralisch einen Finger in die Luft.

»Gute Wahl! Und nur damit du es weißt, Martinique will bestimmt auch diesmal wieder eine Party für dich organisieren. Ich weiß, dass es ein bisschen kindisch ist, mit Luftballons und Torte und so weiter, aber sie backt und schmückt so gerne.«

Calliope presste die Lippen zusammen, um ihre offensichtliche Freude zu verbergen.

»Wenn sie unbedingt möchte, ist es okay für mich«, sagte sie ernst. »Wie läuft es eigentlich mit der Leseecke?«

Sam räusperte sich und nickte dann zu Charlotte hinüber.

»Calliope, hast du Charlotte ordentlich begrüßt? Ihr gehört jetzt die Buchhandlung.«

»Welche Leseecke?«, fragte Charlotte.

Calliope schob Tennyson vorsichtig zur Seite und stand auf.

»Sam hat eine Superidee! Sie will in der Abstellkammer unter der Treppe eine Leseecke für Kinder einrichten. Es wäre toll, wenn es einen Raum gäbe, wo man seine Ruhe hätte, außerdem könnte es genauso aussehen wie Harry Potters Kammer unter der Treppe bei den Dursleys, nur gemütlicher natürlich, mit Leselampe und Kissen und so.« Als sie keine Antwort bekam, wurden ihre Augen ganz schmal. »Sie wissen doch, wer Harry Potter ist?«

Charlotte nickte.

»Ja, natürlich. Ich habe einen der Filme gesehen.« Sie lächelte Calliope an. »Das klingt wirklich nach einer sehr guten Idee, ich werde mal überlegen, ob wir das irgendwann machen können.«

Calliope seufzte und rückte ihren Ranzen zurecht, ein Träger war von ihrer Schulter geglitten.

»Na super«, sagte sie ein bisschen melodramatisch. »Ich kann mir schon denken, was das heißt.«

Ehe Charlotte etwas erwidern konnte, war Calliope an ihr vorbei zur Tür gegangen.

»Tschüs, Calliope!«, rief Sam ihr nach. »Bis bald!«

Charlotte wandte sich an Sam.

»Sie kommt öfter her, oder?«

Sam nickte.

»Ja, immer mal wieder, nach der Schule. Sie hat es nicht leicht zu Hause. Ihre Eltern haben ziemlich viele Probleme, deshalb wohnt sie meistens bei ihrer Oma in deren Einzimmerwohnung.«

Charlotte räusperte sich.

»Du hast noch gar nichts von dieser Leseecke erzählt.«

»Ich habe es ein paarmal versucht. Aber es scheint, als hättest du gerade genug anderes zu tun. Gefällt dir die Idee?«

»Auf jeden Fall! Aber ich nehme an, es würde etwas kosten, und derzeit haben wir leider gar kein Geld.«

Sam hob die Augenbrauen.

»Es würden bestimmt mehr Kinder in den Laden kommen.«

Charlotte schluckte. Sie wollte nicht geizig erscheinen, gleichzeitig musste sie aber auch ehrlich sein.

»Aber Kinder kaufen ja gar nicht so viele Bücher, oder? Die meisten, die ich hier gesehen haben, wollen lieber gratis lesen.«

Charlotte sah, wie es in Sams Augen loderte, und bereute, was sie gesagt hatte.

»Erstens waren Kinder, die lesen wollten, hier immer willkommen, denn Sara fand es absolut wichtig, einen Ort zu schaffen, an dem das Interesse für Literatur gefördert wird. Zweitens schaffen Kinder eine gute Atmosphäre, und drittens machen Kinderbücher einen Großteil unseres Verkaufs aus. Ich habe sogar schon Bücher für Ungeborene verkauft, und viele Leute kommen, um Tauf- und Geburtstagsgeschenke zu besorgen.«

»Okay«, sagte Charlotte und hob die Hände. »Es war nicht so gemeint. Es ist nur leider so, dass wir sehr aufs Geld schauen müssen. Aber du kannst ja mal durchrechnen, wie viel die Leseecke kosten würde.«

Martinique trat zu ihnen. Anscheinend hatte sie mitbekommen, worüber sie sprachen. Sie schlug die Hände zusammen.

»Wie läuft es denn inzwischen mit dem Verkauf? Wir haben uns doch gebessert?«

Charlotte nickte.

»Ja, absolut. In den letzten Wochen haben wir fast fünfundzwanzig Prozent mehr verkauft, vor allem dank des Cafés.« Sie machte eine Pause und überlegte, ob dies ein geeigneter Zeitpunkt wäre, das Telefonat mit der Bank zu erwähnen, doch als sie Martiniques hoffnungsvollen Blick sah, vermochte sie es einfach nicht. »Und dann bekommen wir vielleicht ja auch bald das Geld für die zurückgeschickten Bücher wieder«, fügte sie hinzu.

»Wunderbar!«, sagte Martinique und lächelte. Sie hatte sich gerade die Lippen frisch nachgezogen und ihr Mund leuchtete in einem knalligen Kirschrot. »Ich habe auch noch eine Idee, wie wir mehr einnehmen könnten.«

»Okay, wie denn?«, fragte Charlotte in angestrengt optimistischem Tonfall.

Martinique räusperte sich.

»Eine Freundin von mir betreibt eine Buchhandlung in Liverpool. Sie hat mir erzählt, dass sie regelmäßig Lesungen veranstalten, also jemanden einladen, der über seine Bücher spricht. Die Eintrittskarten verkaufen sie im Vorfeld und bieten den Gästen am Abend selbst Getränke und eine Kleinigkeit zu essen an. Das soll immer sehr nett sein, und meistens sind diese Abende wohl auch gut besucht.«

Charlotte richtete sich auf.

»Ja, warum nicht? Habt ihr Kontakt zu einem Autor, den wir einladen könnten?«

Sams Augen funkelten.

»Wenn wir Elena Ferrante bekämen, wäre das ein Riesenerfolg!«

Charlotte nickte aufmunternd.

»Okay, kennst du sie?«

Sam schüttelte den Kopf.

»Nein, die kennt niemand«, sagte sie brüsk. »Sie schreibt unter Pseudonym. Aber wir könnten ja jemanden einladen, der so tut, als wäre er Elena Ferrante? Es weiß ja keiner, wie sie aussieht.«

»Hm«, machte Charlotte. »So ein Betrug sollte vielleicht nicht unsere erste Wahl sein.«

»Ich hab's!«, rief Martinique. »Ich habe einen Bekannten, der neben Matthew Morrow wohnt.«

Charlotte wandte sich Sam zu, um zu sehen, ob sie wusste, wen Martinique meinte, aber auch sie schien den Namen nicht zu kennen.

»Und der ist ...?«, fragte sie.

»Dieser Tierfilmmoderator, der ein Buch über Eulen geschrieben hat!«

Charlotte blickte ihre Mitarbeiterinnen forschend an.

»Glaubt ihr, er würde Kunden anlocken?«

Martinique nickte.

»Männliche Autoren ziehen immer, vor allem die mit grauen Schläfen, so wie Matthew. Ich habe ihn im Frühjahr auf der Buchmesse gesehen, da zog er einen ganzen Schweif von Bloggern und Bibliothekarinnen hinter sich her. Ich kann mir nicht vorstellen, dass das alles Vogelnärrinnen waren. Außerdem interessiert es die Leute immer, wenn jemand aus dem Fernsehen kommt.«

»Stimmt«, sagte Sam. »Er ist elegant und sieht ein bisschen aus wie George Clooney.«

»Dann müssen wir ein Foto von ihm auf unsere Homepage stellen«, sagte Charlotte. »Martinique, kannst du mal fragen, ob er kommen würde?«

»Ja, auf jeden Fall! Wann würde es denn passen?«

»Ich glaube, wir sollten nicht zu lange warten, allerdings brauchen wir auch ein bisschen Zeit, um Werbung zu machen. Mittwoch in drei Wochen?«

»Perfekt! Ich rufe an, sobald ich kann.« Martinique wandte sich an Sam. »Ich gehe dann mal in meine frühe Mittagspause.«

»Stimmt ja, du bist mit Marcia verabredet.«

»Mmh«, sagte Martinique mäßig begeistert. »Ihr könnt mich gerne in zwanzig Minuten anrufen und sagen, es gebe einen Notfall oder so.«

Sam grinste.

»Die Gillian-Flynn-Bücher sind ausverkauft, du musst sofort kommen!«

Martinique zwinkert ihr zu.

»Bis gleich!«

Nachdem sie verschwunden war, konnte Charlotte ihre Neugier nicht zurückhalten.

»Wer ist Marcia?«

Sam fuhr herum.

»Das weißt du nicht?«, seufzte sie, und Charlotte merkte, wie ihr Tonfall sich änderte. »Marcia ist Martiniques Schwester und ihr absolutes Gegenteil. Stell dir eine Mischung aus Amy Dunne und Cruella de Ville vor.«

Charlotte nickte, obwohl sie keine Ahnung hatte, wer Amy Dunne war.

»Hast du übrigens die vorgemerkten Bücher eingegeben, wie ich es dir gezeigt habe?«

»Ja, ich glaube schon.«

Sam ging zur Kasse, öffnete sie und zog einen langen Kassenbon heraus. Charlotte merkte sofort die Anspannung in ihrer Brust und fragte sich, ob Sam wohl wusste, wie dumm sie sich immer fühlte, wenn sie ständig kontrollierte, was sie tat.

Sam schüttelte verärgert den Kopf.

»Nein, du hast sie nicht so eingegeben, wie du solltest.«

»Aber du hast doch gesagt, ich soll da draufdrücken, nachdem ich den Bruttobetrag eingegeben habe!«

Sam musterte sie kritisch.

»Denkste! Du hast die Verkäufe als Ausgaben eingegeben, sodass jetzt ein Minus in der Kasse steht. Gott, was für ein Chaos!«, stöhnte sie und griff sich an die Stirn.

Charlotte schluckte. Manchmal fragte sie sich, warum Sam es nicht einfach selber machte, wenn sie sowieso der Meinung war, dass Charlotte alles falsch anpackte. Es kam ihr vor, als wäre es völlig egal, was sie tat, es war alles verkehrt und mehr als offensichtlich, dass Sam sie nicht hier haben wollte. Für sie spielte es keine Rolle, dass Charlotte ihr Leben in Schweden unterbrochen hatte, um sich um die Buchhandlung kümmern zu können. Sam schien immer nur die Dinge zu sehen, die ihr misslangen. Nicht einmal, wenn sie die Kolleginnen um Rat fragte, wurde Sam weicher, und die wenigen Male, die Charlotte sie gebeten hatte, ihr zu helfen, Bücher für die Kunden zu finden, hatte Sam gründlich dafür gesorgt, sie wie eine Idiotin dastehen zu lassen. *Hast du noch nie etwas von Philip Roth gelesen? Gott, wie ist das nur möglich? Und Alice Munro, die 2013 den Literaturnobelpreis bekommen hat? Oder weißt du vielleicht nicht einmal, wer das ist?*

Charlotte seufzte. Es ging so weit, dass sie inzwischen auch Henrik davon erzählte, aber der meinte nur, Sam habe wahrscheinlich ihre Stacheln ausgefahren, weil sie wütend und traurig über Saras plötzlichen Tod sei und dass Charlotte ein bisschen Geduld mit ihr haben müsse. Bestimmt hatte er recht, aber sie wusste einfach nicht mehr, wie sie Sams harten Ton und ihre ständigen Seitenhiebe ertragen sollte. Laut Sam waren nämlich sämtliche Probleme der Buchhandlung ganz allein Charlottes Schuld. Wenn die Kasse nicht mehr funktionierte, hatte Charlotte auf den falschen Knopf gedrückt. Verschwand eine Bestellliste, hatte ganz bestimmt Charlotte sie verlegt, und war die Toilette verstopft, dann hatte garantiert Charlotte sie als Letzte benutzt. Außerdem behauptete Sam, dass es die Verantwortung der Besitzerin sei, die Toilette wieder in Ordnung zu bringen, wenn sie überlief. *Sieht aus, als hättest du deinen Traumjob gefunden,* lachte Henrik, als sie ihm berichtete, wie sie in der kleinen Toilette bis zu den Knöcheln im Abwasser stand, während Sam ihr zufrieden zusah.

Charlotte wippte vor und zurück und beobachtete Sam, die auf den Kassenbon starrte.

»Kann ich dir helfen?«, fragte sie vorsichtig.

Sam seufzte laut.

»Ja, indem du dich fernhältst«, fauchte sie schließlich. »Nichts funktioniert, wenn du in der Nähe bist.«

Charlotte spürte, wie sie in sich zusammensackte. So konnte es einfach nicht weitergehen. Sie brauchten ja keine Freundinnen zu werden, aber ein bisschen Anstand war ja wohl nicht zu viel verlangt, oder?

»Nein«, zischte sie leise.

Sam hob erstaunt den Blick.

»Wie bitte?«

Charlotte holte tief Luft. Sie musste es tun, denn sie merkte, wie ihre Wut immer größer wurde.

»Nein«, sagte sie etwas lauter. »Ich werde mich ganz bestimmt nicht fernhalten. Das hier ist nämlich meine Buchhandlung, Sara hat sie mir vererbt!«

Sam zuckte die Achseln.

»Mach, was du willst, es interessiert mich nicht.«

Charlotte ballte die Fäuste. Das Beste wäre wahrscheinlich, nicht weiterzureden und einfach wegzugehen, aber ihr Körper gehorchte ihr nicht.

»Das sollte es aber«, sagte sie. »Ich weiß ehrlich gesagt nicht, warum du mich so furchtbar findest, aber ich kämpfe gerade wie eine Irre, um die Buchhandlung am Laufen zu halten. Wenn ich nicht hier wäre, hättest du diesen Job nicht mehr. Warum kannst du mir nicht einfach helfen, statt ständig auf mir herumzuhacken? Ich habe nicht darum gebeten, hier zu sein! Ich wollte die Buchhandlung nicht, aber jetzt habe ich sie, und jetzt bin ich für sie verantwortlich. Ich ackere wie ein Tier, aber du siehst immer nur meine Fehler. Kannst du dir vorstellen, wie sich das anfühlt? Hast du irgendeine Ahnung, wie schwer es ist, dieses Chaos zusammenzuhalten, wenn du all meine Versuche, den Laden zu retten, immer nur sabotierst?«

Sie verstummte, als sie sah, wie Sams Augen sich verdunkelten. Ein paar lange Sekunden glaubte sie, Sam würde zurückfeuern, aber sie verzog nur das Gesicht, warf die Kasse zu und marschierte von dannen.

Charlotte blieb der Mund offen stehen. Auf ihrer Oberlippe bildeten sich Schweißtropfen. Was hatte sie bloß getan?

Erschöpft lehnte sie sich an die schwere Eichentheke und versuchte verzweifelt, sich zu erinnern, was sie genau gesagt hatte. Es war einfach so aus ihr herausgeschossen, sie hatte völlig die Kontrolle verloren. O Gott, das würde Sam ihr nie verzeihen. Jetzt würde sie bestimmt noch böser und gemeiner zu ihr sein.

Charlotte schloss die Augen und dachte an Sara. So hatte sie sich das wohl kaum vorgestellt, als sie ihrer Nichte ihr Lebenswerk vermachte. Im Moment schien es tatsächlich so, als ginge alles schief, was sie auch anpackte. Wahrscheinlich war sie die völlig falsche Person, um die Buchhandlung wieder auf die Beine zu bekommen, deshalb hasste Sam sie auch so: Sie durchschaute sie.

Mit zitternden Fingern griff sie nach ihrem Handy. Sie musste mit jemandem sprechen, der einen anderen Blick darauf hatte. Natürlich konnte sie nicht ständig Henrik anrufen, sobald etwas passierte, aber jetzt musste sie eine Ausnahme machen. Sie brauchte ihn wirklich. Sie brauchte einen Freund.

Blöde Agnetha, dachte Charlotte, als sie seine Nummer heraussuchte. Ihre Therapeutin hatte recht gehabt. Es war schwierig, durchs Leben zu kommen, wenn man niemanden hatte, mit dem man sich austauschen konnte.

Charlotte drückte auf den grünen Hörer. Noch nie hatte sie sich so verloren gefühlt. Ein großer Klumpen ballte sich in ihrem Magen zusammen, und sie kämpfte gegen die Tränen. Vielleicht sollte sie einfach aufgeben? Vielleicht wurde es Zeit, London den Rücken zu kehren und nach Schweden zurückzufliegen?

Es klickte.

»Ja, Henrik hier?«

Als sie seine warme Stimme hörte, brachen alle Dämme und sie schluchzte laut ins Telefon.

»Charlotte, was ist passiert?«, fragte er besorgt, was sie nur noch mehr weinen ließ.

»Ich habe mich gestritten«, schluchzte sie, »mit Sam. Und jetzt will ich einfach nur noch weg hier.«

Henrik räusperte sich.

»Hm. Aber vielleicht war das ja mal ganz gut?«

»Gut? Wieso gut? Wie kann ein Streit gut sein?«

Sie hörte ihn atmen.

»Ihr musstet ja irgendwann mal reinen Tisch machen. Du wirst schon sehen, jetzt wird alles besser.«

Charlotte blickte zur Küche, wo Sam sich mit dem Rücken zu ihr an den Tisch gesetzt hatte.

»Das glaube ich kaum«, murmelte sie.

»Ein richtiger Streit kann manchmal den Anfang von etwas Neuem bilden. Versuch, es positiv zu sehen!«

Charlotte stöhnte. Henrik und sein verdammter Optimismus.

»Lass sie ein paar Stunden in Ruhe, bevor du wieder mit ihr sprichst. Wenn sie dann noch sauer ist, kannst du dich immer noch entschuldigen.«

»Nie im Leben! Wenn sich jemand entschuldigen muss, dann ja wohl sie!«

Er lachte.

»Vielleicht solltet ihr euch beide entschuldigen. Ich finde jedenfalls nicht, dass du eine so große Sache daraus machen solltest. Wenn man zusammenarbeitet, kann es schon mal krachen, oder nicht?«

»Mmh«, murmelte sie und blinzelte eine Träne weg.

»Ich weiß, dass du gerne dort bist, sonst wärst du längst wieder zu Hause.«

Charlotte schluckte. Sie sah vor sich, wie er lächelte.

»Vielleicht«, sagte sie kläglich.

»Genau! Da siehst du, was für ein Genie ich bin.« Als sie nicht antwortete, hob er ein wenig die Stimme. »Hallo, du darfst gerne ein bisschen Begeisterung zeigen, wenn ich für dich die Probleme löse. Ein Weihnachtsbonus würde es natürlich auch tun, ist ja klar.«

Sie trocknete sich die Wangen und seufzte.

»Wahrscheinlich hast du recht.«

»Na, klar habe ich recht!«

Charlotte biss sich auf die Lippen.

»Danke.«

»Ach, schon gut.«

Sie schwiegen. Charlotte war so froh, dass sie Henrik hatte. Es bedeutete ihr viel, dass es jemanden gab, den sie anrufen konnte, wenn es schwierig wurde. Er war ein richtiger Freund, auch wenn sie zufällig seine Arbeitgeberin war.

»Du, ich muss wieder«, sagte er vorsichtig. »Ich habe gleich noch ein Meeting.«

»Ja, natürlich. Danke, dass du mir zugehört hast.«

»Schon gut. Aber wie gesagt, denk an den Weihnachtsbonus«, sagte er und unterdrückte ein Lachen.

Nach dem Telefonat fühlte sich Charlotte ein bisschen besser, auch wenn Henrik sie nicht ganz überzeugt hatte. Natürlich wäre es gut, wenn er recht hätte, aber er kannte Sam nicht, und Charlotte konnte sich nicht vorstellen, dass sie es einfach auf sich beruhen lassen würde.

*

Marcia verspätete sich, wie immer, obwohl sie wusste, dass Martinique nur eine kurze Mittagspause hatte. Als sie endlich kam, legte sie einen regelrechten Auftritt hin, trippelte auf ihren hohen Absätzen herein und tat, als würde sie nach ihrer Schwester suchen, obwohl das Restaurant so gut wie leer war.

»Martinique«, rief sie und breitete die Arme aus. »Meine Liebe!«

Martinique lächelte. Sie wusste, dass Marcia erwartete, dass sie aufstand, aber sie deutete nur auf den Stuhl gegenüber.

»Setz dich. Ich habe schon bestellt.«

Marcia schob sich mit perfekt manikürten Fingernägeln die große Sonnenbrille, die wahrscheinlich mehr gekostet hatte als Martiniques rostiger Fiat, ins Haar.

»Du hast hoffentlich nicht für mich mitbestellt? Du weißt doch, dass ich keine Normalkost esse.«

Mal sehen, was diese Woche dran ist, dachte Martinique. *Kohlsuppe? Kinderessen? Makrobiotische Kost?*

»Ich glaube, sie haben nur ein paar Tagesgerichte zur Auswahl.«

Marcia verzog den Mund.

»Nur weil du immer in diese unexklusiven Restaurants gehen willst«, sagte sie und blickte sich verächtlich um.

Sie zog ein Taschentuch aus ihrer Handtasche und wischte den Stuhl ab, bevor sie sich setzte.

»Der Rock ist neu«, sagte sie entschuldigend. »Und einen weißen Chanel muss man pfleglich behandeln.«

Martinique musterte sie schweigend. Ihr fiel es selbst schwer zu glauben, dass sie wirklich Schwestern waren. Von Anfang an waren ihnen ganz andere Dinge im Leben wichtig gewesen. Marcia ging es vor allem um Status, und schon früh ging sie mit den beliebtesten Jungs der Schule aus. Während Martinique zu Hause saß und las oder mit ihren Eltern Spiele spielte, hatte Marcia bereits richtige Dates.

Obwohl sie dieselbe bescheidene Summe Taschengeld bekamen, gelang es Marcia immer, sich schick zu kleiden, und während Martinique ihren Körper unsicher unter zeltartigen Klamotten verbarg, stolzierte Marcia selbstbewusst in kurzen Röcken und enganliegenden T-Shirts herum.

Schon bald nahm Martinique die Rolle des braven Mädchens an, das allen Erwartungen entsprach. Sie bekam gute Noten, machte ihre Hausaufgaben und war abends immer rechtzeitig zu Hause. Marcia dagegen pfiff auf die Schule, und ihre Eltern schimpften ständig über ihr Benehmen.

Und doch gab es stets ein Fünkchen Eifersucht in Martinique, denn obwohl Marcia alles tat, was sie nicht sollte, lief es immer ziemlich gut für sie. Sie war es, die einen erfolgreichen Mann heiratete und in einem wunderschönen Haus in Kensington wohnte, sie war es, die ihre Kinder auf Privatschulen schicken konnte und luxuriöse Reisen in alle Welt unternahm, sie war es, die niemals arbeiten musste und den ganzen Tag nichts anderes zu tun brauchte, als ihre Wohnung einzurichten, zu shoppen, Sport zu treiben und auf irgendwelchen Wohltätigkeitsveranstaltungen in die Kameras zu lächeln.

Marcia war ein Superstar und Martinique eine abgehärmte, berufstätige Mutter mit misslungener Karriere und finanziellen Schwierigkeiten. Wie konnte es sein, dass sie dieselben Erbanlagen hatten?

Ein Kellner trat an ihren Tisch und nahm Marcias Bestellung auf, einen Spezialsalat aus gedämpften Gemüsen.

»Da bleiben die Nährstoffe im Brokkoli erhalten«, erklärte Marcia und gab dem Kellner die Speisekarte zurück. »Was isst du?«

»Spaghetti Bolognese.«

Marcia wischte ein paar unsichtbare Krümel vom Tisch. Martinique sah, dass sie sich alle Mühe gab, ihre Wahl nicht zu kommentieren, und rüstete sich innerlich. Marcia ermahnte sie immer, sie müsse mehr auf ihre Gesundheit achten. Sie schien nicht akzeptieren zu können, dass Martinique einen ganz anderen Körper hatte als sie selbst, und schlug ihr irgendwelche Diäten vor, die sie unbedingt ausprobieren müsse. Wenn sie wüsste, dass Martinique jetzt einen Zusatzjob als Konditorin in der Buchhandlung hatte, würde sie hyperventilieren.

»Du weißt, dass in Pasta jede Menge Gluten steckt?«

»Ja.«

Martinique trommelte mit den Fingern auf der Tischplatte.

»Wenn du weniger Gluten zu dir nehmen würdest, würde es dir bestimmt leichter fallen, abzunehmen.«

Martinique senkte den Blick und nahm sich etwas von den Brotsticks auf dem Tisch. Sie hasste es, wen Marcia ihren Körper kommentierte.

»Mmh.«

»Ich meine es doch nur gut mit dir! Als ich meinen letzten Marathon gelaufen bin, habe ich in den Monaten davor streng auf Gluten verzichtet, das hat mir wirklich geholfen, in Form zu kommen.«

Martinique nahm einen Bissen. Warum musste Marcia ständig über diesen Marathon reden? Wenn sie selbst nicht arbeiten müsste und rund um die Uhr einen Personal Trainer zur Verfügung hätte, würde sie vielleicht ebenfalls Marathon laufen. Das war ja nun nicht gerade Neurochirurgie.

»Na klar«, sagte sie ausweichend. »Wie geht es den Kindern?«

Marcia streckte sich.

»Danke, gut! Sterling und Spencer sind beide zum Mannschaftskapitän ihrer Kricket-Mannschaften gewählt worden und mächtig stolz. Wenn du sie zum nächsten Spiel fährst, können sie es dir zeigen.«

»Mal sehen. Und Edison?«

Marcia klapperte mit den Wimpern.

»Sein Lehrer meint, er ist musikalisch begabt. Er schlägt und trommelt auf allem herum, was er finden kann.«

»Ja, das habe ich gemerkt.«

»Ist das nicht fantastisch?«, schwärmte Marcia. »Wie geht es denn Angela?«

Martinique ordnete das Besteck vor sich neu.

»Ich glaube, ganz gut. Sie weigert sich gerade, mit mir zu sprechen, deshalb weiß ich nicht, was in ihrem Leben wirklich vor sich geht.«

»Ups.«

»Du weißt schon, Teenager«, sagte Martinique leichthin. »Du erinnerst dich bestimmt, wie wir damals waren?«

Marcia nickte nachdenklich.

»O ja. Ich habe alles getan, um Mama und Papa auszuweichen.«

Martinique zuckte die Achseln.

»Ich weiß nicht, ich habe immer gedacht, Angela und ich hätten eine gute Beziehung und sie würde sich an mich wenden, wenn irgendetwas ist. Aber jetzt ist sie total verschlossen. Sie will nicht einmal mehr, dass ich sie zur Schule bringe. Wahrscheinlich ist es ihr peinlich, mit ihrer Mutter gesehen zu werden.«

Marcia legte den Kopf schief.

»Aber das ist doch ganz normal! Sie versucht nur, sich abzunabeln.«

»Ich weiß. Aber ich denke irgendwie immer, es liegt an mir. Vielleicht bin ich zu streng gewesen. Paul ist viel entspannter. Wenn er alleine entscheiden könnte, dürfte Angela abends so lange wegbleiben, wie sie will.«

Marcia nahm ihre Hand.

»Du bist eine richtig gute Mutter, und es wird alles gut, du wirst schon sehen.«

Martinique musterte sie schweigend. Angela hatte immer eine besondere Beziehung zu ihrer Tante gehabt. Marcia nahm sie gerne mit zum Shoppen und verwöhnte sie mit Geschenken, die Martinique sich niemals leisten könnte. Auch wenn sie sich freute, dass sie sich gut verstanden, war Martinique oft verletzt, wenn Angela lieber etwas mit Marcia unternahm als mit ihr.

»Ich mache mir nur Sorgen, dass etwas passiert ist. In letzter Zeit hat sie sich noch mehr zurückgezogen, ich sehe sie kaum noch. Hat sie dir irgendetwas gesagt?«

Marcia lehnte sich zurück und wirkte plötzlich verlegen.

»Nein, ich glaube nicht.«

Martinique sah, wie Marcia sich nervös durch das perfekte Haar strich. Es war offensichtlich, dass sie ihr etwas verheimlichte. Normalerweise hätte sie es auf sich beruhen lassen, aber jetzt ging es um ihre Tochter!

»Bist du dir sicher?«, fragte sie. »Sie hat dir nichts gesagt?«

Marcia fummelte an ihrer Serviette herum.

»Müsste das Essen nicht bald mal kommen?«, murmelte sie und blickte über Martiniques Schulter.

»Du musst mir sagen, wenn du etwas weißt! Stell dir vor, es ginge um Spencer oder Sterling.«

Ihre Schwester wich ihrem Blick aus. Sie wusste also etwas! Martinique spürte, wie sie es mit der Angst zu tun bekam.

»Sag mir, was du weißt«, flehte sie.

Marcia hob beschämt die Schultern.

»Ich kann nicht.«

»Warum?«

Marcia zog ein Taschentuch heraus und wischte sich die Finger ab.

»Weil ich es Angela versprochen habe.« Als sie aufschaute, waren ihre Augen blank. »Wenn es etwas Schlimmes wäre, würde ich es dir natürlich erzählen. Aber ist es nicht besser, wenn Angela sich weiterhin mir anvertraut, als wenn ich sie enttäusche?«

Martinique spürte, wie sich ihr Magen zusammenzog. Dann redete ihre Tochter also lieber mit Marcia über ihre Probleme als mit ihr.

»Kannst du mir nicht einfach sagen, worum es geht?«, flüsterte sie.

»Ich finde, du solltest Paul fragen.«

»Paul? Weiß er es auch?«

Ihre Schwester nickte, und Martinique wäre am liebsten im

Erdboden versunken. Angela redete also mit allen, außer mit ihr. Sie verbarg das Gesicht in den Händen und seufzte. Was musste sie für eine schlechte Mutter sein, wenn ihre eigene Tochter ihr nicht vertraute.

»Ich muss jetzt gehen«, murmelte sie.

»Aber wir haben doch noch gar nicht gegessen!«

Martinique stand auf und nahm ihre Sachen.

»Tut mir leid, Marcia, aber ich kann nicht. Nimm du meine Pasta. Oder lass sie dir einpacken und gib sie irgendeinem Obdachlosen, der noch Gluten isst.«

Trotz Marcias lautstarkem Protest verließ Martinique das Restaurant und trat in die klare Herbstluft hinaus. Nachdem sie ein paarmal tief durchgeatmet hatte, ging es ihr etwas besser, und sie lehnte sich, eine Straßenecke von der Buchhandlung entfernt, an eine Hauswand.

Was passierte nur mit ihrem Leben?

Martinique versuchte sich zu erinnern, wie lange Angela ihr schon auswich. Vor der Schulabschlussfeier hatten sie noch zusammen eingekauft, und das war richtig schön gewesen.

Sie rechnete im Kopf nach. Wenige Wochen später war Sara gestorben, und dann war Martinique selten präsent gewesen. Zum einen hatte sie um die Freundin getrauert, zum anderen hatte sie plötzlich die Hauptverantwortung für die Buchhandlung getragen. Konnte da etwas mit Angela passiert sein, was sie vollkommen verpasst hatte, weil sie so mit ihren eigenen Problemen beschäftigt gewesen war?

Martinique schlug die Hand vor den Mund. Angela war doch nicht etwa krank? Nein, das hätte Paul ihr gesagt. Was aber konnte es sonst sein? Ihre Gedanken drehten sich im Kreis und sie stellte sich verschiedenste Szenarien vor, eins schlimmer als das andere.

Dann zog sie ihr Handy heraus. Sie musste mit Paul reden. Sie musste wissen, was passiert war!

Mit zitternden Fingern suchte sie seine Nummer. Das Herz klopfte ihr bis zum Halse, es tutete, und niemand nahm ab. Als der Anrufbeantworter sich einschaltete, legte sie auf und wählte noch einmal und noch einmal, erst nach dem vierten Versuch gab sie auf. Er würde sie bestimmt zurückrufen, wenn er sah, dass sie versucht hatte, ihn zu erreichen. Und wenn nicht, kam er doch donnerstags ohnehin immer etwas früher nach Hause.

Martinique steckte ihr Handy wieder ein. Es fiel ihr schwer, sich zu konzentrieren. Ein Teil von ihr wollte sich in ein Taxi stürzen und sofort zu Paul ins Büro fahren, während ein anderer versuchte, sie zu beruhigen, sie bilde sich da bestimmt nur etwas ein. Außerdem wurde sie in der Buchhandlung gebraucht.

Martinique seufzte. Sie war es Sara schuldig, alles zu tun, damit die Buchhandlung überlebte, aber sie war sich nicht mehr sicher, ob sie es schaffen würde. Der Gedanke, Angela hätte sie an all den Abenden, die sie in dem kleinen Büro verbracht hatte, vielleicht gebraucht, trieb ihr Tränen in die Augen. Was war sie nur für eine Mutter, dass sie nicht da war, wenn ihre Tochter sie am dringendsten brauchte?

Martinique wischte sich die Augen. War das der Grund? War es ihre eigene Schuld, dass ihre Tochter sich ihr nicht mehr anvertraute? Hätte sie lieber eine Hausfrauenmutter werden sollen wie Marcia, statt arbeiten zu gehen?

Martinique war immer stolz darauf gewesen, einen Job zu haben. Sie hatte auf ihre berufliche Laufbahn gesetzt, genauso wie Paul, und einen Abschluss in Literaturwissenschaft gemacht. Zwar hatte das zu keiner gutbezahlten Anstellung geführt, aber immerhin arbeitete sie mit dem, was sie liebte, Literatur. Hatte sie die falsche Entscheidung getroffen? Würde es Angela bessergehen, wenn sie zu Hause wäre?

Martinique schluckte. Warum dachte sie so etwas? Für sie als Familie war das nie eine Alternative gewesen. Sie brauchten beide Einkommen, und außerdem *wollte* sie arbeiten.

Noch einmal zog sie ihr Handy heraus und begann eine Nachricht an Angela zu tippen. Ihre Tochter wollte heute bei einer Freundin übernachten, deshalb hatte es keinen Sinn, sie jetzt auszufragen, sie würde ihr keine Antwort geben. Stattdessen schrieb Martinique: *Hoffe, es ist alles okay. Hab dich lieb / Mama*

Nachdem sie die Nachricht gesendet hatte, fühlte sie sich ein klein wenig besser. Außerdem warteten Sam und Charlotte in der Buchhandlung. Sie würde Paul wahrscheinlich ohnehin nicht vor dem Abend erreichen, aber dann konnte er was erleben! Er würde ihr ganz genau erklären müssen, warum er sie so hinterging.

Es wird schon wieder werden, dachte Martinique und versuchte, ihren Ärger über Pauls und Marcias Verrat zu verdrängen. Sicher gab es eine Erklärung für das, was passiert war. Solange es Angela gutging und die beiden anderen nur ihr Bestes im Sinn hatten, wenn sie die idiotische Entscheidung trafen, sie außen vor zu lassen, konnte Martinique ihnen verzeihen. Aber ganz bestimmt nicht ohne weiteres.

21

MONTAG, 3. JANUAR 1983

Kristina ist ganz ins Zeichnen vertieft, als sie die Wohnungstür hört. Sofort steht sie vom Bett auf, wirft einen letzten Blick auf ihr Blatt und versteckt den Block in ihrem Reisekoffer.

Heute Abend wollen sie zu dritt essen. Ihr ist eine Festanstellung im Café angeboten worden, und das soll gefeiert werden. Eigentlich wollte sie nur Sara zum Essen einladen, aber die bestand darauf, dass Daniel dabei sein sollte, und Kristina fiel kein guter Grund ein, es ihr abzuschlagen.

Sie streckt sich und zieht ihr Kleid zurecht. Auf der Arbeit hat sie ein Kartoffelgratin vorbereitet, Daniel hat versprochen, auf dem Heimweg ein gegrilltes Hähnchen zu besorgen, und Sara will ausnahmsweise schon um sechs Feierabend machen.

Kristina tritt vor den kleinen Spiegel, der in Kopfhöhe hängt, und streicht sich mit den Fingern durchs Haar. Die letzten Wochen waren die schönsten ihres Lebens. Sie fühlt sich auf ganz neue Weise frei und lebendig. Sara und sie gehen jetzt öfter aus. Sie besuchen Museen und Konzerte, gehen im Park spazieren, und für die Weihnachtsfeiertage hatten sie die Wohnung mit Kerzen und Schmuck gemütlich hergerichtet.

Während der Zeit in der WG wartete Kristina nur, dass die Zeit verstrich, in der Wohnung am Riverside Drive erst kam sie wirklich zur Ruhe. Sie und Sara leben jetzt in London. Sie sind hier zu Hause, wie all die anderen auch.

Mit Daniel hat sie seit jenem Abend kaum gesprochen. Er ist so gut darin, sich nichts anmerken zu lassen, dass sie sich fragt, ob sie es sich nur eingebildet hat. In den ersten Tagen hatte sie Angst, sie könnte ihre Gefühle nicht verbergen, doch je länger er ihr ausweicht, desto leichter fällt es ihr.

Kristina schleicht lautlos über den kalten Fußboden und öffnet die Tür einen Spaltbreit. Wenn es Daniel ist, wird sie noch eine Weile im Zimmer bleiben. Es gibt keinen Grund, länger als nötig mit ihm allein zu sein.

Sie erkennt seinen Rücken, Daniel ist im Flur, aber er bewegt sich irgendwie anders als sonst. Kristina bleibt an der Tür stehen und beobachtet ihn. Als es klopft, wirft er einen Blick ins Wohnzimmer, um sich zu vergewissern, dass er allein ist. Dann erst öffnet er.

Draußen steht ein breitschultriger Mann mit dunklem Bart. Er trägt einen dicken schwarzen Pullover und eine Jeansweste und ist einen Kopf größer als Daniel.

Kristinas erster Gedanke ist, dass es Mark sein könnte, Daniels Bruder, der ihn endlich einmal besuchen kommt, aber als sie sieht, wie böse er Daniel ansieht, kommt sie zu dem Schluss, dass es jemand anderes sein muss.

»Du dachtest wohl, ich würde dich nicht finden.«

Seine Stimme klingt drohend, und Kristina bekommt eine Gänsehaut.

Daniel versperrt ihm den Weg. Er hat die Arme vor der Brust verschränkt und steht breitbeinig da.

»Was willst du von mir?«

»Das habe ich dir doch gesagt«, schnauzt der Mann. »Du musst mir helfen.«

»Ich kann nicht.« Daniel schüttelt den Kopf.

»Vergiss nicht, Daniel, ich habe immer zu dir gestanden.«

Etwas verändert sich an Daniels Körperhaltung. Kristina sieht, wie er einknickt.

»Ich kann nicht, ich wohne nicht alleine hier.«

Der Mann ballt frustriert die Fäuste.

»Auf wessen Seite stehst du eigentlich? Hast du vergessen, was sie uns angetan haben? Hast du vergessen, was mit Linda passiert ist?«

Sein Dialekt erinnert Kristina an Daniels, allerdings ist die Stimme irgendwie kantiger. Er könnte einer von Daniels Kollegen sein, von denen Sara nicht möchte, dass er sie trifft.

Daniel klingt verzweifelt.

»Aber das geht nicht, ich will da nicht mit reingezogen werden.«

Der Mann hebt etwas hoch, das zu seinen Füßen steht.

»Der Sinn der Sache ist doch, dass wir das zusammen durchziehen, und auf dich werden sie niemals kommen. Ich hole den Kram am Donnerstag wieder ab, spätestens Freitag.«

Kristina hört Daniel seufzen. Dann streckt er die Hand aus und nimmt die schwarze Tasche entgegen.

»Guter Junge«, sagt der Mann und nickt Daniel zu. Dann dreht er sich um und schlägt die Tür hinter sich zu.

Einen langen Augenblick bleibt Daniel stehen, dann öffnet er den kleinen Flurschrank und stopft die Tasche ganz hinten hinein.

Kristina beobachtet ihn schweigend und überlegt, ob sie ihn gut genug kennt, um zuzugeben, dass sie alles mitbekommen hat. Dann beschließt sie, es sein zu lassen.

Lautlos zieht sie sich von der Tür zurück und bleibt neben dem Bett stehen. Ein unbehagliches Schweigen liegt in der Wohnung. Sie hört Daniel im Flur auf und ab gehen, dann flucht er plötzlich.

»Das Hähnchen!«

Er öffnet die Wohnungstür und verschwindet. Obwohl sie jetzt wieder allein ist, wartet Kristina mehrere Minuten, bevor sie aus dem Zimmer geht. Sie schleicht zum Flurschrank und öffnet ihn. Darin ist ein einziges Durcheinander. Halstücher und Schals in verschiedenen Farben hängen an Haken an der Wand, und die Kleiderstange biegt sich unter der Last der Jacken und Pullover, der Boden ist von Schuhen bedeckt.

Kristina bückt sich. Im untersten Fach stehen ein paar Kartons, und dahinter die schwarze Tasche, die Daniel hineingestopft hat.

Kristina dreht sich um. Sie hat kein Recht, in diese Tasche zu schauen. Was auch immer sich darin befindet, ist ganz allein Daniels Sache. Und dieser Mann hat ja auch versprochen, sie bald wieder abzuholen.

Kristina geht ins Wohnzimmer und deckt den Tisch. Stellt die Teller hin und überlegt weiter, was in der Tasche sein könnte. Was, wenn es sich um Diebesgut handelt – oder Drogen.

Ihr graut, wenn sie daran denkt, dass der Mann wiederkommen wird. Sie hat immer gedacht, Sara würde übertreiben, wenn sie sich über Daniels Freunde beklagte. Jetzt versteht sie, warum ihre Schwester sich so über sie aufregt.

Kristina wirft die Servietten auf den Tisch. Ihr Herz pocht. Soll sie die Polizei rufen? Was würde dann mit Daniel passieren?

Sie denkt an Sara, die gesagt hat, dass sie ihn heiraten will.

Heftig zieht sie an der Besteckschublade. Es fällt ihr schwer, sich vorzustellen, Daniel könnte etwas Illegales tun. Sie kennt ihn doch, er ist nicht der Typ dafür. Oder täuscht sie sich?

Noch einmal geht sie zu dem Schrank und rückt die Kartons beiseite. Wenn sie in die Tasche hineinschauen will, bevor Daniel mit dem Hähnchen zurück ist, muss sie sich beeilen. Sie hebt sie heraus. Die Tasche ist leichter als erwartet. Kristina fährt mit dem Finger über den Reißverschluss, dann öffnet sie ihn entschlossen.

Einen Moment bleibt sie reglos stehen und starrt hinein. Was ist das? Plastik, eine Kiste Schrauben, eine Art Batterie, schwarzes Klebeband und Kabel. Sie schiebt das Plastik zur Seite und entdeckt ein rechteckiges, in Papier eingeschlagenes Paket.

Kristina zwingt sich, weiterzuatmen. Es kribbelt sie vor Unbehagen und sie beeilt sich, die Tasche wieder an denselben Platz zurückzustellen. Dann geht sie in die Kochnische.

Auf einer der Platten steht ein Topf mit der vorbereiteten Sauce. Kristina rührt langsam um, immer im Kreis. Sie muss irgendwie abschütteln, was sie gesehen hat. Wenn Daniel zurückkommt, darf er nicht merken, dass sie etwas weiß. Tränen brennen unter ihren Lidern, und sie versucht krampfhaft, sie zurückzuhalten.

Sie rechnet im Kopf. Fängt Sara morgen so spät an, dass sie noch da ist, wenn Kristina vom Café zurückkommt? Oder war das übermorgen? Sie müssen dringend unter vier Augen reden, aber irgendwie entgleitet Kristina der Gedanke. Sie atmet flach. Was passiert, wenn Daniel sie durchschaut?

Sie schüttelt den Kopf und geht zum Spülbecken, um sich die

Hände zu waschen. Das kalte Wasser brennt auf ihrer Haut, Kristina beißt die Zähne zusammen. Können Kabel zu etwas anderem verwendet werden, als sie normalerweise denken würde? Sara hat gesagt, Daniels Freunde hätten darüber gesprochen, eine Bombe zu bauen. Ist sie übertrieben ängstlich? Und weiß Daniel überhaupt, was sich in der Tasche befindet? Kristina hat jedenfalls nicht gesehen, dass er hineingeschaut hätte.

Plötzlich öffnet sich die Wohnungstür. Kristina dreht das Wasser ab und trocknet sich die Hände mit einem Geschirrtuch. Dann wartet sie gespannt, wer gekommen ist.

Im Flur zieht sich jemand die Schuhe aus. Kristina schluckt und versucht, sich zu fassen. Es klingt wie Sara, aber sie traut sich nicht zu rufen.

Als sie das blonde Haar und das fröhliche Gesicht sieht, läuft sie zu ihrer Schwester und fällt ihr um den Hals.

»Was ist denn los?« Sara lacht.

Kristina klammert sich an sie. Es ist so schön, dass Sara wieder zu Hause ist.

»Nichts«, murmelt sie. »Ich freue mich nur, dich zu sehen.«

Sara drückt sie fest an sich.

»Bist du dir sicher?«, flüstert sie in Kristinas Ohr.

In diesem Moment betritt Daniel den Flur.

»Hat hier jemand Grillhähnchen bestellt?«, ruft er laut.

Sara schiebt Kristina von sich, streichelt ihr die Wange und dreht sich dann zu Daniel um.

»Endlich!«, sagt sie fröhlich. »Ich habe so einen Hunger!«

Daniel geht ins Wohnzimmer und umarmt Sara, dann nickt er zum Tisch hinüber.

»Ihr habt schon gedeckt?«

»Kristina war doch den ganzen Nachmittag zu Hause«, sagt Sara und geht ins Bad, um sich die Hände zu waschen.

Kristina dreht sich zum Herd um. Sie spürt Daniels Blick im Nacken.

»Nein, das stimmt nicht, ich bin heute eingesprungen und bin erst eben zur Tür hereingekommen.«

»Trotzdem hast du eine Sauce zubereitet«, sagt Daniel und zeigt auf den Topf. »Das ging dann ja schnell!«

Sie kann nichts erwidern, ehe Sara wieder zurück ist.

»Genug geschwatzt, jetzt wird gegessen!«, sagt Sara energisch und packt das Grillhähnchen aus.

Während sie das Fleisch aufschneidet, redet sie ununterbrochen über den Pub, aber Kristina hört nicht richtig zu. Sie kann an nichts anderes denken als daran, wozu man die Dinge in der Tasche benutzen kann, und was Daniel tun wird, wenn er begreift, dass sie ihn gesehen hat.

22

DONNERSTAG, 28. SEPTEMBER, SPÄTER

Martinique starrte die Gibson-Les-Paul-Gitarre an, die ihr Mann zum fünfzigsten Geburtstag bekommen hatte und die er über alles liebte. Dabei drehte sie die Küchenschere in der Hand.

Seit dem missglückten Mittagessen mit Marcia hatte sie immer wieder versucht, Paul zu erreichen, aber sein Handy war seltsamerweise ausgeschaltet, und obwohl es weit nach zehn Uhr war, war er noch nicht von der Arbeit zurück.

Martinique seufzte und drückte die Spitze der Schere in ihre Handfläche. Sie hatte von Frauen gelesen, die aus Rache die Lieblingssachen ihrer Partner zerstörten, aber so destruktiv war sie nicht. Andererseits hatte Charlotte gesagt, sie solle sich nicht immer so klein machen und sich ruhig auch mal zur Wehr setzen. Wahrscheinlich würde es ihr guttun, wenn sie Pauls Krawatten abschnitt oder mit seinem Lieblingspullover die Toilette putzte, statt nur dazusitzen und zu hoffen, dass es eine Erklärung für alles gab.

Sie ließ die Schere über den Gitarrenhals gleiten. Sosehr sie sich auch bemühte, konnte sie sich nicht damit abfinden, was Marcia im Restaurant gesagt oder eben nicht gesagt hatte. Sie konnte sich einfach nicht vorstellen, dass Paul sie belog und mit Marcia zusammen etwas geheim hielt, was ihre Tochter Angela betraf.

Sie war so gekränkt, dass sie das Gefühl hatte, keine Luft zu bekommen. Wenn Paul sie darüber belog, was gab es dann noch, was er ihr nicht sagte? Vielleicht war ja ihr ganzes Leben auf Lügen gebaut? Vielleicht hatte er noch andere Frauen neben ihr, genau wie Marcias Mann Richard?

Martinique spürte, wie der Druck auf ihrer Brust zunahm, und atmete tief ein. Sie wollte keine Frau sein, die ihrem Mann permanent misstraute, sie wollte ihm vertrauen. Doch je mehr sie darüber nachdachte, desto mehr Sorgen machte sie sich. Marcia hatte ja auch gesagt, dass sie nie gedacht hätte, Richard könnte fremdgehen. Sie war fest davon überzeugt gewesen, dass sie eine glückliche Ehe führten, und hatte erst viel später begriffen, dass all die Luxusurlaube und großen Geschenke nur dazu gedient hatten, sein schlechtes Gewissen zu beruhigen. Hatte Paul ihr deswegen Blumen geschenkt? Ging ihr Leben gerade in Stücke?

Martinique versuchte, das schlimme Gefühl zu verdrängen, dass ihr Mann sie hinterging, und schaute noch einmal auf ihr Handy. Wirklich merkwürdig, dass Paul ihre Nachrichten nicht beantwortet hatte. Kurz hatte Martinique sogar in Erwägung gezogen, er könnte einen Unfall gehabt haben. Eine Stunde lang hatte sie in einer Mischung aus Hoffnung und Verzweiflung alle umliegenden Krankenhäuser abtelefoniert, um sich zu vergewissern, dass ihr Mann keinen Herzinfarkt erlitten oder einen Autounfall gehabt hatte, denn obwohl sie sich natürlich nicht wünschte, dass er krank oder verletzt war, so hätte es doch zumindest erklärt, warum er immer noch nicht da war. Nachdem auch diese Aktion zu keinem Erfolg geführt hatte, war sie genauso klug wie zuvor.

Wenn sie an Angela dachte, schnürte sich ihr der Magen zusammen. Was sollte aus ihrer Tochter werden, wenn sie und Paul sich scheiden ließen? Sie wusste ja, dass ihr Mann in Erziehungsdingen deutlich nachgiebiger war als sie und ihr vorhielt, sie stelle zu hohe Ansprüche an ihre Tochter. Er selbst fand es wichtiger, dass sie sich ausprobieren konnte.

Martinique seufzte. Wenn Paul die Regeln machen dürfte, hätte Angela wahrscheinlich längst die Schule geschmissen, wäre den Hells Angels beigetreten und würde Nacktfotos von sich im Internet verkaufen, um ihre nächste Motorradreise zu finanzieren.

Müde rieb Martinique sich die Stirn. In Momenten wie diesem vermisste sie Sara unendlich. Mit ihr hatte sie über solche Probleme reden können. Sara hörte immer zu, egal wie albern und unbegründet Martiniques Sorgen auch sein mochten.

Als das Handy plötzlich piepte, riss Martinique es an sich und war fast enttäuscht, als sie sah, dass die Nachricht nicht von Paul, sondern von Angela war.

Zögernd klickte sie sie an. Im Laufe des Tages hatte sie mehrmals überlegt, ihre Tochter anzurufen und geradeheraus zu fragen, was sie Paul und Marcia anvertraut hatte, wusste aber im Grunde, dass das nach hinten losgehen musste. Sie wollte nicht riskieren, mit Angela in Konflikt zu geraten, wenn diese sich gerade am anderen Ende der Stadt befand und das Gespräch einfach wegdrücken konnte. Und auch wenn Martinique es nicht gerne zugeben wollte, musste sie Marcia zustimmen, dass es gut war, wenn Angela sich mit ihren Problemen wenigstens ihrer Tante anvertraute. Martinique musste sich wohl oder übel auf

Marcias Einschätzungsvermögen verlassen, auch wenn es ihr schwerfiel, einer Frau zu vertrauen, die sich freiwillig von Bienen ins Gesicht stechen ließ, weil man davon angeblich glattere Haut bekam, und die darüber hinaus ein Dauerabo für vaginale Dampfbehandlungen hatte, um dem Alterungsprozess in den niederen Regionen vorzubeugen.

Angelas Nachricht war knapp wie immer. *Bin okay. Birdie und ich gehen jetzt schlafen.*

Die Nachricht beruhigte Martinique ein wenig. Sie ging ins Schlafzimmer und legte die Schere auf den Nachttisch. Es war wohl doch besser, wenn sie sich wie eine vernünftige Erwachsene benahm und ins Bett ging. Paul würde bestimmt früher oder später mit einer logischen Erklärung auftauchen, und dann würde sie sich ärgern, dass sie den ganzen Abend darauf verschwendet hatte, sich unnötig zu quälen.

Bevor sie ins Bett kroch, raffte sie die besten Kissen an sich. Angesichts dessen, was sie heute wegen Paul durchgemacht hatte, hatte sie sich wenigstens einen guten Nachtschlaf verdient.

Als Martinique am nächsten Morgen erwachte, lag Paul zu ihrer großen Verwunderung neben ihr und schlief. Anscheinend hatte sie gar nicht gemerkt, wie er nach Hause gekommen war.

Ihr Mann sah aus wie immer. Er lag da und schnarchte und sah kein bisschen nach Herzinfarkt aus oder als wäre er von einem Bus überfahren worden.

Martinique musterte ihn misstrauisch und überlegte, ob sie es ihm anmerken würde, wenn er bei einer anderen Frau gewesen wäre. Er roch genau wie immer, und sie konnte keine Lippenstiftspuren auf seinem Gesicht oder an seiner Kleidung entdecken.

Martinique ließ sich ins Kissen zurücksinken. War es albern, dass sie so heftig reagierte? War sie irre geworden? Marcia hatte aber ja bestätigt, dass es etwas gab, worüber er log; völlig unbegründet waren ihre Ängste also nicht. Außerdem hatten Paul und sie die unausgesprochene Vereinbarung, sich jeweils beim anderen zu melden, wenn man später als sonst nach Hause kam. Es war ja wohl nicht zu viel von ihm verlangt, sie kurz anzurufen, wenn er noch in den Pub wollte, oder wenigstens ans Handy zu gehen, wenn sie anrief.

Martinique spürte, wie es sie in den Fingern juckte. Sie hatte große Lust, Paul auf den Arm zu schlagen, stattdessen piekte sie ihn nur in die Seite.

Paul grunzte und drehte sich um. *Immerhin lebst du also noch,* dachte sie bitter.

»Paul?«

»Mhm.«

»Paul, bist du wach?«

»Nein.«

Martinique verdrehte die Augen. Sie hatte nicht vor, länger zu warten.

»Was war gestern los? Ich habe dich zigmal angerufen, aber erst bist du nicht rangegangen, und dann war dein Handy aus.«

Paul streckte sich nach dem Wecker, kam aber nicht dran und murmelte irgendetwas Unverständliches. Martinique richtete sich auf und lehnte sich mit dem Rücken an das Kopfende. Diesmal wollte sie sich nicht so schnell geschlagen geben.

»Was hast du gesagt?« Sie versetzte ihm unter der Bettdecke

einen sanften Tritt. »Hallo, Paul? Ich habe dich nicht richtig verstanden.«

Er schnaubte und drehte sich auf den Rücken.

»Entschuldige. Mein Akku war leer.«

Er griff nach dem Handy, das er offenbar zum Laden auf den Nachttisch gelegt hatte und seufzte, als er sah, wie spät es war. »Ich muss mir wohl bald ein neues kaufen«, murrte er. »Ein einziges Telefonat, und schon ist der Akku leer.«

Es dauerte eine Weile, bis er richtig zu sich kam, dann drehte er sich endlich zu Martinique um.

»Es tut mir leid. Tom war ziemlich angetrunken und ich musste ihm helfen, heil nach Hause zu kommen. Aber du wusstest ja, dass ich am Abend noch etwas mit Kollegen vorhatte.«

Martinique schüttelte den Kopf.

»Ich habe es dir schon vor Wochen gesagt! Wir haben Rashid verabschiedet, hast du das vergessen?«

Martinique schluckte. In letzter Zeit hatte sie so viel um die Ohren gehabt, dass sie anscheinend den Überblick verloren hatte. Nun, als Paul es sagte, fiel ihr tatsächlich wieder ein, dass er etwas von einer Abschiedsparty für einen Kollegen gesagt hatte. Plötzlich schämte sie sich für ihre Verdächtigungen vom Vortag. Ihre Nerven lagen ganz schön blank.

»Entschuldige. Es ist gerade alles furchtbar stressig für mich.«

Paul lächelte.

»Schon gut. Hast du dir Sorgen gemacht?«

Martinique nickte.

»Ich habe alle Krankenhäuser abtelefoniert.«

Er lachte laut auf. Dann bildete sich eine Falte zwischen seinen Augenbrauen.

»Schön, dass es jemanden kümmert, wenn ich verschwinden würde. Was haben sie denn im Krankenhaus gesagt, hatten sie ein paar gutaussehende Zweiundfünfzigjährige auf Lager?«

»Ja, ausschließlich gutaussehende, daher wusste ich wenigstens, dass du nicht dabei warst.«

»Ha, ha, sehr witzig!«

Martinique zog die Bettdecke zurecht.

»Da ist noch etwas, das ich mit dir besprechen muss. Ich habe mich gestern in der Mittagspause mit Marcia getroffen und sie sagte, es wäre irgendetwas mit Angela.«

Martinique merkte, wie Pauls Blick sich veränderte.

»Ach ja? Was meinst du damit?«

»Marcia meinte, ich sollte dich fragen.«

Paul stand aus dem Bett auf.

»Ich habe keine Ahnung«, sagte er ausweichend.

Martinique stand ebenfalls auf.

»Paul, wenn du etwas weißt, musst du es mir sagen. Ich bin schließlich ihre Mutter.«

Paul blickte sich suchend um.

»Hast du meine schwarze Jeans gesehen?«

Martinique zeigte auf den Stuhl in der Ecke, der unter Kleidungsstücken verschwand.

»Wahrscheinlich liegt sie da.«

Er durchwühlte den Kleiderhaufen und Martinique stellte sich hinter ihn.

»Ich meine es ernst, Paul. Ich sehe dir doch an, dass du etwas weißt.«

»Ich habe Angela versprochen, dir nichts zu sagen«, murmelte er.

In Martiniques Ohren begann es zu rauschen. Dann stimmte es also. Etwas war passiert, und sie durfte nichts davon wissen. Ihre Gedanken fuhren Achterbahn. Hatte Angela etwas verbrochen oder war sie überfallen worden? Verzweifelt versuchte sie, sich einen Reim darauf zu machen. Was konnte nur los sein? Angela war doch wohl nicht etwa schwanger?

Als Paul sich umdrehte, verschränkte sie die Arme vor der Brust.

»Ich lass dich nicht durch, bevor du es mir gesagt hast.«

»Jetzt mach doch kein solches Ding daraus!«

»Sag mal, geht's noch? Es handelt sich hier um meine Tochter, ich habe das Recht zu wissen, was passiert ist!«

»Aber Angela möchte es nicht.«

Martinique sank in sich zusammen.

»Warum?«, fragte sie unglücklich.

Paul biss sich auf die Lippen.

»Weil du so schnell überreagierst. Oder sie hat einfach Angst, dich zu enttäuschen, ich weiß es nicht.«

Martinique schluckte. Dann war sie also so ein Drache, dass ihre eigene Tochter nicht wagte, sie um Hilfe zu bitten.

»Du musst es mir sagen, ich gehe kaputt vor Angst!«, jammerte sie.

Paul setzte sich auf die Bettkante.

»Zum einen ist es nicht so schlimm, wie du zu glauben scheinst. Sie hat bloß etwas richtig Dummes gemacht und brauchte Hilfe. Aber sie hatte wahnsinnige Angst davor, wie du reagieren würdest.«

Martinique schüttelte den Kopf.

»Aber ich bin immer für sie da! Ich bin doch sogar mit zum

Rektor gegangen, als sie bei der Prüfung geschummelt hatte, und ich habe die Süßigkeiten zurückgebracht, die sie bei Tesco geklaut hat.«

»Das ist lange her. Sie ist jetzt viel älter.«

Paul schloss sie in seine Arme.

»Angela ist beinahe erwachsen. Du musst das akzeptieren und sie langsam loslassen. Sie findet dich viel zu streng.«

»Aber ich will doch nur, dass ihr nichts passiert.«

Martinique spürte Pauls warmen Atem, als er sie auf die Stirn küsste.

»Ich weiß«, flüsterte er.

Martinique ließ sich in seine Arme sinken. Sie wusste, dass er recht hatte. Dennoch, wie konnte sie Angela in die Welt da draußen ziehen lassen? Martinique schauderte, wenn sie an all das Schreckliche dachte, das passieren konnte.

»Hast du mir deshalb neulich Blumen gekauft?«, fragte sie vorsichtig.

Paul nickte.

»Ich hatte ein schlechtes Gewissen, weil ich nicht mit dir darüber reden konnte.«

»Und dieses Telefonat neulich am Morgen, das ich nicht mitbekommen sollte?«

»Da ging es ebenfalls um Angela.«

Martinique seufzte und knuffte ihn in die Seite.

»Und ich dachte schon, du wärst mir untreu.«

Paul lachte, dann wurde er ernst.

»Aber Liebling, du weißt schon, dass ich dir das niemals antun würde, oder?«

Sie blickte auf und sah ihm in die Augen.

»Ja, das weiß ich. Aber dann musste ich an Richard denken, und …«

Sie holte tief Luft. Paul fasst nach ihrem Kinn.

»Richard ist ein versnobter Multimillionär, der Rolexuhren sammelt und im Privatjet durch die Gegend fliegt, und ich bin ein Universitätsdozent, der Briefmarken sammelt und einen rostigen Mazda fährt. Ich glaube, man kann durchaus sagen, dass wir einen sehr unterschiedlichen Lebensstil haben.«

Martinique lächelte schief.

»Da hast du natürlich recht«, sagte sie und lehnte den Kopf an seine Schulter. »Und es ist wirklich nichts richtig Schlimmes passiert?«

»Nein.«

»Und sie hat dich und Marcia um Hilfe gebeten?«

»Mhm.«

»Aber du willst mir nicht sagen, worum es geht?«

Paul strich ihr über den Rücken.

»Es ist besser, wenn du wartest, bis sie bereit ist, es dir selbst zu erzählen.«

Martinique seufzte.

»In Ordnung. Ich werde versuchen, weniger … streng zu sein.«

»Sie wünscht sich nichts mehr, als dass wir ihr vertrauen. Und auch wenn sie etwas Dummes angestellt hat, ist sie am Ende doch damit zu mir gekommen.«

»Okay.«

»Schön.«

Martinique küsste Paul auf die Wange.

»Willst du zuerst duschen oder soll ich?«

Paul seufzte.

»Können wir uns nicht einfach noch mal hinlegen?«

Sie löste sich vorsichtig aus seiner Umarmung.

»Dann würde es nicht lange dauern, bis dein Chef anruft.«

»Was für ein Glück, dass mein Handy kaputt ist«, sagte er und gähnte.

»Du musst dich dringend darum kümmern, dass es wieder geht. Wenn ich schon nicht auf Angela aufpassen darf, dann wenigstens auf dich.«

»Klar«, sagte Paul und zog das T-Shirt aus, in dem er geschlafen hatte. »Du darfst mir sogar einen GPS-Sender einbauen.«

Er zeigte auf eine Stelle knapp unter seinem Haaransatz im Nacken.

»Das klingt gut. Meinst du, der Tierarzt hier in der Straße könnte das machen?«

»Bestimmt«, sagte Paul und ging ins Bad. »Du weißt doch, dass ich alles für dich tun würde.«

»Sicher«, murmelte Martinique und konnte ein Lächeln nicht unterdrücken. Auch wenn es sie noch immer verletzte, dass Angela sich nicht mit ihr zu reden traute, schien zumindest ihre Ehe nicht gefährdet zu sein.

Als Paul unter der Dusche stand, fiel ihr wieder ein, was Charlotte zu ihr gesagt hatte: dass sie mehr für sich einstehen musste.

»Ach, übrigens«, rief sie laut. »Wenn du noch mal versuchst, mir Blumen zu schenken, um zu vertuschen, dass du mich belogen hast, dann weiß ich genau, wo ich sie hinstopfen werde!«

23

DONNERSTAG, 5. OKTOBER

Charlotte musterte diskret die Bücher, die die Frau mit dem dünnen, wirren Haar vor ihr abgelegt hatte. *Stricken mit Hundehaar, Verliebt in einen Esel, Kannibalismus – gewusst wie* und *Sind Frauen auch Menschen?*

Sie hatte inzwischen gelernt, gelassener zu reagieren, wenn Kunden merkwürdige Titel kauften, und lächelte die Frau im cremefarbenen Pullover nur an.

»Haben Sie alles gefunden, was Sie gesucht haben?«

»Ja«, sagte sie knapp.

»Schön!«

Charlotte gab die Preise in die Kasse ein und überlegte, was sie noch sagen könnte. Das Schwierigste war tatsächlich, immer freundlich und interessiert zu klingen.

»Das ist ja eine interessante Mischung«, sagte sie. »Ist das für ein Schulprojekt?«

Die Frau schüttelte den Kopf und zog ihr Portemonnaie heraus.

»Nein, die sind für meinen Vater. Er braucht ein bisschen Beschäftigung.«

Charlotte verzog den Mund.

»Aha. Ja, Kannibalismus ist bestimmt ein nettes Hobby.«

Die Frau schien den Witz nicht zu verstehen. Sie warf ihr einen verärgerten Blick zu und reichte ihr die Kreditkarte.

»Ja«, sagte sie tonlos. »Alt werden ist gar nicht so einfach. Irgendetwas braucht man da, um sich abzulenken.«

Als sie gegangen war und Charlotte sich bewusstmachte, was das eigentlich für Bücher gewesen waren, überlegte sie ernsthaft, ob es einen Moralkodex für Buchhändler gab. Zwar hatte sie die Bücher nicht gelesen, aber ein Buch mit dem Titel *Sind Frauen auch Menschen?* zu verkaufen, fühlte sich irgendwie falsch an.

Charlotte hatte den anderen noch immer nichts von dem Mann in der hellblauen Steppjacke und der Särgebastelanleitung gesagt, aber damals hatte sie dasselbe ungute Gefühl gehabt. Es war eine gewichtige Frage: Gab es Titel, die man aus Prinzip nicht verkaufen sollte? Und wo zog man dann die Grenze? Waren Krimis okay, die in Gewaltfantasien schwelgten oder ausführlich sexuelle Übergriffe schilderten? Und was war von Büchern zu halten, in denen es ums Zerlegen von Kadavern ging? Es gab schließlich keine Garantie dafür, dass sich nicht irgendein Serienmörder dadurch inspirieren ließ.

Charlotte lächelte wehmütig. All diese Fragen hätte sie gerne mit ihrer Mutter diskutiert. Kristina hatte immer kluge Ansichten gehabt und man konnte wunderbar mit ihr reden.

Sie seufzte. Es hatte lange gedauert, bis sie den Tod ihrer Mutter verarbeitet hatte, und noch immer kam es vor, dass dieses dunkle, abgrundtiefe Gefühl des Verlassenseins sie überkam. Charlotte hatte sich nicht einmal zu fragen getraut, woran ihre Tante eigentlich gestorben war, aus Angst, es könnte sich um denselben bösartigen Krebs gehandelt haben, dem ihre Mutter erlegen war und der damit vielleicht erblich sein könnte. Es war wirklich hart, so viele wichtige Menschen im Leben verloren zu haben. Sie ertrug kaum den Gedanken daran, denn sobald sie zu analysieren begann, was geschehen war, steckte sie in einem Teufelskreis aus Angst und Trauer fest und hatte das Gefühl, alle, die sie mochte, würden ihr genommen.

Energisch schüttelte Charlotte die düsteren Gedanken ab und nickte Martinique zu, die mit einem Tablett an ihr vorbeiging. Martinique hatte schnell heraus, wie man Vanilleträume, Karamellgebäck und Himbeerhippen buk. Die gesamte Buchhandlung duftete nach frischem Kuchen, und ein Großteil der Kunden nutzte die Gelegenheit, eine Tasse Kaffee mit einem Stück schwedischem Gebäck zu bestellen oder etwas mit nach Hause mitzunehmen.

Auf dem Schild draußen auf dem Bürgersteig stand als besonderes Angebot »Swedish Fika«, und viele Besucher waren neugierig, was sich dahinter verbarg. Am heutigen Donnerstagnachmittag war es allerdings eher ruhig.

Sam hatte sich an einen der Café-Tische gesetzt und blätterte in den Frühjahrsvorschauen der Verlage, um herauszusuchen, welche Bücher sie einkaufen sollten. Charlotte musterte sie, wie sie in ihrer lila Strumpfhose und den kurzen Ledershorts auf dem Stuhl lümmelte und vor sich hin pfiff. Seit dem Streit hatten sie kaum ein Wort gewechselt, und Charlotte hatte das Gefühl, Sam würde ihr ausweichen. Das war eigentlich ganz angenehm. Charlotte konnte sich auf ihre Arbeit konzentrieren, und Sam traf Vorbereitungen für die Leseecke, die sie unter der Treppe einrichten wollte. Gestern hatte sie tatsächlich ganz allein die Abstellkammer ausgeräumt, die Wände gestrichen und seltsamerweise auch noch Platz für all das Zeug gefunden, das bisher dort aufbewahrt worden war. Doch Charlotte hatte ihr noch kein grünes Licht gegeben, irgendwelche Einrichtungsgegenstände zu kaufen. Sie grübelte nach wie vor darüber, wie sie die finanzielle Situation der Buchhandlung in den Griff bekommen sollte. Auch wenn es großartig war, dass sie durch Martiniques Kaffee und Gebäck zusätzliche Einnahmen hatten, reichte es noch lange nicht, um die angehäuften Schulden zu begleichen.

Als Charlotte William auf der Treppe erblickte, machte ihr Herz einen Sprung. Sie hatten sich so gut wie nicht gesehen, seit sie vor etwas mehr als einer Woche spazieren gegangen waren, und sie merkte, dass sie ihn vermisst hatte. Wie immer schlenderte er mit den Händen in den Hosentaschen heran und sah auf ungezwungene Weise gut aus.

»Hallo, wie geht es dir?«

Charlotte machte eine große Geste.

»Wie du siehst, läuft der Verkauf blendend.«

Er lachte, und ihr wurde innerlich ganz warm.

»Mach dir keine Sorgen. Bei allem, was ihr im Gange habt, wird es schon irgendwie werden.«

Sam blickte von den Katalogen auf und fragte ihn:

»Und wie läuft es bei dir? Du siehst zufrieden aus, hat sich deine Schreibblockade gelöst?«

William lächelte, und Charlottes Blick blieb an den Grübchen in seinen Wangen hängen, die sich unter den Bartstoppeln abzeichneten.

»Ja, das kann man wohl sagen. Ich hatte eine Inspiration.«

Als er wieder zu Charlotte hinüberschaute, wäre sie am liebsten mit den Fingern durch sein dickes, glänzendes Haar gefahren. *Zum Glück bin ich diszipliniert,* dachte sie erschrocken.

»Cool«, sagte Sam. »Und wie läuft das, mit so einer Inspiration?«

William zuckte die Achseln.

»Man hat plötzlich wieder Ideen.«

Er lachte und ging um die Theke herum, um sich Kaffee einzuschenken.

»Möchte sonst noch jemand?«

Charlotte schüttelte den Kopf.

»Manche Autoren haben Tricks, wie sie ihre Kreativität steigern können«, fuhr er fort und balancierte die randvolle Tasse in der Hand.

»Ja, Dan Brown macht zum Beispiel Kopfstand«, sagte Sam.

»Ach, das ist doch überhaupt nicht originell! Ich habe gehört, manche duschen nicht mehr, um der Versuchung zu widerstehen, auszugehen statt zu schreiben«, sagte William und grinste.

Sam rümpfte die Nase.

»Kopfstand scheint mir da aber doch die bessere Alternative. Zumindest, wenn du je wieder Sex haben willst.«

William setzte sich, blies auf seine Kaffeetasse, und Charlotte beobachtete ihn.

»Wie schreibt man eigentlich ein Buch?«

Er trank einen Schluck.

»Ich habe keine Ahnung.«

»Aber dein erster Roman«, sagte Sam und schlug den Katalog zu. »Wie hast du den geschrieben?«

William drehte sich zu ihr um.

»Das ist ja das Verrückte. Ich weiß es nicht. Das Schreiben ist wie ein Juckreiz, wenn die Geschichte da ist, lässt sie mir einfach keine Ruhe mehr. Ich muss mich dann sozusagen kratzen.«

Sam verzog das Gesicht.

»Wenn du nicht mehr duschst, ist es kein Wunder, dass es dich überall juckt.«

William griff sich in den Nacken.

»Ha, ha«, sagte er säuerlich. »Ich weiß selbst, dass es albern klingt, aber ich kann es nicht besser beschreiben. Ich muss einfach schreiben, sonst werde ich verrückt.«

»Und jetzt juckt es gerade?«

Er nickte.

»Super«, sagte Sam. »Das müssen wir feiern!«

»Wollen wir heute Abend zusammen Essen gehen?«, schlug William vor.

Sam nickte eifrig.

»Ja, ins *Swan*!«

William wendete sich Charlotte zu und blickte ihr in die Augen.

»Du kommst doch mit?«

Charlotte schluckte. So gerne sie auch mit William Zeit verbrachte, war es doch wahrscheinlich keine gute Idee, zusammen auszugehen. Je mehr sie zuließ, ihn zu mögen, desto schwerer würde ihr der Abschied fallen. Außerdem wollte Sam sie ja wohl kaum dabeihaben.

»Ich glaube, ich kann nicht.«

Sam verdrehte die Augen.

»Du lässt dir die Chance entgehen, das Londoner Nachtleben kennenzulernen?«

Charlotte hielt mitten in der Bewegung inne. Hatte sie richtig gehört? Wollte Sam, dass sie mitkam, oder war es nur ein gemeiner Scherz?

William lehnte sich über die Theke.

»Komm schon, es wird bestimmt nett!«

Sam musterte sie von oben bis unten.

»Ich kann dir auch mit den Klamotten helfen.«

Charlotte blickte sich verwirrt um. Hatte Sam gerade ihre Hilfe angeboten? Ohne sarkastisch zu werden?

»Mal sehen«, murmelte sie unsicher.

Sam nickte zur Küche hin.

»Will, fragst du Martinique, ob sie Lust hat mitzukommen?«

Sobald er außer Sichtweite war, kam Sam um die Theke herum und maß Charlotte um die Hüfte.

»Du hast keine Tätowierung, die du zeigen könntest? Ich meine, um ein bisschen sexier auszusehen?«

»Nein, du?«

Sam lächelte überlegen.

»Klar, hat doch jeder!«

Als Charlotte den Kopf schüttelte, entblößte Sam ihre Schulter und zeigte ihr ein schwarzes Dreieck mit einem Kreis und einem Strich darin.

»Mein Harry-Potter-Tattoo. Die Heiligtümer des Todes, du weißt schon.«

»Ach so.«

Sam zog das T-Shirt wieder gerade und musterte Charlotte eingehend.

»Wir müssen diesen *Ich-kaufe-meine-Sachen-bei-Sainsbury's-Look* ein bisschen wegkriegen.«

Charlotte schnaubte. Sie hatte noch nie Kleidung in einem

Lebensmittelgeschäft gekauft, wusste aber, was Sam meinte: Sie hatte nicht gerade den originellsten Kleidungsstil. Vor Alex' Tod hatte sie ein bisschen mehr auf ihr Äußeres geachtet, aber jetzt war es ihr einfach nicht mehr so wichtig.

»Du könntest richtig hübsch aussehen«, erklärte Sam laut. »Aber du musst dir ein bisschen mehr Haltung zulegen. Sprich mir nach: *Ich bin sexy!*«

Charlotte starrte sie erschrocken an.

»Nie im Leben!«

»Warum nicht? Das nennt man Affirmation, das ist eine richtige Wissenschaft. Wenn du etwas werden willst, musst du es laut aussprechen. Komm schon. *Ich bin eine Sexgöttin.* Sag das mal!«

Charlotte schüttelte den Kopf.

»Ich kann nicht.«

Sam zuckte die Achseln.

»Selbst schuld«, sagte sie und griff nach Charlottes Ausschnitt, um ihn ein bisschen zu weiten.

»Okay«, sagte Charlotte, und kämpfte zugleich darum, sich aus Sams Griff zu befreien. »Ich komme heute Abend mit, wenn du aufhörst, an meinen Klamotten zu zerren.«

»Versprochen?«

»Ja. Aber ich entscheide selbst, was ich anziehe!«

Sam hob die Hände, um zu signalisieren, dass sie sich ergab.

»Okay, wenn du dir sicher bist«, sagte sie zufrieden. »Nur, um es gesagt zu haben: etwas Rotes, Glänzendes würde zu dir passen. Oder warum nicht Leopardenmuster? Ich glaube, so etwas gefällt Will.«

»Ja, klar«, sagte Charlotte heftig. »Und jetzt muss ich noch schnell was erledigen.«

So rasch sie konnte, verschwand Charlotte im Büro und schloss die Tür hinter sich. Das Blut war ihr in den Kopf geschossen, und sie spürte, dass ihre Wangen ganz heiß waren. Sie mochte es nicht, so begutachtet und kommentiert zu werden, und fragte sich jetzt, ob Sam es wirklich gut mit ihr meinte. Vielleicht sah sie nur die Chance, ihr eins auszuwischen?

Beschämt schaute sie an sich herab. Jeans und T-Shirt. Sie musste Sam rechtgeben. Auch wenn sie keine Lust hatte, aufzufallen, könnte sie schon einmal etwas Neues ausprobieren. Früher hatte es ihr schließlich auch Spaß gemacht, sich mit Kleidern und Schminke auszudrücken, und auch wenn sie wahrscheinlich nie mehr mit so viel Begeisterung darangehen würde wie früher, konnte es kaum schaden, wenn sie wieder ein bisschen mehr Zeit auf sich selbst verwendete.

Charlotte dachte an ihre Lieblingskleidungsstücke in Schweden. Sie waren teilweise so schick, dass selbst Sam sie gutheißen würde. Zum Beispiel das enge, nachtblaue Seidenkleid mit Schlitz, in dem sie einige unvergessliche Abende erlebt hatte, ein smaragdgrüner Kunstpelz aus Paris und ein Paar wunderschöne, kniehohe Stiefel aus malvenfarbenem Samt. Doch sosehr Charlotte diese Kleidungsstücke auch geliebt hatte, sie würde sie doch nicht mehr tragen wollen. Sie gehörten in ein anderes Leben, und sie musste herausfinden, wer sie jetzt war.

»Ich bin ... sexy«, flüsterte sie leise und lachte. Gott, wie albern, Sam hatte sie bestimmt auf den Arm genommen.

Charlotte begegnete ihrem Blick in dem kleinen Wandspiegel. Sie konnte nicht mehr nein sagen, nachdem Sam endlich die Hand ausgestreckt hatte, aber sie würde nicht lange bleiben. *Höchstens eine Stunde,* dachte sie, und auf keinen Fall durfte sie sich allzu lange mit William unterhalten. Nein, am besten setzte sie sich gar nicht erst neben ihn. Lieber hielt sie sich an Martinique. Sie konnten sich über *Jane Eyre* unterhalten, das hatte sie gerade gelesen. Und wenn sie schon mitging, dann konnte es auch nicht schaden, wenn sie sich ein bisschen zurechtmachte.

Charlotte musste an Saras großen Kleiderschrank denken. Darin gab es bestimmt etwas Elegantes, das sie sich ausleihen konnte. Natürlich nichts, was allzu gewagt war. Sie würde ihren Körper ordentlich bedecken. Und auf keinen Fall irgendetwas Leopardengemustertes nehmen, wie Sam vorgeschlagen hatte. Das kam überhaupt nicht infrage.

Ganz wohl fühlte Charlotte sich in der roten Bluse mit den Goldknöpfen nicht, die sie zwischen Saras Kleidern gefunden hatte, aber irgendetwas musste sie ja anziehen, und als sie die Treppe hinunterging, klopfte ihr Herz erwartungsvoll.

Sam lehnte an der Theke.

»Das ist auf jeden Fall schon mal ein Schritt in die richtige Richtung«, sagte sie und musterte die Bluse.

Charlotte zupfte sie zurecht, sie kam ihr ein wenig zu eng vor.

»Danke.«

Sam griff nach ihrem kleinen schwarzen Lacklederrucksack.

»Dann lass uns mal los, William ist schon dort.«

Charlotte blickte sich um.

»Und Martinique?«

Sam schüttelte den Kopf.

»Sie kann nicht. Anscheinend ist irgendetwas mit ihrer Tochter.«

Charlotte erstarrte. Sie brauchte Martinique als Rettungsanker! Sie musste ihr helfen, sich von William fernzuhalten.

»Schade. Es ist doch nichts Schlimmes? Soll ich sie anrufen und fragen, ob sie Hilfe braucht?«

Sam hob eine Augenbraue.

»Nein, sie kommt schon zurecht. Lass uns gehen.«

Die Ladenbesitzer des Riverside Drive waren schon dabei, ihre Sachen reinzuräumen. Der Blumenhändler trug die großen Zinkeimer mit den Rosen hinein, und der Besitzer des Fleisch- und Käseladens balancierte auf einer Leiter, um den Wimpel mit der Aufschrift »Open« einzuholen. Beide grüßten Charlotte freundlich, die sich anstrengen musste, mit Sam Schritt zu halten. Obwohl Sam Plateaustiefel trug, kam sie auf dem unregelmäßigen Kopfsteinpflaster erstaunlich schnell voran. Als Sam merkte, dass Charlotte hinterherhinkte, warf sie einen Blick auf ihre Schuhe.

»Warum trägst du nie Absätze? Damit kann man doch viel besser laufen!«

Charlotte wusste nicht, was sie darauf sagen sollte und zuckte mit den Schultern.

»Hast du zu breite Füße?«, fragte Sam weiter. »In Camden gibt es massenhaft Läden, die auf Schuhe für Transvestiten spezialisiert sind. Da würdest du bestimmt etwas finden.«

Charlotte starrte sie an. Stichelte sie schon wieder, oder war es nur ein missglückter Witz? Sie wollte gerade etwas zu ihrer

Verteidigung vorbringen, da war Sam ihr schon wieder mehrere Meter voraus und sie musste sich beeilen, hinterherzukommen.

Inzwischen dämmerte es, und der Stadtteil, den sie jetzt durchquerten, war voller kleiner Restaurants mit Freisitzen. In den Straßen hingen bunte Lampions, gedämpfte Musik drang aus angelehnten Türen, und überall waren lachende Grüppchen unterwegs. Abgesehen von fernem Autohupen war die Stimmung richtig gemütlich, und so freute Charlotte sich trotz Sams Kommentar, dass sie sich durchgerungen hatte mitzukommen. Noch immer hatte sie wenig von London gesehen, doch jedes Mal, wenn sie die Buchhandlung verließ, war sie begeistert, was es alles zu entdecken gab. Neben einem Spaziergang zum Big Ben, dem Westminsterpalace und London Eye sowie einem Besuch auf dem Borough Market, einem großen Lebensmittelmarkt unter der London Bridge, war sie nur mit Martinique in Notting Hill gewesen. Sie waren an einem Samstagmorgen hingefahren, um auf den Portobello Market zu gehen und ein paar Kleinigkeiten zu besorgen, die sie für den Laden brauchten. Charlotte hatte die Gelegenheit genutzt, zwischen den vielen Ständen und Antiquitätengeschäften herumzuschlendern.

Es schien keine Rolle zu spielen, wo in London man unterwegs war – überall gab es wunderschöne Ecken. In Notting Hill gab es, genau wie in Riverside, viele viktorianische Stadthäuser, die in den verschiedensten Farben gestrichen waren. Dort war es außerdem sehr grün, viele Häuser hatten kleine Gärten, und in fast jeder Straße gab es nette kleine Cafés. Charlotte wäre am liebsten überall hineingegangen, aber auf Martiniques Anraten wartete sie bis zu ihrem geplanten Brunch im

Grangers & Co, wo sie es sich mit Ricotta Hotcakes mit Bananen und Honigbutter, Sweet Corn Fritters mit gerösteten Tomaten, Spinat und Speck sowie einer großen Auswahl frisch gebackener Muffins richtig gutgehen ließen. Der einzige Nachteil an London schien zu sein, dass es immer noch mehr zu entdecken gab. Charlotte würde mindestens ein Jahr brauchen, um die ganze Stadt gesehen zu haben.

Als sie *The Swan* betraten und Charlotte William an einem Ecktisch auf einem halbmondförmigen Sofa erblickte, errötete sie. William nickte ihnen fröhlich zu. Ausnahmsweise hatte er sein Hemd gebügelt, oder zumindest Teile davon, die Ärmel waren immer noch knitterig. Charlotte versuchte, sich ganz außen hinzusetzen, aber Sam schob sie gleich weiter, sodass sie direkt neben ihm saß.

»Hallo«, sagte Sam munter und zog ihre Jacke aus. »Hast du einen Buchvertrag in der Tasche oder freust du dich einfach nur, mich zu sehen?«

»Sehr witzig«, sagte William trocken. »Ihr habt ja ganz schön lange gebraucht!«

Sam verdrehte die Augen.

»So etwas sagt man einer Dame aber nicht! Ich muss aufs Klo, kannst du schon mal ein Pimm's für mich bestellen?«

»Auf jeden Fall. Ich finde, wir starten alle mit einer Runde Pimm's.« William wendete sich Charlotte zu. »Oder möchtest du lieber etwas anderes?«

Charlotte überlegte kurz, sich eine Tasse Tee zu bestellen, sah aber ein, dass es nicht gerade gesellig wirken würde. Dabei war der Tee in London wirklich lecker, vor allem, wenn es Scones, Schwarze Johannisbeermarmelade und diese spezielle goldgelbe

Sahne aus nichtpasteurisierter Milch dazu gab, die man *clotted cream* nannte.

»Pimm's ist gut, danke.«

Sie sah Sam in Richtung Toilette verschwinden und seufzte. William, der gerade aufstehen wollte, sah sie prüfend an.

»Alles in Ordnung?«

Charlotte nickte.

»Ja, alles gut.«

Er setzte sich wieder und kam ihr dabei so nah, dass ihr Herz für einen Schlag aussetzte.

»Bist du sicher? Du wirkst irgendwie bedrückt.«

Charlotte schüttelte den Kopf.

»Nein, geht schon. Ich bin nur ... Also ich glaube ...« Sie atmete lange aus. »Ich glaube, Sam hasst mich.«

Verlegen sah sie ihm ins Gesicht und wartete auf eine Bestätigung, aber stattdessen lachte William.

»Ach, Sam schnauzt jeden an, das darfst du nicht persönlich nehmen. Sie ist einfach so!«

»Okay, aber ich glaube wirklich, dass sie mich nicht mag. Vor ein paar Tagen habe ich sie angeschrien«, sagte Charlotte beschämt.

William strich sich ein paar Locken aus der Stirn und lächelte.

»Das kann ich mir gar nicht vorstellen. Und wenn, dann kann es gut sein, dass sie es nicht einmal bemerkt hat. Zu mir hat sie jedenfalls nichts über einen Streit gesagt.«

Charlotte richtete sich ein wenig auf. Sie war sich ganz sicher gewesen, dass Sam William erzählt hatte, was sie alles Gemeines zu ihr gesagt hatte.

»Nein?«, fragte sie.

»Nein. Glaub mir, sie hat ganz andere Sorgen. Willst du immer noch ein Pimm's?«

Sie nickte. Es fühlte sich an wie etwas Besonderes, mit William in einem Pub zu sitzen, auch wenn Sam zufällig dabei war.

Nachdem sie ihr *Bangers and Mash* gegessen hatten, das Sam als britische Delikatesse angepriesen hatte, in Charlottes Augen aber nichts anderes war als Bratwurst mit Kartoffelbrei, tranken sie weiter ihr Pimm's. Charlotte war froh, dass sie mit William gesprochen hatte, und ihr fiel auf, dass Sam tatsächlich auch ihm gegenüber einen ziemlich rauen Ton anschlug. Sie neckten sich die ganze Zeit, und manchmal sagte Sam so vulgäre Dinge, dass sogar William peinlich berührt schien.

Während sie plauderten, beobachtete Charlotte neugierig die anderen Gäste. Fast alle waren exzentrisch gekleidet, zumindest, wenn sie es mit Schweden verglich. Am Tisch gegenüber saß ein Typ in rosa Lacklederhose und Hosenträgern. Obwohl er kaum älter als fünfundzwanzig zu sein schien, hatte er silbergraues Haar und pechschwarze Augenbrauen. Seine Begleitung trug ihr Haar mit lila Strähnen hüftlang, dazu einen weiten Strickponcho und neongrüne Schuhe. An einem anderen Tisch saß ein Paar mittleren Alters, ebenfalls von oben bis unten verkleidet. Er trug einen braunen Nadelstreifenanzug mit Weste, Taschenuhr und Zylinder, sein Bart hing ihm bis weit über die Brust herab, und sie trug die moderne Version eines mittelalterlichen Kleides, eine komplizierte Frisur mit Schnecken über den Ohren und einen dicken Ring in der Nase.

Insgesamt waren die Leute hier sehr viel häufiger tätowiert und gepierct, als Charlotte es kannte, und das gefiel ihr. Viele sahen wie lebende Kunstwerke aus, und Charlotte merkte, dass dagegen sie mit ihrem nichtssagenden Kleidungsstil ganz schön auffiel. Zu ihrer großen Verblüffung schien Sam die anerkennenden Blicke zahlreicher Männer wie auch Frauen auf sich zu ziehen. Ein ganz in Weiß gekleideter Typ konnte die Augen nicht von ihr abwenden, und Charlotte nickte diskret zu ihm hinüber.

»Ich glaube, er mag dich«, sagte sie vorsichtig.

Sam schnaubte.

»Ich weiß. Das tun die meisten. Auf Dauer kann das ganz schön nerven«, sagte sie.

William beugte sich zu ihr.

»Du Arme, das muss ja furchtbar sein!«

»Ist es auch«, sagte sie tonlos. »Früher fand ich es ganz lustig, freie Auswahl zu haben, aber jetzt …« Sie schwieg.

»Vielleicht bist du allmählich reif für eine ernsthafte Beziehung?«, fragte William.

Sam schüttelte sofort den Kopf.

»Nein, igitt! Ich will mich nicht binden, auf gar keinen Fall! Gott, was für ein Albtraum, jeden Morgen neben derselben Person aufzuwachen.« Sie wandte sich Charlotte zu. »One-Night-Stands sind ein kleines Hobby von mir.«

William hob sein Glas.

»Und was ist mit dieser Lindsay? Mochtest du sie nicht?«

Sam seufzte.

»Nur weil ich mit jemandem schlafe, heißt das noch lange nicht, dass ich auch in die Person verliebt bin. Sex und Liebe sind nicht dasselbe, wie oft muss ich dir das noch erklären? Außerdem will ich meine Freiheit nicht verlieren.«

»Das glaube ich dir nicht«, sagte William neckend. »Du suchst die große Liebe, genau wie wir anderen auch.«

»Nein! Ich will nur meinen Spaß haben.«

Eine elegante Frau in glitzerndem Etuikleid und Hochsteckfrisur setzte sich an die Bar, und William deutet mit dem Kopf zu ihr hinüber.

»Vielleicht wäre die was für dich?«

Sam biss sich auf die Unterlippe.

»Vielleicht. Was kriege ich, wenn ich sie aufreiße?«

William überlegte.

»Na, sie! Aber wenn es nicht klappt, musst du Lindsay anrufen.«

Sam leerte ihr Glas, zog ihren BH zurecht und warf ihm einen verwegenen Blick zu.

»Du hast keine Chance«, sagte sie und glitt vom Sofa.

Schweigend beobachteten William und Charlotte, wie Sam zur Bar ging, vier Shots bestellte und sich neben die Frau setzte, die aussah, als käme sie direkt von einer exquisiten Cocktailparty. Charlotte konnte sich nicht erinnern, wann sie zuletzt so etwas Aufregendes erlebt hatte, und wandte den Blick nicht von ihrer Kollegin.

»Was tut sie jetzt?«, murmelte sie, biss sich aber schnell auf die Zunge, es klang einfach zu albern. »Also, ich weiß schon, was sie macht, aber ich meine ... ach, egal.«

William sah sie von der Seite an.

»Wie gefällt es dir hier eigentlich?«

Charlotte zuckte die Achseln.

»Ganz gut, glaube ich.«

»Meinst du, du bleibst?«

Als sie seinen Blick spürte, zog sich ihr Herz zusammen. Ein Teil von ihr wollte ja sagen, obwohl sie wusste, dass es so nicht kommen würde.

»Nein. Es dauert nur alles viel länger, als ich ursprünglich gedacht hatte.«

»Was ist mit deiner Arbeit in Schweden?«

Charlotte lächelte.

»Zum Glück habe ich eine gut laufende Firma, die ich zeitweise auch von woanders leiten kann, solange es dort WiFi gibt.«

William nickte.

»Das ist auch bei meinem Beruf der Vorteil. Ich kann überall schreiben, und ich mag dieses Gefühl, an jeden Ort der Welt gehen zu können und nicht gebunden zu sein.«

Sie nahm einen Schluck von ihrem Pimm's. Sie musste daran denken, wie verzweifelt er gewesen war, als sein Manuskript abgelehnt wurde.

»Gibt es keine andere Arbeit, die du dir vorstellen könntest?«

William lächelte schief und nahm sich ein paar Erdnüsse aus der Schüssel auf ihrem Tisch.

»Glaub mir, ich habe einiges ausprobiert: Umzugshelfer, Fahrradkurier, Verkäufer, Gebäudereiniger, Hundesitter, Babysitter. Ich habe sogar die Dachrinnen auf dem Schloss gesäubert.«

Charlotte pfiff beeindruckt durch die Zähne.

»Hast du jemanden von der königlichen Familie gesehen?«

»Ja. Die Königin, wie sie weiße Bohnen zum Frühstück aß.«

Er nickte zu Sam hinüber, die jetzt der eleganten Dame einen Shot anbot.

»Scheint zu laufen«, sagte er missmutig. »Und ich hatte gehofft, sie müsste sich noch mal bei dieser Lindsay melden.«

Charlotte musterte ihn verstohlen. Ihr fehlte so sehr jemand, dem sie sich anvertrauen konnte. In den letzten Tagen war ihr der Gedanke gekommen, c/o Charlotte doch an die Firma BC Beauty, die ihr ein Angebot gemacht hatte, zu verkaufen, um Geld für die Buchhandlung freizumachen. Doch das würde einem Verrat an allen gleichkommen, die dort für sie arbeiteten, inklusive Henrik.

»Ich habe ein Angebot bekommen«, sagte sie leise. »Aber du darfst es niemandem erzählen!«

William sah sie intensiv an.

»Dann mal heraus mit der Sprache!«

Charlotte zeichnete mit dem Finger einen unsichtbaren Kreis auf das Tischtuch.

»Es gibt einen großen Konzern, der Interesse hätte, meine Firma zu kaufen. Sie haben mir sogar einen richtig guten Preis angeboten. Und ich könnte als einfache Angestellte weiterarbeiten. Aber ich weiß nicht.«

William räusperte sich.

»Du meinst, du würdest massenhaft Geld bekommen und bräuchtest nicht mehr zu arbeiten? Das ist natürlich wirklich eine schwierige Entscheidung!«

Charlotte presste die Hände im Schoß zusammen. Es kam ihr immer noch zu privat vor, von Alex zu erzählen, und sie überlegte, wie sie ihre gefühlsmäßige Bindung an c/o Charlotte erklären konnte, ohne seinen Namen zu nennen.

»Ganz so einfach ist es nicht. Sie wollen mich gern in der Firma behalten, und ich glaube, ich kann sie auch nicht einfach so abgeben. Immerhin habe ich sie mitgegründet.«

»Andererseits wäre es eine tolle Gelegenheit, mal etwas anderes auszuprobieren. Wie zum Beispiel, eine Buchhandlung zu führen.«

Charlotte sah ihn an. Er wollte also, dass sie in London blieb.

»Das wäre schwierig«, sagte sie. »Ich habe ja eigentlich mein Leben in Schweden.«

Er nickte.

»Aber es gibt viele Menschen, die in andere Länder ziehen. Was hält dich dort? Ich meine, wenn es dir eigentlich hier gefällt.«

Charlotte hob die Schultern. Alles, was sie mit Alex geteilt hatte, befand sich in Schweden, das Haus und die Wohnungen, in denen sie zusammen gewohnt hatten, die Restaurants, in denen sie gegessen, die Parks, in denen sie spazieren gegangen waren. Außerdem lagen sowohl er als auch ihre Mutter in Lund begraben.

»Mein Haus, zum Beispiel.«

»Aber das könntest du doch verkaufen. Oder du behältst es als Ferienhaus, wenn du es dir leisten kannst.«

Im selben Moment betrat eine Frau das Lokal. Mit ihrem strengen Kostüm, der Aktentasche und den hohen Stilettos, in denen sie entschlossen auf Sam zusteuerte, sah sie aus wie eine Anwältin oder Investmentbankerin.

Sobald William sie erblickte, fiel er in sich zusammen.

»Oh, nein.«

Charlotte versuchte die Situation zu begreifen, sah jedoch nur, wie Sam erschrocken die Lippen zusammenpresste und aufhörte zu lächeln.

»Wer ist das?«

»Lindsay. Die Polizistin, mit der Sam mal was hatte.«

»Oh. Sie sieht ziemlich wütend aus.«

»Das kann man wohl sagen.«

Die Frau in dem Glitzer-Outfit, mit der Sam gerade noch heftig geflirtet hatte, blickte sie erschrocken an, nahm dann ihre Handtasche und zog sich diskret zurück. Sam schien ihr Verschwinden jedoch nicht einmal zu registrieren, sondern starrte nur Lindsay mit großen Augen an, die sich, die Arme vor der Brust verschränkt, vor ihr aufbaute.

Sam, die bis eben noch vor Selbstbewusstsein gestrotzt hatte, sah plötzlich ganz klein aus. Sie stieg vom Barhocker und hob die Hände, wie um etwas zu erklären, aber Lindsay schüttelte nur den Kopf.

»Wir sollten vielleicht nicht auch noch zugucken«, flüsterte Charlotte William zu.

»Lass ruhig, wenn du nicht möchtest, ich will das auf keinen Fall verpassen!«

Sam machte ein paar unsichere Schritte auf ihren Tisch zu, und plötzlich konnte Charlotte verstehen, was die beiden sagten.

»Es tut mir leid. Wirklich!«

»Das glaube ich dir nicht!«

Lindsay stemmte die Hände in die Hüften, und Charlotte versuchte sich auszumalen, wie und wo sich das ungleiche Paar wohl kennengelernt haben mochte.

»Was ich geschrieben habe, war echt blöd. Entschuldige bitte.«

Lindsay warf Sam einen bitterbösen Blick zu.

»Ja, das war richtig kindisch!«

Sam schluckte.

»Wollen wir irgendwo hingehen und reden?«, fragte sie.

»Nie im Leben! Ich will nichts mehr von dir hören, bevor du nicht endlich erwachsen geworden bist.«

Sie warf Sam einen letzten, vernichtenden Blick zu, dann machte sie auf dem Absatz kehrt und verschwand.

Mit hängendem Kopf schlurfte Sam zu ihnen an den Tisch zurück und setzte sich.

»So eine Scheiße«, fluchte sie laut.

William streckte eine Hand nach ihr aus.

»Das kommt schon wieder in Ordnung«, sagte er freundlich, aber Sam schüttelte nur den Kopf.

»Du warst doch ohnehin nicht an ihr interessiert, oder?«

Sam warf ihm einen bösen Blick zu.

»Nein, aber das heißt noch lange nicht, dass ich es mag, wenn man mich in der Öffentlichkeit heruntermacht«, fauchte sie. »Außerdem ...« Sie seufzte tief. »Außerdem hatte ich vergessen, wie sexy sie ist.«

William gab ihr einen Klaps auf den Arm.

»Tut mir leid, Sammy.«

»Klar.« Sie legte die Hände an ihre geröteten Wangen, dann stand sie auf. »Ich brauche jetzt was Stärkeres«, murmelte sie und verschwand Richtung Bar.

William blickte ihr hinterher.

»Fallengelassen zu werden ist echt hart.«

Als er Charlotte wieder ansah, waren seine Augen blank.

»Bist du okay?«

William drehte sich schnell weg.

»Ja, schon gut. Aber Beziehungen sind schon echt was Kompliziertes.«

Charlotte drehte ihr Glas in der Hand.

»Ich weiß, was du meinst.«

»Ich war sogar mal verlobt«, sagte er.

»Ach, echt?«

William lächelte.

»Sie hieß Theresa, wir haben ein paar Jahre zusammengewohnt.«

Charlotte fühlte sich plötzlich unbehaglich. Sie wollte nichts von dieser Theresa wissen.

»Was ist passiert?«, zwang sie sich dennoch zu fragen.

Er schüttelte den Kopf.

»Komischerweise hatte sie irgendwann keine Lust mehr, immer nur Toastbrot mit Thunfisch aus der Dose zu essen. Sie hasste es, dass ich schrieb, und meinte, wir hätten keine Zukunft, weil ich es niemals schaffen würde, mir ein normales Leben aufzubauen, mit einem richtigen Job, Kindern, Haus, VW-Kombi und so weiter.« Er zuckte die Achseln. »Wahrscheinlich hatte sie recht. Nachdem sie mich rausgeworfen hatte, bot Sara mir die Wohnung über der Buchhandlung an.«

»Ach«, sagte Charlotte.

Zwischen seinen Augenbrauen bildete sich eine tiefe Falte. »Als sich mein erster Roman dann so gut verkaufte, hatte ich Lust, sie anzurufen und ihr zu sagen, wie fantastisch es lief. Peinlich, oder?«

Charlotte verzog den Mund.

»Eigentlich ganz nachvollziehbar. Und wie war es? Hast du sie erreicht?«

Er sah zur Decke.

»Ein gemeinsamer Freund sorgte dafür, dass sie ein Interview mit mir im *Guardian* las, in dem ich als ein zwar etwas großspuriger, aber außerordentlich erfolgreicher Autor dargestellt wurde, der im Prinzip alle Literaturpreise gewinnen kann.«

»Das muss sich großartig angefühlt haben!«

Sam kehrte mit einem Glas Whisky in der Hand zurück. Sie sah immer noch niedergeschlagen aus, aber ihr Gesicht leuchtete kurz auf, als ihr Handy piepte.

»Lindsay?«, fragte William hoffnungsvoll.

Sam schüttelte den Kopf.

»Nein, eine Freundin, die heute Abend in Mayfair was klarmacht.«

»Aha, was denn genau?«

Sam gelang ein kleines Lächeln.

»Eine Veranstaltung für Mädchen, die mal bi ausprobieren wollen.«

Charlotte kratzte sich am Hals.

»Was heißt das?«

»Mädels, die keine Lust mehr auf Typen haben, kriegen die Gelegenheit, solche wie mich zu treffen. Da haben sie dann immer super viel Spaß, und ich komme mir ein bisschen vor wie Jesus, der ihnen die Erleuchtung bringt. Mein Rekord war die Bekehrung von vierzehn Frauen an nur einem einzigen Abend«, erklärte sie stolz, »allerdings hatte ich danach noch tagelang Zungenmuskelkater.« Sie schaute Charlotte an. »Du kannst gerne mitkommen, wenn du möchtest.«

Charlotte senkte den Blick und versuchte zu verbergen, dass sie rot wurde.

»Danke, vielleicht ein andermal.«

William verdrehte die Augen.

»Glaubst du wirklich, du bist es, die sie bekehrt?«

Sam richtete sich auf.

»Natürlich! Frauen, die Sex mit anderen Frauen haben, kommen siebenmal häufiger als die, die nur mit Männern schlafen.«

»Woher willst du das wissen?«, fragte er skeptisch.

»Empirische Studien!«

»Von wem?«

»Von mir natürlich«, sagte Sam triumphierend.

William schnaubte.

»Hast du Beweise? Statistische Analysen? Interviews?«

Sie schüttelte den Kopf.

»Natürlich nicht. Die meisten wollen anonym bleiben. Aber glaub mir, ich habe mein ganzes Herz in diese Studien gelegt.«

Sie stürzte den Whisky hinunter, nahm ihre Jacke und zwinkerte Charlotte zu.

»Ruf an, wenn du es dir doch noch anders überlegst«, sagte sie. »Nach meinen Berechnungen würdest du siebenmal so viel Spaß mit uns haben, als wenn du hier bei William bleibst.«

Nachdem Sam gegangen war, erzählte William von seiner Kindheit in Hampstead, wo seine Eltern nach wie vor wohnten, und Charlotte teilte ebenfalls ein paar Geschichten von früher mit ihm.

Vielleicht lag es an den Drinks, dass es ihr so leichtfiel, mit William zu reden. Sie öffnete sich ihm mehr, als sie es selbst von sich gewohnt war. Sie gab zu, dass sie Sara nie kennengelernt hatte, beschrieb ein paar merkwürdige Notizen, die sie in der Wohnung entdeckt hatte, und zusammen versuchten sie sich zu erklären, warum Sara ausgerechnet ihr die Buchhandlung vermacht hatte.

Als der Barmann zum dritten und letzten Mal klingelte, verließen sie den Pub und gingen gemächlich nach Hause. Es lag ein Zauber über der Londoner Nacht, als bekäme die Stadt ein ganz neues Leben, sobald sich die Dunkelheit herabsenkte. Obwohl es bereits kurz nach Mitternacht war, waren die Straßen voller lächelnder Menschen, die alle irgendwohin unterwegs zu sein schienen. Große Gebäude wurden von geschickt platzierten Scheinwerfern angestrahlt, die dramatische Schatten warfen, und obwohl es inzwischen Mitte Oktober war, wehte von der Themse her ein lauer Wind. Von weitem waren Big Ben und London Eye zu sehen, dessen Licht riesige blaue Kreise an den Himmel warf.

Ein wenig beschwipst und mit einem wohligen Gefühl blickte Charlotte sich um. Sie hatte einen so schönen Abend gehabt und wünschte sich, er würde noch weitergehen, wusste aber nicht, wie sie William in Saras Wohnung bitten sollte, ohne dass er ihre Absichten missverstand.

Als sie an der kleinen Seitentür anlangten, durch die man von hinten ins Haus hineinkam, blieb William stehen. Er sah Charlotte so eindringlich an, dass sie sich wegdrehen musste und nervös nach ihren Schlüsseln suchte.

»Das war wirklich ein sehr schöner Abend mit dir«, sagte er.

Charlotte nickte.

»Das fand ich auch.«

William trat näher, sodass er direkt neben ihr stand.

»Ich mag es, mit dir zu reden.«

Charlotte schluckte.

»Geht mir auch so«, sagte sie und begegnete seinem Blick.

Der Himmel war dunkel, aber die Gegend von den vielen Straßenlaternen und dem Licht aus den umliegenden Wohnungen hell erleuchtet.

Charlotte versuchte, sich zu sammeln. Sie mochte William wirklich, fühlte sich von der Situation aber vollkommen überfordert. Sie war noch nicht bereit für etwas Neues, und wollte auf keinen Fall eine kurzfristige Affäre. Und doch konnte sie sich nicht losreißen, ihre Füße waren wie festgewachsen.

William strich ihr eine Haarsträhne aus dem Gesicht, und ein angenehmer Schauer durchlief sie. Seit Alex' Tod hatte niemand sie mehr so berührt.

»Ich mag dich sehr«, murmelte er leise.

Charlotte presste die Lippen aufeinander. Ihr Herz klopfte, sie versuchte, die widerstreitenden Gefühle in sich zu sortieren.

Vorsichtig strich er ihr mit den Fingern über die Wange, dann nahm er sanft ihr Gesicht in seine Hände. Charlotte wusste nicht mehr ein noch aus. Ihre innere Stimme meldete sich immer lauter zu Wort. Durfte sie einen anderen küssen, bevor sie ihm von Alex erzählt hatte?

Williams Gesicht kam immer näher. Sie blickte ihm tief in die Augen und spürte, wie sich sein Atem beschleunigte. Eine gefühlte Ewigkeit schauten sie sich so an, dann schloss er die Augen, und seine Lippen legten sich weich auf ihre.

Einen kurzen Moment erlaubte Charlotte sich, die Berührung zu genießen. Die warme Haut auf ihrer, die Nähe seines Körpers und der Duft seines Haars – das alles machte sie ganz schwindlig. Dann wurde ihr bewusst, was gerade passierte, und sie zog sich zurück.

»Charlotte? Was ist los?«, fragte er.

Sie schüttelte den Kopf. Es durfte nicht geschehen, bevor sie nicht von Alex erzählt hatte. Aber wie sollte sie das anstellen? *Ach, apropos, mein letzter Freund ist übrigens gestorben. Beziehungsweise mein Mann, wir waren verheiratet. So, jetzt können wir uns weiterküssen.*

»Es tut mir leid«, flüsterte sie, steckte den Schlüssel ins Schloss und öffnete die Tür. Bevor sie hineinging, warf sie William einen letzten Blick zu, dann eilte sie die Treppe hinauf.

24

FREITAG, 6. OKTOBER

Charlotte wälzte sich auf dem zerknautschten Sofa, und Tennyson seufzte missbilligend; er konnte es nicht leiden, wenn seine Unterlage sich bewegte.

Die Panik über das, was gerade mit William passiert war, machte ihr das Einschlafen so gut wie unmöglich. Mehrmals war sie drauf und dran, zu William hinüberzugehen, um ihm alles zu erklären, weil sie sich aber immer noch ein wenig angetrunken fühlte, ließ sie es lieber sein.

Als Charlotte schließlich mit Tennyson auf der Brust einschlief, hatte sie im Kopf ein langes Gespräch mit Alex geführt. Sie musste nüchtern werden, ihren Mut zusammennehmen und sich mit William aussprechen.

Am folgenden Morgen fühlte Charlotte sich alles andere als ausgeruht. Tennyson war auf ihr Kopfkissen umgezogen und trat mit seinen Pfoten immer wieder gegen ihren Kopf, während er gleichzeitig mit dem Schwanz über ihr Gesicht fegte. Müde erhob sie sich von dem viel zu weichen Sofa, schaltete den Wasserkocher ein und ging ins Bad.

Der Anblick, der sich ihr im Spiegel bot, war furchterregend. Ihr diskretes Makeup hatte sich in eine krümelige Schicht aufgelöst und verstärkte die dunklen Ringe unter ihren Augen. Ihr Haar stand nach allen Seiten ab, und am liebsten hätte sie sich gleich wieder hingelegt.

Charlotte schaufelte sich mit den Händen kaltes Wasser ins Gesicht. Sie war solche Ausschweifungen nicht gewöhnt. Im letzten Monat hatte sie vermutlich so viel Alkohol getrunken wie seit Jahren nicht mehr. Diese Stadt würde sie noch völlig verderben!

Charlotte zog das T-Shirt aus, in dem sie geschlafen hatte, und schauderte, als sie an die Ereignisse des vergangenen Abends dachte. Warum hatte sie William nicht einfach gesagt, wie es war? Und warum hatte sie sich von ihm küssen lassen? Jetzt war alles viel komplizierter als zuvor. Gleichzeitig konnte sie nicht anders als lächeln.

Nach einer ausgiebigen Dusche, größtenteils sogar mit warmem Wasser, fühlte Charlotte sich schon deutlich besser. Sie nahm saubere Sachen aus dem Koffer, in dem sie noch immer ihre Kleidung aufbewahrte, und zog sich schnell an. Sie hoffte, William würde bald in den Laden hinunterkommen, um Kaffee zu trinken. Dann musste sie ihren Mut zusammennehmen und mit ihm reden.

Martinique und Sam warteten in der Ladenküche auf sie. Sie hatten den Tisch mit Toastbrot und Aufschnitt gedeckt, und Charlotte nahm dankbar eine Tasse Tee entgegen; das Glas Marmite dagegen musterte sie mit Misstrauen.

»Was ist das?«, fragte sie, noch mit schlaftrunkener Stimme.

Sam, die unverschämt fit aussah, schraubte den Deckel auf und hielt ihr das Glas hin.

»Willst du mal riechen?«

Charlotte beugte sich hinüber und rümpfte die Nase. Ein strenger, unbekannter Geruch schlug ihr entgegen. Sie legte die

Hand auf den Mund, um nicht aufstoßen zu müssen. Sam lachte laut.

»Das beste Mittel gegen einen Kater«, sagte sie und strich sich die braune Paste aufs Brot. »Du möchtest wahrscheinlich nichts?«

Charlotte massierte sich die Stirn und las das Etikett.

»Hefeextrakt. Warum esst ihr so was?«

Sam hob die Augenbraue.

»Aus demselben Grund, weshalb ihr Schweden Fischeier esst. Sara hat uns mal diesen Kalles Kaviar angeboten – das war richtig eklig!«

»Aber Kaviar ist eine Delikatesse.«

»Russischer Kaviar, ja«, sagte Sam. »Der wird aber auch nicht in blauen Tuben geliefert.«

Charlotte sah Martinique an, die nur den Kopf schüttelte.

»Sorry, meine Liebe, aber ich mag dieses Kalles auch nicht.«

»Zwei gegen einen also, was?« Charlotte lächelte matt. »Dann können wir ja genauso gut gleich mit der Mitarbeiterbesprechung anfangen. Wie läuft es mit der Autorenlesung?«

Martinique richtete sich auf.

»Matthew Morrow hat zugesagt. Ich habe fünfzig Exemplare seines Buches bestellt, und wir haben zwanzig Prozent Rabatt darauf bekommen. Außerdem kommt der Verlag für die Rücksendung auf, und da es auf Rechnung geht, brauchen wir erst zu bezahlen, wenn wir wissen, wie viele wir verkauft haben.«

»Super, gute Arbeit! Sorgst du dafür, dass er rechtzeitig hier ist und kümmerst dich ein bisschen um ihn?«

Martinique lächelte, sodass ihre weißen Zähne leuchteten.

»Das mache ich. Die Fahrtkosten müssen wir bezahlen, aber

er schläft bei einem Freund. Ich organisiere das mit dem Transport.«

»Schön, dann kann ich die Ankündigung ja schon mal auf unsere Homepage setzen.«

Sam räusperte sich.

»Eine Freundin von mir arbeitet bei Printexpress. Sie hat versprochen, uns kostenlos ein paar Plakate und Flyer zu drucken, wenn sie im Gegenzug hier ein Plakat aufhängen darf.«

»Ja, natürlich, gerne. Danke für deinen Einsatz, Sam!«

»Außerdem habe ich ein bisschen recherchiert, wie wir uns noch besser profilieren könnten.«

Charlotte nahm einen Schluck Tee. Sie fand es toll, dass Sam vor Ideen sprühte, hoffte aber, dass sie auch begriff, dass sich nicht alle umsetzen ließen.

»Okay, schieß los.«

Sam richtete sich auf. Es war ihr anzumerken, dass sie die Aufmerksamkeit genoss.

»*La Belle Hortense* in Paris verkauft Bücher und Wein. Vielleicht könnten wir auch etwas in der Art machen.«

Martinique nickte nachdenklich.

»Bücher und Delikatessen zum Beispiel? Wir könnten Bücherpakete verkaufen und Geschichten und Esswaren aufeinander abstimmen. Einen Liebesroman könnte man mit Schokolade zusammenpacken, einen Krimi mit salziger Lakritze und einen historischen Roman mit Mürbeteiggebäck.«

»Oder man darf sich zu jedem Buch eine Flasche Wein aussuchen«, fiel Sam ein. »Für manche Bücher braucht man aus mentalhygienischen Gründen ohnehin Alkohol.«

Charlotte bemühte sich, nicht allzu negativ zu klingen.

»Das Problem ist nur, dass wir keine zusätzlichen Lagerkapazitäten für den Wein haben. Hast du noch mehr Vorschläge?«

Sam verschränkte ihre Finger.

»Was haltet ihr von Überraschungsbuchpaketen? Man bezahlt, ohne zu wissen, was man bekommt. So könnte man den Leuten dabei helfen, neue Autoren und Genres zu entdecken.«

Martinique und Charlotte warfen sich einen kurzen Blick zu.

»Ich weiß nicht, ob das der richtige Weg wäre«, sagte Martinique vorsichtig. »Unsere Kunden finden es ja gerade gut, dass sie sich die Bücher bei uns richtig angucken können.«

Sam verdrehte die Augen.

»Okay. Ich habe mir außerdem mal die Schaufenster von anderen Buchhandlungen angeschaut.« Sie zog ihr Tablet aus der Tasche. »Guckt mal hier!« Sie zeigte ihnen ein Foto, auf dem ledergebundene Bücher zu einem hübschen Muster geordnet im Schaufenster standen. »Das würde doch zu uns passen.«

Charlotte nickte. Das sah wirklich ansprechend aus.

»Ja, das gefällt mir. Kannst du unser Fenster in dem Stil dekorieren?«

Sam verzog das Gesicht.

»Natürlich kann ich das!«

Sie scrollte zu einem anderen Foto.

»Manche Buchhandlungen schreiben auch etwas und hängen es im Fenster auf, ich habe da gleich mal etwas für uns vorbereitet.«

Sie zeigte ihnen einen Text in verschnörkelter Schrift, und Charlotte las langsam:

Für den Tagträumer auf Abenteuerjagd, für den, den die reale Welt zu sehr plagt.

Benötigst du einen Freund oder zwei, oder wünschst du dir Weltweisheit herbei?

Bei uns wirkt die Kraft der Gedanken wie Wein, komm rein ins Riverside, komm rein!

»Ja, also, was haltet ihr davon?«, fragte Sam erwartungsvoll.

Bevor Charlotte etwas sagen konnte, klatschte Martinique in die Hände.

»Total schön, Sam! Das müssen wir unbedingt machen!«

Sam strahlte vor Stolz, und Charlotte brachte es nicht übers Herz, Einwände zu erheben.

»Ich finde es auch schön. Weißt du, wo man Texte ausdrucken kann, um sie im Schaufenster aufzuhängen?«

»Bei Printtext natürlich«, antwortete Sam, als wäre es das Selbstverständlichste auf der Welt.

»Gut, dann machen wir das.«

»Okay! Und was ist mit der Leseecke?«

Charlotte fluchte innerlich. Sie hatte es immer noch nicht geschafft, Sams Kostenvoranschlag durchzulesen. Sie wollte gerade antworten, als ihr Telefon klingelte. Sie schaute auf das Display. Carl Chambers von der Bank. Rasch drückte sie das Gespräch weg.

»Wie viel brauchst du noch mal?«

Sam rechnete im Kopf nach.

»Ungefähr siebzig Pfund. Das würde für Lampen, eine Matratze, ein paar Kissen und Stoff für die Bezüge reichen.«

Charlotte schluckte. Die Chance, dass sie fünfzehntausend

Pfund zusammenbekamen, war ohnehin minimal, da spielten siebzig Pfund mehr oder weniger wahrscheinlich auch keine Rolle mehr. Außerdem wollte sie Sam zeigen, dass sie ihr vertraute.

»Gut«, sagte sie. »Nimm das Geld aus der Kasse, und hebe die Quittungen bitte auf.«

»Perfekt! Ich wollte zu IKEA. Soll ich dir was mitbringen?«

Charlotte kratzte sich hinterm Ohr.

»Zum Beispiel?«

Sam zuckte die Achseln.

»Keine Ahnung, was dir hier fehlt. Fleischbällchen? Oder dieses harte Brot, das alle so toll finden. Ich habe gelesen, Oprah Winfrey kommt gar nicht mehr ohne aus.«

»Knäckebrot?«, fragte Charlotte.

Martinique strahlte.

»Au ja! Bring mir auch bitte eine Packung mit. Und Süßigkeiten.«

Während Martinique Geld aus ihrer Tasche kramte, fiel Charlotte ein, dass sie von zähen Schnullern und Rumkugeln geträumt hatte, als sie gestern nicht einschlafen konnte. Englische Süßigkeiten schmeckten erbärmlich, und die Chips immer nach Essig.

»Gibt es da echte schwedische Süßigkeiten?«

Sam schnitt eine Grimasse.

»Woher soll ich das wissen?«

Charlotte suchte einen Fünfpfundschein heraus.

»Okay. Dann für mich bitte auch Süßigkeiten. Aber kein Lakritz.«

»Alles klar«, sagte Sam und nahm den Schein.

»Und auch nichts von diesen Salzigen und Sauren«, sagte

Charlotte, bereute es aber gleich, als sie Sams vorwurfsvollen Blick sah.

»Du kriegst, was da ist. Ich fahre irgendwann diese Woche, wenn hier nicht so viel los ist«, sagte sie vernünftig.

Sie ging in den Laden, denn es war Zeit, zu öffnen, und Charlotte und Martinique räumten gemeinsam den Frühstückstisch ab. Als alles verstaut war, legte Martinique Charlotte die Hand auf die Schulter.

»Weißt du eigentlich, dass du einen richtig guten Job machst?«

Charlotte wusste nicht, was sie sagen sollte.

»Danke«, murmelte sie. »Aber so fühlt es sich oft gar nicht an.«

»Ich meine es ernst«, sagte Martinique. »Die Buchhandlung ist so lebendig wie lange nicht mehr. Wir haben seit Jahren keine Veranstaltung mehr gehabt.«

Sie stellte die Teetassen ins Spülbecken und drehte das Wasser auf.

»Als ich hier anfing, hatte die Literatur noch einen ganz anderen Stellenwert. Die Autoren waren richtige Stars. Ich erinnere mich noch an die Signierstunden mit Helen Fielding, Nick Hornby und John Grisham. Wir mussten die Leute buchstäblich rauswerfen, damit wir schließen konnten.«

Martinique nahm die Spülbürste und sah Charlotte mit ernster Miene an.

»Buchhandlungen sind etwas sehr Wichtiges. Unsere hier am Riverside Drive war immer ein Ort, an dem sich die Menschen trafen. Schau dir nur an, wie viele Rentner, Studierende und Eltern mit Kinderwagen hier jeden Tag reinkommen, um Kaffee zu trinken. Wenn es uns nicht gäbe, müssten sie irgendwo alleine sitzen. Und denk an all die Kinder, die fürs Lesen begeistert werden. Wir dürfen sie nicht im Stich lassen.«

Charlotte schluckte. War es falsch, dass sie nichts von der Bank sagte? *Nein*, dachte sie. Vielleicht wurde diese Autorenlesung ja wirklich der Erfolg, auf den sie so hofften. *Eine kleine Chance haben wir*, dachte Charlotte optimistisch, auch wenn sie dazu vermutlich sämtliche Verkaufsrekorde brechen mussten.

»Danke, dass du das sagst«, sagte sie zu Martinique. »Du leistest auch ganz großartige Arbeit. Ohne deine und Sams Hilfe wäre ich nie zurechtgekommen.«

Martinique schenkte ihr noch ein warmes Lächeln.

»Du erinnerst dich doch, was ich dir gesagt habe, als du hierherkamst? Hier in der Buchhandlung sind wir eine Familie. Wir helfen einander.«

Charlotte nickte. Dann merkte sie, dass ihr Handy schon wieder klingelte. Sie entschuldigte sich, zog es aus der Tasche und sah zu ihrem Schrecken, dass es erneut die Bank war.

Mit einem Klumpen im Magen steckte sie das Handy wieder ein. Sie hoffte inständig, die Londoner Leser würden Matthew Morrow und sein Eulenbuch lieben. Sonst wäre die Buchhandlung endgültig verloren.

25

MONTAG, 3. JANUAR 1983, SPÄTER

Das Abendessen zieht sich unerträglich in die Länge, und Sara und Daniel turteln miteinander wie schon lange nicht mehr. Sie küssen sich über den Tisch hinweg, füttern sich gegenseitig mit Hähnchenbissen und lachen, als wäre Kristina gar nicht da.

Irgendwann steht sie auf und will in ihr Zimmer, aber Sara protestiert und hält sie am Arm fest.

»Bitte bleib doch noch ein bisschen, du bist es doch, die wir hier feiern!«

Kristina wird nervös, als sie merkt, wie Daniel sie anstarrt. Sie darf sich nicht anmerken lassen, dass sie vorhin etwas mitbekommen hat, sie muss so tun, als wäre alles wie immer.

»Okay«, sagt sie. »Einen kleinen Moment noch.«

Sara springt auf und zerrt Kristina zum Sofa.

»Setz dich hierhin, dann führe ich euch meine neue Schallplatte vor.«

Daniel bleibt am Tisch sitzen und spielt mit einem der Hähnchenknochen auf seinem Teller. Kristina traut sich nicht, ihn anzusehen, und beobachtet stattdessen, wie Sara die LP aus der Hülle zieht und auf den Plattenteller legt.

Die Musik bringt die Lautsprecher zum Vibrieren, und Sara beginnt zu tanzen. Sie hebt die Arme und schließt die Augen, während *Night Fever* von den Bee Gees den Raum erfüllt. Als sie die Augen wieder öffnet, fürchtet Kristina, Sara würde sie auffordern mitzutanzen, doch stattdessen streckt sie die Arme nach Daniel aus. Der geht langsam auf sie zu und legt die Arme um sie.

Sara hat die Deckenlampe gelöscht, und abgesehen von ein paar Kerzen auf dem Tisch wird das Zimmer nur noch von dem kalten Licht der Straßenlaternen erleuchtet. Es hat angefangen zu schneien, leichte Flocken taumeln vor dem Fenster herab.

Kristina schaut zu, wie Daniel und ihre Schwester sich bewegen. Im Dunkeln sieht Daniel ganz anders aus, sie kann plötzlich nicht mehr nachvollziehen, dass sie sich je zu ihm hingezogen gefühlt hat.

Ein Schauer läuft ihr den Rücken hinunter, als ihr klar wird, wie wenig sie Daniel eigentlich kennt. Außer, dass er einen Bruder namens Mark hat, wissen Sara und sie nichts über ihn und seine Familie. Was, wenn Sara recht hat und seine Freunde tatsächlich in der IRA sind? Was, wenn Daniel ebenfalls Verbindungen zu dieser Organisation hat?

Nach einem weiteren Song entschuldigt sich Kristina und geht ins Schlafzimmer. Sie hat erwartet, dass Sara erneut protestiert, aber die ist ganz mit Tanzen beschäftigt und scheint kaum zu bemerken, dass sie geht.

Kristina setzt sich aufs Bett und wartet auf Sara. Sie muss mit ihr reden, ohne dass Daniel es hört, sie muss ihr erzählen, was sie gesehen hat. Aber Sara kommt nicht, die Musik läuft immer weiter.

Schließlich steht Kristina wieder auf. Sie überlegt, einfach in den Flur zu gehen, die Tasche herauszuholen und sie Sara zu zeigen und Daniel mit dem Inhalt zu konfrontieren. Was ist das Schlimmste, was passieren könnte? Er würde ihnen doch nichts antun?

Sie erinnert sich an einen Artikel, den sie über die IRA gelesen hat. Demzufolge erscheinen die Mitglieder oft als ganz normale Menschen, die ein ganz normales Leben führen, und wenn sich dann herausstellt, welche Verbrechen sie begangen haben, sind die ehemaligen Nachbarn und Kollegen ganz entsetzt. Täuschen sie sich in Daniel, und wenn ja, wie wird er reagieren, wenn sie ihn auffliegen lässt?

Aufgewühlt läuft Kristina im Zimmer auf und ab. Sie muss daran denken, wie Daniel ihnen die Hexenjagd beschrieben hat, die in Großbritannien auf Iren gemacht wird. Wenn er etwas mit der IRA zu tun hat, könnte man sie und Sara dann als Mitwisserinnen betrachten? Sie hat von vier Jugendlichen gehört, die dafür verurteilt wurden, vor mehreren Jahren zwei Pubs in Guildford in die Luft gesprengt zu haben, obwohl es Zeugen gab, die sie zum entsprechenden Zeitpunkt ganz woanders gesehen hatten. Wahrscheinlich gelten die normalen Gesetze nicht, wenn es sich um terroristische Anschläge handelt, und die Polizei tut in solchen Fällen alles, um ein Geständnis zu erzwingen.

Kristinas Magen zieht sich zusammen und sie atmet flach. Sie muss sofort mit Sara reden, es kann nicht länger warten.

Plötzlich ist aus dem Flur etwas zu hören. Kristina hält inne und lauscht. Es hört sich an, als würde jemand eine Jacke vom Haken nehmen, sich die Schuhe anziehen und die Tür zuknallen.

Vorsichtig geht sie hinaus. Im Flur ist niemand zu sehen, aber aus dem Wohnzimmer sind weiter die Bee Gees zu hören. Ob Daniel drinnen sitzt und auf sie wartet? Ihr wird ganz heiß. Aber warum sollte Sara hinausgehen und sie beide alleinlassen?

Kristina holt tief Luft, dann schaut sie um die Ecke. Eine Woge der Erleichterung durchströmt sie, als sie Sara entdeckt.

»Hallo«, sagt Sara froh. »Ich dachte, du bist schon im Bett.«

Kristina schüttelt den Kopf.

»Wo ist Daniel?«

»Er wollte nur Bier holen.« Sara streckt die Hände aus. »Komm, lass uns tanzen.«

Kristina kann nicht anders, sie muss lächeln, wird aber schnell wieder ernst.

»Da ist was, worüber wir reden müssen.«

Sara schwenkt den Kopf.

»Okay, schieß los.«

Kristina wirft einen Blick in den Flur. Sie muss sich beeilen, bevor Daniel zurückkommt.

»Ich habe eine Tasche gefunden.«

»Ach so? Was denn für eine Tasche?«

Kristina schluckt. Sie weiß nicht, wo sie anfangen soll.

»Jemand hat sie Daniel vorhin vorbeigebracht.«

Sara dreht sich um sich selbst und lacht laut.

»Wir sollten öfter tanzen. Ich liebe diese Musik!«

Kristina geht zu dem Plattenspieler und schaltet ihn aus.

»Was hast du denn?«

Kristina nimmt Saras Hände und blickt ihr fest in die Augen.

»Da ist irgendwas Merkwürdiges in der Tasche. Vielleicht eine Bombe, ich weiß es nicht.«

Zwischen Saras Augenbrauen bildet sich eine tiefe Falte.

»Was redest du denn da?«

»Daniel. Ich habe Angst, dass er in der IRA ist und irgendwelche Sachen in der Wohnung versteckt.«

Sara verdreht die Augen.

»Daniel? Der kann doch noch nicht mal in der Speisekammer Mausefallen aufstellen, weil er Mitleid mit den Viechern hat.«

Kristina zeigt auf den Flurschrank.

»Guck doch rein, die Tasche ist da drin.«

Widerwillig folgt Sara ihr in den Flur. Kristinas Herz klopft wie wild, sie hat solche Angst, dass Daniel zurückkommt, bevor Sara die Tasche gesehen hat. Rasch öffnet sie die Tür und schiebt die Kartons beiseite, aber da ist nichts.

Sara seufzt.

»Sie war eben noch da, ich schwöre es!«

Verzweifelt wühlt sie zwischen Schuhen und anderem Zeug, ohne etwas zu finden. Sara ist ins Wohnzimmer zurückgekehrt. Die Plattenspielernadel kratzt, dann beginnt die Musik von vorn.

Kristina ist völlig verwirrt. Daniel muss die Tasche mitgenommen haben. Sie folgt Sara und stellt sich vor sie hin.

»Ich habe eine Tasche gesehen, bevor du nach Hause gekommen bist, da waren jede Menge Kabel und irgendwelches anderes Zeug drin.«

»Daniel ist Elektriker, da ist es doch klar, dass er *Kabel und irgendwelches Zeug* hat.«

»Aber es gehörte ja nicht ihm, da war jemand hier, der sie ihm gegeben hat.«

Sara blickt sie nur kalt an.

»Glaubst du, ich weiß nicht, was du spielst?«

Kristina weicht zurück.

»Was meinst du damit?«

Sara verschränkt die Arme über der Brust.

»Ich kann verstehen, dass es nicht immer lustig für dich ist, mit uns zusammenzuwohnen. Ich verstehe, dass es anstrengend sein kann.«

Kristina wendet sich ab.

»Nein, so ist es nicht. Ich habe nur Angst …«

»Daniel ist nicht in der IRA«, unterbricht sie Sara. »Und weißt du, woher ich das weiß? Weil wir uns lieben und er mir *alles* erzählt.«

Saras vorwurfsvoller Ton versetzt Kristina in Panik. *Er erzählt mir alles.* Heißt das, sie weiß von dem Kuss?

»Aber du hast doch selbst gesagt, dass seine Freunde dir suspekt sind«, wendet sie ein.

»Ja, aber das ist eine Sache zwischen Daniel und mir. Hör auf, dich in unsere Beziehung einzumischen.«

Kristina starrt zu Boden.

»Es ist nur, weil du mir wichtig bist.«

Sara lacht freudlos.

»Klar. Und Daniel ist dir auch ganz schön wichtig geworden, oder?«

Kristina schüttelt den Kopf.

»Ich weiß nicht, was du meinst!«

»Nicht? Glaubst du, ich sehe nicht, wie du ihn immer anschaust? Ich bin doch nicht blöd!«

Kristina spürt, dass sie rot wird. Was soll sie darauf erwidern? Sara hat recht, sie hat Gefühle für Daniel. Sie kriecht in sich zusammen und macht sich so klein wie möglich.

»Entschuldige, ich wollte nur helfen.«

»Lass es einfach.«

Die Tür öffnet sich, und sie hören Daniel hereinkommen.

»Ich habe kaltes Bier«, sagt er.

Kristina sucht Saras Blick, doch die weicht ihr aus.

»Komm und tanz mit mir!«, ruft sie stattdessen Daniel zu.

Kristina eilt ins Schlafzimmer zurück und tritt ans Fenster. Sie ist völlig durcheinander. Daniel muss die Tasche genommen und irgendwo hingebracht haben.

Sie blickt auf die Straße hinab. Eine dünne, pudrige Schneeschicht bedeckt den Asphalt. Hat er sie jemand anderem übergeben? Oder sie einfach in die Mülltonne geworfen?

Kristina hält Ausschau nach irgendetwas Auffälligem, aber draußen ist alles wie immer. Vielleicht hat sie alles missverstanden. Vielleicht war Daniel gezwungen, die Tasche anzunehmen, obwohl er nichts mit dem Inhalt zu tun hat. Oder es war gar nichts Besonderes darin.

Obwohl sie noch angezogen ist, kriecht sie unter die Decke. Saras Worte hallen in ihr nach. Sie hat nicht im Geringsten geahnt, dass ihre Schwester etwas von ihr und Daniel weiß. Aber was gibt es da auch groß zu wissen? Es ist ja nichts passiert. Sie haben sich versehentlich geküsst, und wenn Sara das gewusst hätte, hätte sie sie doch bestimmt viel früher darauf angesprochen.

Eine Welle des Zorns durchströmt sie. Sie findet es ungerecht, dass Sara wütend auf sie ist. Schließlich hat sie nur getan, was Sara von ihr verlangt hat: Sie ist mit umgezogen, wohin Sara es wollte, und hat um ihretwillen versucht, Daniel besser kennenzulernen. Wenn sie tatsächlich so verliebt in ihn wäre, hätte sie Sara ja wohl kaum von der Tasche erzählt! Sie hat nur versucht, Sara zu schützen. Sie ist ihr gegenüber immer loyal gewesen.

Durch die Wand hört sie Sara lachen. Sie scheint nicht sonderlich interessiert an dem, was sie ihr erzählt hat, sie will nur mit Daniel zusammen sein. *Misch dich nicht in unsere Beziehung ein,* hat sie zu ihr gesagt.

Kristina dreht sich zur Wand. Von jetzt an wird sie sich in gar nichts mehr einmischen. Wahrscheinlich ist es das Beste, wenn sie sich etwas Eigenes sucht. Hat Tina auf der Arbeit nicht gesagt, bei ihr wäre noch ein Zimmer frei?

Kristina rechnet ihr neues Gehalt durch. Es würde für die Monatsmiete reichen. Außerdem hat sie immer mal etwas Geld zurückgelegt, sodass sie auch alleine klarkommen könnte.

Vor ihrem geistigen Auge sieht Kristina Saras verblüffte Miene, wenn sie ihr sagt, dass sie ausziehen wird. Vielleicht sagt sie aber auch gar nichts, sondern packt einfach nur ihre Sachen und verschwindet. *Dann habt ihr eure Ruhe, du und Daniel,* könnte sie in der Tür sagen, *ihr braucht mich nicht länger zu ertragen.*

Sie stellt sich vor, wie Sara reagieren würde. Was, wenn sie wirklich traurig wäre und Kristina anflehen würde zu bleiben? Oder wenn sie, im Gegenteil, gar nichts sagt, sondern sie einfach ziehen lässt?

Erneut flammt Zorn in ihr auf, und sie versucht, ihn wegzuatmen. Sie hätten niemals mit Daniel zusammenziehen dürfen. Sie hätten lieber versuchen sollen, eine eigene kleine Wohnung zu finden. Jetzt ist alles zerstört. Sie haben einander verloren.

Im Hintergrund dröhnt *Stayin' Alive* durch die Wand. Die hellen Stimmen drängen sich in Kristinas Gedanken, und sie kneift die Augen fest zu. Es ist alles Daniels Schuld. Wie konnten sie und Sara ihn nur in ihr Leben aufnehmen? Wie konnten sie zulassen, dass er zwischen sie trat?

26

DIENSTAG, 10. OKTOBER

»Wenn Ihnen *Das Geheimnis meines Mannes* gefallen hat, kann ich Ihnen *Tausend kleine Lügen* von derselben Autorin nur empfehlen. Es ist mindestens genauso spannend.«

Die Frau betrachtete eine Weile den Einband, dann gab sie Charlotte das Buch zurück.

»Das nehme ich. Hätten Sie vielleicht auch noch eine Idee für meinen Dreizehnjährigen? Er ist gerade mit den Büchern von Lian Hearns durch.«

Charlotte sah zu Martinique hinüber, die aufmunternd lächelte.

»Hat er *Erebos* schon gelesen?«

»Nein, ich glaube nicht.«

Charlotte ging souverän zum Jugendliteraturregal und suchte das Buch heraus.

»Hier«, sagte sie und reichte es der Frau, damit sie den Klappentext lesen konnte. »Es geht darin um ein Computerspiel, das in den Londoner Schulen herumgereicht wird und die Schüler süchtig macht. Sie werden gezwungen, in der Wirklichkeit Dinge zu tun, die sie von sich aus nie machen würden.«

Die Frau musterte sie über ihre Brille hinweg und lächelte.

»Klingt spannend. Ich nehme es.«

»Das freut mich. Haben Sie übrigens schon gesehen, dass bei uns nächste Woche eine Lesung stattfindet?«

Charlotte deutete auf den Stapel Flyer auf der Theke, und die Frau beugte sich vor, um zu lesen.

»Ach, ist das der aus dem Fernsehen?«

»Ja. Kommen Sie gerne vorbei! Sie können jetzt schon Karten kaufen. Für zehn Pfund gibt es Kaffee und Kuchen dazu.«

Die Frau nahm sich einen Flyer und steckte ihn in ihre Handtasche.

»Danke! Ich muss mal schauen, ob ich da frei habe«, sagte sie.

Nachdem sie gegangen war, röchelte Parnella, die an einem der Cafétische saß, mit rauer Stimme: »Du bist inzwischen richtig gut, weißt du das?«

»Ja, man könnte dich beinahe für eine echte Bibliophile halten«, fiel Martinique ein.

Charlotte zuckte die Achseln, wusste aber, dass sie recht hatten. Sie hatte endlich heraus, wie man mit den Kunden über Bücher sprach, und konnte einschätzen, inwieweit sie in der Lage war, Bücher zu empfehlen, die sie selber nicht gelesen hatte, und wann sie doch lieber Hilfe in Anspruch nehmen sollte.

»Ohne dich hätte ich das nie so hinbekommen«, sagte sie.

Martinique lachte.

»Ach, was«, sagte sie und machte eine wegwerfende Handbewegung.

Charlotte schmunzelte. Je besser sie sich in alles hineinfand, desto mehr Spaß machte ihr die Buchhandlung. Inzwischen hatte sie vier der Bücher durchgeackert, die Martinique ihr empfohlen hatte, und stellte zu ihrer eigenen Verwunderung fest, dass sie längst nicht so langsam las, wie sie immer gedacht hatte. Auch genoss sie es mehr als erwartet. Oft ertappte sie sich dabei, wie sie sich nach den Büchern sehnte, die sie gerade las, und allmählich kannte sie sich auch mit den literarischen Referenzen aus, die Sam, Martinique und William immer heranzogen. Bald konnte sie vielleicht sogar aus ihrer eigenen Leseerfahrung heraus Romane empfehlen. Sie war immer wieder beeindruckt, wie geschickt Sam und Martinique ihren Kunden Tipps gaben und wie sie sie behutsam durch Genres und Autoren lotsten, bis sie das Richtige gefunden hatten.

Mit einem Paket unter dem Arm humpelte Herbert herein. Er sah unglücklich aus, wie immer, und schnitt eine Grimasse, als er neben Parnella Platz nahm.

»Was ist denn los, Herb?«, fragte Martinique besorgt.

Er schüttelte den Kopf.

»Ich habe mir den Rücken verletzt. Clary klingelte heute Morgen an meiner Tür. Ich habe natürlich nicht aufgemacht, aber als sie durch den Briefschlitz guckte, musste ich mich auf den Boden werfen, damit sie mich nicht sehen konnte. Ich merkte sofort, wie es im Rücken knackte, und musste in die Küche kriechen, damit sie mich nicht weinen hörte. Es fühlte sich an, als wäre ich zurück im Schützengraben.«

Parnella schüttelte den Kopf.

»Du solltest dafür sorgen, dass sie Hausverbot bekommt.«

»Ja, wahrscheinlich. Allerdings habe ich mich ein bisschen an ihre Essenslieferungen gewöhnt. Vor allem ihre Lachskoteletts sind einfach nur köstlich«, sagte er und leckte sich diskret die Lippen.

»Was schmeckt, das kostet«, gluckste Parnella. »Nichts ist umsonst!«

Herbert nickte ernst und legte das Paket neben sich auf den Tisch.

»Was hast du denn da?«, fragte Martinique freundlich.

»Ein Geschenk. Von Clary.«

Er schlug das bereits geöffnete Geschenkpapier zur Seite und zeigte ihnen ein Buch in Ledereinband.

»*Lady Chatterley.*« Parnella lachte dreckig. »Dir ist schon klar, dass du das zurückgeben musst.«

Martinique nahm es in die Hand und strich vorsichtig über den Einband.

»Das ist unglaublich schön!«

»Ich weiß«, seufzte Herbert.

»Letztes Jahr habe ich eine ganze Kiste mit Shakespeares gesammelten Werken von neunzehnhundertzehn gefunden«, sagte Martinique verträumt. »Alle in Leder gebunden. Alte Bücher haben wirklich etwas Magisches, sie riechen so gut. Ich wünsche mir dann immer, ich wüsste, wer sie vor mir besessen hat.«

»Hast du sie schon eingefettet?«

Als Martinique verneinte, leuchteten Herberts Augen auf.

»Ich habe ein eigenes Rezept für Lederdressing, viel besser als alles, was es zu kaufen gibt«, sagte er eifrig. »Ich mische Kleeöl mit Bienenwachs und Lanolin. Anschließend musst du es einmassieren, und das Leder wird weich und glänzend.«

»Habe ich da gerade Lederdress gehört?«, fragte Sam, die plötzlich aus dem Nichts aufgetaucht war. »Das klingt ziemlich apart aus deinem Munde, Herb.«

Herbert schüttelte den Kopf.

»Dressing, das ist doch für Bücher«, sagte er beleidigt.

»Klar«, sagte sie und lachte. »Aber man könnte es auch für Peitschen nehmen, oder?«

»Dazu kann ich nichts sagen.«

Charlotte sah, wie Herbert errötete. Dann entdeckte sie vor der Buchhandlung einen Mann, der zu ihnen hereinsah. Es dauerte ein paar Sekunden, dann erkannte sie den Kunden mit der hellblauen Steppjacke. Sie nickte diskret zum Fenster.

»Der Mann da draußen war vor einer Weile hier, um Bücher zu kaufen. Weiß jemand von euch, wer das ist?«

Sofort drehten sich alle um und starrten hinaus.

»Nicht«, zischte sie, »sonst merkt er doch, dass wir über ihn reden.«

Die Tür öffnete sich und der Mann kam langsam herein. Er trug noch immer die mit Klebeband geklebte Brille und blickte sich verlegen um.

Herbert beugte sich zu Charlotte hinüber.

»Das ist Mac. Er wohnt hier in der Gegend.«

Parnella nickte.

»Ich glaube, seine Rhonda ist vor ein paar Wochen gestorben. Der Arme wirkt immer noch völlig verstört.«

Charlotte musste an die Bücher denken, die er bei ihr gekauft hatte. In einem ging es um Sargbau, in einem anderen darum, wie man seine Liebsten nach dem Tod erhalten konnte, indem man sie ausstopfte. Die Vorstellung, wie der Mann das Beerdigungsinstitut umging, indem er sich in seinem Wohnzimmer um die Leiche seiner Frau kümmerte, jagte ihr einen Schauer über den Rücken.

»War die Beerdigung schon?«, flüsterte sie.

Parnella warf ihr einen verständnislosen Blick zu.

»Nein, ich glaube nicht.«

Charlotte schluckte. Sie hätte gleich etwas sagen sollen, als sie ihn das erste Mal gesehen hatte. Als Mac ans andere Ende der Buchhandlung ging, wagte sie etwas lauter zu sprechen.

»Er war vor einer Weile hier und hat Bücher über Taxidermie und Sargbau gekauft. Wahrscheinlich wollte er sich selbst um die Beerdigung kümmern, aber das ist doch nicht legal, oder?«

Sie erwartete, dass die anderen ähnlich reagierten wie sie, aber Herbert sah vor allem überrascht aus.

»Taxidermie ... Ihr glaubt doch nicht, er hat vor, Rhonda auszustopfen, oder?«, fragte er, an Parnella gewandt.

Charlotte begriff nicht, warum die anderen so gelassen waren. Das Bild einer nackten, toten Frau in einem selbstgebauten Sarg in Macs Wohnung ängstigte sie.

»O Gott, was meint ihr damit? Sie austopfen? Wir müssen etwas unternehmen!«

Martinique legte ihr beruhigend die Hand auf den Arm.

»Rhonda war ein Terrier.«

Die anderen lachten, und Sam grinste breit.

»Dachtest du etwa, Mac will einen Sarg für seine Frau bauen?«

Charlotte schüttelte den Kopf.

»Er hat so seltsame Bücher gekauft«, murmelte sie und schämte sich, weil sie Mac allein nach Äußerlichkeiten beurteilt hatte.

»Mac ist der friedfertigste Mensch der Welt, und er hat Rhonda abgöttisch geliebt«, sagte Martinique. »Er muss sich ohne sie sehr einsam fühlen.«

Parnella strahlte plötzlich über das ganze Gesicht.

»Vielleicht könnte er ein wenig weibliche Zuwendung gebrauchen.«

Sie sah Herbert an, der sich nachdenklich am Kinn kratzte.

»Glaubst du …?«, fragte er leise.

»Warum nicht?«

»Und wenn sie auf einen ganz bestimmten Typ steht?«

Parnella schnaubte laut.

»Ich will dir ja nicht zu nahetreten, aber du bist auch nicht gerade Sean Connery. Wenn Mac einen sauberen Anzug tragen würde, sähe er richtig gut aus.«

Herbert zuckte die Achseln, und Parnellas Stimme fiel eine Oktave ab.

»Willst du sie nun loswerden oder nicht?«

Er wand sich auf seinem Stuhl, doch dann nickte er.

Charlotte sah sie fragend an. Sie hatte kein Wort verstanden.

»Was genau ist geklärt?«

»Mac und Clary. Hast du einen Knick in der Leitung, oder was?«

Parnella wandte sich Sam zu. »Lade du Mac zur Lesung ein, dann sorge ich dafür, dass Clary auch auftaucht.«

Charlotte schnappte sich einen Flyer. Sie war diejenige gewesen, die Mac vorverurteilt und ihn verdächtigt hatte, obwohl er sich doch nur um alles Notwendige für die Beerdigung seines Hundes gekümmert hatte.

»Ich mach das schon. Ich wollte sowieso gerade hoch, um Saras Wohnung aufzuräumen.«

Martinique lächelte ihr zu, und Parnella räusperte sich.

»Du musst ihm sagen, dass er sich feinmachen soll.«

Charlotte nickte.

»Okay.«

»Und erinnere ihn auch daran, zu duschen. Sag ihm, er braucht die Heilige Dreifaltigkeit.«

»Was ist das denn?«

»Shampoo, Deo und eine saubere Unterhose.«

Charlotte warf ihr einen abwägenden Blick zu.

»Ich sage ihm, dass ein formeller Dresscode gilt. Den Rest kann er sich selber denken.«

*

Nach dem Putzen der Wohnung war Charlotte schweißgebadet, und als es ihr endlich gelungen war, alle Kartons an einer Wand zu stapeln, wischte sie sich erschöpft die Stirn. Eine der Kisten enthielt Bücher, die sie eventuell verkaufen konnten, während die anderen nur unnütze Dinge enthielten, die sie irgendwann in ein Sozialkaufhaus bringen musste. Was gar nicht zu gebrauchen war, hatte sie in schwarze Müllbeutel gestopft.

Jetzt war das Wohnzimmer leer, bis auf die alten Möbel. Auch die Kochecke und den Flur hatte Charlotte geputzt, an Saras Schlafzimmer hatte sie sich jedoch noch nicht herangetraut.

Es war gar nicht so einfach, die Sachen ihrer Tante zu ordnen und zu überlegen, was sie behalten wollte, was weggeworfen werden musste und was man eventuell noch verkaufen konnte. Es war immerhin ein ganzes Menschenleben, das in diesen Kartons verpackt war, und es wäre Charlotte respektlos vorgekommen, alles zu entsorgen.

Charlotte hatte Sam und Martinique gebeten, sich auszusuchen, was sie als Andenken haben wollten, und sie selbst hatte sich ein paar von Saras Lieblingsbüchern genommen. Abgesehen davon hatte sie fast alles aussortiert, bis auf die gerahmten Fotos.

Sie hatte die Bilder von den Wänden genommen und an den Fenstern neue weiße Gardinen aufgehängt. Jeden Millimeter der Wohnung hatte sie geschrubbt, Teppiche ausgeschüttelt und Sofakissen geklopft. Viele Lampen, von denen sie gedacht hatte, sie seien kaputt, hatte sie mittels neuer Glühbirnen wieder zum Leben erweckt, und in ihrem Licht erschien die Wohnung noch viel gemütlicher.

Zufrieden betrachtete Charlotte ihr Werk. Jetzt, da alles sauber und ordentlich war, fühlte sie sich endlich richtig wohl in der Wohnung. Wem würde es nicht gefallen, hier zu wohnen?

Sie warf einen Blick auf die Kartons. Eigentlich hatte sie William bitten wollen, ihr beim Runtertragen zu helfen. Das würde jetzt schwierig werden. Zwar waren seit dem Abend, an dem sie sich geküsst hatten, erst fünf Tage vergangen, aber Charlotte hatte ihn kaum zu Gesicht bekommen und allmählich wurde ihr klar, dass er ihr auswich.

Was soll's, dachte sie. Sosehr sie William auch mochte, würde es doch nichts mit ihnen werden. Sie hatte ihr Leben in Schweden, und er wäre wohl kaum bereit, mit ihr dorthin zu ziehen. Außerdem musste sie endlich an die Zukunft der Buchhandlung denken und dafür sorgen, dass er eine marktübliche Miete für seine Wohnung bezahlte.

Nach der Lesung würde sie den Stier bei den Hörnern packen und es mit ihm besprechen. Die Buchhandlung brauchte alle Einnahmen, die sie kriegen konnte, sie musste dringend auch noch einen Mieter für Saras Wohnung finden, der dafür anständig bezahlte.

Ihr Handy klingelte, und Charlotte rutschte das Herz in die Hose. War das wieder einmal die Bank, die sie verfolgte?

Langsam zog sie das Handy heraus und erkannte zu ihrer Erleichterung einen bekannten Namen.

»Hallo.«

»Hallo, Charlotte! Schön, dass ich dich endlich einmal erreiche. Wie geht es dir?«

Charlotte holte tief Luft.

»Gut, Papa. Und dir?«

Sie schloss die Augen und lauschte einer ausführlichen Beschreibung dessen, was die neue Frau ihres Vaters, Malin, gerade machte und wie es ihren drei gemeinsamen Kindern ging.

»Aber das ist nicht der Grund, weshalb ich anrufe«, sagte er schließlich. »Ich wollte vor allem hören, ob es dir gutgeht.«

Charlotte seufzte. Natürlich war es nett von ihm, dass er anrief, doch sie wusste, dass es nicht viel bedeutete. Auf die Frage nach ihrem Wohlergehen konnte sie ihm nie etwas anderes als *gut* antworten, so war ihre Beziehung eben. Seit er sich von ihrer Mutter getrennt hatte, waren ihre Gespräche immer sehr oberflächlich.

»Ja, alles okay.«

»Wie läuft es auf der Arbeit?«

»Gut.«

Am anderen Ende blieb es still. Charlotte überlegte, ob ihr Vater vielleicht etwas über das Leben ihrer Mutter in England wusste.

»Wo ich dich gerade am Telefon habe«, sagte sie vorsichtig. »Wusstest du eigentlich, dass Mama in London wohnte, bevor sie mich bekam?«

Er räusperte sich.

»Ja.«

Charlotte stand auf. Vielleicht konnte er ihr sagen, was geschehen war!

»Sie ist anscheinend mit ihrer Schwester Sara dorthin gezogen«, sagte sie. »Hat sie dir je etwas darüber erzählt?«

Die Verbindung knisterte.

»Nein, ich glaube nicht. Deine Mutter wollte nicht über die Vergangenheit reden, und ich habe ihre Schwester nie kennengelernt.«

Charlotte seufzte enttäuscht. Was war es, was ihre Mutter geheim gehalten hatte?

»Du weißt also gar nichts darüber?«

»Tut mir leid, nicht mehr, als du gerade gesagt hast«, erklärte er. »Ich wünschte, ich könnte dir weiterhelfen.«

Sie nickte.

»Kannst du ja nichts dafür. Du, ich muss weiterarbeiten, lass uns ein andermal wieder telefonieren, okay?«

Zum Glück gab ihr Vater sich damit zufrieden.

»Ja, gerne.«

»Grüß Malin und die Kinder.«

»Das mache ich, Charlotte. Pass auf dich auf!«

Als das Telefonat beendet war, ließ Charlotte sich aufs Sofa fallen. Sie hatte Schweden vor fünf Wochen verlassen, und dies war das erste Mal, dass sich jemand von zu Hause bei ihr gemeldet hatte, der nichts mit der Firma zu tun hatte. Sollte sie irgendwann verschwinden, würde es wahrscheinlich keiner bemerken. Henrik würde es wohl auffallen, aber auch nur, weil er für sie arbeitete.

Sie zog die Knie an die Brust und lehnte sich zurück. Ob Sara sich wohl auch so gefühlt hatte? War sie ebenfalls einsam gewesen?

Charlotte schloss die Augen. Sie dachte an Alex und wie anders alles gekommen wäre, wenn er noch leben würde. Dann wäre sie jetzt nicht allein, sondern hätte jemandem, mit dem sie all das teilen könnte.

Für einen kurzen Moment überkam sie Wut. Noch immer konnte sie furchtbar zornig werden über das, was passiert war. Alex' Unfall. Dann half es meist, wenn sie irgendetwas die Schuld geben konnte: dem Auto, dem Baum, denjenigen, die diese Kurve gebaut hatten. Doch es war kein wirklicher Trost, und Agnetha hatte immer wieder gesagt, je schneller sie akzeptierte, was geschehen war, desto eher könne sie es hinter sich lassen und weitergehen.

Charlotte musste wieder an den Kuss denken. Er war so schön gewesen, und sie hatte sich schon lange nicht mehr so lebendig gefühlt. War William ihre Chance, endlich mit Alex abzuschließen? Könnte sie sich in ihn verlieben?

Sobald Charlotte ihn vor sich sah, kribbelte es in ihrem Bauch, aber sie erinnerte sich auch daran, was William über seine letzte Beziehung gesagt hatte. Er lebte kein normales Leben. Er mochte keine Verpflichtungen und war nicht dafür gemacht, Haus und Familie zu haben – genau das, wonach Charlotte sich sehnte.

Sie kniff die Augen fest zu, um ihre Tränen zurückzuhalten. Alex war es, mit dem sie zusammen ihr Leben hatte verbringen wollen. Sie wollten zusammen Kinder haben und den Rest ihrer Tage in dem weißen Haus auf dem Land leben. Dass ein einziger, schicksalhafter Moment all das zerstören konnte, erschien ihr immer noch unfassbar.

Ihr Herz klopfte. Würde sie jemals bereit sein, Alex loszulassen? Konnte sie irgendwann jemand anderen so nahe an sich heranlassen?

Tennyson tauchte auf und drehte ein paar Runden, wie um die frisch aufgeräumte Wohnung zu inspizieren. Er rieb sich an den neuen Gardinen und schlug dann seine Krallen in den Teppich, als wollte er testen, ob er hielt. Als Charlotte nichts sagte, ging er zu einem der halbvollen Müllbeutel und stieß mehrmals mit dem Kopf dagegen.

»Lass das bitte«, murmelte sie und wischte sich die Wangen ab.

Tennyson warf ihr einen frechen Blick zu, dann drängte er sich unter den Beutel, sodass er umfiel und sich jede Menge alter Notizzettel, Büroklammern, Stifte und anderes Zeug über den Boden ergossen.

Charlotte stöhnte. Wäre er kein Kater gewesen, sie hätte darauf geschworen, er hätte es mit Absicht getan.

»Tennyson«, sagte sie mit ihrer strengsten Stimme. »Was soll ich nur mit dir machen?«

Der große, flauschige Kater schnurrte laut und sprang neben sie aufs Sofa. Es würde vermutlich nur Minuten dauern, bis er die frischgewaschenen Kissen wieder vollgehaart hatte.

Charlotte verschränkte die Arme über der Brust.

»Glaubst du, ich kraule dich, wenn du dich so unmöglich benimmst?«

Obwohl sie ihn streng ansah, schnurrte er einfach weiter und bohrte seine Schnauze unter ihren Arm, bis sie aufgab und ihm den Rücken streichelte.

Soviel Unfug er auch anstellte, Tennyson war doch derzeit ihr treuester Freund, und obwohl es sehr eng wurde, liebte Charlotte es, wenn er bei ihr auf dem Sofa übernachtete. Sie schlief einfach besser mit seinem warmen Körper neben sich und mochte gar nicht daran denken, wie allein sie sich wieder fühlen würde, wenn sie nach Schweden zurückkehrte.

Charlotte sah sich in der Wohnung um. Das Einzige, was sie noch nicht aufgeräumt und geputzt hatte, war Saras Schlafzimmer, und sie musste daran denken, dass Sam gesagt hatte, dass man Bücher unter dem Bett lagern konnte. Wahrscheinlich gab es dort noch welche, die Charlotte ebenfalls an die entsprechenden Verlage zurückschicken musste.

Langsam stand sie auf und ging in das kleine Schlafzimmer hinüber. Es widerstrebte ihr, darin aufräumen zu müssen, obwohl sie wusste, dass es unumgänglich war. Sie ließ sich auf die Knie hinunter und hob den Bettüberwurf an.

Als sie sah, was sich unter dem Bett befand, schnappte sie nach Luft. Wie in einem Tetrisspiel lagen dort Kartons und füllten noch den letzten Winkel aus. Sara musste sie regelrecht hineingequetscht haben, um so viele unterzubringen.

Charlotte begann, einen nach dem anderen herauszuziehen, und Tennyson, der ihr gefolgt war, setzte sich daneben und sah zu. Die Kartons waren zum Bersten mit Büchern gefüllt. Sie wogen bestimmt mehrere Tonnen, und Charlotte musste sich gewaltig anstrengen, um sie herauszuzerren.

Nachdem sie ein paar geöffnet hatte, stellte sie fest, dass sie allesamt ausschließlich Harry-Potter-Bücher enthielten. Charlotte fasste sich an die Stirn. Es mussten über dreihundert Bücher sein!

Einen kurzen Moment überlegte sie, noch einmal in den Laden hinunterzugehen, doch dann fiel ihr ein, dass es schneller wäre, anzurufen. Sie nahm ihr Handy und wählte die Nummer.

»Hallo, herzlich willkommen im Riverside Bookshop, was kann ich für Sie tun?«, fragte Sam.

»Hallo, ich bin's, Charlotte. Ich rufe aus Saras Wohnung an, weil ich etwas Komisches entdeckt habe.«

»Ach«, sagte Sam. »Wenn es rosa ist und vibriert, solltest du es nicht anfassen.«

Charlotte spürte sofort, wie ihr das Blut in die Wangen schoss.

»Es sind Bücher«, sagte sie schnell und hoffte, Sam würde ihr die Verwirrung nicht anmerken. »Harry Potter, mehrere Kartons voll.«

»Ach, super! Ich wusste doch, dass die noch irgendwo sind.«

Charlotte räusperte sich.

»Aber es sind mindestens dreihundert.«

»Fünfhundert sogar, der Rest lagert bestimmt in den ungeöffneten Kartons vor dem Büro.«

»Okay, wie auch immer. Sie sind bestimmt eine Menge Geld wert. Wir müssen sie remittieren.«

Sam schnaubte.

»Nie im Leben! Harry Potter verkauft sich immer, das ist ein Klassiker!«

Charlotte warf einen Blick auf Tennyson, der sich inbrünstig die Vorderpfoten leckte.

»Sam, wir können es uns nicht leisten, auf so einem Lager zu sitzen. Kannst du bitte mal nachsehen, wann du die Bücher bestellt hast? Dann kann ich den Verlag kontaktieren.«

Sie hörte an Sams Atmung, dass es ihr nicht passte.

»Das wirst du bestimmt bereuen«, sagte sie verärgert.

Ich versuche nur, die Buchhandlung vor dem Konkurs zu bewahren, dachte Charlotte matt.

»Sei bitte so nett und such mir die Listen heraus.«

»Okay, Chefin«, sagte Sam säuerlich. »Sonst noch etwas?«

Charlotte schloss die Augen.

»Nein. Danke für deine Hilfe.«

Mehr konnte sie nicht sagen, bevor Sam auflegte.

Charlotte seufzte. Es war wirklich nicht einfach, Sam und ihre Launen zu durchschauen.

Sie starrte die Kartons an, dann erhob sie sich, ging mit Tennyson zusammen hinaus und schloss die Zimmertür. Sie hatte sich wirklich eine Pause verdient. Für heute hatte sie genug geputzt. Jetzt brauchte sie erst mal einen langen Spaziergang, um den Kopf freizubekommen.

Charlotte musste an das riesige Spielzeuggeschäft denken, von dem Martinique ihr gesagt hatte, dass es in der Nähe des Oxford Circus liege. Sie konnte sich doch zu einem kleinen Abenteuer aufmachen, den Bus nach Piccadilly nehmen und zu Fuß die Regent Street hinauf und weiter Richtung Marble Arch gehen. Laut ihrer App gab es zahlreiche Geschäfte in dieser Gegend, mit etwas Glück würde sie sowohl für Henrik als auch für seinen Sohn Harry etwas finden.

Charlotte sah auf die Uhr. Um diese Zeit machte William oft Kaffeepause. Vielleicht war er unten in der Buchhandlung?

Charlotte nahm Saras Schlüsselbund und wog ihn in der Hand. Einerseits sehnte sie sich danach, William wiederzusehen, andererseits war sie unsicher, wie sie sich ihm gegenüber verhalten sollte.

Sie zog ihre Jacke an und beschloss dann, sich durch die

Hintertür hinauszuschleichen. Das Gespräch mit William musste sie ein andermal in Angriff nehmen, wenn sie besser vorbereitet war und nicht das Risiko bestand, dass die ganze Buchhandlung mithörte.

27

DONNERSTAG, 6. JANUAR 1983

Seit jenem Abend ist Kristina ihm ausgewichen, doch jetzt steht er plötzlich vor ihr. Sie versucht so zu tun, als hätte sie ihn nicht bemerkt, aber Daniel spricht sie an.

»Hallo!«

Kristina nickt nur, ohne seinen Blick zu erwidern.

»Wie geht es dir?«

Sie zuckt die Achseln und liest weiter in ihrem Buch. Hätte sie gewusst, dass Daniel heute früher nach Hause kommt, hätte sie sich im Schlafzimmer eingesperrt.

»Du, da ist etwas, worüber ich gerne mit dir reden möchte.«

»Ja? Was denn?«

Sie bemüht sich, desinteressiert zu wirken, obwohl ihr Herz wie verrückt klopft.

»Darf ich mich zu dir setzen?«

Kristina blickt von ihrem Buch auf.

»Ja, von mir aus«, sagt sie.

Daniel lässt sich neben ihr auf das Sofa fallen, scheint aber nicht recht zu wissen, wie er anfangen soll. Schweigend streicht er mit dem Finger über die Wohnzimmertischkante.

»Warst du zu Hause, als Steve mit dieser Tasche kam?«

Ach, denkt Kristina, *das war also Steve!*

»Ja«, sagt sie mit Nachdruck.

Daniel trommelt mit den Fingern auf der Tischplatte.

»Steve ist ein Arbeitskollege von mir bei Marconis. Und ja, er ist ein bisschen speziell.«

Kristina räuspert sich.

»Also, er ist kein so schlechter Mensch, wie Sara anscheinend glaubt. Er hat nur manchmal blöde Ideen.«

Sie wendet ihm den Blick zu und versucht sich innerlich zu wappnen. Seine Augen bringen die Schmetterlinge in ihrem Bauch immer noch zum Tanzen.

»Zum Beispiel?«

Daniel atmet tief durch.

»Zum Beispiel, Material aus der Firma zu entwenden.« Daniel schüttelt den Kopf. »Völlig idiotisch, ich weiß. Aber Steve hat gehört, dass wir Iren viel weniger Lohn bekommen als alle anderen, und um das auszugleichen, hat er angefangen, die Firma zu bestehlen.« Er schnaubt. »Natürlich ist es unfair, dass sie uns schlechter bezahlen, aber etwas zu klauen ändert daran ja nichts.«

Kristina mustert ihn schweigend. Jetzt sieht sie in ihm wieder den normalen Daniel. Den, den sie so mag.

»Warum hast du ihm erlaubt, die Tasche bei uns unterzustellen, wenn Diebesgut drin war?«

Daniel zuckt die Achseln.

»Man kann ihm nur schwer etwas abschlagen, wenn er sich einmal etwas in den Kopf gesetzt hat, das hast du ja gemerkt.« Er legt eine Hand auf ihren Arm. »Außerdem war nichts Wertvolles drin, nur Kleinkram, und ich habe die Sachen auch so schnell wie möglich wieder weggebracht. Ich habe sie in ein Schließfach unten im Waschsalon eingeschlossen, und am Tag danach habe ich sie wieder in die Fabrik zurückgeschmuggelt.«

Er macht einen aufrichtigen Eindruck, und Kristina ist bereit, ihm zu glauben.

»Okay«, sagt sie.

»Okay? Heißt das, du bist nicht mehr sauer auf mich?«

Sie schüttelt den Kopf und ist enttäuscht, als er seine Hand wieder wegzieht.

»Das ist schön«, sagt er.

Kristina lächelt steif.

»Wieso? Hattest du Angst, ich könnte es Sara erzählen?«

»Nein, ich hatte Angst, du könntest mir böse sein.« Er ändert die Stellung, ohne sie aus den Augen zu lassen. »Es ist wahrscheinlich nicht leicht für dich zu verstehen, aber Steve ist wie ein Familienmitglied für mich, auch wenn er manchmal Dummheiten macht.«

Als Kristina nichts sagt, fährt er fort.

»Hast du von dem Antiterrorismusgesetz von neunzehnhundertvierundsiebzig gehört?«

»Nein.«

»Es trat in Kraft, nachdem die IRA in Birmingham zwei Pubs in die Luft gesprengt hatte. Seitdem kann die Polizei so gut wie jeden verhaften, ohne ihm irgendetwas nachweisen zu müssen.«

»Das wusste ich nicht.«

»Nein, aber als Ire weiß man so etwas.« Er lacht trocken. »Ich habe von mehreren Leuten gehört, die mitgenommen wurden, bloß weil sie irgendwie verdächtig aussahen.«

»Puh, das klingt unheimlich.«

»Mhm. Und dann wird im Verhör alles getan, um die Leute dazu zu bringen, Taten zu gestehen, die sie gar nicht begangen haben. Wie bei den Jugendlichen in Guilford, du weißt schon.«

Kristina nickt.

»Meiner Ansicht nach ist so ein Kinderkram, wie Kabel aus der Firma zu stehlen, einfach überflüssig und gefährlich. Wenn die Polizei einen erst mal auf dem Kieker hat, weiß man nie, worauf sie sonst noch kommt.«

»Verstehe.«

Ihr wird warm ums Herz, als Daniel lächelt, aber eine Frage hat sie noch.

»Wer ist Linda?«

Sofort verändert sich die Stimmung, Daniels Blick wird leer. Er atmet langsam und starrt zu Boden.

»Entschuldige«, sagt sie. »Du musst es mir nicht erzählen.«

Daniel seufzt.

»Nein, macht nichts. Linda war ...«

Seine Stimme bricht, und Kristina legt eine Hand auf seinen Oberschenkel.

»Du brauchst wirklich nichts zu sagen.«

Daniel nickt.

»Doch, ich muss. Linda war meine kleine Schwester.«

War, denkt Kristina. *Sie ist also nicht mehr da.* Plötzlich spürt sie eine starke Verbundenheit mit Daniel. Das hat er bestimmt nicht einmal Sara erzählt.

Daniel räuspert sich.

»Sie war nach der Schule draußen, zum Spielen. Es war ein ganz normaler Tag, aber im Zentrum fand eine Demo statt. Wir wissen nicht, was genau passiert ist. Jemand warf eine Brandbombe auf die Polizei, es entstand Chaos, und Linda geriet zwischen die Fronten. Ihr wurde in den Bauch geschossen.«

Kristina schluckt, Tränen steigen ihr in die Augen. Es tut ihr so schrecklich leid für ihn.

»O Gott«, flüstert sie.

Daniel starrt an die Decke.

»Sie war acht. Acht! Kannst du dir vorstellen, wie sich das anfühlt?«

Kristina nickt, obwohl sie keine Ahnung hat. Alles, was sie will, ist, ihm nahe zu sein. Sie beugt sich zu ihm und nimmt ihn in die Arme. Erst erstarrt er, dann erwidert er ihre Umarmung und hält sie ganz fest.

»Meine Mutter war am Boden zerstört. Sie hat sich vollkommen zurückgezogen, man kann kaum noch mit ihr reden. Mark und ich haben das nicht ausgehalten und sind weggegangen.«

Kristina streicht Daniel über den Rücken und spürt, wie er atmet.

»Deshalb werde ich immer so wütend, wenn jemand denkt, ich wäre in der IRA. Ich hasse die IRA und ihre verfluchten Bomben. Ich will nichts mit ihnen zu tun haben.«

Kristina legt die Wange an seine Schulter.

»Entschuldige bitte.«

Er fasst sie an den Schultern und schiebt sie von sich.

»Ich bin nicht wütend auf dich. Ich bin wütend auf diese Terroristen«, sagt er und blickt ihr tief in die Augen.

»Und Sara ist wütend auf mich.«

Daniel zieht sie wieder an sich.

»Sie ist wütend, weil sie weiß, dass ich dich mag. Es ist nicht deine Schuld, sondern meine.«

»Du magst mich?«

Sofort bereut sie die Frage. Das hat er doch gerade gesagt!

Daniel legt seine Wange an ihre, und sie spürt seinen Atem dicht an ihrem Ohr.

»Du gehörst zu denen, die wissen wollen, was auf der B-Seite der Platte ist. Das gefällt mir. Du kümmerst dich nicht darum, was andere denken. Du begnügst dich nicht mit den Liedern auf der A-Seite.«

Kristina begreift nicht, was er damit sagen will. Vergleicht er sie mit Sara?

»Ich mag dich auch«, flüstert sie.

In diesem Augenblick fühlt es sich vollkommen richtig an. Kristina kümmert sich nicht länger um ihre große Schwester, sie denkt nicht einmal an sie. Als Daniel sie küsst, erwidert Kristina den Kuss, ohne schlechtes Gewissen.

Er legt sie behutsam auf das Sofa und streicht ihr das Haar aus dem Gesicht.

Kristina beobachtet angespannt, wie er die Knöpfe ihres Kleides öffnet. Ganz langsam, und ohne den Blick von ihr zu wenden. Es kommt ihr geradezu poetisch vor. Was jetzt geschieht, war die ganze Zeit vorherbestimmt. Selbst wenn sie sich noch so sehr dagegen sträuben würden, würden sie irgendwann wieder an genau diesem Punkt landen.

Als Daniel lächelt, wird ihr überall warm. Sie atmet flach, die Luft gelangt nicht richtig in ihre Lunge. Kein Mann hat sie je nackt gesehen. Keiner ist ihr je so nahegekommen.

Als sie seine Hände auf ihrem nackten Brustkorb spürt, stöhnt sie. Es durchströmt sie wie ein Rausch, und sie kann nicht mehr klar sehen. Alles scheint verschwommen, das Einzige, was sie erkennt, ist Daniel.

Obwohl eine innere Stimme sie warnt, kann sie nicht zurück. Kristina will Daniel, sie will ihm nah sein.

Mit ausgestreckten Händen zieht sie ihn zu sich und küsst ihn leidenschaftlich. *Er will mich,* denkt sie. *Es kann doch nicht falsch sein, wenn er mich will?*

Sie schließt die Augen. Seine Lippen wandern ihren Hals hinab. Noch nie hat sie so etwas erlebt. Es kommt ihr vor, als müsse sie zerspringen, als würden ihre Gefühle überströmen.

Er will mich, flüstert ihre innere Stimme noch einmal. *Und ich, ich will ihn.*

28

DONNERSTAG, 12. OKTOBER

Charlotte stand an Saras Wohnzimmerfenster und blickte auf das kleine Stück Themse hinaus, das sie von dort aus sehen konnte. Die Stadt wirkte vollkommen verlassen. Auf dem Wasser fuhren keine Schiffe, und auf der Promenade waren nur vereinzelt Menschen zu sehen, die mit ihren windzerzausten Regenschirmen kämpften.

Den ganzen Tag schon hatte es gestürmt. Der Wind peitschte den Regen zur Erde, der Himmel war bedrohlich grau, und in den Nachrichten war vor Orkanböen gewarnt worden.

Genau so hatte Charlotte sich London immer vorgestellt: als ständig wolkenverhangene Stadt mit verschiedenen Regenvariationen. In Wirklichkeit herrschte heute zum ersten Mal richtig schlechtes Wetter.

Charlotte legte eine Handfläche an die Wand. Es heulte und knisterte besorgniserregend im Lüftungssystem, und immer wieder knackte es in der Zimmerdecke. Sie zog die Wolldecke fester um ihre Schultern und nahm den Topf vom Herd, in dem sie Wasser gekocht hatte.

Auf dem Küchentisch stand ihr Laptop, sie streamte BBC-News, doch je stärker es draußen stürmte, desto öfter hängte das Video sich auf. Das Letzte, was Charlotte hörte, bevor die Verbindung ganz unterbrochen wurde, waren Meldungen über steigende Wasserpegel, eingestellten Flugverkehr nach Gatwick und Heathrow sowie Warnungen an die Bevölkerung, nach Möglichkeit das Haus nicht zu verlassen.

Tennyson lag auf dem Sofa und schlief, das Unwetter schien ihm nichts auszumachen. Charlotte kauerte sich mit der Teetasse in den Händen neben ihn und schaute weiter aus dem Fenster. Die heftigen Böen ließen die Scheibe erzittern, und sie überlegte, wie groß das Risiko war, dass das Haus dem Sturm nicht standhielt.

Charlotte starrte die Deckenlampe an, die sacht hin und her schaukelte.

»Was meinst du?«, flüsterte sie dem Kater zu. »Sollten wir irgendwo Schutz suchen?«

Tennyson öffnete ein Auge, dann drehte er sich um und schlief weiter.

»Na, du bist mir ja keine große Hilfe«, murmelte sie.

Als ein paar Tage zuvor in den Nachrichten die Sturmwarnung gegeben worden war, hatte Martinique ihr angeboten, zu ihr zu kommen und dort zu übernachten. Jetzt bereute Charlotte, das Angebot ausgeschlagen zu haben. Diese Endzeitstimmung ganz allein mit einer Katze in einem mehrere hundert Jahre alten Haus abzuwarten schien ihr plötzlich keine gute Idee mehr.

Es knackte in der Wand, die an die andere Wohnung grenzte, und Charlotte verbrannte sich die Zungenspitze an dem heißen Tee. Vielleicht war sie ja gar nicht so allein. Vielleicht war William ebenfalls zu Hause.

Noch immer hatten sie seit dem Restaurantbesuch kein Wort gewechselt, und Charlotte ärgerte sich furchtbar, dass sie die Sache nicht gleich angegangen war. Jetzt war eine ganze Woche verstrichen, und je länger es her war, desto alberner kam es ihr vor, sich erklären zu wollen. Außerdem war William ihr ausgewichen. Charlotte versuchte zwar sich einzureden, es läge daran, dass er mit seinem Buch beschäftigt war, machte sich aber insgeheim doch Sorgen, dass sie ihn tatsächlich verletzt haben könnte. Vielleicht hatte er aber auch nur gemerkt, was für ein großer Fehler der Kuss gewesen war. Charlotte wusste nicht, welche Alternative sie schlimmer fand.

Knisternd flackerte die Deckenlampe auf, es sah aus, als schnappe sie nach Luft. Ein paar Sekunden blinkte sie noch, dann knackte es und es wurde dunkel.

Charlotte seufzte. Ein Stromausfall. Zum Glück hatte sie beim Aufräumen einen ganzen Karton voll Kerzen gefunden.

Während Tennyson ungerührt weiterschlief, suchte Charlotte mit Hilfe ihrer Taschenlampe ein paar Kerzenständer heraus, verteilte sie im ganzen Raum und zündete die Kerzen an. Als sie es sich gerade wieder gemütlich gemacht hatte, ließ ein heftiger Knall das ganze Gebäude erzittern.

Charlotte sah sich beunruhigt um. Was war passiert?

Schnell lief sie zum Fenster, konnte durch den strömenden Regen vor der Scheibe jedoch so gut wie nichts erkennen.

Verzweifelt versuchte Charlotte, ihr Handynetz wieder zum Leben zu erwecken, um herauszufinden, wie lange der Sturm voraussichtlich noch anhalten würde. Doch sooft sie auch das WiFi neu startete, sie bekam keine Verbindung.

Missmutig ließ sie sich auf einen der Küchenstühle fallen. Da hörte sie plötzlich lautes Klopfen. Erst dachte sie, es wäre nur der Sturm, dann begriff sie, dass jemand vor ihrer Tür stand. Mit einer Kerze in der Hand lief sie hin, um zu öffnen.

Auf dem Treppenabsatz stand William. Sein Haar war noch zerraufter als sonst, und seine Kleider sahen im Dunkeln fleckig aus.

»Hallo«, sagte Charlotte, froh, tatsächlich nicht allein im Haus zu sein. »Ist bei dir auch der Strom ausgefallen?«

Er schüttelte den Kopf und leuchtete mit der Taschenlampe in die Wohnung.

»Viel schlimmer«, sagte er kurzangebunden. »Komm rüber, dann zeig ich es dir.«

Da sie nicht darauf vertraute, dass Tennyson auf dem Sofa liegen blieb, löschte sie rasch alle Kerzen und folgte William in seine dunkle Wohnung. Sie hatte denselben Grundriss wie Saras und war ordentlicher, als Charlotte erwartet hatte, zumindest standen keine Bücherstapel auf dem Fußboden herum.

»Hier«, sagte er, und deutete mit dem Kopf zum Schlafzimmer.

Je näher sie kamen, desto lauter wurde das Heulen, und als Charlotte über die Schwelle trat, wurde das Rauschen so stark, dass es in ihren Ohren dröhnte. Ein eiskalter Wind traf sie ins Gesicht.

»Das Dach hat ein Loch«, rief William und zeigte auf die weißgestrichenen Bretter der Dachschräge.

Charlotte hob eine Hand, um ihre Augen abzuschirmen, und versuchte zu erkennen, was los war. Eines der Bretter schien sich gelöst zu haben, und dahinter flatterte etwas Schwarzes im Wind. Der Regen spritzte herein, aber auf dem Boden stand bereits eine Plastikwanne, außerdem hatte William ein paar Handtücher ausgebreitet.

O Gott, dachte Charlotte. Wenn weiterhin Wasser hereinströmte, würde das ganze Gebäude schweren Schaden nehmen.

»Ich brauche Hilfe, um dagegenzuhalten«, sagte William und zeigte auf ein paar Lumpen, schwarze Plastikmüllbeutel, einen Hammer und Nägel.

Charlotte nickte und nahm die Müllbeutel entgegen, die William ihr reichte. Während sie sie auseinanderfaltete, warf sie einen Blick auf das nasse T-Shirt, unter dem sich sein Körper deutlich abzeichnete.

Verbissen stopften sie Lumpen in den Riss in der Decke und hielten abwechselnd mit der Hand dagegen oder befestigten die Plastikbeutel über dem Loch.

Charlotte bemühte sich wirklich, nicht darüber nachzudenken, was das alles kosten würde, als ihr jedoch einfiel, dass sie nicht einmal wusste, ob das Haus versichert war, konnte sie sich kaum noch konzentrieren.

Es dauerte eine ganze Weile, aber schließlich hatten sie das Loch so weit gestopft, dass nur noch einzelne Tropfen hereindrangen. Charlotte schauderte. Es war nicht einfach gewesen, beim Schein einer einzigen Taschenlampe diese provisorische Reparatur durchzuführen, während das Wasser ihnen ins Gesicht spritzte, aber sie und William waren anscheinend ein gutes Team.

William reichte ihr ein Handtuch, und sie trocknete sich erst die Stirn, um dann ein wenig Wärme in ihre Hände zu rubbeln. Er warf ihr einen kurzen Blick zu.

»Danke«, sagte er. »Ich weiß nicht, was ich getan hätte, wenn du nicht zu Hause gewesen wärst.«

Charlotte legte sich das Handtuch um den Hals und zog die Pulloverärmel über ihre Hände.

»Du wirst dich wohl bei deiner Vermieterin beschweren müssen.«

William nickte.

»Allerdings! Wenn man eine Wohnung mitten in London mietet, sollte man einen gewissen Standard erwarten dürfen.«

»Andererseits gibt es vielleicht auch Leute, die es praktisch fänden, im Schlafzimmer duschen zu können.«

»Das stimmt natürlich auch wieder.«

Er warf ihr erneut einen Blick zu, und Charlotte spürte, wie es in ihrem Bauch kribbelte.

»Willst du einen Augenblick mit rüberkommen?«, fragte sie vorsichtig. »Ich habe heißes Teewasser.«

William öffnete eine Schranktür und nahm eine Flasche Whisky heraus.

»Ich glaube, ich brauche etwas Stärkeres«, sagte er müde.

Nachdem sie sich etwas Trockenes angezogen hatten, saßen sie in den gegenüberliegenden Ecken des Sofas, in mehrere Decken gehüllt. Anfangs lag Tennyson zwischen ihnen, doch weil er sich nicht ausstrecken konnte wie sonst, sprang er irgendwann herunter, legte sich auf den Boden und starrte William böse an, er betrachtete ihn wohl als Eindringling in seinem Territorium.

Charlotte nippte an ihrem Tee, in den sie sich einen Schluck Whisky hatte geben lassen. Sie hatte die Kerzen wieder angezündet, und allmählich kehrte Gefühl in ihre durchfrorenen Finger zurück.

»Was für ein Sturm«, sagte sie und schüttelte den Kopf. »Ich glaube, so etwas habe ich noch nie erlebt.«

William stimmte ihr zu.

»Ich habe im Radio gehört, dass in Greenwich ein Haus eingestürzt ist. Oder ein Rohbau, es war anscheinend noch nicht fertig.«

»Zum Glück ist das hier nicht passiert.« Sie rührte ihren Tee mit einem Löffel um. »Wobei das Leck im Dach sicher auch eine Menge kosten wird«, sagte sie matt.

»Aber das zahlt doch bestimmt die Versicherung?«

»Ich weiß gar nicht, ob es überhaupt eine gibt. Sara hat es mit solchen Dingen anscheinend nicht so genau genommen.« Sie lächelte entschuldigend. »Ich weiß, es klingt gemein, zu sagen, das Haus bringe nur Probleme mit sich, aber ich habe wirklich nicht darum gebeten, es zu erben.«

William stupste sie mit dem Fuß an.

»Ganz so schlimm wird es schon nicht sein, oder?«

»Wenn du wüsstest!«

Er drehte das Glas in seinen Händen.

»Das wird schon. Bei Sara hat es auch immer geklappt. Hauptsache, du verkaufst nicht.«

Charlotte verzog den Mund.

»Das ist leider nicht so einfach. Ich weiß ehrlich gesagt nicht, wie lange wir die Buchhandlung noch halten können.«

»Anscheinend sind wir beide in der falschen Branche unterwegs«, seufzte William. »Hätte ich mehr Geld, würde ich gerne etwas beitragen. Sobald ich meinen nächsten Vorschuss bekomme, bezahle ich die Miete für den Rest des Jahres. Versprochen!«

Charlotte knetete ihr Kinn. Sie wusste immer noch nicht, wie sie mit ihm über die Miete sprechen sollte.

Als wüsste er, was sie dachte, räusperte er sich.

»Ich weiß, dass ich viel zu wenig bezahle. Und ich bin kein ganz hoffnungsloser Fall, was Geld angeht.« Er wendet sich Charlotte direkt zu. »Mein nächstes Buch wird sich gut verkaufen, da bin ich mir ganz sicher. Und dann werde ich allen, die mir geholfen haben, ihr Geld zurückgeben.«

Sie erhob ihre Teetasse.

»Na, dann! Auf die künftigen Erfolge!«

Klirrend stießen sie an, und Charlotte musste an Agnetha denken. Was würde sie von allem halten, was Charlotte in den letzten Wochen erlebt hatte? Dass sie im Riverside Drive geblieben war, eine Menge neuer Leute kennengelernt und sogar einen Mann geküsst hatte?

William musterte sie schweigend.

»Wie sah dein Leben aus, bevor du hierherkamst?«

Sie zuckte die Achseln.

»Hast du nur für deine Firma gearbeitet?«

»Ja.«

»Und du hast ein Haus?«

Sie starrte in ihre Teetasse.

»Genau.«

»Und da wohnst du ganz allein?«

Charlotte bemühte sich, unberührt zu wirken.

»Mhm.«

William nickte.

»Ich will dich nicht ausquetschen. Ich würde dich nur gerne besser kennenlernen.«

Charlotte presste die Lippen aufeinander. Sie wusste nicht, wie sie von dem erzählen sollte, was passiert war, doch zum ersten Mal spürte sie, dass es notwendig war. Sie trug so schwer an all den Heimlichkeiten. Sie konnte einfach nicht mehr.

»Ich war verheiratet«, flüsterte sie.

William erwiderte nichts, und Charlotte blickte weiter in ihre Tasse.

»Er hieß Alex und wir lernten uns an der Uni kennen. Mit ihm habe ich die Firma gegründet.«

Die Worte verursachten ihr physische Schmerzen, und sie hielt sich krampfhaft an der Armlehne fest. William beugte sich vor und legte eine Hand auf ihren Arm, und Charlotte schloss die Augen.

»Alex starb bei einem Autounfall, vor etwas mehr als einem Jahr.«

Sie musste sich anstrengen, um nicht zu hyperventilieren, und zählte bis fünf, ehe sie sich erlaubte, wieder einzuatmen. William rückte näher zu ihr.

»Ach, Mensch, das wusste ich nicht!«

»Ich rede nicht gerne darüber«, brachte sie mühsam heraus.

»Das verstehe ich.«

Charlotte nickte. Tränen rollten ihr über die Wangen. William legte den Arm um sie, sodass sie sich an seine Schulter lehnen konnte, und sie weinte leise in seinen Pullover. Es fühlte sich seltsam an, es ausgesprochen zu haben, als wäre es vorher nicht real gewesen.

»Ich kann mir gar nicht vorstellen, wie das ist«, sagte er leise. »Ich habe bisher keinen mir wirklich nahestehenden Menschen verloren.«

»Da hast du Glück«, schluchzte sie. »Ich habe auch meine Mutter verloren, sie starb vor ein paar Jahren an Krebs. Die beiden wichtigsten Personen in meinem Leben sind einfach verschwunden.«

»Das tut mir so leid!«

Charlotte ließ den Blick zum Fenster wandern. Es fühlte sich gut an, dass es endlich raus war.

William strich ihr über das Haar.

»Warum hast du das nicht früher erzählt?«

Sie blinzelte die Tränen weg und nahm einen Schluck Tee.

»Es ist nicht so einfach. Und ich habe gemerkt, dass die Leute mich anders behandeln, wenn sie wissen, was mir geschehen ist. Entweder werden sie ganz nervös und fangen an, über das Wetter zu sprechen, oder sie stellen jede Menge komischer Fragen.«

William nickte.

»Ich höre dir gern zu, wenn du willst.«

Charlotte strich über die gezackten Säume des Sofakissens.

»Danke. Ich habe bisher mit kaum jemandem darüber geredet. Nach dem Unfall gab es Gerüchte, Alex wäre absichtlich gegen den Baum gefahren. Anscheinend gab es keine Bremsspuren, und ich …«

Ihre Stimme zitterte, und William beschwichtigte sie.

»Du brauchst nicht mehr zu sagen, wenn du nicht willst.«

Charlotte rieb sich die Augen.

»Es war einfach nur so furchtbar, den Menschen zu verlieren, den man liebt, und gleichzeitig zu hören, was die Leute reden. Ich habe mich so geschämt, als wäre es meine Schuld. Ich habe es kaum ertragen.«

William beugte sich zu ihr herab. Es war schön, seinen warmen Körper so nah zu spüren, und Charlotte kroch noch tiefer in seine Arme.

»Und dann erwarten alle, dass es einem schnell wieder gutgeht. Dass man alles vergisst und weitermacht. Aber das ist nicht so leicht.«

Er streichelte ihren Rücken, und Charlotte schloss die Augen.

»Es tut mir so leid«, sagte er.

Sie gähnte verstohlen.

»Müde?«

»Merkt man das?«

William lachte.

»Schlaf ein bisschen, wenn du willst. Ich bleibe hier, es sei denn, der Kater geht zum Angriff über.«

Tennyson ließ William noch immer nicht aus den Augen, und Charlotte wedelte abwehrend mit der Hand.

»Nein, nein, der tut nichts.«

»Da bin ich mir nicht so sicher«, murmelte William. »Er hat mich noch nie gemocht und sieht tatsächlich ein bisschen rachsüchtig aus. Ich glaube, es passt ihm nicht, dass ich seinen Platz auf dem Sofa eingenommen habe.«

Charlotte warf ihm einen Blick zu und lächelte. Ihre Augenlider waren plötzlich ganz schwer, und sich kuschelte sich an Williams Brust. *Einen Augenblick kann ich mich wohl ausruhen,* dachte sie. Doch als sie erst die Augen geschlossen hatte, schlief sie schon tief und fest.

Charlotte erwachte vom Töpfeklappern in der Küchenecke. Schlaftrunken blickte sie sich um. Tennyson lag neben ihr und schnurrte behaglich, und William machte sich in der Kochnische zu schaffen.

Sie beobachtete ihn, wie er im Schein der brennenden Kerzen stand. Es war so schön gewesen, in seinen Armen zu schlafen, und sie fragte sich, ob wohl schon viele Frauen so bei ihm gelegen hatten.

Als er merkte, dass sie aufgewacht war, lächelte er.

»Hast du Hunger?«

Charlotte nickte.

»Dann sollst du gleich etwas Feines bekommen.«

Sie warf einen Blick aus dem Fenster und stellte fest, dass es immer noch Nacht war und der Sturm weitertobte.

»Aber es gibt doch keinen Strom?«

William hob die Augenbraue.

»Das kann einen echten Koch nicht aufhalten.«

Er schwenkte etwas durch die Luft.

»Ein Handgasbrenner«, sagt er. Als sie ihn verständnislos ansah, seufzte er. »Um Zucker für Crème Brûlée zu schmelzen, natürlich. Aber man kann ihn auch für anderes benutzen.«

William reichte ihr einen Teller mit einem gefüllten Croissant.

»Da ist geschmolzener Gouda drin und frischer Spinat.«

Charlotte nahm einen Bissen von dem knusprigen Gebäck und war überrascht, wie köstlich es schmeckte.

»Mmh«, sagte sie, und biss gleich noch einmal ab.

»Gut, dass es dir schmeckt, es war das Einzige, was ich noch hatte.«

Sie aßen ihre warmen Croissants mit einem Glas Wein, den William herbeigezaubert hatte, und Charlotte fiel es schwer, ihren Blick von ihm zu wenden. William sah unglaublich gut aus, mit seinen großen dunklen Augen und dem fein geschnittenen Gesicht, und sie spürte, wie alles in ihr sich danach sehnte, ihm wieder nah zu sein.

Solche Gefühle war Charlotte nicht mehr gewöhnt, es verwirrte sie, dass sie plötzlich an nichts anderes mehr denken konnte als an William. Sie hatte wirklich nicht vor, überhastet in eine neue Beziehung hineinzuschlittern, aber William hatte etwas in ihr geweckt, das sich nicht unterdrücken ließ.

Nachdem sie sich den letzten Bissen Croissant in den Mund gesteckt hatte, lächelte er, und seine Augen leuchteten vor Stolz. Charlotte stellte ihren Teller und ihr Glas beiseite und rückte näher an ihn heran.

»Ich möchte dir etwas sagen.«

William nickte stumm.

Sie fuhr sich verlegen mit einer Hand durchs Haar.

»Ich bin nicht gut in so etwas, aber … also, ich weiß nicht recht, wo ich anfangen soll.« Sie schüttelte den Kopf. Die Spannung zwischen ihnen ließ ihre Hände zittern. Sie blickte auf und sah ihm in die Augen. »Ich mag dich, also richtig, sehr. Und der Kuss, nachdem wir zusammen aus waren – ich kann gar nicht aufhören, daran zu denken.«

William änderte seine Stellung auf dem Sofa.

»Ich …«

»Nein, warte!«, unterbrach sie ihn. »Ich bin noch nicht fertig. Ich mag dich, aber ich glaube, du und ich, das würde sehr kompliziert. Ich war verheiratet, und sein Tod hat bei mir ganz schön viel durcheinandergebracht. Ich glaube, mit mir zusammen zu sein, ist nicht einfach.«

Mit jedem Wort, das sie sagte, spürte sie, wie William sich von ihr entfernte. Sie sah, wie er sich von ihr abwandte. *Was tust du denn da?,* rief ihre innere Stimme. *Du machst ja alles kaputt! Was soll denn das heißen, »zusammen sein«? Jetzt denkt er ja, du willst ihn gleich heiraten. Kannst du dich nicht einfach mal entspannen und ein bisschen Spaß haben?*

William räusperte sich. Seine Wangen waren ganz rot und er starrte auf den Teppich. Das war kein gutes Zeichen.

»Bist du fertig?«, murmelte er.

Ja, dachte sie. *Ganz und gar fertig. Diese Idiotin hier hat sich gerade die Chance darauf vermasselt, den schönsten Mann der Welt zu küssen. Ich werde nie wieder ein Wort sagen.*

»Ja«, sagte sie gepresst.

»Dann bin ich jetzt dran«, sagte er und blickte ihr wieder in die Augen.

Charlotte faltete ihre Hände im Schoß, weil sie plötzlich nicht wusste, wohin mit ihnen.

Sie war furchtbar nervös. Wahrscheinlich war es besser, wenn William hier und jetzt ihre Hoffnungen im Keim erstickte, denn sie mochte dieses ängstliche Gefühl nicht, das sie jedes Mal überkam, wenn er sie ansah.

William rutschte näher an sie heran und griff nach ihrer Hand, und sobald er sie berührte, durchfuhr es sie wie ein elektrischer Schlag.

»Ich mag dich auch sehr, und zwar genau so, wie du bist. Einfache Menschen sind langweilig«, sagte er und lachte, dass seine Grübchen sichtbar wurden.

Charlotte spürte, wie das Blut durch ihren Körper rauschte. Sie konnte nicht länger warten, und in einer hastigen Bewegung beugte sie sich vor, um ihn zu küssen. Es ging so schnell, dass William sein Glas nicht mehr in Sicherheit bringen konnte, und der Rotwein sich über seinen Pullover ergoss.

Erschrocken starrte Charlotte auf den großen Fleck und sprang dann schnell auf, um Küchenpapier zu holen, aber William lachte nur.

»Das hilft doch nichts«, sagte er und zog sich den Pullover aus.

»Ich habe leider keine Waschmaschine«, murmelte sie entschuldigend.

»Ich auch nicht. Ich weiche ihn einfach ein.«

»Im Bad steht eine Plastikwanne.«

William nickte, aber statt aufzustehen, zog er sie wieder zu sich aufs Sofa herunter und legte eine Hand an ihre Wange.

»Das eilt nicht«, flüsterte er.

Charlotte schloss die Augen und spürte, wie er sich langsam ihrem Gesicht näherte. Behutsam strich er ihr das Haar aus dem Gesicht, dann beugte er sich vor und begegnete ihren Lippen.

Es war ein weicher, sanfter Kuss. Charlotte spürte, wie all ihre Ängste plötzlich von ihr abfielen, und statt sich zu entziehen, schlang sie die Arme um Williams nackten Oberkörper und zog ihn an sich.

29

SONNTAG, 27. FEBRUAR 1983

Kristina setzt sich im Schneidersitz auf das Bett und schaut aus dem Fenster. Bei klarer Sicht kann sie mehrere Straßenzüge weit gucken, dort unten geht das Leben weiter wie bisher. Die roten Busse rollen, Menschen drängen sich auf den Gehwegen und das vertraute, knisternde Geräusch der U-Bahn liegt als ständiger Klangteppich darunter. In der Wohnung aber ist nichts mehr, wie es war.

Sie versucht, durch den Morgennebel hindurchzusehen. Hier und da ragt etwas aus den Schwaden, ob ein Turm oder ein Kran, ist schwer zu erkennen. Die Stadt wächst und verändert sich, Kristina dagegen steckt fest.

Seit Wochen verspricht Daniel, mit Sara zu reden, aber jedes Mal, wenn er es versucht, endet es damit, dass einer von ihnen wutschnaubend die Wohnung verlässt. Zurück bleibt Kristina, um die Scherben wieder aufzukehren, ohne ihrer Schwester irgendetwas sagen zu können.

Die Situation ist nahezu unerträglich. Natürlich begreift Kristina, dass die Chance auf ein gutes Ende bei null ist. Denn selbst wenn Daniel mit Sara Schluss macht, können sie und er nicht zusammenkommen. Sara würde ausziehen, und dann müsste sie ihr folgen.

Sie könnte höchstens versuchen, es auszusitzen. Nach ein paar Monaten könnte sie so tun, als hätte sie Daniel zufällig wiedergetroffen. Anschließend könnte sie behaupten, sie hätten sich unterhalten und festgestellt, dass sie sich zueinander hingezogen fühlten. Das würde Sara allerdings kaum schlucken. Außerdem will sie nicht so lange von Daniel getrennt sein. Und sich heimlich zu treffen ist auch keine Lösung.

Manchmal denkt Kristina, es wäre am besten, Sara einfach zu sagen, wie es ist. Dass Daniel und sie sich ineinander verliebt haben. Natürlich wäre ihre Schwester verletzt und würde bestimmt auch furchtbar wütend. Sie würde zu einem Kollegen oder einer Kollegin ziehen und eine Weile nichts von sich hören lassen. Aber dann, wenn das Schlimmste vorbei wäre, würde sie Kristina bestimmt verzeihen. Dann könnte sie hier mit Daniel wohnen bleiben. Wenn sie die Wohnung für sich hätten, könnten sie einfach so leben, wie sie wollten.

Sie presst die Lippen zusammen und lässt sich auf den Rücken fallen. In den letzten Wochen hat sie ganz neue Seiten an sich entdeckt. Sie ist gar nicht so nett und loyal, wie sie immer gedacht hat. Manchmal, wenn sie mit Sara allein ist, schämt sie sich und will ihr alles sagen und sie um Verzeihung bitten. Doch das kann sie wiederum Daniel nicht antun. Sie lieben sich, auch wenn zwischen ihnen nichts mehr passieren darf, bevor er mit Sara reinen Tisch gemacht hat. Kristina würde es nicht ertragen, sie weiter zu hintergehen.

Zum Glück ist Sara in den letzten Wochen sehr abweisend zu ihr. Sie behandelt sie so unfreundlich, dass Kristina kaum ein schlechtes Gewissen hat. Manchmal denkt sie, sie hat es nicht anders verdient, wenn sie sich so aufführt. Neulich hat Sara sich ein Kleid von ihr geliehen, und eine Naht ist aufgegangen. Als Kristina es zusammengeknüllt unter dem Bett wiederfand, hat sich Sara nicht einmal entschuldigt. Sie zuckte nur die Achseln und meinte, das wäre doch nichts, worüber man sich aufregen müsste. Und die Woche davor hat sie Daniel erzählt, dass Kristina noch nie einen Freund gehabt hat, und zwar auf eine ganz böse Art und Weise, indem sie durchblicken ließ, die Jungen in ihrer ehemaligen Schule hätten sich gar nicht für sie interessieren können, weil sie immer so langweilig aussah. »Sie hat sich wie eine Nonne angezogen«, grinste Sara auf Daniels Schoß sitzend.

Kristina wurde so wütend, dass es in ihr kochte. Am liebsten hätte sie die beiden angeschrien, doch sie biss sich auf die Zunge. Sara würde schon sehen, für wen Daniel sich wirklich interessierte.

Sie zieht ihren Taschenkalender mit dem roten Einband heraus, den sie im Nachttisch aufbewahrt. Lange mustert sie die kleinen Kästchen in der Reihe. Inzwischen sind sie seit mehr als einem halben Jahr in London. Zwar ist es erst Ende Februar, aber man merkt schon, dass der Frühling bevorsteht, und trotz allem schaut Kristina hoffnungsfroh in die Zukunft.

Sie rechnet im Kopf nach, wie lange es her ist, seit Sara ihr Daniel in diesem Pub vorgestellt hat. Wann hat sie sich eigentlich in ihn verliebt? Kristina erinnert sich, dass sie bereits bei ihrer ersten Begegnung Schmetterlinge im Bauch hatte, ist sich aber nicht sicher, ob es vielleicht nur daran lag, dass ohnehin alles so neu und aufregend war. Vielleicht wuchs das Gefühl allmählich, durch ihr fast tägliches gemeinsames Frühstück, vielleicht war es aber auch immer schon da?

Kristina muss lächeln, als sie an ihren ersten Kuss denkt und wie lebendig sie sich dabei gefühlt hat. Eigentlich will sie keine

Zeit mehr verlieren. Sie will jetzt mit Daniel zusammen sein und sehnt sich danach, ihn küssen zu dürfen, wann immer sie Lust dazu hat.

Im Kalender sucht sie nach dem besonderen Tag, an dem sie das erste Mal miteinander geschlafen haben. Kann man Gefühle überhaupt mit einem Datum versehen? Könnte sie den exakten Moment benennen, in dem sie sich ihrer Gefühle bewusst wurde?

Ihr Blick gleitet über die Wintermonate, und sie zählt weiter. Plötzlich stutzt sie.

Sie setzt sich auf und schaut genauer in ihre Aufzeichnungen. Sie hat sich aufgeschrieben, wann sie Überstunden gemacht hat, an welchen Tagen sie frei hatte und wann etwas Wichtiges passierte. Im April treten *Thin Lizzy* im Odeon in Hammersmith auf, und sie überlegt, Daniel zu fragen, ob er mit ihr hingehen will. Auch hat sie heimlich angefangen, für einen Urlaub zu sparen. Sie würde gerne nach Brighton fahren, aber das muss warten, bis sich das zwischen Sara und Daniel geklärt hat.

Kristina zählt die Wochen mit dem Finger nach. Sie sieht die roten Punkte, die markieren, wann sie ihre Periode hatte, und stellt fest, dass sie diesen Monat noch nichts aufgeschrieben hat. Hat sie vergessen, es einzutragen? Sie rechnet im Kopf nach. Nein, es stimmt, sie hat seit Anfang Januar keine Menstruation mehr gehabt.

Plötzlich erstarrt sie. Sie ist doch nicht schwanger? Das kann nicht sein! Sie und Daniel sind vorsichtig gewesen.

Kristina legt sich die Hand auf den Bauch. Normalerweise würde sie mit so etwas zu Sara gehen, aber das ist jetzt unmöglich.

Ihr Herz beginnt zu rasen und ihr Mund wird trocken. Sollte da wirklich ein Kind in ihr heranwachsen?

Rasch steht sie auf und tritt vor den Spiegel, betrachtet sich im Profil. Ihr Körper sieht aus wie immer, nichts hat sich verändert. Könnte es einen anderen Grund dafür geben, dass ihre Periode ausgeblieben ist?

Panik überkommt sie. Wenn sie doch bloß mit Sara reden könnte! Sie würde ihr bestimmt dabei helfen, herauszufinden, was zu tun ist.

Kristina zieht den Pullover hoch und legt jetzt beide Hände auf ihren Bauch. Sie weiß, dass es etwas gibt, das man Abtreibung nennt, und dass ein Mädchen in Årebo es hat machen lassen. Margareta hieß sie, sie war ein paar Jahre älter als Sara. Eigentlich weiß Kristina nicht wirklich, was Abtreibung bedeutet, nur dass das Kind irgendwie weggemacht wird. Margareta war ein paar Wochen nicht in der Schule, dann kam sie zurück, als wäre nichts passiert. Aber wohin geht man, um so einen Eingriff vornehmen zu lassen? Wen soll sie fragen?

Tränen laufen ihr über das Gesicht. Sie zieht den Pullover wieder herunter. Wie soll sie das ohne Sara schaffen? Traut sie sich überhaupt, mit jemandem darüber zu sprechen?

Kristina setzt sich wieder aufs Bett und wischt sich die Augen mit dem Ärmel. *Ist das die Strafe?*, denkt sie. *Passiert das, weil ich meine Schwester hintergangen habe?*

Fieberhaft versucht sie, auf eine Lösung zu kommen. Vielleicht kann sie einen anderen Grund vorschieben und zu einem Arzt gehen? Behaupten, sie sei krank, und erst von ihrer Vermutung erzählen, wenn sie im Sprechzimmer sitzt?

Ihr wird unwohl bei dem Gedanken an einen älteren Mann

im weißen Kittel. Wie soll sie mit jemandem, den sie gar nicht kennt, über so etwas reden, noch dazu auf Englisch?

Kristina rollt sich auf dem Bett zusammen und presst die Knie an die Brust. Was hat sie bloß getan?

Durch das Fenster sieht sie einen Vogel am Himmel. Der Nebel löst sich allmählich auf, und mildes Sonnenlicht fällt durch die Scheibe. Plötzlich erinnert sie sich, was ihre Kollegin Tina erzählt hat. Es gibt anscheinend einen medizinischen Test, den man zu Hause durchführen kann, um herauszufinden, ob man schwanger ist. Er soll ziemlich teuer sein, aber sie hat ja etwas beiseitegelegt.

Kristina steht auf und geht zur Kommode. In der Schublade mit der Unterwäsche hat sie ein kleines Portemonnaie versteckt, indem sie einen Teil ihres Lohnes spart. Sie nimmt einen Zehnpfundschein heraus und begegnet Queen Elizabeths ernstem Gesicht. Auf der Rückseite ist Florence Nightingale abgebildet. Mit ihr hätte Kristina jetzt gerne geredet.

Rasch faltet sie den Schein zusammen und steckt ihn in die Hosentasche. Dann schaut sie in den Spiegel, ob man ihr ansieht, dass sie geweint hat. Sie wischt sich noch einmal die Augen und richtet ihr Haar.

Um die Ecke gibt es eine Apotheke, dort hat Kristina schon einmal Schmerztabletten gekauft. Im Kopf übt sie, was sie sagen will. *A pregnancy test.* Wenn sie dort ist, gibt es kein Zurück mehr, sie muss sich trauen, danach zu fragen.

Sie wirft einen letzten Blick in den Spiegel, dann geht sie entschlossen zur Tür. Wahrscheinlich bildet sie sich alles nur ein, versucht sie sich selbst zu beruhigen.

30

MONTAG, 16. OKTOBER

William strich ihr das Haar aus der Stirn und küsste sie innig, um sie dazu zu bewegen, sich wieder zu ihm auf das Sofa zu setzen. Charlotte schauderte vor Wohlbehagen, stieß ihn aber sanft von sich.

»Ich muss mich beeilen.«

»Aber du kannst doch wohl noch frühstücken, oder?«

Sie blickte ihn zärtlich an, wie er in T-Shirt und Unterhose dasaß. Seit dem Sturm am Donnerstag waren sie fast ununterbrochen zusammen gewesen. Es war alles so schnell gegangen, dass ihre innere Stimme sich nie richtig Gehör verschaffen konnte, und jetzt war plötzlich schon Montag.

Sobald William in der Nähe war, befand Charlotte sich im Glücksrausch, und jedes Mal, wenn sie sich küssten, vergaß sie alle Gedanken an die Zukunft. Sie wollte einfach nur hier sein und den Augenblick genießen.

»Was gibt es denn heute?«, fragte sie neugierig.

»Ich nehme an, du kannst meine American Pancakes und belgischen Waffeln schon nicht mehr sehen – also, was hältst du von Egg Benedict?«

»Du meinst, du kannst hier in Saras mickriger Küche Egg Benedict machen?«

»Gib mir zehn Minuten«, sagte William und lächelte.

Charlotte küsste ihn auf den Mund.

»Perfekt, dann kann ich noch schnell duschen.«

Als sie ins Wohnzimmer zurückkam, musste sie schmunzeln. William stand vor den Kochplatten und pfiff vor sich hin. Charlotte freute sich und ließ ihn nicht aus den Augen, während sie zu ihrem Koffer ging, um saubere Sachen herauszuholen.

»Wie läuft es?«

William hantierte zwischen den Kochplatten, der winzigen Arbeitsfläche und dem kleinen Küchentisch geschickt mit Schüsseln und Töpfen.

»Die Hollandaise ist fertig und das Brot röstet in der Pfanne, ich muss also nur noch die Eier pochieren.« Er warf einen Blick über die Schulter. »Wird es nicht langsam Zeit, dass du deine Sachen richtig auspackst?«

Charlotte band ihr Haar zu dem üblichen Pferdeschwanz zusammen und zog sich ein T-Shirt über den Kopf.

»Ja, vielleicht«, sagte sie ausweichend.

»Wenn du weiterhin alles im Koffer lässt, habe ich das Gefühl, du hättest vor, jeden Moment wieder abzureisen.«

Sie zog ihre Jeans an, knöpfte sie schnell zu und ging dann in die kleine Küche hinüber.

»Na«, sagte sie und legte einen Arm um seine Schulter.

»Na«, antwortete William und küsste sie. »Der Tee steht auf dem Tisch. Setz dich schon mal.«

Charlotte traute ihren Augen kaum, als er ein perfektes Egg Benedict vor sie hinstellte.

»Ich begreife nicht, wie du das hinkriegst. Ich kann nicht einmal Brot rösten in dieser Küchennische.«

William lächelte.

»Ich hoffe, es schmeckt dir.«

»Das wird es bestimmt. Du hast nicht zufällig mal überlegt, auf Koch umzusatteln?«

Im selben Moment bereute sie, was sie gesagt hatte. Sie hatte nicht die Absicht, William in den Ohren zu liegen, er solle sich *eine richtige Arbeit* suchen, die Frage war ihr einfach so herausgerutscht.

»Ich habe tatsächlich mal in einer Restaurantküche gearbeitet«, sagte er trocken. »Das tötet die Kreativität garantiert. Ich hatte weder Lust zu kochen noch zu schreiben. So, und jetzt essen wir, sonst wird es kalt!«

Sie hatten kaum angefangen, als Tennyson auch schon auf den leeren Stuhl zwischen ihnen sprang. Nach dem Sturm war William mehr oder weniger in Saras Wohnung eingezogen, und Tennyson zeigte sehr deutlich, was er davon hielt, unter anderem, indem er William in die Schuhe pinkelte. Jetzt blickte er Charlotte mit seinen hellgrünen Augen vorwurfsvoll an.

»Ich glaube, er möchte auch ein Egg Benedict«, sagte sie vorsichtig.

William schüttelte den Kopf.

»Kein Chance, ich mache ihm keins. Das ist ein viel zu feines Essen für eine Katze. Außerdem fängt er an, dick zu werden.«

Charlotte trat ihn unter dem Tisch.

»Sag das nicht, du verletzt seine Gefühle.«

»Das glaube ich nicht. Ich habe noch nie einen so eitlen Fatzke getroffen wie Tennyson. Stimmt's, Kater?«

Tennyson drehte demonstrativ den Kopf weg und starrte stattdessen Charlotte an.

»Irgendwas muss er aber doch bekommen«, bat sie.

»Eines der pochierten Eier ist mir kaputtgegangen«, seufzte William widerwillig. »Ich gebe es ihm, wenn wir mit essen fertig sind.«

Er streckte eine Hand über den Tisch und legte sie auf ihren Arm.

»Du wirst doch bleiben?«

Charlotte lächelte angestrengt. Musste er ausgerechnet jetzt davon anfangen, wo es gerade so schön war?

Um Zeit zu gewinnen, zerteilte sie ihr Ei konzentriert mit der Gabel und sah zu, wie das Eigelb über das Brot rann. So gerne sie auch mit William zusammen war, konnte sie doch nichts versprechen. Im Augenblick wusste sie nicht einmal, ob die Buchhandlung es noch bis zum Monatsende schaffen würde, und sie hatte zu Hause immer noch eine Firma, die auf sie wartete.

»Ich kann nämlich nicht mit nach Schweden gehen, mein Schwedisch ist grottenschlecht!«

Er lachte.

Im selben Moment hörten sie, wie unten die Ladentür geöffnet wurde, und Charlotte erhob sich rasch.

»Ich muss jetzt runter.«

Sie räumte ihren Teller ab und küsste William auf die Wange. Sie wollte nicht mit ihm über die Buchhandlung oder die Firma reden, bevor sie nicht selbst wusste, was sie tun würde.

»Danke für das Frühstück. Ich werde meine Sachen in Saras alten Schrank hängen, ich bin bisher nur noch nicht dazu gekommen.«

William zog sie an sich.

»Kannst du nicht noch ein klein wenig bleiben?«

Vorsichtig fuhr er mit den Händen unter ihren Pullover und streichelte ihre nackte Haut. In ihrem Unterleib begann es zu pulsieren, und sie schloss die Augen. Sie konnte noch immer nicht fassen, was gerade mit ihr geschah, und genoss jeden Augenblick mit William. Solange sie sich selbst keine Fragen stellte, ging es ihr gut, und sie wollte nicht über eine gemeinsame Zukunft nachdenken, bevor sie keine Lösung für die anderen Dinge gefunden hatte.

Als er ihre Jeans aufknöpfte und mit der Hand über ihren Slip fuhr, stöhnte sie.

»William, ich muss jetzt gehen, sonst kommen sie hoch und suchen nach mir. Was glaubst du, was passiert, wenn Sam und Martinique feststellen, dass du nicht nur vorübergehend hier übernachtest, bis die Bauarbeiter die Decke in deinem Schlafzimmer repariert haben?«

Er beugte sich vor und küsste sie leicht auf den Bauch.

»Ist mir egal.«

Charlotte lachte.

»Das merke ich!«

Zärtlich umfasste sie sein Gesicht mit den Händen und küsste ihn auf den Mund.

»Ich bin zum Mittagessen wieder zurück.«

»Nein«, jammerte er. »So lange kann ich nicht warten.«

»Aber du musst doch schreiben«, erinnerte sie ihn.

William seufzte, und Charlotte wischte einen Tropfen Hollandaise-Sauce von seiner Wange. Dann deutete sie mit dem Kopf auf Tennyson.

»Pass gut auf ihn auf. Er ist an viel Aufmerksamkeit gewöhnt.«

William hob die Augenbraue.

»Ja, das habe ich gemerkt.«

Sie gab ihm einen letzten Kuss und ging dann rückwärts in den Flur.

»Wir sehen uns doch später?«

»Auf jeden Fall. Allerdings komme ich mir ein bisschen wie ein Sexsklave vor, den du in deine Wohnung einsperrst.«

Charlotte warf ihm eine Kusshand zu.

»Wenn du willst, können wir in der Mittagspause auch was anderes machen. Scrabble spielen, zum Beispiel.«

Er schüttelte den Kopf.

»Nein, schon gut. Solange du mich nicht ankettest, halte ich es aus.«

Als sie die Buchhandlung betrat, saßen zu ihrer Verwunderung sowohl Sam als auch Martinique am Tresen. Sobald Sam sie erblickte, winkte sie mit einem Flyer.

»Hallo Charlotte, guck mal, was ich hier habe!«

Charlotte kniff die Augen zusammen, um zu erkennen, was Sam in der Hand hatte.

»Hast du noch mehr davon machen lassen? Super!«

Sam nickte.

»Ich habe sie schon überall verteilt.«

»Sie war in fünf verschiedenen Bibliotheken«, sagte Martinique.

»Und in der University of London.«

»Dann hoffe ich, dass wirklich viele Leute kommen.«

»Ich auch«, sagte Martinique. »Ich werde jedenfalls massenhaft Zimtschnecken backen.«

»Auch das will ich hoffen«, sagte Charlotte. »Möchte außer mir jemand Kaffee?«

Sam und Martinique schüttelten beide den Kopf. Sie waren vollauf mit der Planung der Autorenlesung, die übermorgen stattfinden sollte, beschäftigt. Charlotte aber brauchte dringend Koffein. Sie und William waren die halbe Nacht wach gewesen und hatten geredet. *Und nicht nur geredet,* dachte sie glücklich.

In der Küche schaltete sie die Kaffeemaschine ein und nahm einen Becher aus dem Schrank. Sam und Martinique waren unglaublich motiviert, sie konnte sich kaum etwas Schlimmeres vorstellen, als ihnen sagen zu müssen, dass die Buchhandlung in Konkurs ging.

Charlotte ließ den Blick über den knarrenden alten Holzfußboden mit seinen vielen Astlöchern gleiten, die durchgesessenen Samtsessel und die unzähligen Bücher. Seit sie die Regale vor dem Fenster weggerückt hatten, strömte das Licht ungehindert herein, und die geschmackvolle Einrichtung in Kombination mit der farbenfrohen Treppe und dem offenen Kamin voller großer, weißer Blockkerzen erfüllte sie mit einem intensiven Glücksgefühl.

Alles auf eine große Lesung zu setzen und gleichzeitig die Anrufe Carl Chambers' zu ignorieren war wahrscheinlich keine gute Lösung, aber eine bessere war Charlotte nicht eingefallen. Auch wenn sie kaum genug einnehmen würden, um die Schulden zu begleichen, hätten sie danach doch mit etwas Glück genug für eine größere Anzahlung, mit der die Bank vielleicht bereit wäre, ihnen mehr Zeit einzuräumen.

Charlotte zog eine Haarsträhne durch ihre Finger und dachte an William. Was würde passieren, wenn sie wieder zurückmusste? William hatte ihr gerade gesagt, dass er nicht mit nach Schweden ziehen würde, und sie konnte ihn sich auch nur schwer draußen auf dem Land vorstellen, zwischen Kühen, dreckigen Gummistiefeln und Traktoren.

In den letzten Tagen hatte Charlotte tatsächlich öfter mit dem Gedanken gespielt, in London zu bleiben. Sie hatte überlegt, ob BC Beauty sich nicht vielleicht darauf einlassen würde, sie als freie Beraterin zu beschäftigen, sodass sie aus der Distanz bei der Firma weiterarbeiten konnte. Doch obwohl ihr die Idee verlockend erschien, war Charlotte sich immer noch nicht sicher, ob sie bereit war, c/o Charlotte aus der Hand zu geben. Außerdem setzte die Idee voraus, dass die Buchhandlung ihre finanzielle Krise überwinden konnte und den Umsatz so weit erhöhte, dass sich das Geschäft wirklich lohnte.

Sie goss sich den frischgebrühten Kaffee ein und gab Milch und Zucker hinzu. So vieles war derzeit noch unsicher. Charlotte konnte es nicht leiden, keine Kontrolle über das Geschehen zu haben, aber nach der Lesung würde sie vielleicht wenigstens eine Ahnung bekommen, wie es weitergehen könnte.

Plötzlich tauchte Sam in der Türöffnung auf.

»Komm, ich zeig dir mal was.«

Charlotte zögerte. Sie hatte eigentlich keine Lust auf Sams Launen.

»Okay«, sagte sie abwartend und stellte ihren Kaffee beiseite. »Wohin soll's denn gehen?«

Sam deutete auf die Treppe, und Charlotte folgte ihr zu der kleinen Abstellkammer.

»Tadaa!«, sagte Sam stolz und machte eine große Geste Richtung Tür.

Auf dem Boden lag eine lila bezogene Matratze, und an der Schräge waren bunte Kissen aufgereiht. Drei weiße Leselampen waren strategisch platziert, und an der einzigen richtigen Wand stand ein Regal voller Kinderbücher.

»Wow! Und das alles hast du mit siebzig Pfund hinbekommen?«

Sam räusperte sich.

»Neunundsechzig Pfund und fünfzig«, sagte sie und strahlte über das ganze Gesicht.

Charlotte setzte sich auf die Matratze. Die Leseecke war viel schöner geworden, als sie sich hätte träumen lassen.

»Das ist supergemütlich hier, Sam! Die Kinder werden es lieben.«

»Das hoffe ich«, sagte Sam und ließ sich neben ihr nieder.

»Hast du schon an die Decke geguckt?«

Charlotte legte den Kopf zurück und entdeckte ein großes Harry-Potter-Poster, umgeben von selbstleuchtenden Sternen.

»Oh, ist das schön!«

Sam lächelte. William hatte Charlotte erzählt, dass Lindsay, deren Auftritt in der Bar sie mitbekommen hatten, Sam noch eine Chance gegeben hatte und dass sie jetzt, zur Verwunderung aller, zusammen waren wie ein ganz normales Paar.

»Du siehst glücklich aus«, sagte Charlotte.

Sam verdrehte die Augen.

»Ja. Aber rechne lieber nicht damit, dass es lange hält. Meine Freundin besteht darauf, dass wir eine *richtige Beziehung* führen, was bedeutet, dass man jeden Tag reden und nicht mit anderen flirten darf. Außerdem ist sie Polizistin. Also, ja, ich bin glücklich und verliebt. Aber, wie gesagt, mal sehen, wie lange es hält.«

Charlotte musste lachen.

»Klingt anstrengend.«

»Ja, oder?«, sagte Sam und grinste schlau. »Du siehst aber auch ziemlich glücklich aus.«

»Ach, echt?«

Sam musterte sie.

»Ich glaube, in der ersten Woche hier hast du nicht ein einziges Mal gelächelt, und jetzt hast du Lachfältchen um die Augen.«

Charlotte fuhr sich mit den Fingern über die Augenwinkel.

»Das stimmt.«

»Und?«

»Wie, und?«

Sam schnaubte.

»Ich habe dir mein Herz über meine Beziehung ausgeschüttet, und du erzählst gar nichts!«

Charlotte spürte, wie sie rot wurde.

»Ach«, sagte sie. »Da gibt es auch nichts zu erzählen.«

Sam lachte schallend.

»Na sicher, versuch ruhig, dir das einzureden. Aber vergiss nicht, dass dieses alte Haus ziemlich dünne Wände hat!«

*

Martinique stand an der Kasse und beobachtete Sam und Charlotte aus der Ferne. Sara hatte recht gehabt. Ihre Nichte war genau das, was die Buchhandlung brauchte, und Martinique freute sich, dass es Charlotte anscheinend so gut bei ihnen gefiel.

Mit der Hand strich sie über die glatte Holztheke und blieb an einem winzigen Riss hängen. Sara hatte immer gesagt, die Buchhandlung sei ein Ort, an dem man heilen könne, und Charlotte brauchte Heilung, das war bei ihrer Ankunft deutlich zu spüren gewesen. Martinique wusste nicht genau, was ihr widerfahren war, und sie wollte sie auch nicht drängen. Natürlich hatte sie mitbekommen, dass ihre Mutter gestorben war, aber das war schon einige Jahre her.

Martinique seufzte. Jedes Mal, wenn sie an Sara dachte, tat ihr das Herz weh, aber jetzt war wenigstens ihr letzter Wunsch in Erfüllung gegangen. Charlotte war ein Teil der Buchhandlung geworden, und es wurde höchste Zeit, dass sie mehr über Saras Vergangenheit erfuhr. Sobald die Lesung vorbei war, wollte Martinique die Gelegenheit ergreifen und ihr erzählen, was sie wusste.

Als sie Sam und Charlotte zusammen lachen sah, dachte sie an Angela. Sie würde alles tun, damit sie mit Angela wieder so würde reden können.

Nachdem Paul ihr bestätigt hatte, dass Angela ein Geheimnis hatte, hatte sie ihre Strategie komplett geändert. Sie versuchte sich ihrer Tochter ganz langsam wieder zu nähern und bemühte sich um einen sanfteren Ton. Sie hatte seitdem auch nicht mehr gemeckert oder sich darüber beschwert, wenn Angela ihre Klamotten auf dem Boden herumliegen ließ oder ihr Geschirr nicht wegräumte. Stattdessen hatte sie versucht, ihr zuzuhören und einfach da zu sein.

Außerdem hatte sie eingekauft, was Angela am liebsten mochte: Skinny Cow-Eis, das ihrer eigenen Meinung nach nur nach gefrorenem Wasser schmeckte, libanesisches Essen und grüne Weintrauben. Sie hatte angeboten, Angela zu fahren, als sie zu einem Konzert wollte, hatte sie ins Kino eingeladen und sogar vorgeschlagen, zusammen zu Topshop zu gehen, um eine neue Winterjacke für sie auszusuchen, aber es hatte alles nichts geholfen. Ihre Tochter schüttelte nur den Kopf, egal, was Martinique vorschlug, und murmelte, sie hätte gerade etwas anderes zu tun.

Das Gefühl, außen vor zu sein, war schrecklich, und Martinique wusste nicht, wie lange sie es noch aushalten würde. Angela musste sie wirklich verabscheuen, wenn sie nicht einmal mehr mit ihr Klamotten kaufen wollte, was normalerweise ihr größtes Hobby war.

Ein paarmal war Martinique zusammengebrochen und hatte in Pauls Armen geweint. Sie hatte ihn angefleht, ihr zu sagen, was mit Angela los war, doch er beharrte darauf, dass Angela es ihr selbst sagen musste, wenn sie bereit dazu war.

Martinique nahm einen von Sams Flyern und faltete ihn zusammen. Sie hätte Paul und Angela bei der großen Veranstaltung gerne dabeigehabt, aber Paul hatte eine wichtige Besprechung und anschließend ein Essen mit einer Gruppe Gastdozenten von der Sorbonne, und Angela hatte sie sich nicht einmal zu fragen getraut. Vermutlich hatte auch sie etwas Wichtigeres zu tun, wie zum Beispiel sich die Zehennägel zu lackieren, Selfies für Instagram zu machen oder sich die letzte Folge der Kardashians anzuschauen.

Martinique ging in die Küche und nahm Butter, Eier, Milch, Hefe und Mehl heraus. Sie wollte ein Probeblech mit Zimtschnecken backen und zog ihr Handy heraus, um Musik einzuschalten. Sie liebte es, zu Discomusik aus den siebziger Jahren zu backen, aber als sich das Display einschaltete, entdeckte sie eine Nachricht von Marcia.

Ich muss zu meinem Chiropraktiker, deshalb wäre es gut, wenn du die Kinder um drei abholen könntest. Spencer muss erst mal nach Hause, weil er seine Trainingssachen vergessen hat, und bei der Gelegenheit könntest du ihnen etwas zu essen machen. Am einfachsten ist es, wenn du dann alle drei mit zum Kricket nimmst. Ich gehe wahrscheinlich auch noch zur Massage, aber falls ich spät dran bin, liegen die Schlafanzüge schon bereit. Morgen habe ich am Nachmittag einen wichtigen Termin, es wäre toll, wenn du sie dann auch abholen könntest.

Martinique spürte, wie sie panisch wurde. Die Zimtschnecken würden niemals fertig, wenn sie die Kinder abholen musste, außerdem hatte sie vor der Lesung noch jede Menge zu tun.

Sofort begann sie eine Entschuldigung an Marcia zu schreiben, weil sie noch nicht auf ihre Nachricht geantwortet hatte. Gleichzeitig überlegte sie, ob sie den Teig mit ins Auto nehmen und die Zimtschnecken später zu Hause backen könnte. Das würde ein bisschen stressig und sie war auch ziemlich erschöpft, aber irgendwie würde es schon klappen.

Ihr Gehirn arbeitete auf Hochtouren und sie versuchte, sich im Kopf einen Zeitplan zu machen. Wie lange musste der Teig gehen, und verdarb er möglicherweise, wenn sie ihn im Auto durch die Gegend fuhr? Soweit sie sich erinnerte, hatte sie zu Hause keine Hefe mehr, daher würde es schwierig werden, einen neuen anzusetzen, wenn der erste misslang. Dann fiel ihr etwas anderes ein. Vielleicht brauchte sie ja gar nicht Probe zu backen?

Vielleicht konnte sie sich einfach darauf verlassen, dass das Rezept schon stimmte? Wobei, diese Lesung war wirklich wichtig, und sie wollte unbedingt, dass die Zimtschnecken gut wurden.

Je länger Martinique überlegte, desto gestresster fühlte sie sich. Dann tauchte Charlotte im Laden auf und ihr fiel wieder ein, was sie ihr gesagt hatte. Genau darüber hatten sie doch damals gesprochen! Martinique war viel zu nett zu allen, sie musste lernen, auch mal nein zu sagen.

Sie schluckte und las Marcias Nachricht noch einmal. *Ich muss zu meinem Chiropraktiker. Ich gehe wahrscheinlich auch noch zur Massage.*

Martinique versuchte sich vorzustellen, was Paul zu ihren heimlichen Schultaxidiensten sagen würde. *Marcia hat tagsüber doch gar nichts zu tun,* würde er brummeln. *Sie kann auch irgendwann anders zum Chiropraktiker gehen, während du, Martinique, eine Arbeit hast, der du nachgehst. Mein Gott, deine Schwester könnte sich einen Chiropraktiker kaufen, wenn sie wollte!*

Seine Stimme in ihrem Kopf machte sie noch entschlossener. Sie konnte die Buchhandlung nicht mitten am Tag verlassen, um Marcias Söhne durch die Gegend zu kutschieren. Auch wenn sie gern behilflich war: Es ging nicht. Sie hatte ganz einfach keine Zeit, das musste Marcia respektieren.

Martinique löschte, was sie geschrieben hatte, und fing noch mal von vorne an. *Kann heute nicht. Leider. Entschuldige. Tut mir so leid.* Noch einmal löschte sie alles. *Ich muss arbeiten. Frag jemand anderen.*

Beim letzten Satz zog sich ihr der Magen zusammen. Das würde richtig anstrengend werden.

Sie holte tief Luft, dann wählte sie Marcias Nummer.

Während sie den Freizeichen lauschte, klopfte ihr Herz wie verrückt. *Ganz ruhig,* redete sie sich selbst gut zu. *Du rufst deine Schwester an, keinen nordkoreanischen Diktator.*

»Ja, hallo?«

»Hallo«, sagte Martinique unsicher.

»Martinique? Was ist los, du klingst so komisch?«

Sie räusperte sich.

»Nichts. Ich wollte mich nur melden, ich habe gerade deine Nachricht gelesen.«

»Oh, das ist gut! Ich habe den Termin für die Massage jetzt festgemacht, es wird also recht spät, aber ich habe mir das wirklich verdient. Habe heute das doppelte Training absolviert und überall Muskelkater.«

Martinique biss sich auf die Lippen. *Jetzt oder nie,* dachte sie.

»Du, es tut mir leid, aber ich kann die Kinder heute nicht abholen.«

Am anderen Ende blieb es still. Dann hörte sie, wie Marcia schnaubte.

»Ach so? Warum denn nicht?«

»Ich muss arbeiten.«

»Okay. Dann höre ich mal nach, ob sie nach der Schule noch in die Betreuung können. Wann kannst du sie denn holen?«

Martinique kniff die Augen zu. Gott, war das hart!

»Gar nicht«, piepste sie. »Ich schaffe es heute nicht. Ich habe noch jede Menge für unsere Lesung zu tun. Die Buchhandlung läuft gerade sehr schlecht, und wir kämpfen mit Zähnen und Klauen ums Überleben. Ich mag Spencer, Sterling und Edison wirklich sehr, aber ich kann sie nicht mehr zur Schule fahren oder abholen. Wenn du willst, helfe ich dir, ein neues Kindermädchen zu finden.«

Marcia schnaubte, und Martinique holte tief Luft.

»Ja, oder du musst sie selbst abholen, ich kann jedenfalls nicht.«

Noch während sie es sagte, bereute sie, wie hart sie klang. Angespannt lauschte sie auf Marcias Antwort, und nach ein paar langen Sekunden schluchzte Marcia: »Und ich dachte, du würdest mir helfen, wo ich es doch gerade so schwer habe! Wie soll ich als alleinerziehende Mutter zurechtkommen, wenn ich nicht einmal auf meine Familie zählen kann? Weißt du, wie hart es ist, wenn man niemanden hat, der einem hilft? Weißt du, wie sich das anfühlt, wenn Richard kaum einen Finger rührt? Alles muss ich selber machen. ALLES.«

Martinique stockte der Atem. Es fühlte sich an, als hätte Marcia ihr Herz gepackt und einmal umgedreht. Natürlich wollte sie ihr helfen, natürlich sollte sie sich auf sie verlassen können. Was hatte sie nur geritten, die Arbeit durfte nie wichtiger sein als die Familie!

»Ich …«

Marcia seufzte.

»Heißt das, ich muss meinen Termin bei Stefano morgen auch absagen? Weißt du, wie lange ich darauf gewartet habe, dass er Zeit hat? Ich habe mir schon seit Wochen nicht mehr die Haare föhnen lassen!«

Als sie das hörte, zuckte Martinique buchstäblich zusammen. Stefano war also Marcias wichtiger Termin morgen Nachmittag? Und sie wollte, dass Martinique sich frei nahm, damit sie sich die Haare föhnen lassen konnte?

Plötzlich spürte sie, wie alles Mitleid von ihr abfiel. Sie selbst wollte sich schon seit dem Sommer die Haare schneiden lassen, fand aber einfach keine Zeit dafür, weil sie immer damit beschäftigt war, anderen zu helfen.

Frustriert fuhr sie sich mit der Hand durch das kaputte Haar. Paul hatte recht, Marcia nutzte sie gnadenlos aus, und es wurde Zeit, ihr Grenzen zu setzen.

»Du scheinst es nicht zu begreifen, aber ich habe einen Job«, sagte sie mit zitternder Stimme. »Ich muss arbeiten, damit wir in unserem Haus wohnen bleiben können. Normale Menschen haben gar keine Zeit, ständig zum Friseur zu gehen, wir haben wichtigere Dinge zu tun. Du hast Glück, dass du so ein Luxusleben hast, aber du kannst nicht erwarten, dass ich ständig deine Kinder chauffiere, damit du dir die Haare föhnen lassen kannst. Du musst dir jemand anderen suchen, wenn du Hilfe brauchst.«

Am anderen Ende blieb es still. Martinique schluckte. Es kam ihr vor, als müsste sie zerspringen. Jetzt musste sie sofort auflegen, sonst würde sie alles wieder zurücknehmen.

»Ich muss jetzt. Bis bald.«

Im selben Moment, in dem sie das Gespräch wegdrückte, überkam sie das schlechte Gewissen. Aber das Gefühl ging rasch in Euphorie über. Sie hatte es geschafft! Sie hatte endlich nein gesagt, und es fühlte sich großartig an.

Martinique stellte ihr Handy auf lautlos und sagte sich noch einmal, dass sie es richtig gemacht hatte. Marcia würde bestimmt eine Weile sauer auf sie sein, aber sie würde schon zurechtkommen. Vielleicht war es sogar der Anstoß, den ihre Schwester gebraucht hatte, um endlich jemand Neues einzustellen, der ihr mit den Kindern helfen konnte.

Von einem plötzlichen Freiheitsgefühl übermannt, tanzte Martinique zum Ofen und stellte ihn auf Umluft ein. Sie hätte nie gedacht, dass es so glücklich machen könnte, für sich selbst einzustehen. Wenn es sich so gut anfühlte, nein zu sagen, dann konnte sie das ruhig öfter tun!

Sie zog Saras altes Kochbuch heraus und fand die richtige Seite. Marcia war ziemlich nachtragend, zur Lesung würde sie also bestimmt nicht kommen.

Martinique schüttelte den Gedanken von sich ab. Natürlich war es schade, wenn Marcia nicht kam, zumal der Laden so schön geworden war, seit Charlotte sich darum kümmerte, aber davon ging die Welt nicht unter. Nein, sie musste einfach das Gute an der Sache sehen. Da sie nun Marcias Kinder nicht abzuholen brauchte, hatte sie genügend Zeit, einen ordentlichen Teig vorzubereiten und verschiedene Füllungen auszuprobieren.

Martinique blätterte im Kochbuch. Irgendwo hatte sie gelesen, dass man unendlich viele verschiedene Variationen von Schnecken machen konnte, deshalb hatte sie von Marzipan über Vanillezucker und Zimt bis Kardamom alles Mögliche eingekauft, um auszuprobieren, was am besten schmeckte.

Sie lächelte vor sich hin. Die Lesung würde ein voller Erfolg werden. Alle taten ihr Bestes, und sie selbst würde die köstlichsten Zimtschnecken backen, die man sich nur vorstellen konnte.

31

DIENSTAG, 1. MÄRZ 1983

Kristina sitzt auf der Toilette und starrt den viereckigen Plastikbehälter an, in den sie das Proberöhrchen gestellt hat. Es ist beinahe zwei Stunden her, seit sie ein paar Tropfen ihres Morgenurins mit der dem Schwangerschaftstest beiliegenden Flüssigkeit vermischt hat.

Sie hat noch nicht wieder mit Daniel gesprochen, seit sie das Ausbleiben ihrer Tage entdeckt hat. Jetzt ist er arbeiten, und Sara schläft noch. Normalerweise steht sie nicht vor zehn auf, aber Kristina ist dennoch so leise sie kann, ihre Schwester darf auf keinen Fall etwas mitbekommen.

Ein dunkelbrauner Ring zeichnet sich unterhalb des Proberöhrchens ab, je mehr Zeit vergeht, desto deutlicher wird er. Kristina liest noch einmal die Anleitung. Der Test ist zu siebenundneunzig Prozent sicher. Die Chance, dass sie nicht schwanger ist, liegt also bei drei Prozent. Aber das spielt keine Rolle, Kristina weiß, dass sie schwanger ist, ihr ganzer Körper weiß es.

Überwältigt von der Erkenntnis taumelt sie aus dem Bad. Ihr ist übel und sie geht in die Küche, um Wasser zu trinken.

An die Spüle gelehnt, füllt sie sich ein Glas und trinkt es in großen Schlucken aus. Erst als sie es abstellt, bemerkt sie, dass Sara plötzlich neben ihr steht. Ihr Haar ist zerzaust und sie hat sich in ihre gemeinsame Decke gehüllt, aber ihr Blick ist nicht so verschlafen wie sonst, wenn sie gerade aufgewacht ist. Forschend mustert sie ihre Schwester.

Kristina dreht sich abrupt um, als wollte sie das Wasserglas vor ihr verbergen.

»Ich wusste nicht, dass du schon wach bist.«

Sara antwortet nicht, sondern nickt nur.

Kristinas Übelkeit wird schlimmer. Ihr Magen rebelliert und sie spürt, dass sie etwas sagen muss.

»Arbeitest du heute Abend?«, ist das Einzige, was ihr einfällt.

Sara tritt näher und greift über Kristinas Schulter, um sich eine Tasse herauszuholen. Daniel hat einen Topf mit Teewasser auf dem Herd stehen lassen. Kristina ist sich nicht sicher, ob es noch heiß ist, aber für Sara scheint es keine Rolle zu spielen, sie gießt es sich in die Tasse und hängt einen Teebeutel hinein.

»Ich gehe nur kurz auf die Toilette.«

Kristina stößt sie beiseite.

»Nein, warte!«

Sara runzelt die Stirn.

»Ich habe da alles stehen lassen«, murmelt Kristina. »Ich räume es nur schnell weg.«

Kristina eilt ins Bad und kann gerade noch den Schwangerschaftstest in ihrem Kulturbeutel verschwinden lassen, bevor Sara in der Tür auftaucht. Wortlos drängt sie sich an ihr vorbei und setzt sich auf die Toilette.

Kristina bleibt vor dem Waschbecken stehen. Sie wagt es nicht, Sara im Bad allein zu lassen, solange der Test auch noch dort drinnen ist. Nervös dreht sie den Wasserhahn auf und tut so, als würde sie sich die Hände waschen. Sara stöhnt und fasst sich an die Stirn.

»Bist du müde?«

»Ja«, murmelt sie.

Im selben Moment, in dem Kristina sich umdreht, sieht sie die Anleitung für den Schwangerschaftstest zu Boden fallen. Auch Sara hat sie gesehen. Sie starrt erst den Zettel an und dann Kristina.

»Ist das ...?«

Kristina schnappt sich den Zettel und geht aus dem Bad. Sara folgt ihr. Sie hat immer noch ihr Schlaf-T-Shirt an und wirkt durcheinander.

Eine nicht enden wollende Sekunde lang treffen sich ihre Blicke. Kristina spürt, wie die Verzweiflung in ihr wächst.

»War das ein Schwangerschaftstest?«, fragt Sara.

Kristina schüttelt den Kopf. Ihre Augen füllen sich mit Tränen.

»Das ist nicht meiner«, flüstert sie.

Mit einem Mal ist Sara hellwach. Ihr Blick wird hart.

»Hat dir jemand was angetan?«

Kristina schaut zu Boden.

»Nein.«

Sara legt ihr eine Hand auf die Schulter.

»Wenn dir jemand etwas angetan hat, musst du darüber reden, Kristina. Das weißt du doch?«

Beim Klang ihrer Stimmer brechen alle Dämme und Kristina kann ihre Gefühle nicht mehr zurückhalten.

»Nein, das ist es nicht.«

Saras Stimme wird kalt.

»Bist du schwanger? Antworte, Kristina. Bist du schwanger?«

Kristina ist verzweifelt. Sie möchte Sara um Hilfe bitten. Sie möchte, dass ihre Schwester sich um sie kümmert, die Arme um sie legt und sagt, alles wird gut. Doch natürlich ist ihr auch bewusst, dass sie ganz allein sein wird, sobald die Wahrheit herauskommt.

Plötzlich ändert sich Saras Haltung. Sie nimmt ihre Hand weg und verschränkt die Arme vor der Brust.

»Es ist aber nicht von Daniel, oder?«

Sie sagt es so leise, dass es kaum zu hören ist. Kristinas Herz zieht sich zusammen. Es war nicht geplant, dass sie es so erfährt. So schwer es ihr auch fällt, zwingt sie sich, den Blick zu heben und ihr in die Augen zu schauen.

Sara schüttelt den Kopf.

»Sag, dass das nicht wahr ist!« Sie fasst sich an die Stirn und kneift die Augen fest zu.

Tränen laufen Kristina über das Gesicht. Wie soll sie es Sara erklären, und wie soll diese ihr je verzeihen?

»Es tut mir leid«, murmelt sie.

Als Sara die Augen wieder öffnet, ist ihr Blick schwarz. Sie starrt Kristina an.

»Es war ein Unfall«, bringt Kristina noch heraus, dann stürzt Sara auf sie los.

Der erste Stoß kommt so unerwartet, dass Kristina gar nicht begreift, was passiert, bevor Sara schon erneut ausholt und sie rückwärts auf das Sofa fällt.

Kristina rührt sich nicht, sie ist vor Angst wie gelähmt. Sara beugt sich über sie. Sie keucht und ihre Hände sind zu Klauen erstarrt.

»Verdammt, was sagst du da?«, brüllt sie. »Hast du etwa mit meinem Freund geschlafen?«

Kristina schüttelt den Kopf.

»Es war keine Absicht. Ich verstehe, dass du wütend bist, aber es ist einfach passiert. Bitte, verzeih mir!«

Sie setzt sich auf und versucht das Gleichgewicht wiederzufinden, aber Sara packt sie an den Haaren. Sie schlägt Kristinas Kopf mit solcher Wucht gegen die Sofakante, dass es ihr in den Ohren klingelt.

»Wie lange?«, fragt Sara. Ihre Augen sind weit aufgerissen und sie sieht völlig irre aus, so hat Kristina sie noch nie erlebt. »Wie lange?«, fragt Sara noch einmal.

»Es ist vor ein paar Wochen passiert.«

Sara holt tief Luft.

»Wie oft habt ihr es gemacht?«

Kristina spürt, wie die Tränen weiter über ihre Wangen laufen.

»Einmal.«

»Einmal? Wirklich?«

Kristina schließt die Augen und schüttelt den Kopf.

»Jetzt sag schon, wie oft?«

»Drei- oder viermal.«

Sara lässt ihr Haar los und geht rastlos im Zimmer auf und ab. Ihr Gesicht ist gerötet.

»Du musst mir helfen«, wimmert Kristina.

Sara murmelt vor sich hin.

»Ich habe ihm vertraut. Und ich habe dir vertraut. Meiner Schwester. Verdammt, das ist unglaublich!«

»Ich muss es abtreiben lassen.«

Kristina blickt ihre Schwester flehend an, aber die scheint sie nicht zu hören.

»Sara, es tut mir wirklich furchtbar leid, und ich verstehe, wenn du jetzt sauer auf mich bist. Aber ich brauche deine Hilfe, um das Kind wegmachen zu lassen.«

Mitten in der Bewegung hält Sara inne. Sie wirkt kalt, als wäre sie gar nicht richtig da.

»Du willst, dass ich dir helfe?«

Kristina erhebt sich

»Ja. Ich habe sonst niemanden, den ich fragen könnte.«

Sara wirft ihr einen wütenden Blick zu, dann nimmt sie einen Stift aus dem Stiftebecher im Fenster und lässt ihn in der Hand kreisen.

»Ich möchte, dass du jetzt gehst.«

»Aber wohin?«

Sara schnaubt.

»Das ist mir egal. Hau einfach ab.«

Kristina schüttelt den Kopf.

»Aber ich kann nirgendwohin.«

»Das ist nicht mein Problem.«

Kristina macht einen Schritt auf sie zu.

»Können wir uns nicht setzen und darüber reden?«

Sara schüttelt den Kopf.

»Du bedeutest mir nichts mehr. Du bist nicht mehr meine Schwester, und ich will dich nie wiedersehen.«

Kristina weiß nicht, was sie tun soll. Ihr Blick flackert, sie zögert, dann streckt sie die Hand nach Sara aus.

»Bitte, Sara ...«

Im selben Moment, in dem sie ihren Namen ausspricht, trifft

sie der Stift ins Gesicht. Sara nimmt einen weiteren aus dem Becher.

»Raus aus der Wohnung! Verstanden?«

Kristina beginnt unkontrolliert zu schluchzen.

»Aber ich habe doch nichts anderes, wo ich wohnen kann.«

»Selbst schuld. Pack deinen Koffer, und zwar jetzt!«

Als Kristina den Kopf schüttelt, trifft sie ein weiterer Stift.

»Glaubst du, es kümmert mich, was mit dir passiert?«, brüllt Sara. »Du hast mich betrogen! Du hast dich hinter meinem Rücken an Daniel herangemacht. Ich hasse dich, Kristina, kapiert?«

Kristina legt sich eine Hand auf den Bauch und spürt, wie etwas ihren Arm trifft. Mit einem Knall fällt die Batterie zu Boden, die Sara nach ihr geworfen hat.

»Geh jetzt, bevor ich noch etwas Größeres nach dir werfe!«

Außer Atem läuft Kristina in ihr gemeinsames Schlafzimmer und zieht ihren Koffer unter dem Bett hervor. Mechanisch wirft sie all ihre Sachen hinein. Sie begreift nicht, was gerade passiert. Meint Sara es wirklich ernst? Will sie sie nie wiedersehen?

Als sie fertig ist mit Packen, atmet Kristina ein paarmal tief durch und versucht sich zu sammeln. Sie hat Sara noch nie so außer sich gesehen und es macht ihr Angst, dass sie so gewalttätig werden kann. Dabei wünscht sie sich nichts sehnlicher, als dass ihre Schwester ihr vergibt. Sie erträgt den Gedanken nicht, dass es wirklich wahr sein könnte, dass sie sie nie wiedersehen will.

Sara wartet im Flur auf sie. Breitbeinig steht sie da, die Hände in die Seiten gestemmt.

»Ich gehe jetzt zur Arbeit und frage Tina, ob ich heute bei

ihr schlafen kann«, sagt Kristina zaghaft und sucht nach einer Veränderung in Saras gleichgültiger Miene. »Morgen komme ich dann wieder.«

Sara schüttelt den Kopf.

»Du scheinst es nicht zu begreifen. Ich will dich nie wiedersehen«, wiederholt sie ganz langsam und artikuliert.

Kristina schluckt.

»Das ist nicht dein Ernst. Du bist bloß wütend.«

»Doch, es ist mein Ernst. Und weißt du, warum ich das so genau weiß? Weil ich Daniel liebe. Er bedeutet mir alles, und wenn ich auf dich verzichten muss, um mit ihm zusammen zu sein, dann tue ich das.«

Kristina zieht sich die Schuhe an und hebt die anderen Paare auf, die in einer Tüte im Flur liegen. Die ganze Zeit spürt sie, wie Sara sie beobachtet. Als sie fertig ist und zur Tür geht, sucht sie noch einmal ihren Blick.

»Sara«, fleht sie. Keine Reaktion.

»Und wage nicht, dich mit ihm zu treffen«, zischt Sara schließlich. »Wenn du das tust, mache ich dir das Leben zur Hölle. Du hattest Heimweh und bist wieder nach Hause gefahren. Das ist passiert. Okay?«

Als Kristina nichts erwidert, fährt sie fort.

»Du hast mich hintergangen. Das bist du mir verdammt noch mal jetzt schuldig.«

Kristina nickt.

»Ja, aber ...«

»Wo ist dein Schlüssel?«

Kristina zeigt auf den Haken an der Wand.

»Der hängt da.«

»Gut. Geh jetzt«, sagt Sara und öffnet die Tür. Sie hat ihr Gesicht abgewandt, und Kristina verlässt schweigend die Wohnung.

Sobald sie im Treppenhaus ist, schlägt Sara die Tür hinter ihr zu und schließt ab.

Kristina versagen die Beine und sie sinkt zu Boden. Was soll sie jetzt tun? In ihrem Kopf dreht sich alles, sie versucht, einen klaren Gedanken zu fassen. Sie ist ganz allein, es gibt niemanden, der ihr helfen kann. Wo soll sie jetzt hin?

Einen kurzen Moment überlegt sie, ob sie Daniel trotz Saras Verbot suchen soll. Aber dann wird ihr klar, dass es alles noch schlimmer machen würde. Außerdem weiß sie nicht, wie er reagieren würde. Er ist in einer katholischen Familie aufgewachsen. Was, wenn er gegen die Abtreibung ist? Oder wenn er wütend wird, wegen dem, was passiert ist? Nein, sie würde es nicht ertragen, auch noch von ihm verstoßen zu werden. Das Risiko will sie nicht eingehen.

Sie nimmt ihre Sachen und steht mühsam auf. Es muss eine Lösung geben. Es muss einen anderen Weg geben. Sie denkt an ihre Ersparnisse. Vermutlich würden sie für die Rückfahrt nach Schweden reichen. Aber wohin soll sie sich dann wenden? Zurück zu ihrem Vater?

Ihr wird schlecht, wenn sie daran denkt, was ihr Vater tun würde, wenn er herausfände, dass sie schwanger ist. Sie würde die Schande nicht überleben. Dennoch fühlt sie sich sicherer, wenn sie die Abtreibung in Schweden vornehmen lässt. Dort versteht sie wenigstens, was die Leute zu ihr sagen.

Langsam geht Kristina die Treppe hinunter. Sie erinnert sich, dass ihre Mutter einen älteren Bruder in Schonen hatte. Hans.

Kristina weiß, dass sie ihn als Kind mal gesehen hat und dass er nett war und ihnen rote Bonbons schenkte. Aber nach dem Verschwinden ihrer Mutter hatten sie keinen Kontakt mehr. Würde Hans sich ihrer erbarmen, wenn sie ihn jetzt aufsuchte? Würde er sich überhaupt noch an sie erinnern?

Mit der Hüfte stößt Kristina die Haustür auf und tritt auf den Bürgersteig. Sie hat nur noch den alten Koffer, mit dem sie nach London gekommen ist, sonst nichts.

Sie überlegt, ob Tina heute arbeitet. Sie ist die Einzige, die sie sich um Hilfe zu bitten traut. Vielleicht kann sie ein paar Nächte bei ihr bleiben, bis sie herausgefunden hat, wie sie am besten nach Hause kommt.

Ihr wird kalt, als sie das denkt. *Nach Hause.* Kristina lebt gerne in London. Hier ist sie ein ganz neuer Mensch geworden, aber sie kann nicht bleiben. Nicht mehr. Nicht nach dem, was passiert ist.

Sie lässt den Blick die Straße hinunterwandern, über alles, was ihren Alltag ausgemacht hat. Den Waschsalon, die kleinen Läden, weiter unten die Restaurants, das Lebensmittelgeschäft an der Ecke und die schöne Buchhandlung. Das alles ist ihr und Saras Leben gewesen. Das haben sie gemeinsam gehabt.

Kristinas Augen füllen sich erneut mit Tränen. Ihr wird plötzlich bewusst, dass sie Sara und Daniel wahrscheinlich nie wiedersehen wird. Ihre Schwester wird ihr niemals verzeihen. Kristina hat ihre Beziehung zerstört. Es ist alles ihre Schuld.

Ein Wind weht über die Themse und greift nach ihrem Mantel, der leise flattert. *Es gibt noch eine andere Möglichkeit,* denkt sie und überquert die Straße. *Eine einfachere Möglichkeit, durch die alles sofort vorbei ist.* Sie braucht sich nicht auf die lange

Reise zu begeben, die vor ihr liegt, sie muss nicht mit der Schande leben.

Kristina stellt ihren Koffer auf der Promenade ab und legt sich eine Hand auf den Bauch. Sie denkt an den Song von Johnny Mandel in der Fernsehserie M*A*S*H. *The game of life is hard to play. I'm gonna lose it anyway.*

Die Verzweiflung zerreißt ihr die Brust. Sie versucht in sich hinein zu spüren, ob da wirklich etwas ist. Vielleicht hat sie sich ja doch getäuscht? Vielleicht ist sie gar nicht schwanger?

Eine neue Brise weht heran. Sie schließt die Augen und spürt den kalten Wind auf ihrem Gesicht. Warum musste es so kommen? Wie konnte sie nur so dumm sein? So ein Pech haben?

Kristina hört die Wellen an das Ufer schlagen. Ihr Leben ist zerstört. Es ist vorbei. Wenn sie ihren Onkel Hans nicht findet oder er ihr nicht helfen will, gibt es nur noch einen Menschen auf dieser Welt. Zu ihm und nach Årebro aber will Kristina auf keinen Fall zurück.

Sie geht noch einen Schritt auf das Wasser zu, stellt sich an die Kante und schaukelt vor und zurück. Es ist gar nicht so unheimlich, wie sie gedacht hat. Es ermutigt sie eher.

Ihre Augen sind immer noch geschlossen. Sie streckt die Hände zu beiden Seiten aus und balanciert. Ein Gedanke nimmt in ihre Form an. Vielleicht stirbt das Kind, wenn sie in das kalte Wasser fällt.

Kristina sieht Daniel vor sich. Sie würde so gerne mit ihm reden, aber sie weiß, dass es nicht geht. Sie hat ihr Recht auf ihn verwirkt.

Ich habe keine andere Wahl, redet sie sich ein, und spürt, wie der Wind an ihr zerrt. *Ich habe wirklich keine andere Wahl.*

32

DIENSTAG, 17. OKTOBER

Charlotte arbeitete so konzentriert, dass sie nicht merkte, wie William sich in dem kleinen Büro von hinten an sie heranschlich, und zuckte zusammen, als er plötzlich die Arme um sie legte.

»Nicht«, flüsterte sie instinktiv. »Jemand könnte uns sehen.«

Er lachte.

»Keine Sorge, Sam und Martinique sind an der Kasse beschäftigt, und früher oder später finden sie ohnehin heraus, dass wir zusammen sind. Warum sollen wir nicht offen zu ihnen sein?«

Charlotte drehte sich um und küsste ihn auf den Mund, dennoch wurde sie das Gefühl nicht los, etwas Verbotenes zu tun, und warf einen besorgten Blick über die Schulter.

»Wie läuft es mit deinem Roman?«

William strahlte über das ganze Gesicht.

»Super! Ich habe gerade einen richtigen Lauf.«

»Wie schön!«

»Ja, das stimmt. Ich habe die ganze Geschichte umgeschrieben, und jetzt ist sie viel spannender.« Er nickte zur Treppe hin. »Ich gehe gleich wieder hoch, ich wollte dich nur kurz sehen.«

Er streichelte ihre Wange und sie lächelte. Es machte sie so glücklich, wenn er sie berührte.

»Hast du Lust, heute Abend etwas zu unternehmen?«

Charlotte schaute in ihren Kalender.

»Ist heute nicht das Essen mit deinem Verlag?«

William schnaubte.

»Wenn die glauben, alles würde wieder gut, nur weil sie mich zu einem Drei-Gänge-Menü ins *Savoy* einladen, haben sie sich geschnitten!« Als sie nichts sagte, atmete er tief durch. »Ich habe vergessen, zuzusagen. Außerdem sind alle anderen Autorinnen und Autoren auch da, und ich habe keine Lust, einem gewissen Herrn Ich-bin-Großbritanniens-größter-Bestsellerautor gegenüberzusitzen und mir anzuhören, wie er mit seinen neuesten Auslandslizenzen und verkauften Filmrechten prahlt.«

Sie wollte gerade etwas Aufmunterndes sagen, als ihr Handy vibrierte. Charlotte schaute auf das Display. Es gab nur wenige Menschen, die diese Nummer benutzten; Henrik, ihr Vater und Carl Chambers, dem Charlotte um jeden Preis ausweichen wollte. Sie hatte ganz aufgehört, Gespräche von englischen Telefonnummern anzunehmen, weil sie befürchtete, die Bank könnte verschiedene Anschlüsse nutzen, um ihre Kunden zu täuschen. Deshalb seufzte sie erleichtert, als sie die schwedische Vorwahl sah.

William deutete mit dem Kopf auf ihr Handy.

»Musst du das annehmen?«

»Nein, das ist nur mein Vater«, sagte sie und drückte das Gespräch weg. »Ich rufe ihn später zurück.«

»Ach, ja? Wie heißt er?«

Charlotte legte ihr Handy weg.

»Bertil. Aber er ist nicht mein biologischer Vater. Er hat meine Mutter geheiratet, als ich vier war; und als ich auf die Uni gegangen bin, haben sie sich wieder getrennt. Dann hat er noch mal geheiratet und drei eigene Kinder bekommen.«

Sie merkte, dass sie bitterer klang als beabsichtigt, und machte eine wegwerfende Geste.

»Also, ich bin nicht böse, dass er eine neue Familie gegründet hat.«

William blickte sie forschend an.

»Und dein richtiger Vater?«

Sie zuckte die Achseln.

»Keine Ahnung. Meine Mutter wollte mir nie sagen, wer er war. Wahrscheinlich irgendein Superstar wie Rod Stewart oder Tom Jones.«

»Ich finde ja, du ähnelst eher Elton John.«

Sie schnitt eine Grimasse.

»Sehr witzig!«

William legte seine Hände um ihre Taille und zog sie an sich. Als er sie erneut küssen wollte, schüttelte sie den Kopf.

»Versuch's gar nicht«, sagte sie lachend. »Ich habe noch jede Menge für die große Lesung morgen zu tun.«

»Perfekt, dann kann ich dir ja helfen.«

Charlotte versuchte ihn streng anzusehen, doch es war unmöglich, wenn er sie so anlächelte.

»Musst du nicht schreiben?«

»Ich brauche eine Pause«, sagte er gut gelaunt. »Was wollen wir machen?«

Sam stand an der Kasse, die Nase in einem Notizbuch vergraben. Sie erstarrte, als William ihr zurief: »Hallo Sam, wie läuft's?«

Sie ließ den Blick zwischen ihm und Charlotte hin- und herwandern.

»Wir haben nur dreizehn Karten verkauft. Dreizehn! Ich fasse es nicht. Es gibt niemanden in ganz London, der nicht von der Lesung weiß.«

Ihre Augen glühten vor Frust, und Charlotte bemühte sich, ihre eigene Enttäuschung zu verbergen.

»Die meisten warten bestimmt mit dem Kartenkauf. Oder sie tauchen erst am Abend selbst auf.«

Sam schüttelte den Kopf.

»Was sollen wir tun?«

»Mach dir keine Sorgen, das wird schon!«

Martinique trat aus der Küche. Sie war von oben bis unten mit Mehl bestäubt und gerade dabei, sich den gelben Kaftan abzuklopfen.

»So, jetzt geht der Teig!«

Sam schnaubte.

»Du kannst ihn ebenso gut wegwerfen, es kommt morgen sowieso niemand.«

Martinique und Charlotte wechselten einen besorgten Blick, dann versuchten beide erneut, Sam aufzumuntern.

»Vergiss nicht, dass Matthew Morrow ein Fernsehstar ist. So etwas lieben die Leute!«, sagte Martinique.

»Genau. Und sobald wir die Tür aufmachen und der Duft von Martiniques Zimtschnecken sich ausbreitet, rennen uns die Leute die Bude ein«, fiel Charlotte ein.

Sam drehte sich zu William um.

»Und du? Hast du auch noch etwas Aufbauendes zu sagen?«

William hielt eines von Matthew Morrows Büchern mit einer schielenden Eule auf dem Cover hoch.

»Wer mag schon keine Vögel?«, versuchte er es.

In diesem Moment öffnete sich die Tür und ein Mann trat

ein. Es dauerte einen Moment, bevor Charlotte begriff, dass es Saras Anwalt, Mr Gerald Cook, war.

»Mr Cook«, sagte sie überrascht. »Was machen Sie denn hier?«

Er nahm seine Kappe mit Schottenmuster ab und nickte Charlotte zu, die inständig hoffte, dass er noch nicht mit der Bank gesprochen hatte.

»Guten Tag, Miss Rydberg«, sagte er höflich. »Ich habe sehr gute Neuigkeiten für Sie!«

»Warum haben Sie nicht einfach angerufen?«

Mr Cook lächelte steif, und Charlotte merkte, dass ihre Frage vielleicht ein wenig unangebracht war.

»Also, Sie können natürlich auch immer gerne hier vorbeikommen«, fügte sie hinzu.

»Ich habe versucht, Sie anzurufen. Mehrfach sogar, aber Miss Rydberg geht nicht ans Telefon.«

Charlotte schluckte. Was auch immer Mr Cook zu sagen hatte, sie hätte ein Gespräch unter vier Augen vorgezogen. So aber standen die drei anderen dabei und lauschten mit großen Ohren. Wenn sie Mr Cook jetzt bitten würde, ihr ins Büro zu folgen, würden sie misstrauisch werden.

»Tut mir leid, ich hatte Probleme mit meinem schwedischen Anbieter«, log sie.

Mr Cook nickte.

»Wie bedauerlich. Aber jetzt wollen Sie bestimmt die gute Nachricht hören?«

Charlotte spürte, wie ihr der Schweiß ausbrach. Was meinte er? Hatte Mr Cook vielleicht ein geheimes Konto mit fünfzehntausend Pfund entdeckt?

Sie nickte zögernd.

»Ich habe einen Käufer gefunden!«

Auf Charlottes Stirn bildete sich eine tiefe Falte. Da die Zukunft der Buchhandlung so ungewiss war, hatte sie sich alle Türen offenhalten wollen und den Anwalt weiter nach potentiellen Käufern suchen lassen, aber davon sollten die anderen nichts wissen.

»Also, zumindest für das Haus. Leider gab es niemanden, der sich vorstellen konnte, die Buchhandlung weiterzuführen, aber ein amerikanisches Unternehmen möchte ein zweistöckiges Hamburger-Restaurant eröffnen und hat ein sehr gutes Angebot vorgelegt. Außerdem würden sie bereits in sechs Wochen, Anfang Dezember, übernehmen.«

Charlotte sah sich hilfesuchend um, doch die anderen wichen ihrem Blick aus.

»Das war auch schon alles«, sagte Mr Cook zufrieden. »Sie können meine Sekretärin anrufen und sobald wie möglich einen Termin ausmachen, dann können wir den Vertragsentwurf durchgehen.«

Als die Tür hinter ihm ins Schloss fiel, breitete sich ein unbehagliches Schweigen aus. Dann knurrte Sam: »Du willst die Buchhandlung verkaufen?«

Charlotte schüttelte den Kopf.

»Nein, auf gar keinen Fall.«

Sie sah verzweifelt zu William hinüber, der die Arme vor der Brust verschränkte.

»Du hast also gar nicht vor, zu bleiben? Dein Plan war also die ganze Zeit, die Buchhandlung loszuwerden?«, fragte er vorwurfsvoll.

»Nein! Also, ja, am Anfang, aber jetzt nicht mehr.«

»Du hast mich belogen.« Williams Gesicht wurde hart.

Charlotte hob verzweifelt die Hände.

»Nein, ich will versuchen, die Buchhandlung zu retten, aber ich weiß noch nicht, ob ich es schaffe.«

Sein Kiefer spannte sich an, und Charlottes Herz zog sich zusammen, als sie ihn so wütend sah.

»Eine Hamburgerkette. Wie charmant! Ich hoffe, sie zahlen dir einen guten Preis.«

»Es geht nicht ums Geld. Oder doch ... also, die Buchhandlung steht kurz vor dem Konkurs.«

William starrte an die Decke, dann warf er ihr einen letzten, eisigen Blick zu.

»Ich muss weiterschreiben.«

»William ...«

»Ich habe keine Zeit.«

Rasch verschwand er die Treppe hinauf. Erst wollte Charlotte ihm hinterherlaufen, doch als sie merkte, wie Sam und Martinique sie ansahen, wandte sie sich stattdessen ihnen zu.

»Ihr müsst mir glauben!«, sagte sie verzweifelt. »Ich will die Buchhandlung auf keinen Fall verlieren!«

Martinique sah besorgt aus, versuchte aber dennoch zu lächeln.

»Das wird schon, Süße. Wenn du nicht verkaufen willst, spielt es keine Rolle, was dieser Anwalt sagt. Aber es wäre gut gewesen, wenn du uns gesagt hättest, wie schlimm es um die Buchhandlung steht.«

Charlotte nickte beschämt.

»Du hast recht, ich hätte etwas sagen sollen. Aber ich wollte nicht, dass ihr euch Sorgen macht, und außerdem haben wir ja morgen unsere große Veranstaltung. Das wird hoffentlich unser Neustart, bei dem noch mehr Leute den Laden für sich entdecken.«

»Dann gibt es also noch eine Chance, dass wir es hinkriegen?«, fragte Martinique atemlos.

Charlotte biss sich auf die Lippen. Sie wollte sie nicht schon wieder anlügen, aber als sie Sam und Martiniques hoffnungsvolle Blicke sah, vermochte sie nichts von den fünfzehntausend Pfund zu sagen, die die Buchhandlung der Bank schuldete.

»Ja«, sagte sie. »Eine kleine Chance. Wir müssen es wenigstens versuchen.«

Martinique ergriff Charlottes Hände und drückte sie.

»Das machen wir! Stimmt's, Sam? Morgen findet hier ein rauschendes Fest statt, auf das Sara stolz gewesen wäre!«

Als Sam nickte, ließ die Anspannung in Charlottes Nacken ein wenig nach. Jetzt musste es ihr nur noch gelingen, William zu erklären, warum sie nicht ganz ehrlich zu ihm gewesen war. Dann würde hoffentlich auch er ihr verzeihen.

Plötzlich klingelte das Telefon, und alle drei fuhren erschrocken zusammen. Martinique, die am nächsten stand, nahm ab, und Charlotte und Sam lauschten gespannt. Als Martinique auflegte, war sie ganz blass.

»Was ist passiert?«, fragte Sam ungeduldig.

Martinique seufzte.

»Matthew Morrow hat abgesagt. Er hat Grippe und seiner Frau zufolge so hohes Fieber, dass man auf seiner Stirn ein Spiegelei braten kann.«

Sam stieß einen wütenden Schrei aus.

»Ich wusste es! Ich wusste, dass es nichts wird! Warum habe ich mich nicht für diese Ausbildung zur Schulsozialarbeiterin beworben?«

Martinique beugte sich zu Charlotte hinüber.

»Wie nahe sind wir denn dem Konkurs?«, flüsterte sie.

Charlotte schluckte. Jetzt musste sie es ihnen sagen.

»Die Abgaben für das Haus sind seit Monaten nicht bezahlt worden, und so wie es momentan aussieht, ist nach dem Monatswechsel kein Geld mehr da, um die laufenden Kosten zu decken.«

Sie sah förmlich, wie Martiniques Mut sank.

»Mit anderen Worten: Wir müssen richtig viel Geld einnehmen, und das schnell.«

Sam war außer sich.

»Das heißt, wir sind am Ende? Wir müssen schließen?« Mit weitaufgerissenen Augen sah sie Martinique an. »Wir verlieren unseren Job!«

Martinique sank auf einen Stuhl.

»Ich kann es einfach nicht glauben. Alles, wofür wir gekämpft haben, alles, was Sara aufgebaut hat!«

Charlotte brach es das Herz, Sam und Martinique so verzweifelt zu sehen, denn sie trug einen nicht geringen Teil der Schuld daran: Sie war nicht ehrlich zu ihnen gewesen und hatte ihnen falsche Hoffnungen gemacht. Warum hatte sie ihnen nicht von Anfang an gesagt, wie es um die Finanzen stand?

»Ich brauch erst mal eine Zigarette«, sagte Sam und ging nach draußen.

»Schokolade«, sagte Martinique und verschwand ebenfalls, sodass Charlotte allein zurückblieb.

Konkurs. Schon das Wort verursachte ihr körperliches Unbehagen. Wie schrecklich es wäre, wenn die Buchhandlung schließen müsste! Die Vorstellung, wie all die Bücherregale, alten Lesesessel und Bücher in Container geworfen wurden, trieb ihr die Tränen in die Augen.

Charlotte strich über die alte Holztheke. Wenn die Buchhandlung schloss, löste sich Saras Lebenswerk in Rauch auf. Die Wärme und Zuneigung, die die Buchhandlung schenkte, ging verloren, und keine neuen Erinnerungen würden mehr entstehen.

Es schmerzte sie wirklich, sich die Buchhandlung leer vorzustellen, geisterhaft öde und verlassen. Ganz zu schweigen davon, wie es wäre, wenn eine Hamburgerkette hier Wände und Dielen herausreißen ließe und Saras grüne Treppe sowie die Wohnungen oben demolierte.

Charlotte schloss die Augen. Wenn sie doch nur etwas früher gekommen wäre, wenn Sara doch zu Lebzeiten Kontakt mit ihr aufgenommen hätte, bevor es zu spät war! Dann wäre die Buchhandlung vielleicht noch zu retten gewesen. So aber hatte sie von Anfang an keine echte Chance gehabt.

Ihr Handy vibrierte und sie nahm es heraus, um nachzusehen, wer sie anrief. Falls es die Bank war, würde sie es auf den Boden schleudern, doch statt einer englischen Nummer blinkte Henriks auf. Charlotte drückte das Gespräch weg, sie hatte einfach nicht die Kraft, es anzunehmen.

Müde lehnte sie sich an die Theke. Der Gedanke, Konkurs anmelden zu müssen, widerstrebte ihr vollkommen. Sie wollte hier nicht weg, sie wollte in London bleiben.

Charlotte dachte an William. Die letzten Tage waren so schön gewesen, sie konnte sich nicht erinnern, wann sie zuletzt so glücklich gewesen war. Was würde jetzt aus ihnen werden? William hatte gesagt, dass er nicht mit nach Schweden gehen könne, und wenn die Buchhandlung nicht mehr existierte, was blieb ihnen dann noch? Kannten sie sich gut genug, um irgendwo anders von vorne anzufangen?

Sie nahm ihr Handy und wog es in der Hand. Sie hatte BC Beauty noch nicht geantwortet. Wenn Charlotte ihnen die Firma verkaufte, hätte sie genügend Geld, um die Buchhandlung zu erhalten, zumindest für eine Zeit. Die Frage war nur, ob das Geld rechtzeitig käme und ob sie wirklich bereit war, c/o Charlotte für das alles hier zu opfern.

Charlotte rieb sich die Stirn. Sie konnte nicht einfach aufgeben, unmöglich! Resolut wählte sie Henriks Nummer.

»Ja, hallo?«

»Hallo, Henrik. Ich habe eigentlich gar keine Zeit zu reden, ich möchte dir nur eine kurze Frage stellen.«

»Okay, ich höre.«

Charlotte räusperte sich.

»Wenn wir das Angebot von BC Beauty annehmen würden – wie schnell würde sich der Verkauf abwickeln lassen?«

»Warum fragst du? Willst du dir ein Schloss kaufen oder so?«

»Ja, so in der Art.«

Henrik brummte nachdenklich.

»Ich glaube, sie wären bereit, sofort zu unterschreiben, es ginge also nur darum, die Konditionen festzulegen.«

»Gut, genau das hatte ich gehofft.«

Sie wollte gerade auflegen, als er fragte: »Hast du dich wirklich entschieden, c/o Charlotte zu verkaufen?«

Es versetzte ihr einen Stich, aber sie nickte.

»Ich weiß es nicht genau«, sagte sie. »Aber es wäre gut, wenn du alles in die Wege leiten könntest. Ich melde mich morgen noch mal.«

Sie beendete das Gespräch. Als sie aufblickte, sah sie Sam und Martinique wieder hereinkommen.

»Wisst ihr was«, sagte sie und versuchte, sicherer zu klingen, als sie sich fühlte. »Ich finde, wir sollten die Veranstaltung auf jeden Fall durchziehen. Was auch immer passiert, die Buchhandlung hat ein ordentliches Fest verdient.«

Sam sah skeptisch aus.

»Aber wir haben kaum Eintrittskarten verkauft, und ohne Autorin oder Autor kann man keine Autorenlesung machen.«

Charlotte zog sich die Jacke an.

»Ich versuche, mich darum zu kümmern, wenn ihr so lange die Stellung haltet.« Sie nickte Martinique zu. »Und back du Zimtschnecken, so viele du kannst.«

Martinique sah einen Moment verwirrt aus, dann lächelte sie Charlotte zu.

»Okay, ich bin dabei. Und Sam auch«, sagte sie und legte einen Arm um ihre Kollegin.

»Super! Ich bin gleich zurück.«

Charlotte eilte auf die Straße hinaus und blickte dann auf ihr Handy. Es stimmte, was sie Sam und Martinique gesagt hatte. Sie hatte eine Idee. Noch war völlig unklar, ob es funktionieren würde, aber in der Lage, in der sie sich befanden, hatten sie nichts zu verlieren.

Charlotte klickte auf die Suchfunktion, um eine Wegbeschreibung zu finden, dann machte sie sich auf in Richtung Covent Garden.

33

FREITAG, 17. JUNI 1983

Sara ist gerade dabei, die Glasur anzurühren, als sie die Wohnungstür schlagen hört. Sie wirft einen Blick auf die Uhr. Es ist viel später, als sie gedacht hat. Rasch wischt sie sich die Hände an der Schürze ab und geht in den Flur.

Daniel sieht müde aus. Er hat dunkle Ringe unter den Augen, lächelt jedoch, als er sie sieht.

»Hallo.«

»Hallo, Schatz«, sagt sie affektiert und steckt die Hände in ihre Schürzentaschen. »Wie gefällt dir mein neuer Look?«

Daniel zieht die Augenbrauen hoch.

»Du wirkst gar nicht wie du selbst.«

Sara gibt ihm einen Klaps.

»Dann kennst du mein neues Ich noch nicht. Merkst du nicht, wie es duftet?«

Er schnuppert.

»Nach Putzmittel?«, fragt er hoffnungsvoll.

Sara lacht.

»Nein, Putzen ist dein Job. Aber ich habe einen Kuchen gebacken.«

»Ach, echt? Wie schön! Wie hast du das denn hinbekommen, ohne Backofen?«

Sara lächelt.

»Okay, ich habe keinen gebacken, aber ich habe einen gekauft und werde ihn jetzt mit einer Glasur übergießen, die ich selbst angerührt habe.«

Daniel hängt seine Jacke an die Garderobe, und Sara sieht, dass er einen Bund Briefe in der Hand hält.

»Ist das die Post? Darf ich mal sehen?«

Er reicht ihr die Briefe und sie verschwindet damit.

»Erwartest du irgendwas Bestimmtes?«

Sara schüttelt den Kopf und blättert. Normalerweise holt sie immer die Post rein, aber heute musste der Bote später gekommen sein, denn der Briefkasten war leer, als sie nach Hause kam. Als sie den weißen Umschlag mit Daniels Namen entdeckt, versteckt sie ihn schnell.

»Nein, eigentlich nicht. Oder – du weißt doch, dass ich mich für diesen Kurs angemeldet habe, da müsste eigentlich bald die Antwort kommen.«

Daniel fasst sie an den Armen, und Sara kann gerade noch den Brief in ihrer Schürzentasche verschwinden lassen, bevor er sie zu sich umdreht.

»Und? War sie dabei?«

»Nein, heute nicht. Aber für dich ist eine Stromrechnung gekommen.« Sara küsst ihn auf den Mund.

»Na, da habe ich aber Glück gehabt.«

Sie setzen sich an den Tisch, Sara stellt ihren Kuchen hin und gießt die Glasur darüber. Genau so hat sie es sich immer vorgestellt. Dass Daniel von der Arbeit nach Hause kommt und sie ihn umsorgt.

Im Pub hat sie längst aufgehört. Es war zu aufreibend, so gut wie keinen Abend gemeinsam verbringen zu können, und außerdem findet sie es unpassend, wenn sie hinter dem Tresen steht und mit Fremden flirtet, wo sie doch hofft, bald eine verheiratete Frau zu sein wird. Mehrmals hat sie Daniel zu verstehen gegeben, dass sie gerne heiraten möchte, und er scheint nicht ganz abgeneigt zu sein.

Jetzt arbeitet Sara halbtags in der Buchhandlung unten im Haus. Die Frau, die den Laden führt, ist unglaublich nett, und Sara findet es großartig, einen so kurzen Arbeitsweg zu haben. Außerdem passt ein Job als Verkäuferin viel besser, wenn sie irgendwann schwanger wird.

Daniel weiß noch nichts davon, aber sie hofft, dass es schnell klappt. Schon seit Monaten nimmt sie die Pille nicht mehr, und sie sehnt sich nach dem Tag, an dem sie ihn mit der freudigen Nachricht überraschen kann. Wenn sie erst schwanger ist, wird er sie bestimmt nicht mehr verlassen.

Sie streiten sich immer noch häufig, aber seit Kristina weg ist, ist alles viel einfacher geworden. Sara hat beschlossen, Daniel seinen Seitensprung zu verzeihen, und zwischendurch sind sie sogar glücklich miteinander.

In den ersten Wochen nach Kristinas Verschwinden hat Daniel fast jeden Tag nach ihr gefragt. Ob Sara etwas von ihr gehört habe. Das war für sie sehr anstrengend, aber nach einer Weile schien er Saras Erklärung, Kristina habe Heimweh gehabt und sei nach Schweden zurückgekehrt, zu schlucken. Mittlerweile erwähnt er sie kaum noch, und Sara hofft, dass er sie allmählich vergisst.

Über die Briefe, die in regelmäßigen Abständen eintreffen, verliert sie kein Wort. Anfangs hat sie alle gelesen, auch die an Daniel adressierten, aber mittlerweile wirft sie sie nur noch in einen alten Schuhkarton. Egal, wie oft Kristina sie um Verzeihung bittet, Sara will nichts mehr von ihr wissen und hofft, dass sie irgendwann aufgibt und ihnen nicht mehr schreibt.

Eigentlich müsste sie die Briefe vernichten, aber aus einem unbestimmten Grund vermag sie es nicht. Einmal hat sie den ganzen Karton mit zur Mülltonne hinunter genommen, aber sie schaffte es nicht, sie hineinzuwerfen, und trug sie wieder hoch in die Wohnung. Daniel wird die Briefe nie finden, aber wahrscheinlich müsste sie Kristina einmal selbst schreiben, damit sie bemerkt, dass sie beide nichts mehr mit ihr zu tun haben wollen.

Obwohl Sara immer noch wütend auf ihre Schwester ist, kommt es vor, dass sie sie vermisst und sich fragt, was wohl aus dem Kind geworden ist. Manchmal erwacht sie mitten in der Nacht aus einem Traum und dreht sich um, um ihn Kristina zu erzählen. Es ist, als hätte ihr schlafendes Ich nicht begriffen, dass ihre Schwester weg ist. In diesen Momenten fehlt sie ihr am allermeisten. Manchmal tut es ihr sogar physisch weh, wenn ihr bewusst wird, dass sie Kristina nie wiedersehen wird. Dennoch weiß sie, dass sie die richtige Entscheidung getroffen hat. Sie liebt Daniel und plant eine Zukunft mit ihm. Sie werden eine Familie gründen und hier glücklich zusammenleben. Kristina kann kein Teil davon sein, ihr Verrat hat es unmöglich gemacht.

Sara mustert Daniel, der seinen Kaffee trinkt. Es hört sich gemütlich an, wie er schlürft und gleichzeitig in der Zeitung blättert.

Hier will sie sein, jetzt und immer. Wenn man seinen Traum verwirklichen will, muss man bereit sein, Opfer zu bringen. Und Kristina wird schon zurechtkommen, da macht sie sich überhaupt keine Sorgen. Wahrscheinlich hat sie längst eine Arbeit gefunden und vielleicht sogar einen Freund.

Sara streckt die Hand aus und legt sie auf Daniels. Er schaut auf und begegnet ihrem Blick.

»Du weißt, dass ich dich liebe, oder?«

Daniel nickt sanftmütig.

»Weil ich deine Stromrechnungen bezahle?«

Sara schüttelt den Kopf und nimmt ihre Hand weg, aber Daniel zieht sie rasch wieder an sich.

»Ich mach doch nur Spaß«, sagt er und legt den Kopf schief. »Ich liebe dich auch.«

Seine Worte sind wie Sauerstoff, und Sara atmet tief ein. Sie braucht Daniels Liebe, das spürt sie.

»Weil ich so gut backe?«

Er lacht laut und drückt ihre Hand.

»Ja, unter anderem.«

Er kehrt zu seiner Zeitung zurück, und Sara sitzt da, mit seiner Hand in ihrer. In Momenten wie diesen verschwinden alle Zweifel. Sie hat nichts Falsches getan, als sie Kristina gezwungen hat zu gehen, es war die einzige Chance. Sie hatte jedes Recht dazu, sich selbst und ihre Beziehung zu schützen, und eines Tages wird auch Kristina das verstehen.

34

DIENSTAG, DEN 17. OKTOBER, SPÄTER

Der Hoteleingang wirkte so majestätisch, dass Charlotte zögerte, bevor sie eintrat. Ihr Herz klopfte heftig, und sie fühlte sich nervös und aufgekratzt gleichzeitig. Den ganzen Weg hierher war ihr Gehirn auf Hochtouren gelaufen.

c/o Charlotte zu verkaufen war ein großer Schritt und nichts, was sie überstürzen wollte, sie sah aber auch keine andere Lösung. Wenn sie die Buchhandlung retten wollte, musste sie eine rasche Entscheidung treffen.

Sie dachte an Henrik, der von Anfang an dabei gewesen war. Schon bald hatte er sich unentbehrlich gemacht, und er war derjenige gewesen, der sich um sie kümmerte, als Alex starb. War sie wirklich bereit, ihn und ihr Leben in Schweden loszulassen? Wollte sie das der Buchhandlung zuliebe wirklich aufgeben?

Charlotte wünschte, sie könnte es mit William besprechen, aber es kam ihr merkwürdig vor, mit ihm über ihre gefühlsmäßige Verbundenheit mit der Firma zu reden.

Als sie an Henrik dachte, musste sie schmunzeln. Wahrscheinlich hielt er sie für völlig verrückt, weil sie plötzlich alles verkaufen und nach London ziehen wollte, vor allem, nachdem sie stets behauptet hatte, sie würde Großstädte nicht mögen. Aber seltsamerweise erschien die Buchhandlung ihr immer mehr als der Ort, an dem sie bleiben wollte, und je länger sie darüber nachdachte, desto unmöglicher kam es ihr vor, alles zu verlassen und wieder nach Schweden in ihr altes Leben zurückzukehren.

Staunend sah Charlotte sich zwischen den weißen Marmorsäulen mit Goldverzierungen um, musterte die gusseisernen Treppengeländer, die eleganten Kronleuchter aus glitzerndem Kristall und den schachbrettgemusterten Fußboden in der Eingangshalle. Hier wollte Williams Verlag am Abend ein Essen für sämtliche seiner Autorinnen und Autoren veranstalten, da müsste sich doch jemand auftreiben lassen, der bereit war, morgen eine Lesung bei ihnen zu halten.

Suchend sah Charlotte sich in der Lobby um, bis sie in der Ecke eine Sitzgruppe entdeckte. Auf einem der schwarzen Sessel saß eine elegante Frau mit langem blondem Pagenschnitt und einem Laptop auf dem Schoß. *Aha, eine Autorin,* dachte Charlotte und setzte sich ihr gegenüber.

Es dauerte einen Moment, bis die Frau merkte, dass sie Gesellschaft bekommen hatte. Als sie endlich aufblickte, grüßte Charlotte und lächelte freundlich.

»Entschuldigen Sie, ich möchte nicht stören, aber sind Sie Autorin?«

Die Frau blickte sie verwundert an.

»Ja, also ich weiß zufällig, dass ein Verlag heute Abend seine Autoren hier zum Essen eingeladen hat, und da Sie hier sitzen und schreiben, dachte ich, sie gehören vielleicht dazu.«

Die Frau nickte. Charlottes Frage schien sie zu amüsieren.

»Ja, das stimmt, ich bin Autorin.«

Charlotte rutschte bis ganz vorn auf die Sofakante.

»Wie schön! Dann entschuldigen Sie bitte, dass ich Sie das jetzt einfach so frage, halten Sie mich nicht für verrückt.« Sie legte sich die Hand aufs Herz. »Ich heißte Charlotte Rydberg und habe gerade eine Buchhandlung hier in London geerbt, die ich mit allen Mitteln am Leben zu erhalten versuche. Morgen wollen wir zum Neustart ein großes Fest mit Autorenlesung feiern, aber jetzt hat unser Autor sich in letzter Minute krankgemeldet und wir versuchen, einen Ersatz zu finden.«

Die Frau sah sie abwartend an.

»Ach so?«

»Ja, und eigentlich wollte ich nur fragen, ob Sie sich vorstellen könnten, zu uns zu kommen und ein bisschen über Ihre Bücher zu sprechen.«

Die Frau klappte ihren Laptop zu.

»Wissen Sie, wer ich bin?«, fragte sie vorsichtig.

Charlotte sah sie treuherzig an.

»Nein, ich komme aus Schweden und weiß nicht so viel über die britische Literaturszene, aber ich bin mir sicher, unsere Kunden würden sich sehr über Ihren Besuch freuen.«

»Wo liegt denn Ihre Buchhandlung?«

»Am Riverside Drive, nur einen Steinwurf von hier entfernt. Und es ist eine sehr schöne Buchhandlung mit besonderem Charme, sie ist über hundert Jahre alt. Wir haben ein sehr großes Bücherangebot, eine Leseecke für Kinder, die wie Harry Potters Abstellkammer unter der Treppe eingerichtet ist, das beste schwedische Café-Angebot der Stadt und sogar einen Hausautor, William Henslow, der über der Buchhandlung wohnt. Leider stecken wir gerade finanziell in der Klemme, sodass ich Ihnen kein Honorar anbieten kann, aber Sie bekommen so viele schwedische Zimtschnecken, wie Sie wollen. Und natürlich übernehmen wir die Taxikosten vom Hotel und zurück.«

»Eine Harry-Potter-Kammer?«

Charlotte verdrehte die Augen.

»Ja, ich weiß, das klingt ein bisschen komisch. Eine meiner Kolleginnen ist völlig besessen von diesen Büchern. Sie hat sich sogar so ein merkwürdiges Dreieck auf die Schulter tätowieren lassen.«

Die Frau lächelte und zog ihr Handy heraus. »Ich mag schwedische Zimtschnecken«, sagte sie. »Und das Ganze wäre also morgen?«

»Ja, genau, um achtzehn Uhr.«

»Wissen Sie, Charlotte, ich hatte eigentlich einen anderen Termin um die Zeit, aber der ist abgesagt worden. Ich komme also gern zu Ihnen.«

Charlotte spürte, wie ihr ein Stein vom Herzen fiel.

»Wirklich? Oh, das freut mich aber! Vielen, vielen Dank.«

Die Frau lächelte.

»Keine Ursache.«

Sie zog einen kleinen Notizblock heraus, schrieb etwas auf und reichte ihr das Blatt.

»Hier stehen mein Name und die Telefonnummer meiner Assistentin. Können Sie ihr bitte noch die genaue Adresse schicken?«

Charlotte nahm den Zettel entgegen und stand auf.

»Das mache ich! Vielen Dank …« Sie schaute auf den Zettel. »… Joanne Murray!«

Das Erste, was Charlotte sah, als sie wieder in der Buchhandlung ankam, war Sams niedergeschlagene Miene.

»Ich glaube, ich habe eine Lösung gefunden.«

»Ach, ja?«, fragte Sam desinteressiert und schob einen Stapel Bücher beiseite.

Charlotte räusperte sich.

»Komm schon, Sam! Lass uns einen letzten Versuch unternehmen. Ich habe eine Autorin für die Lesung morgen gefunden.«

»Wen denn?«, fragte Sam misstrauisch.

Charlotte kramte in ihrer Hosentasche nach dem Zettel.

»Ich weiß ihren Namen nicht mehr genau, aber sie war sehr nett.«

»Du hast jemanden eingeladen, den du gar nicht kennst?«, fragte Sam. »Aber doch nicht eine, die in Versen schreibt und ihre Bücher im Keller selber druckt?«

Charlotte zuckte die Achseln. Sie fand den Zettel einfach nicht.

»Spielt das eine Rolle?«

Sam schüttelte den Kopf.

»Nein, so wie die Lage ist, nicht mehr. Eine im Selbstverlag erscheinende Autorin ist immer noch besser als gar nichts.«

Charlotte durchsuchte nun auch ihre Handtasche, und da fand sie den Zettel endlich.

»Hier«, sagte sie triumphierend. »Die Autorin heißt Joanne Murray!«

Sam sah sie ungläubig an.

»Na, klar. Sehr witzig. War das Williams Idee?« Sie ließ den Blick über die Buchhandlung schweifen. »Du kannst rauskommen, du Blödmann!«, rief sie ins Leere.

Charlotte setzte sich auf einen der Kinderstühle. Sie begriff Sams Reaktion nicht.

»Hier«, sagte sie noch einmal und reichte ihr den Zettel.

Sam musterte ihn schweigend.

»Von wem hast du den?«

Charlotte hob die Hände.

»Von Joanne Murray, natürlich.«

»Und wo hast du sie getroffen?«

»Ich bin zu diesem Hotel gegangen, wo Williams Verlag heute das Essen veranstaltet, und da saß sie in der Lobby.«

Plötzlich leuchteten Sams Augen und sie konnte nicht mehr stillsitzen. Sie rannt zur Küche und rief Martinique, die immer noch Zimtschnecken buk.

»Martinique, komm mal her. Du wirst nicht glauben, was passiert ist!«

Charlotte sah Sam verwundert an.

»Kennst du sie?«, fragte sie vorsichtig.

Sam nickte aufgeregt.

»Ob ich sie kenne?«

Im selben Moment trat Martinique zu ihnen. Sie hatte sich eine weiße Schürze umgebunden und wischte sich jetzt die Hände daran ab.

Sam hielt ihr den handgeschriebenen Zettel hin.

»Charlotte hat Joanne Murray für morgen eingeladen.«

Martinique schüttelte den Kopf.

»Du machst Witze, oder?«, sagte sie und riss den Zettel an sich.

Dann lachten beide hysterisch, und Martinique wandte sich Charlotte zu.

»Bist du sicher, dass wir uns das leisten können?«

Charlotte runzelte die Stirn.

»Wieso leisten? Ich habe ihr gesagt, dass wir sie mit Zimtschnecken bezahlen. Das Einzige, wofür wir aufkommen müssen, ist das Taxi vom Hotel und zurück. Aber jetzt verratet mir doch mal bitte, wer diese Joanne Murray ist!«

Die beiden starrten sich an und brachen erneut in Gelächter aus.

»Joanne Murray«, sagte Sam theatralisch, »ist J. K. Rowling. Die Autorin der Harry-Potter-Bücher!«

Charlotte spürte, wie ihr die Luft ausging.

»Oh, wie peinlich«, sagte sie geniert. »Ich habe ihr von der Abstellkammer erzählt und von deiner Tätowierung.«

Sam beugte sich über den Tresen.

»Das ist fantastisch! Wenn du es hingekriegt hast, dass J. K. Rowling kommt, verzeihe ich dir alle Dummheiten, die du je gemacht hast.«

Martinique wurde plötzlich ernst.

»Wir sollten erst mal anrufen und fragen, ob das stimmt, bevor wir überall Bescheid sagen.«

Charlotte stimmte zu.

»Auf jeden Fall. Ich habe ohnehin versprochen, dass wir noch die genaue Adresse durchgeben.«

Sam zog ihr Handy heraus und gab feierlich die Nummer auf dem Zettel ein. Gespanntes Schweigen breitete sich aus, während das Freizeichen ertönte.

»Ja, hallo, mein Name ist Sam und ich rufe vom Riverside Bookshop an. Wir wollten nur noch einmal bestätigen, dass J. K. Rowling morgen bei uns liest.«

Charlotte und Martinique betrachteten nervös Sams Gesichtsausdruck, während diese der Stimme am anderen Ende lauschte.

»Ja, genau, achtzehn Uhr. Wir haben auch Bücher zum Signieren da, wenn es ihr recht ist. Ja, wir würden auch gerne ein paar Fragen stellen, sodass das Ganze mehr den Charakter eines Gesprächs bekommt. Genau, 187 Riverside Drive. Wie schön, und herzlich willkommen!«

Sie legte auf und schluckte.

»Was sagt sie?«, fragte Martinique neugierig.

»Das war ihre Assistentin, und ja, J.K. Rowling kommt morgen zu uns!«, rief Sam aufgeregt. Dann warf sie Charlotte einen besorgten Blick zu. »Du hast doch die Bücher unter Saras Bett noch nicht zurückgeschickt?«

Charlotte schüttelte den Kopf.

»Ein Glück!«

Martinique wendete sich Charlotte zu.

»Und was machen wir jetzt?«

Charlotte holte tief Luft.

»Wir machen Werbung. Sam, du bist doch bestimmt bei Twitter und Instagram und so was alles?«

Sam nickte und nahm ihr Telefon zur Hand.

»Geht gleich los«, sagte sie gut gelaunt.

»Perfekt! Ich setze einen Hinweis auf unserer Homepage, und dann machen wir noch einen Aufsteller für den Gehweg.«

»Und ich?«, fragte Martinique.

Charlotte lächelte.

»Du backst so viele Zimtschnecken wie möglich. Die werden wir morgen verkaufen, dass es kracht!«

35

MITTWOCH, 18. OKTOBER

Den ganzen Tag war die Stimmung in der Buchhandlung sehr ausgelassen, und alle bis auf William, der sich kaum blicken ließ, waren mit den Vorbereitungen für den großen Abend beschäftigt. Sam war so voll freudiger Erwartung, dass sie beinahe ununterbrochen vor sich hin trällerte, während sie die selbstgemachten, regenbogenfarbenen Girlanden aufhing und Stühle hinstellte.

Da Martinique als Erste vor Ort gewesen war und seit sieben Uhr Zimtschnecken gebacken hatte, hatte Charlotte sie nach Hause geschickt, damit sie sich ein wenig ausruhen konnte. Jetzt stand sie im Badezimmer vor dem Spiegel und machte sich die Haare, als plötzlich die Haustür zuschlug.

»Angela? Bist du das?«

Da niemand antwortete, ging Martinique in den Flur. Auf der Bank gegenüber dem Schuhregal saß ihre Tochter.

»Hallo, mein Schatz. Ich dachte, du würdest heute erst spät nach Hause kommen. Wie geht's?«

Angela blickte zu Boden und schüttelte den Kopf.

»Geht so.«

Langsam trat Martinique zu ihr und setzte sich neben sie.

»Ist was passiert?«

Angela nahm die weißen Ohrstöpsel aus den Ohren und legte ihr Handy beiseite.

»Nein«, sagte sie kurz, aber Martinique merkte ihr an, dass irgendetwas nicht stimmte.

»Du weißt doch, dass du mit mir reden kannst? Egal, worum es geht, ich werde nicht sauer«, sagte sie.

Angela schloss die Augen.

»Es ist nichts«, wiederholte sie.

Martinique rückte näher und legte ihr vorsichtig einen Arm um die Schultern.

»Okay«, sagte sie. »Du brauchst nichts zu sagen. Wir können einfach nur hier sitzen.«

Angela seufzte.

»Es ist nur ...«

Sie verstummte. Geduldig wartete Martinique auf die Fortsetzung.

»Ja?«

»Ich weiß manchmal nicht, was ich machen soll.«

Martinique gab sich so verständnisvoll wie möglich.

»Okay«, sagte sie ruhig. »Was meinst du genau?«

Angela zuckte die Achseln.

»Freunde und so.«

»War jemand gemein zu dir?«

Angela warf ihr einen empörten Blick zu.

»Nein, Mama!«

»Okay, entschuldige. Was ist dann schwierig, mit Freunden und so?«

Martinique hörte, wie ihre Tochter langsam die Luft ausstieß.

»Ich weiß nicht. Manchmal verstehe ich es einfach nicht. Birdie behauptet, dass wir beste Freundinnen sind, aber Tyler ist auch manchmal mit dabei, und für mich ist das eigentlich okay, weil ich ihn auch mag. Aber heute habe ich mitgekriegt, dass Birdie und Tyler ohne mich im Kino waren. Zwar in einen Film, den ich gar nicht sehen wollte, aber trotzdem, es fühlt sich so …«

Sie schluchzte leise und Martinique zog sie enger an sich. Erst spannte sie den Körper an, dann ließ sie sich doch umarmen.

»Und jetzt weiß ich nicht, was ich machen soll.«

Martinique legte die Wange an Angelas Kopf. Es tat weh, dass ihre Tochter sich außen vor fühlte, gleichzeitig war sie so froh, dass sie sich ihr endlich einmal wieder anvertraute.

»Du kannst Birdie doch sagen, dass du traurig bist, wenn sie sich allein mit Tyler trifft?«

Angela schnaubte.

»Und wenn sie mich dann anstrengend findet?«

Martinique streichelte ihr den Rücken,

»Das glaube ich nicht.«

Angela schwieg einen Moment, dann blickte sie mit blanken Augen auf.

»Danke, Mama.«

Martinique nahm vorsichtig ihre Hand.

»Ich bin immer für dich da, das weißt du doch, oder?«

Angela nickte.

»Ich meine es ernst. Du kannst mir alles sagen, ich werde nicht böse. Es ist besser, wenn wir wissen, was mit dir los ist, damit wir dir helfen können.«

Sie sah ihrer Tochter in die Augen. Wenn Angela ihr jetzt nicht erzählte, was passiert war, würde sie es vermutlich nie erfahren.

»Da ist noch was«, sagte Angela plötzlich und wendete sich von ihr ab.

»Was denn?«

Angela schwieg und starrte in die Luft.

»Ich habe was Dummes gemacht, aber ich wollte es dir nicht erzählen.«

Martinique schluckte.

»Warum?«

»Ich weiß nicht. Weil ich dachte, dass du sauer wirst. Und weil ich mich so geschämt habe. Du hattest ja gesagt, dass ich nicht darf, und dann habe ich es doch gemacht.«

Martinique holte tief Luft, gleichzeitig dachte sie fieberhaft nach, was sie Angela verboten haben könnte.

»Was meinst du damit?«, fragte sie so leichthin wie möglich.

Angela zog die Nase kraus, dann schob sie den Pullover hoch und entblößte ihren Bauch. Ein weißer Verband wurde sichtbar.

Martinique zuckte zusammen, doch sie bemühte sich, nicht zu zeigen, wie sehr sie erschrak.

»Oh, was ist denn da passiert?«

Angela strich sich mit der Hand über den Bauch.

»Ich habe mir den Nabel gepierct.«

»Selbst?!«

Angela seufzte.

»Du brauchst nicht so zu schreien.«

»Entschuldige. Hast du das selbst gemacht?«, fragte sie vorwurfsvoll.

»Nein, eine Freundin hat mir geholfen.«

Martinique massierte sich den Nacken. *Eine Freundin,* dachte sie. *Das macht es natürlich viel besser.*

»Tat es weh?«

Angela nickte.

»Ja, und dann hat es sich auch noch entzündet.«

»Aber warum hast du denn nichts gesagt? Ich hätte dir doch geholfen.«

»Ich habe es Papa gesagt, und er hat mich zum Arzt gefahren.«

»Okay. Und was hat der Arzt gesagt?«

»Dass die Wunde nicht so tief ist und dass sie heilen wird.«

Martinique biss sich auf die Unterlippe. Am liebsten hätte sie Angela gesagt, wie gefährlich so etwas sein konnte, aber als sie die grimmige Miene ihrer Tochter sah, ließ sie es lieber sein.

»Gut, dass Papa dir geholfen hat«, sagte sie nur. Dann sah sie auf der Küchenuhr, wie spät es war. »Es tut mir leid, aber ich muss noch mal in die Buchhandlung, wir haben heute Abend eine Lesung.«

Angela zupfte an ihrem Ohrring.

»Wer kommt denn?«

Martinique lächelte. Es war das erste Mal seit Wochen, dass ihre Tochter sie etwas anderes fragte als: *Hast du mal zehn Pfund für mich?* Oder: *Was gibt es heute zu essen?*

»J. K. Rowling.«

Angela strahlte.

»Wow! Die hat doch Harry Potter geschrieben!«

»Genau!« Martinique stand auf. »Willst du mit?«

Angela schien kurz zu überlegen, dann stand sie ebenfalls auf.

»Ja, warum nicht?«

Martinique wurde ganz warm ums Herz. Angela wollte mit ihr in die Buchhandlung, dann konnte sie sie nicht so sehr hassen, wie sie befürchtet hatte.

»Es gibt Zimtschnecken«, sagte sie. »Und wenn du richtig Hunger hast, können wir Pizza bestellen.«

Angela lachte.

»Ich habe doch schon ja gesagt, Mama. Du brauchst mich nicht zu überreden.«

Martinique zog Angela noch einmal an sich, und die ließ sich widerwillig umarmen.

»Gut, das reicht, sonst überlege ich es mir doch noch anders.«

»Ja, klar, entschuldige«, sagte Martinique und versuchte zu verbergen, wie glücklich sie war, damit Angela sich nicht genierte und vielleicht doch lieber zu Hause blieb.

*

Sam, Martinique und Charlotte standen schweigend da und blickten über das Menschenmeer, das die Buchhandlungfüllte. Da gab es Rentner in Rollstühlen, Frauen mittleren Alters mit hohen Absätzen und leuchtend bunten Halstüchern, Väter mit Schulkindern und junge Erwachsene in schwarzen Mänteln und gelb-weinrot gestreiften Schals, den Farben Gryffindors.

Die einhundertsechzig Eintrittskarten, die Sam gemacht hatte, waren längst ausverkauft. Als Charlotte hörte, wie viele dieser kleinen Karten Sam gedruckt und dann ausgeschnitten hatte, hatte sie über ihren Optimismus gelacht. Jetzt zeigte sich, dass Sam recht gehabt hatte, sie brauchten sogar noch mehr.

Noch nie zuvor waren so viele Leute auf einmal in der Buchhandlung gewesen, und Charlotte vermutete, dass sie allen Brandschutzregeln zuwiderhandelten, aber das musste diesmal egal sein.

Ein paar Stunden vor der Lesung versammelten sich bereits die Ersten auf der Straße vor dem Laden, und Sam und Charlotte sahen ein, dass sie den Raum komplett umorganisieren mussten. Sie hatten die Module, die in der Mitte standen, verschoben und einen Signiertisch organisiert. Darunter wartete ein Teil der fünfhundert Harry-Potter-Bücher, die Sam und William mit viel Mühe aus Saras Wohnung die Treppe heruntergeschleppt beziehungsweise aus ungeöffneten Kartons zusammengesucht hatten. Außerdem war es ihnen gelungen, ein paar weitere Plätze zu schaffen, indem sie alle im Haus auffindbaren Tische und Stühle herbeitrugen.

Es war Sam, die William um Hilfe gebeten hatte. Als er in den Laden herunterkam, dachte Charlotte, er hätte ihr vielleicht verziehen, aber sobald sie ihm etwas zu sagen versuchte, murmelte er nur beleidigt vor sich hin und ging weg. Auch hatte er nicht auf die Nachrichten geantwortet, die sie ihm geschickt hatte, sodass sie einsah, dass sie ein ernstes Gespräch würden führen müssen, sobald der große Abend vorbei war.

In der Küche stapelten sich Berge von Zimtschnecken, und Martiniques Tochter Angela half beim Kochen und Ausschenken des Kaffees. J. K. Rowling war eine halbe Stunde vor Beginn mit dem Taxi angekommen und hatte sich einmal durch den Laden führen lassen, bevor ihr Tee und schwedisches Gebäck serviert wurden. Jetzt stand sie mit ihrer Assistentin ein wenig abseits und wartete darauf, vorgestellt zu werden. Sam sollte ihr die Fragen stellen, aber zunächst wollte Charlotte alle willkommen heißen.

Ihr Herz klopfte wie wild, als sie feststellte, dass es schon fast sechs Uhr war, und sie warf Martinique einen ängstlichen Blick zu. Diese nickte beruhigend. Etwas weiter hinten im Publikum entdeckte Charlotte eine Frau mit einem kleinen Krähennest auf dem Kopf. Sie unterhielt sich angeregt mit einem Mann in dunklem Anzug, und es dauerte ein paar Sekunden, bevor sie erkannte, dass es Mac war. Verblüfft lächelte sie in sich hinein. Parnella, die gleich dahinter stand, hob den Daumen, worauf sie sich schon viel mutiger fühlte.

Die erbsengrüne Treppe diente heute Abend als Bühne, und Charlotte erklomm sie mit vorsichtigem Schritt. Als sie sich umdrehte, verstummte das Murmeln. Sie versuchte einen raschen Überblick zu gewinnen, wie viele gekommen waren, doch bei zweihundert hörte sie auf zu zählen. Die Leute standen bis auf die Straße hinaus, und William hatte freiwillig die Aufgabe des Türstehers übernommen. Charlotte biss sich auf die Unterlippe. Es wurde Zeit.

»Guten Abend und herzlich willkommen«, sagte sie, verstummte aber, als sie merkte, wie sie sich verhaspelte. Zahllose neugierige Blicke richteten sich auf sie, und Charlotte spürte, wie ihr der Schweiß ausbrach. »Ich heiße Charlotte Rydberg, und einige von Ihnen kannten bestimmt meine Tante, Sara Rydberg, die diese Buchhandlung über dreißig Jahre geführt hat. Nach ihrem Tod vor ein paar Wochen habe ich die Buchhandlung übernommen.«

Sie räusperte sich und suchte noch einmal Martiniques Blick, bevor sie fortfuhr.

»Wenn ich ehrlich sein soll, wusste ich sehr wenig über Bücher, als ich den Laden hier übernahm, und noch weniger wusste ich darüber, wie der Buchhandel funktioniert. Aber dank der großartigen Hilfe meiner Kolleginnen Sam und Martinique habe ich die wunderbare Welt der Literatur kennengelernt und wie wichtig sie für unser Leben ist. Der Riverside Bookshop ist ein besonderer Ort, und ich bin sehr dankbar, hier jeden Tag arbeiten zu dürfen. Die Buchhandlung steht allen offen, und wir heißen jede und jeden willkommen, egal, ob auf der Suche nach Leseempfehlungen, Gesellschaft oder den besten Zimtschnecken der Welt. Durch Sie alle wird die Buchhandlung zu dem, was sie ist, und ich hoffe, dass Sie uns auch weiterhin besuchen und unterstützen. Und damit möchte ich das Wort an Sam übergeben, die Ihnen die Autorin des Abends, J. K. Rowling, vorstellen wird.«

Ein Raunen ging durch das Publikum, und auf dem Weg die Treppe hinunter fing Charlotte Williams Blick auf. Eine halbe Sekunde sahen sie sich an, dann war Charlotte unten angelangt und fremde Gesichter und Zauberhüte kamen dazwischen.

Der Rest des Abends verlief wie am Schnürchen. Charlotte, Martinique und Angela verkauften Bücher und servierten Zimtschnecken und Kaffee, und das Piepen der Kasse begleitete ihr Geschirrklappern und den Geräuschteppich der vielen Leute, die redeten und lachten.

Die Schlange vor dem Signiertisch schien gar kein Ende nehmen zu wollen, und für einen Moment befürchtete Charlotte, sie müssten die Buchhandlung die ganze Nacht geöffnet halten. Sie war sehr dankbar, dass Sam genau zu wissen schien, wie eine

Signierstunde ablief, und sich die ganze Zeit aufmerksam um J. K. Rowling kümmerte. Das einzige Mal, dass sie unruhig wurde, war, als Sam ihren Pullover über der Schulter herunterzog, um ihre Tätowierung zu zeigen, und sie hoffte, ihre Kollegin sagte jetzt nichts Unpassendes oder versuchte, die arme Harry-Potter-Autorin anzubaggern.

Als um halb neun die letzten Gäste die Buchhandlung verließen und J. K. Rowling mit einer Tüte Zimtschnecken, die Martinique ihr förmlich aufdrängen musste, ins Hotel zurückgefahren war, trafen sich alle bis auf William, der wieder in seiner Wohnung verschwunden war, an der Theke. Sam machte die Kasse, Angela wischte die Tische ab, und Charlotte und Martinique sammelten die leeren Kaffeetassen ein.

»Sie war so unglaublich nett«, zwitscherte Martinique begeistert.

»Ja, das stimmt! Wäre ich nicht schon liiert, hätte ich glatt um ihre Hand angehalten«, sagte Sam und grinste.

Charlotte warf ihr einen strengen Blick zu.

»Du hast doch nichts Dummes zu ihr gesagt?«

Sam kratzte sich im Nacken.

»Ich habe sie nur gefragt, ob sie mit mir in der Leseecke knutschen will, aber sie hat leider nein gesagt.«

Als Charlotte entsetzt die Augen aufriss, lachte Sam schallend.

»Beruhige dich, ich habe nur Spaß gemacht.«

Martinique schloss den Deckel der Dose mit den übriggebliebenen Zimtschnecken.

»Habt ihr mitbekommen, dass ein Journalist vom *Daily Telegraph* da war?«

Charlotte ließ sich erschöpft auf einen Kinderstuhl sinken.

»Ja, ich habe mit ihm gesprochen.«

»Wirklich?«, sagte Martinique und wischte die letzten Krümel von der Theke.

Charlotte nickte.

»Ja. Er meinte, er würde einen Artikel zu Londons angesagtester kleiner Buchhandlung schreiben.«

Sam lächelte breit.

»Super! Das lockt bestimmt noch weitere Kunden an.«

»Wollen wir es hoffen.« Charlotte sah sich um. »Was für ein großartiger Abend. Vielen Dank für eure Hilfe!«

»Wir haben zu danken«, sagte Martinique. »Das könnte der Beginn einer besseren Zukunft gewesen sein.«

Charlotte massierte sich den schmerzenden Nacken. Sie hoffte inständig, Martinique möge recht behalten.

»Und danke auch dir, Angela«, sagte sie mit Nachdruck. »Du müsstest eigentlich auch eine kleine Entschädigung bekommen.«

Angela hielt ein Buch hoch.

»Ich habe ein signiertes Exemplar von *Harry Potter und das verwunschene Kind* bekommen, damit bin ich völlig zufrieden.«

Martinique legte stolz einen Arm um ihre Tochter, und Charlotte war so gerührt, dass ihr Tränen in die Augen traten. Ihre Mutter hätte das hier geliebt.

Trotz der Aufregung der letzten Stunden lag Tennyson auf seinem gewohnten Platz. Charlotte hatte sich zunächst Sorgen gemacht, die vielen Leute könnten ihm Angst machen, doch als sie hereinströmten, stolzierte er nur mit erhobenem Schwanz umher und ließ sich bewundern. Als der Andrang am größten war, zog er auf die Treppe um, wo er sich zufrieden das Fell leckte, während das Publikum ihn mit einem Chor aus Ahs und Ohs bestaunte.

»Okay«, sagte Sam plötzlich laut. »Kann sein, dass ich verrückt geworden bin, aber wie es aussieht, haben wir heute Abend über zehntausend Pfund eingenommen.«

Charlotte stand auf.

»Wie bitte?«

Martinique rechnete laut nach.

»Hundertsechzig Eintrittskarten zu zehn Pfund das Stück und etwa fünfhundert Bücher für jeweils zwanzig Pfund«, sie streckte die Finger in die Luft. »Plus ein paar hundert Zimtschnecken und Kaffee dazu – ja, das könnte hinkommen.«

»Das ist ja Wahnsinn!«, rief Sam. »Dann schaffen wir es doch, oder?«

Charlotte konnte nicht anders als nicken.

»Ja, zumindest für eine Weile.«

Sie lächelte, als Sam und Martinique sich in die Arme fielen. Morgen würde sie mit ihrer besten Verhandlungsstimme die Bank anrufen. Wenn sie einen so großen Teil des Geldes flüssig hatten, musste dieser Carl Chambers sich doch auf einen Tilgungsplan einlassen, alles andere wäre ein Dienstvergehen, wie Alex zu sagen pflegte.

Die Erinnerung ließ sie auflachen. Alex und seine Ausdrücke! Dann dachte sie an William. Sie musste mit ihm reden und ihm erklären, warum sie ihm nichts über die finanzielle Situation der Buchhandlung gesagt hatte. Er würde es verstehen, da war sie sich sicher. Allerdings wollte sie sich dieses Gespräch lieber für morgen aufheben, denn jetzt war sie so müde, dass sie kaum noch die Augen offenhalten konnte.

36

DONNERSTAG, 19. OKTOBER

Martinique schlug die Zeitung auf. Das Papier raschelte.

»Da!«, rief sie plötzlich so laut, dass Charlotte sich beinahe an ihrem Morgentee verschluckte.

Sie beugten sich beide über die Zeitung. Zu sehen war ein großes Foto ihres Schaufensters mit Sams Motto im Fokus. Daneben zwei kleinere Bilder von J.K. Rowling und eines, das zeigte, wie voll es gestern bei ihnen gewesen war.

»Charmante Buchhandlung lädt zum feierlichen Neustart ein«, las Martinique laut. *»Gestern Abend fand im Riverside Bookshop eine gutbesuchte Autorenlesung statt. J.K. Rowling sprach über ihren achten Harry-Potter-Band und wurde begeistert empfangen.«* Sie überflog den Text und las dann weiter. *»Den Riverside Bookshop am Ufer der Themse gibt es bereits seit über hundert Jahren, und er hat es geschafft, seinen antiken Charme zu bewahren. Das Mobiliar aus der Jahrhundertwende in Kombination mit den deckenhohen Bücherregalen, Leitern und rustikalen Möbeln schafft eine geradezu magische Atmosphäre. Vor kurzem wurde hier auch ein kleines Café eröffnet, in dem schwedisches »Fika« angeboten wird, und das fachkundige Team entführt seine Besucher gerne in die Welt der Bücher. Laut der neuen Eigentümerin Charlotte Rydberg sollen Lesungen künftig ein fester Bestandteil des Programms werden. Sie hofft, dass die Buchhandlung dadurch ein lebendiger Teil der näheren Umgebung bleibt. Soll-*

ten Sie einmal in Southbank zu tun haben, kann ich einen Besuch in einer der nettesten Buchhandlungen Londons nur empfehlen.«

Sie sahen einander an, dann stieß Martinique einen Schrei aus.

»Mein Gott, Charlotte! Das ist ja fantastisch.«

Sie schlang ihr die Arme um den Hals, und Charlotte umarmte sie, so gut sie konnte. An so einem Tag war es einfach nur schön, auf der Welt zu sein.

»Ja, diesen Artikel müssen wir uns einrahmen!«, sagte sie.

Das Klingeln ihres Handys riss sie aus dem Freudentaumel. Die Bank.

Charlotte schluckte. Sie hätte dieses Gespräch gerne gründlich vorbereitet, andererseits wäre es auch gut, es endlich hinter sich zu bringen. Einen Moment starrte sie die Nummer an, dann entschuldigte sie sich und eilte ins Büro.

»Ja, Charlotte hier«, sagte sie und versuchte ein wenig tiefer zu sprechen, um autoritärer zu klingen.

»Hallo, Charlotte, Carl Chambers von der Westminster Bank. Wie gut, dass ich Sie endlich erreiche, es wird höchste Zeit, dass wir einen Termin vereinbaren.«

Charlotte räusperte sich.

»Ja, ich habe ebenfalls etwas mit Ihnen zu besprechen. Ich möchte Ihnen einen Vorschlag machen.«

Für einen Moment herrschte Schweigen.

»Was denn für einen Vorschlag?«

Charlotte rüstete sich. Das war ihre einzige Chance, die Buchhandlung zu retten. Wenn die Bank sich nicht darauf einließ, den Kredit zu verlängern, war es völlig egal, wie viele Bücher oder Zimtschnecken sie verkauften. Jetzt galt es, zu überzeugen.

»Wie Sie wissen, habe ich die Buchhandlung vor gut sechs Wochen übernommen. Sie stand ziemlich schlecht da, aber nachdem ich alle Unterlagen durchgegangen bin und einen Plan aufgestellt habe, glaube ich, dass das Unternehmen zu retten ist. Ich bin dabei, Kapital freizumachen, indem ich unverkaufte Bücher zurückschicke, außerdem ist es uns in den letzten Wochen gelungen, den Umsatz um ein Vielfaches zu steigern. Ich werde heute eine Einzahlung von zehntausend Pfund tätigen und hoffe, wir können uns anschließend auf einen Tilgungsplan für den Rest der Summe einigen, den wir Ihnen noch schulden.«

Sie hörte Carl Chambers auf der anderen Seite atmen.

»Die Konkurrenz im Buchhandel ist sehr groß«, sagte er tonlos. »Es bedarf einiges, um sich zu halten. Ich bin mir nicht sicher, ob meine Bank bereit ist, dieses Risiko mitzutragen.«

Charlotte umklammerte das Telefon.

»Wir sind Profis auf unserem Gebiet und merken deutlich, dass es einen Markt und Potential gibt. Gestern hatten wir hier eine Veranstaltung, bei der wir beinahe fünfhundert Bücher verkauft haben.«

»Das klingt ja ganz nett, aber wir müssen langfristig denken.«

»Das tun wir auch. Auch auf lange Sicht werden wir hier in der Gegend gebraucht. Wir sind ein Treffpunkt für Jung und Alt, außerdem hat uns der *Daily Telegraph* heute ›eine der nettesten Buchhandlungen der Stadt‹ genannt. Es würde die Redaktion sicher erstaunen zu erfahren, dass die Westminster Bank nicht bereit ist, ein aufsteigendes lokales Unternehmen zu unterstützen.«

Carl Chambers seufzte.

»Ich kann Ihnen den Artikel schicken, wenn sie wollen«, schob sie hinterher.

»Nicht nötig«, sagte er resigniert. »Wenn Sie die zehntausend Pfund flüssig haben und heute einzahlen, können wir uns sicher über den Rest einig werden.«

Charlotte schloss die Augen. Am liebsten hätte sie laut geschrien, ließ es aber lieber sein.

»Gut«, sagte sie mit fester Stimme.

Carl Chambers tippte etwas in seinen Computer.

»Ich würde Sie dennoch gerne treffen, damit wir die Konditionen besprechen können.«

Charlotte nickte. Sie war so aufgekratzt, dass sie kaum stillsitzen konnte und wippte unter dem Tisch mit den Zehen.

»Natürlich«, sagte sie und versuchte, ganz ruhig zu klingen, obwohl sie fast platzte vor Freude.

Nach dem Gespräch fühlte Charlotte sich geradezu euphorisch. Zwar gab es keine Garantie, dass der Laden sich langfristig halten konnte, aber fürs Erste schien die Buchhandlung gerettet. Sie hatten es gemeinsam hinbekommen, sie war nicht gezwungen, c/o Charlotte deswegen zu verkaufen.

Auf dem Stuhl sitzend vollführte sie einen kleinen Freudentanz, musste dann jedoch wieder an William denken. Seit Saras Anwalt in die Buchhandlung geplatzt war und von der Hamburger-Kette erzählt hatte, die das Haus kaufen wollte, hatten sie nicht mehr miteinander geredet. Sie hatte sich sehr allein gefühlt, als sie ohne ihn zu Bett gehen musste.

Charlotte blickte zur Decke. Wahrscheinlich saß er oben und arbeitete an seinem Manuskript. Sie mochte es, ihm zuzusehen, wenn er an seinem abgenutzten Schreibtisch saß, auf seinem Laptop schrieb und dabei konzentriert brummte. Noch immer konnte sie nur schwer begreifen, was zwischen ihr und William geschehen war, und sie sehnte sich danach, sich mit ihm zu vertragen und ihn wieder zu küssen.

Bestimmt war William wütend auf sie, aber wenn sie die Chance bekam, ihm zu erklären, wie alles zusammenhing, würde er es bestimmt verstehen, und falls nicht, musste sie ihm zeigen, wie leid es ihr tat. Sie hatte bereits ein paar Dinge entdeckt, von denen sie wusste, dass er sie sehr mochte.

Sie spürte die Erregung im ganzen Körper und lächelte. Vielleicht sollte sie jetzt gleich zu ihm hoch gehen, sich heranschleichen und ihm von hinten die Arme um den Hals schlingen, ihre Hände unter das zerknitterte T-Shirt schieben, das er bestimmt trug.

Der Gedanke beflügelte sie. Charlotte wollte ihm erzählen, wie gut es mit der Bank gelaufen war und dass keine billige Fastfoodkette Hand an ihre Buchhandlung legen würde. Es war alles nur ein Missverständnis gewesen.

Auf dem Weg zur Treppe entdeckte sie William in der Küche der Buchhandlung. Er stand an der Kaffeemaschine und machte irgendetwas. Leise schlich sie hin und lehnte sich an den Türrahmen.

»Guten Morgen.«

William warf ihr einen kurzen Blick zu.

»Ich ziehe aus, so schnell ich kann.«

Charlotte erstarrte.

»Wie bitte? Warum das denn?«

Er antwortete nicht, sondern nahm sich eine weiße Tasse und schenkte sich Kaffee ein.

»William«, sagte sie. »Warum?«

»Meine Schwester hat ein Gästezimmer, da kann ich erst mal wohnen.«

Sie machte einen Schritt auf ihn zu, blieb jedoch stehen, als er zurückwich.

»Ich verstehe das nicht. Ich dachte, du und ich ... was passiert eigentlich gerade?«

Er starrte in seinen Kaffee.

»Ich habe deinen Plan an der Innenseite des Flurschranks gesehen«, sagte er und zuckte entschuldigend mit den Schultern. »Ich hatte etwas gesucht, um all die Harry-Potter-Bücher runterzutragen. Und da habe ich deine Notizen gelesen.«

Er sah so verletzt aus, dass Charlotte ihn am liebsten in die Arme genommen hätte. Sie seufzte. Diesen Zettel hatte sie völlig vergessen. Was hatte sie da bloß geschrieben? Dass sie ihn rauswerfen wollte? Oder schlimmer noch: dass er ein Problem war?

»Es tut mir leid«, sagte sie leise. »Ich habe das vor langer Zeit geschrieben, bevor wir uns näher kennengelernt hatten. Es waren nur Überlegungen.«

William nickte.

»Du hattest aber durchaus recht. Ich kann hier nicht einfach wohnen, ohne eine angemessene Miete zu bezahlen. Aber ich hatte gedacht, das zwischen uns wäre etwas Ernstes!«

»Ist es doch auch!«, protestierte sie.

Er sah sie an, und es schnitt ihr ins Herz.

»Du hast mich angelogen. Du hattest vor, wieder nach Schweden zurückzugehen, oder? Du wolltest nur noch abwarten, bis die Buchhandlung verkauft ist.«

»Nein, das ist nicht wahr. Zu Anfang vielleicht. Aber je besser ich euch kennengelernt habe ...« Sie verstummte. William hatte ja zumindest teilweise recht. Wie dumm von ihr, dass sie nicht einfach gesagt hatte, wie es ihr ging! »Ich wollte dich niemals anlügen«, fuhr sie fort. »Ich wusste nicht, wie ich es machen sollte. Aber ich will mit dir zusammen sein, ich will hierbleiben.«

William fuhr sich durch das ungekämmte Haar. Ihr kam es vor, als fiele der Boden zu ihm hin ab, und sie musste sich zurückhalten, um nicht die Hand auszustrecken und ihn zu berühren.

»Ich muss eine Weile weg.«

Er nahm seine Kaffeetasse und ging, hielt aber direkt neben ihr inne.

»Ganz hinten unter Saras Bett habe ich übrigens einen Schuhkarton voller alter Briefe gefunden. Ich habe ihn neben den Wohnzimmertisch gestellt«, sagte er und lächelte steif.

Charlotte stützte sich an der Wand ab. Der Raum schien sich zu drehen, und sie ließ sich auf einen Stuhl niedersinken. Hunderte Gedanken rasten ihr durch den Kopf, aber ihr fiel keine Antwort ein. Es war, als ließen sich die Worte in ihrem Mund nicht formen.

Über die Schulter sah Charlotte William die Treppe hinauf verschwinden, und es fühlte sich an, als würde etwas in ihr zerbrechen.

*

Trotz der guten Nachrichten bezüglich der Buchhandlung konnte Charlotte nicht aufhören, an William zu denken. Das Gespräch in der Küche war gründlich schiefgelaufen, und den Rest des Tages ging sie umher wie in einem wirren Nebel.

Nachdem sie ein paar Stunden versucht hatte, im Büro zu arbeiten, ging sie in Saras Wohnung hinauf. Im Flur öffnete sie als Erstes den Schrank und riss den Plan herunter, den sie mit Tesafilm innen an der Tür befestigt hatte. Wütend zerriss sie das Blatt und stopfte die Fetzen in den Mülleimer, dann kauerte sie sich aufs Sofa.

Sie fühlte sich von ihren Gefühlen überwältigt. Das Glück, das sie eigentlich aufgrund der Vereinbarung mit der Bank hätte empfinden müssen, war im Schatten dessen, was mit William passiert war, verblasst. Es war so typisch, dass sie erst begriff, wie viel ihr etwas bedeutete, wenn sie dabei war, es zu verlieren.

Sie presste sich ein Sofakissen an die Brust, während ihr die Tränen lautlos über die Wangen strömten. Bedeutete es, dass William sie niemals wiedersehen wollte? Hatte sie auch ihn schon wieder verloren?

Sie nahm ihr Handy und begann, eine Nachricht an ihn zu schreiben, kam jedoch davon ab, als sie den kleinen grauen Karton neben dem Wohnzimmertisch entdeckte. Es musste der sein, den William unter Saras Bett gefunden hatte.

Charlotte beugte sich vor und öffnete den Deckel. Darin lagen unzählige ungeöffneter Briefe. Sie nahm auf gut Glück ein paar heraus und legte sie auf den Tisch. Einige waren an Sara adressiert, andere an Daniel, aber alle waren an die Adresse 187, Riverside Drive geschickt worden. Als sie sie umdrehte und den Absender las, zuckte sie zusammen. Sie stammten alle von ihrer Mutter.

Charlotte rieb sich die Augen. Wenn ihre Mutter sowohl Sara als auch Daniel geschrieben hatte, enthielten sie vielleicht endlich eine Erklärung für all die offenen Fragen?

Sie atmete schneller und öffnete einen an Sara adressierten Brief. Ihre Finger zitterten. Hatte sie überhaupt das Recht, sie zu lesen? Sie zögerte, aber etwas sagte ihr, dass diese Briefe mit ihr zu tun hatten. Sie musste einfach wissen, was darin stand, sie konnte nicht anders.

Das spröde Papier raschelte, als sie es vorsichtig entfaltete und den Blick über die ordentliche Schrift ihrer Mutter gleiten ließ.

Gårdstånga, 20. Juni 1983

Sara,

Ich schreibe Dir von meiner eigenen kleinen Wohnung in einem kleinen Ort namens Gårdstånga in Schonen aus. Es ist nichts Besonderes, nur ein Zimmer mit Kochnische, aber es gehört mir. Ich möchte, dass Du weißt, dass alles gutgegangen ist und dass ich Dir nicht böse bin. Ich weiß, dass Du wütend auf mich bist, und dazu hast Du alles Recht der Welt. Daniel und ich wollten Dich nicht verletzen, alles, was ich Dir an jenem Tag gesagt habe, ist wahr. Hätte ich ihn nicht geliebt, wäre es nicht passiert, aber gegen seine Gefühle ist man machtlos.

Charlotte schlug sich die Hand vor den Mund. Ihre Mutter hatte sich in Saras Freund verliebt? Dann war es nicht verwunderlich, dass Sara jeglichen Kontakt mit ihr abgebrochen hatte. Sie las weiter.

Ich weiß nicht, was ich Dir schreiben soll, außer dass ich hoffe, dass Du mir vergeben kannst. Was wir getan haben, ist schlimm, und könnte ich es ungeschehen machen, würde ich es tun. Ich muss Daniel erreichen. Weißt Du, ob er meine Briefe liest? Mir ist klar, dass das schwierig für Dich ist, aber um des Kindes willen muss ich Kontakt zu ihm aufnehmen. Der Geburtstermin ist Ende Oktober, und es wäre schön, wenn er dann herkommen und dabei sein könnte (und Du natürlich auch, wenn Du möchtest). Die Hebamme hat gesagt, in der ersten Zeit würde ich jede Menge Hilfe brauchen.

Ich würde mich freuen, von Dir zu hören! Ich vermisse und liebe Dich.

Deine Kristina

Charlotte legte den Brief beiseite und holte tief Luft. Ihr Herz klopfte heftig, und es rauschte in ihren Ohren. Das Kind? War damit *sie* gemeint? War Saras Freund Daniel ihr Vater? Sie schaute auf das Datum. Eindeutig, ihre Mutter hatte den Brief wenige Monate vor ihrer Geburt geschrieben. Um wen sollte es sich also sonst handeln?

Charlotte stand auf und holte das Foto, das vor Saras Schlafzimmer an der Wand hing. Dann setzte sie sich wieder aufs Sofa. Es fühlte sich merkwürdig an, so wenig über die eigene Vergangenheit zu wissen und immer nur Vermutungen anstellen zu können. Als würde man sich nachts in einem fremden Zimmer vorantasten.

Lange betrachtete sie den jungen Mann auf dem Foto. Ihre Gefühle fuhren Achterbahn und es fiel ihr schwer, sich zu konzentrieren. Sah so ihr biologischer Vater aus? War der Mann auf dem Foto ihr leiblicher Vater?

Charlotte schluckte, dann öffnete sie einen weiteren Brief, der auf den August desselben Jahres datiert war.

An Sara.

Danke, dass Du auf meinen Brief geantwortet hast! Es tut mir sehr leid, dass Daniel ausgezogen ist. Bist Du Dir wirklich sicher, dass er in der IRA ist? Ich kann es mir eigentlich nicht vorstellen, es sieht ihm so gar nicht ähnlich. Und ich kann auch nicht glauben, dass er nichts mit unserem Kind zu tun haben will. Was genau hat er gesagt, als Du es ihm erzählt hast? Könnte es nur ein Missverständnis sein? Auch wenn das, was Du schreibst, mich sehr verletzt hat, muss ich doch Kontakt zu ihm aufnehmen. Hast Du seine neue Adresse? Ich werde ihm weiter schreiben. Bitte gib Daniel meine Briefe, wenn Du ihn wiedersiehst.

Deine Kristina

Charlotte schloss die Augen und legte den Kopf zurück. Tränen liefen ihr über die Wangen und sie wischte sie schnell fort. Deshalb also hatte ihre Mutter ihr nie etwas von Daniel erzählt. Er wollte nichts mit ihr zu tun haben.

Charlotte versuchte durchzuatmen, aber die Brust wurde ihr eng und sie schluchzte wider Willen. Warum wollte Daniel nichts von ihr und ihrer Mutter wissen? Was genau war passiert, und stimmte es, dass Daniel Verbindungen zur IRA gehabt hatte?

Sie nahm erneut das Foto in die Hand und betrachtete es unter Tränen. Ein Schauer lief ihr über den Rücken, wenn sie sich vorzustellen versuchte, wie dieser junge Mann gefühlt und gedacht hatte. Vielleicht fand er, ein Kind brächte nur Schwierigkeiten? Oder war er gar nicht in Kristina verliebt gewesen?

Als sie die Unterschrift ihrer Mutter sah, spürte sie einen Klumpen im Magen. Charlotte hatte immer gewusst, dass sie sich allein hatte durchschlagen müssen, aber dass sie so im Stich gelassen worden war, erschien ihr furchtbar. Wie hatte sie es nur geschafft, sich ohne Hilfe um sie zu kümmern?

Plötzlich wurde sie wütend auf Daniel. Sie wünschte, sie könnte ihm sagen, was sie empfand. Dass das, was er getan hatte, abscheulich war und sie sehr gut ohne ihn zurechtgekommen waren.

Charlotte schnäuzte sich und betrachtete noch einmal das Foto. Es gab gewisse Ähnlichkeiten, das sah sie jetzt. Ihr markantes Kinn und die vollen Lippen hatte sie von ihm.

Ihre Wut legte sich, und Charlotte überlegte, wie es wäre, ihn zu treffen. Würde er sie als seine Tochter erkennen?

Sie wischte sich über die Wangen, als ihr plötzlich ein weiterer Gedanke kam. Daniel könnte noch am Leben sein. Hatte Sara gewollt, dass sie hierherkam, um genau das zu entdecken?

Charlotte sprang auf und ging in der Wohnung auf und ab. Dann nahm sie entschlossen ihr Handy und öffnete das Suchfenster, während sie gleichzeitig rechnete. Daniel schien ein paar Jahre älter zu sein als ihre Mutter und Sara, also musste er, wenn er noch lebte, in seinen Sechzigern sein.

Zitternd schrieb sie »Daniel O'Connor + London« und drückte auf Suchen. Es dauerte eine Zehntelsekunde, dann hatte sie zweiundzwanzig Millionen Treffer im Display.

37

MITTWOCH, 18. APRIL 1984

Im selben Moment, in dem Sara die Wohnungstür öffnet, merkt sie, dass etwas nicht stimmt. Schuhe und Kleider liegen wild durcheinander im Flur, und im Schlafzimmer hört sie jemanden rumoren.

»Hallo?«, ruft sie. Dann fällt ihr ein, dass es ein Einbrecher sein könnte. Im Schlafzimmer wird es still, und Sara greift nach einem Schuh, um sich zu verteidigen. Ihr Körper ist angespannt und sie behält die Schlafzimmertür fest im Blick.

Als Daniel heraustritt, ist sie zunächst erleichtert, dann aber merkt sie, wie verstört er aussieht. Mit schweren Schritten und gesenktem Kopf kommt er auf sie zu, und Sara überlegt fieberhaft, was passiert sein könnte.

»Was ist los?«, fragt sie.

Daniel bleibt stehen und hält etwas Weißes hoch. Einen Umschlag. Sara schnappt nach Luft.

»Ich habe die Post reingeholt«, sagt er tonlos. »Und da war ein Brief von Kristina dabei.«

Sara weiß nicht, was sie darauf sagen soll. Langsam hängt sie ihre Jacke auf.

»Wusstest du darüber Bescheid?«

Ihre Blicke treffen sich, und Sara sieht, dass seine Augen blank sind. Sie geht auf ihn zu, doch er hebt abwehrend die Hände, damit sie ihm nicht zu nahe kommt.

»Sara«, sagt er eindringlich. »Wusstest du Bescheid?«

Sie räuspert sich, und Daniel schnaubt.

»Natürlich wusstest du es. Kristina schreibt ja, dass sie Unmengen von Briefen geschickt hat. Was hast du damit gemacht? Einfach weggeschmissen?«

»Ja«, lügt sie.

Er schüttelt den Kopf.

»Das waren meine Briefe. Sie waren an mich adressiert.«

Sara beißt sich auf die Lippen.

»Ich weiß. Entschuldige. Aber ich wusste, dass wir keine Chance haben, wenn du ständig an sie erinnert wirst.«

Daniel fährt sich durchs Haar.

»Weißt du alles? Alles, was in dem Brief steht?« Als sie nicht antwortet, wendet er sich ab. »Mensch, Sara, ich habe ein Kind, von dem ich bisher nichts wusste!«

Etwas in ihr erlischt, als er das sagt. Sara wankt und muss sich an der Wand abstützen.

»Was?«

»Du hast gehört, was ich gesagt habe. Ich bin Vater, und ich habe mein Kind noch nicht einmal gesehen.«

Sara holt Luft. Hat es überhaupt einen Sinn, so zu tun, als wüsste sie nichts? Kristina hat schon wieder alles kaputtgemacht, was ihr etwas bedeutet. Sie hat ihr ganzes Leben zerstört.

»Wenn du Vater bist, dann deshalb, weil du mich betrogen hast«, sagt sie anklagend.

Daniel nickt.

»Ja, aber wenn ein Kind im Spiel ist, ändert das alles.«

Sara steigen Tränen in die Augen.

»Es tut mir leid, dass ich die Briefe weggeworfen habe. Aber ich habe es aus Liebe zu dir getan.«

Daniel antwortet nicht, sondern starrt nur auf den Brief in seiner Hand.

»Ich muss jetzt gehen«, sagte er. »Ich muss nach Schweden.«

Sara schüttelt den Kopf.

»Nein, bitte, das darfst du nicht tun!«

»Tut mir leid, Sara, aber ich muss. Ich habe ein Kind, verstehst du nicht, dass das wichtiger ist?«

Als er wieder im Schlafzimmer verschwindet, sinkt sie zu Boden. Sie weint verzweifelt und bebt am ganzen Körper. Daniel darf sie nicht verlassen, das erträgt sie einfach nicht.

Beim Gedanken, dass er zu Kristina fährt, wird ihr schlecht. Daniel noch einmal an sie zu verlieren wäre mehr, als sie ertragen könnte.

Daniel kehrt in den Flur zurück. Er hat sich den gelben Rucksack über die Schulter geworfen und hält den Brief immer noch umklammert. Einen Augenblick bleibt er vor ihr stehen, bückt sich und legt tröstend die Hand auf ihre Schulter. Sara versucht, sie zu ergreifen, aber als sie sich nach ihm streckt, weicht er zurück.

»Tut mir leid«, murmelt er.

Es scheint ihm so leichtzufallen, sich von ihr abzuwenden. Was sie für ihn getan hat, scheint ihm gar nichts zu bedeuten. Wahrscheinlich liebt er sie kein bisschen. An die Wand gestützt, steht sie auf.

»Wenn du jetzt gehst, ist es aus zwischen uns.«

Er zuckt die Achseln.

»Ich habe keine Wahl.«

»Die hast du! Du kannst bei mir bleiben. Wir können weiterhin zusammen glücklich sein.«

Sara hört selbst, wie hysterisch sie klingt, und senkt die Stimme.

»Wir können gemeinsam eine Lösung finden. Wir können ihr schreiben und sagen, dass wir sie im Sommer gemeinsam besuchen werden, alle beide.«

Daniel zieht sich die Stiefel an.

»Das ist zu spät«, sagt er. »Ich muss jetzt fahren. Und zwar allein.«

Er wirft ihr einen letzten Blick zu, dann geht er hinaus und knallt die Tür.

Sara läuft hinterher, ihre Augen füllen sich erneut mit Tränen. Sie legt die Hände an den Türrahmen.

»Ich hasse dich«, flüstert sie. »Ich hasse euch, alle beide!«

Dann schlägt sie gegen die Tür, ballt die Fäuste und trommelt immer fester dagegen. »Ich hasse euch! So dürft ihr nicht mit mir umgehen. Ihr macht alles kaputt!«, brüllt sie.

Die Gefühle zerreißen sie. Wie konnte das geschehen? Warum verlässt sie ausgerechnet der Mensch, den sie am meisten auf der Welt liebt?

Sara schlägt immer weiter gegen die Tür. Der Schmerz in den Händen tut gut, er lenkt sie von der Angst ab, die in ihrem Innern wächst. *Das dürfen sie mir nicht antun*, denkt sie.

Als Bilder von Daniel und Kristina vor ihrem geistigen Auge vorbeiziehen, kann sie sich nicht mehr beherrschen und reißt das Regal neben der Tür um. Sollen sie jetzt etwa als glückliche Familie zusammenleben? Daniel, Kristina und das Kind?

Soll Kristina alles bekommen, was eigentlich für sie bestimmt war?

Sara tritt mit den Füßen gegen die Sachen, die aus dem Regal gefallen sind. Mützen und Handschuhe wirbeln durch die Luft. Es ist nicht fair – Daniel ist ihr Freund und soll Vater ihrer Kinder werden, nicht Kristinas.

Ihr Herz klopft wie wild und sie sinkt mitten in dem Chaos zu Boden. Noch immer weint sie, ihr Gesicht ist tränennass. Wie konnte ihre Schwester ihr das antun? Wie konnte sie Sara die Chance, Mutter zu werden, einfach wegnehmen? Alles, was sie sich wünschte, war, mit Daniel eine Familie zu gründen. Und jetzt ist sie verlassen und allein.

Eine Weile bleibt sie so sitzen, dann steht sie entschlossen auf. Sie muss etwas tun. Sie kann Daniel nicht einfach nach Schweden fahren lassen, sie hat nicht vor, ihn an Kristina zu verlieren.

Fieberhaft überlegt Sara, wie sie ihn aufhalten kann. Es dauert eine Weile, aber dann fällt ihr etwas ein.

Sie geht zum Telefon und greift nach dem roten Hörer. Sie weiß, dass es riskant ist, aber sie sieht keinen anderen Ausweg. Schließlich ist es nicht ihre Schuld, dass es so weit gekommen ist.

Behutsam nimmt sie den Hörer von der Gabel und versucht sich zu konzentrieren. Als sie sich sicher ist, was sie sagen will, steckt sie den Finger in die Wählscheibe und holt tief Luft. Dann wählt sie.

38

DONNERSTAG, 19. OKTOBER, SPÄTER

Charlotte starrte auf ihr Handy. Zweiundzwanzig Millionen Treffer. Sie würde ihren Vater niemals finden.

Wie unter Schock lehnte sie sich zurück. Ihr ganzes Leben hatte sie sich gefragt, wer ihr leiblicher Vater war, jedoch bald geahnt, dass ihre Mutter einen Grund hatte, es ihr zu verschweigen. Und jetzt wusste sie, woran es lag. Daniel hatte sie nicht gewollt, vor dieser Einsicht wollte Kristina sie beschützen.

Charlotte rieb sich die Stirn. Eine unendliche Leere tat sich in ihr auf. Sie hatte immer geglaubt, ihr Vater hätte nicht gewusst, dass es sie gab, und jetzt zeigte sich, dass er es sehr wohl gewusst hatte.

Erneut nahm sie das Foto zur Hand. Er sah nett aus, und sie fragte sich, ob er sie immer noch abweisen würde. Wenn sie ihn aufspürte, würde er sich dann weigern, sie zu treffen?

Sie schluckte und versuchte sich zu sammeln. Die Gefühle zerrissen sie förmlich. Sie brauchte jemanden zum Reden, es war zu viel, um es allein zu tragen.

Charlotte wusch sich das Gesicht mit kaltem Wasser ab und stolperte in die Buchhandlung hinunter. Als sie Martinique vor dem Büro entdeckte, kamen ihr erneut die Tränen.

Martinique eilte zu ihr, nahm sie in die Arme, und Charlotte schluchzte leise.

»Aber Liebes, was ist denn passiert?«

»Entschuldige«, sagte Charlotte kläglich. »Es ist nichts, ich habe nur …«

Als sie wankte, fing Martinique sie auf.

»Ist gut«, tröstete sie. »Das macht doch nichts.«

Charlotte atmete ein paarmal tief durch. Sie hatte nicht vorgehabt, so zusammenzubrechen.

»Möchtest du einen Tee?«

Sie nickte und ließ sich zu einem Stuhl in der Küche führen. Martinique schaltete den Wasserkocher ein und stellte Teetassen samt Untertellern bereit.

»Ich glaube, wir brauchen heute mal das feine Geschirr«, sagte sie liebevoll. »Und jetzt erzähl mal, was ist los?«

Charlotte warf einen Blick in den Laden, wo Sam noch an der Kasse stand.

»Es sind nur noch fünf Minuten bis Ladenschluss«, sagte Martinique. »Wenn noch jemand kommt, kann Sam sich darum kümmern.«

Müde sah Charlotte zu, wie Martinique die Teetassen füllte.

»Tee hilft gegen fast alles, hat Sara immer gesagt«, murmelte Martinique.

»Danke«, sagte Charlotte tonlos und nahm ihre Tasse entgegen.

Eine Weile saßen sie schweigend da und nippten an ihrem Tee, der nach Zitrone und Bergamotte schmeckte. Endlich fühlte Charlotte sich in der Lage, zu erzählen. Kurz presste sie die Lippen aufeinander, dann beugte sie sich vor und sah Martinique fest an.

»Wie viel weißt du über Saras Leben, bevor du sie kennengelernt hast?«

Martinique nahm einen Löffel und rührte in ihrem Tee.

»Nicht sehr viel. Sara hielt sich immer sehr bedeckt.« Sie warf Charlotte einen prüfenden Blick zu. »Ich weiß, dass sie Anfang der achtziger Jahre hier zu arbeiten begann und dass sie 1992 oder 1993 das Haus kaufte, als die damalige Besitzerin in Rente ging.«

»Hat sie jemals einen Mann kennengelernt?«

Martinique schüttelte den Kopf.

»Nein, nicht, soweit ich weiß. Sie hat ihr ganzes Leben der Buchhandlung gewidmet. Manchmal war es, als …« Sie schwieg.

»Ja?«

Martinique stützte das Kinn in die Hand.

»… als versuchte sie etwas wiedergutzumachen. Einmal fragte ich sie, ob sie je überlegt hätte, eine Familie zu gründen, und da meinte sie, sie hätte es nicht verdient, Kinder zu bekommen.«

Charlotte schloss die Hände um ihre Teetasse. In dem Brief an Kristina, den sie an ihrem ersten Abend hier am Riverside Drive gelesen hatte, schien es so, als wolle Sara sich mit ihrer Schwester versöhnen und sie um Verzeihung bitten.

»Was denn wiedergutmachen?«

Martinique warf ihr einen ernsten Blick zu.

»Sie hatte ein furchtbar schlechtes Gewissen, weil sie deiner Mutter nicht geholfen hat, als sie mit dir schwanger wurde.«

Charlotte schluckte.

»Hat sie je einen Mann namens Daniel erwähnt?«

Martinique zupfte an einer Ecke der Tischdecke.

»Ja«, sagte sie zögernd. »Ich weiß, wer Daniel ist.«

Charlotte machte große Augen.

»Aber als ich dir das Foto in Saras Flur gezeigt habe, hast du gesagt, du kennst ihn nicht.«

Martinique nickte schuldbewusst.

»Ich weiß, entschuldige. Ich hatte Sara versprochen, dich erst besser kennenzulernen, bevor ich etwas über ihn sage. Es war nicht richtig von mir, aber was Sara mir anvertraut hat, ist nichts, was man einfach so nebenbei erzählen kann. Ich hatte das Gefühl, dass du bereits Schweres erlebt hast, bevor du hierherkamst, deshalb schien es mir wichtig, den richtigen Zeitpunkt zu finden, um dir alles zu erklären.«

Charlotte blickte zu Boden. Es schien ihr merkwürdig, dass Martinique nichts über Daniel gesagt hatte, aber sie war selbst ja auch nicht ganz ehrlich gewesen, was ihre eigene Vergangenheit anging.

»Mein Mann Alex kam bei einem Unfall vor etwas mehr als einem Jahr ums Leben«, flüsterte sie leise.

Martinique legte eine Hand auf ihre und drückte sie.

»Ach Liebes, wie schrecklich! Das tut mir so leid für dich.«

Charlotte nickte.

»Danke. Ich hatte bisher einfach nicht die Kraft, es zu erzählen.«

»Das kann ich verstehen.«

Charlotte hob ihre Tasse und trank einen Schluck. Dann begegnete sie wieder Martiniques freundlichen Augen.

»Ist Daniel mein Vater?«

»Ja, zumindest meinte das Sara. Hat deine Mutter dir nie etwas darüber gesagt?«

Charlotte schüttelte den Kopf.

»Hast du irgendeine Ahnung, wo er jetzt sein könnte?«

Sie hatte Bauchschmerzen bei dieser Frage. Was sollte sie tun, wenn Martinique nicht wusste, wo er war, und wenn die wenigen Spuren, die sie hatte, ins Leere liefen?

Martinique rührte erneut in ihrem Tee.

»Nein, tut mir leid. Ich weiß, dass Sara den Kontakt zu ihm verloren hat, nachdem sie Schluss gemacht hatten, und dass sie keine Ahnung hatte, wo er hingegangen war. Ich habe ihn leider nie kennengelernt und weiß nicht einmal, wie er mit Nachnamen hieß.«

Charlotte lächelte schief.

»O'Connor«, sagte sie. »Daniel O'Connor. Aber es gibt anscheinend Millionen von Menschen, die so heißen.«

Martinique beugte sich zu ihr herüber.

»Wenn er an dieser Adresse gemeldet war, können wir vielleicht über das Verwaltungsinstitut H M Revenue and Customs weitere Informationen bekommen.«

»Meinst du?«

Sie nickte.

»Natürlich nur, wenn du willst.«

»Ja, das wäre schön«, flüsterte Charlotte.

»Gut, dann frage ich Paul, ob er jemanden kennt, der uns helfen kann. Das wird schon, Liebes. Wir werden unser Bestes tun, um mehr über deinen Vater herauszufinden.«

Charlotte trank ihren Tee aus. Die Ereignisse des Tages hatten sie völlig erschöpft, und sie konnte kaum noch die Augen offenhalten.

»Ich glaube, ich muss mich ein bisschen ausruhen.«

Martinique musterte sie und stand auf.

»Warte kurz, ich habe noch etwas für dich.«

Sie ging fort, kam aber gleich darauf mit einem Brief zu ihr zurück.

»Hier«, sagte sie und reichte ihn Charlotte. »Der ist von Sara, du solltest ihn bekommen, nachdem ich dir von Daniel erzählt habe.«

Charlotte nickte stumm. Sara schien alles bis ins Detail geplant zu haben, und sie wunderte sich nicht länger über ihr seltsames Agieren.

Als sie aufstand, umarmte Martinique sie.

»Es tut mir leid, dass ich es nicht früher angesprochen habe.« Sie strich Charlotte über die Wange. »Bist du sicher, dass du heute Abend allein zurechtkommst?«

Charlotte nickte.

»Ja. Ich werde sofort einschlafen, sobald ich mich hingelegt habe.«

»Okay, dann sehen wir uns morgen. Und wenn du jemanden zum Reden brauchst, rufst du mich einfach an.«

»Das mache ich. Danke.«

Charlotte verließ die Küche und winkte Sam flüchtig zu, die gerade die Kasse machte. Sie war wirklich dankbar, dass sie mit Martinique über ihre Entdeckung hatte reden können. Wäre sie mit all diesen Gedanken alleine gewesen, wäre sie verrückt geworden.

Charlotte rieb sich die Augen. Sie fühlte sich völlig erschöpft, aber der Brief, den sie gerade erhalten hatte, brannte in ihrer Hand. Vielleicht enthielt er irgendeine Art von Erklärung, vielleicht gab Sara darin sogar einen Hinweis, wo sie ihren Vater finden konnte?

Ihr Kopf war so voller Fragen, dass sie beinahe über die oberste Stufe gestolpert wäre. Das Herz schlug ihr bis zum Hals, als sie die Tür zu Saras Wohnung aufschloss.

Ihre Lider waren bleischwer, dennoch musste Charlotte den Brief unbedingt lesen. Sie setzte sich aufs Sofa und öffnete den Umschlag, der sorgfältig zugeklebt war.

Zögernd entfaltete sie das handbeschriebene Blatt. Was, wenn Sara etwas Schlimmes über Daniel erzählte? Wenn er wirklich Mitglied der IRA gewesen war? Vielleicht hatte er sogar im Gefängnis gesessen oder war ums Leben gekommen? Und was, wenn sie etwas Böses über ihre Mutter schrieb?

Sie strich sich eine Strähne aus dem Gesicht. Trotz der Tagebuchaufzeichnungen über Kristina hatte Charlotte bisher den Eindruck gehabt, Sara sei eine freundliche und liebenswürdige Person gewesen. Die harten Worte waren vermutlich im Affekt geschrieben worden, als Reaktion darauf, was zwischen Daniel und Kristina vorgefallen war. Außerdem waren es persönliche Aufzeichnungen, nicht dazu gedacht, von jemand anderem gelesen zu werden.

Charlotte warf einen Blick auf die Briefe von Kristina, die noch immer in dem Schuhkarton lagen. In einem hatte Kristina angedeutet, dass etwas passiert war, als Sara und Kristina sich getrennt hatten. Wenn Sara zu dem Zeitpunkt erst erfahren hatte, dass ihre Schwester und Daniel sie hintergangen hatten, war es nicht weiter verwunderlich, dass sie wütend geworden war. Sie hatte ihrer schwangeren Schwester also nicht helfen wollen. Hatte sie deswegen so ein schlechtes Gewissen? Hatte sie Charlotte deshalb alles vermacht?

Charlotte rieb sich den Nacken, dann begann sie zu lesen.

Liebe Charlotte,

ich weiß nicht recht, wie ich diesen Brief beginnen soll. Zuallererst einmal bin ich sehr froh und dankbar, dass Du dies hier liest, weil es bedeutet, dass Du Dich im Riverside Drive befindest. Die Buchhandlung war mehr als fünfunddreißig Jahre lang mein Zuhause und ist der Ort, den ich am meisten auf der ganzen Welt liebe. Ich hoffe, sie wird auch für Dich zu einem wichtigen Ort.

Wenn ich an Übersinnliches glauben würde, würde ich denken, dass er besondere, heilende Kräfte hat. Wie dem auch sei, ich hoffe, dass das Haus und die Buchhandlung Dir etwas von all dem geben können, was sie mir gegeben haben: Frieden, Geborgenheit, Liebe, Freundschaft und Vergebung.

Da ich sehr krank bin und nicht weiß, wie viel Zeit mir noch bleibt, möchte ich die Gelegenheit nutzen, um Dir ein paar Dinge zu erklären. Bestimmt hat Kristina Dir längst ihre Version der Geschichte erzählt, aber da ich nicht weiß, was und wie viel sie gesagt hat, möchte ich Dir gerne meine Sicht aufschreiben.

1982 kamen Deine Mutter und ich nach London, um ein neues Leben zu beginnen. Wir waren jung, neugierig auf die Welt und drangen darauf, die Vergangenheit hinter uns zu lassen.

Kurze Zeit später lernte ich einen jungen Iren namens Daniel O'Connor kennen, und Kristina und ich zogen zu ihm in seine Wohnung, die Wohnung über der Buchhandlung, in der ich seitdem lebe.

Daniel war ein wunderbarer Mann. Er war freundlich, groß-

zügig und fürsorglich, solidarisch denjenigen gegenüber, die es schwieriger hatten als er selbst, und sehr idealistisch. Unsere Beziehung dagegen war nicht immer harmonisch, und nach ein paar Monaten stellte ich fest, dass Deine Mutter sich ebenfalls in ihn verliebt hatte.

Natürlich machte mich das, was danach passierte, wütend und eifersüchtig, und als Deine Mutter mir erzählte, dass sie schwanger war, platzte mir der Kragen. Ich warf sie aus der Wohnung, als Daniel auf der Arbeit war, und sie fuhr zurück nach Schweden, wo sie Dich zur Welt brachte.

Im Nachhinein schäme ich mich sehr für das, was ich Dir und Deiner Mutter angetan habe. Ich war nach wie vor in Daniel verliebt und so naiv zu glauben, dass wir unsere Beziehung noch einmal kitten könnten.

Es tut mir unglaublich leid, dass ich Dich nie kennengelernt habe, aber ich habe Dein Leben aus der Ferne verfolgt und mich über Deine Erfolge gefreut.

Sag bitte Deiner Mutter, dass ich sie liebe und dass es mir unendlich leidtut, dass alles so gekommen ist.

Deine Tante Sara

Charlotte ließ den Blick zur Spitze der Tower Bridge wandern, die sie durchs Fenster erahnen konnte. Einerseits war sie froh, dass Daniel kein irischer Terrorist war, wie es zunächst den Anschein hatte, andererseits ließ der Brief immer noch viel zu viele Fragen offen. Hatte Daniel wegen Sara keinen Kontakt zu ihr und ihrer Mutter aufgenommen? Und was war mit ihm geschehen? Lebte er noch in England? Hatte er eine neue Familie gegründet?

Sie schüttelte den Kopf. Sara schien zu glauben, dass Kristina noch lebte. Hätte sie Charlotte mehr erzählt, wenn sie gewusst hätte, dass ihre Mutter gestorben war und nie ein Wort über ihre Zeit in London verloren hatte?

Charlotte hob den Schuhkarton hoch und blätterte in den Briefen. Noch immer fehlten ihr viele Puzzleteile, und sie zweifelte, ob sie je die ganze Geschichte erfahren würde.

Sie überflog die Briefe ihrer Mutter auf der Jagd nach weiteren Informationen. Sie stammten alle aus Charlottes ersten Lebensjahren und reichten bis in die Zeit, als ihre Mutter Bertil heiratete. Oft ging es um sie selbst, es wurden kurze Einblicke in ihren Alltag vermittelt. Kristina beschrieb, wie Charlotte laufen lernte, welche Lieder sie gerne sang und wie ihre Kindergartenfreunde hießen. Manche waren an Sara adressiert, andere waren auf Englisch geschrieben und richteten sich an Daniel.

Plötzlich ging ihr auf, warum ihre Mutter all die Fotos von ihr mitgeschickt hatte. Es war ihre Art gewesen, ihren Vater über die Entwicklung seines Kindes auf dem Laufenden zu halten, in der Hoffnung, dass er sich irgendwann besinnen und bei ihr melden würde.

Wieder brannten Tränen in ihren Augen, und Charlotte wischte sie mit dem Ärmel fort. Wie unglaublich einsam ihre Mutter sich gefühlt haben musste, nachdem sowohl Sara als auch Daniel sich von ihr abgewendet hatten, und wie hart sie hatte kämpfen müssen, um zurechtzukommen.

Als sie auf dem Boden des Kartons anlangte, entdeckte sie etwas, das ihr zuvor entgangen war: einen Brief, der ganz anders aussah als die anderen. Er war kleiner, hatte einen dunkleren Ton und war nicht mit Kristinas Handschrift geschrieben.

Vorsichtig nahm Charlotte den Umschlag heraus, der ebenfalls an Sara adressiert war. Im Schein der Deckenlampe hielt sie ihn hoch. Dann strich sie mit den Fingern über das spröde, gelbfleckige Papier und drehte ihn um, um den Namen des Absenders zu lesen. Sie musste es mehrmals tun, bevor sie das Gelesene glauben konnte.

Charlotte schloss die Augen und holte tief Luft. Es war beinahe zu viel für sie. Sie schluckte, öffnete die Augen wieder und starrte auf einen Brief von Daniel O'Connor.

Anschließend lag sie unter der Wolldecke und zitterte am ganzen Körper, neben sich Tennyson, der sich dankbar an sie schmiegte. Draußen trotzten Tausende von Lichtern der nächtlichen Dunkelheit, und auch wenn Charlotte das künstliche Licht oft als störend empfand, war es eine beruhigende Erinnerung daran, dass sie nicht alleine war.

Mehrmals war sie drauf und dran, bei William zu klopfen, doch sie wusste nicht, was sie sagen sollte – wenn er überhaupt noch da war. Seit er gesagt hatte, er werde ausziehen, hatte sie ihn nicht mehr gesehen, und vermutlich war er bereits zu seiner Schwester gefahren.

Auch Martinique mitten in der Nacht anzurufen, traute sie sich nicht. Es kam ihr seltsam vor, solange es sich nicht um einen Notfall handelte. Dennoch hatte Charlotte das dringende Bedürfnis, mit jemandem zu reden. Sobald sie sich hinlegte, bekam sie Herzrasen und dachte bitter, dass genau dies wahrscheinlich die Situation war, in der sie all die Freunde gebraucht hätte, mit denen Agnetha ihr immer in den Ohren gelegen hatte.

Vorsichtig, um Tennyson nicht zu wecken, drehte sie sich auf dem Sofa um. Nicht einmal er ertrug es, ihr zuzuhören, jedes Mal, wenn sie versuchte, ihm etwas zu erzählen, schloss er die Augen und wandte sich ab.

Charlotte schluckte. Der Druck auf ihrer Brust wuchs mit jeder Minute, und die Nacht schien nicht enden zu wollen. Immer wieder blickte sie auf die Uhr, die im Schneckentempo tickte.

Charlotte griff nach dem Brief, der neben ihr lag. Sie hatte ihn bestimmt schon zehnmal gelesen, aber da es das Einzige war, was sie einigermaßen beruhigte, entfaltete sie ihn erneut und schaltete das Licht an. Tennyson seufzte und steckte die Nase unter die Decke. Charlotte gab ihm einen entschuldigenden Klaps auf den Bauch, dann begann sie noch einmal zu lesen.

London, April 1984

Liebe Sara,

es ist so traurig, Dir das hier schreiben zu müssen, und es tut mir furchtbar leid, wie unser letztes Gespräch endete. Ich wollte Dich nie verletzten, und ich hoffe, Du weißt, dass Du immer in meinem Herzen sein wirst.

Niemand weiß, was das Leben bringen wird. Plötzlich tauchen Dinge auf und führen uns in eine neue Richtung. Ich bin dankbar für die Zeit, die wir zusammen hatten, aber Du weißt auch, dass ich sehr starke Gefühle für Deine Schwester habe. Als ich erfuhr, dass sie unser Kind zur Welt gebracht hat, veränderte das alles. Nichts anderes spielte mehr eine Rolle, ein Kind ist immer das Wichtigste.

Ich werde noch heute Abend nach Schweden fahren, sodass Du mich eine Weile nicht zu sehen brauchst. Ich hoffe, meine Sachen dürfen noch eine Weile in der Wohnung bleiben, bis ich zurückkomme, aber wenn Du es nicht erträgst, kannst Du sie auch entsorgen.

Sobald ich bei Kristina bin und wir überlegt haben, wie es weitergeht, melden wir uns bei Dir. Es müsste noch Geld für die nächste Monatsmiete da sein, und wenn ein Problem auftaucht, schreibe uns, dann finden wir eine Lösung.

Ich hoffe, Du bist mir nicht für immer gram und wir können uns eines Tages als Freunde wiedersehen, und sei es um des Kindes willen. Schließlich bin nicht nur ich Vater, sondern Du bist auch Tante geworden!

Trotz allem, was passiert ist, bin ich sehr glücklich und schaue hoffnungsvoll in die Zukunft, und egal, was ich gesagt habe: Ich verzeihe Dir, dass Du mir Kristinas Briefe vorenthalten hast. Mein Verrat war noch größer, und ich schäme dafür.

Noch einmal alles Liebe – verzeih mir.
Daniel

Charlotte seufzte leise. Daniels Brief hatte alles über den Haufen geworfen, was sie bisher von ihm gewusst hatte. Was Sara Kristina geschrieben hatte, dass er sich nicht für sie und das Kind interessierte, war gelogen. Daniel hatte gar nicht gewusst, dass Kristina schwanger geworden war, und Sara schien Kristinas Briefe versteckt zu haben, sodass er sie nie zu lesen bekommen hatte. Kein Wunder, dass Sara etwas wiedergutzumachen hatte.

Charlotte betrachtete die gespreizte Schrift und lächelte. Diesen Brief hatte ihr Vater geschrieben. Er wollte sie, er hatte sogar versucht, nach Schweden zu kommen. Aber was war dann passiert, warum kam er niemals an?

Sie wälzte sich auf dem Sofa und versuchte die Wolldecke geradezuziehen, auf der sie lag, ohne Tennyson zu wecken. Sie konnte nicht schlafen. Wenn es Daniel irgendwo dort draußen gab, musste sie ihn finden.

Mühsam setzte sie sich auf. Ihr war schwindlig und sie fühlte sich überwältigt von den Ereignissen, aber sie konnte nicht länger warten.

Mit ausgetrecktem Arm tastete sie nach ihrem Handy auf dem Wohnzimmertisch. Sie kannte nur einen Menschen, der Kontakte zur Polizei hatte, war sich aber nicht sicher, wie Sam reagieren würde, wenn sie sie um halb drei in der Nacht anrief, um ihre Freundin Lindsay um Hilfe zu bitten. Charlotte hoffte, dass sie und Sam inzwischen gut genug befreundet waren, dass sie bereit war, ihr zu helfen.

Entschlossen suchte sie Sams Nummer heraus, zögerte noch einmal kurz und rief dann an.

Es dauerte eine Weile, dann klickte es und eine verschlafene Stimme meldete sich.

»Hallo?«

»Hallo, hier ist Charlotte. Entschuldige, dass ich dich einfach so anrufe, aber ich brauche Hilfe bei einer Sache.«

Sam gähnte. Charlotte hätte es gut verstanden, wenn sie einfach aufgelegt hätte, doch es klang eher so, als würde sie sich aufsetzen.

»Na, klar«, sagte sie mit kratziger Stimme.

Im Hintergrund seufzte jemand.

»Wer ist das?«

»Ach, das ist nur Scotland Yard. Sie brauchten mal wieder meine Expertise. Schlaf ruhig weiter, ich komme gleich zurück.«

Charlotte lächelte über Sams Witz. Nicht einmal, wenn sie mitten in der Nacht geweckt wurde, war sie ganz ernst.

Sam schien eine Tür zu schließen. Dann räusperte sie sich laut.

»Okay, Charlotte, jetzt bin ich aus dem Schlafzimmer rausgegangen. Was ist passiert?«

Charlotte schluckte.

»Seit ich hier bin, habe ich eine Menge Briefe und Notizen in Saras Wohnung gefunden. Wie es aussieht, zog meine Mutter in den achtziger Jahren mit ihr nach London, und hier scheint sie auch meinen Vater kennengelernt zu haben.«

Sie machte eine kurze Pause, um sich zu vergewissern, dass Sam zuhörte.

»Ich wusste nie, wer mein Vater ist«, sagte sie. »Aber jetzt glaube ich, dass ich seinen Namen herausgefunden habe.«

»Oh, krass!«

Charlotte nickte.

»Ja. Es tut mir leid, dass ich dich geweckt habe, aber ich werde echt verrückt. Ich muss versuchen, meinen Vater zu finden, und ich dachte, du könntest mir vielleicht helfen.«

Sam atmete lange aus.

»Klar helfe ich dir. Was weißt du über ihn?«

Charlotte spürte, wie eine Last von ihren Schultern fiel.

»Er heißt Daniel O'Connor, kommt aus Irland und war 1983 etwa fünfundzwanzig Jahre alt.«

»Weißt du, wo er geboren wurde oder was er arbeitet?«

»Nein«, sagte sie und wartete gespannt, was Sam sagen würde.

»Ich kann mich mal umhören, aber mit dem Namen allein wird es wahrscheinlich nicht leicht, ihn zu finden.«

Charlotte seufzte und schloss die Augen.

»Das habe ich befürchtet.«

»Gibt es irgendeine Chance, dass du noch mehr über ihn herausfinden kannst?«

Charlotte überlegte. Vielleicht stand ja noch irgendetwas in dem Mietvertrag?

»Warte mal einen Moment«, sagte sie und ging um das Sofa herum zu dem Sideboard, auf dem sie Saras Ordner abgestellt hatte. Rasch suchte sie den Vertrag mit den Namen von Sara und Daniel heraus und überflog ihn.

»Nein, da steht auch nichts«, sagte sie enttäuscht.

Sam hustete.

»Nicht einmal ein NI-Nummer?«

Charlotte biss sich auf die Lippen. NI-Nummer – war das so eine Art nationale Versicherungsnummer, die man brauchte, wenn man in Großbritannien arbeiten wollte? Sie erinnerte sich vage, dass Martinique ihr vorgeschlagen hatte, eine zu beantragen, wenn sie in London bleiben wollte.

»Wie sieht die aus?«

»Es müsste eine Reihe von zwei Buchstaben, sechs Ziffern und dann noch einer weiteren Nummer sein. Wenn du die findest, müssten wir ihn eigentlich aufstöbern können.«

Noch einmal untersuchte sie den Vertrag, und diesmal entdeckte sie einen kleingeschriebenen, neunziffrigen Code unter Daniels Unterschrift.

»Ich glaube, ich hab sie!«

Sam lachte heiser.

»Ernsthaft?«

Charlotte nickte und las ihr die Nummer vor.

»Das klingt tatsächlich nach einer NI-Nummer. Schick sie mir, dann sehe ich, was ich tun kann.«

»Danke, Sam! Und entschuldige bitte nochmals, das alles bringt mich total durcheinander!«

»Kein Ding! Wozu hat man denn Freunde?«

Charlotte lächelte.

»Bis morgen.«

»Ja, bis morgen. Gute Nacht!«

Nachdem sie aufgelegt hatten, sank Charlotte wieder auf das Sofa, fühlte sich aber schon deutlich ruhiger. Sie hatten eine Spur entdeckt, die sie mit etwas Glück zu Daniel führen konnte, und sie schöpfte Hoffnung.

Vorsichtig legte sie sich neben Tennyson und schmiegte sich in das weiche Kissen. Vielleicht konnte Sam tatsächlich ihren Vater finden. Vielleicht würde sie ihn nach all den Jahren doch noch kennenlernen. Bei dem Gedanken wurde ihr beinahe schwindlig.

39

MITTWOCH, 18. APRIL 1984, SPÄTER

Daniel kehrt in seinem Lieblingspub ein und setzt sich an seinen Stammplatz. Er muss sich ein wenig sammeln, bevor er abreist. Als Bill ihm sein Kilkenny Cream Ale bringt, bittet er ihn um Stift und Papier.

Er legt das leere Blatt neben Kristinas Brief und liest noch einmal die Adresse auf der Rückseite des Umschlags. Soll er ihr schreiben, dass er unterwegs ist? Erklären, was passiert ist und weshalb er ihr nie geantwortet hat? Nein, wahrscheinlich würde der Brief sie gar nicht mehr erreichen, bevor er selbst ankommt.

Daniel nimmt sein Glas und trinkt einen Schluck. Wie er Sara eben zurückgelassen hat, gefällt ihm nicht. Wahrscheinlich sollte er lieber ihr einen Brief schreiben. Ihr erklären, was er empfindet und ihr die Möglichkeit geben, abzuschließen. Ihre Beziehung ist vorbei, er kann ihr nicht verzeihen, dass sie ihm die Briefe vorenthalten hat. Dennoch versteht er sie in gewisser Weise, außerdem müssen sie irgendwann wieder miteinander reden, zumal Daniel rein theoretisch immer noch im Riverside Drive wohnt. Doch darum wird er sich später kümmern, jetzt hat er Wichtigeres zu tun.

Daniel spürt jedes Mal einen Freudenschauer, wenn er daran denkt. Ein Kind! Er kann es kaum glauben. Und obwohl er sehr wohl begreift, dass schwierige Zeiten auf ihn zukommen, kann er nicht anders als lächeln. Er ist Vater geworden, und es ist Kristina, die sein Kind zur Welt gebracht hat.

Er überlegt, wie lange sie ihm wohl schon geschrieben hat. Wusste sie, dass sie schwanger war, als sie abreiste? Hoffentlich nicht! Es wäre schrecklich, wenn sie gegangen wäre, weil sie Angst hatte, er würde sich nicht darüber freuen.

Es tut ihm weh, daran zu denken, was Kristina alles alleine durchstehen musste, ohne dass er ihr dabei helfen konnte.

Daniel nimmt einen weiteren Schluck. Als Kind hat er sich geschworen, niemals so zu werden wie sein eigener Vater. Er wird immer für seine Tochter da sein.

Als er das Wort leise vor sich hin spricht, zieht sich ihm das Herz zusammen und er nimmt noch einmal den Brief zur Hand. Sie hat doch geschrieben, dass es ein Mädchen ist? Rasch überfliegt er die Zeilen und findet die Worte *little girl.* Obwohl er sie noch nie gesehen hat, empfindet er eine so starke Sehnsucht nach ihr, wie er es noch nie erlebt hat.

Er legt den Brief wieder weg und überlegt, in welcher Rolle Kristina ihn wohl sieht. Aus dem Brief geht das nicht hervor, darin beschreibt sie nur kurz, wie es ihnen geht und dass sie versucht hat, Sara und ihn zu erreichen. Wahrscheinlich ist sie sauer auf ihn. Daniel hatte ihr versprochen, mit Sara Schluss zu machen, aber dazu kam es nie. Die Beziehung mit Sara zu beenden war viel schwerer, als er es sich vorgestellt hatte, und er schob es viel zu lange vor sich her.

Manchmal dachte er, Kristina sei vielleicht deshalb gegangen: weil er sein Wort nicht gehalten hatte. Dass sie es leid gewesen war, ihm und Sara ständig beim Streiten zuzuhören.

Daniel reibt sich das Gesicht. Er hätte mutiger sein und das

Versprechen einlösen müssen. Dann wäre Kristina nicht gegangen und er hätte bei der Geburt seines Kindes dabei sein können.

Daniel leert das Glas und nimmt den Stift in die Hand. Er wird Sara schreiben, sich noch einmal entschuldigen und sie bitten, Geduld zu haben. Im Grunde versteht sie bestimmt, dass er sie nicht seiner Tochter vorziehen kann. Es ist unmöglich, sosehr er sie auch enttäuscht.

Er seufzt, als er daran denkt, was er und Kristina hinter Saras Rücken getan haben. Das war nicht fair. Doch ein kleines Kind darf nicht den Preis für ihren Fehler bezahlen.

Daniel schreibt langsam, wägt sorgfältig jedes Wort, um keine Zweideutigkeiten entstehen zu lassen. Bestimmt ist Sara traurig, doch das wird vorübergehen. Außerdem ist sie jung und schön, und es wird nicht lange dauern, bis sie jemand Neues gefunden hat.

Als der Brief fertig ist, faltet er ihn zusammen und wirft sich den gelben Rucksack über die Schulter. Draußen beginnt es schon zu dämmern, und der Pub füllt sich mit Männern und Frauen, die nach der Arbeit auf ein Glas in den Pub einkehren. Er atmet tief durch, zieht den wohlbekannten Geruch nach Zigarettenrauch und Kneipenessen ein und tritt dann in den kühlen Abend hinaus.

In einem kleinen Tabakhandel kauft er einen Umschlag und eine Briefmarke und gibt den Brief auf. Dann geht er seinen gewohnten Weg Richtung Wasser und folgt ein letztes Mal der Themse Richtung Waterloo. Von dort will er einen Zug an die Küste nehmen und anschließend mit dem Schiff nach Schweden weiterfahren.

Es weht ein kräftiger Wind. Daniel kommt an einem Industriegelände vorbei. Die Straßenlaternen spiegeln sich im Wasser und ihm wird plötzlich bewusst, dass er die Themse wahrscheinlich zum letzten Mal für lange Zeit sieht.

Plötzlich scheppert etwas hinter ihm, und er dreht sich um. Von weitem sieht er die Umrisse zweier Männer. Über das unbeleuchtete Gelände kommen sie langsam auf ihn zu.

Daniel verengt die Augen zu Schlitzen, um besser sehen zu können, doch es hilft nichts. Erst als sie nur noch etwa zehn Meter entfernt sind, erkennt er, dass sie Uniform tragen. Behutsam weicht er zurück, bis einer von ihnen seinen Namen ruft.

»Daniel O'Connor?«

Überrascht blickt er sich um. Woher wissen sie, wer er ist?

»Legen Sie Ihren Rucksack weg!«

In seinem Kopf beginnen die Gedanken sich zu drehen. Wenn Sie seinen Namen wissen, wissen sie auch, dass er Ire ist, und Daniel weiß genau, was dann passieren wird. Die Polizei hat das Recht, ihn ohne Begründung festzunehmen. Das kann er nicht riskieren, er muss zu Kristina.

Die Männer sind stehen geblieben. Der eine, der gerufen hat, ist älter und trägt einen Bart, während der andere glattrasiert ist und nervös an seinem Holster fingert.

Daniel hebt stumm die Hände und blickt sich um. Einen Steinwurf entfernt steht ein Fabrikgebäude, das einen dunklen Schatten wirft. Wenn er es dorthin schafft, gelingt es ihm vielleicht, ihnen davonzulaufen und in der Dunkelheit zu verschwinden.

Der ältere Polizist erhebt die Stimme.

»Legen Sie den Rucksack weg. Jetzt!«

Daniel zögert. Mit den Augen misst er die Entfernung zu dem

Gebäude. Es könnte klappen. Er wirft noch einen Blick auf die Polizisten, die genauso angespannt zu sein scheinen wie er, dann wirft er ohne Vorwarnung den Rucksack weg und rennt los.

Die beiden Polizisten rufen ihm etwas hinterher, und der jüngere entsichert seine Waffe.

»Stehen bleiben, oder ich schieße!«, brüllt er.

Daniel hat es fast geschafft, ein Glücksrausch durchströmt ihn, denn er weiß, dass er ihnen entkommt.

Für einen Moment sieht er Kristina vor seinem geistigen Auge, mit der er bald wieder zusammen sein wird. Dann ertönt ein Knall, in seinem Rücken brennt es.

Daniel fällt, spürt aber den Aufprall nicht, als er auf dem Asphalt landet. Es klingelt in seinen Ohren, und von weitem hört er erregte Stimmen.

»Verdammt, was hast du gemacht? Hast du ihn erschossen?«

»Er ist nicht stehen geblieben!«

»Du kannst doch nicht einfach auf jemanden schießen, bloß weil er rennt!«

Das Trappeln ihrer Schritte lässt den Boden vibrieren, und Daniel spürt zwei kalte Finger an seinem Hals.

»Ist er tot?«

»Keine Ahnung, warte!«

»Ich weiß nicht, was passiert ist, ich wollte nur ... Die, die den Tipp gegeben hat, meinte doch, er ist in der IRA. Und er trägt doch einen gelben Rucksack.«

»Sieh nach, was drin ist.«

»Was?«

»Schau nach, ob irgendwelche Sprengstoffe drin sind.«

Daniel hört sie in dem Rucksack kramen.

»Nein, nur Klamotten.«

»Ich glaube, ich fühle keinen Puls.«

»Verdammt! Was soll ich denn jetzt machen? Ich kann deswegen nicht ins Gefängnis gehen! Deborah kommt allein mit den Kindern nicht zurecht.«

»Beruhige dich. Du gehst nirgendwohin. Wir sagen einfach, wie es ist, dass er sich verdächtig verhalten hat und weggelaufen ist.«

»Aber wenn das nicht reicht?«

»Was sollen wir denn sonst tun?«

»Er könnte ins Wasser gefallen sein? Die Strömung ist hier ziemlich stark. Wahrscheinlich ist er noch vor Sonnenaufgang auf dem offenen Meer.«

»Ich weiß nicht ...«

»Harrison, bitte! Du musst mir helfen. Ich darf den Job nicht verlieren. Denk an meine Kinder, verdammt noch mal!«

»Okay. Ich passe auf, dass niemand kommt, aber das mit der Leiche musst du selber machen.«

»Danke! Es war wirklich keine Absicht. Aber er ist gerannt. Warum hätte er das tun sollen, wenn er unschuldig ist? Was für ein verdammter Idiot!«

Daniel kommt zu sich und spürt, wie es ihm das Gesicht zerkratzt, als er über den Boden geschleift wird. Er bekommt kleine Steine und Kies in den Mund und versucht sie auszuspucken, aber es geht nicht.

Er begreift, dass jemand an ihm zieht. Der brennende Schmerz im Rücken ist fort. Im Grunde ist alles fort, er spürt so gut wie nichts mehr.

Mühsam versucht er die Lippen zu öffnen, um etwas zu sagen, doch es kommt kein Laut heraus.

Von fern hört er Leute grölen, kann den Kopf jedoch nicht wenden, um nachzusehen, wo sie sind. *Sie müssen mir helfen,* denkt er. *Ich muss nach Schweden.*

Mit aller Macht versucht er, seine Arme zu heben, aber auch sie gehorchen ihm nicht. Hat jemand einen Krankenwagen gerufen? Er hat keine Zeit, wochenlang im Krankenhaus zu liegen, er muss zu Kristina und dem Kind.

Jemand flucht, dann prallt etwas dumpf auf dem Boden auf. Waren das seine Beine? Er kann auch seine Füße nicht spüren.

Aus dem Augenwinkel erahnt Daniel die Themse. Das dunkle, glucksende Wasser, das die Lichter der Nacht widerspiegelt. Aber wer ist der Mann neben ihm?

Daniel unternimmt einen weiteren Versuch, um Hilfe zu bitten. Er ruft so laut er kann, aber es ist keine Silbe zu hören.

Jemand zündet sich eine Zigarette an. Er nimmt das Geräusch des Streichholzes auf dem Karton wahr, wie die Flamme aufflackert und die Zigarette knistert. Ein heftiges Einatmen, als die Person den Rauch einzieht. Kommt der Krankenwagen nicht bald?

Seine Brust ist ganz steif und er bekommt schlecht Luft. Daniel blinzelt. Warum redet der Mann nicht mit ihm? Warum sagt er nichts?

Wenn Daniel sprechen könnte, würde er erklären, warum er gerannt ist. Dass er es eilig hat, nach Schweden zu kommen, zu seiner kleinen Tochter. Ihre ersten Lebensmonate hat er bereits verpasst, er möchte nicht noch mehr versäumen.

Der Geruch nach Rauch dringt in seine Nasenlöcher. Daniel

würde gerne husten, aber nicht einmal das gelingt ihm. Wie lange wird er noch hier liegen?

Dann passiert etwas. Der Mann bewegt sich und setzt einen Fuß an Daniels Körper. Er spürt es kaum, ahnt die Berührung mehr. Will er ihn weiter wegschieben?

Der Fuß drückt gegen seinen unteren Rücken. Versucht der Mann ihn umzudrehen?

Er tut es noch einmal, diesmal scheint er kräftig auszuholen. Daniel rollt über die Seite, spürt, wie er über die Kante und ins Wasser hinunterfällt.

Der Fluss ist kalt und dunkel. Er sinkt rasch, versucht gegenzuhalten, aber sein Körper gehorcht ihm nicht.

Es rauscht in seinen Ohren, und mit geschlossenen Augen tut Daniel alles, um ruhig zu bleiben. Er denkt an Kristina und an das Kind, wie süß das kleine Mädchen sein muss und wie es sich wohl anfühlt, es im Arm zu halten.

Das ist sein letzter Gedanke, bevor alles in ihm erlischt.

40

SAMSTAG, 21. OKTOBER

Obwohl sie nur wenige Stunden geschlafen hatte, wachte Charlotte früh auf und ging in die Buchhandlung hinunter, wo sie ungeduldig auf Sam wartete. Sie musste sich sehr zusammenreißen, um sie nicht noch einmal anzurufen, und versuchte sich abzulenken, indem sie zwischen den Bücherregalen umherflanierte und den Duft nach altem Papier und Vanille einsog. Als sie dabei auf den Erzählband *Fremde Erde* von Jhumpa Lahiri stieß, nahm sie ihn heraus, um beim Frühstück darin zu lesen.

In der Küche stellte sie Butterbrote und Tee auf den Tisch, dann begann sie zu blättern. Sam hatte ihr erklärt, einer der Vorteile beim Viellesen sei, dass man seine Multitasking-Fähigkeiten trainiere. Eine geschickte Leserin könne essen, trinken und sich sogar die Fußnägel lackieren, ohne das Buch aus dem Blick zu lassen. Und so balancierte Charlotte konzentriert ein Toast in der rechten Hand, während sie mit der linken umblätterte.

In den Stunden bevor Sam auftauchte, schaffte Charlotte mehrere Erzählungen. Sie waren so spannend, dass sie darüber beinahe die Zeit vergaß, aber sobald sie Sams Schlüssel in der Tür hörte, legte sie das Buch weg und eilte in den Laden.

Sam stand auf dem weinroten Teppich und klappte ihren transparenten Regenschirm zusammen.

»Was für ein Wetter«, sagte sie und schüttelte sich.

Charlotte, die gar nicht gemerkt hatte, dass es draußen regnete, warf einen raschen Blick auf die Straße, wo die Menschen mit über dem Kopf erhobenen Zeitungen und Aktentaschen vorübereilten. Der Himmel war unheilverkündend dunkel, und starker Wind peitschte den Regen durch die Luft.

»Ui. Brauchst du ein Handtuch?«

Sam schüttelte den Kopf und klopfte sich spaßeshalber ans Ohr, als sei es voll Wasser gelaufen.

»Nein. Aber ich bereue es, keinen Badeanzug mitgenommen zu haben. Heute Nachmittag kann ich wahrscheinlich nach Hause schwimmen.«

Einen Moment stellte Charlotte sich vor, wie es aussehen würde, wenn Sam im Badeanzug herumliefe, dann begriff sie, dass es nur ein Scherz war. Müde rieb sie sich die Stirn.

»Hast du ein bisschen geschlafen?«, fragte Sam und strich über ihr glänzendes, großgeblümtes Kleid, das aussah wie ein Brautjungfernkleid aus den achtziger Jahren, mit einem Rock, der der Schwerkraft zu trotzen schien.

Charlotte verzog das Gesicht.

»Ein bisschen«, sagte sie. »Entschuldige nochmals, dass ich dich geweckt habe.«

Sam grinste breit.

»Kein Problem! Es ist ja gut zu wissen, dass man jederzeit anrufen kann. Wenn ich das nächste Mal eine Beziehungskrise habe, melde ich mich bei dir.«

Sie zwinkerte ihr zu, und Charlotte lächelte.

»Du hast wahrscheinlich noch nichts herausgefunden?«, fragte sie vorsichtig.

Sam fuhr sich mit der Hand durchs Haar und rückte die toupierten Locken zurecht.

»Die Polizei fängt deutlich früher an zu arbeiten als wir, deshalb hat Lindsay tatsächlich schon ein paar Dinge in Erfahrung gebracht.«

Sie deutete mit dem Kopf auf die Kaffee-Thermoskanne.

»Ist noch was da?«

Charlotte nahm einen Becher und füllte ihn mit pechschwarzem Kaffee.

»Wow«, sagte sie dabei und beobachtete Sam, die gleich ein paar Schlucke nahm. »Das ging aber schnell! Was hat sie denn gefunden?«

Sam stellte den Becher ab und lächelte schief.

»Es sind leider keine guten Neuigkeiten. Bist du sicher, dass du es hören willst?«

Charlotte schauderte und lehnte sich an die Theke. Was hatte Lindsay herausgefunden? Dass Daniel Mitglied der IRA gewesen oder sogar einer Straftat verdächtig war? Aber die Ungewissheit war noch viel schlimmer. Sie musste wissen, was passiert war.

»Ja«, sagte sie deshalb entschlossen. »Erzähl bitte, was du weißt.«

Sam trank noch einen Schluck.

»Der Daniel O'Connor mit der NI-Nummer, die du mir gegeben hast, wurde im Mai 1984 von seinem Arbeitgeber als vermisst gemeldet.«

Charlotte blinzelte. Das musste ja nach seiner Abreise gewesen sein. Dann war er vielleicht gar nicht verschwunden!

»Er ist nach Schweden gefahren«, sagte sie erleichtert. »Das steht in einem Brief, den er Sara geschickt hat.«

Sam sah sie mitfühlend an.

»Ich glaube nicht, dass er dort angekommen ist. Sieben Jahre später wurde er nämlich für tot erklärt.«

Charlotte schüttelte den Kopf.

»Für tot erklärt? Aber er wurde nie gefunden?«

»Nein. Allerdings wird niemand für tot erklärt, wenn man nicht vorher sehr gründlich nach ihm gesucht hat. Und Lindsay meint, es gibt eine Notiz, laut der auch die schwedische Polizei kontaktiert wurde. Seit seinem Verschwinden hat niemand mehr etwas von ihm gehört.«

Charlotte spürte, wie ihr die Tränen in die Augen traten.

»Das stimmt nicht! Wie kann er verschwunden sein? Er wollte doch zu meiner Mutter!«

Sam kam um den Tisch herum und legte steif einen Arm um sie.

»Es tut mir so leid.«

Charlotte vergrub das Gesicht in den Händen. Das konnte nicht wahr sein! Dann würde sie ihren Vater also tatsächlich niemals kennenlernen. Er war verschwunden.

Es zerriss ihr das Herz, wenn sie an ihre Mutter dachte. Hatte sie überhaupt gewusst, dass Daniel zu ihr wollte? Dass er sich gefreut hatte, Vater geworden zu sein, und dass er sich danach sehnte, sie wiederzusehen? Oder hatte sie in ihrer kleinen Wohnung gesessen und sich verlassen und ungeliebt gefühlt?

»Es ist so ungerecht«, stieß sie hervor. »Nachdem ich endlich erfahren habe, wer er war.«

Sam nickte.

»Ich weiß. Das ist nicht leicht.«

Charlotte fingerte an ihrem Ohrring.

»Habt ihr sonst noch etwas? Was glaubt die Polizei, was mit ihm passiert ist? Haben sie eine Theorie dazu?«

Sam schüttelte den Kopf.

»Nein, soweit ich weiß, nicht. Aber Lindsay hat versprochen, weiterzusuchen. Sobald ich mehr weiß, erzähle ich es dir.«

Im selben Moment trat Martinique durch die Tür. Sie pfiff fröhlich vor sich hin und balancierte einen großen, in Folie eingeschlagenen Teller in der Hand, der von grünem Marzipan und dunkler Schokolade leuchtete. Als sie Charlotte erblickte, stellte sie den Teller ab und ging zu ihr.

»Aber Liebes, was ist denn?«

Charlotte holte tief Luft.

»Sam hat mir geholfen, nach meinem Vater zu suchen, aber es scheint, dass er tot ist.«

»Für tot erklärt«, verdeutlichte Sam. »Er verschwand 1984.«

»Ein halbes Jahr nach meiner Geburt«, schluchzte Charlotte.

Martinique streckte die Hände aus, und Charlotte ließ sich von ihr umarmen.

»Du Arme! Was für eine schlechte Nachricht am frühen Morgen!«

Charlotte brachte kein Wort heraus und lehnte nur dankbar den Kopf an Martiniques weiche Schulter. Es tat gut, getröstet zu werden, es wäre schrecklich gewesen, allein zu sein, nachdem sie das alles erfahren hatte.

Sam war unterdessen zu dem Teller gegangen, hatte die Folie entfernt und beugte sich jetzt über das Gebäck.

»Was ist das?«

Martinique strich Charlotte über das Haar.

»Erkennst du es?«, fragte sie liebevoll.

Charlotte blinzelte.

»Das sind doch Punschrollen! Hast du die gebacken?«

Martinique nickte.

»Ja. Mit Angela zusammen, nach schwedischem Rezept natürlich. Was glaubt ihr, wäre das was für unser Büchercafé?«

Sam sah skeptisch aus.

»Wie schmeckt das?«

»Nach Schokolade, Marzipan und Rum.«

»Rum! Warum sagst du das denn nicht gleich! Ich würde niemals nein zu Alkohol sagen«, sagte sie und nahm sich eine Rolle.

Martinique hob die Augenbraue.

»Es ist allerdings nur Rumaroma.«

»Ein Glück«, sagte Sam kauend. »Sonst würden uns die alten Leute hier die Türen einrennen.«

Martinique bot Charlotte auch etwas an.

»Ich glaube, du brauchst auch eine.«

Charlotte nahm sich ebenfalls eine Punschrolle und biss hinein. Sie schmeckte genau wie zu Hause.

»Und was passiert jetzt?«, fragte Martinique.

Charlotte deutete mit dem Kopf auf Sam.

»Lindsay will sich bemühen, noch mehr herauszufinden.«

Sam leckte sich die Finger.

»Man weiß ja nie, vielleicht gibt es noch weitere Informationen über sein Verschwinden.« Sie wendete sich Martinique zu. »Mann, sind die lecker! Darf ich mir noch eine nehmen?«

»Na klar!«

Charlotte stimmte zu.

»Wirklich köstlich! Und Angela hat dir geholfen, sagst du?«

Martinique lächelte stolz.

»Ja. Plötzlich scheint es ihr riesigen Spaß zu machen, mit mir zu backen.«

Charlotte wurde warm ums Herz, als sie die Freude in Martiniques Augen sah. Sie erinnerte sich noch, dass Angela vor wenigen Tagen kaum ein Wort mit ihr reden wollte.

»Ich fand, Angela war eine große Hilfe bei unserer Lesung. Meinst du, sie könnte sich vorstellen, hier ab und zu auszuhelfen? Wenn wir Veranstaltungen haben, an besonderen Feiertagen oder in den Ferien zum Beispiel?«

Martinique nickte eifrig, dann wurde sie wieder ernst.

»Aber können wir uns das denn leisten?«

Charlotte verzog den Mund.

»Ich glaube, ja. Du scheinst ja geradezu einen Trend gesetzt zu haben mit deinem schwedischen Gebäck.«

Sam stimmte zu.

»Fast jeden Tag kommen Leute rein, um zu fragen, was *Swedish Fika* bedeutet. Gestern waren alle Kuchen komplett ausverkauft.«

»Und die Bank?«, fragte Martinique Charlotte.

»Habe ich das noch gar nicht erzählt? Entschuldigt, es ist im Moment einfach so viel. Aber es sieht gut aus. Sie haben sich damit einverstanden erklärt, einen Tilgungsplan zu erstellen.«

»Dann willst du also gar nicht verkaufen?«, brach es aus Sam heraus.

Charlotte lachte.

»Aber das habe ich doch schon gesagt! Ich werde alles tun, um die Buchhandlung zu halten.«

»Da kann sich die Hamburgerkette zum Teufel scheren«, sagte Sam und fuhr verschmitzt fort: »Und wir könnten vielleicht über eine kleine Lohnerhöhung sprechen?«

»Sam!«, sagte Martinique und warf ihr einen vorwurfsvollen Blick zu.

»Was denn, ich frage doch nur!«

Charlotte fegte die Krümel auf der Theke zusammen.

»Ich verspreche, ich kümmere mich darum, sobald es geht.«

»Siehst du, Martinique«, sagte Sam in neckendem Tonfall. »Sie wird sich darum kümmern.« Dann wendete sie sich Charlotte zu. »Gerne vor Weihnachten, ich möchte meiner Freundin was richtig Schönes kaufen.«

Martinique verdrehte die Augen, aber Charlotte musste lachen.

»Wie läuft es denn überhaupt mit Lindsay?«

Sam seufzte laut, dabei leuchteten ihre Augen, sobald von Lindsay die Rede war.

»Wie ich es mir gedacht habe. Sie verlangt weiterhin, dass wir eine monogame Beziehung führen, und gestern hat sie mich gefragt, ob ich mit ihr zusammenziehen möchte.«

»Wie schön«, sagte Martinique. »Ich meine, es wird doch langsam mal Zeit, dass du zu Hause ausziehst, oder?«

Sam schnaubte.

»Mal sehen. Mein Vater wird am Boden zerstört sein. Was soll er den ganzen Tag machen, wenn er sich nicht mehr um mich zu kümmern braucht?«

»Ihm wird schon was einfallen«, sagte Martinique und suchte die Kaffeetassen heraus, die bereitstehen mussten, wenn die ersten Cafégäste erschienen.

»Übrigens habe ich eine E-Mail zu einem Autor namens John Green bekommen«, sagte Charlotte. »Wisst ihr, wer das ist?«

Sam jauchzte verzückt.

»Ich liebe ihn!«

»Super! Sein Verlag fragt an, ob wir während des Weihnachtsgeschäfts eine Signierstunde mit ihm machen wollen. Anscheinend haben sie in der Zeitung über uns gelesen.«

Martinique türmte sorgfältig die Kaffeetassen auf.

»Angela sagt, es gibt auch im Internet massenhaft Artikel über uns.«

»Heißt das, ich soll John Green zusagen?«

Martinique und Sam nickten.

»Auf jeden Fall! Vielleicht sollten wir dann auch gleich schon die nächsten Veranstaltungen planen?«, meinte Sam optimistisch.

Charlotte zuckte die Achseln.

»Warum nicht? Wir können wahrscheinlich nicht damit rechnen, dass jedes Mal so viele kommen wie bei Joanne Murray.«

»J. K. Rowling«, berichtigte Sam.

»Ja, genau, J. K. Rowling. Trotzdem denke ich, wir sollten ruhig weiter auf Veranstaltungen setzen.«

»Das finde ich auch«, sagte Martinique. »Sam, vielleicht könntest du eine Liste mit Autoren erstellen, die gerade ein neues Buch herausgebracht haben?«

Sam schlug die Hacken zusammen.

»Jawohl! Ich fange sofort an.« Sie schnappte sich schnell noch eine Punschrolle, bevor Martinique den Teller in Sicherheit brachte. »Muss nur noch schnell die hier vernaschen«, sagte sie und zwinkerte Charlotte zu.

41

MITTWOCH, 1. NOVEMBER

»Was wolltest du mir erzählen?«

Seine Stimme klang so klar, dass es ihr unglaublich vorkam, dass Henrik sich in einem anderen Land befand, mehr als tausend Kilometer entfernt.

Charlotte knibbelte an der Kunststoffhülle ihres Handys. In der vergangenen Woche hatte sie viel nachgedacht. Sie war durch London gestreift, über die Waterloo Bridge nach Covent Garden und weiter bis zur National Gallery. Als sie mit diesem Teil Londons fertig gewesen war, stieg sie in einen Bus nach Notting Hill und schlenderte durch den Regent Park bis zum Hyde Park und dem Marble Arch zurück.

Im Gehen ließ sie die Ereignisse der letzten Jahre Revue passieren. Sie dachte an Alex, und wie ihr gemeinsames Leben plötzlich endete, was er wohl sagen würde, wenn sie ihn jetzt um Rat bitten könnte. Alex hatte sie eigentlich immer ermutigt, sich in die Welt hinauszuwagen und neue Dinge auszuprobieren, er hätte nicht gewollt, dass sie aus Rücksicht auf ihn eine Chance vorbeiziehen ließ.

»Mein leiblicher Vater wohnte hier, über der Buchhandlung«, sagte sie heiser.

Henrik schwieg, und Charlotte spürte, wie das Blut in ihren Ohren pochte. Sie wollte ihn nicht enttäuschen. Doch je länger sie in sich hineinspürte, desto überzeugter war sie, dass London der Ort war, an dem sie leben wollte. Sie liebte die Buchhandlung und wollte außerdem weiter nach Daniel suchen.

»Charlotte, ist alles okay bei dir?«

»Ja, ich glaube schon. Aber ich möchte gerne hierbleiben.«

Henrik schnaubte.

»Und was soll ich BC Beauty sagen?«

Charlotte biss die Zähne zusammen. Jetzt musste es raus.

»Ich möchte c/o Charlotte verkaufen.«

Henrik räusperte sich.

»Du willst gar nicht mehr zurückkommen?«

»Nein. Es tut mir leid, ich weiß, wie viel du für mich und Alex getan hast, doch ich muss mich davon lösen. Es fühlt sich schrecklich an, dich und all die anderen zu enttäuschen, aber ...«

»Charlotte«, unterbrach er sie. »Das ist kein Problem, wir kommen schon zurecht. Wenn ich ehrlich sein soll, habe ich auf diesen Tag gewartet, ich habe mich gewundert, dass du überhaupt so lange durchgehalten hast.«

Charlotte seufzte erleichtert.

»Danke. Ich hatte wirklich nicht vor, aufzugeben.«

»Du gibst nicht auf, du probierst etwas Neues. Und mach dir keine Sorgen wegen c/o Charlotte, ich kümmere mich um alles. Du musst nur dafür sorgen, dass BC Beauty mir freie Hand lässt.«

Charlotte lachte.

»Natürlich, das schreibe ich in den Vertrag.«

»Gut. Ich freue mich für dich. So zuversichtlich hast du dich schon lange nicht mehr angehört.«

Nachdem sie das Gespräch beendet hatten, trat Charlotte ans Wohnzimmerfenster. Draußen herrschte strahlendes Herbstwetter. Schiffe fuhren auf der Themse, Menschen gingen am Ufer entlang, die Kronen der Laubbäume leuchteten rot und golden und Tausende silberfarbene Fensterscheiben glitzerten in der Sonne.

Jedes Mal, wenn sie hinausschaute, machte ihr Herz einen Sprung. Kaum zu glauben, dass sie jetzt hier leben würde. Sobald mit dem Verkauf der Firma alles geregelt war, würde sie sich für einen Kurs anmelden. Einen Malkurs vielleicht, schon lange wollte sie mehr übers Zeichnen und über Komposition lernen.

Charlotte warf einen Blick in die kleine Küche und dachte an all die guten Sachen, die William für sie zubereitet hatte, während Tennyson auf den Tisch gesprungen war und sich einschmeichelnd an sie geschmiegt hatte. Sie schluckte. Nachdem sie eine Woche lang geduldig gewartet hatte, hatte sie William am Wochenende ein paar Nachrichten geschickt, aber nur kurze, abweisende Antworten von ihm zurückbekommen. Das Gespräch in der Küche am Morgen nach der Lesung hatte sie daran erinnert, wie schrecklich einsam sie sich nach Alex' Tod gefühlt hatte. Damals hatte sie gelebt wie ein Roboter, um irgendwie zurechtzukommen, hatte alle Gefühle ausgeschaltet und sich in Arbeit vergraben. An diesen Punkt wollte sie nie wieder zurück.

Sie streichelte Tennyson über den Rücken. Wenn sie William zu sehr vermisste, hatte sie immer noch ihn, um sich zu trösten. Jedes Mal, wenn sie daran dachte, wie William und sie auseinandergegangen waren, bekam sie Bauchschmerzen, gleichzeitig versuchte sie sich einzureden, dass es besser so war. Sie hatten nie konkret über die Zukunft geredet, aber Charlotte wusste, dass sie nicht dasselbe wollten. Sie selbst sehnte sich nach Kindern und nach Stabilität, während William sich vor allem für sein Schreiben interessierte. Wenn sie zusammengeblieben wären, hätte es irgendwann mit gebrochenen Herzen geendet.

Charlotte band sich das Haar zu einem festen Pferdeschwanz zusammen. Worüber sie ebenfalls viel nachgedacht hatte, war Daniel. Es schmerzte sie unglaublich, dass sie keine Möglichkeit bekommen hatte, ihn kennenzulernen, gleichzeitig war sie unendlich dankbar, durch Sara endlich erfahren zu haben, wer ihr biologischer Vater war. Ihre Tante hatte recht damit gehabt, dass die Buchhandlung Teil ihrer Geschichte war.

Auf dem Tisch stand eine Schachtel, in der sie alles sammelte, was mit Daniel zu tun hatte. Charlotte nahm sie mit aufs Sofa. Behutsam holte sie das Foto heraus, das vor Saras Schlafzimmer im Flur gehangen hatte. Sie hatte Stunden damit verbracht, sich dieses Bild anzuschauen. Jedes Mal, wenn sie darauf Daniels Blick begegnete, spürte sie mit allen Fasern ihres Körpers, dass er ihr Vater war.

Das Foto, auf dem Daniel und Kristina zusammen abgebildet war, wagte sie kaum in die Hand zu nehmen. Sie fürchtete, es könne kaputtgehen, und sobald sie Zeit hatte, wollte sie Kopien der Bilder anfertigen lassen.

Nach all den Jahren der Ungewissheit war es für sie ein besonderes Gefühl, ein gemeinsames Foto ihrer Eltern zu haben, und Charlotte musste immer wieder daran denken, was wohl geschehen wäre, wenn Daniel nicht verschwunden wäre. Wäre er zu ihnen nach Gårdstånga gekommen? Wäre sie dann mit beiden Elternteilen aufgewachsen, in einer klassischen Familienkonstellation?

Charlotte lehnte sich zurück. Zehn Tage waren vergangen, seit Lindsay mit ihren Nachforschungen begonnen hatte. Noch hatte sie nichts Neues gefunden, und Charlotte war bewusst, dass die Chance, weitere Informationen zu erhalten, gering war.

Nachdenklich strich Charlotte mit der Hand über die Sofalehne. Was William und sie hier alles getan hatten! Nie wieder würde er sie in seine Arme nehmen und sie mit seinen warmen Lippen küssen. Nie wieder würde sie ihr Gesicht an seinen Hals legen und den Duft seiner Haut einziehen.

Sie biss die Zähne zusammen. Bis zuletzt hatte sie gehofft, William würde zurückkommen, in den Laden stürmen und sagen, es sei alles nur ein dummes Missverständnis – er liebe sie und wolle mit ihr zusammen sein. Doch anscheinend hatte sie ihre Chance verspielt.

Das Sonnenlicht fiel durch die frisch geputzten Fenster und Charlotte blickte sich in der leeren Wohnung um. Sie überlegte, ob sie spazieren gehen sollte, als ihr Handy piepte. Vielleicht war das William? Rasch klickte sie die Nachricht an und stellte enttäuscht fest, dass sie von Sam war. Dann las sie den Text noch einmal richtig, und die Enttäuschung verwandelte sich in Hoffnung.

Komm runter, ich habe wichtige Neuigkeiten für Dich!

Charlotte starrte die Nachricht an. Hatten sie noch etwas über Daniel herausgefunden? Das Herz klopfte ihr bis zum Hals und sie lief in den Flur, zog sich die Schuhe an und eilte die Treppe hinunter.

Sam und Martinique standen an der Theke, und neben ihnen ein fremder Mann. Er trug ein hellblaues Hemd, hatte dunkelblondes, graumeliertes Haar, einen gepflegten Bart und redete mit tiefer Stimme.

Charlottes erster Gedanke war, er sei ein Polizist, doch sobald er sie erblickte, lächelte er strahlend.

»Charlotte«, sagte Sam freudig. »Gut, dass du so schnell kommen konntest!«

Charlotte trat zögernd näher.

»Hallo. Was gibt es denn?«

Martiniques Augen leuchteten, und Sam schien so aufgeregt, dass sie kaum stillstehen konnte.

»Das hier«, sagte sie feierlich, »ist Mark O'Connor.«

Der Mann lächelte erneut, und Charlotte musterte ihn verblüfft.

»Aha«, brachte sie schließlich heraus.

Martinique legte ihr eine Hand auf die Schulter.

»Daniels Bruder. Dein Onkel. Wir haben ihn sofort kontaktiert, nachdem Lindsay ihn gefunden hatte, und er ist gleich hierhergekommen.«

Charlotte runzelte die Stirn. Daniel hatte einen Bruder? In den Briefen war davon nie die Rede gewesen.

Der Mann trat vor und streckte die Hand aus.

»Hallo, Charlotte! Ich bin wahrscheinlich genauso überrascht wie du, aber so froh, dich kennenzulernen!«

Charlotte blinzelte. Sie wusste nicht, wie sie reagieren sollte.

»Hallo«, flüsterte sie.

Stumm standen sie da und sahen sich an, dann breitete der

Mann die Arme aus und umarmte sie vorsichtig. Charlotte schluckte. Sie fühlte sich völlig überwältigt. Damit hatte sie einfach nicht gerechnet.

Mark trat wieder einen Schritt zurück.

»Ich war völlig überrumpelt, als Sam anrief. Daniel ist seit vielen Jahren verschwunden, und ich hatte nicht geahnt, dass er ein Kind hat. Hätte ich es gewusst, hätte ich längst mit dir Kontakt aufgenommen!«

Charlotte nickte.

»Dann ist es also sicher, dass er ... fort ist?«

Mark nickte traurig.

»Ja, leider. Daniel hätte sich niemals freiwillig von seiner Familie ferngehalten.«

»Weißt du, was mit ihm geschehen ist?«

Sein Blick verdunkelte sich.

»Nein. Aber es waren ganz andere Zeiten damals, und als Ire war man hier in London völlig ausgeliefert. Ich kenne mehrere Menschen, die unter ungeklärten Umständen verschwunden sind.« Er betrachtete sie und lächelte wieder. »Du siehst Kristina so ähnlich, und übrigens auch Sara.«

Charlottes Gesicht leuchtete auf.

»Kanntest du meine Mutter?«

»Ich habe sie einmal getroffen. Sie war ein sehr feiner Mensch. Und das war Daniel auch. Ich kann gut verstehen, dass sie sich zueinander hingezogen fühlten.« Er nahm ihre Hand. »Daniel wäre sehr stolz auf dich gewesen. Es tut mir so leid, dass ihr euch nie kennengelernt habt.«

Charlotte schluckte den Kloß in ihrem Hals herunter und nickte.

»Danke«, sagte sie.

»Aber jetzt hast du wenigstens mich«, fuhr er fort und versuchte etwas munterer zu klingen. »Und meine ganze Familie.«

»Hast du Kinder?«, fragte sie schüchtern.

Mark nickte.

»Zwei, Leanne ist etwa in deinem Alter und Tom ein paar Jahre jünger. Deine Cousine und dein Cousin«, fügte er hinzu. »Und dann habe ich noch drei Enkel. Leanne hat einen Sohn und Zwillingsmädchen.«

Charlotte wusste wieder nicht, was sie sagen sollte.

»Darf ich sie kennenlernen?«

»Na klar! Leanne ist schon unterwegs, und Tom kommt nach der Arbeit vorbei.«

Charlotte nickte eifrig.

»Ich hole nur schnell meine Handtasche.«

»Okay, ich warte draußen.«

Sobald er zur Tür hinaus war, drehte sich Charlotte zu Sam und Martinique um.

»Das ist ja unglaublich!«

Sam nickte, und Martinique wischte sich eine Träne aus dem Augenwinkel.

»Danke, ihr beiden«, sagte Charlotte und ergriff ihre Hände. »Ihr glaubt nicht, was das für mich bedeutet.«

»Ach, Liebes«, sagte Martinique und schluchzte laut auf. »Es bedeutet uns auch sehr viel.«

Charlotte holte ihre Handtasche, dann warf sie Sam und Martinique einen letzten Blick zu.

»Jetzt lerne ich meine Familie kennen«, sagte sie feierlich.

»Viel Spaß«, sagte Martinique und warf ihr eine Kusshand zu, und Charlotte ging in den sonnigen Nachmittag hinaus.

*

Parnella schlürfte laut den letzten Rest aus ihrer Tasse und streckte sie Martinique zum Nachfüllen hin.

»Dann weiß Charlotte jetzt also Bescheid?«

»Ja, zumindest was ich dazu beitragen konnte.«

Ohne Martinique aus den Augen zu lassen, goss Parnella Milch in ihren Kaffee und ließ zwei Stücke Zucker hineinfallen.

»Trotzdem unglaublich, dass es euch gelungen ist, Mark nach so vielen Jahren zu finden.«

»Das ist voll und ganz Lindsays Verdienst. Ohne die Polizeiregister hätte es sicher deutlich länger gedauert.«

»Was hat Charlotte gesagt, als er plötzlich auftauchte?«

»Sie hat sich natürlich gefreut. Und gewundert. Schließlich hatte sie nicht damit gerechnet, eine ganz neue Familie zu finden.«

»Es muss schlimm für sie gewesen sein, zu erfahren, dass Daniel tot ist.«

Martinique stellte die Thermoskanne weg.

»Ja. Sara hat mir nie etwas darüber erzählt. Sie hat nur gesagt, dass er eines Tages verschwand.«

Ein altmodischer grüner Lieferwagen der Marke Ford rumpelte auf der Straße vorbei, und Parnellas Blick wanderte zur Strandpromenade hinunter. Martinique beobachtete sie stumm. Sie war sich sicher, dass Saras älteste Freundin noch mehr über Daniel wusste, aber sie wollte sie nicht drängen.

»Trotzdem seltsam, dass sie nie etwas gesagt hat. Sie muss doch gewusst haben, dass er für tot erklärt wurde.«

»Wahrscheinlich wollte sie es nicht wahrhaben«, sagte Parnella sanftmütig. »Ich weiß, dass sie viele Jahre nach ihm gesucht hat. Irgendwann dachte sie, er sei vielleicht nach Irland zurückgekehrt. Ich glaube, sie ist sogar nach Belfast gefahren, um ihn zu suchen. Außerdem hat sie unzählige Briefe an die Londoner Polizei geschrieben. Sie hatte den Verdacht, dass die etwas mit seinem Verschwinden zu tun gehabt haben könnte. Aber sie redete nicht gern darüber, ich glaube, sie fühlte sich schuldig.«

Martinique lehnte sich an die Theke.

»Es muss furchtbar sein, wenn jemand einfach verschwindet und man nicht weiß, was mit ihm passiert ist. Ich würde verrückt werden, wenn es meine Familie beträfe.«

»Ja. Und es ist unendlich traurig, dass Sara sich nie mit ihrer Schwester versöhnen konnte. Sie hatte so ein schlechtes Gewissen wegen dem, was geschehen war, nachdem Kristina schwanger wurde. Und es belastete sie ungemein, dass sie nie wieder Kontakt hatten.«

Martinique seufzte.

»Auch darüber hat Sara mir nie etwas erzählt. Mir war klar, dass es ein kühles Verhältnis war, aber ich dachte, sie würden sich zumindest ab und zu schreiben. Sie hatte schließlich so viele Fotos von Charlotte!«

Ein kleiner Junge mit dunklem, ordentlich gekämmtem Haar flitzte an der Theke vorbei, dicht gefolgt von seinem Vater.

»Nein, man darf nicht auf die Bücherregale klettern!«, rief er verzweifelt, während der Junge begeisterte Schreie ausstieß.

Parnella schüttelte den Kopf.

»Sara hat viele Jahre versucht, mit Kristina in Kontakt zu treten, aber sie erhielt keine Antwort auf ihre Briefe und deutete es schließlich so, dass ihre Schwester ihr nicht vergeben konnte.«

Martinique überlegte.

»Charlotte hat erzählt, dass sie umgezogen sind und ihre Mutter nach der Hochzeit den Namen ihres Mannes angenommen hat. Vielleicht sind Saras Briefe also nie angekommen.«

»Ja, vielleicht.«

Eine Frau in einem langen roten Mantel trat ein, und Martinique winkte ihr fröhlich.

»Hallo, Alice, wie geht es Ihrer Mutter?«

»Danke, gut.«

Parnella räusperte sich.

»Wie ist ihre Hüft-OP gelaufen?«

»Sehr gut. Sie ist schon wieder auf den Beinen.«

Martinique klatschte in die Hände.

»Das ist ja toll! Sagen Sie Bescheid, wenn sie trotzdem noch Hilfe mit irgendetwas braucht, Einkaufen oder Kochen. Wir helfen gerne.«

»Das ist nett!«

»Und sobald sie wieder so fit ist, dass sie aus dem Haus kann, soll sie unbedingt auf eine Tasse Kaffee hier vorbeikommen«, fiel Parnella ein.

»Das richte ich ihr gerne aus.«

Die Frau verschwand zwischen den Regalen mit Kinderbüchern, und Martinique wendete sich wieder Parnella zu.

»Unabhängig davon bin ich froh, dass ich Charlotte endlich von Daniel erzählt habe. Kristina hat ihr anscheinend nie etwas über ihn oder das, was zwischen ihr und Sara vorgefallen ist, gesagt. Deshalb ist es gut, dass sie hierhergekommen ist und endlich erfahren hat, wie alles zusammenhängt. Jetzt weiß sie, woher sie kommt.«

Parnella nickte.

»Ich glaube, genau das hat Sara gehofft, als sie Charlotte die Buchhandlung vermacht hat. Sie wollte wiedergutmachen, was sie angerichtet hatte.«

Langsam rührte sie in ihrer Kaffeetasse.

»Was ist eigentlich mit deiner Schwester? Hast du schon wieder mit ihr gesprochen?«

Martinique schüttelte den Kopf.

»Nein. Marcia hat mich um keinen einzigen Gefallen mehr gebeten, seit ich einmal nein gesagt habe. Sie fehlt mir fast ein bisschen.«

Parnella drohte ihr mit dem Finger.

»Mach jetzt keine Dummheiten! Sie war drauf und dran, dich kaputtzumachen mit all den Diensten, die sie von dir verlangte. Du hast dir ein bisschen Urlaub durchaus verdient!«

»Das stimmt. Aber ich möchte nicht, dass es so endet wie zwischen Sara und ihrer Schwester.«

»Ihr seht euch aber doch Weihnachten, wie immer?«

Martinique bejahte.

»Ich glaube schon.«

»Gut! Dann halte noch ein wenig durch, damit Marcia ein richtig schlechtes Gewissen bekommt und dir ein besonders schönes Geschenk kauft.«

Martinique lächelte.

»Ja, das wäre schon angemessen, nach allem, was ich für sie getan habe.«

Parnella hustete in ihre Armbeuge.

»Und wie geht es mit Angela?«

»Besser als erwartet. Sie weigert sich nicht mehr, mit mir zu sprechen, und gestern haben wir uns sogar zusammen einen Film angesehen. Ich glaube, sie freut sich riesig, dass sie in den Weihnachtsferien hier arbeiten und sich ein bisschen Geld verdienen darf.«

Parnella nickte, und Martinique legte eine Hand auf ihre.

»Dass sich jetzt doch alles wieder beruhigt hat! Im Sommer hatte ich richtig Angst. Ich wusste nicht, wie wir es schaffen sollten, die Buchhandlung zu halten oder wie es mit Charlotte werden würde. Es ist unglaublich, wie gut sie hierher passt und wie viel sie schon für den Laden getan hat. Ich hoffe, sie bleibt für immer hier.«

Parnella warf ihr einen verschmitzten Blick zu.

»Ich habe das Gefühl, auch das wird sich finden«, sagte sie und klopfte dreimal auf die Eichentheke. »Hier am Riverside Drive haben die Dinge die Tendenz, sich zum Guten zu wenden.«

*

Charlotte lehnte sich an das Ufergeländer und blickte auf die Themse. Das Glucksen des Wassers wurde jedes Mal übertönt, wenn hinter ihr auf der Straße ein Auto oder ein Bus vorbeifuhren, dennoch beruhigte sie das Geräusch in eigenartiger Weise.

Hinter den Häusern ging die Sonne unter. Soeben hatte Charlotte das weißgestrichene viktorianische Reihenhaus ein paar Straßenzüge entfernt verlassen, wo ihr Onkel Mark O'Connor mit seiner Frau Mary lebte. Mark und Marys Tochter Leanne war ebenfalls da gewesen. Sie war genauso gesprächig wie ihre Mutter und hatte das gleiche rote Haar, das ihr freundliches Gesicht hübsch umrahmte.

Erst war Charlotte nervös gewesen. Sie hatte sich auf eines der weichen, hellrosa Sofas gesetzt und nicht recht gewusst, wo sie hinschauen sollte, aber Mary und Leanne hatten ihr mit ihrem entwaffnenden Lächeln und ihren aufrichtig neugierigen Fragen schon bald die Anspannung genommen.

Zusammen hatten sie Tee getrunken, dreieckige Gurkensandwiches gegessen und kleine Geschichten über ihr Leben ausgetauscht. Leanne hatte gefragt, wo sie aufgewachsen war, und Charlotte hatte von Schweden und von ihrer Mutter erzählt. Sie hatte erklärt, wie sie in London gelandet war und ihnen eine detaillierte Beschreibung der Buchhandlung gegeben, was ihr im Nachhinein ein bisschen peinlich war, denn für Außenstehende waren die Lagerbestände und künftigen Autorenlesungen bestimmt nicht so interessant wie für sie selbst.

Mark wiederum hatte von ihrem Vater erzählt. Die Art und Weise, wie er Daniel beschrieb, ergriff sie zutiefst. Es war offensichtlich, dass er seinen Bruder sehr geliebt hatte und vermisste, und als Mark meinte, sie würde ihn an Daniel erinnern, konnte sie ihre Tränen nicht zurückhalten.

Bevor sie wieder aufbrach, lud Mary sie zum Sonntagsessen der Familie ein. Sie bestand darauf, dass Charlotte unbedingt kommen musste, und umarmte sie lang und fest. Mark versprach, dass er auf den Dachboden gehen und Fotos von Daniel und ihrer Verwandtschaft in Belfast heraussuchen werde. Leanne griff lachend nach Charlottes Händen und warnte sie, dass sie ihre drei Kinder zum Essen mitbringen werde und dass es dann sehr wild zugehen könne.

Charlotte antwortete lächelnd, sie freue sich darauf, sie kennenzulernen.

Als sie gerade gehen wollte, kam Leannes Bruder Tom zur Tür herein und sie begrüßte auch ihn kurz. Er versprach, ebenfalls zum Sonntagsessen zu kommen und alle schrecklichen Familiengeheimnisse zu verraten.

Zum Abschied hatten alle auf der Treppe gestanden und ihr gewunken, und Charlotte war glücklich davongegangen. Sie konnte kaum fassen, was ihr da widerfahren war.

Sobald sie an die O'Connors dachte, wurde ihr warm ums Herz. Ihr Onkel, ihre Tante, Cousin und Cousine und Neffen und Nichten. Es war ein schwindelerregendes Gefühl: Sie waren die ganze Zeit da gewesen, nur hatte sie nichts davon gewusst.

Ein Lastkahn tuckerte vorbei, und Charlotte folgte ihm mit dem Blick. Sie fühlte sich so voller Freude und Erwartungen, dass ihr beinahe das Herz zersprang.

Charlotte warf einen Blick auf die Straße, die zur Buchhandlung zurückführte. Wenn sie Glück hatte, waren Sam und Martinique noch im Laden.

Entschlossen zog sie ihr Handy heraus und wollte anrufen, als ihr plötzlich etwas einfiel. Es gab einen anderen Menschen, dem sie all dies als Erstes erzählen musste. Charlotte scrollte und suchte seinen Namen heraus, holte tief Luft und drückte auf den grünen Hörer.

Ihr Herz klopfte. Gespannt hielt sie das Handy ans Ohr und lauschte auf das Freizeichen. William nahm nicht ab. Die Sekunden wurden zu einer Ewigkeit, und als sie zum Anrufbeantworter weitergeleitet wurde, seufzte sie verärgert. Schweigend lauschte sie seiner Stimme, legte jedoch auf, ohne eine Nachricht zu hinterlassen.

Erneut lehnte Charlotte sich an das Geländer. Ein Windstoß fuhr ihr ins Haar. Irgendwo in ihrem Innern hatte sie immer noch geglaubt, das zwischen ihr und William sei noch nicht vorbei, aber anscheinend hatte sie sich getäuscht, er wollte nicht einmal mit ihr telefonieren. Schweren Schrittes ging sie Richtung Riverside Drive.

Schon von weitem sah sie, dass in der Buchhandlung noch Licht brannte, obwohl es schon eine Stunde nach Ladenschluss war, und als sie ankam, war die Tür unverschlossen. Charlotte trat ein und entdeckte Tennyson an seinem gewohnten Platz.

»Hallo, Süßer«, sagte sie und hatte beinahe das Gefühl, er lächele sie an, bevor er den Kopf wieder auf das Samtkissen legte.

Charlotte blickte sich um. Einer der Café-Tische war mit Tellern, Weingläsern und Kerzen gedeckt, und aus der Küche der Buchhandlung duftete es nach Essen. Langsam nahm sie ihren Schal ab. Hatten die anderen ein Abendessen vorbereitet, von dem sie nichts wusste?

»Sam? Martinique? Seid ihr hier?«, rief sie, erhielt jedoch keine Antwort. Sie hörte es in der Küche klappern.

Charlotte drehte sich zu Tennyson um.

»Was ist hier los?«, fragte sie, doch er wedelte nur faul mit dem Schwanz.

Als plötzlich William in der Tür auftauchte, setzte Charlottes Herz einen Schlag aus.

»Was machst du denn hier?«, fragte sie überrascht. Wahrscheinlich wollte er nur ein paar Sachen holen.

William sah sie erwartungsvoll an.

»Ich wollte dich sehen.«

Langsam zog sie sich die Jacke aus.

»Aha. Warum hast du dann nichts von dir hören lassen?«

Er schüttelte den Kopf.

»Es tut mir leid«, sagte er. »Ich musste erst ein paar Dinge klären.«

Charlotte legte ihre Handtasche auf die Theke, ohne ihn aus dem Blick zu lassen.

»Was für Dinge?«

Er fuhr sich mit der Hand durchs Haar.

»Ich wollte nicht schon wieder als der Versager dastehen, der keinen Job hat und nicht einmal seine Miete bezahlen kann.«

Charlotte verschränkte die Arme vor der Brust. Sie hatte gedacht, sie würde sich einfach freuen, wenn sie ihn wiedersah, aber jetzt brach plötzlich alle Enttäuschung und Wut aus ihr hervor.

»Warum hast du das nicht gesagt? Du bist einfach nur abgehauen!«

Schuldbewusst zuckte er mit den Schultern.

»Entschuldige, das war unfair. Aber ich war so wütend auf mich selbst. Es war mir so unangenehm. Und ich hatte Angst, dich zu verlieren.«

»Eine komische Art, mir das zu zeigen«, murmelte sie.

»Ich weiß. Aber ich hatte einfach nicht begriffen, dass du immer noch überlegt hast, nach Schweden zurückzugehen. Ich dachte, das mit uns wäre … etwas Besonderes.«

Charlotte schluckte. Sosehr sie sich auch wünschte, zu ihm zu gehen und ihn in die Arme zu schließen, gab es doch noch etwas, das sie zurückhielt.

»William. Ich mag dich wirklich. Wir hatten eine tolle Zeit zusammen, aber ich glaube, wir wollen ganz unterschiedliche Dinge.«

Er machte eine Handbewegung zu dem gedeckten Tisch.

»Willst du dich nicht setzen?«

Charlotte schüttelte den Kopf.

»Wozu?«

»Bitte. Du könntest wenigstens mit mir essen, damit ich es dir erklären kann.«

Zögernd setzte sie sich, und William verschwand in der Küche.

Er musste mehrmals gehen, um alle Töpfe, Platten und Schüsseln zu holen, die er vorbereitet hatte. Sorgfältig reihte er sie auf der Theke auf und stellte feierlich ein Gericht nach dem anderen vor.

»Fleischbällchen«, sagte er stolz. »Elcheintopf. Gekochte Kartoffeln mit Dillbutter. Reibeplätzchen mit Kaviar. Krabbensalat. Geräucherter Lachs.«

Charlotte musterte ihn schweigend. Sie wusste nicht, was sie sagen sollte.

»Jansons Frestelse. Gubberöra.«

»Gubbröra heißt das.«

»Sag ich doch. Gubberöra. Möchtest du ein Glas Wein?«

»Ist der auch schwedisch?«

William schüttelte den Kopf.

»Nein, leider nicht, aber ich habe Nubbi.«

»Du meinst Nubbe?«

»Ja, genau!«

Charlotte sah ihn an. Die Sehnsucht, ihn zu berühren, erfüllte sie bis in die Fingerspitzen, aber sie konnten so nicht weitermachen, sie musste erst wissen, wie er wirklich zu ihr stand.

»Okay«, sagte sie. »Dann erklär mir jetzt mal, was das alles zu bedeuten hat.«

William stellte eine Schüssel Preiselbeeren ab.

»Dass ich dich vermisst habe, natürlich.«

Mit seinen großen dunklen Augen sah er sie aufrichtig an, und auch wenn ihr Herz schon wieder schneller schlug, konnte sie doch nicht vergessen, wie sehr sie einander verletzt hatten.

»Ich habe dich auch vermisst«, murmelte sie. »Aber ich glaube nicht, dass wir dasselbe wollen.«

William blickte ihr tief in die Augen.

»Ich habe mich in dich verliebt, Charlotte. Ich weiß, dass es kompliziert wird, aber das macht nichts. Ich mag es kompliziert! Mein Gott, ich lebe davon, Bücher zu schreiben, oder ich versuche es zumindest.«

Charlotte schluckte.

»Genau das ist es ja. Ich kann mir vorstellen, für eine Weile so unstet zu leben, aber irgendwann möchte ich eine Familie und ein Haus, einen stabilen Alltag, in dem alle Rechnungen bezahlt werden können.«

Charlotte biss sich auf die Lippe. Sie wollte ihm auf keinen

Fall wehtun, und ihr ganzer Körper protestierte gegen das, was sie sagte, gleichzeitig wusste sie, dass es notwendig war. Es war wunderschön gewesen, so etwas erleben zu dürfen, auf dem Sofa zu knutschen wie Teenager und zu merken, wie neu und aufregend alles war. Aber sie konnte sich nicht noch einmal darauf einlassen, wenn sie sich nicht sicher war, dass sie dasselbe wollten.

Stumm sah sie William zu, der in seiner Hosentasche kramte, und einen Moment dachte sie, er wolle um ihre Hand anhalten. Als er schließlich ein kleines Buch herauszog, atmete sie erleichtert auf.

»Ein Taschenwörterbuch«, sagte er und hielt es ihr hin. »Ich übe schon.«

»Wofür?«

William deutete auf das Essen.

»Um mit dir nach Schweden zu gehen, natürlich. Ich bringe mir alles bei, was ich brauche, um arbeiten zu können. Fleischbällchen. Gubberöra, du weißt schon. Ich könnte morgen schon in einem Restaurant anfangen.«

Charlotte wusste nicht, was sie sagen sollte. Hatte er das alles für sie getan? War er bereit, mit ihr nach Schweden zu gehen?

William richtete sich auf.

»Ich kann noch mehr Wörter. *Rensa takränna på slott«,* sagte er in gebrochenem Schwedisch. »Wenn König Carl XVI. Gustaf mich braucht, bin ich bereit!«

Charlotte lachte. Konnte er sich wirklich vorstellen, sein Leben in London aufzugeben, um mit ihr nach Schweden zu ziehen?

»Im Ernst?«

William streckte die Hand über den Tisch und griff nach ihrer. Die Berührung jagte ihr einen Schauer über den Rücken und es kribbelte in ihrem Bauch.

»Ja und nein. Ich habe mein Manuskript bei Sams Freundin im Verlag eingereicht, und sie hat mich gestern angerufen und gesagt, dass sie begeistert ist. Morgen werde ich mich mit einem der Verleger treffen. Aber wenn das Buch aus irgendeinem Grund kein Bombenerfolg wird, bin ich bereit, mir einen anderen Job zu suchen und nach Schweden zu ziehen, wenn es das ist, was du willst.« Er lächelte. »Ich habe doch gesagt, dass ich mich in dich verliebt habe. Wenn es jemanden gibt, mit dem ich Kinder haben möchte, dann mit dir. Ich will alles mit dir, Charlotte, ich finde dich wunderbar!«

Charlotte schüttelte den Kopf. Ihr Herz klopfte so heftig, dass sie kaum atmen konnte.

»Das hätte ich nicht gedacht. Das wusste ich nicht.«

Er zuckte mit den Schultern.

»Du hast mich nie gefragt.«

Sie spürte, wie ihr Tränen in die Augen traten.

»Wie schön mit dem Roman, herzlichen Glückwunsch!«

»Danke! Als sie angerufen haben, wollte ich es dir als Erstes erzählen. Es war übrigens die polyamore Sam, die mir vorgeschlagen hat, hier für dich zu kochen. Ich fasse es nicht, dass sie so romantisch geworden ist.«

Charlotte lächelte ihn an.

»Woher wusstest du, dass ich hier sein würde?«

William warf ihr einen liebevollen Blick zu.

»Bist du nicht jeden Abend hier?«

Sie wollte protestieren, aber er hatte ja recht. In letzter Zeit verbrachte sie ihre Freizeit am liebsten mit einer Tasse Tee, etwas Schokolade, einem guten Buch und einem schnurrenden Tennyson auf dem Schoß auf Saras altem Sofa.

Charlotte beugte sich über den Tisch.

»Mir ist auch etwas passiert. Etwas ganz Großes.«

William drückte ihre Hand.

»Okay. Was denn?«

Sie holte tief Luft, dann erzählte sie von den Briefen in dem alten Schuhkarton, wie sie herausgefunden hatte, dass Daniel ihr Vater war und wie Sam ihr geholfen hatte, dessen Bruder zu finden.

William hörte aufmerksam zu, während sie sich an all dem guten Essen bedienten. Er schien ebenso fasziniert von der Geschichte wie sie, und als Charlotte die Begegnung mit Mark und seiner Familie beschrieb, leuchtete sein Gesicht auf.

»Heute hast du sie kennengelernt?«

»Ja, ich komme gerade von ihnen.«

»Das ist ja unglaublich!«

Charlotte nickte.

»Ich weiß. Ich hatte keine Ahnung, dass ich hier eine Familie habe.«

Er streckte seine Hand aus und streichelte ihr zärtlich die Wange.

»Ich möchte mit dir zusammen sein, egal, wo du leben willst.«

Charlotte sah ihn an, dann ging sie um den Tisch herum und legte die Arme um seinen Hals.

»Ich auch«, flüsterte sie in sein Ohr und spürte, wie Erleichterung sich in ihrem Körper ausbreitete.

Nachdem das Essen abgeräumt und die Eingangstür zugeschlossen war, gingen sie zusammen zu der erbsengrünen Treppe. Tennyson streckte sich schläfrig, dann rannte er ihnen hinterher. Charlotte warf einen Blick auf den großen, zottigen Kater, der sich immer wieder zwischen Williams Füße drängte, sodass dieser beinahe das Gleichgewicht verlor.

»Du weißt schon, dass du als Zugabe Tennyson bekommst? Wenn du mich haben willst, kriegst du auch ihn.«

William tat, als seufze er, dann schlang er die Arme um Charlottes Taille und küsste sie lange.

»Ich werde wohl lernen müssen, damit zu leben.«

Er drückte sie fest an sich, und Charlotte fuhr mit den Fingern durch sein seidenweiches Haar. Sie konnte kaum fassen, was für ein Glück sie hatte, und dachte an Sara. Das hatte sie alles ihr zu verdanken. Hätte sie ihr nicht die Buchhandlung vermacht, wäre Charlotte nie nach London gekommen und hätte nie erfahren, wer ihr leiblicher Vater war. Sie hätte niemals Kontakt zu Mark und seiner Familie bekommen und wäre garantiert nie William begegnet. Sie hätte sich gern bei ihrer Tante bedankt.

Charlotte lehnte sich an Williams Brust und überlegte, wann sie ihm sagen sollte, dass sie sich entschieden hatte, c/o Charlotte zu verkaufen und nach London zu ziehen. Im Grunde hatte es keine Eile, er konnte ruhig noch ein bisschen kochen üben und ihr mehr von diesen fantastischen Fleischklößchen machen.

Als William ihre Hand nahm und zum ersten Stock hinauf deutete, lächelte Charlotte.

»Geh schon mal vor«, sagte sie und reichte ihm den Schlüsselbund. »Ich komme gleich.«

Voller Glücksgefühle blieb Charlotte stehen und lauschte auf die wohlbekannten Geräusche von Schritten auf der knarrenden Holztreppe, von Schlüsseln, die gegen das alte Schloss klapperten, und der Tür zu Saras Wohnung, die sich öffnete, dem Trappeln von Tennysons Pfoten, als er William in den Flur folgte.

Langsam trat Charlotte an die alte Theke. Dort lag ein Stapel Bücher, den sie noch rasch einräumen wollte. Sie hatte kein Problem mehr, sich in der Buchhandlung zurechtzufinden, und stellte jeden Titel an seinen Platz.

Es war unglaublich, dass Sara genau das die letzten fünfunddreißig Jahre getan hatte. Auch ihre Hände hatten Bücher getragen, die klapprigen Leitern an den Regalen beiseitegeschoben und die unregelmäßigen Bretter abgewischt. Sie hatte in demselben warmen Lampenlicht gestanden, denselben Blick auf die Uferpromenade gehabt und denselben kräftigen Papiergeruch eingeatmet. Zum ersten Mal begriff Charlotte wirklich, was Martinique meinte, wenn sie sagte, Saras Geist wache über der Buchhandlung.

Als sie fertig war, ging Charlotte die Treppe hinauf und betrachtete den Laden von oben. Sie ließ den Blick über die Tausenden von Buchrücken gleiten und weiter zu den grünen Lampen an der Decke, den Lesesesseln und Sams Kinderecke unter der Treppe. Wo andere abgenutzte Möbel und zerlesene Umschläge wahrnahmen, sah Charlotte jetzt nur noch Liebe, und als sie alles noch einmal als Ganzes in sich aufnahm, wurde sie von einer großen inneren Ruhe erfüllt. Diese Buchhandlung war ein besonderer Ort, sie fühlte sich an wie ein Zuhause, und sie liebte jeden noch so kleinen, staubigen Winkel.

Charlotte lächelte, dann löschte sie das Licht. Bestimmt konnten sie erst mal in Saras Wohnung bleiben, auch wenn es eng war. Allerdings würden sie ein paar neue Möbel kaufen müssen. Zumindest ein richtiges Bett, in dem sie alle drei Platz hatten, neue Regale, in denen sie ihre neuen Lieblingsbücher sammeln konnte, sodass man sie nicht im Küchenschrank aufbewahren musste, und eine bessere Küchenausstattung, damit William ihnen weiter Frühstück machen konnte.

Charlotte holte tief Luft und strich über das glatte Holzgeländer. Sie konnte kaum den nächsten Tag erwarten, um allen die guten Neuigkeiten zu erzählen.

Von oben hörte sie William rufen, und ein Glücksgefühl durchströmte sie.

»Ich komme«, rief sie zurück. Dann wendete sie sich noch einmal an ihre Buchhandlung. »Gute Nacht«, flüsterte sie in die Dunkelheit. »Wir sehen uns morgen wieder.«

DANKSAGUNG

Zuallererst möchte ich mich bei meiner Verlegerin, Louise Bäckelin, bedanken, die an mich und meine Bücher geglaubt und sich mit mir zusammen auf dieses Abenteuer eingelassen hat. Danke auch an meine Lektorin, Heléne Jensen, die einen großartigen Einsatz geleistet hat, und an alle anderen im LB Verlag, die auf unterschiedlichste Weise an der Arbeit an *Die kleine Buchhandlung am Ufer der Themse* beteiligt waren.

Maria Enberg von der Enberg Agency steht mir ebenfalls zur Seite und arbeitet hart dafür, dass meine Bücher so viele Leserinnen und Leser wie möglich erreichen – vielen Dank dafür!

Ohne Unterstützung bei den Kindern und im Haushalt wäre es überhaupt nie zum Romaneschreiben gekommen, deshalb möchte ich mich besonders auch bei meinen Eltern Eva und Björn bedanken, die mich niemals im Stich gelassen haben. Darüber hinaus steht mir meine Mutter stets mit sprachlichen Tipps beiseite, und mein Vater unterstützt mich bei der Buchführung – eine nicht zu unterschätzende Hilfe!

Eine weitere Schlüsselfigur in meinem Leben ist mein Mann Antonio, der – jedenfalls meistens – großes Verständnis für den kreativen Prozess zeigt. Danke für deine Unterstützung und dafür, dass du immer an mich glaubst. Auch meinen beiden Töchtern, Tilda und Klara, möchte ich danken, die mein Leben mit Freude und Energie füllen und dafür sorgen, dass ich morgens nicht zu lange im Bett bleibe.

Ein großes Dankeschön auch an meine Geschwister Erik, Maria und Johanna, an alle Verwandten und Freunde, die meine Bücher lesen und verbreiten und Verständnis dafür zeigen, wenn ich hin und wieder für eine Weile von der Erdoberfläche verschwinde. Ohne euch wäre ich nicht da, wo ich jetzt bin! Ganz besonders erwähnen möchte ich vor allem Maria, die den Roman während des Entstehungsprozesses gelesen und mir wertvolles Feedback gegeben hat.

Und nicht zuletzt möchte ich mich auch bei all meinen Followern in den sozialen Medien bedanken, die mich ermutigen und unterstützen: meinen wunderbaren Facebook-, Twitter- und Instagramfreunden! Ihr bedeutet mir mehr, als ihr euch vorstellen könnt!

Lund, 1. März 2018
Frida Skybäck